शादी

(उपन्यास)

शादी

(ताजिक जन-जीवन पर आधारित एक क्रान्तिकारी उपन्यास)

राहुल सांकृत्यायन

वाणी प्रकाशन

वाणी प्रकाशन

4695, 21-ए, दरियागंज, नयी दिल्ली 110 002

फ़ोन : +91 11 23273167 फ़ैक्स : +91 11 23275710

शाखाएँ

अशोक राजपथ, पटना 800 004, बिहार

कॉफ़ी हाउस कैम्पस, महात्मा गांधी मार्ग, इलाहाबाद 211 001, उत्तर प्रदेश

महात्मा गांधी अन्तरराष्ट्रीय हिन्दी विश्वविद्यालय, वर्धा 442 001, महाराष्ट्र

www.vaniprakashan.in
marketing@vaniprakashan.in
sales@vaniprakashan.in

SHADI
by Rahul Sankrityayan

ISBN : 978-81-7055-276-5
Novel

प्रथम संस्करण 2007
आवृत्ति 2019

मूल्य : ₹ 450

हर्ष प्रिंटर्स, दिल्ली-110 093 में मुद्रित

वाणी प्रकाशन का लोगो मक़बूल फ़िदा हुसेन की कूची से

अनुक्रम

१ प्रारम्भ

बसन्त था....!

गुलिस्तान गाँव सचमुच ही गुलिस्तान फुलवाड़ी जैसा हो रहा था। कल शाम को अच्छी वर्षा हुई थी, जिससे सभी जगह तरो-ताजा हो गई। आज सूर्य की प्राण देनेवाली किरणें गाँव के ऊपर एक छोर से दूसरे छोर तक प्रकाश की वर्षा करती फूल और हरियाली को अधिक सुन्दर, नये निकले पत्तोंवाले वृक्षों को अधिक शोभायमान, पहाड़ और मैदान को अधिक नयनाभिराम बना रहीं थीं। गाँव के पास बहती चंचल नदी आज और भी ज्यादा चंचल दिखाई पड़ती थी। बालुका कणों और दूसरो जगहों पर सूर्य की किरणें चमक पैदा करते हुए एक दूसरे ही दृश्य सामने रख रही थीं। सभी जगह लाला के फूल-से खिले हुए थे। टीले के किनारों पर और ऊपर हरियाली दिखाई पड़ती थी, खेतों के आसपास, नदी के और नहरों के किनारे गाँव के घरों की छतों और दीवारों पर हर जगह लाला उगे हुए थे।....छोटे-छोटे पत्तों के बीच में सुर्ख रंग के प्याले-जैसे फूल इस भूमि में प्रकृति के सौन्दर्य को और बढ़ा रहे थे; अभी सेब और शफतालू के वृक्षों ने अभी फूल नहीं दिया था। बगीचे में सफेद और गुलाबी रंग के फूलों से ढँके वृक्षों ने बागों और बगीचों ने बहुत-से गुलदस्ते तैयार कर रखे थे। करीब-करीब सभी घरों के पास बगीचा था। गाँव के कूचे बडे बागों के रास्तों की तरह दरख्तोंवाले थे। चारमग्ज और चिनार के बड़े-बड़े दरख्त मैदान में और आस-पास मस्जिद के और चश्मे के आस-पास लगे हुए अपनी ऊँचाई और सुन्दरता से यात्री के मन को आश्चर्य में डालते हुए बलूतात उसे बतलाते थे कि शायद इसी कारण इस गाँव का नाम 'गुलिस्तान' रखा गया।

ऊँची-नीची पहाड़ियों के बीच से गाड़ीवाला रास्ता आ रहा था, जो कि गाँव के पास पहुँचकर नीचे उतरते हुए अन्त में ऐसी जगह पहुँचता, जहाँ से नीचे की ओर सारा गाँव दिखाई पड़ता। यहाँ से केवल गाँव ही नहीं, बल्कि सारी उपत्यका दिखाई पड़ती। इसलिए साथ के घोड़े को, जो-कि अपने बराबर के देखे हुए रास्ते से नीचे पहुँच घर की ओर जाना चाहता था, रोक कर वह अपने गाँव को इस तरह देखने लगा, मानों वह उसे पहली बार देख रहा था।

गुलिस्तान गाँव—जहाँ वह पैदा हुआ, बड़ा हुआ व परवरिश पाई। यह कितना सुन्दर दृश्य ! यह कितनी आनन्ददायक उपत्यका ! ! उत्तर की ओर ऊँचे-ऊँचे पहाड़, जिनकी चोटियों पर सफेद बर्फ ! ! ! ये पहाड़ उत्तरहिया और सर्दी से गाँव की रक्षा करते हुए गाँव को घेरे खड़े थे। यहाँ के दर्रे बहुत टेढ़े-मेढ़े, डाँड़े खौफनाक, चट्टानें और ऊपर गिरकर लटकती हुई खड़ी पहाड़ की बहुत-सी शिलाएँ नीचे मिट्टी की ऊँची-नीची टेकरियों में परिवर्तित ऐसी हैं, कि इस वक्त ऊपर से ले कर नीचे तक वह हरी-भरी दिखाई पड़ती हैं। इन सुन्दर टेकरियों के किनारे और गोद में छोटे-वड़े पर नीचे से ऊपर एक से एक लगे हुए चले गये थे। गाँव दक्षिण की ओर निचाई में पहुँच पहाड़ी नदी के किनारे विस्तृत उपत्यका के छोर तक खतम होता था। नदी के उस पार गाँव के लोगों के खेत फैले हुए थे। एक समय इन खेतों में से अधिकांश बायों और मुफ्तखोर जमींदारों के हाथों में थी, गाँव की अच्छी हवेलियाँ और बाग भी उन्हों की सम्पत्ति थीं। तगाई, मुरदाबाय, आदिलबाय, तुराबेक और यनमामतबेगीजान जैसे इस गुलिस्तान के भोगनेवाले थे. . लेकिन अव उनमें से अधिकांश नष्ट हो चुके हैं। अभी भी उनमें से कुछ बड़ों की छाया में गाँव में लौट आये हैं, तो भी उनकी वह दबदबा नहीं है। गाँववालों ने खेत अपने हाथ में ले लिए, हर-एक आदमी अपनी शक्ति के अनुसार काम करते हुए कम-बेशी फसल पैदा करता है। शादी और उसके बाप की जमीन आदिलबाय के निकल जाने पर उन्हें मिली। उसकी एक तरफ मुहम्मदजान की जमीन और

दूसरी तरफ कासिमजान की जमीन थी। इन जमीनों में से कुछ जोती हुई थी, लेकिन कुछ ऐसे ही हरियाली से ढँकी पड़ी हुई थी। अधिकतर किसान अकेले ही अपना काम करते थे, कोई सहायता देनेवाला नहीं था......।

शादी ने उपत्यका की ओर अच्छी तरह निगाह करके एक लम्बी साँस खींचते हुए अपने-आप से कहा—'ठीक !' उसका घोड़ा पैर मारते हुए सिर हिला रहा था और नीचे जाना चाहता था।

'चलें !'—सादी ने अपने घोड़े की लगाम को सुस्त करते हुए कहा—'चलें, काम शुरू करें ! अपने गुलिस्तान को इससे भी ज्यादा आबाद करें, इससे भी अधिक आनन्ददायक बनायें !!'

गाँव के कूचे में पहुँचने पर उसकी मुलाकात पंचायत के सरपंच रईस खालमिर्जा से हुई, जो कि अपनें दरवाजे के सामने एक अपरिचित आदमी के साथ खड़ा बातें कर रहा था। उस अपरिचित आदमी का कद लम्बा और रंग गेहुँआ था। दाढ़ी में कैंची चली हुई थी, जिसमें उड़द और चावल की तरह काले-सफेद बाल दिखाई पड़ते थे। वह चलने से पसीने-पसीने हुए अपने घोड़े की लगाम पकड़े खड़ा था। खालमिर्जा अपने आस्तीन में से एक हाथ को निकाल कर और अपरिचित अपने दूसरे हाथ को आस्तीन के भीतर मिलाये खड़ा था। शादी को देख कर थोड़ा ठमक कर उसने कहा :

—सलाम शादी, सलाम शादी ! क्या रायन तहसील के सदर मुकाम से आ रहे हो ?

—हाँ, बहुत काम बाकी रह गया था—शादी ने कहा—जरा आफिस आयें, कुछ सलाह करनी है।

—खूब, खूब,—खालमिर्जा ने कहा,—आपसे भी जरा परिचय कर लो : रफीक मंसूरबाई गनीयेफ़, बुखारा के सरकारी अफसर और कारकुन थे। यह रफीक खोजायेफ़ के परिचित और नजदीकी हैं। मैंने उनसे कह रखा था, कि यदि कोई पढ़ा-लिखा हिसाब जाननेवाला आदमी मिले, तो

हमारे पास भेजें, जो आफिस में कातिब (क्लर्क) का भी काम करे और हिसाब-किताब भी रखे। उन्होंने आपको ही हमारे पास भेजा है।

—सलाम ! मंसूरबाई ने कहते हुए शादी से हाथ मिलाया—सैयद ! सलामती तो है ?

—सब सलामत !—शादी ने कहा, खालमिर्जा की ओर नजर करके यह भी कहा—खूब अच्छा हो, आइए सलाह करें।

वह घोड़े की लगाम को हिलाकर आगे चला। ख़ालमिर्जा ने दरवाजा खोलते हुए कहा :—आइए, हवेली में मरहमत (कृपया) ! आप थक गए होंगे।

—नहीं, उतना थका नहीं हूँ....—मंसूरबाई ने कहा और घोड़े को पकड़े ख़ालमिर्जा के पीछे-पीछे बगीचेवाली बड़ी हवेली के भीतर गया। सचमुच ही घोड़ा कमजोर और खराब था और सफर दूर-दराज का था, जिसके कारण वह ज्यादा थक गया था।

घर के लोग बुखारा में हैं क्या ?—ख़ालमिर्जा ने पूछा, जब कि मंसूरबाई घोड़े को दरख्त से बाँध रहा था।

—नहीं, स्तालिनाबाद में,—मंसूरबाई ने जवाब दिया।—एक परिचित मित्र की हवेली में रख आया हूँ।

—साथ ले आने से भी हो सकता था।

—सोचा, पहले चल कर जगह ठीक कर लूँ, फिर जा कर लाऊँगा।....

—जगह ठीक है,—ख़ालमिर्जा ने कहा,—अच्छा, मेहमानखाना में। मरहमत !

खालमिर्जा के पीछे-पीछे मंसूरबाई मेहमानख़ाने के चबूतरे पर पहुँच हवेली को अच्छी तरह देख करके बोला :

—जब से हम बुखारा से चले आये, तब से इस तरह की मेहमान-दोस्ती नहीं देखी, जैसी कि आज आपने की। सच तो यह है, कि मैं सब चीजों से निराश हो गया था।..

—ऐसा क्यों ?..

:०: :०: :०:

...बुखारा से चलते वक्त मंसूरबाई की बीवी ने उससे पूछा था :

—दादेश, जिस जगह हम लोग जा रहे हैं, वहाँ बाग-वाग भी हैं ?

मंसूरबाई रस्सी का एक छोर पैर के नीचे दबाए दूसरे छोर से बोझे को अच्छी तरह बाँध रहा था। उसने साँस लेते हुए कहा—हाँ, हाँ, जमीन भी है, आदमी भी हैं, आफताब भी है, यही पूछना चाहती है न ?

—हाँ, जरा पूछना चाहती थी। कहते हैं कि पहाड़ी जगह है, वहाँ पत्थर-ही-प थर हैं, दरख्त कम हैं..

—कैसी...कौन-सी जगह, हो...हो, होती रहे,—मंसूरबाई ने कहा।

इसके बाद मियाँ-बीवी चुप हो अपने काम में लग गये, उसकी बेटी खदीचा माँ के काम में मदद दे रही थी, उसने पूछा :

—भैया नहीं आया, तो भी हम चलेंगे क्या ?

—यह तेरा काम नहीं है, बहुत मत पूछ !—गुस्से में होकर मंसूरबाई ने कहा। खदीचा ने अपनी अत्यन्त चंचल और मोहक काली आँखों को जमीन की ओर कर लिया।

✣

२
ताजिकिस्तान को

सन् १९३० के अगस्त महीने के आरम्भ का कोई दिन था। आसमान साफ और बेगरदो-गुबार का था। बुखारा शहर के पश्चिम ओर से हवा उठकर गलियों में धूल उड़ा रही थी, सूर्य के ऊपर भी धूलि छाई हुई थी, गर्मी शुरू हो गई थी, हवा ने आँधी और धुक्कड़ पैदा करके चारों ओर धूल फैला रखी थी। उसी दिन मीरदूस्त सड़क से अच्छी पोशाक पहने हुए एक नौजवान गुजरा। उसकी निगाह और चाल-ढाल से मालूम होता था कि उसने इस सड़क को बहुत बार देखा है, इधर कुछ समय दूर रह कर अब आकर फिर देख रहा है। उसकी आँखें बादाम के आकार की और बड़ी; बरौनियाँ लम्बी औरकद ऊँचा था, जोकि हरएक देखनेवाले को अपनी ओर आकृष्ट किये बिना नही रहता। उसकी लम्बी और बारीक भौंहों पर मंजिल मारने के कारण धूल पड़ी हुई थी, बरौनियाँ भी भारी मालूम होती थीं। लेकिन आँधी और ऋतु-परिवर्तन ने उस पर कोई प्रभाव नहीं डाला था, उसने अपने कदम को सुस्त नहीं किया था, और न आस-पास की जगहों को देखने से आँखों को रोक रहा था। वह बरबस हर तरफ नजर डालते कभी प्रभावित होता, तो कभी उसकी पेशानी में बल पड़ जाते, कभी गुस्से में आ कर अपने ओठों को दबा इधर-उधर निगाह डालता। मस्जिद के सामने से गुजर कर उसने देखा, उसका दरवाजा बन्द है, वहाँ कोई नहीं है। इसके बाद कुछ दूसरी हवेलियों के सामने से गुजरा और जा कर एक दरवाजे को खटखटाया। भीतर से किसी बुढ़िया की आवाज आई :

—कौन है ?

—मैं,—जवान ने कहा,—खोलो !

लेकिन बुढ़िया आगन्तुक को नहीं पहचानती थी, वह चुप हो कर लौट गई। थोड़ी देर बाद किसी दूसरे ने आकर दरवाजा खोला।

—जैनब !—जवान ने उसे देख कर कहा। ज़ैनव हैरान हुई जवान की ओर देखती रही, फिर दरवाजे को और खोल कर बोली :

—कुदरत !

दोनों की निगाहें एक-दूसरे से मिलीं। जवान ने कहा :

—हाँ, मैं कुदरत,—अच्छा, तुझे क्या हो गया? तेरा रंग क्यों उड़ गया, क्यों इतनी दुबली हो गई ?

—भीतर आइए, अकाजान प्यारे भाई !—मुस्कराते हुए जैनब ने कहा और फिर दरवाजा बन्द करते हुए बोली—क्यों, तुम्हारा हाल क्या है, सलामत तो हैं ? कहाँ से आये ? वीबी भी जानकर हैरान होगी।

दोनों एक साथ हवेली के भीतर पहुँचे। हवेली न बड़ी थी न छोटी। दो सीढ़ियों को पार कर एक चबूतरे पर जा तीन दरवाजोंवाले कमरे के भीतर दाखिल हुए।

बुढ़िया नई रजाई को अपने पैरों पर डाले बैठी थी, उसने जवान को देखते ही हैरान हो कर पूछा :

—ए, मेरा बच्चा, यह कुदरतजान क्यों !

—मैं ही हूँ, बीबीजान !—कहते हुए कुदरत ने जल्दी से पास जा बुढ़िया की लम्बी-चौड़ी आस्तीन को ले कर अपनी आँखों पर मला।

—कुदरतजान, यह तू है क्या ? सचमुच ! अपनी आँखों पर विश्वास नहीं होता !—बुढ़िया ने कहा और बड़े स्नेहपूर्वक जवान के सिर पर अपने हाथों को फेरने लगी।

—मैं भी हैरान हूँ, बीबीजान !—ज़ैनब ने कहा,—आखिर कौन समझता था, कि कुदरतजान इस वक्त पैदा (प्रकट) होगा !

—सच, मेरा प्रकट होना एक चमत्कार जैसे है। लेकिन मैं अब यह आ गया और तुम्हारे साथ, अपने स्नेहियों के साथ, बैठा हूँ। अच्छा, तुम्हारा हाल-चाल कैसा है ? नई रजाई सी रही हो, कोई उत्सव है क्या ?

इस सवाल को सुन कर जैनब ने कुछ लज्जित-सा हो सिर झुका लिया। लेकिन बुढ़िया अफसोस करते हुए बोली :

--ऊ...बेटा, हमारे लिए उत्सव क्या कर सकता है ! यह अरंतल सामूहिक दूकान की रजाई है, मैं अरंतल से इसे सीती हूँ। जैनब कोई काम ढूँढ़ रही है, लेकिन वह मिलनेवाला नहीं है। इनके लिए कोई रोगनी काम दरकार है !

--अलबत्ता, बिना नफा के कौन काम करता है ?

कुदरत ने जैनब के हाथ से प्याला ले गरम चाय का एक घूँट पिया और फिर अपनी बात को जारी रखते हुए कहा : बाप को तंग किया गया, उन्हें जलावतन कर दिया गया। मैं दो साल से भागा-भागा फिर रहा हूँ, दूकान का हिसाब-किताब मेरे हाथ से बरबाद हुआ, उज्बेक तोर्ग उज्बेकिस्तान व्यापार-विभाग के नजदीक नहीं जाता, नहीं तो मुकदमा चला देंगे। आजकल अभी स्तालिनाबाद, तिरमिज, और करकी जा कर आया हूँ। चार पैसा भी पैदा किया है। जैसे भी हो दिन काटना ठहरा। अभी स्तालिनाबाद की ओर से आ रहा हूँ। बाप के बारे में खबर मिली है कि सही-सलामत हैं और मेरी बहन और माँ के साथ काम कर रहे हैं। एक बेचारे मुल्ला ने उन की खबर मेरे पास पहुँचाई। उनके गाँव की बड़ी तारीफ कर रहा था। मैं भी जानेवाला था, लेकिन बुखारा देखने के लोभ ने उधर जाने नहीं दिया। विशेष कर तुम्हें देखना चाहता था, इसलिए चला आया।

—सलामत रहो,—बुढ़िया ने कहा।

इसके बाद घर में थोड़ी देर के लिए खामोशी छा गई। जैनब किसी ख्याल में डूबी अपने नाखून से बोरिया के साथ खेल रही थी। उसके शरीर पर सफेद छींट का एक कपड़ा था, जो बहुत गन्दा था। सिरपर ताशकन्दी टोपी, जिसके नीचे उसके कटे हुए बाल थे, जो अस्त-व्यस्त पीठ पर पड़े हुए थे, उनमें एक नीले रंग का लत्ता बँधा हुआ था।

बुढ़िया रजाई को समेट कर पैरहने की तरफ रख अपनी जगह से खड़ी होते हुए बोली :

—खैर, मेरे बच्चो, तुम बैठे बातचीत करो, हाल-चाल पूछो, मैं ज़रा समावार तैयार करके चूल्हे में आग जलाती हूँ।

बुढ़िया के चले जाने के बाद कुदरत ने जैनब की ऊपर निगाह डाली। वह अब भी एक पैर पर बैठी नख से बोरिया के साथ खेल रही थी।

—जैनब !—आह खींचते हुए कुदरत ने कहा,—जैनब ! तुझे क्या हो गया, क्यों इतनी दुबली हो गई ? तेरी आँखों की चंचलता कहाँ चली गई ?

जैनब चुपचाप कुदरत की इन सारी बातों को सुनती रही, फिर थोड़ी देर बाद सिर उठा कर और अपनी चंचल आँखों को कुदरत के ऊपर डालते हुए एकाएक बोल उठी :

—शादी, बस रहने दे ! सच बतला, तू कहाँ था ?

—मेरा कहना ठीक है। सौदागरी करता फिरा। मेरे पक्के साथी पक्के हैं।

—पैसा है क्या ?

—क्या होगा ?

—भाग चलें। इस ज़िन्दगी से भाग कर छुट्टी पाना चाहती हूँ। बुढ़िया मेरे लिए सिर का बोझ हो गई है। बुख़ारा में और रहने की कोई जगह नहीं। काम से निकाल दी गई, पैसा भी खतम हो गया, सामान भी बेच कर खा गये। तुम मेरी सहायता करो। उस पुराने प्रेम को भूलो मत। इस वक्त मैं अकेली, अनाथ, हर तरह से ख़स्ता, तुम्हारी हो सकती हूँ।

—तुम अनाथ ?

—अनाथ !—जैनब ने कहा।—संचालक मुदीर भाग जानेवाला था, हाथ पकड़ा, मुकदमा हुआ, अब वह कैद में है। डरती हूँ, कि कहीं मुझे भी जवाबदेही के लिए न पकड़ें।

—तुम्हारा उससे क्या सम्बन्ध ? शौहर के लिये बीवी से जवाबदेही नहीं करते ।

—यह ठीक है, लेकिन मेरा और संचालक मुदीर का काम दूसरी ही तरह का था । मैं उसकी बाकायदा सहायक थी । वस्तुत: दूकान का बहुत-सा माल मेरे हाथ से गुजर कर बरबाद हुआ; इसीलिए दिल को हिम्मत नहीं होती । इसीलिए कह रही हूँ, कि अगर जानेवाले हो, तो मुझे भी साथ ले चलो जान, अकाजान !

—अगर साथ ले जाऊँगा, तो तुम्हारा अका भाई नहीं होऊँगा, क्यों...

—मेरी जान होओ, लेकिन...!

बुढ़िया चाय लेकर आई । जैनब ने अपनी जगह से उठ कर दस्तरखान को ला कर फैला दिया ।

—रोटी गरम कर दी है, बेटे, नुकसान नहीं करेगी,—बुढ़िया ने एक रोटी उठा कर तोड़ते हुए कहा,—लो, रोटी खाओ !

ज़ैनब ने उसकी ओर चाय का प्याला बढ़ाया ।

जब कुदरत उनसे हाल-चाल पूछ कर विदाई ले बाहर आया, तो ज़ैनब ने फुसफुसाते हुए उसे ताकीद की :

आज रात को इसी जगह सो जाओ, फिर जाने के बारे में निश्चय करेंगे ।

:o: :o: :o:

ताजिकिस्तान का तरुण गणराज्य अब अपेक्षाकृत अधिक शक्तिशाली था । मध्य-एशिया कम्युनिस्ट पार्टी का ब्यूरो ताशकन्द में विशेष कोर्सों को पढ़ाने और पार्टीवाले कारकुनों को तैयार करने में लगा हुआ था । इसके अतिरिक्त समरकन्द, बुखारा और ताशकन्द जैसे शहरों से भी काम करने के लिए आदमी ताजिकिस्तान भेजे जा रहे थे । रशीदोफ़ इसी तरह बुखारा से स्तालिनाबाद काम करने के लिए आया था । वह मझोले कद और लम्बे मुँहवाला गेहुँए रंग का आदमी था । उस की बाईं भौंह के ऊपर

एक काला मस्सा था। अपने केशों में वह ऊपर की ओर कंघी चलाता था और ओंठों पर उसकी मूँछों की एक पतली-सी काली रेखा थी। उसे पहुँचाने के लिए छापाखाने के तीन-चार कारीगर और एक जोड़ीदार पड़ोसी कागान स्टेशन पर आए हुए थे। वह सभी बुफेत् (खड़े-बड़े खाने का भोजनालय) में एक बड़े मेज के किनारे इकट्ठा हो बातें कर रहे थे। उनकी ठहाके की हँसी और मीठे मजाकों के बीच वह उनसे जुदा हो रहा था। उसके साथी अभी पूरी तौर से तृप्त नहीं हुए थे, क्योंकि अभी तीन ही दिन पहले वह पढ़ाई समाप्त करके लौटा था और आज फिर अपने यारों-दोस्तों से विदाई ले रहा था।

——नहीं, यह नहीं हो सकता,——हबीबुल्ला ने कहा,——हमें अपने संलापों से प्यासा ही छोड़ रहा है। सचमुच ही हम तुझसे अच्छी तरह भेंट-मुलाकात नहीं कर सके।...पीछे भी हमें भारी-भारी आशाएँ ह।... हमारे यहाँ आदमी की आवश्यकता है।

रशीदोफ़ ने क्षमा माँगते हुए कहा :

——क्या कहूँ वक्त कम है, मुझे जाना पड़ रहा है, पार्टी के हुक्म को बजाना है। अगर जिन्दगी रही, तो फिर भी आज की तरह ही किसी दिन इकट्ठा होकर रहेंगे।

——नहीं, हमको उम्मीद थी, कि तू हमारे ही छापाखाना में काम करेगा।

——यहाँ आदमी बहुत हैं, कोई मिल जायेगा, लेकिन ताजिकिस्तान में जो कि अभी तक एक नया गणराज्य है, आदमियों की बड़ी जरूरत है।

——यह तेरी बात भी दुरुस्त है——हबीबुल्ला ने कहा।

इसी वक्त ट्रेन आ गई। रशीदोफ़ का टिकट नरम दर्जे की गाड़ी का था। उसके जोड़ीदार खूब हँसी-ठट्टा करते उसे डिब्बे में ले जा कर बैठा आये। उसके डिब्बे में तीन और आदमी थे, जिसमें से एक रूसी था, जो कि ताशन्न्द आ रहा था। बाकी दोनों में से एक तरुण और दूसरी तरुणी

थी, जो यहीं से सवार हुए थे। उनका असबाब जहाँ-तहाँ रखा हुआ था। रशीदोफ़ भी अपने सामान को रख कर नीचे उतर आया।

आखिरी दिन था। सूर्य नीचे की ओर झुक चला था, और स्टेशन की इमारतों की छाया प्लेटफार्म पर पड़ रही थी। स्टेशन के सहन में बहुत-से आदमी आ-जा रहे थे। उनमें से कोई जल्दी-जल्दी आ-कर सफर और टिकट की फिक्र में थे, दूसरे स्टेशन का तमाशा देख रहे थे, तीसरी तरह के ऐसे लोग थे, जो कि अपने साथी रफीक से बात-चीत कर रहे थे। इसी नरम डब्बे के पास रशीदोफ़ अपने जोड़ीदारों से घिरा बात-चीत कर रहा था। जो समय हाथ में था, उससे फायदा उठा कर अपने प्रिय साथी रफीकजानी के साथ खूब तृप्त हो कर मिल लेना चाहता था। रशीदोफ़ यह अनुभव करता था, जैसे स्टेशन में चारों ओर आनन्द और प्रसन्नता फैली हुई थी। वह हर एक आदमी के चेहरे पर एक तरह की खुशी, एक तरह की मुस्कुराहट देख रहा था। स्वयं भी प्रसन्न था, हद से ज्यादा प्रसन्न। आखिर पार्टी उस पर विश्वास करके काम के लिए भेज रही थी, बड़े ही गम्भीर और महत्वपूर्ण काम के लिए। अब वह समय आ गया था, कि जो कुछ उसने पढ़ते वक्त में काम करने की बातें सोची थीं, उन्हें अमल में लाये। उसके आगे बड़े-बड़े काम थे। ताजिकिस्तान में जा रहा था, शायद पहाड़ी रायन तहसील में भेजा जाये। हर हालत में नई परिस्थिति और नया काम उसके लिए वहाँ प्रतीक्षा कर रहा था।

इसी समय दूसरी घंटी बजी। रशीदोफ़ डिब्बे में चला गया।

—खैर, रशीदोफ़ !

—खैर, हबीबुल्लिन !

—चिट्ठी लिखते रहना !

—भूल न जाना !

—हमारे छापाखाने के कारीगरों के नाम से स्तालिनाबाद के कारीगरों को सलाम देना !

—अलबत्ता, अलबत्ता !

—खैर !

ट्रेन ने हरकत की, हाथों में सफेद रूमालें और टोपियां हिलने लगीं। इंजन ने जोर की सांस ली और अपनी गति तेज की। डिब्बे उसके पीछे-पीछे स्तालिनाबाद की ओर चले।

:o: :o: :o:

कम्पार्टमेन्ट में सभी चुपचाप बैठे थे। रशीदोफ़ नीचे की सीट पर था। उसके सामने की सीट पर कागान में चढ़ा जवान था, ऊपर की सीट पर ताशकन्द से आया एक रूसी, जिसके सामने जवान के साथ आई एक तरुणी थी। क्या वजह थी कि जवान ने तरुणी को सीट पर करके स्वयं नीचे की सीट पर बैठना पसन्द किया ! यह बात रशीदोफ़ को मालूम नहीं हो सकी। तरुणी को देख कर मालूम होता था कि गोया उसके दांतों में दर्द है; इसलिए अपने चेहरे को रूमाल से लपेटे हुए थी। पहली ही नजर डालने पर रशीदोफ़ को उसकी आँखें किसी परिचित व्यक्ति की-सी मालूम हुईं, लेकिन वह याद नहीं कर सका। एक-दो बार कोशिश करके भी वह लड़की की आँखों को अच्छी तरह नहीं देख सका, बार-बार देखना उसने उचित नहीं समझा, और अख़बार पढ़ने लगा। जवान चाय पी रहा था, लड़की दूसरी ओर मुँह फेर कर लेट गई थी। जब बाद में ट्रेन प्रोलेतराबाद स्टेशन से आगे बढ़ी, तो जवान ने जरा खुल कर साँस लेते हुए रशीदोफ़ की ओर निगाह करके पूछा :

—आप भी स्तालिनाबाद जा रहे हैं ?

रशीदोफ़ ने अख़बार पर नजर रखे हुए ही जवाब दिया :—हाँ, स्तालिनाबाद। आप कहाँ ?

—हम भी।

—कहाँ से आ रहे हैं ? छुट्टी पर जा रहे हैं ?

—हाँ, एक साल से छुट्टी नहीं मिली थी, कि आ कर बाल-बच्चों को ले जाऊँ। इसी हफ्ता में कोशिश की। स्तालिनाबाद की मिट्टी बड़ी मुश्किल

है, एक बार चले गए, तो लौटना मुश्किल। आप भी काम पर जा रहे हैं ?

—मैं ? हाँ, काम पर जा रहा हूँ।

—कौन-से आफिस में ? चे-का कम्युनिस्ट पार्टी कार्यकारिणी के अधीन क्या ?

—हाँ, चे-का के अधीन। आप कहाँ काम करते हैं ?

—मैं ?—कह कर जवान थोड़ा चुप रहा, फिर बोला—मैं कृषि कमसरियत के आफिस में।

—स्तालिनाबाद अच्छा शहर है, क्यों ?

—बुरा नहीं है...जाड़ों में बारिश कुछ अधिक होती है। वहाँ बाग और दरख्त कुछ कम हैं।

—जो भी हो, बासमचीगरी डाकुओं का उपद्रव ख़त्म तो हो गया ?

—करीब-करीब...

—फुजेल मख़दून का क्या हुआ ?

—फुजेल ? नहीं, मुझे नहीं मालूम।

—क्या मखदूम फुजेल को आप नहीं जानते ? ओ, पिछले साल गरम में जो वाकया हुआ था, उसकी खबर आप को नहीं है ? इस समय किताब पढ़ने में लगे रूसी का ध्यान भी उनकी बात-चीत की ओर हुआ और उसमें शामिल होते हुए वह बोला—फुजेल के बारे में कहते हो ?

रशीदोफ़ ने ऊपर की ओर निगाह करके मुस्कुराते हुए कहा :

—हाँ, यह हमारा साथी गरम की घटना की खबर नहीं रखता। लेकिन एक साल से कुछ ज्यादा हुआ, जब कि मैंने अखबारों में गरम की घटना को पढ़ा था।

—ओ, गरम की घटना बहुत बड़ी घटना थी !—ऊपर की सीट से नीच उतरते रूसी आदमी ने कहा।—वह घटना भुलाई नहीं जा सकती।

जवान ने उसे अपनो सीट पर जगह देते हुए कहा :—कुछ जानता हूँ, लेकिन उसका विवरण मुझे याद नहीं है। फुजेल का क्या हुआ ?

—फुजेल जोर से भागकर खलास हो गया; लेकिन जनता के साथ उसने बड़ा अत्याचार किया है। देर या जल्दी, उससे और उसके सहकारियों से वह बदला लेके रहेगी।

—सच है,—रशीदोफ़ ने कहा,—वह घटना भूलने लायक नहीं है! ...फुजेल ने जो खूँरेजी और जंगलीपन किया, वह कभी भूला नहीं जा सकता!

—हाँ,—रूसी आदमी ने कहा।

—आप भी इस वक्त स्तालिनाबाद जा रहे हैं ?—रशीदोफ़ ने रूसी पुरुष से पूछा।

—हाँ, अपने घर लौट रहा हूँ, मैं स्तालिनाबादी हूँ।

—सच ? वहाँ किस जगह रहते हैं ?—जवान ने पूछा।

—कूचा कश्शाफान में—उसने कहा,—स्कल की इमारत में।

—आप अध्य.पक हैं ? क्या पढ़ाते हैं ?

—रूसी भाषा।

—ताजिकी को कहाँ से सीखा ?

—प्राच्य-प्रतिष्ठान की पढ़ाई समाप्त की। दो साल से ताजिकों के बीच में रहता हूँ, इस तरह ताजिक भाषा सीख ली।

—दुरुस्त।

ट्रेन कराबुल बाजार के स्टेशन पर खड़ी थी। रशीदोफ़ स्टेशन देखने के ख्याल से डब्बे के बरांडे में चला गया। इस समय तरुणी ने अपने सिर को फिरा कर नीचे की ओर निगाह करसे धीरे से आवाज दी—कुदरत, कुदरत!

कुदरत किसी चीज को अपने बक्से में ढूँढ रहा था, तरुणी की आवाज सुन कर उसने ऊपर निगाह करके बहुत ही धीमी आवाज में कहा—लेटी रहो !

——नहीं,—तरुणी ने कहा,——नींद नहीं आ रही है, दिल तंग है, डरती हूँ !

रूसी पुरुष दूर खड़ा था, युवती नीचे उतर कर कुदरत के पास जा बैठी।

——आप कहाँ से ?——रूसी पुरुष ने पूछा,——और आप कहाँ जा रहे हैं ?

——स्तालिनाबाद को।

——बहुत अच्छा, साथ चल रहे हैं।

——हाँ।

——कब वहाँ पहुँचेंगे ?——युवती ने पूछा।

——करीब दो दिन और दो रात चलना है; काफी लम्बा रास्ता है। अभी कल भी चल कर परसों दस या बारह बजे स्तालिनाबाद पहुँचेंगे।

——उफ...! खुदाने मार दिया।

रूसी पुरुष दोनों को वहीं छोड़ कर बाहर निकल आया। उसके चले जाने पर तरुणी ने धीमे स्वर से कुदरत से कहा——शायद मुझे पहचान लिया हो। रशीदोफ़ ने मुझे अनेक बार उस बदकिस्सत मुदीर संचालक के साथ देखा था, और उसके कैद होने की बात भी जानता है...

——खैर, जानता-पहचानता हो तो क्या ?

——ठीक नहीं होगा। क्यों जा रही हो, कहाँ जा रही हो, तुम्हारे शौहर का क्या हुआ ?...क्या काम है, आदि पूछेगा !

——कोई बात नहीं !——कुदरत ने कहा।

रूसी पुरुष ने बरांडे में रशीदोफ़ को देख कर कहा:

——स्टेशन में क्या है ?

—कुछ नहीं। स्टेशन खाली है।

ट्रेन फिर चल पड़ी। रशीदोफ़ और रूसी पुरुष दोनों बरांडे मे बैठे बात-चीत करने लगे।

✤

३
कोई बात करो

सुबह स्वच्छ थी, गुलिस्तान गाँव दिन की गोद में था। लोग पुल के ऊपर से हो कर अपने खेतों में काम करने के लिए जा रहे थे। लड़कियाँ और छोटी उमर के बच्चे गायों, बछड़ों और अपनी भेड़-बकरियों को हाँकते, पुल पर से गुजर कर चरवाहों के सपुर्द कर स्वयं खेलते हुए गाँव की ओर लौटे आ रहे थे। यह शरद् का समय था, खलिहान का समय था। किसान कपास को चिन, अनाज को जमा कर, अन्तिम मेवों को इकट्ठा कर रहे थे।

नाश्ते का समय हो गया था, इसी समय सिर पर जामचा डाले गाँव की ओर से एक लड़की आई। उसने पुल के ऊपर पत्थरों का खेल करते हुए बैठे दो बच्चों को देख कर कहा:

—करामत, ओ करामत!—मैंने तुझसे क्या कहा था?

करामत क्या कहे, इसे न समझ अपनी जगह से उठ नीचे की ओर जाते हुए बोला—अभी जा रहा हूँ!

—मत जा, अब जरूरत नहीं है! लौट, घर जा!

करामत लौट कर फिर अपने जोड़ीदार के पास आ जा कर खड़ा हुआ। लडकी करामत की इस हरकत को देख कर गुस्से हो कर बोली:

—मैं इस शैतान को कोई काम बतलाती हूँ, और यह यहाँ आ कर खेल में लग जाता। हा, तू जवाँ मर्द मत बन ! जा कह रही हूँ ! हा, क्या हुआ, खड़ा क्या सोचता है ?

—नहीं जाऊँगा !--जिद्द करते हुए करामत ने जवाब दिया,—तू ही जा !

—तौबा करती हूँ...क्या कहता है, यह शैतान बच्चा ! अभी कमची लगाऊँ क्या ?

करामत ने देखा कि इस तरह काम नहीं बनेगा और यहाँ ठहरना भी नहीं हो सकता, चल कर जड़की के पास से और दूर हो, बोलने लगा :

—नहीं जाऊँगा...हाँ, नहीं जाऊँगा हाँ ! हुइत-हुइत...खेलूँगा ! तू स्वयं दिलबर जिन् है, शत्ताह दिलबर ! शादी भैया तेरा शौहर है ! हुइत, मैं कहता हूँ, शादी भैया तेरा शौहर है !

लड़की करामत के मुँह से 'दिलबर जिन्' नाम सुन कर, एक-ब-एक आग बबूला-सी हो, करामत के पीछे दौड़ी; लेकिन जब उसके ओंठ खुले, तो उस की हँसी प्रकट हो गई।

—खैर, अभी जरा धीरज धर ! अगर अम्मा से जा कर न कहूँ, तो आदमी नहीं।—दिलबर ने भागते हुए करामत को उसी तरह छोड़ कर कहा और फिर पुल पार करके दाहिनी तरफ खेतों की ओर रवाना हुई।

उसके पास, नजदीक सभी जगह, किसानों की बातें और गाने की आवाज सुनाई दे रही थी। कपास के खेतों में कलियाँ फूट रही थीं। कपास लटक रहा इस बात की प्रतीक्षा कर रहा था कि चिननेवाले किसान जल्दी ही उन्हें लोढ़ लें। लेकिन, किसान अपने सिर पर आये सभी कामों को पूरा नहीं कर पा रहे थे। वह क्या करते, कपास लोढ़ते या अनाज को दांवते, या जाड़े के चारे को इकट्ठा करते, गेहूँ या जौ के भूसे को खलिहान से घर ले जाते या कि शरद् के दूसरे मरम्मत आदि के कामों में लगते !

ये सभी काम करने जरूरी थे, और उनमें सारा परिवार छोटे-छोटे बच्चों तक लगा हुआ था; लेकिन वक्त पर एक भी काम नहीं हो रहा था। अभी इस साल का काम खतम नहीं हुआ था कि अगले साल का काम शुरू हो गया था—यह नहीं हुआ, वह ठीक नहीं हुआ...इसी तरह महीने और साल बीतते जा रहे थे...!

दिलबर कपास के दो खेतों के बीच से जा रही थी। उसके पैरों के नीचे से हर वक्त टिड्डी या कोई दूसरा कीड़ा निकल कर भाग रहा था। उसका पुराना जूता पैरों में था, लेकिन उसके पैर इस कड़ी जमीन में दौड़ते-दौड़ते बड़े हुए थे, इसलिए कांटों से छिलते नहीं थे। धीरे-धीरे दाहिनी ओर की कपास खतम हो गई। आगे गेहूँ के खेत कटे हुए थे। गेहूँ के डंठल धूप में सूख रहे थे। इसके बाद खरबूजे की क्यारियाँ शुरू हुईं। इन क्यारियों के एक किनारे काजा बनी थी। जिसके बाहर दो आदमी बैठे बात कर रहे थे। दिलबर उन्हें देख कर खड़ी हो खूब देखने लगी। उनमें से एक उसका परिचित नहीं था, इसलिए वह अपने रास्ते पर लौटने लगी।

--दिलबर, ओ दिलबर! कहाँ जा रही है, इधर आ भी!

दिलबर ने मुँह फेर कर देखा कि उसका दोस्त जवान शादी पुकार रहा है। वह न आगे बढ़ सकी न पीछे लौट सकी, उसी जगह जामा को अपने सर पर ढाँके खड़ी रही।

शादी एक लम्बे कद का जवान था, उस का मुँह गोल, भौंहें एक दूसरी से जुड़ी, आँखें काली और ओठों पर हमेशा मुस्कुराहट, जिस पर हल्की मूछों की स्याही शोभा दे रही थी। वह अपनी जगह से उठ कर दिलबर की ओर चला। उसके शरीर पर कमसोमोली कमीज थी और खाकी रंग का चालवार पायजामा, पैरों में सैनिक बूट थे। कुर्ता कमर के पास कमरबन्द से बँधा था, सिर पर टोपी चिपकी हुई थी।

--दिलबरखान, नाराज मत हो!—उसके पास आ कर शादी ने कहा।—जा रही है?

––तुझसे काम था, अगर अकेला होता !...

––ले यह मैं अकेला हूँ !

––वह कौन है ?

––वह ? मुकीम को नहीं जानती ? शहर में जा कर इस तरह का हो कर आया है।

––मुकीम ?––हैरान हो कर दिलबर ने कहा,––मुकीम गरीब ? नहीं हो सकता ?

––हां तू विश्वास नहीं करेगी, आ, चल कर स्वयं बात कर और उससे हाल-चाल पूछ।

वह दोनों लौट कर बयारी के पास पहुँचे। मुकीम ने उठ कर दिलबर की पेशवाज़ी की।

––अका भैया मुकीम ! तुझे पहचाना नहीं जा सकता, बदल गया ! कब आया ? सलामत तो हो ?

मुकीम ने हँसते हुए कहा––शायद मैं बदल गया। यह स्कूल के दिये हुए लिबास हैं। असल बात यह है, कि मुझे तूने अपने दिल से भुला दिया है...खूब, तू स्वयं सलामत तो है, तेरा भाई कैसा है ? माँ-बाप तो ठीक से हैं ?

––शुक्र।

थोड़ी देर नीरवता छा गई। दिलबर की निगाह जमीन की ओर थी। फिर शादी ने खामोशी तोड़ते हुए कहा :

––मुकीम ! दिलबर कलखोज में क्या बनेगी ?

––दिलबर...––मुकीम ने उसके मुँह की ओर थोड़ा देख कर फिर कहा––दिलबर कलखोजची औरतों की सरदार बनेगी।

––दुरुस्त ! ––सादी ने कहा,––हमारी दिलबर भी अच्छी संगठक बनेगी। स्वयं किसान की लड़की, कपास की खेती में बड़ी चतुर, कलखोज के कामों को अच्छी तरह कर सकती है।

——मैंने ख़ोजन्द के कलखोजों में देखा है——मुकीम ने कहा।——औरतें कलखोज की मरपंच रईस तक हैं। एहे, तू इन औरतों को कम मत समझ!

दिलबर ने मधु मुस्कराहट करके चुप रही। कलखोज के संघटन उसमें काम करने में इच्छा उसके दिल में कब से जोश मार रही थी! शादी अपनी बातचीत में इसके बारे में अनेक बार उसे कह चुका है और कलखोज की तस्वीर खींच चुका है: "हम कलखोज बनेंगे, सभी गरीब, भूखे, नंगे तथा निर्धन किसान और मध्यवित्त किसान कलखोज को स्वीकार करेंगे। बाय और कुलक्कु-मुस्तज़ोर उसे बरबाद करना चाहेंगे, लेकिन हम फरेब करनेवाले दुश्मनों को दबा देंगे, फिर ट्रैक्टर ले जायेंगे, जिससे किसानी का काम आसान हो जाएगा, और खेती से पूरी पैदावार उठायेंगे।...सबसे जरूरी है अपने रोजी और ज़िन्दगी को ठीक करना। जिन्दगी को ठीक करना और बस! हम सभी अच्छा कपड़ा पहनेंगे, सभी लिखना-पढ़ना जानेंगे, सुसंस्कृत बनेंगे...!" जब पहले दिलबर ने इन बातों को सुना था, तो उसने उनको महत्व नहीं दिया था, और न विश्वास ही कर सकी थी। लेकिन शादी ने ज़ोर देकर उसे समझाया, फिर अका इस्पाद जैसे कलखोज को देखे हुए आदमियों ने गवाही दी, और दिलबर के दिल में कलखोज का शौक पैदा हो गया, और वह भी उस की बातें करने लगी। वह जानती थी कि शादी जैसा गम्भीर और कार्यकारी जवान कोई बात अकारण नहीं बोल सकता। वह जो भी कहता है, उसे अमल में लाता है। इसीलिए दिलबर उस को दोस्त मानती थी, और उस की इच्छाओं और कामों में अपने को शामिल समझती थी। इस वक्त उन की बातों को सुन कर उसने न विश्वास करते जैसे पूछा:

——तुम क्या कहते हो? मैं कैसे औरतों की सरदार बनूँगी?

मुकीम और शादी हँस पड़े।

——ए...ए, तूने मुझे लज्जित कर दिया!——शादी ने कहा——दिलबरे सत्ताह' हो कर क्या सरदार नहीं बन सकती?

—तू ही होता रह !—दिलबर ने खफा हो कर अपने चेहरे को दूसरी ओर फेरते हुए कहा'।

—खैर, अकारण खफा मत हो,—शादी ने शांतिपूर्वक कहा—अभी कलखोज संगठित नहीं हुआ है, और किसी ने तुझे सरदार नहीं बनाया है, यह काम उतने आसान नहीं हैं, एहै...इस वक्त कितना काम और संघर्ष हमारे पास है। ये हमारे गाँव के मुश्तज़ोर आसानी से हमारी जान नहीं छोड़ेंगे।

—नहीं, हो सकता है,—मुकीम ने कहा।—हो सकता है, सभी काम अपने वक्त पर हो सकते हैं; लेकिन इसके लिए हलचल करने की जरूरत है। यह, अंगिस्तकान गाँव में कलखोज संगठित किया गया है, बुरा नही है, अच्छा काम कर रहा है।

—दुरुस्त, दुरुस्त...! शादी ने कहा। वह एक ओर निगाह किए हुए किसी विचार में डूब गया। अंगिस्तकान गाँव में कलखोज संगठित हुआ है, लेकिन हमारे गाँव में अभी कोई काम नहीं हुआ, मुंहफट लंठ लोग मनमानी करते जा रहे हैं...!

—कहने जैसा ही...!—दोनों जवानों के ध्यान को अपनी ओर खींचते हुए दिलबर ने कहा।—गुलशन से मेरी मुलाकात हुई, वह कलखोज देख आई है। इतना तारीफ करती है, कि सुन कर आदमी हैरान हो जाता है। वह सभी से कहती है, कि जल्दी अर्जी लिख कर भेजें, और हम भी कलखोज बन जाएँ।...औरतों के बीच में उसकी बातों का अच्छा प्रभाव पड़ा है, लेकिन उस का शोहर...

—यूसुफ ! राजी हो जाएगा ?

—उससे बात करके देख !—अपनी जगह से उठते हुए दिलबर ने कहा।—खैर, इधर आ, अका शादी, मुझे तुझसे बात करनी है।

शादी और दिलबर मुकीम से कुछ दूर गये। शादी ने पूछा :

—क्या कहती है ?

—अपन भया के बारे में बात करना चाहती थी,—दिलबर ने कहा।

—खदीचा बड़ी बला की लड़की है, भैया ने मुझे अपने दिल के भेद को बतलाया है। खदीचा ने उसके दिल को इतना छीन लिया है कि वह और धीरज धरने की ताकत नहीं रखता! ...

—और स्वयं खदीचा की क्या हालत है?

—खदीचा भी बरका से प्रेम करती है।

—खैर, तो और कोई बात नहीं, सवाल हल है।

—नहीं, आखिर उसके माँ-बाप क्या कहते हैं? फिर बापू भी इस बारे में कुछ नहीं जानते।

शादी ने जरा सोच कर फिर कहा—एक शर्त है, अगर वह ठीक हुई, तो मैं खदीचा के साथ बरका के काम को ठीक कर सकता हूँ।

—क्या शर्त?

—तू मेरी बन जा, फिर उधर का काम होके रहेगा। तेरा बाप मजबूर होगा, कि तेरे भैया के लिए भी लड़की लाए, उस समय मैं खुद काश्तकार होऊँगा और तुम्हारा बन कर खदीचा को ला कर दूँगा।

—मैं तेरी नहीं बनूँगी!—ओंठों के भीतर मुस्कराते हुए अपना मुँह दूसरी तरफ फेर दिलबर ने कहा।—यही शर्त है क्या?

—अगर यह नहीं होगा, तो खदीचा भी नहीं मिलेगी।

—नहीं मिलेगी तो नहीं मिले!—कह कर खफा हो दिलबर जाने लगी, लेकिन उसके हाथ को पकड़ कर शादी ने उसे रोक रखा और कहा:

—ठहर, खफा मत हो। खैर, अच्छी बात है, बतला क्या करूँ?

—बापू के साथ बात करके देख?

—खैर, रात को जाऊँगा, लेकिन तुझे मुझसे आगे बढ़ कर हिस्सा लेना होगा।

दिलबर अपने हाथ को शादी के हाथ से हटा कर चलने लगी।

—ओय बिटिया, ठहर, बात तो कर !——शादी ने कहते हुए उसको पीछे से आवाज दी। लेकिन दिलबर उस की ओर निगाह न करके दूर चली गई, फिर शादी ने उसकी आवाज सुनी :

——जाओ !

इस बातचीत से शादी को बहुत खुशी हुई। मुकीम के नजदीक जाने पर अब भी उसके चेहरे पर ओंठों पर मीठी मुस्कुराहट खिली हुई थी। मुकीम ने कहा :

——खैर, अब चलें, काम को जल्दी शुरू करें।

——ठहर, पहले सवालको अच्छी तरह देख-सुन लें।

मुकीम कल ही लौट कर गाँव आया था। वह आज से एक साल पहले खोजन्द आकर ट्रैक्टर-ड्राइवर का काम सीख मशीन ट्रैक्टर-स्टेशन पर काम करता रहा; तजूर्बा हासिल कर अब सोग-खोज सोवियत खेती, सरकारी खेती में काम करने आया था। वह गाँव के एक बहुत ही गरीब माँ-बाप का लड़का था। उसने गरीबी की कड़वी सख्त जिन्दगी को भुगत कर देखा था, इसीलिए अपने गाँववालों की हालत को देख कर उस का दिल बहुत दुखी होता था। वह चाहता था, कि उसके गाँव में भी कलखोज संगठित हो, और किसानी का काम अच्छी तरह चले, जिससे लोग गरीबी से मुक्ति एवं छुट्टी पाएँ।

एक साल के अर्से में और पढ़ाई करने के बाद गाँव में लौट कर उसने देखा, कि वहाँ तुराबेक, तगाई मुरादबाय, मुल्ला तूक़-रिजा जैसे मुस्तजोर अब भी अपने काम को पहले ही की तरह चलाये जा रहे हैं। आखिर, अभी कल तक उसका बाप तगाई मुरादबाय की चाकरी कर रहा था। अब भी वह उसी तरह हर काम में उस के साथ, हर बात में उस की सलाह लेता था।...नहीं ! उसमें वह ताकत नहीं थी कि उससे छूटे। मुकीम जानता था, कि आज नहीं तो कल ज़रूर कलखोज संगठित होगा, समझता था कि कलखोज का संगठित होना इन मुफ्तखोरों की बरबादी है: फिर क्यों देर हो रही है ? क्यों आज ही काम शरू नहीं कर देते ? वह

छुट्टी पर आया था, उस का समय खतम हो जायगा...हर काम के बारे में वह शादी के साथ बात करता था। अगर शादी इसे ठीक समझेगा, तो वह काम शुरू करके छोड़ेगा; इसीलिए वह शादी के साथ बार-बार इस के बारे में बातें करता था। शादी एक दूरदर्शी जवान था, वह मुकीम के इस जोश और खरोश के साथ था; लेकिन एक-दो और बातें उसे करनी थीं। शादी सोचता था, कि मुकीम जिस तरह समझता है, उस तरह कलखोज का संगठन करना बहुत आसान नहीं है। इसके बारे में बहुत सोचने-विचारने और काम करने की जरूरत है। कलखोज को संगठित कर कुलकों को हटाना जरूरी है, लेकिन कुलक आसानी से पिंड नहीं छोड़ेंगे, वह सख्त मुकाबिला करेंगे और हर तरह से फायदा उठाना चाहेंगे। इसलिए अगर इस काम में कलखोज के संगठित न होने देने पर ध्यान दें, तो सभी बातों के बरबाद होने की सम्भावना है। फिर इसके लिए शादी को पार्टी और सरकार के सामने लज्जित होना पड़ेगा और गाँव के सभी कर्मठ आदमियों के सामने भी लज्जित होना पड़ेगा—यह बात है, जिसके बारे में मुकीम को अभी भी डर है। इसीलिए उसने पहले की तरह तुरन्त उठ कर लिखा-पढ़ी करना नहीं चाहता। उसने शादी से कहा :

—पहले बात-चीत करके देखना जरूरी है, क्यों ?

—हाँ, पहले लोगों के दिल की भीतरी बातों का पता लगाना चाहिए, अगर सम्भव है, तो उन को कुछ तैयार करना चाहिए।

—जैसे किन को ?

—जैसे...! —शादी ने कुछ सोचते हुए कहा।—जैसे मुहम्मदजान, जो अच्छी किसानी जानता है, उसके पास खत है, गाय-बैल हैं, घर-द्वार भी बुरा नहीं है, बेटा सयाना है, लड़की भी कर्मठ है। फिर उसके पास काम के लिए बतरक मजूर भी नहीं है, उसने मुफ्तखोरी नहीं की है, हमेशा अपनी पेशानी का पसीना बहा मेहनत करके एक ग्रास रोटी खाता है। उसे कलखोज में लाना जरूरी है या नहीं ? जरूरी है। वह अच्छा किसान है, काम के ढंग को जानता है। कलखोज में आकर बड़ा लाभदायक सिद्ध होगा, लेकिन मालूम नहीं कि वह कलखोज में आना चाहता है या नहीं !

—खैर मैं चला।—मुकीम ने कहा।

वह दोनों मुहम्मदजान के खेतों की ओर रवाना हुए। मुहम्मदजान बरका और जूरचा नामक किसान के साथ कपास लोढ़ रहा था। वह मोटा-ताजा चौड़े शरीर का काली आँखोंवाला आदमी था। उस का चेहरा बहुत सीधा-सादा दिखलाई पड़ता था। जो भी उसकी ओर देखता, उसे मालूम होता कि मुहम्मदजान हमेशा एक विशेष किसिम की अर्थसूचक मुस्कुराहट के साथ दुनिया की ओर निगाह करता है। वह ऊँची आवाज नहीं करता था और न कभी काम को ही पीछे छोड़ता था। उसका बेटा बरका बाप की अपेक्षा कम मोटा था, लेकिन कद्द में उसी तरह बुलन्द था। आँख, ओठ और मुँह उसके बाप जैसे थे। चेहरा लम्बा, नाक सीधी और ऊँची और गर्दन बाप जैसी पुष्ट थी। उन दोनों के सिर पर हिसारी टोपी और तन पर रूईदार जामा था। सूर्य आसमान में ऊपर उठ कर अपनी किरणों को उनके जामों पर फैलाते उनकी पेशानियों से पसीना निकाल रहा था।

—सलाम बापू!—शादी और मुकीम ने पास जा कर कहा,—थक तो नहीं गये? मांदा न हों...!

—सलामत!—मुहम्मदजान ने सिर उठा कर पेशानी से पसीना पोंछते हुए कहा—आओ।

मुहम्मदजान ने मुकीम को नहीं पहचाना, और बिना उस की तरफ ध्यान दिये और उस की तरफ निगाह करके लोढ़े हुए कपास को ले जा कर एक जगह रख, राशि के पास बैठ कर बोला:

—कैसे, मरहमत!

—मुकीम ने आगे बढ़ कर मुहम्मदजान के साथ सलाम-दुआ की।

—ओहो,—उसे पहचान कर मुहम्मदजान ने कहा,—यह मुकीमबाय क्यों? आ, आ मेरे बच्चे! मांदा मत हो, भले आया। क्यों शादीजान, इधर आ! बेटा जूरा, आ थोड़ा आराम करें। ओ बिटिया, जल्दी जा

और पेड़ की डाली पर रक्खे कुल्चों और रोटियों को ले आ। बरका, चाय उबालने का क्या हुआ ?

शादी और मुकीम कपास की राशि के पास बैंठे। जूरचा भी उन की बगल में आ बैठा। बरका चिने हुए कपास को राशि में डाल कर चाय उबालने तथा देखने के लिए चला गया; जोकि एक ओर चूल्हे के ऊपर रखी हुई थी।

शादी ने एक तिनपतिया को तोड़ कर उसके कोमल रेशे को अपने अंगूठी में लिपेटा, फिर एक तरफ निगाह करके देखने लगा। मुकीम भी कपास के खेत की ओर नजर गाड़े किसी बात को सोच रहा था। दिलबर शहतूत के दरख्तों की डाली से लटकी रूमाल में बँधी चीज को ले आई और बाप के पास ला कर उसे खोला। उसमें चार ठो मुलायम कुल्चे थे। मुहम्मद-जान ने दो कुल्चों को तोड़ कर रख दिया, फिर एक टुकड़े को अपने मुँह में डाल मुकीम और सादी से कहा :

—क्यों, बच्चो, रोटी खाओ !

बरका ने उबलती चाय को ला कर बाप के लिए प्याला में निकाला। मुहम्मदजान ने आधे कटोरे को शादी की ओर बढ़ाते हुए कहा :

—ले बेटा, चाय पी ! खुश मुकीम ! क्या खबर लाया ! कहते हैं तू ट्रैक्टरची (ट्रैक्टर-ड्राइवर) हो गया है।

—हाँ, ऐसा ही कहते हैं,—मुकीम ने कहा।—क्यों, सोब-खोज में चलें, मालिक लोग क्या कहते हैं ? ट्रैक्टरची कहते हैं, ट्रैक्टरची उसे कहते हैं, जो कि खेतों में जा कर काम करता है। उस्तादखाना मिस्त्रीखाना में जा कर काम करता है—उस्ताद, देह किसानी करता है—किसान तो ! लेकिन मैं आपसे पूछता हूं, कारबार कैसा है ?

—एहै, हमसे क्या पूछता है बच्चा! —मुहम्मदजान ने अनुत्साहपूर्ण स्वर में कहा,—हम और खेत और यह पेशानी का पसीना ! हमारी

बस यही बात है! अब तू बात कर, हमें कब कलखोज बनाएगा? आखिर, हमारे खेतों को भी एक बार जरा अपनी गाड़ी से रौंद दें।

इसी समय कपास के खेत में दिलवर ने जा कर इकट्ठा किए हुए कपास को बोरे मे डाला। शादी दिलबर के काम को देख रहा था, उसका ध्यान उसकी ओर लगा हुआ था, इसी समये उसने देखा, कि बरका उस की तरफ निगाह किए हुए मुस्करा रहा है।

—हाँ, उसने तुरन्त कहा,—अब हम भी कलखोज बनेंगे, ट्रैक्टर को हाँक लाएँगे।

मुकीम ने मुँह की रोटी को निगल कर हँसते हुए कहा :

—ट्रैक्टर की बात कहते हो, अच्छा ट्रैक्टर! पहले कलखोज बनो, फिर खड़खड़ करती हुई मशीन को भी हाँक कर इस ओर लाएँगे।

—सच कहता है, बच्चा!—मुहम्दजान ने गम्भीर स्वर में कहा। —यह ट्रैक्टर भी खेतों में बड़ा काम करता है। यह हमारी तीन तनाव बिगहा, चार तनाव जमीन ट्रैक्टर के लायक भी नहीं है। दीना रईस खालमिर्ज़ा ने ठीक कहा, कि रूसिया की तरफ बड़े लम्बे-चौड़े खेत हैं, उस जगह यह मशीन जान की दवा है! लेकिन हमारे इन खेतों में दो पैसे का भी काम नहीं हो पाता। हमारे खेतों को भी उसी रूसिया के खेतों जैसे क्यों न बनाएँ? रईस सरपंच की बात ठीक है... यही बात है तो!

मुहम्मदजान और कुछ बात न पा रुक गया। जो भी हो वह मुकीम की ओर ख्याल करते जमीन को खेत को बड़ा न कर सकने, कपास की खेती के लिए ट्रैक्टर के ठीक न होने की बात नहीं कर सका। लेकिन जरा नहीं चाहता था, कि उसको कुछ न समझा जाए, इसलिए वह बोल उठा :

—तू भी मुकीम, काम सीखने के लिए गया था! केन्द्र में जा कर पढ़ाई करके आदमी अध्यापक बन के आता है, कातिब-लेखक बन के आता है, मुदीर-संचालक बन के आता है, न कि यह...

—बाजार क्या ?—बेकार की बात को बीच में काटते हुए शादी बोल उठा—बाज़ार का काम तुझे ठीक आता है क्या ?

—बाजार !—कह थोड़ा सोचकर ज़ूरा ने फिर कहा—ख़ैर। बाजार की क्या बात ? वह भी कुछ साल बिता कर कृषि-पंडित बन कर आया है !...

मुकीम और शादी ने देखा, कि ज़ूरा ने बात शुरू करने के लिए उनको अवसर दे रखा है। इसलिए दोनों उसके साथ गर्मा-गरम बहस करने लग गए :

ख़ैर, कृषि-पंडित भी गंदा है क्या ?—मुकीम ने पूछा।

—एय रहने दो। ज़ूरा ऐसे इस बात से मानों बेजार हो कर बोला।—तेरे सभी कृषि-पंडित-वंडित यदि कपास की खेती कर सकते ! बोअक की जमीन में कुलचक करके, बीज गिराते इस किसानी को भी उसके हिसाब-किताब के साथ उठाए हुए हैं। वह नहीं जानता कि इन खेतों को किसान के लिलार का पसीना और तथा वर्षा तथा मौसिम फलदायक बनाते हैं। हज़ार जुताई करो, लेकिन मौसिम ठीक न हो, तो दो पैसा ! तू भी बापू, इस ट्रैक्टर-फैक्टर की बात छोड़। खुदा के वास्ते अगर अपने केश बढ़ने पर ही ये हाथ से जायें, तो तुझे भी इसका सवाब मिलेगा।

मुकीम चुपचाप मुस्कुराता रहा। मुहम्मदजान जोर से कुल्चा को कूँच कर खाते हुए कुछ सोच रहा था। शादी अपनी टोपी को अपने सिर पर ठीक करते ज़ूरा को टोक कर बोला :

—तेरा ख्याल ठीक नहीं, अका भाई ! यह बातें कहाँ से तू ने सीखीं ?

—किससे सीखा, खुद अपने से...बरका ने धीमी आवाज से कहा...

—एई, तू भी !—मुहम्मदजान ने ज़ूरा से कहा।—हर आदमी और हर काम ! आखिर यह ट्रैक्टर भी एक हुनर है ! क्या हम और तू उसे

चला सकते हैं ? नहीं, नहीं चला सकते। मुकीम इसी हुनर की रोटी खा रहा था। ठीक है, खुद इसी से सौ अशरफी !

—हाँ, चचा,—सादी ने उसका समर्थन करते हुए कहा,—तुमने ठीक कहा, इसी हुनर की रोटी खाता है। इसके अतिरिक्त वह कल या परसों हमारे यहाँ भी कलखोज संगठित होगा। उस समय ट्रैक्टर की जरूरत होगी, ट्रैक्टरची की जरूरत होगी। मुकीम हमारा आदमी है, हमें इस तरह फायदा होगा।

—उरें, जूरा ने कहा,—कलखोज नहीं होनेवाला है ?

—कल या परसों होगा, जूरा !—मुकीम ने कुछ जोर दे कर कहा। —अगर पहले से तुझे विश्वास नहीं था, तो अब इसे गाँठ में बाँध ले और दूसरों को भी समझा !

—कलखोज संगठित होगा, होके रहेगा, कह !—शादी ने हुकुम देते हुए-सा कहा।

—आओ, बच्चो,—मुहम्मदजान ने रोटी खा कर समाप्त करते हुए कहा :—बेकार की बातों में मत पड़ो, उठो, कुछ कपास चिनें।

—नहीं बापू !—मुकीम ने कहा,—हम तुमसे एक सलाह लेने आए थे।...

—अच्छा,—मुहम्मदजान ने थोड़ा खड़ा हो कर फिर जा कर मुकीम की बगल में बैठ कर कहा।—क्या, कैसी सलाह ?

—सलाह यही है, कि,—शादी ने जमीन में से एक पत्थर का टुकड़ा उठा कर अपनी बात जारी की :—सम्भावना है, दो-तीन दिन बाद हमारे गाँव में कमीशन आए, और कलखोज के बारे में बात करना चाहे। अगर गाँव के गरीब भूखे-नंगे चाहें, तो सभा बुलाएँगे और कलखोज का संगठन कर देंगे। इसे समझ अभी से ही गाँव में बात चल रही है। एकाध धोखेबाज और बुराई चाहनेवाले मुफ्तखोर लोगों को डरा रहे हैं, और

कलखोज को बुरा बतला रहे हैं। अगर बातें ऐसी चलती रहीं, तो कुछ फायदा नहीं होगा। हम इसी अभिप्राय से तुम्हारे पास आए हैं कि इस बारे में सलाह करें, सभी बातों को ठीक करके, मुस्तैद हो कर कमीशन की अगवानी करें और लोगों को कलखोज क्या है—इसे बतलाएँ।

—यही सलाह थी क्या ?—मुहम्मद ने पूछा।

—हाँ,—मुकीम ने कहा।—पहली सलाह हमें यही करनी थी, कि तुम स्वयं कलखोज के बारे में क्या कहते हो ? फिर जैसा कि शादी भैया ने कहा, क्या करें कि कमीशन की अगवानी का धोखा देनेवालों का मुँह बन्द करें।

मुहम्मदजान की निगाह पास के खेत के ऊपर थी, उसे वहाँ से हटाये बिना ही वह बात करने लगा :

—तुम्हारी सलाह बेजा नहीं है; लेकिन सोचने की बात यही है, कि बाप-दादा की जमीन को दे कर, अपने ढोर-माल को दे कर, अपने रोजगार को हम बरबाद करें और फिर कोई लाभ न हो, फिर लज्जित होना पड़े। लेकिन अगर मेरे दिल के अन्दर से बात पूछो, तो कलखोज के साथ मेरी मुहब्बत है। अगर यह लालसा मेरे दिल में सन्देह न पैदा करती, तो कब का ही अर्जी लिख कर रायन चला गया होता। इधर यह भी क्या कम है ! कहते हैं कुलक बना दिया जाता है, बदरगा जलावतन कर देते हैं, हक से महरूम कर देते हैं।...नहीं मालूम हमारे लिलार में क्या लिखा हुआ है ? बरका उठ, काम कर ! हूँ, खेत में गधा चला आया है, उसे हाँक कर भगा दे ! दिलबर को कह कि जमा किये हुए कपास को घर ले जाए।...तो ऐसा ही है, मेरे बच्चो !

मुकीम बात करना चाहता था, लेकिन उससे पहले ही शादी ने बात शुरू कर दी :

—इस काम से कोई फायदा नहीं होगा, इसे कहाँ से समझा ? आखिर, कौन काम को व्यर्थ करेगा ?... वह सोवियत सरकार, या किसानों

तथा कमकरों के देखे-सुने बोल्शेविकों की पार्टी बेफायदा के काम करने के लिए बुलाएगी! इससे क्या फायदा? आखिर हम किसान संतुष्ट हैं, सरकार संतुष्ट हैं, हम देहकान हर तरह से काम करने के लिए तैयार हैं, हुकूमत और पार्टी सहायता देने के लिए तैयार है।

यह कलखोज बनाने को लेनिन ने कहा था, और वह हमारे-तुम्हारे जैसे गरीबों के लिए फायदे की चीज है। तुम बतलाओ, किसने 'कुलक' बनाया? खैर, बनाये, बनाता रहे! बायों-मुश्तजोरों को कुलक बनाते हैं न! उससे हमें-तुम्हें क्या? तगाई मुरादबाय, तुराबेक और नियामत बेगीजान को उनके किये का फल दिया, तो क्या हरज? रहने दो, उन्हें कुलके होने दो...!

—तेरी बात ठीक है, बच्चा!— मुहम्मदजान ने कुछ सोचते हुए कहा,—लेकिन एक खराबी है। चाहे कुछ भी हो, अभी तू जवान है। दुनिया की सर्दी-गर्मी को बहुत कम देखा है; इसीलिए सावधान रहने की जरूरत है। इसका या उसका नाम ले कर शिकायत करता न फिर। मेरे-तेरे साथ उनका कोई काम नहीं है, तू भी उनको न जोड़। रहने दे, कुलक क्या करते हैं? बदरगा करें, यह सरकार का काम है! मैं और तू गरीब आदमी हैं। खैर, मेरे बच्चो, तुम्हारी इस सलाह पर मैं अच्छी तरह सोचूँगा। एक-दो औरों को भी देख कर बात करूँगा, अलबत्ता कोई एक रास्ता निकल आएगा...!

—बापू, मेरी बात चुगली या शिकायत नहीं!—शादी ने कहा,—मैं सच्ची और वास्तविक करता हूँ, और उसे हर जगह कहता हूँ। यह बात मैं उनके मुँह पर भी कह देता हूँ। बतलाओ, क्या तुम खुद कितने ही सालों तक नियामत बेगीजान के यहाँ काम नहीं करते रहे? कितनी कमचियाँ खाई, कितनी गालियाँ सुनीं तुमने? इस सारी तकलीफों के बदले तुम्हें क्या मिला? तुम्हारी मेहनत का बदला उन्होंने दिया क्या?...या मेरे ही बाप को ले लो, उसकी सारी जिन्दगी इन्हीं

के जूए के नीचे बीती। मेरी बहन, मैं और मेरी माँ भी—हम तीनों जान देकर काम करते रहे, तो भी कभी पेट भर कर खाना नहीं पा सके। मेरी एक बहन कितनी बरबादी के साथ मर गई!

लोगों के बीच में एक गम्भीर खोमोशी फैल गई थी! कुछ क्षण के बाद मुहम्मदजान ने आह खींचते हुए कहा:

—नहीं, ठीक कह रहा है, बच्चा, तेरी बात सच है। सचमुच जिन अत्याचारों को हमने भुगता है, वह हमारे दिल से दूर नहीं हो सकते। लेकिन, वैसा करके वे क्या हुए? अब आज वह भी हमारे ही बराबर हैं।

—यह कम है!—मुकीम ने कुछ गर्म हो कर कहा।

—हाँ, यह कम है!—मुकीम की बात का समर्थन करते हुए शादी ने कहा,—जिसने जनता के साथ बदी की है, उसे सजा मिलनी ही चाहिए, एक ओर यह बात है। दूसरी ओर वे हमारी-तुम्हारी तरह मेहनत नहीं करते, न करना जानते हैं। तुम स्वयं मेहनत करके रोटी खाते हो। तुराबेक अब भी मेरे बाप या जूरा जैसे लोगों से काम करवाता है। नियामत बेगीजान सोवियत पंचायत के सरपंच के साथ दूध-पानी हो कर अपने सौदागरी के काम को चला रहा है, कैसे वे हमारे बराबर हैं? दीना तगाई मुरदाबाय अपनी चौदह साल की लड़की अशूर-चूलाक के बदले बहू खरीद कर ले रहा है, यह बात महमूदजान ने अखबार में लिखी, जिसके लिए खालमिर्जा से ले कर सभी बड़े-बड़े मुँहवालों ने उस पर आक्रमण किया, क्या यह भी बराबरी है? अगर हम घटना को जान कर काम को हाथ में न लेते, तो बेचारे महमूदजान की बुरी हालत होती!

यह कहते-कहते शादी बहुत गरम हो गया। उसके सिर के बालों की जड़ में पसीने की बूँदें निकल आईं। सिर से चिपकी टोपी सूर्य की गर्मी

से रक्षा नहीं कर सकती थी। शादी ने अपनी टोपी को सिर से उतार कर उसे हिलाते हुए हवा करनी शुरू की।

मुकीम ने बड़े स्नेह और मुहब्बत के साथ उसके चेहरे की ओर देखा। मुहम्मदजान शादी की बातों से बहुत विचलित हो उठा था; लेकिन कोई बात करने के लिए समझ में नहीं आती थी। अन्त में उसने कहा :

—तेरी बात बिल्कुल ठीक है, सचमुच इन सबको मार डालना चाहिए। लेकिन शायद सुन कर तेरे पीछे भी न पड़ जाये, इसीलिये बच्चे मैं कहता हूँ।

—वे शुरू से ले कर आखिर तक मेरे पीछे पड़े हैं और मैं उनके पीछे!—शादी ने कहा।—सुनते हैं, तो सुनते रहें। कोई उनसे डरता नहीं।

—खैर, कलखोज का मसला क्या हुआ, आखिर?—बात का रुख बदलते हुए मुकीम ने कहा।

—न हो, आज रात को एक सलाह करें,—शादी ने कहा।—मेरा बाप, तुम, अका इस्ताद, और एद-दो और आदमी एक जगह बैठ कर बात करके देखें।

—खैर, मेरे बच्चो!—मुहम्मदजान ने अपनी जगह से उठ कर दोनों तरुणों की ओर निगाह करके कहा—आज रात को सलाह करें, कोई बात होगी ही!

४- शाम को

गुलिस्तान में रात होने ही वाली थी, सूर्य थक कर पश्चिम की ओर लटक गया था, पहाड़ों की चोटियों पर उसकी अन्तिम किरणें रह गई थीं। चोटियों के ऊपर बादल के जो एक-दो टुकड़े रह गये थे, वह सूर्य की अन्तिम किरणों से सुनहले बने हुए थे। दूसरी ओर डांड़ों के ऊपर तेरस-चौदस का चाँद प्रकट हो गाँव को ओर झाँक रहा था। नीचे की ओर मैदान, पहाड़ी, विस्तृत उपत्यका और सारा गाँव रात की गोद में आराम लेने के लिये तैयार था। गाँव के चारों ओर अँधेरा फैल रहा था। बकरियाँ, मेमने, गाय-बछड़े और भेड़ें चारागाहों से लौट रहे थे। छोटे-छोटे लड़के और लड़कियाँ पुल के ऊपर जमा हो उन की अगवानी करते बोल रहे थे :

—वेह्, वेह् वेह् !

—चूआ, चूआ, चूआ, हुइत् !

—मह्-मह्-मह् ! बच्चों की शोख आवाज़, भेड़ों की 'मैंऽऽ...मैं...!' और गायों की 'मां···ऽऽमां...!' के साथ मिल कर एक संगीत तैयार कर रही थी, जिसमें कि नहर के पानी की कल-कल भी साथ दे रही थी।

शादी जानवरों के चले जाने के बाद पुल के ऊपर पहुँच कर करामत को आवाज देते हुए बोला :

—क्या करते हो ! बछड़ा मस्त है, खड़ा नहीं हो रहा है..!

—तेरे बापू घर में ही हैं ?

—हाँ, घर में हैं !

—दिलबर क्या कर रही ?

—घर में है।

—तेरा दादा कहीं जा रहा क्या ?

—क्या जानूँ !

करामत को बछड़ा खींच रहा था, वह भी उसके पीछे घर की ओर रवाना हुआ। शादी मुस्कुराया और उसके पीछे-पीछे चल पड़ा। उसने मुहम्मदजान के दरवाजे के पास आ कर देखा कि वह खुला हुआ है। करामत बछड़े के साथ भीतर घुस दरवाजा वैसे ही खुला छोड़ गया है। शादी दरवाजे के पास पहुँच कर दुविधा में पड़ा खड़ा रहा, और निश्चय नहीं कर पाया कि 'भीतर आये या नहीं ? और अगर भीतर जाये तो दिलबर के साथ कैसे भेंट करे ? अलबत्ता, माँ-बाप के सामने दिलबर उस की तरफ निगाह नहीं करेगी। उसके माँ-बाप भी उसे अकेली नहीं छोड़ेंगे। अगर भीतर न जा कर यहीं खड़ा रह कर, वह करामत के बाहर खेलने के लिये जाने का इन्तजार करे, तो उसके द्वारा दिलबर को बुलवा सकता है क्या ?' लेकिन, शायद करामत की जगह मुहम्मदजान बाहर न चला आये ! वह इस हवेली में दिलबर के साथ मुहम्मदजान के साथ भी मिल कर बात करनेवाला था, अपने दिल के दर्द को जरा कहनेवाला था, अपनी बात को बतलाना चाहता था और अपनी मुहब्बत को प्रकट कर उस से सलाह लेना चाहता था। इस दरवाजे ने अपनी ओर खींचा था, क्योंकि उसके जीवन का सारा सुख उसी से बँधा हुआ है..शादी इसी तरह सोचता वहाँ खड़ा था कि उसके कानों में आवाज आई :

—भीतर आओ, अकाजान भैया !

इस कर्णप्रिय आवाज ने उसको अपनी ओर खींचा, उसने नजर में नजर डाल कर दिलबर को देखा। दिलबर प्रियतमा की मधुर मुस्कान के साथ उसकी ओर देखती हुई हवेली से बाहर आई। उसके शरीर पर फूलदार छींट का कुर्ता था, उसके बाल माथे पर यों ही बिखरे हुए थे, जो बहुत शोभा दे रहे थे। अपने मुस्कान भरे ओठों तथा चंचल बादामी आँखों को और भी मुस्कुराहट से भरती और चंचल करती, वह शादी की ओर आई। शादी दिलबर को इस तरह मधुर देख कर उसकी बात का कुछ जवाब न दे, एक टक उसकी ओर देखता रहा !

—भीतर आओ आखिर, या कि

शादी ने कुछ आगे बढ़ कर कहा––आता हूँ, लेकिन निराश हो नहीं निकलूँगा, यह भी कहता हूँ।

––क्या कौन-सी आशा रखते हो ?

—मेरी आशा तुझे मालूम है। अगर फिर दोहरवाना चाहती है, तो बाहर आ !

दिलबर चौखट से बाहर आ गई और किवाड़ के एक पट को बन्द करके उसके पीछे खड़ी हो गई।

—करो बात !—मधुर मुस्कान के साथ उसने कहा।

शादी ने उसके पास जा कर उसे अपने हाथों में पकड़ लिया।

—मेरी आशा और उम्मीद, दिल खोल कर तुझसे क्या कहूँ...नहीं नहीं कहूँगा !

—दिलबर ने अपनी भौहों को सिकोड़ कर कहा––गलती कर रहे हो, बात भी करो आख़िर।

—तुझे बहुत व्याख्या करके, खोल कर कहने की जरूरत नहीं है, तू खुद जानती है...

—मैं नहीं जानती,––दिलबर ने मुस्कुरा कर मुँह को दूसरी ओर मोड़कर कहा।

—खैर, इसे रहने दे, तू मुझे समझा दे कि क्यों मैं तुझे देखता हूँ और अपनी कही हुई बातों को भूल जाता हूँ ?

––इसके लिए भी क्या मैं गुनाहगार हूँ ?

––अलबत्ता, अगर मैं ऐसा हो गया हूँ, तो कौन गुनाहगार होगा !

शादी आनन्द में विभोर-सा हो गया; और उसके और भी नज़दीक हो कर बोला :

––दिलबर !..दिलबर !! कब हम दोनों एक हो जायेंगे, और मैं हर वक्त, हर क्षण तेरी मीठी बातों को सुनूँगा।

—मैं नहीं जानती !—दिलबर ने जोर दे कर कहा,—खैर, अकाजान भाई, अपनी इन बातों को रहने दे, ये तो होती रहेंगी, लेकिन अब इस वक्त समय कम है, अब कुछ मतलब की बात पर आयें...!

—बात करें, लेकिन इस वक्त बात में मेरा मन नहीं है।

—कौन-सी बात ?

—यही कि तू मुझसे प्रेम करती है या नहीं ?

—अलबत्ता, इसे जानने के लिए शर्त है ?

—शर्त !

—विश्वास करो, अकाजान !

—एक चुम्बन दो तो विश्वास करूँ।

—मैंने कहा न, आखिर अपने मतलब पर आ गये ! . . इस वक्त सम्भव नहीं है। बापू आ जाएगा।

—एक, केवल एक बोसा !

शादी ने हाथ से दिलबर की ओर अपनी ओर खींच कर चाहा कि उसके ओठों को चूम ले, लेकिन दिलबर ने इसे सम्भव न होते देख दरवाजे के भीतर घुस कर कहा—बेहया !

—यही सही, आखिर मेरे हाथ पड़ी !

दिलबर कुछ और दूर जाकर, हवेली की ओर कान देकर, फिर शादी के नजदीक आई।

—करामत दरवाजा को खुला ही छोड़ कर भीतर आ गया। मैंने उससे तेरा खबर सुनी, और बहाना करके किवाड़ भिड़ कर बाहर आई। घर में काम है। तुम से यह कहनेवाली थी कि भैया से बात करके देख, इन दिनों वह बहुत दुःखी मालूम होता है। तरुणी खदीचा सुन्दर और चतुर है, वह उसके दिल को चुरा कर खिलवाड़ कर रही है। अगर भैया हाँ कहता है, तो बापू से पूछ कर देख कि खदीचा का भैया के साथ ब्याह हो जाये तो कैसा रहे !

--दिल, दिल तो ज़ैनब का ! कहावत मशहूर है,--शादी ने कहा ! --अगर वह दोनों एक दूसरे से प्रेम करते हैं, तो दूसरा कौन ?

--माँ-बाप भी तो ?

--माँ-बाप को राजी करना अपने हाथ में है !

--एय...दिलबर ने कहा,--बात बनाता है !

शादी दिलबर के अभिप्राय को खूब समझता था, लेकिन जान-बूझ कर शोखी करते हुए उसे और चिढ़ाना चाहता था, ताकि अपनी प्यारी, मनोहारिनी दिलबर के साथ कुछ देर और बातें करें, कुछ एक ऐसा हो कि उस के दिल के भाव खुलें !

--खैर, ऐसा ही सही, और क्या ?--शादी ने पूछा।

--किस बेटे या किस बेटी ने अपने बाप से कहा, कि मुझे बीवी चाहिए, या मुझे शौहर ला दे ?

--जैसे मैं !--शादी ने कह कर हँस दिया।

--तुम तो बेशरम हो ?--दिलबर ने कहा।

--और बरका क्या है ? अगर बेशरम न होता, तो खदीचा पर आशिक कैसे होता ?

--खैर, अब मैं घर में जा रही हूँ,--दिलबर ने अन्त में कहा ! --तुम अपनी शोखी छोड़े बरका से मिल कर बात करो, फिर बापू से ! कुछ इस के बारे में जरूर करो, मेरी कसम।

दिलबर यह कह कर बरामदे में सायबान की तरफ चली गई। इस चौपाल के भीतर सायबान में, दोनों ही तरफ़ दो कमरों के दरवाजे दोतरफा खुलते थे ! हवेली की एक तरफ़, फिर एक घर दीवार के किनारे था। वहीं बँधी गाय एक-दो हफ्ता पहले पैदा हुए बछड़े को चाट रही थी। बछड़ा माँ की मुहब्बत से प्रसन्न हुआ आराम से खड़ा था। दूध से भरे हुए माँ के थन उसके मुँह में पानी ला रहे थे। इसी

समय दिलबर की माँ दूध दुहने की नांद ले कर बाहर आई, और उसने बछड़े की रस्सी छोड़ दी। बछड़ा माँ के स्वादिष्ट दूध को पीने लगा।

—कमरे के भीतर से करामत और उस की माँ की आवाज सुनाई दी। कोई कोठरी में किसी चीज को ढूँढ़ रहा था। दिलबर सीधे सायवान वाले बड़े कमरे के भीतर चली गई। थोड़ी देर बाद शादी ने दरवाजे के भीतर दाखिल हो कर आवाज दी :

—बरका, ओ बरका !

—लब्बै जी, आ जाइए !

बरका कोठरी से बाहर हो शादी की अगवानी के लिए आया।

—बापू घर में हैं क्या ?

हाँ, घर में ही हैं, आइये। दोनों सायबान के पास पहुँचे। मुहम्मदजान भी अपने दुम्बुर तम्बूरे को हाथ में लिए कमरे के भीतर से बाहर आया और बोला :

—आ, बच्चा, आज इधर कैसे आना हुआ ?

मुहम्मदजान ने शादी को बिछी लोई के ऊपर बैठने के लिए संकेत किया।

—आया था,—बैठते हुए शादी के कहा कि कुछ बातचीत करूँ।

—दिलबर, उस तरबूज को ले आ !—दूसरी कोठरी की ओर निगाह करके मुहम्मदजान ने कहा और तरबूज हाथ में आ जाने के बाद, वह फिर बोला—यह तरबूज अपनी क्यारी का है, देख कितना बड़ा है ?

—ठीक—शादी ने कहा,—लेकिन कलखोज की क्यारी के तरबूज इससे भी बड़े और मीठे होते ह।

—शायद ?—मुहम्मजान ने मजाक करते हुए कहा।

—बिस्मिल्लाह! सच कह रहा हूँ—शादी ने कहा।

मुहम्मदजान हँस पड़ा और उसने तरबूज को काटना शुरू किया। उसने उसे दो भाग किया, फिर हर एक भाग को टुकड़े-टुकड़े करके खाना शुरू किया।

—क्यों, तरबूज खा न!—उसने कहते हुए शादी और बरका को इशारा किया,—बहुत मीठा है!

—कलखोज के तरबूजों जैसा कहो!—कह कर बरका ने हँस दिया।

—नहीं जानता,—मुहम्मदजान ने कहा,—कलखोज के तरबूज का मजा उसे खानेवाले ही जानते होंगे।

—खूब मीठा!—शादी ने कहा और तरबूज का एक टुकड़ा हाथ में ले कर बोला—लेकिन अगर तुम कलखोज में इसी तरह काम करो, तो उसका मजा और भी अच्छा हो जायेगा!

—नसीब जाने!—मुहम्मदजान ने कहा। बरका तरबूज के दो टुकड़ों को ले कर अपनी जगह से उठा। शादी उसकी ओर निगाह करके हँसते हुए बोला—दामाद जैसा हुआ है।

मुहम्मदजान ने कोई बात नहीं की, दोनों कुछ क्षण चुप रहे। मुहम्मद-जान ने तरबूज के बड़े से टुकड़े को करीब-करीब ख़तम करके कहना शुरू किया—क्या किया बच्चा! कलखोज के बारे में क्या हुआ?

—कलखोज के बारे में ही सलाह करने आया हूँ,—शादी ने कहा।—तुममें से एक-दो कहते हैं कि कलखोज हो जाय, न हो यह भी कोई नहीं कहता!

मुहम्मदजान फिर कुछ देर चुप रहा, फिर अपने हाथों को कमरबन्द से पोंछ कर, शादी की ओर निगाह करके बोला—हम न भी कहें तो कल-खोज होगा ही, और हां भी कहें, तो भी हो सकता है। तू इसके बारे में बहुत फिकरमंद न हो।

--कैसे ?

--हमारा गाँव कलखोज होने के लिये तैयार है ! किसी एक चीज में फिक्र और अन्देशा करके कुछ ऐसा कर कि उससे कोई एक बात आरम्भ हो, बच्चा !

--आपकी बात ठीक है,--शादी ने कहा,--लेकिन बहुत खबरदार और होशियार रहने की जरूरत है । इस समय तुम, मेरे बाप, अका इस्ताद, कासिमजान जैसों को एक जगह हो कर बात-चीत करके आगे आना चाहिए, उस समय सब बात ठीक हो जायेगी, मनोरथ सफल होगा । अगर एक राय होकर बात नहीं होगी, तो लोग हैरान होंगे, न वह इधर होंगे न उधर !

--यह बात भी तेरी ठीक है,--मुहम्मदजान ने कहा ।--जो भी हो, पहले एक सलाह कर लेना जरूरी है !

--आज रात को अका इस्ताद और कासिमजान मेरे घर आनेवाले हैं । अगर आप भी वहाँ आये, तो बहुत अच्छा होगा ।

--खैर,--कहते मुहम्मदजान हँस कर बोले,--तेरा मतलब यही है कि कुछ भी करके हमें कलखोज बनाना चाहिए, यही न ?

हाँ,--शादी ने कहा ।--यही हमें करना है । अपनी जिन्दगी को और बेहतर बनाना चाहिए ।

--ऐसा ही हो, ठीक ! उठ, आज रात को एक बढ़िया शोरबे की ज़ियाफ़त कर, कल हमारा कलखोज बना हुआ है ।

मुहम्मदजान ने शौक करते हुए दुम्बुर को अपने हाथ में ले गाना शुरू किया--

तेरे रास्ते पर बैठा हूँ,
तेरा एक मुट्ठी फूल चिन रहा हूँ ।
अपने सिर के दर्द को न देखता !

मुझसे क्यों रंज किया !'

और इसके बाद, दोनों हवेली से बाहर चले गये।

✣

५
एक चाँदनी रात में !

गाँव का स्वच्छ आस्मान बहुत-से तारों से शोभित हो रहा था ! ऊपर से आज रात को चाँद की रोशनी उनके ऊपर छाई हुई थी। उसकी कोमल किरणें, बड़ी नफ़ीस और मधुर तेरहवीं के चाँद की, गाँव के ऊपर छिटक रही थीं। गाँव के उत्तर की तरफ के ऊँचे-ऊँचे पहाड़ केवल उतने बुलन्द ही नहीं थे, बल्कि चाँदनी के प्रकाश के सामने अपने सिर को नीचा किये पिनक लेते जैसे दिखाई पड़ते थे। भयंकर दर्रों और टेढ़े-मेढ़े डांड़ों की बहुत-सी जो छायाएँ पैदा हुई थीं, वह बहुत बूढ़े के मुँह पर पड़ी शिकनों की तरह जान पड़ती थीं। पर्वत, भूमि, सारा गाँव और उपत्यका भी सिनेमा के पर्दे के ऊपर अंकित-सी दिखाई पड़ती थी, वृक्ष, ऊँचे-नीचे घर, जोते हुए भूरे खेत——सब की ऊँचाई-निचाई सामने थी, लेकिन मालूम होता था कि किसी पर्दे के ऊपर है ! . . .

चंचल नदी मानों अपनी कल-कल को धीमा किये हुए थी, वह भी मानों चाँद की किरणों को पाकर पिनक में थी। बरका उसके किनारे बैठा हुआ था, नदी की लहरें उस किनारे को आहिस्ता-आहिस्ता चूमती आगे बढ़ रही थीं, जिसमें कि उसके चिंतित दिमाग को परेशान न करे। यहाँ तक ही नहीं; बल्कि बरका के गीत के साथ ताल-सी देती लगा रही थी !

बरका का प्रतिबिम्ब पानी के ऊपर खेल रहा था। उसके गाने की स्वर-लहरी मन्द गति से बहनेवाली हवा के ऊपर सवार हो चारों ओर फैल रही थी!...

चाँदनी रात की चादर मैंने तानी,
रूपहले पर्दे को खाली मैंने खींचा,
रूपहला पर्दा अपने बन्दों से अलग हो गया,
ख़बर आई...कि मेरा यार विवाहित हो गया!

बरका की सुरीली आवाज़ चारों ओर फैली हुई थी, नदी, विस्तृत खेत, यहाँ तक कि सारा गाँव उसको सुन रहा था। नदी नाराज़ हो कर घर्‌घर्‌ कर रही थी, रात की हवा उसके गाने को कूचों से हो कर लोगों के कानों तक पहुँचा रही थी, और उसकी गीत के अन्तिम पद को दोहराते हुए यार को खबर देती कह रही थी—

तेरे सिर पर रूमाल मास्को का रूमाल है हाय,
तेरे बगल के सामने दिलपसन्द मतलब हाय!
सोचा कि चल कर दिल को लाऊँ जोड़ीदार,
बोला कि अभी दिलपसन्दी का जमाना हाय!

देर नहीं हुई कि ऊपर से किसी लड़की की आवाज सुनाई देने लगी—

अगर पानी बने तो तेरी नहर में सुराही न डालूँ,
अगर चाँद हो तो तेरी ओर नज़र न डालूँ,
अगर गुलदस्ता हो और जमीन पर गिरे,
वल्लाह, खुदा कसम उठा कर तुझे न सूँघूँ!

बरका ने गायिका को न देख कर भी पहचान लिया। उसकी आँखें प्रसन्नता से चमक उठीं। उसका सीधा-सादा बच्चों जैसा चेहरा प्रफुल्लित हो उठा। ऊपर से खदीचा हाथ में सुराही लिए हुए उतर रही थी। मालूम होता था कि वह वहाँ किसी के होने की खबर नहीं रखती थी और केवल पानी लाने के लिये दरिया की ओर जा रही थी!

बरका उसकी छाया से दूर था, सुराही कल-कल कह्-कह् करके हंसती हुई दरिया के पानी को भरने लगी, लड़की ने उसे किनारे पर रख दिया। इसी समय एक कंकड़ी आ कर पानी के ऊपर पड़ी, और खदीचा को प्रतिबिम्ब वहाँ से विलीन हो गया।

——ओ कौन?—खदीचा ने जोर से कहा—दिल डर गया। बरका तू तो नहीं? मुझे घबड़ा दिया। यह तू क्या कर रहा है? मुझे तुझसे ऐसी उम्मीद नहीं थी...

बरका ने एक लोकप्रिय चौपाई में जवाब दिया—

सुराही बुरी है, गुइयाँ पानी के लिए आई,
मेरे सौभाग्य से आँखों को पानी से भरती आई,
सुराही रख, आ मेरे सामने बैठ,
चाहे तू जल्दी के काम में आई!

खदीचा क्रोध में आये जैसी, बरका का जवाब न दे चुप रही। लेकिन बरका उसके पास जा उसे हाथों से पकड़ बोला—तौबा कर लिया मैंने?

—मुझसे तौबा न कर। अभी मैं तौबा के लायक नहीं हुई हूँ। यहाँ क्या काम कर रहा था?

—खदीचा नाम की एक परी पानी लेने के लिए आ रही है, उसी को देखने के लिये मैं आया था।

——तू परीबाज हो गया है क्या? बरका, यह जमाना परीबाजी का नहीं है।

—क्या करूँ, अच्छी तरह देख लिया कि मेरे लिए कोई इलाज नहीं!

—क्या इलाज था? परी आदमी के साथ प्रेम नहीं कर सकती।

—मैं भी यही सोच कर हैरान हूँ। तुझसे प्रेम की इच्छा रखते हुए कंकड़ फेंका। आ, थोड़ा बैठें, मुझे कोई जादू सिखला, जिसमें मैं परी को अपने हाथ में कर सकूँ।

—मेरा जादू सिखलाना कोई काम नहीं करेगा। 'परी चाहे तुझे पसन्द भी करती हो, लेकिन रास्ते में देव और 'अलमस्ती' है, वह रुकावट डालेंगे।

—खैर, क्या इस तरह का जादू नहीं है, कि देवों के हाथ-पैर को बाँध दिया जाय ?

—है।

—वह क्या है ?

खदीचा जवाब न दे, चुपचाप एक-एक कदम बढ़ाते जा कर चट्टान के ऊपर बैठी।

—क्या है वह ? बात कर जानम !—बरका ने दोबारा पूछा।

खदीचा उदास बैठी रही। उसकी शोखी और मधुरभाषिता खतम हो चुकी थी। उसकी बादाम जैसी बड़ी-बड़ी आँखें अपरिचित विन्दु पर लगी थीं, उसकी काली और लम्बी भौंहें एक-दूसरे के नज़दीक हो गई थीं, जिनके बीच में शिकन-सी पड़ गई थी। उसके सुन्दर ओठ, जो कि कुछ घने थे, अब कली की तरह से एक-दूसरे से जुट गये थे। कुछ देर चुप रह कर बोली :

—मेरे और तेरे दुश्मन ज्यादा हो गये हैं। आज एक बात हुई। रायन के रईस कलामशाह ने मेरे बाप के पास किसी को भेजा। वह अपनी बीवी को निकाल कर मुझे लेना चाहता है।

—क्या हुआ ? जल्दी बतला। तेरे बाप ने क्या कहा ?

—क्या कहता ? ये लोग बहुत खुश हैं।...

बरका भी चुप हो गया। वह सवाल को हल करना मुश्किल देख कर दुखी हुआ। अब क्या करे ? क्या कलामशाह के साथ झगड़ा मोल

ले ? काश, अगर खदीचा इतनी सुन्दर न होती, उस समय कलामशाह उसके सौन्दर्य की तारीफ न सुनता और फिर उसकी चाह न करता। अगर अब उसने चाह की है, तो खदीचा के माँ-बाप अवश्य उसके हवाले करेंगे। वह पैसेवाला भी है,और इज्जतवाला भी; साथ ही सामर्थ्यवान् भी--रायन तहसील का रईस-अध्यक्ष है। किसी दूसरे के पास इन्साफ की पुकार करना भी सम्भव नहीं है, आखिर यही कलामशाह तो वहाँ भी है, इसलिए न्याय करने के लिए कोई भी राजी नहीं होगा। न बाप, न माँ, न गाँव के दूसरे बड़े लोग। कोई रायन के रईस के मुकाबिले में बोलने की हिम्मत नहीं करेगा।

--देव, अलमस्ती!--अन्त में उसने खदीचा के नरम हाथों को हाथ में लेकर मलते हुए कहा।

--मुक्ति का एक रास्ता है!--खदीचा ने कहा। उसके चंचल नेत्र चमक उठे--बहुत-सा जादू-मन्तर है।

--कौन-सा जादू-मन्तर?

--हुकूमत सरकार के पास...सरकार के पास इन्साफ की माँग करने के लिए जाना!--खदीचा ने कहा।

--आखिर,--निराश स्वर में बरका ने कहा,--जब कलामशाह ही चाह रखता है, तो और किसके पास जाऊँ? रायन का यही सबसे बड़ा आदमी है।

--बरका, तुझे क्या हो गया?--खदीचा ने बड़े आत्मविश्वास के साथ कहा।--तेरी अक्कल कहाँ चली गई। क्या सरकार एक ही आदमी है...बस कलामशाह ही? आखिर, यह अमीर का ज़माना नहीं है। पार्टीवाले भी हैं--पार्टी का संगठन तो है।

--पार्टी!--कहते हुए बरका की भी हिम्मत कुछ बढ़ी। वह आश्चर्य के साथ खदीचा के सामने बैठा उसकी आँखों को अपनी खुरसन्द

आँखों से देखने लगा। खदीचा को यह प्राण देनेवाले वाक्य कहाँ से मिले ? काफ़ी देर से बरका पार्टी-मेम्बर, कम्युनिस्ट जैसे शब्दों को सुन रहा था, और उनके प्रति उसकी मुहब्बत थी, अत: उनके ऊपर पूरा विश्वास था। सबसे पहले शादी की बात-चीत, चाल-चलन उसके सामने मिसाल के तौर पर मौजूद थे, इसलिए वह पार्टीवालों के प्रति बड़ा सम्मान और विश्वास रखता था। चाहे वह अच्छी तरह से न समझता हो, लेकिन उसके दिल में महसूस हो रहा था कि जनता के जीवन की प्रगति और आनन्द की जिम्मेदार यही पार्टी है। फिर मैं क्यों निराश हूँ ? क्यों न कलामशाह के मुकाबले में रास्ता निकालने की कोशिश करूँ ? हाँ पार्टीवाले हैं ! उस समय जब कि दोनों अतृप्त नेत्रों से एक-दूसरे को देख रहे थे, और उनके दिलों में दुख की आह जलन पैदा कर रही थी, इसी समय ऊपर से हँसी-मजाक करती हुई कुछ लड़कियों के बोलने की आवाज सुनाई दी। बरका ने खदीचा के मुँह को चूमते हुए उठकर कहा :

—खैर, मैं जाता हूँ, पार्टीवालों के पास जाकर अरज करूँगा।

लेकिन खदीचा अपने चेहरे को उसी तरह गम्भीर बनाये, सिर नीचा किए बैठी रही। इस आकस्मिक चुम्बन ने उसके चेहरे को आरक्त बना दिया था। वह इतनी लज्जित हो गई थी कि बोल नहीं सकी। बरका चला गया। लड़कियाँ भी बात करती हुई पुल के ऊपर पहुँचीं :

—हाँ, खदीचा !—उनमें से एक ने पुकार कर कहा,—अकेली क्या कर रही है ?

खदीचा ने नदी के किनारे से भरी हुई सुराही को हाथ में ले कर कहा—पानी के लिए आई थी।

लड़कियाँ खिलखिला कर हँस पड़ीं।

—बरका भी पानी के लिए आया था, तुझे देखा क्या ?

—हाथ भर जाओ तुम !—खदीचा ने कहते हुए सबसे अधिक शोख लड़की की ओर नजर की,—क्या अपनी बुरी बातों से बाज न आओगी !

—क्या बुरी बात हुई, सच्ची बात है! क्यों ठीक है न, दुगाना सहेली?

—हाँ, सच तो कहती है शमसिया!—दूसरी ने कहा,—बरका भी नदी किनारे से ऊपर गया, लेकिन उसके हाथ में सुराही नहीं थी।

—उसकी सुराही को पत्थर मार कर तोड़ दिया।

—वाह, किसने तोड़ दिया?

—आदमियों ने!...

जब इस तरह लड़कियाँ एक-दूसरी से बात करती खदीचा के ऊपर वार कर रही थीं, वह आकर पुल पर पहुँची और हँसी से रुक बात करने लगी—चुप भी रहो, तुम सभी बेशरम हो गई हो!

—हाँ, हम बेशरम!...लेकिन खदीचा तो शरम करते हुए भी मर्दों से खिलवाड़ करती है।

—कौन-से मर्दों से खिलवाड़ किया है, मैंने?

—खफा मत हो दुगाना,—शमसिया ने कहा,—मैंने गलती की। मर्द लोग नहीं, केवल बरका भैया!

—नेरा बरका भैया खुद क्या कम है!

खदीचा उनकी ओर से मुँह मोड़ गाँव की ओर रवाना हुई। अगर कोई किनारे पर बैठा इन बातों को देखता, अलबत्ता उसे ख्याल होता, तो उसे मालूम होता कि सचमुच ही खदीचा सख्त रंज हो कर जा रही है, ऐसी रंज हुई है, कि फिर मेल नहीं हो सकेगा। लेकिन लड़कियों में से तीन ने उस को नहीं छोड़ा। उन्होंने उसके पीछे दौड़ कर घेर लिया:

—नहीं, मेरी दुगानाजान, खफा हो गई क्या! लजा गई क्या? खर, मैंने तौबा किया। दुबारा अब तुझसे मजाक नहीं करूँगी।

खदीचा ने शमसिया की इन बातों को सुन कर हँस दिया।

—नहीं,—उसने कहा—इस तरह निरमूल बातों को मत कहा करो, कल-परसों बात चल लगेगी। मर्दों के मुँह से बात उठने लगेगी।

—खैर,—साथ चलती हुई एक लड़की ने कहा,—मजाक नहीं, तू ही सच बता कि बरका से प्रेम करती है, क्या यह बात नहीं है? हमसे न छिपा!

खदीचा कुछ नहीं बोली, लेकिन शमसिया चुप न रही, उसने कहा—प्रेम करना पाप नहीं है, मैं भी अपने चचा के लड़के से प्रेम करती हूँ। कल-परसों उसे प्राप्त करूँगी। इसके बारे में मैंने तुझसे कई बार सलाह भी ली है, मिले या न मिले। मेरा शौहर थोड़ा लँगड़ा भी है, कोई बात नहीं, इन बातों को सभी जानते हैं। लेकिन तू!...

खदीचा ने उस की बात काट करके कहा—बस कर, शमसिया! ऐसी बातें अच्छी नहीं! मुझे बतला, मुरादगुल का भोज कब होनेवाला है?

—मुरादगुल का विवाह-भोज बाजार के बाद होगा। लेकिन तेरे विवाह-भोज को नहीं जानती कि कब होगा, तू खुद भी नहीं कहती!

सभी लड़कियाँ हँस पड़ीं, लेकि खदीचा ने गम्भीर हो, अपनी आवाज को धीमी करते हुए कहा:

—कितना लम्बा समय हुआ, जबसे मैं तुम्हारी दुगाना सखी हुई हूँ, लेकिन अब भी हम एक-दूसरे को नहीं पहचान पाईं। मैं दूसरी और तुम लोग दूसरी!...

—दूसरी? क्यों दूसरी हो गई?—शमसिया ने खफा होते हुए कहा।

—दूसरी—खदीचा ने दोहराते हुए कहा—मेरा बाप मंसूरबाय बुखारी है...उसको ऐसी बातें सुनने की आदत नहीं है। वह नहीं पसन्द करता कि उसकी लड़की शौहर के बारे में या अपने प्रेमी जवान के बारे में या आम तौर से मर्दों के बारे में बातें किया करे। यह सब उसी के हाथ में है। अगर वह सुनेगा कि मैं इसके बारे में बात या कोई काम कर रही हूँ, तो मुझे बिना मारे नहीं रहेगा। लेकिन तुम सहेलियाँ, मुझसे ज्यादा आजाद हो:...

लड़कियों ने खदीचा के मतलब को समझ लिया, लेकिन उन्हें जवाब नहीं सूझा। इस समय उनके सामने मंसूरबाय का हमेशा भिंचा रहनेवाला और गुस्से में भरा मुँह दिखाई पड़ा। वे समझ गईं कि खदीचा की स्थिति दूसरी है। वह हमारी तरह आजाद नहीं है, और वह स्वयं अपने प्रियतम को करने प्राप्त की चाह नहीं कर सकती। सोवियत सरकार ने दूसरी लड़कियों के लिए जो बड़ा अवसर दे रखा है, उससे वह अभी फायदा नहीं उठा सकती। लड़कियों को उसकी इस स्थिति को देख कर दुख हुआ, वह अफसोस करने लगीं, लेकिन कोई बात कहने के लिए नहीं पा सकीं। अब वह एक इमारत के पास से गुजर रही थीं, जिसकी दीवार पस्त व छोटी थी। शमसिया ने कुछ देख कर धीमी आवाज से अपनी सखियों से कहा :

—जल्दी रास्ता लो! इस दीवार की आड़ में कोई चीज दिखाई पड़ी। शायद जिन-परी या अपरिचित आदमी हो!

लड़कियों ने एकाएक हैरान हो कर चारों ओर नजर दौड़ाई। दीवार के पीछे फैली दरख्त की छाया ने भी उनके दिल में वहम पैदा किया। वह जल्दी-जल्दी कदम बढ़ाते हुए लुप्त हो गईं। उनके चले जाने पर दीवार के पीछे से बरका गली में गाँव की ओर रवाना हो गया। चौरस्ते के पास पहुँचने के बाद उसने लड़कियों की आवाज सुनी :

—खैर, खदीचा!

—खैर, शमसिया!

—हमारे घर आया कर आखिर!

—तुम लोग भी आया करो!

—खैर, दुगानाजान!—इन आवाजों के निकलने और बन्द होने के बाद लकड़ी के दरवाजे की बन्द होने की आवाज सुनाई दी, और फिर चारों ओर खामोशी छा गई। थोड़ी देर बाद बरका एक किवाड़वाले

दरवाजे के पास आया और भीतर की ओर कान लगाये बातों को सुनने लगा।

:o: :o: :o:

खदीचा ने हवेली के भीतर जा कर देखा कि कोठरी में चिराग जल रहा है, और उसकी माँ ऐवान के पास कुछ बड़बड़ा रही है। उसनें माँ की हालत देखकर समझ गया कि बाप बाहर से खफा हो कर आता है और घर में बैठा हुआ है। उसने ला कर सुराही को ऐवान के पास रख दिया और वह दूसरे कमरे में जाना चाहती थी। उसे देख कर माँ गुस्सा करती हुई बोली :

—मैंने कहा कि मत जा, अब तेरा बाप तुझे मार डालेगा !

खदीचा काठ की मूरत बन खड़ी रही, उसी समय कमरे के भीतर से मंसूरबाय की गुस्सा-भरी आवाज सुनाई पड़ी :

—कौन आ, खदीचा !

—लब्बे जी।

—यहाँ आ !

खदीचा कमरे की ओर गई।

—कहाँ थी ?—घर से बाहर निकलते हुए उसके बाप ने कहा। वह गुस्से के मारे काँप रहा था, उसकी आँखों में खून उतर आया था।

खदीचा नें बाप की ओर निगाह न करके जवाब दिया—पानी लेने गईं थी।

—पानी कहाँ से लाई ? कशग़र से क्या ?

— ...!

—पिदरलानत बेइज्जत ! किस की लड़की है, अपने खानदान और इज्जत को जानती है या नहीं ! .. हमारी लड़की को खुफ़तान की नमाज के

समय तक गाँव के गली-कूचों में घूमते फिरना क्या शोभा देता है ? पानी की जरूरत हो, लाया जायेगा ! आखिर वह पिदरलानत हरामी कुत्ते का बच्चा सत्तार क्या करेगा ? किसलिए उसे रोटी-भोजन देते हैं ।

—सत्तार नहीं था...!

—अच्छा नहीं था । तू अब से घर से बाहर न जाया कर । यहाँ की जंगली पहाड़ी लड़कियों का अनुकरण करना तेरे लिए उचित नहीं है । नहीं तो मैं तेरा सिर तन से जुदा कर दूँगा । यह न सोच कि मेरा बाप यहाँ आ गया है और भाई लुप्त हो गया है; इसलिए अपने बाप-दादों की इज्जत और सन्तान की रक्षा करने की जरूरत नहीं ! मैं अब भी मंसूरबाय आबिखानी बुखारावाला हूँ । खुदा का शुक्र है कि मेरी इज्जत-आबरू अभी भी गई नहीं है !

—कोई आपको बे-आबरू नहीं कहता !

— ...

—बात कर !

खदीचा ने मुँह नहीं खोला । उसका बाप अपने को रोक नहीं सका और उसने एक थप्पड़ लगाते हुए चिल्ला कर कहा :

—बात कर, कुतिया !

खदीचा ने अपना सिर पकड़ कर रोना शुरू किया । उस की माँ ने बीच में पड़ कर मंसूरबाय को अलग किया ।

—ए, छोड़ो भी !

—असल में सारा दोष तेरा ही है !—मंसूरबाय ने अपनी बीवी पर गुस्सा उतारते हुए कहा—तू इस कुत्ते की बच्ची को अच्छी तरह सिखा नहीं सकी ।

—क्या हुआ है, आखिर ! क्यों इतना चिल्ला रहे हो ?

––और क्या करूँ? खुफ़तान की नमाज तक लड़की कूचे में घूमती-फिरती है, और क्या होगा ?

—घूमती है, घूमती रहे !—बीवी ने भी गुस्से में गर्म हो कर कहा ! —ज़रा घूमने चली गई तो क्या हो गया ? कौन-सी आफ़त टूट पड़ी ! इसकी सहेलियाँ भी जा कर हँसती-खेलती हैं, यही न ?

यही है, यही !—काँपती आवाज में अपनी बीवी के ऊपर घूँसा उठाते हुए मंसूरबाय ने कहा।—तू खुद इस तरह की बात कर रही है !

जिस वक्त मियाँ-बीवी इस तरह आपस में लड़-झगड़ रहे थे, उसी समय कूचे में दरवाजे से ठक्ठक् की आवाज आई, लेकिन उन्होंने उधर ध्यान न देकर अपने झगड़े को जारी रखा। दूसरी या तीसरी बार ठक्ठक् की आवाज इतने जोर से आने लगी कि जिससे किवाड़ धड़धड़ाने लगे, तब मंसूरबाय को होश हुआ और बेटी और बीवी के बालों को छोड़ कर उसने दरवाजे की ओर निगाह की।

चाँद की रोशनी सारी हवेली और उसके दरो-दीवार पर फैली हुई थी ! कूचे के दरवाजे में भीतर से सांकल लगी हुई थी। कूचे में एक-दो आदमियों के बोलने की आवाज सुनाई देती थी। मंसूरबाय को ख्याल हुआ कि हमारे झगड़े को सुन कर आस-पास के पड़ोसी आये हैं। वह और भी गर्म हुआ और अपने बाकी बचे गुस्से को उतारते हुए बोला––"पहाड़ी, उजड्ड...गँवार !"

—कौन हो ?––गुस्से की आवाज में ही उसने ऐवान के पास जा कर कहा। दरवाजे में फिर ठक्ठक् की आवाज हुई, जिसके कारण उसका गुस्सा और भड़का। उसने कुछ सजग हो, आगे बढ़ कर काँपते हुए हाथों से दरवाजे को खोला। कूचे में चार पहिये की एक ब्रिचका घोड़ागाड़ी खड़ी थी, जिसके घोड़े पसीने से तर-बतर थे। मंसूरबाय के सामने एक औरत और एक मर्द खड़े हुए मुस्कुरा रहे थे। पहले मंसूरबाय समझ नहीं

सका, आगन्तुकों को पहचान नहीं सका, या शायद उसे अपनी आँखों पर विश्वास नहीं हुआ। सिर खुजलाते हुए एक-दो कदम पीछे हट कर, आगन्तुक पुरुष की ओर ध्यान से देखता रहा, फिर आश्चर्य करते हुए बोल उठा :

—कुदरत !

—लब्बे दादाजान !

—मेरे बेटे, मेरे फ़रज़न्द, मेरे प्यारे ! उन्होंने एक-दूसरे को आलिंगन किया। मंसूरबाय अपने को और नहीं रोक सका। और रो पड़ा, उसका सारा गुस्सा और गर्मी आँखों से बह कर चेहरे को भिगोने लगी। कुदरत रोते हुए बाप की बगल में निश्चल खड़ा था। कोशिश की, कि कुछ आँखों से आँसू निकाले, लेकिन वह नहीं हो सका। बल्कि बाप की इस अवस्था से उस का दिल रंज हो गया था। कुछ ठहर कर कुदरत ने दरवाजे के पास मुस्कुराती हुई औरत की ओर संकेत करते हुए कहा :

—जैनबीनिसा आपकी बहू !

जैनब 'दादाजान !' कहती मंसूरबाय की गोद में जा पड़ी।

इस समय तक माँ और बेटी ने भी आकर आगन्तुकों के बारे में जान लिया और जमीन से उठ कर अपने चेहरे और बालों को जल्दी-जल्दी ठीक कर उनकी अगवानी के लिये आईं। कुदरत ने अपनी माँ और बहन से मिल कर कुशल-मंगल पूछा। इसी तरह जैनब ने भी किया। जब देखनेवालों की आँखों से आँसू गिरना बन्द हुआ, तो फिर कुदरत ने बाहर की ओर निगाह करके तुर्की बोली में कहा :

—बिरादरजान, घोड़ों को खोल कर हवेली के भीतर लाओ।

हाँ, हाँ—कुदरत की बात का समर्थन करते हुए मंसूरबाय कूचे में चला आया, ताकि सन्दूकों और बुग़चों को गाड़ी से उतारने में मदद दे। इसी समय एक ओर से सत्तार आ गया और दरवाजे के सामने गाड़ी को देख कर हैरान हुआ खड़ा रहा।

—सत्तार !—उसे देख कर मंसूरबाय ने कहा ।—पिदरलानत हरामी ! कहाँ घूमता फिर रहा था ?

—आपसे ही पूछ कर गया था—सत्तार ने कहा और दूसरी कोई बात न कर जा कर मंसूरबाय के हाथ से सन्दूक को ले लिया।

—घर में ले जा !—मंसूरबाय ने कहा। सत्तार उसे घर में ले गया।

—नादान,—सत्तार के चले जाने पर तुर्की जवान नेगा कोचवान ने कहा।

—हैवान जैसा !—उसकी बात का समर्थन करते हुए मंसूरबाय ने कहा।

—खिदमतगार है क्या ?

—हाँ, खिदमतगार जैसा ही...

मंसूरबाय ने गली के दरवाजे को बन्द कर दिया, और चौतरे के पास गाड़ी के घोड़ों को बँधवा दिया। तब तक उसकी बीवी, बेटी, बहू तथा बेटा दस्तरखान के किनारे बैठे गपशप करते रहे।

:o: :o: :o:

शादी की हवेली गाँव के एक किनारे पर थी। गाँव की सड़क मस्जिद के सामने से गुजरते उत्तर की ओर जाती थी, दाहिनी ओर पिछवाड़े की पहली गली, फिर दूसरी गली में होते हुए तीसरी गली में पहुँचते। यद्यपि पिछवाड़े की गलियाँ तंग थीं, फिर भी उनके किनारे नहर खुदी हुई थी और साथ में दरख्तों की पंक्ति लगी हुई थी। इन गलियों के दोनों तरफ हवेलियों और बागों की पंक्ति चली गई थी। टेकरी की ओर नजर डालते हुए बीस-तीस कदम चलने के बाद सामने एक सीधा-सादा दरवाजा दिखलाई पड़ता, यही बाबासफर—शादी के बाप की हवेली थी !

चौकोर हवेली के सामने नीची दीवार थी, जिसके एक ओर दो कोठरियाँ और एक दरवाजेवाली कोठरी में घुसने पर दूसरी ओर एक छोटी-सी खिड़की दिखाई पड़ती थी। इसी में शादी और बाबासफर दोनों बाप-बेटे रहते थे। सामान-असबाब जिस क्रम से रखा हुआ था, उससे यही मालूम होता था, कि यह कोठरी आजकल के एक जवान और कल के ज़माने के एक बूढ़े के रहने के लिए है। खिड़की के पास कुर्सी, मेज़ और किताबों का एक रैक रखा हुआ था। नीचे की ओर सन्दूक के ऊपर पाँच-छः बिस्तर, तकिया, रजाई आदि तह करके रखे हुए थे। फर्श पर नम्दा और एक-दो छोटे-छोटे गिलम बिछे हुए थे, दीवार के पास ऊपर की ओर गद्दा पड़ा हुआ था।

कमरे में दस मोमबत्ती की रोशनीवाला एक लैम्प जल रहा था, जिसके नीचे बैठे कुछ आदमी बात चीत कर रहे थे। बाबा सफर बूढ़ा आदमी था, उसके बाल सफेद थे, कद लम्बा और खूबसूरत था। वह ऊपर की ओर दीवार के सहारे बैठा था। करातिगिनी सफेद पोशाक को उसने पहन रखा था। समय-समय पर वह अपने हाथ को छोटी की हुई रूपहली दाढ़ी के ऊपर फेरता रहता था। भौहों के नीचे उसकी आँखें अब भी जवानों की तरह चमक रही थीं। पुराने जमाने में कौन गाँव था, जो बाबा-सफर को न पहचानता हो। उसकी बातें बड़ी समझदारी की होती थीं, उसके मजाक और मीठी बातों को सभी लोग पसन्द करते थे। कंतार-बेद, चारमग्ज़कान और कोहेबाला गांवों से भी लोग उससे सलाह लेने के लिये आते थे।

'आदमी है...कच्चा, गलत दूध पिये!'—कह कर वह हमेशा अपनी बात को शुरू करता, और हमेशा इस तकिया-कलाम को दोहराता रहता। अमीर की हुकूमत के जमाने में एक वक्त वह आदिलबाय नामक इसी गांव के एक आदमी का बतरक चाकर था। सबेरे से शाम तक उसका काम करता, लेकिन कभी पेट भर रोटी उसे खाने को नहीं मिली।

क्रांति हुई! अमीर और उसके अमलदार भाग गये। गाँवों में सोवियत की हुकूमत कायम हुई। लेकिन आदिलबाय पहले ही जैसे अपनी चालाकी और धोखे के कारण लोगों से काम लेते जा रहा था। बाबासफर उस समय भी काम करने में मजबूत था, चाहे उमर में अधिक बूढ़ा हो चला था। उसने हिम्मत करके दूसरे गरीबों को अपने साथ कर धनियों के साथ संघर्ष शुरू किया। आदिलबाय को अपनी मिलकियत और जमीन से महरूम ही नहीं होना पड़ा, बल्कि उसके ऊपर मुकदमा चलाया गया। लेकिन वह गाँव से भागकर नवसंगठित बासमचियों डाकुओं में शामिल हो गया। बाबासफर ने भी हथियारबन्द लाल-दल कायम किया। उसका लड़का शादी छुटपन में ही सेना में जा कर पहले पथ-प्रदर्शक, फिर लाल सिपाही बन कर सेवा करता रहा।

इसलिए बाबासफर का परिवार गाँव में बड़ी इज्जत से देखा जाता था; क्योंकि वह और उसका बेटा शादी नये जीवन को आगे बढ़ाने की लड़ाई में सर्वप्रथम और अग्रिम रहे; और सोवियत सरकार की स्थापना में उन्होंने बड़ी कोशिश की।

इस वक्त बाबासफर, शादी की सलाह से अपने घर में मेहमानों का स्वागत कर, स्वयं ऊपर की ओर बैठा-बैठा किसी गम्भीर विचार में पड़ा दाढ़ी पर हाथ फेर रहा था। उसकी बाईं ओर मेहमम्द उसकी दाहिनी ओर मुहम्मदजान और बाएँ हाथ की ओर दिवार के किनारे अका इस्ताद नामक श्वेत-केश खुजन्दी बूढ़ा बैठा हुआ था। अका इस्ताद बाबासफर से अपेक्षाकृत अधिक स्वस्थ और कम उम्र था। उसके दाढ़ी नहीं थी। पुराने जमाने के रिवाज के अनुसार वह अपनी दाढ़ी को कटाता रहता और सफेद मूँछ को जरा पीला किये हुए ओठ के दोनों कोनों से नीचे की ओर लटकाये था। वह जाड़ा हो या गर्मी, अपनी कज़ानों जैसी टोपी को सिर से हटाता नहीं था। उसकी राख के रंग की आँखें बड़ी-बड़ी आँखें अपने गोलक में समा नहीं रही थी। बुढ़ापे में भी अभी उसकी बाँहें बहुत मजबूत थीं। इस

गाँव में अका इस्ताद का दामाद 'ज़िया' रहता था। वह अका इस्ताद की लड़की को ब्याह कर लाया था और चूँकि बूढ़ा अपनी बेटी से अलग नहीं रह सकता था, इसलिए अपने घर, ज़मीन, बाग-बगीचा सब कुछ कलखोज को दे कर वह यहाँ चला आया था। खोज़न्दे में उसके सम्बन्धियों में सिर्फ एक भतीजा रहता था। १९२२ के साल में उसकी बीवी मर गई, और उसके बाद अपनी छोटी-सी बेटी को अका इस्ताद ने ही पाल-पोस कर बड़ा किया था। उसकी लड़की लताफत ने माँ का स्थान लिया, और वह बाप के घर-बार के सारे काम को सँभालती थी। अका इस्ताद ने सब कुछ लताफत के ऊपर छोड़ रखा था, और वह जो कुछ कहती, उसी को मान कर चलता। लताफत प्राइमरी शिक्षा समाप्त कर, कपास ओटने के कारखाने में काम करने लगी। उसकी उमर अब सत्रह वर्ष की हो गई थी। कारखाने में ही उस का परिचय ज़िया कमान्दिर से हुआ। वह कमान्दिर बन कर वहाँ नियुक्त हुआ था। कुछ समय बाद दोनों नें ब्याह कर लिया। जब ज़िया कमान्दिर अपनी तरुण स्त्री को ले कर अपने गाँव जाने के लिए तैयार हुआ, तो अका इस्ताद को बहुत दुःख हुआ। लताफत हमेशा अपने बाप की सेवा करती, उसकी बात को ना नहीं कहती थी। अका इस्ताद ने भी देखा कि वह अपनी बेटी से अलग नहीं रह सकता, इसलिए उसने इसी शर्त पर अपनी लड़की को भेजने के लिए इजाजत दी कि दामाद उसे भी साथ ले चले। अब दो साल हो गये थे कि अका इस्ताद अपने बेटी-दामाद के साथ इस गाँव में रहता था। इन दो सालों के भीतर, वह गाँव के लोगों और उनके जीवन के साथ इतने घनिष्ट तौर पर परिचित हो चुका था कि लोग उसे इसी जगह का समझते थे। गाँववाले उसकी बड़ी इज्जत करते थे, और प्रत्येक बात के लिए उससे सलाह लेते थे।

आज भी शादी ने उसे बुलाया था। ताकि अपने मनोरथ के बारे में उससे सहायता ले। अका इस्ताद बचपन से ही तकलीफ में पला हुआ था, बायों की नौकरी बजाते उसने बहुत कष्ट सहे थे और चाकरी की रोटी से उस का कभी पेट नहीं भरा। १९१६ के साल, खास करके अपने मालिक

के लड़के का सेवक बन कर वह रूस गया था। वहाँ उसने कारखाने में भी काम किया, दुनिया को भी देखा, ज़िन्दगी का तजुर्बा हासिल किया और रूसी मजदूरों से उसने बहुत-सी बातें सीखीं। यही कारण है कि इतने थोड़े दिनों में ही गाँव के लोग उसकी इतनी इज्जत करने लगे, और वह उनका इतना नजदीकी बन गया। शादी को विश्वास था कि कलखोज निर्माण करने के काम में अका इस्ताद की सहायता बहुत लाभदायक सिद्ध होगी।

शादी सबसे नीचे की ओर बैठा प्याले में चाय निकाल रहा था।

—तुम्हें अपनी हालत पर न छोड़ कर कसाला करके लाये, यह कहो ? समझा अन्तिम जमाने का बच्चा !

बाबासफर की बात सुन कर सभी हँस पड़े, लेकिन शादी ने एतराज करते हुए कहा :

—'अन्तिम जमाना' नहीं!—उसने कहा—आदिम ज़माना है। हमारा जमाना अब शुरू हो रहा है, हमारा युग आगे है।

—सच है,—अका इस्ताद ने कहा,—पहले हमारे पास कोई ज़माना नहीं था, हमारा दिन अन्धकारपूर्ण थे। अब यह हमारा जमाना है, हमारा युग है, हमारा दिन शुरू हुआ।

—जब तक एक रात का अन्त नहीं होता, तब तक नया दिन शुरू नहीं होता!—बाबासफर ने अर्थपूर्ण बात करते हुए कहा।—तू अतीत के अन्तिम जमाने में दुनिया में आया, इसीलिए तुझे हम बूढ़े अन्तिम जमाने का बच्चा कहते हैं। हर जमाने और हर युग का अपना रंग-ढंग और चाल-ढाल होती है। तेरी चाल-ढाल भी इसी नये जमाने, इसी नवीन युग के अनुसार है; इसीलिए बहुत भिन्न बात रखनेवाले हम बूढ़ों का काम तुझे अजीब मालूम होता था। ठीक है कि हम अपने व्याह के बारे में, विवाह की रात को पौ फटने से तीन-चार घंटा पहले

ही जान पाते थे। शुक्र है कि मेरा बाप एक पक्का और होशियार आदमी था, उसकी हमेशा यही शिक्षा थी—'बच्चा, बच्चे की तरह बात करे और बड़ा, बड़े की तरह!' हम भी उसकी बात से एक कदम बाहर नहीं जाते थे।

—शादीजान भी तुम्हारे जैसा है,—मुहम्मदजान ने कहा,—तुम्हारी खिची हुई रेखा से कभी भी बाहर नहीं गया है।

—सच,—मुहम्मदजान की बात का समर्थन करते हुए अका इस्ताद ने कहा,—शादी के ऊपर यद्यपि बहुत बड़े-बड़े काम हैं, सरकार और पार्टी की तरफ से कितने ही कामों की जिम्मेदारियाँ हैं, तो भी हमा-शुमा जैसे बूढ़ों को बुला कर सलाह लेता है। आज ही कलखोज के बारे में सलाह लेने के लिए हमें बुला लाया और इस नये काम को हम जैसे बूढ़ों से पूछ कर सलाह ले कर करना चाहता है। अगर कोई दूसरा होता, तो वह हम तुमसे बात भी न करता।

—बिना बूढ़ों के न जा, क्योंकि अमन उनसे है,—बाबासफर ने शादी को सम्बोधित करते हुए कहा,—चाहे तू युग का सिकन्दर ही हो! बेटे, सलाह लेने से जामा छोटा नहीं हो जाता! अच्छा किया, जो अपने भारी काम के बारे में सलाह लेता है। आदमी है, कच्चा दूध पिये!

—हाँ, बापू!—शादी ने बाबासफर की ओर चाय बढ़ाते हुए कहा।—इस समय सलाह लेने की जरूरत है कि कलखोज के बारे में हम क्या करें? पार्टी और सरकार कहती है, कि कलखोज बनाना चाहिए, इकट्ठे हो कर काम करना चाहिए, इससे नफा होगा, धन और दौलत मिलेगी, जीवन सुखमय होगा। लेकिन गाँव में एक दूसरी तरह की आवाज़ फैली हुई है—कलखोज ठीक नहीं है, कलखोज फ़लां है, कलखोज़ बेकार है…हम किसकी बात स्वीकार करें, किस की बात पर कान दें?

—जो काम करे,—बाबासफर अपनी आदत के मुताबिक बोला—आदमी है, कच्चा दूध पिये! हमें यह जान लेना है कि किस बात

में हमें नफा है, और किस बात में नुक्सान। इस को जब जान लिया, तो काम करना आसान है। अलबत्ता कोई भी दीदा-व-दानिस्ता अपने नुक्सान का काम नहीं करता।

—हाँ, वले!—बाबासफर की बात को बीच से काटते हुए मुहम्मद-जान ने कहा।—हम भी यही बात कहते हैं। पहले देखना और परखना चाहिए कि नफा किस में है, फिर कोई काम करना ठीक है।

—नफा कलखोज में है,—अका इस्ताद ने कहा।

—हमें यह प्रकट नहीं हुआ है।

—हमारा नफा कलखोज में है, मुहम्मदजान चचा!—चायदानी को एक ओर रखते हुए शादी ने कहा।—लेकिन यह काम मजाक नहीं है. यह काम आसान भी नहीं है, इसके बारे में सोचना होगा। गाँव को दूसरा बनाना—उसको कलखोज में बदलना एक नई दुनिया बनाना है। लेकिन इस बदले हुए रूप को समझ लें, तो हमा-शुमा को भी सब चीजें साफ दिखलाई पड़ने लगेंगी। असल बात मेहनत के बल पर निर्भर रहती है, सभी की जड़ मेहनत है। मुहम्मदजान चचा! इस वक्त हम कितनी मेहनत कर रहे हैं, कितना फायदा उससे उठा रहे हैं? जो मेहनत हम कर रहे हैं, उसको देखने से हमें जो लाभ होता है, क्या वह काफी है? नहीं, सौ बार नहीं। बात यही है कि हमारी मेहनत बेकार न जाये, काम आसान हो जाये, मेहनत से पूरा लाभ हो, हमारी जिन्दगी बेहतर हो…!

—ताली दो हाथों से बजती है, यह कहावत मशहूर है—कहते हुए बाबासफर ने फिर बात शुरू की,—कलखोज कैसा होता है, अगर यह समझ में आ जाय, तो उसमें शामिल हो कर काम करने की बात हो सकती है। सम्मिलित हो कर काम करना दो हाथों से ताली बजाने जैसी फ़ायदे की है। अभी यही ले लो, इससे और सरकार से क्या

सम्बन्ध ? सरकार चाहती है, हमारे-तुम्हारे जैसे किसानों की भलाई; क्योंकि उसे लेना है हम-तुमसे लाभ। हमारे-तुम्हारे जैसे किसानों का लाभ जब ज्यादा होगा, तो देश भी आबाद होगा; देश आबाद हुआ, तो सरकार का काम आगे बढ़ेगा। वैसे मुहम्मदजान! तुम मेरे साथ मिलकर चाहे काम करो तो भी क्या, न करो तो भी क्या? सरकार जनता के फायदे को छोड़ कर और कोई काम नहीं करना चाहती।

मुहम्मदजान चाय का प्याला हाथ में लिये दूसरों की बातों को सुनते हुए उन पर विचार कर रहा था। बाबासफर की बात से उस को संतोष नहीं हुआ। वह भी दूसरों की तरह कलखोज के बारे में न जाने क्या कुछ सोचे हुए था। इसके बारे में वह भी किसी निश्चय पर पहुँचना चाहता था, उसने कहा :

——अब जरा मेरी बात भी कान दे कर सुनो! तुम्हारी बात ठीक है; कलखोज में शामिल होकर काम करना ही है। लेकिन यह सम्मिलित होना किस तरह होगा? सम्मिलित होने से पैदावार ज्यादा होगी या नहीं, यह मालूम नहीं है। हम-तुम अपने नफा-नुक्सान को अच्छी तरह बिना देखे ही, हाँ कर के कलखोज बन जाएँ, फिर कोई लाभ न हो, तो लज्जित होना पड़ेगा। आखिर, आदमी सभी एक जैसे नहीं हैं। खुदा ने भी पाँचों अँगुलियों को बराबर नहीं किया। एक आदमी काम करता है, दूसरा धूप में लम्बा पड़ा सोता है। एक आदमी बैल देता है, दूसरे के पास देने की कोई चीज नहीं है। एक आदमी अकेला दस आदमी को खिलाने की जिम्मेदारी रखता है, और दूसरा अकेला सिर्फ दो कान रखता है। एक बूढ़ा और कमजोर है, दूरा बलवान और जवान! एक आदमी काम में जान लगाये हुए है और दूसरा बाजार का चक्कर काटता फिरता है। आखिर इन बातों की ओर भी देखना भी चाहिए।

——दुरुस्त!——शादी ने कहा,——आपकी बातों में ताकत है, अलबत्ता! आप जो यह सवाल कर कर रहे हैं, उस का अच्छी तरह जवाब तो

आनेवाला कमीशन देगा। इस वक्त मैं इतना ही कहता हूँ कि कलखोज बेकार काम करने या सुस्ती से बैठने की जगह नहीं है—काम करो, लाभ उठाओ; काम न करो, कुछ नहीं मिलेगा! जो कुछ मैं जानता हूँ, काम के मालों और जमीन के बारे में सोचा है कि अगर आप अपने करनेवाले माल अर्थात् ढोर डंगर के साथ कलखोज में आते हैं, आपके माल का हिसाब होगा। संक्षेप में यह कि हर आदमी जितना करता है, उसी काम के मुताबिक उसका लाभ में हक होगा।...और बात कमीशन से पूछना!

—ए बच्चा!—मुहम्मदजान ने कहा,—यह बातें पहले अच्छी तरह सोच-विचार लेनी चाहिएँ, फिर कमीशन के पास जाना ठीक है। उनके आने के बाद पूछने से फायदा नहीं, उस वक्त तो हाँ या नहीं, या तो इस तरफ या उस तरफ!

—नहीं, ऐसी बात नहीं है! कमीशन आने के बाद हम पहले पूछेंगे, हमें वे समझायेंगे; फिर उस पर वोट लेंगे।

मुहम्मदजान की समझ में कोई बात नहीं आ रही थी। शायद इसीलिए वह चुप हो गया। बाबसफर भी किसी बात पर विचार करते अपने कमरबन्द को हाथ में हिला-डुला रहा था। शादी चाहता था कि मुहम्मदजान के विचार को अच्छी तरह समझ ले, इसलिए उसने कहा:

—यह बात तो ऐसी ही है!—उसने कहा।—मालूम है कि हम इन घरों में रहनेवाले कलखोज के पक्षपाती हैं। बाद में हम में से हरएक इसी तरह दूसरों को पक्षपाती या उसे भी अपने साथ लाने की कोशिश करेगा। जब कमीशन आयेगा, फिर हम काम शुरू करेंगे।

—ठीक है, फिर हम कलखोज में जायेंगे ही!—मुहम्मदजान ने कहा।

इसी समय हवेली के बाहर आवाज सुनाई दी। शादी खबर लेने के लिए बाहर गया और मुकीम को लिए लौटा।

—सलाम !—मुकीम ने सबके लिए आदाब कहा तथा नीचे की ओर शादी की बगल में बैठ गया ।

—आ बच्चा, आ !—कहते हुए बाबासफर ने उसका प्रसन्नमुख से स्वागत किया ।

—सलामत तो है ? बरदम तो हैं ?

—शुक्र, 'शुक्र ! आप से भी पूछता हूँ ?

—हाँ, एक तरह से सब ठीक है ।

हमारी बात कलखोज के बारे में हो रही थी,—शादी ने कहा—चचा और बापू सभी राजी हैं कि कलखोज बने; लेकिन पहले समझ लेना चाहते हैं; बाकी काम कमीशन को बुलाने आदि का मेरे और तेरे ऊपर है, यह देखना-सुनना है ! बस यही ।

—बहुत अच्छा !—मुकीम ने कहा—कलखोज जल्दी हो, तो मैं भी ट्रैक्टर को हाँक लाऊँगा और सभी खेतों को एक करके जोत दूँगा ।

—तेरी इच्छा पूरी हो, बेटे !—मुहम्मदजान ने कहा; लेकिन जल्दी नहीं कर, ऐसा न हो कि तेरे ट्रैक्टर का पहिया किसी दरख़्त की जड़ में फँस कर रह जाए ।

—यह क्या कहते हैं आप ?—मुकीम ने कहा ।

—ट्रैक्टर का पहिया जड़ में नहीं फँसेगा !—अका इस्ताद ने हँसते हुए कहा—बल्कि उन फ़साद की जड़ों को खोज निकालेगा ।

जवान हँस पड़े । लेकिन बाबसफर ने उनके हँसने पर एतराज करते हुए कहा :

—हँसने की जगह नहीं है, मुहम्मदजान ठीक कहता है । इस रास्ते में ऊँचाई-निचाई है, गड्ढा-गहराई है । तेरे मशीन की चक्के के सामने अपने मुर्दों को फेंककर रास्ता रोकनेवाले हैं । इधर काम की भी फिकर करने की जरूरत है । तुम बसमाचीगरी के काले दिनों को अपने दिलों से निकाल

कर बेफिक्र हो हँसते हो। यह ठीक नहीं है। तूने स्वयं शादी, इन्हीं दिनों कहा था कि अभी भी मुफ्तखोर, धोखेबाज और बुरी नियतवाले बहुत हैं, वह छिन्न-भिन्न नहीं हुए हैं। ठीक तरह से सोच ले, फिर हँसना बच्चा! आदमी का बच्चा दूध पिया कच्चा!

—चचा की बात समझ ली बापू!—शादी ने कहा—लेकिन इन छोटी-छोटी बातों से डरने की जरूरत नहीं है। बलवा हो या झगड़ा, हमारे ट्रैक्टर के चक्के को कोई भी रोक नहीं सकता, मुहम्मदजान चचा का ख्याल गलत है।

—इलाही गलत हो!—मुहम्मदजान ने कहा; और अका इस्ताद से सुँघनी माँगते हुए यह भी कहा—खैर, ठहर तो शादी! तेरे शोरबा का क्या हुआ!

—हाँ, सच!—बाबासफर ने भी कहा,—मेहमानों को बात करके ही भगा देना चाहता है क्या?

इस पर सब हँस पड़े। शादी अपनी जगह से उठ कर दालान में गया।

६

अका इस्ताद से बात-चीत

अन्त में गुलिस्तान गाँव में भी कमीशन आ पहुँचा, जिस का अध्यक्ष रशीदोफ़ था। उस समय शादी ने अपने गाँव के कम जमीन-वाले मुस्तैद, गरीब किसानों के हस्ताक्षरों युक्त अर्जी को, रायन की पार्टी-कमेटी में पहुँच कर रशीदोफ़ के हाथ में दिया और उससे इच्छा प्रकट की कि हमारे गाँव

में रशीदोफ़ खुद आवें और इस गम्भीर प्रश्न को हल करें। शादी की बात को रशीदोफ़ ने कबूल करते हुए आने के लिए उससे वादा किया। अब वह कमीशन की अध्यक्षता स्वयं कर रहा था।

इस बीच रशीदोफ़ रायन की पार्टी-कमेटी का प्रथम कातिब सेक्रेटरी नियुक्त हो गया था; और रायन की हालत में भी बहुत बड़ी तब्दीलियाँ हुई थीं। सभी विभागों में करीब-करीब टेलीफोन लग गये थे। रायन से हर हफ्ता एक बार 'नवीन मार्ग' अखबार निकलता था। लोग उसके निकलने की बड़ी बेकरारी से प्रतीक्षा करते थे और उसे बड़े ध्यान से पढ़ते थे। गाँव के मुख्य रास्ते चौड़े बना दिए गए थे; और सबसे बढ़ करके काम कलखोज अर्थात् सामूहिक गाँवों की और बड़ी तेजी से आगे बढ़ना हुआ। अखबार, टेलीफोन और ठीक रास्तों ने इस काम में बड़ी सहायता दी।

जिस वक्त रशीदोफ़ स्तालिनाबाद पहुँचा, उच्चाधिकारियों ने कहा कि वे तुरन्त उसे रायन अथवा तहसील की कमेटी के कातिब का दर्जा देना चाहते हैं।

—यह रायन तुम्हारे लिए ठीक है,—उन्होंने कहा—यहाँ कपास की खेती भी है और अनाजी भी! इसका भविष्य प्रकाशमान है। काम करनेवाले आदमियों के लिए जगह बहुत अनुकूल है।

रशीदोफ़ काम करना चाहता था, और अपने सारे ज्ञान और तजुर्बे को नई जिन्दगी को आगे बढ़ाने के कान में लगाना चाहता था; इसलिये उसने अपने काम के लिये इसी रायन को चुना। यहाँ आकर सबसे पहले यहाँ के स्थानीय आदमियों से परिचय प्राप्त किया। रायन में द्वितीय सेक्रेटरी कातिब एक आदमी था, जोकि कपास के कारखाने के मजदूर से आगे बढ़ कर यहाँ पहुँचा था, उसका नाम था वासिली अफनासेविच। उसके पारिवारिक नाम सबेलेफ़ था। आदमी धुनका पक्का और होशियार था और लोग उसके काम में सहायता भी करते थे। सबेलेफ़ कभी भी बिना सोचे-समझे एक भी कदम नहीं उठाता था, और अपने विश्वासपात्र आदमियों

से सलाह लेता रहता था। रशीदोफ़ के आने के बाद दोनों में गहरी दोस्ती और घनिष्टता हो गई।

रायन की इजराई कमेटी कार्यकारिणी का रईस कलामशाह था। रशीदोफ़ पहले नहीं समझ पाया कि यह उसके कुल का नाम है या वैयक्तिक नाम। पीछे पता लगा कि कलामशाह उसके कुल का नाम है और निजी नाम अज़ीज़बेग। जो भी हो, कलामशाह नाम इतना मशहूर था कि केवल रायन में ही नहीं, बल्कि केन्द्र स्तालिनाबाद में भी इसी नाम से लोग उसे जानते थे। जैसा कि कहा, कलामशाह एक हट्टा-कट्टा, भरे चेहरेवाला, काली भौहों और आँखोंवाला रोबीला आदमी था। उसकी उमर ४०-४५ के बीच थी। रास्ता चलना, विशेष कर पहाड़ी गाँवों के रास्तों में सफर करना उसकी शक्ति से बाहर था, लेकिन हकलाने का दोष होने पर भी वह बात करने में किसी से पीछे नहीं था। वह बहुत खुशमिज़ाज था और अपनी बात में हठ करनेवाला भी नहीं था। उससे सामने जो भी अर्जी ले कर आता, उसके साथ भी हँसी-मजाक करता; और कोई यह नहीं समझता था कि वह दिल से उनकी हँसी उड़ा रहा है; या कि केवल लोगों के खुश करने के लिए हँसता है। कलामशाह को आफिस में पाया जाना मुश्किल था। वह हर महीने में पाँच-छः बार स्तालिनाबाद जाता, बड़े कामों को पूरा करने की बात कह कर। कितनी ही बार वह गाँवों में भी जाता, और अपने आदमियों और दोस्तों से मिलता। एक-दो दिन वहाँ ठहर कर, एक-दो भेड़ें खा कर लौटता था। ऐसे ही एक सफर में वह गुलिस्तान गाँव में आया हुआ था, जब कि नदी किनारे उसने खदीचा को देखा। उसका शरीर, आँखें और भौहें तथा चलना-फिरना बहुत सुन्दर था, जिसके कारण वह खदीचा पर आशिक हो गया। कलामशाह ने अपने घोड़े की लगाम रोक कर किसी बहाने से खदीचा से बात-चीत की। खदीचा ने ज़ीन के ऊपर उसके बड़े पेट को लटकते हुए देखा, उसकी हकलाही आवाज सुनी, इसलिए अपने को रोक न सकी और ठहका मार

कर हँसते हुए वह गाँव की ओर चली गई। कलामशाह गाँव में पहुँचा, पंचायत के सरपंच खालमिर्जा ने उस का स्वागत किया और उसके लिये अपने घर में एक बड़ी दावत की। रात में वक़्त में बात करते समय कलामशाह ने ख़ालमिर्जा से "खदीचा कौन है, कहाँ की है" आदि बातें पूछीं, और दो दिन बाद खदीचा के बाप को मालूम हुआ कि कलामशाह मेरी लड़की को चाहता है।

पुराने कातिब के हट जाने और रशीदोफ के आने पर कलामशाह की 'इश्कबाज़ी' में बाधा पहुँची। उसने पहले चाहा कि नये कातिब से घनिष्टता प्राप्त करे और उसे अपने हाथ में ले। लेकिन कलामशाह इसमें सफल नहीं हुआ और वह रशीदोफ़ को अपने हाथ में नहीं कर सका। लेकिन रशीदोफ़ बुरा आदमी नहीं था। उसके बारे में कलामशाह यही जान पाया कि वह होशियार और कड़ा आदमी है, और भविष्य में शायद मेरे काम में बाधा भी डाले; खास करके रशीदोफ़ उसको इस नई बीवी के लाने के काम में रुकावट डालेगा; क्योंकि कलामशाह की पहले से ही एक बीवी और दो बच्चे थे, जिन्हें उसने स्तालिनाबाद में भेज दिया था, ताकि वह अपने को मुसर्रत जवान तथा एकाकी तरुण दिखला सके। उसे दूसरी औरत लाने का क्या कोई हक नहीं था? क्यों नहीं! आजादी और स्वतन्त्रता फिर कैसी!

बात यह थी कि गुलिस्तान गाँव के लिए कमीशन बनाने के समय कलामशाह ने अपने लिए इसे अच्छा समझा और उसके साथ उसकी सहायता में दूसरों के साथ हँसी-मजाक करते हुए वह भी आया। उसका इरादा था कि सभा खत्म हो जाने के बाद वह अपने काम को ठीक करे। उसने जान लिया कि खदीचा का भाई--मंसूरबाय का बेटा इस वक्त गाँव में आया हुआ है और वह खालमिर्जा के कहने के अनुसार एक होशियार और जानकार आदमी है। कलामशाह इस जवान के काम को आगे बढ़ा उसे मुनासिब दर्जा दे कर, उसके द्वारा उसकी बहन की माँग कर सकता था। वैसे कमीशन के मामलों में उसकी कोई दिलचस्पी

नहीं थी। कमीशन का अध्यक्ष रशीदोफ़ है, अतः वह स्वयं उसके बारे में चिन्ता करेगा। गुलिस्तान गाँव के सरकश और जंजाली आदमियों का कलखोज बनाना कोई आसान न था। इसके लिए बहुत कठिनाई और दूर-दराव तक भाग-दौड़ करने की जरूरत थी। कलामशाह उन आदमियों में से नहीं था, कि वह इस तकलीफ के लिए तैयार होता। एक बड़े रायन को सुव्यवस्थित करना कोई आसान काम नहीं। हर रोज हजारों तरह के सरकुलर, हजारों तरह के फरमान और सिफारिशें आती रहती थीं। गुलिस्तान गाँव में कलखोज बनाने की अपेक्षा और भी बड़े-बड़े काम उसके सामने थे। उसके लिए यही करना था कि कमीशन की इस यात्रा में अपने निजी काम को पूरा करे, कलखोज का निर्माण करना दूसरों का काम था। अगर वह कमीशन का रईस होता, तो काम का दूसरा ही रंग-रूप होता। अब वह एक मामूली मेम्बर भर था!

रायन का मालिया-मुदीर (भू-कर संचालक) सलीमोफ़ भी कमीशन का मेम्बर था। रायन के लोग उसे अका क़हर (क्रोधी) कहते थे। उसका बाहर से जो रंग-ढंग दिखाई पड़ता था, उससे कुछ-कुछ अनुकूल यह नाम पड़ता था। सलीमोफ़ हमेशा क्रोध में दिखाई पड़ता था। उसके बात करने का ढँग भी गुस्से में लाल हुए आदमी जैसा था। पहले के रायन-कौम के कातिब और कलामशाह से उसकी पटती नहीं थी, अपनी इस नाराजी को वह चाहे सभा हो और चाहे साधारण बातचीत हो, वह प्रकट कर दिया करता था। कलामशाह ने बहुत कोशिश की, लेकिन वह उसे रायन से हटा नहीं सका। सलीमोफ़ ने भी कलामशाह के मतलब को समझ कर उसकी और भी शिकायत की। सबेलेफ़ उसे समझाता और उसकी शिकायतों को सुन कर नसीहत देता था। यही सबेलेफ़ था, जिसने कि कलामशाह से उसको बचाया। रशीदोफ़ के आने के समय तक सलीमोफ़ के दोस्तों में रायन की मिलिशिया (हथियारबन्द पुलीस) का सरदार करीमजान भी था। अनेक बार दोनों एक जगह, एक हो कर चलते-फिरते। अगर लोग

सलीमोफ़ को अपने घर में नहीं पाते, तो उस का पता करीमजान के घर से जरूर मिल जाता। रशीदोफ़ के आने पर सलीमोफ़ की दोस्ती रशीदोफ़ से वैसी ही रही; पर उसकी मौके-बे-मौके शिकायत करने की आदत कुछ कम हुई। उसकी चाल-ढाल में इतना सुधार देख कर लोग हैरान होते और कहते :

—तौबा, तौबा! कहर अका जो इस तरह मुलायम हो गया है, यह ठीक नहीं है।

सलीमोफ़ अब किसी से भी बातचीत करते वक्त बड़ी गम्भीरता के साथ जवाब देते हुए कहता--जो भी हो, हमारे रायन को अच्छा पथ-प्रदर्शक मिला, रशीदोफ़ से मिल कर हम बड़ा काम करेंगे।

कभी-कभी वह करीमजान की घनिष्ट दोस्ती के बारे में कहता।

--मेरे मुंह को संकुचित करना भी इसी रशीदोफ़ का काम है। सचमुच हर जगह बात करते फिरना अच्छा नहीं है; आदमी को गम्भीर होना चाहिए। इसके बाद कुजनेत्सेफ़ आया, काम और भी ठीक-ठीक आगे बढ़ चला।

रशीदोफ़ की ही कोशिशों का यह नतीजा था कि पावेल वासिलेविच कुजनेत्सेफ़ नाम के एक मजबूत कमकर को केन्द्र से ले आया। इस समय वह कलामशाह का सहायक हो कर काम करता था, जिसकी वजह से काम की व्यवस्था बहुत ठीक हो गई थी। अपने आदमियों से कलामशाह चाहे खफा भी हो, लेकिन रायन के अधिक कार्यकर्त्ता उससे बहुत खुश थे। जब रशीदोफ़ के कहने पर रायन-कौम के लिए कलामशाह को कमीशन का मेम्बर बनाया, तो सलीमोफ़ हैरान हुआ और बैठक के बाद उसने उसका कारण रशीदोफ़ से पूछा।

—कलामशाह में क्या बुराई है?--रशीदोफ़ ने पूछ कर, खुद ही जवाब दिया—नहीं आखिर, हमें एक काम करनेवाला और मजबूत आदमी तो चाहिए ही...

—हम सभी को मुस्तैद और कार्यतत्पर होना चाहिए, यह नहीं हो सकता कि अपने सामने आये बड़े कर्तव्य को वैसे ही छोड़ दिया जाय।

—कलामशाह इसे जानता है या नहीं ?

—देखेंगे !—रशीदोफ़ ने अन्त में कहा।

गाँव के छोर पर खालमिर्जा ने कमीशन का स्वागत किया, कलामशाह ने उसे कार पर बैठा कर मस्जिद के पास पहुँचा दिया।

—क्यों, घर चलें !—सबके साथ सलाम-दुआ करने के बाद खालमिर्जा ने कहा—इसी बीच में लड़के आदमियों को जमा कर देंगे।

कलामशाह उसकी बात माननेवाला था, लेकिन रशीदोफ़ ने बीच में बाधा डालते हुए कहा :

—वक्त नहीं है। अभी इसी वक्त कमसोमोलों और पार्टी-मेम्बरों को बुला कर मीटिंग करनी है। हम स्कूल के क्लब में चल कर काम शुरू करें।

—ठीक है,—सलीमोफ़ ने तुरन्त कहा—खालमिर्जा, तुम जा कर बच्चों को बुला लाओ। सचमुच उनमें से अधिकांश तो यहीं हैं। ए शादी ! आगे-आगे चलो।

शादी ने आ कर मेहमानों से दुआ-सलाम किया—खुशआमदन्द भले आए !—और रशीदोफ़ के नजदीक जा कर उसने धीमी आवाज में खबर दी :

—मुकीम घबरा गया है। मुहम्मदजान अका को हद से ज्यादा अंदेशा है, मध्यम दर्जे के अधिकांश किसान भी इसी तरह के हैं !...रफीक रशीदोफ़ नहीं जानता हमारा काम कैसे होगा ?

—कोई बात नहीं,—रशीदोफ़ ने संतोष के साथ कहा—होगा !

--मैं मुहम्मदजान अका के पास से आ रहा हूँ, मजलिस में वह आयेगा—शादी ने कहा।

इसी समय कलामशाह ने उनके नजदीक आ कर शादी से पूछा :

—काम कैसा चल रहा है ? ख़ानादार हो गया या नहीं ? बीवी लाया ? शादी ने हँसते हुए जबाब दिया :

—बीवी लाना आसान नहीं है, रईस ! पहले कलखोज बने, फिर फिर बीवी देंगे, यह यहाँ के लोग कह रहे हैं। इसीलिए इस वक्त कलखोज के बनाने में दौड़ता फिर रहा हूँ, ख़ानादार बनने के लिये वक्त नहीं है।

—तुम्हारी शर्त आसान है—बेपरवाही के साथ कलामशाह ने कहा —यह लो हम कलखोज बनाये देते हैं, बिल्कुल परवाह न कर बच्चा !

--फिर आप स्वयं कलखोज में आ कर विवाह-भोज करें, रईस ! — बात में शामिल हो सलीम ने कहा।

कौन-सा भोज बिना मेरी सरदारी के हुआ कि शादी का भोज वैसे होगा !—अभिमानपूर्वक कलामशाह ने कहा।

:०: :०: :०:

पार्टी मेम्बरों और कमसोमोलों की सभा के बाद गाँव के गरीब और मध्यम श्रेणी के किसानों की आम सभा बुलाई गई। लोग मस्जिद के दालान और उसके छोटे से मैदान में जमा हो रहे थे। औरतें सिर पर अपने बच्चों के जामे और अपने शौहरों की पोशाक में से कोई उठाये, कोई-कोई उनमें गुलकारी सरबन्दों, या सूफ अथवा मलमल के एक टुकड़े को बदन पर रक्खे, बोरिये के चटाई के ऊपर बैठीं। उनके आस-पास खाल-मिर्जा के बहुत मना करने पर भी कितने ही बच्चे भी खेलते हुए बैठ गये थे। औरतों के बाद मरदों की पाँती थी, जिनमें से कुछ ऐसे ही खुली जगह में बैठे थे और अधिकांश मस्जिद की दीवार के साथ बैठे हुए थे। सभापति-

मंडल में शादी, ज़ैबी मौसी, स्कूल के मास्टर फ़ाजिलजान, रशीदोफ़ कलामशाह, सलीमोफ़ आदि मेज के पास बैठे हुए थे। मास्टर उस दिन उस सभा के सेक्रेटरी का काम कर रहा था, शादी रईस था। सभापति-मंडल की मेज के एक किनारे खड़ा हो कर अका इस्ताद बोल रहा था :

—और क्या कहूँ, जिन्दगी की पूर्णता, आसूदगी, आराम सब कुछ कलखोज में है। सभी एक साथ हो कर काम करें, तो पैदावार ज्यादा होगी।

वह लेनिनाबाद की बोली में एक-एक शब्द को अलग-अलग साफ करते हुए व्याख्यान दे रहा था। उसकी ऊँची आवाज को सभा के सभी लोग अब अच्छी तरह सुन रहे थे, और बिना हाथ-पैर हिलाये चुपचाप दिलो-जान से वह बातें कर रहा था, उसकी बात इतनी प्रभावशाली थी, कि बच्चे भी उसे सुनने के लिए मजबूर हुए। वे खिलवाड़ और शोखी छोड़ कर उसकी ओर ध्यान से देखते हुए बातें सुन रहे थे।

—तुम्हें एक मिसाल देता हूँ,—अका इस्ताद ने कहा—यह दियासलाई की डिबिया जिसमें बावन तीलियाँ हैं, इसका दाम दो का एक पैसा है। और एक तंगा रूबल में ऐसे दस डिबियों को खरीदा जा सकता है। एक डिबिया तुम्हारे लिए एक महीना चलेगी। अगर सोच कर देखें, तो मालूम होगा कि इसके बनाने में क्यों इतनी कम मेहनत खर्च हुई? अगर हममें से कोई एक आदमी लकड़ी लेकर, इसी तरह की तीलियाँ बनाये, फिर इसी तरह की डिबिया तैयार करे, उसके ऊपर कागज चिपकाये, मसाले को भी ले कर उसे गीला करके तीलियों के ऊपर मले, तो सोचिए कि इस काम में कितना वक्त और कितनी मेहनत की जरूरत पड़ेगी!...इस वक्त इसके सामान आदि के बारे में बात नहीं

करता, केवल मेहनत को ले लीजिए। अगर इस दियासलाई को एक आदमी तैयार करता, तो इसका दाम अधिक नहीं तो पाँच-छ रूबल जरूर होता। लेकिन, जब मेहनत को बाँट करके सामूहिक रूप से बनाते हैं, मशीन और उसकी टेक्नीक की मदद लेते हैं, तो इसका दाम दो कौपेक पैसा हो जाता है, क्योंकि अब उनकी मेहनत ज्यादा काम की हो कर अधिक पैदावार देती है। अब हमारे किसानों को ले लीजिए। इस वक्त हमारे किसान अपनी बेकसी और असहाय अवस्था के कारण कितना अज़ाब सहते हैं! कितनों के पास जोड़ा बैल तक नहीं हैं, वह अपने गर्दन पर जुआ उठा कर जुताई करते हैं। कपास फूल कर तैयार हो गयी है, लेकिन उसे चिन नहीं पाते और वह बर्फ के नीचे दब कर बरबाद हो जाती है। लेकिन कलखोज की अवस्था दूसरी है। कलखोज में ऐसा नहीं हो सकता; नहीं भाइयो, मेरी बात सच है!

अब कलखोज को जरा देखो! उसके खेत बहुत विशाल होते हैं, सभी कलखोज के आदमी मिल कर काम करते हैं। एक अपने दामन में बीज रक्खे चलता है, दूसरा उसके पीछे-पीछे लगा जुताई कर रहा है। एक जमात सिंचाई के लिए नहरें खोद रही है, दूसरे हाथ बागों की देख-भाल कर रहे हैं। ट्रैक्टर घर्-घर् करता जमीन को फाड़ता धूल-धूल कर रहा है! गाँव के कूचों में पुराने छकड़ों की जगह मोटर आ-जा रही है।...औरतें, लड़कियाँ पढ़ी-लिखी हैं, बच्चे स्कूल जाते हैं।...क्लब है, थियेटर है, सिनेमा, है!.. ऐ है, ज़िन्दगी कितनी आनन्द से फूली-प्रफुल्लित है! वहाँ केवल काम करें, और जिन्दा रहें। फिर कलखोज क्या है, इसे समझेंगे। इन बातों के अतिरिक्त मैं चाहता हूँ, कुछ सवालों का जवाब दे दूँ। पहली बात यह है, कि कलखोज होना अपनी इच्छा पर निर्भर हैं। गाँव के हम बहुत से गरीब कलखोज होना चाहते हैं, इसी के लिए हमने रायन के कमीशन को बुलाया है। दूसरी बात यह है कि अन्तंल अर्थात् कलखोज के मेम्बर बन जाने पर सबको ठीक से काम करना होगा।

वहाँ हम आलसियों और कामचोरों को जगह नहीं देंगे। सभी एक बाप के बेटे की तरह कलखोज को आगे बढ़ाने की कोशिश करेंगे। अगर कोई काम नहीं करता, तो उसे रोटी भी नहीं मिलेगी।

अका इस्ताद कुछ देर चुप रह क्षण चुप रहा। इसी समय एक आदमी उठ कर बोला:

—ठहरो, अका इस्ताद! हमारे जैसे हाथ-पैर से मजबूर क्या काम करेंगे? कलखोज यदि ऐसा करेगा, तब तो हम जीने से भी महरूम हो जायेंगे क्या?

—शादी, रशीदोफ़ और दूसरों के चेहरे पर मुस्कुराहट दौड़ गई। कासिमजान जैसे बहादुर ठहाका मारता हँस पड़े। अका इस्ताद ने हाथ से इशारा कर के उस आदमी को चुप रहने के लिए हाथ से इशारा करते हुए कहा:

—तुम्हारे जैसे इन्वलिद शरीर, हाथ-पैर से लाचार कलखोज में बड़ा काम कर सकते हैं। कलखोज में भी चपरासी की जरूरत है, कलखोज में फार्म के संचालक मुदीर की जरूरत है। आम तौर से कलखोज हरएक आदमी को उसके अनुकूल काम दे सकता है।

रशीदोफ़ ने अका इस्ताद से सवाल किया—आखिर किस तरह कलखोज का मेम्बर होते हैं? जो भी चाहे कलखोज में आ सकता है। एक जगह हो कर काम करे, बस! यही है न?

—नहीं,—अका इस्ताद ने कहा।—कलखोज हो जाने पर ढोर और माल; किसानी के लिए आवश्यक माल-ढोर, सामान-असबाब इकट्ठा किया जायेगा। जैसे मेरे पास एज बैल है, तीन तनाब बिगहा जमीन और एक घोड़ा है, कलखोज का मेम्बर हो कर हम इनको उसे दे देंगे। सभी चीजें कलखोज की हो जायेंगी।

—जिनके पास माल-ढोर नहीं है, उनका क्या करेंगे ?——सभा में बैठे किसी आदमी ने सवाल कर दिया। अका इस्ताद अभी जवाब नहीं दे पाया था कि और भी सवाल होने लगे :

——कलखोज होने की बात कह कर के अपने एक बैल से भी महरूम हो जायें क्या ?

——अपने पैदावार के खेत को दे कर हमारे पास क्या रह जायेगा ?

——फिर कलखोज-क्लब से क्या फायदा है ?

——आज माल को माँग रहे हैं, कल...!

——कलखोज होगा, तो आराम से रहेंगे, हम तो यह समझ रहे थे।

—तुम गलती करते हो, कलखोज इस तरह नहीं होता !

——सरकार के लिए हमारे ढोर-माल की क्या जरूरत ? वह खुद कलखोज बना कर हमें दे दे !

रशीदोफ़ ने शादी की ओर निगाह की। शादी अपनी जगह से उठा और अपनी ऊँची और गम्भीर आवाज से लोगों का ध्यान अपनी ओर खींचते हुए कहा :

——बस रफीको ! एक-एक कर के बात करें। सभा की व्यवस्था को खराब न करें। खुश, आप बोलिए, अका इस्ताद !

अका इस्ताद कुछ गर्म हो गया था। वह कुछ लाल हो, धीमी किन्तु कड़ी आवाज में बोला :

——रफीको ! मुझे इसमें सन्देह नहीं है, कि हमारे गाँव के गरीब, बेचारे मेहनती आदमी इस तरह का सवाल नहीं कर सकते, वह इस तरह की फिक्र और अन्देशे से दूर हैं। उनके दिमाग में इस तरह के सवाल नहीं उठ सकते। वह कलखोज के पक्षपाती हैं, उसे ठीक तरह से संगठित करने के लिए कलखोज के आगे के कामों को पूरा करने की सोचते हैं। लेकिन यह मुश्तजोरों का बहकावा है। हम उन्हें पकड़ कर अपने भीतर से

बाहर करेंगे । अब सवालों का जवाब आम तौर से इसी तरह दिया जा सकता है । कलखोज में केवल किसानी के माल असबाब को ले कर इकट्ठा किया जायगा । जिनके पास कोई चीज नहीं है, वह इसी तरह खाली हाथ कलखोज में आ सकते हैं । जो आदमी अपने माल-असबाव के साथ कलखोज का मेम्बर होगा, उसके लिए उसे अलग हिस्सा मिलेगा, कलखोज में कलखोज का माल-असबाब बेहिसाब नहीं रहेगा ।

अका इस्ताद ने अपनी बात समाप्त की । शादी ने सभा की ओर निगाह करके पूछा :

——और कोई सवाल है क्या ?

किसी आदमी ने इतना ही कहा :

——कोई बोलना चाहता है ?

अब भी सब चुप ! शादी के तीसरी बार पूछने पर अन्त में मुहम्मदजान अका ने लोगों के बीच में खड़ा हो कर बोलना शुरू किया :

——कलखोज होना क्या, हम कलखोज होंगे, रफीको ! लेकिन अस्ल बात है——इस काम की जिम्मेदारी को उठाना । कलखोज सचमुच बहुत फायदा देगा, लेकिन अगर बिना जाने-समझे आँखें मूँद कर कलखोज बनायें, तो हानि पहुँचने का ही डर है । इसलिए मैं पूछता हूँ, कि कमीशन जो आया है, तो वह हमें ठीक तरह से सभी बातों को समझा दे । यह ठीक है कि हमारे बीच में बहकानेवालों का अभाव भी नहीं है ! गरीब किसान किस-किस की बात पर विश्वास करे ? मैं और बात करना नहीं चाहता । अर्ज यही है कि कमीशन हमें अच्छी तरह समझा दे ।

मुहम्मदजान अभी बैठा नहीं था कि इसी समय नीचे की ओर से किसी आदमी की गम्भीर आवाज सुनाई दी——मैं भी एक-दो बातें करना चाहता हूँ ?

—बात करो !—शादी ने कह कर रशीदोफ़ के कान में धीरे से धीमी आवाज़ में बतलाया—यह बुखारा का आदमी मंसूरबाय है, जिसके बारे में तुमसे पहले कह चुका हूँ।

—यहाँ क्या काम करता है ?—-रशीदोफ़ ने पूछा।

—पंचायत का कातिब भी है, और हिसाब ची भी—-शादी ने कहा।

रशीदोफ़ ने अपने पाकिट में से नोटबुक निकाल कर मंसूरबाय का नाम लिख लिया।

—-कौन, कौन-सा आदमी है, जो कहेगा कि कलखोज नहीं होंगे, बतलाइये !—-कहते हुए मंसूरबाय ने बात शुरू की—-रफीको, भाइयो ! ऐसे आदमियों को, कलखोज के इस तरह विरोध करनेवाले आदमियों को पकड़ कर देना मेरा काम है। यह ठीक है कि मुफ्तखोर और मुश्तजोर कहते हैं कि हमें कलखोज दरकार नहीं। मैं उन की जड़ में आग लगाऊँगा; लेकिन बाकी जो गरीब किसान हैं, उन्हें कलखोज में आना चाहिए। अगर कोई आना नहीं चाहता, तो कोई बात नहीं ! यह मुहम्मदजान अका कहते हैं कि कलखोज को मैं नहीं समझता। इसका क्या अर्थ है ? इससे यही मालूम देता है, कि इन का दिल कलखोज होने के लिये तैयार नहीं है। अगर मुहम्मदजान नहीं चाहते; तो उनकी मर्जी ! हम स्वयं कलखोज बनायेंगे। यही बात है न, रफीको !

मंसूरबाय के सवाल के जवाब में एक-दो आदमियों ने 'सच' कह दिया, लेकिन दूसरे चुपचाप बैठे रहे। मंसूरबाय ने सभा की ओर एक नजर दौड़ा कर फिर बात शुरू की :

—-जरा साथी कहता है कि कलखोज क्या है ? अलबत्ता वह यह नहीं कहता कि दिलो-जान से कलखोज का मेम्बर बनेगा। क्यों ? क्योंकि वह बेचारा सचमुच गरीब है। यह स्वयं सामने है। उठिये, कमीशन के सामने बात कीजिये !

--हो गया ?—शादी ने पूछा। मंसूरबाय खामखा 'हाँ' कह कर अपनी जगह बैठ गया। सारी मजलिस शादी की ओर देखने लगी, चारों ओर खामोशी छा गई। जूरा बतरक घबराया और लज्जित हुआ-सा मुँह को खोल कर शादी की ओर निगाह करके देखने लगा कि शायद उसे उठ कर बोलने के लिये न कहे। सलीम रशीदोफ़ की बगल में बैठा कागज के एक टुकड़े को टक्-टक् कर रहा था। उसकी पेशानी की सारी बलें इकट्ठा हो गई थीं, जोकि उसके भीतरी गुस्से को प्रकट कर रही थीं। रशीदोफ़ बिल्कुल शान्ति के साथ बैठा हुआ था। उसके ओठों पर थोड़ी-थोड़ी मुस्कुराहट भी थी। कलामशाह खूब ज़ोरों से सिगरेट पी रहा था। अन्त में शादी ने नीरवता को भंग करते हुए बोलना शुरू किया :

—रफीको, चुप क्यों हो ? क्यों नहीं अपने दर्दे-दिल को कहते ? क्यों नहीं हमसे कहते, तुम में से किस की मेहनत आसान हुई है ! तुम में कौन ऐसा है, जिसने अपने लिलार के पसीने को बहा कर राहत और सन्तोष को पाया है ?

शादी चुप हो कर लोगों की ओर देखने लगा। अपनी बातों के दौरान, उसने सभा में बैठे हुए लोगों में अपने दिल की झलक देखी। उसने फिर अपनी बात जारी की :

--नहीं रफीको ! हमारी मेहनत का इस वक्त लाभ नहीं होता। अकेले काम करके जो पैदावार हम हासिल करते हैं, वह हमारे लिलार के पसीने को सुखाने के लिये भी काफी नहीं होती। हमारे देश का जीवन काफी आगे बढ़ा है, लेकिन हम आज भी अपने बैल के साथ पशुशाला में सोते हैं। आज भी हमें मशीनों का पता नहीं है। दुरुस्त यही है कि अब भी हम 'मालिकों' के हाथों में पड़े उन की खिदमत कर रहे हैं-- खिदमत ! रफीको, इन्कलाब के दस साल बाद भी पुराने युग के इन अवशेषों के हाथ से हमें मुक्ति नहीं मिली है। हम कलखोज बनाना

चाहते हैं, इसी के लिये कमीशन को बुला कर लाये हैं। तो फिर क्यों नहीं अपनी ख्वाहिश को सीधे सामने रखते ! क्यों नहीं अपनी ज़िन्दगी के इस गम्भीर सवाल को हर तरफ़ से देख कर काम में लगते ? आओ, आज इस सवाल को अच्छी तरह हल करें, और अपने कलखोज का संगठन करें।

शादी ने अपनी बात को खत्म करके लोगों की ओर नजर डाली। क्षण भर खामोशी छाई रही; और किसी ने बोलना नहीं चाहा। शादी अपनी जगह बैठ गया और रशीदोफ़ ने उससे कहा।

—ठीक से तैयारी नहीं हुई ?

शादी कुछ कहना चाहता था कि कलामशाह ने बोलने की इजाज़त माँगी :

—मैं यही कहना चाहता था कि यह कलखोज शब्द रूसी है। जिसका अर्थ है—आर्थिक जीवन को इकट्ठा करके चलाना। अकेले करने में मेहनत कैसे आसान हो सकती है ? इकट्ठे काम करने से ही मेहनत आसान होती है। बतरक और गरीब एकजुट हो कर मुश्तजोरों को छिन्न-भिन्न कर सकते हैं; अर्थात् वर्ग-संघर्ष और भी ज्यादा तेज और कड़ा हो सकता है। मुश्तजोरों के बारे में यही कहना है। शादी ने एक-दो का नाम लिया; लेकिन बात इतने से खत्म नहीं हो जाती है। हम जानते हैं कि अभी तक भेड़ की खाल ओढ़े भेड़ियों की कमी नहीं है। रायन की इजराई कमेटी इस काम के लिये कम्युनिस्ट पार्टी के पथ-प्रदर्शन में अलबत्ता काम करेगी।

शादी ने रशीदोफ़ से सलाह की और सवाल को वोट पर रखना चाहा; लेकिन रशीदोफ़ ने उठ कर बात करनी चाही। शादी ने उसे बोलने को कहा।

—मैं !—रशीदोफ़ ने कहा,—रफीक कलामशाह की बातों को सुन रहा था, और इसके लिए मजबूर भी हुआ कि सभा के सामने एक

जरूरी बात के बारे में अर्ज करूँ : कलखोज चाहे रूसी शब्द हो या ताजिकी, हम को उससे कोई मतलब नहीं। हम इतना ही जानते हैं कि कलखोज एक इन्क़लाबी शब्द है। कलखोज को हमारे देश की सारी जनता समझती है और चाहती है। कलखोज गाँव की जिन्दगी है और उसके जीवन में इन्क़लाब पैदा करता है। हम किसानी कारबार को सामूहिक करते हुए मुश्तजोरों के वर्ग को सोवियत संघ से नेस्तनाबूद करेंगे। यह काम हुआ और हो भी रहा है। इसलिए कलखोज के बारे में बहुत बात करने की जरूरत नहीं; स्वयं कलखोज का बनाना ही विजय और निश्चिन्तता तथा आराम की बात बताता है। बेहतर यही है कि सबसे पहले बतरक, गरीब और मध्यवर्गीय किसान एक राय होकर कलखोज बनायें, नमूने का कलखोज संगठित करें। कलखोज की विजय स्वयं दुश्मन की मौत है।

रशीदोफ़ अपनी बात खत्म करके बैठ गया। शादी ने सभा को सम्बोधित करते हुए कहा :

——खुश, वोट के लिये रखते हैं। जो कलखोज में शामिल होना चाहता है, वह अपना हाथ उठाये।

नौ आदमियों ने हाथ उठाया, जिसके वीच में मंसूरबाय का हाथ भी था। शादी यह देख कर काँप उठा। उस का मुँह सूख गया, उसने—"और भी कोई है ?"—कह कर पूछा, लेकिन किसी ने हाथ नहीं उठाया।

—खैर, जो विरोध में हैं, वे लोग हाथ उठायें !——उसने कहा, लेकिन कोई हाथ नहीं उठा।

——कलखोज दरकार नहीं है, हम कलखोज़ नहीं होंगे, ऐसा मानने वाले अब अपना हाथ उठायें !—कह कर शादी ने फिर पूछा। लेकिन कोई जवाब नहीं आया।

कुछ क्षण बाद--

—हम निष्पक्ष हैं ! —कहते हुए मुहम्मदजान ने अपना हाथ उठाया। चार-पाँच और आदमियों ने भी उस का अनुसरण किया।

:o: :o: :o:

सभा के बाद रशीदोफ़ ने शादी को एक ओर बुला कर कुछ बात की।

--हाँ, इससे तो यही मालूम होता है, कि तुमने तैयारी कम की,— रशीदोफ़ ने कहा--लोग कलखोज को अच्छी तरह नहीं जान पाये हैं, और कलखोज के दुश्मनों का बहकावा जोरों पर है। सभा में आ कर व्याख्यान देने से संतोष नहीं करना चाहिये। बल्कि गरीबों, कम जमीन-वालों और मध्यम दर्जे के किसानों से बात-चीत करके उन्हें अच्छी तरह समझाने की जरूरत है।

शादी नहीं जानता था कि क्या कहे, उसके हाथ काँप रहे थे, लिलार में पसीना आ रहा था। अन्त में उसने कहा :

—मुझे ऐसी आशा नहीं थी, और नहीं तो कम-से-कम तीस-चालीस आदमी जरूर हाथ उठायेंगे, ऐसा विश्वास रखता था; किन्तु वह नहीं हुआ। क्यों ऐसा नहीं हुआ, इसे मैं खुद नहीं आनता, रफीक रशीदोफ़ ! लानती मुकीम भी इसी समय बीमार पड़ गया।

शादी ने यह कह डालने के बाद समझा कि उसके अन्तिम वाक्य का कोई अर्थ नहीं है। क्या मुकीम तन्दुरुस्त होता और सभा में आता, तो बहुमत कलखोज के लिए हो जाता ? नहीं, इन बातों को उसने इसलिए कहा, कि इस बड़े काम के पूरा करने में गाँवों में मुकीम जैसे मदद देनेवाले कम हैं। उसे काम करने के लिये मुकीम जैसे सहायकों की जरूरत थी।

खैर ! —उसने अपनी बात को जारी रखते हुए कहा—अच्छा, यह हमारे लिए बड़ा सबक है।

——अगर हमलोग इस सबक से अपने काम के लिए अच्छी सीख ले कर उसे आगे बढ़ायें——रशीदोफ़ ने कहा,——तो शादी ! आगे इससे बहुत फायदा होगा । खूब, निराश होने की जरूरत नहीं, इस बार नहीं होगा तो दूसरी बार होगा । एक-दो दिन बाद केन्द्र से कमसोमोली ब्रिगाद आयेगा, उनमें से एक आदमी को मैं तुम्हारे गाँव में भेजूँगा । उसके साथ काम करो, फिर देखेंगे ।

—कुलकों के बारे में क्या करें ?

—अगर आदमी आवे, तो जरूर उसकी सहायता करना, जो कुलक धनी किसान प्रकट हैं, उन्हें हटा देना जरूरी है ।

—खूब !

——खैर, तो हम चलें !

——आखिर, घर चलें——बूढ़े ने बहुत आग्रह किया——चाय तैयार है ! पी कर जायें ।

——नहीं, इस वक्त नहीं, दूसरी बार ! मेरी ओर से अपने आपको सलाम करके माफी माँगना । और भी एक-दो गाँवों में जाना है ।

इसके बाद वह दोनों मस्जिद के दालान में आये, जहाँ पर दूसरे लोग रशीदोफ़ की प्रतीक्षा कर रहे थे ।

——खुश, रफीक रशीदोफ़ !—कलामशाह ने कहा—क्या करना है ?

——कुछ नहीं, चलें ।

——ओ, जरा दम लें, चाय पी कर चलें तो कैसा ?

——हो सकता है, लेकिन मैंने मिखाइल को वादा दे रक्खा है । वह मुझसे कुछ बात-चीत करनेवाला है । फिर 'किश्लक दर्रा' की ओर जाना भी जरूरी है ।

—हाँ सच, चलें !—अपनी जगह उठते हुए सलीमोफ़ ने भी कहा ।

कलामशाह ने बात-चीत न कर उन्हें नीचे कार तक पहुँचा दिया ।

—खैर, तुम जाओ। मैं थोड़ा रुक कर पंचायत के कुछ कामों को करके ही आऊँगा।

रशीदोफ़ ने कुछ नहीं कहा, और मोटर के चलने के समय बोला :

—तुम्हारे लिए मोटर भेज दूँ क्या ?

—नहीं, रहमत !—कलामशाह ने कहा—गाँव से ही सवारी ले लूँगा।

कार तेजी से चलती हुई एक क्षण में नज़र से गायब हो गई। पहुँचानेवाले शादी, कलामशाह, ख़ालमिर्जा चुपचाप लौट पड़े।

—हाँ, शादी ?—कलामशाह ने जरा-सा ठहर कर, फिर पूछा—क्या कर दिया इस समय ?

—इन कुलकों के बाप को हज़ार बार धिक्कार !—शादी ने गुस्सा प्रकट करते हुए कहा ?—खैर, इस बार नहीं हुआ, तो दूसरी बार होगा।

कलामशाह ने कोई जवाब नहीं दिया। शादी उनसे 'खैर-खुश' कह कर मुकीम की हवेली की ओर गया और कलामशाह खालमिर्जा के साथ मस्जिद की ओर लौटा।

—:०:—

७

जब हवा हास कर रही थी !

सूर्य उगने के स्थान 'क्षितिज' के किनारे को काले बादलों ने ढांक रक्खा था। आसमान में एक-ब-एक अन्धेरा छा गया, दक्षिणी-पश्चिमी हवा उठ खड़ी हुई और प्रतिक्षण वह अपनी चाल को तेज कर रही थी ! पतझड़ के मौसम के सूखे पत्ते चक्कर काटते हुए आसमान में उड़ रहे थे। हवा उन्हें कभी दरख्तों की चोटियों पर, कभी नदी के ऊपर, कभी टेकरियों की ओर ऊपर उठाये लिये जा रही थी। आँधी के जोर के कारण दरख्त रोते हुए से बड़े जोर से नीचे-ऊपर हिल रहे थे। उन की आवाज बड़ी भयानक मालूम होती थी। तुन्द हवा चिल्लाती हुई हर तरफ दौड़ रही थी। दरवाजे और खिड़कियाँ खड़खड़ाती हुई खुलती और बन्द हो रही थीं ! दीवारों के ऊपर, छतों पर रक्खे घासों को जोर से धक्का दे कर हवेली के नीचे फेंक रही थी। वह कभी 'कूतल डांडी' घाटी की ओर से आती, कभी बड़ी सड़क की ओर से। अपने-आने से पहले उसने धूल से आसमान को ढंक दिया था। आँधी अन्त में मस्जिद के सामने से गुजरी और वहाँ खड़े चिनारों को धक्का देने लगी। सभी जगहों को उलट-पुलट कर वह नामालूम किस ओर चली गई; लेकिन एक क्षण बाद, मस्जिद के ऊपर फिर हल्ला बोल नीचे खेतों की ओर अपना काम करने लगी। उसने अपनी इस दौड़-धूप में हर चीज को, यहाँ तक कि बादलों के पर्दे को भी पकड़ कर, खींच कर टुकड़े-टुकड़े कर दिया और अन्त में सूर्य का मुँह खुल गया। लेकिन काले बादलों ने आँधी से हार नहीं खाई, बल्कि उसके जोर से फायदा उठा कर आसमान के नीले मैदान पर घोड़े दौड़ाने लगे। आसमान में वैसे ही अँधेरा छाया रहा। सूर्य अपने पश्चिम की कोठरी में घुस कर छिप गया !

नदी ने हवा का अनुकरण किया। उसकी भयंकर लहरें पत्थरों और और चट्टानों को अपने रास्ते से हटाते हुए, टुकड़े-टुकड़े रेजा-रेजा करने लगीं।

ढोर जल्दी ही लौट पड़े। ढोरों को लेने के लिए गाँव के लोग बाहर आये। बछड़े भय के मारे दौड़ रहे थे और अपनी माँओं से पहले गाँवों में आ जाना चाहते थे। भेड़ें डर के मारे एक-दूसरे की बगल से दूर नहीं हो रही थीं।

ढोर सभी पुल पार हो कर चले गये थे; अब कोई पुल पर चलनेवाला नहीं था। खेतों में कोई काम नहीं हो रहा था। पुल के चारों तरफ, नदी की घरघराहट और घबराहट के कारण और कोई आवाज़ सुनाई नहीं दे रही थी तथा न आवाज देनेवाला ही कोई था। बादलों ने आसमान को चारों ओर से ढाँक रक्खा था। तेज आँधी धीरे-धीरे ठंडी पड़ने लगी, और चारों तरफ़ घना अँधेरा छाने लगा। इसी समय कूचे से अचानक अजनबी चिड़ियों की 'कीं-कीं' की आवाज सुनाई पड़ी। वे दूसरे देश से उड़ कर आई थी और 'कीं-कीं' करती गाँव के ऊपर से गुजर रही थीं। वह किधर से आईं और किस ओर जा रही हैं, इसे कोई नहीं देख सका; लेकिन उनकी आवाज कानों में आ रही थी। ये मौसमी बन-चिरैयाँ थीं, जो कि बहुत ऊँचाई पर उड़ती हुईं, किसी अनजानी जगह जा रही थीं।

बनचिरैयाँ भी बहुत दूर हो गईं; जब कि आसमान से बड़ी-बड़ी बूँदें पड़ने लगीं। इन बूँदों ने अब भी चुप न हुई आँधी को बिलकुल चुप कर दिया और सल्तनत की बाग-डोर उन्होंने अपने हाथ में ली। चारों तरफ के दरख्त, जो कि अँधेरे में खौफनाक दिखाई पड़ते थे, पतझड़ के बचे हुए पत्तों को हिलाते-डुलाते बारिश के पानी से धोने लगे। आँधी का हल्ला-गुल्ला बन्द हुआ। पुल की लकड़ियाँ भींग गईं। इसी समय दूर खेतों के पास के दरख्तों के बीच किसी की दर्द भरी आवाज सुनाई थी।

वह 'उई-उई' करके पुकार रहा था ! कुछ समय बाद पुल के ऊपर मुकीम नजर आया । 'उई !' कह कर फिर पुल के किनारे के छोर का सहारा लेते हुए बोला—"उई, आखिर !"

जोश के साथ बहता हुआ नदी का पानी उस का जवाब दे रहा था । मकीम कुछ देर तक उसी तरह खड़ा रह, फिर रास्ता पर चलने लगा । वह कभी दाहिने, कभी बाएँ मुड़ता गाँव के कूचे में आया । दरवाजे सभी बन्द थे, ऊँची-नीची दीवारों ने उसे अपने भीतर घेर लिया, लेकिन उनका दिल दुःखी था । उसने गजलखानी शुरू कर दी :

मेरा मस्त चित्र आया,
हाथ में प्याला आया !
नया खिला फूल आया,
मानो फूल पर फूल रखा !!

इस समय शादी मुकीम के घर में बैठा उसके बाप से बात कर रहा था । मुकीम की माँ कोठरी के एक कोने में बैठी कुछ सोच रही थी । हवा की तेजी और सरसराहट ने उन्हें मजबूर किया था कि कोठरी के दरवाजे को भी बन्द कर दें, और समय से पहले ही चिराग को जला दें । उनका चिराग मामूली लालटेन थी, जो कि एक ताखे में जल रही थी । उसी के नीचे मुकीम की माँ बैठी सिलाई कर रही थी । बूढ़ा दिलतंग हुआ-सा बार-बार दरवाजे की ओर नजर करके कहता था :

—कहाँ गया होगा ?

शादी ने पहले बूढ़े की दिलतंगी को अहमियत नहीं दी; लेकिन बाद में धीरे-धीरे कुछ बातों को सोच कर, उस दिल में कुछ भय-सा होने लगा । इस अन्धेरे में क्या काम करने गया होगा ? या शायद सोबखोज सरकारी खेती में हो ! या सभा हुई हो ! आजकल सावधानी रखने की जरूरत है—दुश्मन अपनी मौत को नजदीक समझ कर दीवानों की तरह लड़ाई कर रहा है...!

—जाते वक्त उसने क्या कहा था?—कह कर शादी ने बूढ़े से पूछा।

—अपने ज़रा साथी के पास जा रहा हूँ, शराब खरीदूँगा, सिर्फ़ यही—बूढ़े ने कहा।

शादी बेचैन हो चाहता था कि 'खैर-खुश' करके बाहर निकल कर पता लगाये, इसी वक्त एकाएक कूचे में उसे मुकीम की आवाज़ सुनाई दी :

—उई-उई, मैं कहता हूँ, दरवाजा खोलो! मैं कहता हूँ खोलो, खोलो भी!! बूढ़े-बूढ़िया ने श्वेतकेश की ओर निगाह की, श्वेतकेश ने शादी की ओर! मियाँ-बीवी दोनों आतंकित-से थे; और क्या करना चाहिए इसे नहीं समझ पा रहे थे। थोड़ी देर बाद बुढ़िया ने रोने की सी आवाज में कहा :

—मुकीमजान जैसा!

—हाँ, मुकीम जैसा ही,—कहते हुए शादी अपनी जगह से उठा। चारों ओर अँधेरा छाया हुआ था, पानी बरस रहा था। गीली घासों की सुगन्ध चारों ओर फैल रही थी। गर्मी की जमीन को नमी नहीं मिली थी, अब वह बिल्कुल मुलायम और कीचड़ हो रही थी। शादी दरवाजे के पास पहुँचा, इसी समय फिर मुकीम ने आवाज दी :

—खोलो, मैं कहता हूँ, उई बुढ़िया! खोल, खोल!! या नहीं खोलेगी? उफ़! या...

शादी ने दरवाजा खोल दिया। मुकीम दरवाज़े का सहारा लिए खड़ा हुआ था, इसलिए उसके खुलते ही वह लुढ़क कर जमीन पर गिर पड़ा।

—कौन हो? उई... भूत...!

शादी ने जा कर उसे बगल से पकड़ कर उठाया और कहा :

—कहाँ गया था ?

—कौन ?—दोहराते हुए मुकीम ने पूछा—एई, शादीजान हो क्या ?

—ठीक से खड़ा हो पागल !—शादी ने कड़ाई करते हुए कहा। मुकीम चेष्टा कर के खड़ा हुआ और सामने खड़े बूढ़े को देखा। उसे देखते ही वह चिल्ला उठा :

—हा, बुड्ढे ! अकेले रहनेवाले बुड्ढे ! आ, आ इस वक्त भाई शादी को मदद दे, आखिर ! हा, ओ, देखता रह, एकदस्ती यानी अलग-अलग की किसानी नहीं होगी...!

शादी ने जोर से पकड़ कर मुकीम को कोठरी के भीतर पहुँचाया। बुढ़िया डर के मारे काँपती हुई खड़ी थी; वह किंकर्तव्य-विमूढ़ थी। बूढ़ा शादी के पीछे-पीछे कोठरी में आया और मुकीम को बैठाने में मदद दी, फिर कुछ बातें कहने के लिए ओंठ खोले :

—शराबखोरी से कलखोज का काम नहीं हो सकता, मेरे बच्चे !

—क्या नहीं हो सकता ?—अपनी जगह बैठने की कोशिश करते हुए मुकीम ने कहा,—कलखोज नहीं होगा ! तू भी उस का मेम्बर बन ! समझा, क्यों नहीं हुआ, देख, क्यों !

शादी ने उसकी बातों की ओर ख्याल न करके, उसके जूतों को पैर से निकाल बुढ़िया से कहा :

—मुकीम के लिए बिस्तरा लगा दो, उसे लेटा देना चाहिए।

बुढ़िया निश्चल-सी चुपचाप खड़ी थी, लेकिन यह बात सुनते ही जल्दी-जल्दी गद्दा-बिस्तरा उठा लाई और उसे बूढ़े की मदद से मुकीम के लिए बिछा दिया। शादी ने उसे वहाँ लेटा कर ऊपर से रजाई डाल दी। मुकीम रजाई के भीतर कुछ देर गुर्-गुर् करता रहा, फिर उसे नींद आ गई। बुढ़िया और बुड्ढा दोनों ही एक-दूसरे की ओर प्रश्नसूचक दृष्टि से देखने लगे।

––यह कैसा दिन ?

––यह कैसी मुसीबत !

शादी के भौहें सिमट गई थीं। अन्त में उसने कहा :

––तुम्हारे लिए हर आफ़त, बूढ़े !

––किसलिए ! क्या तुम नहीं जानते ? कहते हुए जब शादी ने बूढ़े को ज़ोर से पूछा, तो बूढ़िया ने जवाब में कहा :

––आज शाम को मुकीम कुछ शराब पिये जैसा था, सिर पकड़े आधा कटोरा गटागट पिया। मैंने खुश हो कर उससे कहा कि तेरे बापू सभा में गए, कलखोज बना दिया। यह बात सुन कर मुकीमजान भी खुश हुआ। एक-दो प्याला चाय पिया था या नहीं, इसी समय यह आ गए...

––इसी समय मुकीम ने नशे में मरती की तरह हरकत की और रजाई को सिर से दूर फेंक कर जोर से बोल उठा :

––उई, यही श्वेतकेश...हाँ, इसी मेरे बाप ने कहा कि कलखोज नहीं हुआ ! आखिर...आखिर, यह कैसी बात ? यह...!

––तू कहाँ था ?––शादी ने पूछा।

––अका शादी, हाँ, मैं ? मैं तुरसुन के पास था...शराब से ज़ियाफ़त की थी, मैंने खूब पी !

––ऐब नहीं है क्या ?

––ऐब ! क्या ऐब ? मस्त होना ऐब है क्या ? आखिर, कलामशाह कलखोज नहीं हुआ कह कर घर में...हाँ, वह, रईस पाशा शराब पीता है, जलसा करता है, तो ठीक; लेकिन मैं पिऊँ तो ऐब ! मैंने किस के साथ पिया, जानता है ? अपने सहकारी तुरसुनजान मेकानिक मिस्त्री के साथ शराब पी।...कलखोज नहीं हुआ...तौबा !

—ऐब है मेरे बेटे——बूढ़े ने कहा,——आदमी जब बड़े कामों के बीच में पड़ा है, तो उसे मस्त नहीं होना चाहिये।

मुकीम ने अपने बाप की ओर एक निगाह डाली, फिर दोनों आँखें मूँद कर बोलने लगा :

—तोबा !...तोबा !.. आ कर मुझसे कहता है कि कलखोज नहीं हुआ ! ओ, क्यों नहीं हुआ ?...हम गरीब...नहीं अवश्य होगा ! मैं... कहा..क्यों ?

मुकीम ने चुप हो कर अपने सर पर रजाई खींच ली। कुछ देर बाद यह फफक-फफक कर रोने लगा। शादी को यह देख कर दुःख हुआ और उसने बूढ़े से पूछा :

—तुमसे इसे क्या कहा था ? क्या बात थी ?

—एई, बच्चा !—बूढ़े ने शादी की ओर निगाह करके क्षमा-प्रार्थी जैसे स्वर से कहा——सभा से आया, तो देखा, इसकी तबीयत सुस्त हो गई है। हाँ, मेरे बच्चे मैंने कहा पूछा, तेरी हालत कैसी है ? लेकिन इसने हाँ कह सभा के बारे में मुझसे पूछा। मैंने भी बतला दिया : हुकूमत के आदमी ने कहा कि तुम्हारा कलखोज नहीं होगा, यह तुम्हारे अख्तियार में है, कह कर चले गये। इसके बाद मुकीमजान ने अपनी जगह से उठ पोशाक बदलना शुरू की। मैंने पूछा, कि कहाँ जा रहा है ? बोला—जा कर दारू पिऊँगा। आगे मैं क्या जानूँ...!

—मालूम...—वह थोड़ी देर चुप रह कर अपनी जगह पर खड़ा हो गया।

——शादी !—बुढ़िया ने शादी को बाहर पहुँचाते हुए, रोते हुए स्वर में कहा,—इसकी क्या दवा करूँ ?

—कोई बात नहीं, ठीक हो कर उठ बैठेगा,—शादी ने कहा और उनसे खैर-खुश कह कर कूचे में चला गया। रात अँधेरी थी, थोड़ी-

थोड़ी वर्षा हो रही थी। बारिश की ठण्डी बूँदों ने थोड़ी ही देर में शादी की कमीज को तर कर दिया, लेकिन उसके भीतर भी एक ऐसी आग जल रही थी, जिसके धुएँ को वर्षा दबा नहीं सकती थी। वह ऐसे ही, बिना कुछ सोचते-विचारते पैर रखता, अपनी हवेली की ओर रवाना हुआ। आज की घटनाओं ने उसके दिल में भारी हलचल मचा रखी थी। क्या वजह हुई, जो कि आज की सभा किसी नतीजे पर नहीं पहुँची ? इतनी तैयारी की थी, वह कहाँ गई ? कई तरह के सवाल शादी के दिमाग में पैदा हो गये थे, जिन का जवाब उसे नहीं मिल रहा था !

दोनों मित्रों की हवेलियाँ गाँव के छोरों पर थीं। शादी को बड़ी सड़क से हो कर मस्जिद से सामने के गुजरना जरूरी ही था। वह ऐसे ही विचारों में उलझा हुआ नहीं जान सका कि कब मस्जिद के सामने से गुजरा। अगर वह ध्यान देखा होता, तो मालूम होता कि उसे देख कर दो आदमी चुपके से मस्जिद की कोठरी की आड़ में छिप गये हैं। शादी दूसरे कूचे की ओर घूम गया और उन्हें नहीं देख पाया। वह दोनों अब कोठरी से बाहर निकल कर शादी के बारे में बात करने लगे :

—शादी कहाँ से आ रहा होगा ?

—कहीं से हो, मुझसे-तुझसे क्या !

—तू नहीं जानती, ज़ैनब ! यह शादी इस गाँव में सब से शक्तिशाली व्यक्ति है, स्वयं पार्टी का मेम्बर है तथा बड़ा ही कर्मठ है। कलखोज बनाने में सबसे आगे है।

—खैर, तो क्या ?

—तो क्या ! . . क्या होगा और क्या होना चाहिये ? तू नहीं समझती ! इस तरह के आदमी की हर एक चाल-ढाल और काम-काज पर नजर रखते हुए उसके उद्देश्य से जानकारी प्राप्त करनी जरूरी है; नहीं तो मुझ पर और तुझ पर आफत ही आयेगी।

—हजार चेष्टा करता रहे, तो भी मेरी और तेरी कोई हानि इससे नहीं होनेवाली। यदि इसने कलखोज बना लिया, तो उससे मेरी और तेरी रोटी आधी नहीं हो जाएगी।

—बेकार की बात मत किया कर, अपना रास्ता अलग है, ज़ैनब! इन बातों का अर्थ अभी तेरे सिर में घुसने का नहीं है।

इस बात के बाद कुदरत, जिसने कि पगड़ी और जामा पहन रक्खा था, ज़ैनब के हाथ को पकड़े हुए दूसरी छोटी गली में मुड़ गया। रास्ते भर वे दोनों चुप रहे। अन्त में मंसूरबाय की हवेली के दरवाजे के पास खड़े हो कर ज़ैनब ने पूछा :

—घर में मेहमान है क्या ?

—शायद ! तुराबेक आनेवाला था।

खटखटाने पर दरवाजा खुला।

—अरे, कुदरत तू है !—मंसूरबाय ने पूछा।

—हाँ, मैं !—ज़ैनब के साथ हवेली के भीतर घुसते हुए कुदरत ने कहा—तुराबेक आया क्या ?

—आया, जूरा भी यहीं पर है।

घर में तुराबेक और जूरा ने आगन्तुकों की पेशवाई करने के लिए अपनी जगह उठ खड़े हो कर कहा :

—सलाम !

—हाल-चाल कैसा, ठीक तो ! तुम्हारा पता ही नहीं था ?

—ठीक है...

इसके बाद सब लोग कुछ देर चुप हो गये। जूरा बतरक चाकर सबसे नीचे की ओर बैठा ऊपर बैठे हुओं की ओर संदेहपूर्ण दृष्टि से देख रहा था। उसकी दृष्टि में सिर्फ संदेह ही नहीं था, बल्कि उस में एक तरह

का भय और सम्मान का ख्वाजों अथवा स्वामियों के प्रति सम्मान का भाव भी दिखलाई पड़ता था। तुराबेक जूरा के रूबरू कोठरी में ऊपर की ओर बैठा हुआ था। उस का बड़ा पेट, जो कि उस की बेआरामी का कारण बन गया था, और आगे बढ़ कर टिका हुआ था। तुराबेक को हमेशा बैठते वक्त किसी चीज का सहारा लेने की जरूरत पड़ती थी। यहाँ इस समय वह आराम से बैठा अपनी नासादानी को उलट-पलट रहा था।

एक ओर बैठा हुआ कुदरत जब-तब गुस्से की नजर से जूरा की ओर देखता था। मंसूरबाय एक ओर बैठा हुआ था। उसी ने अन्त में खामोशी तोड़ते हुए बात शुरू की :

—हमारे जूराजान ठीक ह, हमने जिस काम के लिए कहा है, वह उसे बिना कम-बेशी किये ए ही करेंगे।

—हाँ !—जूरा ने कहा—सब को मैंने कह और समझा दिया था कि कलखोज होना हमें दरकार है; लेकिन कई ऐसे कारण हैं कि जिनसे किसी का दिल कबूल नहीं करता, मैंने यही कहा। मैंने एक भी बात उससे अधिक नहीं की, जैसा कि आपने बतलाया था।

—रहमत, रहमत !—मंसूरबाय ने कहा—लेकिन तेरा एक काम बुरा हुआ।

—कौन-सा, कहिए क्यों ?—कुछ भय के साथ मंसूरबाय की ओर निगाह करके जूरा ने पूछा।

—सभा से बाहर आ कर बात की।

जूरा को इस का जवाब समझ में नहीं आया, इसी समय कुदरत ने बीच में पड़ कर कहा :

—खैर, कोई बात नहीं, बीते को बिसार देना चाहिए ! इस वक्त तो भविष्य की चिन्ता करनी चाहिए। मुझे रायन में मालूम हुआ कि

जल्दी ही इस गाँव में भी कुलक बनानेवाला कमीशन आयेगा। ऐसे काम के समय एक-दो मुहम्मदजान जैसे लाल-बुझक्कड़ भी सरगर्म हो जायेंगे। हाँ, यह ज़ूरा भी कुलक है, यह भी कुलक है, यह भी कुलक है—-ऐसा कह करें वे लोगों को फँसायेंगे। कमीशन को क्या मालूम; वे इसे सच समझ लेंगे। कुलक होना मरने के बराबर है। हक से महरूम होना पड़ता है, साइबेरिया में जलावतन कर देंगे। ठंडे मैदानों में आदमी भूखों मर जायेगा! यहाँ हमारे पास माल और असबाब है, घर और जमीन है, जिसे मुहम्मदजान जैसे लोग ले कर मौज करेंगे। इसलिए इसका भी कोई रास्ता निकालना जरूरी है।

—-क्या रास्ता, कौन-सा रास्ता, अका!—मंसूरबाय ने पूछा।

—-इस समय चचा ज़ूरा के सपुर्द करें कि वह जा कर एक-दो से मिल कर इस आवाज़ को पहुँचावें। फिर जब कमीशन आयेगा, तो उनके साथ सहायता दे कर, अपनी होशियारी दिखला कर, कुलक होनेवाले आदमियों को बतलायें। जैसे मुहम्मदजान अका, कासिमजान और दूसरों को देखें कि वे क्या कर रहे हैं और सभा में आ कर उन्होंने क्या कहा? यह सभी को मालूम है। देख लो, मेरे ही बापू को! क्या यह कुलक हैं? नहीं! तुम कुलक हो क्या? नहीं! अगर कुलक होते, तो क्या काम नहीं किये होते?। लम्बी-लम्बी बातें किये होते; मुल्लाओं और श्वेतकेशों को पसन्द न किये होते! ज़ूरा जैसों को जो खिला-पहना रहे हैं, उन्हें अपनी हवेलियों से भगा दिये होते। लेकिन तुमने तो इससे ही उल्टा ही किया। मैं देख रहा हूँ कि ज़ूरा के साथ तुमने बेटे जैसा बर्ताव किया। ज़ूरा भी तुम्हारे लिये जान देने में आगा-पोछा नहीं करेगा।...क्यों?

—-सच!—-ज़ूरा ने कहा।

तुराग्रेक भी कुदरत की बातों का समर्थन करते हुए बोला—खैर!...आगे।

---अच्छा,---तब यही तै रहा ! कुदरत ने कहा ।

---हाँ---मंसूरबाय ने कहा---यह जा कर विश्वास के आदमियों अर्थात् सलीम जैसों से मिल कर उन्हें कमीशन के आने की खबर दें ।

---खैर, ऐसा ही होगा, उठिए ! ---तुराबेक ने कहा---सावधान रहना, हमारे बारे में कोई बात न कहना, नहीं तो तुम्हारे अपने सिर पर बला आयेगी ।

---खूब ! ---कह कर जूरा घर से बाहर चला गया ।

थोड़ी देर चुप रहने के बाद तुराबेक ने कुदरत से पूछा :

---रईस चला गया क्या ?

---कलामशाह ? नहीं, आज रात को लालमिर्ज़ा की हवेली में रहेगा । कुछ काम है शायद ।

---क्या काम है ?---तुराबेक ने पूछा---कलखोज बनाने के बारे में कोई काम है क्या ?

---कौन-सा कलखोज बनाना ?---मंसूरबाय ने कहा---खुदा का शुक्र है कि कलखोज के काम को खुद हमने ठीक-ठाक कर दिया ।

---हाँ---कुदरत ने कहा---आपने ठीक ही किया, काम अब कुछ पीछे हट गया । यह तुम्हारे लिए फ़ायदा है । अब वे जब कलखोज बनायेंगे, तो उसमें आना आसान होगा । संदेह रखनेवाले सभी आदमी सभी एक बार नहीं भीतर आयेंगे, इसलिए तुम्हारे जैसे कर्मठों के लिये जगह खाली मिलेगी । लेकिन इससे पहले कुलक करने की बला से छुट्टी पा कर अपने लाभ के सभी कामों को भी कर लेना जरूरी है ।

---हाँ, हाँ---तुराबेक ने कहा ।

मंसूरबाय अपनी दाढ़ी को सहलाते हुए बोला :

---किस-किस को जलावतन किया है ? अगर इस का कुछ इलाज होता, तो खुद इसी शादी को भी भेज देना जरूरी था । इस तरह एक भारी बला से जान बचती ।

––कुदरत ने तुरन्त जवाब देते हुए कहा :

––शादी ! नहीं, वहाँ तुम्हारा जोर नहीं पहुँच सकता। अगर हो सके, तो हयात मुहम्मद एवं मुहम्मदजान अका जैसे किसानों को निकाल बाहर करना सम्भव है। लेकिन उनके साथ तगाई मुरादबाय जैसों को भी जाना होगा।

––मुहम्मदजान अका बहुत..!––तुराबेक ने कहते हुए इसके बारे में अपनी योजना को बाप-बेटे के सामने रखा और बोला––इसी तरह एक ही तीर से कई शिकार हम कर सकेंगे।

––दुरुस्त !––कुदरत ने कहा––आप का यह विचार सचमुच बहुत अच्छा है। इसके द्वारा बड़े रईस की सहायता भी हमें मिलेगी। क्या कहते हो बापू ?

मंसूरबाय कुदरत की ओर खुशी के साथ निगाह डालते हुए अपनी जगह से उठ कर यह कहते बाहर चला गया :

––बहुत अच्छा, बहुत ठीक !

घर के भीतर बैठे षड्यन्त्र रचने में लगे आदमी बाहर मची प्रकृति की हलचल से बेखबर थे। हवा तेज चलने लगी थी। मंसूरबाय इसका बिना ख्याल किए हुए अब कमरे से बाहर आया, तो तेज हवा में उसकी बुखारी टोपी को उड़ा-सा दिया था, लेकिन मंसूरबाय ने जल्दी ही हाथ को सिर पर रख कर उसे पकड़ लिया और सामने की कोठरी में चला गया। वहाँ ज़ैनब और खदीचा अपनी भौंहों को रंग रही थीं। मंसूरबाय की बीवी उग्राका में स्याही लगा रही थी।

––उग्राका क्या हुआ ?––मंसूरबाय ने अपनी बीवी से कहा।

––अभी डाल रही हूँ !––अपनी जगह से खड़ी हो कर बीवी ने कहा।

जैनब मंसूरबाय की ओर सीधे देखते हुए बोली—कुदरतजान को काम है क्या ?

—नहीं, तू भी..!—मंसूरबाय ने कहा।

—अगर एक बात कह देते।

—हाँ, और क्या ?

—कुछ नहीं, एक बात करनी है।

—खूब !—कह कर मंसूरबाय कोठरी से बाहर चला गया।

:o: :o: :o:

जैनब ने कुदरत की बगल में चिपके हुए पूछा :

—मेरे प्यारे कुदरत ! हम कब तक इस तरह ठोकरें खाते फिरेंगे। खैर, कह ! कलामशाह को समझा कि वह तुझे कोई अच्छा-सा काम दिला दे।

—जल्दी ही रायन से एक अच्छी हवेली हाथ में आनेवाली समझो। फिर तुझे साथ ले कर चलूँगा और जा कर काम के लिए कोशिश भी करूँगा। आखिर यह कुलक-वुलक का सवाल खतम हो जाये, तो ज़रा हमारा मन निश्चिन्त हो, फिर दूसरी बार देखना !

—कुलक..इससे तुझे गया ?

—तुझसे कुछ नहीं ? अगर खुदा न करे, मेरे बाप कुलक बना कर निकाले गये, तो मैं और तू भी यहाँ नहीं रह सकेंगे, और उन्हीं के पीछे-पीछे जाना होगा। इसलिए अभी उस के ही बारे में कुछ उपाय करना जरूरी है।

—हवेली और हमारी अपनी ज़मीन हो जायेगी, तो इससे और जच्छा क्या होगा...! खैर, जो हो, तुम्हीं जानते हो।

—हाँ, यह बात तुझे शोभा देती है। खैर, मैं रईस के घर चला, कलामशाह से कुछ काम है।

—कब लौटोगे ?

—नहीं जानता। कुदरत घर से निकल कूचे में आया और स्थानीय सोवियत-सरपंच खालमिर्जा की हवेली की तरफ रवाना हुआ। जमीन में कीचड़-ही-कीचड़ फैला हुआ था, वर्षा बन्द हो चुकी थी, हवा भी काफ़ी सुस्त पड़ गई थी; लेकिन नदी की आवाज चुप नहीं थी। कुदरत लुढ़कते-फिसलते रास्ते में चल कर, कदम-कदम पर अपने बूटों में लगे कीचड़ को झाड़ते हुए आगे बढ़ रहा था। कहीं-कहीं पानी इतना अधिक था कि वह उसके बूटों के भीतर भी चला गया !

✣

८

मुकीम से खफा न होवें

आज सूर्य जब क्षितिज से सिर ऊपर कर के झांक रहा था, उस समय हिसार के ऊँचे-ऊँचे पहाड़ ताजा पड़ी बर्फ से ढंके हुए थे। सफेद बर्फ की चादर ऊपर से नीचे तक पहाड़ के दामनों में चारों ओर दिखाई पड़ती थी। केवल जहाँ पर सूर्य की धूप थी, वहाँ पेड़ों की छाया किसी-किसी जगह पर कुछ यों पड़ रही थी कि मानों वह चाँदी के थाल की तरह चमकती हुई नदी के मटमैले पानी को कल की दुर्घटना की खबर दे रही हो ! पहाड़ की ओर से सर्द हवा बह रही थी, जो

कि हिमाच्छादित चोटियों की तरफ़ से अपने आने की खबर दे रही थी। आज वसन्त के दिनों की तरह आसमान साफ़ और मनमोहक था। प्रकृति में एक विशेष तरह की ताज़गी और स्फूर्ति दिखलाई पड़ती थी। खास कर रात को आये ऐसे तूफान के बाद, सुबह का ऐसा शोभन दृश्य किसको न आश्चर्यचकित बनाता, जबकि बेमौसम ही उसे नवीन माजरा दृष्टिगोचर होता। गोया चन्द दिनों बाद ही फिर हरियाली-ही-हरियाली चारों तरफ दिखाई पड़ेगी, लाला उग आयेंगे और दूर ऊपरी गाँव के लोग नीचे घाटी के गाँवों में रहनेवाले मित्रों के लिये पहाड़ी लाला फूलों का एक गुच्छा सौगात के लिये लायेंगे। दरिया के ऊपर जो बड़ी शिला है, यदि कोई उसके ऊपर अपने दोस्त के साथ बैठता और दरिया की ओर निगाह डालता, तो कीचड़ मिली हुई गरगराहट के साथ टकराते और बहते पानी को देख कर कह उठता—ए ऽ...ए ऽ...! वसन्त आ गई, और अच्छा होता कि लाला और सुम्बुल भी उग आते। सचमुच ! यह वसन्त यह आनेवाली वसन्त जरूर कलखोज की पहला वसन्त होगी !!

शादी अपना साधारण लिबास पहन कर मौसिम के नशे से मस्त हुआ-सा, कुछ सोचता-सोचता गाँव की बड़ी सड़क पर से होता हुआ, मुकीम की हवेली की तरफ गया। मस्जिद के नीचे की ओर जाते समय उसे अका इस्ताद की आवाज सुनाई पड़ी :

——हाँ, जवाँमर्द !

शादी ने अका इस्ताद से दुआ-सलाम करके पूछा——खुश, कहाँ को ?

——तू माँदा मत हो।

——मुकीम की हवेली में जा कर उस की खबर लेने जा रहा था।

——क्या है उसकी खबर, जिसे लेने जा रहा है ? आओ, घर चलें।

——उसे कुछ तकलीफ थी।

——क्या मुकीम को ?

—हाँ, ताप चढ़ आया था।

—एई, क्या सच! एक-दो दिन पहले तो बिल्कुल तन्दुरुस्त था! खैर, आदमी ही है। अच्छा, तो आ! मैं भी चलता हूँ, हाल-चाल पूछ आऊँ!

दोनों बात करते हुए मुकीम की हवेली की ओर रवाना हुए। कल की गड़बड़ी से अका इस्ताद की तबीयत में कोई फर्क नहीं पड़ा था। उसने सभी गुनाहों को अपने और अपने साथियों के ऊपर उठा लिया था। अच्छी तरह से तैयारी नहीं की थी, लोगों को ठीक तरह से समझाया नहीं था; इसलिये बहुमत उस काम के लिए तैयार नहीं हो सका था। उसके ख्याल में बिना ऐसा किये सभा बुलाना गलत काम था। अब वे दोनों, जैसा कि किसी साम्यवादी को होना चाहिए, उस काम से निराश न हो, भूल को सुधारने तथा ऐसी कोशिश करने के लिए तैयार थे कि कलखोज बन जाये और उस का काम ठीक-ठीक से होने लगे। दोनों इस तरह बात-चीत करते मुकीम की हवेली में पहुंचे। मुकीम खूब भला-चंगा अपने बाप के साथ बैठा चाय पी रहा था।

—एई, अच्छी तुम्हारी बीमारी है!—घर के भीतर घुसते हुए अका इस्ताद ने कहा।

—हाँ, मरहमत, मरहमत!—मुकीम और श्वेतकेश दोनों ने खड़े हो कर अगवानी की। फिर मेहमानों को गद्दे पर बैठा उन्हें चाय निकाल कर देने लगे।

—आज कुछ ठीक है!—श्वेतकेश ने कहते हुए अका इस्ताद से बतलाना शुरू किया—थोड़ी-सी शराब पी ली थी, उसी का कुछ असर था.. चेहरा इस का लाल हो गया था—उसने झेंपते हुए कहा—बच्चे ने सख्त गलती की थी!

--एई, इससे जवानों और बच्चों को क्या नुकसान हो सकता है ? सभी गफलत से होता है। तुमने मुकीम को फिर कुछ सीख भी दी,--मज़ाक करते हुए अका इस्ताद ने कहा, और चाय पी कर प्याले को बूढ़े की ओर बढ़ाते हुए यह भी कहा--अगर मैं तुम्हारी जगह पर होता, तो तबीयत खराब कहने पर इसके हाथ में कुदाल ला कर देता और कहता कि चार बार कुदाल चला कर देख, सब तबीयत ठीक हो जायेगी।

--सच है, सच है !--श्वेतकेश ने हँसते हुए कहा और चायदानी ले कर दूसरे कमरे में चला गया। शादी ने मुकीम को ओर ध्यान से देख कर पूछा--तेरी तबीयत कैसी है ?

--अच्छी है !

--रात की शराब ने फायदा पहुँचाया है न !

शादी की बात सुन कर वह कुछ शरमिन्दा-सा हो, ज़मीन की ओर निगाहें कर के बैठा रहा।

--हाँ, ठीक नहीं है क्या ?--शादी ने फिर पूछा--दर्द तो बुरा था, और दवा उस की और भी बुरी ! लेकिन तू ने शायद नहीं समझा कि बुरी दवा बुरे दर्द के लिए होती है।

--मेरा दर्द भी जोर का ही था...!

--तो फिर यह समझा कि कैसा दर्द था ? वह दर्द क्या आज भी है ?

--क्या नहीं हुआ, जो न होता। इससे बढ़ कर और क्या होता ?

--यानी आसमान आ कर जमीन से चिपक गया, सभी आशाएँ और अभिलाषाएँ खत्म हो गईं। यही न ?

--जो भी हो, हमारी मेहनत बरबाद गई।

--कौन-सी मेहनत ? हमने अभी मेहनत नहीं की, इसीलिये काम नहीं हुआ। अगर ठीक से मेहनत की होती, तो हमारा हाथ ऊपर रहता।

अका इस्ताद उन की बातों को मूल को अच्छी तरह समझ रहा था, और अपने को न रोक कर उसने पूछ लिया :

--आखिर, ठहरो ! क्या बात है जो अपने-ही-आप कर रहे हो ? अरे, सवाल-जवाब से चखचख शुरू हुई और मेहनत हाथ से चली गई !

शादी चुप हो रहा। कल रात से उसके दिल को कुछ बुरा भी लग रहा था। अका इस्ताद को मुक़ीम ने जवाब दिया :

--कलखोज बनाने की न जाने कब की इच्छा थी ! बड़ी आशा और अभिलाषा के साथ हम कमीशन को बुला कर लाये थे और नतीजा क्या हुआ कि 'कलखोज होना या न होना तुम्हारे अख्तियार में है' कह कर चले गये।

--हाँ !--शादी ने कहा—तो क्या और क्या कहते ?

--अर्थात् हमारी मेहनत बरबाद गई।

--बरबाद नहीं हुई--अका इस्ताद ने कहा—हम तो अभी कलखोज बनाने के काम में हाथ भर लगा पाये हैं। इस काम के लिये कल की सभा पहला तजुर्बा था। इस तजुर्बे से हमें शिक्षा मिली, हमने एक सबक़ सीखा ! अब हम फिर से काम में जुट जायें और आहिस्ता-आहिस्ता सफलता प्राप्त करें।

--मुक़ीम तो शिक्षा लेने की जगह पर शराबखोरी करता फ़िर रहा है !--शादी ने कहा।

--काम तंग होने के समय शराब पीना कह कर—अका इस्ताद कुछ देर रुका और कुछ सोच कर उसे ने अपनी बात जारी की--काम तंग होने के समय शराब पीना मर्द का काम नहीं है। शराब पी कर मतवाला होना जुआरी और इस प्रकार के पुराने ऐबियों को ही शोभा देता है, जो कि

हमारे इस नये युग की तरक्की से नाराज हैं। दिल तंग होने पर शीशे से लाल अर्क ले कर पीते-पीते तसल्ली करनी होती है, लेकिन तुझे उससे क्या ?

मुकीम ने कुछ बुदबुदा कर अपना सिर झुका लिया।

—मुकीम ने कलखोज बनाने के लिए नया रास्ता खोजा है..!—शादी ने कहा।

—बहुत मजाक न कर, अका शादी!—कहते हुए मुकीम ने अपना सिर ऊपर किया—मैं बीमार था, तबीयत खराब थी, इसमें सन्देह नहीं! रात को जब सभा की घटना के बारे में सुना, तो मेरी तकलीफ़ और बढ़ गई। और अपने को सँभाल नहीं सका, फिर तेरे पास आ कर बात के बारे में अच्छी तरह जानना चाहा, लेकिन तू भी न मिला। तब खोज-खोज में तुरसुनजान के पास चला गया; क्योंकि मैं वहाँ बात-चीत करके अपने दिल को बहलाना चाहता था। तुरसुनजान ने मेरी तबीयत अनमनी देख कर एक प्याला शराब ला कर दी। मैंने पहले इन्कार किया, किन्तु उसने बहुत जोर दिया। मजबूरीवश अच्छा कह कर पीना ही पड़ा। बस यही..!

—रात को मस्त हो कर गिरता-पड़ता फिर तू गाँव लौटा,—शादी ने कहा—दाद-फरियाद करते हुए, तूने अपनी हालत से सब को परेशान कर डाला।..यह सब ठीक-ठीक है क्या! तेरी मस्ती को देख कर दुश्मन ताली पीटते थे और कलखोज को बुरा बतला रहे थे। कुछ समझा? इसीलिए में तुझसे बहुत खफ़ा हूँ।

इसी समय मुकीम का बाप चायदानी में ताजा चाय लिये आया और वह अपनी जगह पर बैठ चाय निकाल कर निकालते हुए मानों अपने-आप ही से बात करने लगा :

—मुकीम से खफा होना ठीक नहीं है, अलबत्ता..! उसने प्याले को अका इस्ताद की तरफ बढ़ाया। अका इस्ताद ने उसे हाथ में लेते हुए कहा :

—यह सब हमारे कम तजुर्बे के कारण हुआ।

श्वेतकेश इस्ताद की बात को अच्छी तरह न समझ सका। शादी न 'सच-सच!' कह भर दिया। मुकीम ने प्रश्नसूचक दृष्टि से देखते हुए अका इस्ताद से पूछा—हम कम तजुर्बा वाले हैं, तो साथ-साथ कम पढ़े-लिखे भी हैं। लेकिन तुम चचा क्या उसके बारे में हमें कुछ रास्ता दिखा सकते हो ?

अका इस्ताद ने जमीन की ओर निगाह करके आहिस्ता-आहिस्ता कहना शुरू किया :

—ठीक कहा—क्यों नहीं! इस बार मैंने भी सुस्ती की मूर्खता की! खोजन्द का इतना तजुर्बा, सन् २८-२९ की लड़ाइयों का तजुर्बा मेरे सिर पर से गुजर चुका है फिर भी ऐसी खता खानी अलबत्ता मूर्खता है। अच्छा, जो बातें मैंने देखी-सुनी, वह खुद सबके लिए एक बड़ा पाठ-सा समझो—जिन्दगी की एक अद्भुत पोथी के समान! कभी वक्त होगा, तो उस कहानी को तुम्हें सुनाऊँगा।

अका इस्ताद की इस बात से सभी लोगों की उत्सुकता बढ़ गई, और उन्होंने कहानी कहने के लिए जोर दिया, वह कुछ ना-नुकर करने के बाद अन्त में राजी हो कर बोला :

—अच्छा, तो कान धर कर सुनो! तुम्हारे सामने अपनी आपबीती सुनाये देता हूँ।

✣

९
रोने में फायदा नहीं !

हमारे मुल्क खोजन्द में कुछ साल पूर्व कलखोज में शामिल होनेवाले एक जगह काम करने की बात करने आये; लेकिन सभी कामों के शुरू करने में बहुत सावधानी की जरूरत होती है। इसे पार्टी और सरकार जानती है। कामो के चार-पाँच असबाबों और कई-एक महकमों को तैयार कर चुकने के बाद उसने तब कलखोज शुरू करने के लिए कहा। इस पर भी चलते-चलते, कई साल बाद हमारे खोजन्द में अमली काम शुरू हो पाया। ताजिकिस्तान में पहले-पहल कलखोज वहीं पर बनाये गये। हमारे कलखोज के सदस्य अच्छे मेहनती जवान रहे हैं; विशेष करके रहीमजान नामक एक जवान, इलाही उसको जिन्दा रखे, कैसा जानाजान प्राणप्यारा आदमी है ! इस वक्त वह कलखोज का सरपंच है। मैं आपके सामने उसी जवान की जीवनी के वारे में बतलाना चाहता हूँ। उस जवान ने बड़ी मर्दानगी और मेहनत के साथ कलखोज के कार्य और स्वयं को आगे बढ़ाया। हमें उसकी जीवनी से शिक्षा लेनी ही चाहिए !

––रहीमजान...!––शादी ने कहा––इस नाम को जैसे मैंने कहीं सुना है।

––सुने होने की पूरी सम्भावना है––अका इस्ताद ने कहा––वह एक मशहूर हस्ती है; शायद आगे और भी मशहूर हो !

अका इस्ताद प्याले की चाय को पी कर थोड़ी देर चुप रहा। यहाँ बैठे दूसरे व्यक्ति भी आगे की बात सुनने की प्रतीक्षा करने लगे।

––इन्क़लाब से पहले––कहते हुए अका इस्ताद ने फिर बात शुरू की––'यावा' गाँव में, मैं और वह दोनों इकट्ठे तुराकुत बाय नामक एक बड़े धनी जमीन्दार के यहाँ मजूरी करते थे। हम दोनों ने कितनी ही

कुदालें चलाईं, जान-तोड़ मेहनत की; फिर भी उससे हमें कुछ भी आराम नहीं मिला। तब भी हम वही रहीम और इस्ताद बने रहे!...एक दिन---जानलेवा गर्मी के दिन थे—मैं, रहीम और उस का बाप--तीनों कपास की खेती में कुदाल चला रहे थे, इसी समय रहीम की बहन तीन गर्म रोटियाँ और कुछ दही ले कर आई।

--रोटी खाइये!--कह कर लड़की ने लिपटे हुए दस्तरखान के कपड़े को शहतूती के पेड़ के नीचे बिछा दिया और स्वयं चाय उबालने के लिए चली गई।

--इस्ताद बाय, जरा दम ले लें?--रहीम के बाप खुदा रहमत ने कहा।

--अच्छा!—मैंने कुदाल रखते हुए जवाब दिया; और हम तीनों शहतूत के वृक्ष के नीचे गये। श्वेतकेश ने रोटियाँ तोड़ीं और हमें खाने के लिये कहा।

--घर की बनी गर्म रोटी!--कहते हुए मैं प्रश्नसूचक निगाह से रहीमजान की ओर देखने लगा। उसने कुछ नहीं कहा, लेकिन उसके बाप ने जवाब दिया:

--पैसा नहीं रह गया है, हालत बुरी है। हम दोनों को मेहनत का लाभ भी निकला जा रहा है। बुढ़िया न मरती है, न जीती! कल रहीम को कारी उस्मान के पास भेजा कि कुछ चाय और पैसा ले आये। जो भी हो खुदा की मेहरबानी से कारी उस्मान का कड़ा दिल नर्म हुआ; और मेरे कहने पर काफी तगड़े सूद पर कुछ पैसे और चाय दे कर भेजा। यह रोटी इसी पैसे की है। खा, मेरे बच्चे! ताकतवर हो कर कुदाल चला, ताकि हम लोग कर्ज को कयामत के लिए न छोड़ें।

--शरीर तन्दुरुस्त रहे, खातिरजमा!--मैंने कहा,--दुनिया का पैसा मिल जायेगा चचा!

—शरीर में वही तन्दुरुस्ती तो नहीं है !—आह खींचते हुए श्वेत-केश ने कहा।

वस्तुतः रहीमजान की हालत काफ़ी बुरी थी। चार टुकड़े की रोटी उसके पेट को नहीं भर पाई। बाय लानती भले ही हो, लेकिन वह उनसे धोखे-फरेब से काम नहीं लेता था ! हमेशा उन की मदद करता। बुढ़िया बीमार थी। दोनों काम करनेवाले आदमियों की हालत भी बुरी थी। उनके शरीर की हड्डियाँ उभर आई थीं। उनके साथ काम करने के बाद मेरी हालत कुछ ठीक हुई। ठीक इसी प्रकार मेरी बीवी की तन्दुरुस्ती भी थोड़े दिनों बाद ही अच्छी हो पाई। वह भी काम करने लगी और फिर मेरे बराबर कुदाल चलाने लगी। फिर कुछ समय पा कर हमें एक कन्या-रत्न की उपलब्धि हुई।

—सोलह या सत्रह का सन् था, कुछ भी हो इन्कलाब के पहले की बात है। जाड़ों में रहीमजान की हालत काफ़ी तंग हो चुकी थी। उस की बुढ़िया माँ मर गई, उसके जनाजे और दफ़नाने में बहुत खर्च हुआ। इस पर भी रहीमजान ने हिम्मत नहीं छोड़ी: 'चाहे सिर जाये; लेकिन ज़ुबान से उफ़ न निकले'—की कहावत के अनुसार अपने बाप की सलाह से फिर कारी उस्मान सूदखोर के पास गया। कारी उस्मान ने रहीम के मांगने पर बड़ी खुशी और खुरसंदी से कुछ सौ रूबल कर्ज दिये। बाप और बेटे आगामी वसंत की उम्मीद पर प्रत्येक प्रकार की तकलीफ़ों को सिर पर उठाने को तैयार थे। भविष्य में हालत अच्छी होने की आशा में कर्ज की कुल रकम से उन्होंने दफ़नाने और कफ़न आदि का प्रबन्ध किया।

रहीमजान उन्हीं दिनों अपना दुखड़ा रोते हुए बोला :

—हर तरह से कारी उस्मान की उदारता के कारण मेरा दिल बड़ा डर रहा है। सूदखोर आदमी बिना कारण ऐसी भलाई नहीं किया करते। उनके लिये पैसा हर चीज से अधिक प्रिय होता है। उनके लिए वह कुछ भी कर सकता है।

रहीमजान को यह बात ठीक उतरी। अभी जाड़ा समाप्त भी नहीं हुआ था कि कारी उस्मान ने रहीमजान के घर पर आदमी भेजा और उस की बहन के साथ मँगनी का तलबगार हुआ। वैसे तो सयानी जड़की के लिये सभी जगह इच्छुक होते हैं, सभी संदेश भेजते हैं और यह कोई बुरी बात भी नहीं है। लेकिन कारी उस्मान बूढ़ा था, उसके बीवी-बच्चे भी थे, उस का ऐसी माँग करना उचित नहीं था। कारी उस्मान की इस बेशर्मी से रहीमजान अपने को रोक नहीं सका, और संदेशवाहक को कड़ी-कड़ी बातें सुना कर उसने खूब फटकारा। लेकिन दूसरे दिन सुबह-सवेरे ही कारी उस्मान ने किसी नौकर को भेज कर श्वेतकेश को समझाया, कि या तो मेरे कर्ज के पैसे इसी वक्त अदा करो; नहीं तो अपनी लड़की दो।

खुदा की मेहरबानी से वह दिल का मजबूत आदमी था। कारी के पास उसने जवाब भेजा—पैसा है, तो अपना पैसा लेगा! मैं अपनी जवान लड़की को उसे देने की जगह क़ब्र में भेजना पसन्द करूँगा।

इसके बाद श्वेतकेश की तबीयत खराब हुई। मजबूर हो कर रहीमजान घर का खुदरा सामान बेच-बेच कर खर्च चलाने लगा। धीरे-धीरे यह हालत हुई कि अपने तन के सड़े-गले कुर्ते और कमर के नीचे फटी-पुरानी सलवार के सिवा उन्होंने अपनी सभी चीजें बेच डालीं। जालिम कारी उस्मान सूदखोर ने एक खाते-पीते घर को सब की आँखों के सामने बरबाद कर दिया। रहीमजान की बहन भी इस बदकिस्मती का सामना न कर सकी, और बीमार हो कर श्वेतकेश की बगल में जा पड़ी। उसे तपेदिक हो गई, और जिसके कारण बेचारी अपने यौवन का वसंत बिना देखे ही मर गई। उसके बाद श्वेतकेश ने भी दुनिया से आँखें मूँद लीं। इन्कलाब के दिनों में रहीमजान बड़ी बुरी हालत में था; लेकिन उन बुरे दिनों में भी मेरे जैसे दो-एक उसके मित्र और सहायक उसे मिल गये थे, जिन्होंने उसकी मदद की। बेचारे ने साहस से काम किया और अपने-अपा

हिज बाप तथा बहन को दफन कर, फिर कुदाल हाथ में ले कर मेहनत करने लगा। इन्क़लाब के बाद धीरे-धीरे फिर उस के अच्छे दिन लौटे, और अपनी मेहनत द्वारा उसने जमीन और मकान प्राप्त किया तथा बीवी और बाल-बच्चेवाला बना।

अका इस्ताद अपनी बात को यहाँ ला कर चुप हो गया। मुकीम के बाप ने एक हल्की आह खींच कर अका इस्ताद की ओर चाय को बढ़ाते हुए कहा--तौबा, तौबा !

शादी बोला :

--कारी उस्मानों ने कौन-कौन-से जुल्म नहीं किये। अब भी उन के बीज हमारे बीच में दुःख और गरीबी फैला रहे हैं।

--सच, सच !--कहते हुए अका इस्ताद ने फिर अपनी बात जारी की--मेरे कहने के अनुसार ही खोज़न्द में कारी उस्मानों ने दिखला दिया था कि उन्होंने हमारे बीच में कितना दुःख और गरीबी फैलाई थी। सचमुच हमारे गाँव में कलखोज का बनाना एक अच्छा उदाहरण हो सकता है। इन्क़लाब के बाद हम सभी पुराने चाकर, बतरक, गरीब, अपने गाँव में थोड़ा-बहुत सामान ले कर काम करने लगे। बायों की शाख कुछ-कुछ टूटने-सी लगी, लेकिन वे पूरी तरह नष्ट नहीं हुए थे। अब भी हम मेहनत करते, आधा पेट भूखे रहते; लेकिन तुराकुत बाय जैसे लोग पैर लम्बा किये, बैठे अपने चाकरों को हुकुम दे काम कराते। उनके पास बाग और खेत थे; हवेली और मकान थे तथा वे साफ-सुथरे कपड़े पहनते। ...खैरियत यही हुई कि इसी समय खेती में सुधार हुआ और सरकार ने हम गरीबों को जमीन और असबाब भी दिया। हमने भी बड़े-बड़े बायों में से कितनों को देखते-देखते नेस्त और नाबूद किया; लेकिन इस पर भी हम अपने मकसद को पूरे तौर से नहीं पा सके। हम मेहनत करते, पेशानी से पसीना गिराते; लेकिन ठीक-ठीक लाभ नहीं उठा पाते थे। अकेले दम खेती करने से कुछ नहीं बन सकता था। फिर कुछ

जी-हुजूर चालाकों ने अपने काम को आगे बढ़ाया। हवेली, जमीन, दूकान आदि तैयार किये और फायदा उठा करके बाय बन बैठे और उनके पास भी चाकर-बतरक काम करने लगे। यही कारण था इन नये मुश्तजोरों की ताकत के बढ़ने का। हमारी सोवियत सरकार के उच्च नेताओं ने शायद इसी समस्या को हल करन के लिये सामूहिक खेती या कलखोज बनाने के मसले को उठाया भी!--अका इस्ताद ने कहते हुए शादी की ओर प्रश्नसूचक दृष्टि डाली।

--ठीक है!--उस की बात का समर्थन करते हुए शादी ने कहा--यह बात हमारे रहबरों याने पथ-प्रदर्शकों को मालूम हुई, वे इन मुश्किलों को बड़े गौर से देख रहे थे तथा उन्होंने इससे मुक्ति पाने का रास्ता भी ढूँढ़ निकाला। किसी दिन रफ़ीक रशीदोफ़ कलखोज के बारे में बात करते हुए कह रहा था कि रफ़ीक लेनिन ने इसी के बारे में संकेत किया था। उसने कहा था कि अगर हम इसी तरह अकेले-अकेले खेती करते रहेंगे, तो हमारे देश को अपनी आज़ादी से भी हाथ धोना पड़ेगा, और हमारे सोवियत के ख़त्म होने का भी खौफ़ सामने है। इसीलिये हमारे रहबरों ने कलखोज होने की बात हमारे सामने रखी।

--लेकिन कलखोज बनाना कोई आसान काम न था!--अका इस्ताद ने कहा--हमारे गाँव में शहर से कलखोज बनाने के लिए एक कमीशन आया। हमने पहले गरीबों की मदद से शुरू-शुरू की तैयारी का एक नमूने का कमीशन बनाया। इस कमीशन का रईस वही रहीमजान था। कमीशन ने अपने काम शुरू करके कागज पर लिखा-पढ़ी की। सचमुच भूल ही गया कि रहीमजान रात की पाठशालाओं में जा कर पढ़ता था और वह लिखना-पढ़ना सीख गया था, हिसाब-किताब भी खूब जानता था! अब उसे कारी उस्मान जैसे धोखेबाज हमें धोखा नहीं दे सकते थे। वह कमीशन के साथ एक घर से दूसरे धर जा कर होनेवाले मेम्बरों का

नाम लिखता रहा, खेती के सामान और खेत के सिहाब को सिलसिले से कागज पर दर्ज करता रहा। जब कमीशन ने सभा की, उस समय ऐसे आदमी भी निकल आये, जो रहीमजान के काम को बरबाद कर देना चाहते थे :

—कलखोज में किसानों का कोई किसानी माल और असबाब नहीं लिया जायेगा—उनमें से किन्हीं-किन्हीं ने कहा।

दो-चार दूसरी तरफ से आ कर बोले :

—किसानी का हर एक माल कलखोज में देना जरूरी है।

लेकिन रहीमजान अपनी बात पर डटा रहा और बोला :

—न यह, न वह ! मैंने पढ़ा है और मैं जानता हूँ कि पार्टी हमें क्या सिखलाती है और हमारे लिये किस रास्ते को उचित समझती है। हम कलखोज को इसी तरह बनायेंगे : काम के माल—घोड़ा, बैल वगैरह, किसानी के सामान—हल, दनदाना, अमाच वगैरह; और खेती की जमीन एक जगह की जायेगी। लेकिन दहकानों का दूसरा माल-असबाब, दुधारू पशु, घर और उसके पास आस-पास का बगीचा उन के अपने हाथ में ही होंगे।

आये हुए कमीशन में एक लाल मुँहवाले महाकाय पहलवान भी थे। उन्होंने रहीमजान की बात पर नारा लगा, ताली बजा कर स्वागत किया। करीब था कि उसे कलखोज के खिलाफ तथा कुलकों का तरफदार बना देते। उन्होंने तय किया कि किसानों का सभी माल-असबाब, हवेली ओर जमीन कलखोज में जानी चाहिए, यहाँ तक कि घर-घर की रसोई बन्द करके सब की सम्मिलित रसोई बनाने, खाना पकाने, आदि का भी तय किया। इन बातों को सुन कर उसी शाम को कलखोज से बहुत-से आदमी निकलने के लिए तैयार हो गये। रहीमजान सभा के बाद शहर में किसी काम से गया और शाम को बेवक्त लौटा। मैं तब अपने दामाद के साथ

चायखाने में बैठा था कि वह सामने से गुजरा। उसके पीछे-पीछे मैं उसके घर गया और देखा कि वह अखबार पढ़ रहा है। मुझे आया सुन कर उसने सिर ऊपर करके अखबार की ओर इशारा करते हुए कहा :

--एई! रफीक स्तालिन ने समस्या को स्वयं हल कर दिया है और हमारे सभी सवालों का जवाब दे रखा है। यह खुद पढ के देखो। रफीक स्तालिन ने कलखोज बनाने का ठीक रास्ता बतलाते हुए कहा है कि आज के जमाने में कलखोज की सबसे अच्छी और ठीक शक्ल है—गाँव के अर्तेल का संगठन! और हमारा भी यही मुख्य प्रोग्राम होगा। हमें अपना काम सुस्त नहीं करना चाहिए; उसे आगे बढ़ाना चाहिए। हमें खूब सोच-समझ कर आगे बढना चाहिये; नहीं तो धोखा खा सकते हैं। क्यों, मेरा ख्याल ठीक है न!

अगले दिन हमारे गाँव के कलखोज बनाने का मसला राय-कौम में देखा गया। रहीमजान राय-कौम गया और कमीशन में आ कर जिन लोगों ने उल्टी बात कही थी, उनके मुकाबिले में उसने अपनी बात रखी। मैं भी रहीमजान के साथ था। मैंने भी एक-दो बातें कहीं, और यथासम्भव रहीमजान की बात का समर्थन किया। इस पर राय-कौम के वीरों ने काम खराब करनेवाले लोगों की कार्रवाई की जाँच शुरू की और इस प्रकार रहीमजान दुश्मन के भेद को खोल कर तथा सफल हो कर लौटा। कलखोज बना, और उसने उसे और भी अच्छी तरह से संगठित किया तथा उस के काम को आगे बढ़ाने के लिए दिलो-जान से काम करने लगा। वह इधर-उधर की बातों को सुन कर खफा हो या डर कर दबनेवाला आदमी नहीं है। बेग़म और बेफिक्र, खुशी-ख़ुशी मेहनत में लगा रहता है। रहीमजान से हमें शिक्षा लेनी चाहिए, न कि पहले ही काम में असफलता मिलने पर यों ही खफा हो कर दौड़ते फिरना चाहिए।

--सच कहते हो!--शादी ने कहा।

—रहीमजान--श्वेतकेश ने सिर हिलाते हुए कहा—अजब जवान है। इलाही उस की उम्र लम्बी करे।

मुकीम कुछ नहीं बोला, वह केवल अपना सिर झुकाये रहा।

पर मुकीम का बाप बाहर जा कर गर्म शोरबे के कटोरों को ला-ला कर भीतर सबके सामने रखने लगा। अका इस्ताद ने हँसते हुए कहा :

—ए, यहाँ तो शोरबा भी है! खैर, लाओ...अपना नसीब है!

:o: :o: :o:

शादी और बाबा सफर दोनों बाप-बेटों ने पहले दिन से ही निश्चय कर लिया था कि कपास के खेत को उस की खूँटियों से खाली कर रखेंगे, शायद ऐसा मौका आये कि उससे फायदा हो। जब सूर्य की गर्मी ने पहाड़ की चोटियों की बर्फ को गुलाबी रंग से रंग दिया, तो दोनों बाप-बेटे अपने खेत में पहुँचे। दो-तीन दिन पहले ही श्वेतकेश ने पानी डाल कर खूँटियोंवाली ज़मीन को मुलायम कर दिया था, तो भी उन का खींच कर निकालना आसान नहीं था। खींचते वक्त उन की हथेलियों में चोट आई, और तब भी वह आसानी से निकल नहीं रही थीं; इसलिए उन्होंने उनकी जड़ों को खोदा, आहिस्ता-आहिस्ता काम आगे बढ़ा और थोड़े ही देर में श्वेतकेश ने काफी काम कर डाला। किन्तु शादी तो बूढ़े से भी बहुत आगे पहुँच गया। काम शुरू करने के पहले थोड़ा-बहुत वह आपस में बात-चीत करते रहे, फिर चुप हो गये और अपने-अपने विचारों में लीन हो काम में जुट गये थे। श्वेतकेश इस बारे में विचार कर रहा था कि शादी अकेला है, उसकी बगल में न कोई भाई है और न कोई बहन! क्या ही अच्छा होता, अगर जल्दी बहू आ जाती और श्वेत-केश अपने पोते को मुँह देखता। लेकिन शादी को केवल चिन्ता थी कलखोज की! उसने रायन में जा कर रशीदोफ़ से बात की, कृषि-पंडितों से मिला-जुला, अखबारों को ढूँढ़ कर कलखोज बनाने के बारे में रफ़ीक स्तालिन के वक्तव्यों को पढ़ा और उसने निश्चय कर लिया था कि गाँव के कर्मठ आदमियों और जवानों के बीच में उस वक्तव्य को ला कर अवश्य सुनायेगा। रफीक स्तालिन ने बतलाया है कि कलखोज

बनाने में जबर्दस्ती नहीं करना चाहिए, बल्कि लोगों की इच्छा से ही सब कुछ होना चाहिए। किसानों को कलखोज के फायदों को समझा कर उन्हें अपनी ओर लाने की जरूरत है; इसलिए शादी ने तय किया कि पहले लोगों को समझाने की कोशिश करनी चाहिए।

इसी तरह सोच-विचार करते-करते शादी खेत के आखीर तक अपने पहुँच जाने को नहीं जान पाया। उसने अपनी पंक्ति की कपास की आखिरी खूँटी पर कुदाल चलाई। ईंधन का एक डर जमीन पर लगा दिया, फिर कमर सीधी करके उसने चारों तरफ नजर डाली। उसके खेत का पड़ोसी बाबा हिदायत एक बूढ़ा किसान था। आजकल वह न पकी हुई बच रही कपास की ढोंड़ियों को चिन रहा था। उसका बारहवर्षीय लड़का काम में मदद देते हुए ढोंड़ियों के ऊपर निगाहें रखे हुए साथ-साथ जा रहा था। बाबा हिदायत ने शादी को देख कर दूर से सलाम करते हुए कहा :

—आ, बेटे खरबूजा खायें !

शादी ने श्वेतकेश की ओर निगाह डाल कर देखा कि वह धीरे-धीरे लेकिन एक ओर से खूँटियों को खोदते हुए इसी तरफ आ रहा है। शादी ने उससे कहा :

—बापू ! आओ, हम लोग खरबूजा खाने में बाबा हिदायत की सहायता करें।

श्वेतकेश अर्थात् शादी का बाप हँस पड़ा। बोला :

—पहले तू चल, मैं भी पीछे-पीछे आ रहा हूँ !

शादी खरबूजे की क्यारी में से गुजरते समय, अच्छी तरह देख कर लताओं और पत्तों के भीतर पीले हो गये दो खरबूज़ों को ले कर बाबा हिदायत के पास पहुँचा। वह नहर के किनारे बैठा था। पहले उसने छुरी से एक काश को चीर कर देखा; फिर उसे बोरे में रख दिया। और इसी प्रकार दूसरे को भी।

—इन में से एक भी मीठा नहीं है !—कहते हुए शादी की पेशवाई के लिए आधा खड़े होते-होते उसने कहा ।

—बैठिये, बैठिये !—शादी ने कहा—मैं इन मीठे खरबूजों को खुद लाया हूँ ।

शादी ने बाबा हिदायत के सामने बैठ कर खरबूजों को उसकी तरफ बढ़ाया । श्वेतकेश ने उन को भी काट कर चखा, फिर उसे टुकड़े-टुकड़े करने लगा ।

—हाँ, तेरी बात ठीक है—ठीक है क्या ?—शादी से उसने पूछा ।

—मेरी बात ठीक हुई क्या ?—शादी ने पूछा ।

—कौन-सी तेरी बात ठीक नहीं हुई, बेटा !—बाबा हिदायत ने यह कह कर शादी की ओर ध्यान से देखते हुए कहा—कलखोज के बारे में भी तेरी सभी बातें ठीक हैं, बेटा ! लेकिन हमारे जैसे नादान आदमियों के लिये एक अच्छे रास्ते को पकड़ कर चलना मुश्किल है ।

बहुत मुश्किल !—बूढ़े की बात का समर्थन करते हुए शादी ने कहा—लेकिन कलखोज के बारे में मेरी बात ठीक है, तुमने यह कैसे जाना बाबा ?

बाबा हिदायत ने खरबूजे के कटोरे को जमीन पर रख कर शादी के ध्यान को अपनी ओर कहते हुए कहा :

—कल अंगिश्तकान गाँव से समैजान आया था । अपने कलखोज की तारीफ कर रहा था और ऐसी बातें कर रहा था कि सुन कर आदमी को अचरज होता है ।

—क्या समैजान कलखोज का मेम्बर है ?—शादी ने पूछा :

—नहीं मेम्बर क्या, वह तो कलखोज का सरपंच है !—तारीफ और सम्मान प्रदर्शित करते हुए श्वेतकेश ने कहा ।

—हमें भी अपने कलखोज में आने के लिए कह गया है।...आइए, कलखोज को देखिए, इससे फायदा होगा—बोल रहा था।

—सच ?

—हाँ, सच ! हम लोगों को ले जा कर उसी कलखोज को दिखा दें, तो और कोई बात करने की आवश्यकता नहीं। आँखों से जब देख लिया, तो बस बात खत्म हो गई और लोग कलखोज बनाने के लिए अर्जी देने लगेंगे।

एई !—शादी ने हाथ हिलाते हुए कहा—अंगिश्तकान गाँव के कलखोज को मैं जानता हूँ, एकाएक उस का संगठन हुआ, फिर उस के बहुत-से मेम्बर निकल गये। अगर हम वहाँ लोगों को दिखाने के लिए ले जायें, तो बड़ी शरमिंदगी उठानी पड़ेगी।

—तू ने जा कर देखा है क्या ?—श्वेतकेश ने गम्भीरता के साथ पूछा। इसी समय बाबा सफर आ गया और उसकी पेशवाई के लिये लोग खड़े हो गये। बाबा सफर ने कहा :

—आदमी का बच्चा, दूध पिया कच्चा !...कपास की खूँटियों को निकालते-निकालते हाथ कड़े कर लिये हैं, तो भी छिल जाता है। जड़ नहीं चाहती कि मिट्टी से बाहर निकले !

—छोड़ दें, तो खेत ताज़ा नहीं होता और खींच कर खूँटियों को निकालें, तो इस तरह की मुशक्कत !

—सच ! बाबा हिदायत के हाथ से खरबूजे की एक काश हाथ में लेते हुए बाबा सफर ने कहा—मैंने बीच में आ कर तुम्हारी बात रुकवा दी, तुम्हारी बात बहुत गरमागरम हो रही थी, श्वेतकेश !

—बुढ़िया का दर्द ढोंढ़ी है और हमारी बात का दर्द है कलखोज !—बाबा हिदायत ने कहा—मैं शादी से पूछ रहा था, कि तू ने खुद अंगिश्तकान गाँव के कलखोज को देखा है या नहीं ?

—नहीं, अभी मैं वहाँ नहीं गया!—शादी ने कहा—लेकिन खबर सुनी है। उस कलखोज को नमूने के तौर पर नहीं लेना चाहिए, बाबा! वह कलखोज बड़ी जल्दी-जल्दी में संगठित हुआ था...!

—सुना कब होता है देखने के बराबर?—बाबा सफर ने कहा—आदमी का बच्चा, दूध पिया कच्चा!...

—हाँ, अच्छा!—बाबा हिदायत ने अब की बार खुशी के साथ कहा—जब तक कि अपनी आँखों से नहीं देखते, तब तक दूर की सच्ची खबर पर विश्वास यहीं होता। समैजान मेरे लिए सगे भाई जैसा है; यानी मेरा पूरा दोस्त है। वह बात बनानेवाला आदमी नहीं है, भूठ भी नहीं बोलता। उसने जब मुझ से तारीफ की है, तो कोई-न-कोई अच्छी बात जरूर दोगी!

शादी सोचता रहा, फिर कहा:

—खैर, दो जने चल कर एक बार अंगिश्तकान गाँव को देख ही आयें।

—कब?

—आज ही के दिन।

बाबा हिदायत सोचने लगा।

—क्या सोच रहा है, श्वेतकेश!—बाबा सफर ने उससे कहा—वहाँ तक जाने से थोड़ी यात्रा ही हो जायेगी, यही गनीमत जान। आदमी का बच्चा...!

—अच्छी बात है—बाबा हिदायत ने कहा—तो आज ही के रोज चलें। यहाँ मुझे भी जो कुछ करना था, वह हो गया है।

:०: :०: :०:

अंगिशतकान गाँव ऊपरवाली उपत्पिका के किनारे अधिस्थत था। वहाँ तमाम रायन के लिए एक नवीन बस्ती बन रही थी; ऊपर जहाँ अंगिश्त पत्थर प्राप्त होता था, वहीं! इसी कारण वहाँ सड़क पर भी पत्थर बिछाया गया था; अतः इस गाँव में जल्दी तरक्की करना एक कठिन काम था। उस गाँव के लोग शुरू से ही रायन के शहर या अंगिश्त पत्थर की खान में जा कर काम करते थे; और इस तरह वहाँ के लोगों की सोवियत गाँव में कलखोज बनाने का सवाल रायन के सामने पहली ही बार खड़ा हुआ था। फिर रशीदोफ़ के मंत्री होने के समय तक वहाँ कलखोज बन गया, जिसके मेम्बर गाँव के प्रायः सारे लोग हो गये। लेकिन कुछ ही दिन बीते थे कि कई-एक खराबियाँ हुईं, जिसके कारण कलखोज़ के कई मेम्बर अर्जी दे कर बाहर निकलने लगे और अपने माल-असबाब को भी ले गये। जिस समय शादी और बाबा हिदायत कलखोज देखने के लिए आये, उस समय तक अर्जी दे कर आये हुए केवल अस्सी सैकड़ा रह गये थे।

कलखोज का आफिस गाँव के बाय की हवेली में था। उसके दो काफी बड़े तथा हवादार कमरे थे, जिसमें बड़ी-बड़ी कुर्सियाँ लगी थीं। सफ़ेदी करके मेजें-कुर्सी, अलमारी-सन्दूक आदि रखे हुए थे। रईस (सरपंच) कमरे के आगे की ओर, तथा सहायक और कातिब मन्त्री नीचे की ओर मेज के पास बैठे हुए थे। दूसरे कमरे में हिसाबची और कलखोज के प्रबन्धक बैठे थे। समँजान ने शादी को पहचान लिया, क्योंकि उसने रायकौम में अक्सर उसे देखा था। लेकिन उस के कलखोज का सरपंच होना शादी ने आज ही बाबा हिदायत से सुना था।

रशीदोफ़ ने कोई कसर उठा नहीं रखी, शादी की ओर चाय बढ़ाते समेजान ने कहा—मेरे बहुत-से साथियों ने मुझे रईस चुन लिया। अब करीब महीना हो गया कि जाने-अनजाने रईसी कर रहा हूँ।

—कितने मेम्बर हैं? सारा गाँव है क्या?—शादी ने पूछा।

—पहले-पहल कलखोज की स्थापना के समय गाँव के प्राय: सभी किसान कलखोज में शामिल हो गये थे; लेकिन बाद में उन में से कुछ निकल गये।

—अच्छा नहीं हुआ!—बाबा हिदायत ने मुँह बनाते हुए कहा—पहलेवाले रईस ने शायद सुस्ती की।

समैजान मुस्कुरा उठा और बोला :

—नहीं, पहले रईस का इस से कोई मतलब नहीं। लोगों का निकलना खुद मेरे रईस होने के समय हुआ।

बाबा हिदायत ने हैरान हो कर शादी की ओर प्रश्नसूचक दृष्टि डाली।

यह अच्छा ही हुआ—समैजान ने दोहराते हुए कहा—जिनका जाना ठीक था, वह चले गये और जिन का कलखोज में रहना ठीक था, वह रह गये। यही अच्छा है!

इसी समय बिना पूछे ही, दरवाज़ा खोल कर, कोई आदमी कमरे के भीतर चला आया। उसके सिर पर खाकी रंग की पगड़ी थी, शरीर पर पीले रंग का बाहोंवाला चपकन और पैरों में जूता था। उस की दाढ़ी का पीला रंग उसके चपकन के समान ही था। आदमी के एक हाथ में कोड़ा और और दूसरे हाथ में एक कागज था, जिसे उसने सरपंच की ओर बढ़ाया।

—हाँ यह हो गया—उसने कहा—अब हाथ थक गया!

सरपंच ने बात-चीत नहीं की, और कागज को हाथ में ले कर उस पर सरसरी-सी एक नजर डाल कर, उसे लौटा दिया। आदमी ने कागज को ले कर उसके हस्ताक्षर को गौर से देखते हुए कहा :

—हाँ, अच्छी बात, रहमत! अब आप को भी छुट्टी और मुझे भी।

—हाँ, जल्दी अपने घोड़े को पकड़ो और कलखोज को खाली कर दो। तुम्हारे बिना भी कलखोज अपना काम चला सकता है।

—मेरे खेतों के बारे में क्या होगा ?—आदमी ने पूछा।

—कानून-कायदा के मुताबिक जो भी तुम्हारा हक है, उसे लेते जाइए—कुछ कड़े स्वर में समँजान ने कहा—जाइए, आज़िल चचा काम पर है, वह तुम्हारी सब बात ठीक-ठाक कर देगा।

—मैं अपने खेतों को छोड़ कर दूसरे खेत नहीं लूँगा।

—जमीन की मालिक जनता है !—समँजान ने कहा—हम और तुम बस जमीन से फायदा भर उठा सकते हैं ! अपनी जमीन हो या दूसरी जमीन, जो भी तुम्हारे हाथ में जाये, उसे लेना होगा !

—मैं इन बातों को नहीं जानता, मैं जा कर अपनी जमीन को लेता हूँ, सलाम !

—खूब, पहले जा कर आज़िल चचा से मिलिये—समँजान ने शांतिपूर्वक कहा—फिर अगर आप राजी न हों, तो बात करेंगे।

यह सुन कर वह आदमी कुछ नाराज़-सा होता हुआ, घर से बाहर हो दरवाजे को खुला ही छोड़ कर चला गया। समँजान ने उठ कर दरवाजे को बन्द करके लौटते हुए कहा :

—हाँ, देखा ! हमारे कलखोज ने ऐसे ही आदमियों से छुट्टी पाई, जो कि उस के लिए फ़ायदे की बात है। लेकिन इन के साथ पाँच-छः अच्छे किसान भी चले गये, अफसोस इसी बात का है ! वह एक-न-एक दिन लज्जित होंगे, और फिर जरूर लौट कर कलखोज के मेम्बर बनेंगे।

—हाँ, ठीक !—समँजान की बात से संतोष करते हुए बाबा हिदायत ने कहा—काम चाहे कम हो, पर अच्छा हो। काम तो बढ़ा, और गाँव बरबाद हुआ तो क्या लाभ !

शादी ने बात का समर्थन करते हुए, बिना कुछ बोले सिर्फ सिर हिला दिया। उसने समझा कि इस कलखोज के बारे में सचमुच ही कोई

ग़लत बात हुई है। इस समय समैजान उस के सामने अध्यापक और उस्ताद के तौर पर पथ-निर्देशन के लिए खड़ा था। इसलिए वह उसकी हर एक बात-चीत और चाल-व्यवहार को बड़े ध्यान से देखता रहा; ताकि अपने लिये वह कुछ शिक्षा प्राप्त करे।

समैजान एक विनम्र स्वभाव का आदमी था। उस की बात-चीच आकर्षक और व्यवहार स्वाभाविक तथा मुलायम था। दाढ़ी उस की मुड़ी हुई थी, मूँछें पतली-सी और छोटी-छोटी थीं, शरीर पर उसके फौजी ढँग की खाकी रंग की कमीज थी और पाजामा कुछ काले रंग का था। अब उसने रईसी की कुरसी छोड़ दी और नीचे की ओर बाबा हिदायत की बगल में बैठ कर मेहमानों को गरम-गरम चाय निकाल कर देने लगा।

——हम भी कलखोज संगठित करनेवाले हैं——शादी ने इस बार कहा —इसीलिए हम आये हैं कि हम आप से कुछ सीखें और यहाँ के कलखोज को देखें।

——बहुत अच्छा किया आपने!—समैजान ने उत्साहवर्धक लहजे में कहा——हमारा कलखोज तो देखिए ही, उस की राई-रत्ती बात की जाँच-पड़ताल भी कीजिए। फिर आप अपने विचार मुझसे कहिए। आखिर यह नया काम है, इसमें दोष और कमी होगी ही।...खूब! बाहर चल कर जहाँ-तहाँ देखिए। कलखोज की सराय को, उसके नये गोदामों को, कलखोज के कारबार को...जो चाहे देखिए!

——यही मतलब है!——बाबा हिदायत ने कहा।

समैजान अपने मेहमानों को साथ ले कूचे में से चल कर, सबसे पहले कलख़ोज की सराय को दिखलाने ले गया। जिस वक्त शादी और बाबा हिदायत समैजान के साथ काम की जगह यानी कपास के खेती की ओर गये, तो वहाँ एक तरफ स्त्रियाँ और दूसरी तरफ पुरुष सामूहिक खेत की खूँटियाँ निकालने में जुटे थे; बड़ा अच्छा दृश्य था! उनके आगे-आगे

ट्रैक्टर जमीन को जोतता जा रहा, और खोदी हुई मिट्टी में से लोग बिना मुश्किल के खूँटियों को निकाल-निकाल कर ढेर कर रहे थे।

बाबा हिदायत को कलखोज की किसी चीज ने भी उतना आश्चर्य में नहीं डाला, जितना कि इस ट्रैक्टर ने। सराय बहुत लम्बी-चौड़ी थी, वहाँ खेती के औजार—बोअक, दन्दाना, पंजा, माला आदि सजे थे। उन बड़े-बड़े माला आदि तथा अन्य असबाबों को देख कर उसने कहा : "बहुत, अच्छा, बहुत खूब!" लेकिन सराय से जब खेत में जा कर उसने गड़गड़ाते हुए ट्रैक्टर को देखा, तो वह एकाएक बोल उठा :

—या तौबा ! डरिये मत, इस बच्चा को देखिए ! ताजिक जैसा !

—क्या ?...ओ हाँ, ताजिक !—मजाक के स्वर में समैंजान ने कहा—लेकिन नाम इस का है—सेरगेई !

—हाँ !—और हैरान होकर बाबा ने कहा—सेरगेई ! यह नाम तो रूसियों जैसा है !

इस वक्त तक ट्रैक्टर भी लौट कर उस जगह आ कर खड़ा हो गया, जहाँ बाबा बैठा हुआ था। सेरगेई ने ट्रैक्टर से उतर कर मशीन की मोटर में कुछ देखना-भालना शुरू किया। बाबा हिदायत और उसके पीछे-पीछे शादी और समैंजान भी ट्रैक्टर के नजदीक गये। बाबा हिदायत ने सेरगेई के हाथ को अपने हाथ में ले कर कहा :

—बेटा, भले तो हो !

सेरगेई ने सिर उठा कर तेल लगे हुए हाथों से अपने बिखरे हुए बालों को पीछे करते हुए बाबा की ओर देख कर मुस्कुरा दिया; और फिर कहा :

—हाँ, बाबा क्या चाहिए ?—सेरगेई की भाषा टूटी-फूटी ताजिकी थी।

—थक न जा बेटे, थक न जा!

—हाँ, मरहमत!—सेरगेई ने कहा और फिर वह अपने काम में जुट गया।

समँजान दूसरी ओर से आ कर, रूसी जबान में सेरगेई से कुछ कह कर, मुस्करा दिया। सेरगेई ने काम से हाथ खींच कर बाबा हिदायत की ओर निगाह करके कहा :

—मैं ताजिक लगता हूँ क्या?

—जो भी हो, तेरे बाप को रहमत, बेटा!—मीठी आवाज में बाबा हिदायत ने कहा—तू किसान के काम और मेहनत को हल्का करता है, तू ताजिक किसान की ताकत को बढ़ाता है, तू हमारी आँख का नूर है, बेटा!

बूढ़े की आँखों में आनन्द के आँसू छलक आये।

—काश, हम भी अपने गाँव में जल्दी कलखोज बना पाते, और तेरे जैसे मेहरबान, तेल सने ट्रैक्टरचालक जवान को बुला कर लाते और तू हमारे उन खेतों को जोत देता!...

—कलखोज अवश्य बनायेंगे बाबा!—मजबूत इरादे के साथ शादी ने कहा और मुहब्बत भरी दृष्टि से अपनी आँखों को बूढ़े के मुँह पर गड़ाया। बाबा हिदायत ने शादी की आँखों की चमक को देख कर संतुष्ट-सा होते हुए कहा :

—हाँ, हम भी कलखोज बनायेंगे!

--:०:--

१०
हमारे जवान बहुत हैं

अक्तूबर मास के अन्त में, शरीफ नामक एक कमसोमोल (तरुण कम्युनिस्ट) गुलिस्तान गाँव की ओर राय-कौम की ओर से भेजा गया, ताकि पार्टी के आरंभिक काम में मदद दे। शरीफ स्तालिनाबाद शहर की कपड़ा मिल का मजदूर था और उस का जन्म करातेगिन का था।

शरीफ ने गाँव के छोर पर पहुँच कर शादी के मकान के बारे में लड़कों से पूछा। एक लड़के ने उससे कहा :

—अच्छा शादी ! तो आओ...मैं तुम्हें बतलाता हूँ।

लड़का रशीदोफ़ के आगे-आगे चलने को उद्यत हुआ; पर शरीफ ने एक ऊँची जगह पर खड़े हो कर सारे गाँप को सरसरी-सी नजर से देखा कि गाँव बहुत बड़ा है। उसके एक तरफ नदी और दूसरी तरफ पहाड़ है। गाँव में चिनार और चारमग्ज के दरख्त खड़े हैं, जिन की शाखायें पत्तों से ढँकी हैं। रास्ता बतलानेवाले लड़के ने उसके इस काम से अचरज में पड़ने हुए पूछा।

—गाँव को देख रहे हो ?

—हाँ !—शरीफ ने कहा—तुम्हारा गाँव तो काफी बड़ा है ! !...

—क्या पहले तुमने देखा नहीं था ? कभी नहीं आये थे ?

—नहीं।

—तुम शहर से आये ?

—हाँ, अभी तो शहर से ही आ रहा हूँ।

—अध्यापक हो ?

—हाँ, अध्यापकी भी कर सकता हूँ। लेकिन आया दूसरे ही काम से हूँ। क्या तुम प्योनीर (बालचर) तो नहीं हो?

—मैं! नहीं, मैं तो पढ़ता हूँ।

—तुम्हारे स्कूल में प्योनीर हैं क्या?

—मुझे नहीं मालूम।

वे फिर चल पड़े। शादी की हवेली गाँव के दूसरे छोर पर थी। जल्दी ही वे उस के दरवाजे पर पहुँच गये।

—हाँ, यही मकान है—कहते हुए लड़के ने दरवाजे को बतलाया।

—अच्छा मेहरबानी!—शरीफ ने कहा और दरवाजा खटखटाया। घर के भीतर से बूढ़े ने आ कर 'भीतर आइये' कहा। शरीफ ने क्षमा माँगते हुए शादी के बारे में पूछा।

—शादी आफिस में गया है, काम कर रहा है—बूढ़े ने कह कर शरीफ को आफिस का रास्ता दिखला दिया।

शरीफ ने आफिस में जा कर शादी से सलाम-दुआ की। वह अकेला कुछ लिख रहा था।

—बहुत अच्छा!—शरीफ के लाए खत को पढ़ कर शादी ने कहा—स्वागत (खुश-आमदीद)!

—अभी तो मैंने कोई काम नहीं किया। फिर मेरे स्वागत का क्या प्रयोजन?

—नहीं, पूरा स्वागत! क्योंकि हमारे यहाँ के लड़के संगठन के बिना आवारा हो रहे हैं। मेरे सिर पर इतने काम हैं कि उन की ओर ज्यादा ध्यान और समय नहीं दे सकता। मेरे कामों में भी सहायता देनी होगी। मेरे और तुम्हारे सामने बहुत बड़े-बड़े काम हैं। कमर बाँध कर इसी घड़ी काम शुरू करना होगा।

——ऐसा ही सही। मैं स्कूल में जवानों की सभा बुलाता हूँ। यहाँ कमसोमोल भी जरूर होंगे।

——हैं, तो एकाध ही मिल जायेंगे। यहाँ कमसोमोलों का संगठन सभी जगहों से ज्यादा जरूरी है; क्योंकि यहाँ जवान तो बहुत हैं, पर उनमें संगठन का काम करनेवाला कोई नहीं है। तुम अपने काम को ठीक रखो, फिर परिणाम देखना!

शादी ने उस रात शरीफ को अपने घर पर ठहराया और बाबा सफर तथा उसने उस की खूब खातिरदारी की। दूसरे दिन सुबह उठ कर तथा नाश्ते आदि से फारिग हो कर शादी ने शरीफ का परिचय सभी साथियों से कराया। दूसरे दिन सभी लोग स्कूल में एकत्रित हुए तथा कलखोज के बारे में कई-एक प्रोग्राम तय किये गये।

और जब शरीफ स्कूल से निकल कर आफ़िस की ओर जा रहा था, उसे रास्ते में मिले एक युवक ने 'सलाम' कह कर शरीफ के साथ हाथ मिलाया।

—अच्छा, क्या हाल है?—शरीफ ने कहा—तुम कमसोमोल हो क्या?

—हाँ, मैं कमसोमोल हूँ, लेकिन कमसोमोली काम में मुझे मजा नहीं आता—युवक ने कहा। शरीफ ने उससे बात करके उसका नाम और काम पूछा।

—मेरा नाम—युवक ने कहा—महमूदजान है; और मैं 'कमसोमोले ताजिकिस्तान' अखबार का संवाददाता हूँ। रायन में रह कर एक साल मैंने कार्यालय में काम करने की बातें सीखीं। अब ग्राम-पंचायत में लेखक हूँ। अभी तक कमसोमोलों को इकट्ठा करके एकाध सभा भी की है; लेकिन मेरे काम में कोई मज़ा नहीं। ग्राम-पंचायत का रईस सहायता देने की जगह मेरे कामों में बाधा पहुँचाता है। एक बार तो मुझे वह गाँव से भगाने भी लगा था। कैसे भी हो, शादी अका ने मदद की और वह अपने इरादे में सफल नहीं हो सका। मैंने सुना कि तुम हमारे संगठन के काम के लिये

आये हो; यह बहुत अच्छा है। अब हम अपना संगठन कर के काम आगे बढ़ायेंगे।

—हाँ, जरूर-जरूर !—शरीफ ने कहा—आज ही रात को सभा करके रफीकों से जरा जान-पहचान करें, फिर काम को भी रास्ते पर ले चलेंगे।

दोनों पंचायत के दफ्तर के सामने जा कर अलग हुए। शरीफ ने महमूद को कहा कि गाँव सभी मुस्तैद जवानों को चार बजे स्कूल में जमा होने की सूचना दो। महमूद बहुत प्रसन्न हो कर उस काम के लिए चला गया और शरीफ खालमिर्जा के पास पहुँचा।

:o: :o: :o:

शरीफ, महमूद, मुकीम—तीनों जवान चार बजे की सभा से उठ कर ग्राम-सोवियत के आफिस की ओर रवाना हुए। उन्हें वहाँ शादी ने बुलाया था। जब वह आफिस में पहुँचे, तो वह आदमियों से भरा था। कुदरत आगे बैठा किसानों के निजी जानवरों का हिसाब लिख रहा था। उसकी एक तरफ खालमिर्जा, दूसरी तरफ शादी, नीचे की ओर मंसूरखाय तथा कुछ दूसरे किसान बैठे हुए थे। तीनों नौजवान भी वहाँ पहुँच कर जहाँ-तहाँ खाली जगहों में बैठ गये—शरीफ शादी की बगल में, मुकीम किसानों की बगल में और महमूद एक खाली कुर्सी पर बैठ गया।

—समन्दर अशूरजादा !—कह कर कुदरत ने आवाज दी—अच्छा, आगे आओ न जरा !

किसानों के बीच से एक दुबला-पतला बकर-दाढ़ीवाला लम्बा-सा आदमी उठ कर, मेज के पास, कुदरत के नजदीक गया।

—अब, अभी जो बतलाया गया था, उसके अनुसार अपने घर के जानवरों को उन की तादाद के साथ बतलाओ। पहले सींगवाले बड़े जानवरों से शुरू करता हूँ।

अशूरजादा जरा-सा ठमक कर कुदरत की ओर संदेह की निगाह से देखते हुए कुछ न बोला। कुदरत ने भी एक बार कागज और फिर कलम की ओर निगाह डाली, और तब उससे पूछा:

——कितने मूँड़ी बैल हैं ?

——बैल...! ——समन्दर ने किसानों की ओर निगाह डाल कर जवाब में सवाल पूछा——हैं क्या कहूँ ! ...है कहूँ ?

शादी ने हँस कर कहा :

——समन्दर पाच्चा, इलाही न मरो ! बतलाओ, कोई बात नहीं । अभी जो इतनी बातें बतलाई गईं, उन्हें सुना नहीं क्या ?

——हाँ, खैर——समन्दर ने कहा——अच्छा यही सही, एक मूँड़ी बैल है, करके लिख दीजिए, लेकिन दो मूँड़ी न लिखना !

——नहीं, नहीं——कुदरत ने आवाज देते हुए पूछा——कै मूँड़ी गाय ?

——कै मूँड़ी ? समन्दर ने थोड़ा सोचते हुए, शायद कोई बड़ी बात है समझ, पहिले मुँह नहीं खोला, लेकिन अन्त में उसने कह दिया :

——मेरे पास नहीं है ?

कुदरत ने दूसरे किसानों की ओर निगाह डाली । सभी चुप बैठे थे । उसने थोड़ी देर बाद कागज के ऊपर चीजों को लिख कर फिर पूछा :

——घोड़ा है ?

——नहीं, एक गधा है ।

——भेड़ें कितनी हैं ?

——एक आचा-बच्चा था, लेकिन उसकी आचा (माँ) मर गई !

——मार कर खा गये क्या ?

——नहीं, विस्मल्लाह जो छुरी चलाई हो ! कैसे कोई बच्चेवाली भेड़ को मार कर खायेगा !

——और क्या है तुम्हारे पास ?

—क्या है ! घर है, बीवी है, बच्चा है...!

शादी ने मज़ाक करते हुए कहा :

—बीवी बच्चों को भी क्या अपने माल-असबाब के भीतर गिनते हो, समन्दर पाच्चा ?

—हाँ...नहीं !—समन्दर ने हैरान हो कर कहा—मेरी बीवी ! काम करती है।

ख़ूब !—कह कुदरत ने पन्ना उलट कर किसी दूसरे का नाम पुकारा :

—संग इकरामजादा !

जिस वक्त कुदरत संग से बात पूछ रहा था, उसी समय नीचे की ओर समन्दर के साथ दो किसान धीरे-धीरे बात करने लगे :

—तूने अपनी मौलवीपन को बिल्कुल नहीं छोड़ा समन्दर !—अली ने कहा—इतनी उमर देख तेरी हड्डियाँ चाहे सख्त हो गई हों, लेकिन भीतर से तू बिल्कुल खाली है !

—क्या हो गया ! मैंने क्या बुरा काम किया ?—समन्दर ने पूछा।

—क्या किया ?—दूसरे ने जवाब दिया—ठीक-ठीक बात करनी भी नहीं आती, फिर कहता है कि कलखोज बनूँगा।

—अलवत्ता !—समन्दर ने बेपरवाही से कहा।

—आ, रहने दे—मजाक करते हुए अली ने कहा—कलखोजची को दाना और होशियार होना चाहिए, लेकिन तू गावदी ही रहा !

इसी समय कुदरत ने अली का नाम पुकारा :

—तुम्हारे पास कितने बैल हैं ?

फिर उसी तरह सवाल शुरू हुए। अली ने हिम्मत के साथ एक-एक बात का पक्का जवाब दिया। अन्त में उसने यह बात भी कह डाली :

—एक बार पहले भी कागज पर लिखा गया था, लेकिन रायन में गलत हिसाब लिखा था। उस साल बहुत हैरान हो, जोर दे कर मैंनें उन्हें ठीक कराया। रायन में हिसाब खोज करके देखा कि सभी कागज इसी तरह गलत-सलत लिखे गये थे। ऐसा न हो कि अब की बार भी उसी तरह लिखा जाये; इसीलिए कह रहा हूँ...!

कुदरत ने खालमिर्जा की तरफ़ निगाह की। खालमिर्जा ने एक आँख दबा कर भौहों को ऊपर तानते हुए कहा :

—मैं भी बोल सकता हूँ, ज़रा सोच कर बात कर! बहुत बढ़-बढ़ कर न बोल बच्चा! नहीं तो अन्त में हैरान होगा।

--क्या हुआ ?

--किस चीज को पंचायत ने गलत किया ?

--आपके दिल की बात है--कहते हुए अली बोला---खैर कोई हर्ज नहीं, इस बार सावधान रहें।

--तुम्हें याद दिलाने की जरूरत नहीं।

--अलबत्ता, क्यों नहीं ? लेकिन एक बात इसलिए कह दी कि आखिर आदमी हूँ।

बात-चीत के बीच में शादी कुदरत के चेहरे की ओर ध्यान से देख रहा था। कुदरत कभी कलम की मेज पर रख देता, कभी दियासलाई पर ठकठकाता, और कभी अपने सिर को खुजलाता।

कुदरत बहुत परेशान-सा हो फिर बोला :

—खैर, अब खतम हो! और कोई बात कहनी है क्या ?

—नहीं!—अली ने कहा।

कुदरत ने चाहा, कि किसी दूसरे को बुलाये, इसी समय मोटर की गड़गड़ाहट सुनाई दी, जिसने उस का ध्यान अपनी ओर खींच लिया।

सभी आँखें उधर लग गईं। थोड़ी देर में बिना दाढ़ी-मूँछ का हँसमुख, सुन्दर तथा ऊँचे कद का एक रूसी मर्द, हाथ में सैनिक बैग लिये, आफिस के भीतर आया। जमात को देख कर उसने ऊँची आवाज में कहा :

—ओ...रफीको !

खालमिर्जा सबसे पहले उसके स्वागत के लिए आगे बढ़ा :

—सलाम, सलाम ! रफीक मकारोफ़ !!

शादी मेज के पीछे बैठा होने से आगे नहीं बढ़ पाया, इसलिए अपनी ही जगह पर खड़ा हो कर उसने हाथ बढ़ाते हुए कहा :

—आ जोड़ीदार !...मरहमत !!

मकारोफ़ ने जा कर, शादी की बगल में बैठते सब की ओर निगाह करके सिर झुकाया :

—अच्छा, मेहरबानी ! अपना काम जारी रखिए।

—हमारा काम भी करीब-करीब खतम हो गया है—अली ने कहा—अब तुमसे बात सुननी है।

—अलीजान—मकारोफ़ ने मुस्कुराते हुए कहा—मेरी बात यही है कि कलखोज की दावत कब खिलाओगे !

—हम एक-न-एक दिन कलखोज बना ही लेंगे, परवाह न करो !—खालमिर्जा ने कहा—शहर की बात बतलाओ, क्या खबर है ?

—शहर में...काम सभी अच्छा है, जिन्दगी जोश पर है—मकारोफ ने कहते हुए जोर देकर पूछा—खूब, सभा हुई न ? बात बतलाइये ! मैं ऐसे ही खबर लेने आ गया। रफीक शादी से कुछ काम है।

मकारोफ़ और शादी धीरे-धीरे बात करने लगे।

कुदरत अब तक चुपचाप बैठा हुआ था, अब उसने कागज की ओर ओर निगाह करके किसानों में से एक को आवाज दी।

कुदरत के सामने एक लम्बे कद का अधेड़ किसान कासिमजान आ कर खड़ा हुआ।

—तुम्हारे पास कितने मूँड़ी बैल हैं ?

—बैल नहीं है।

—और घोड़े ?

कासिमजान ने कुदरत के इस सवाल का जवाब नहीं दिया। तब कुदरत ने उस की ओर देखते हुए ऊँची आवाज से पूछा :

—और घोड़े कितने, बताने में क्या हर्ज है ?

—एक घोड़ा है, जिसे सब जानते हैं, खुद रफीक मकारोफ़ भी जानता है।

मकारोफ कासिमजान की ओर निगाह करते हँस कर बोला :

—हाँ, हाँ ! ठीक, घोड़ा है न ?

—है, रफीक मकारोफ ! फिर जरूरत होगी, तो सवार हो कर तुम्हारे साथ चलूँगा।

—जरूरत होगी क्या ?—मकारोफ नें अर्थयुक्त शब्दों में कहा।

—मैं तैयार हूँ !—कासिमजान ने आत्मविश्वास के साथ कहा।

—तैयार रहो !—मकारोफ ने थोड़ा रुक कर मुस्कराते हुए कहा—अच्छा मैं शादी से बात खत्म करके अभी तुमसे बात करता हूँ।

मकारोफ उठ कर शादी के साथ बाहर चला गया।

—हाँ, अलबत्ता, अलबत्ता !—मकारोफ ने कहा—मैं इन्हें जानता हूँ, लेकिन होशियार रहना कि हमारे काम के शुरू होने से पहिले कुलक करने की आवाज न निकले।

✣

११
आधी रात के बाद

शादी अपने घर में बैठा ताज़ा गजेट (अखबार) पढ़ रहा था। बाबा सफर दरवाजे के पास बिस्तर पर साँस की घरघराहट की आवाज के साथ आराम से सो रहा था। घर में और बाहर नीरवता छाये रहने पर भी गाँव के गली-कूचों भीतर कुत्तों की आवाज सुनाई दे रही थी। एक जगह कोई गदहा जोर-से रेंक रहा था।

शादी ने गजेट को पढ़ डाला था। इसी समय मुर्गों से दूसरो बाँग देने शुरू की। शादी ने मुर्गों की आवाज को सुनते हुए ज़रा अँगड़ाई ली ओर तकिये पर सिर डाल कर छत की ओर देखने लगा। बुड्ढे ने घर की छत पर अखबारों को चिपका कर उसकी स्याही को कुछ ढाँक दिया था। शादी की आँखों के सामने दीवार पर स्तालिन की तस्वीर टँगी हुई थी। शादी तस्वीर को गौर से देखते हुए बात करने लगा :

—रफ़ीक स्तालिन ! हमारे रहनुमा; गरीबों, मेहनतकशों के बाप ! हमारे बाप गमख्वार ! सभी दिलों की तुझे खबर है, सभी के दर्दे-दिल को तू जानता है !! ...अलबत्ता मेरे दिल का हाल भी तू जानता है, हमारे सभी सवालों को जवाब तूने लिख कर रख दिया है।

बूढ़ा उसकी आवाज से जाग कर पूछ उठा :

—किससे बातें कर रहे हो शादी ?

—किसी से नहीं बापू—शादी ने कहा—सो जाइये, मैं ऐसे ही... खुद ही...!

—आदमी का बच्चा, दूध पिया कच्चा...मैंने समझा कि मुझे बाप कह कर पुकार रहा है।

—हाँ, बाप भी कहा, गमख्वार भी...रफीक स्तालिन को कहा।

बूढ़ा हैरान हो सिर उठा कर बोला--तेरी बातें नहीं समझ पा रहा हूं, बेटे !

--सो जाओ बापू--शादी ने कहा--कल समझ जाओगे।

--खैर ! बूढ़े ने कहा; लेकिन उस का सिर तकिये पर नहीं पड़ा। इस तरह की अजीब बातें आधी रात को शादी द्वारा की जायें, इससे बूढ़े का मन आशंकित हुए बिना नहीं रह सकता था। उसने कहा :

--रात भी आधी बीत-सी गई है--देर से बांग देते मुर्गों की आवाज बूढ़े ने सुन कर कहा--और तू अब भी नहीं सोया ? तुझे कौन-सा फिक्र और अंदेशा लगा है ?

--मेरा फिक्र और अंदेशा तो तुझे मालूम ही है--शादी ने कहा--जल्दी ही हम कलखोज बनायेंगे। शरीफ कमसोमोल ने यहाँ के दस-पन्द्रह जवानों को समझा-बुझा कर अपने साथ किया है; हम भी गरीबों और बतरकों को इकट्ठा करेंगे। कासिमजान, मुहम्मदजान, बाबा हिदायत जैसों को बुला कर कलखोज बनायेंगे। सरकार गाँव की सबसे अच्छी जमीन अलग करके हमें देगी, खेती का पूरा सामान देगी, पानी देगी, पैसा देगी, और हमारा काम चल निकलेगा !

--खैर...!--बूढ़े ने कहा--कलखोज तो बन ही जायेगा; लेकिन उन एक-दो शैतानों का क्या होगा ? आखिर तुराबेक है, ठगाई मुरादबाय है, मुल्ला हकरजा है...आदमी का बच्चा दूध, पिया कच्चा !

--परवाह न करें बापू ! वह और अधिक शैतानी नहीं कर सकेंगे, वे नेस्त-नाबूद हो जायेंगे।

:o: :o: :o:

रात अँधेरी थी, कोई एक-दूसरे को देख नहीं सकता था। रात ऐसी काली स्याह थी, जैसे मुश्तजोरों का दिल ! ऐसी रात, जिसमें दुश्मन अपने को छिपा वैसे ही अँधेरे की गोद में गायब हो जाता, जैसे कोई भूत या प्रेत !

कुदरत ने बहुत कोशिश की, लेकिन मस्जिद के आँगन से तीन-चार कदम दूर भी वहीं देख सका, लेकिन उस का दिल अँधेरे में बहुत ज़ोर से धड़क रहा था। उसकी बुद्धि बहुत अधिक काम कर रही थी और अँधेरे के भीतर बहुत दूर की मंजिल मार रही थी, घरों की सैर करती, लोगों की हालत की खबर लेती, चोर की तरह दरवाजों और दीवारों को ढूंढ़ती-फिरती थी। भोजन से पहले दो प्याला शराब ने उसमें जोश ला दिया था, उसका असर अभी तक खत्म नहीं हुआ था और उस का खून जोश मार रहा था। वह अपने को बिल्कुल निर्भय समझता था, तो भी किसी आशंका से उसको शरीर कुछ काँप रहा था। उसने अँधेरे में बहुत दूर तक देखा, आँखों को फाड़-फाड़ कर खूब ग़ौर से देखा; लेकिन कुछ फायदा नहीं। आखिर वह मस्जिद की सीढ़ी से उठा, फिर गली में दीवार के साथ-साथ कदम बढ़ाने लगा।

——ए, कौन ?——वह फुसफुसा कर रह गया।

इसी समय दूर किसी के पैर की आहट आई। वह कान लगा कर सुनने लगा। वह मस्जिद की सीढ़ी से कुछ आगे बढ़ कर आनेवाले की प्रतीक्षा करने लगा। इसके थोड़ी देर बाद ही कोई आया और खाँस कर मस्जिद के भीतर चला गया। कुदरत ने उसके खाँसने से जान लिया कि वह कौन है। आगे बढ़ कर उसने पूछा :

——चचा खाल ! कहाँ से ?

——तुम कहाँ ?——खालमिर्जा सीढ़ी से लौटते हुए बोला। दीवार के पास दोनों ने एक-दूसरे से दुआ-सलाम की।

—शादी अपने घर में सोने की तैयारी कर रहा है——कहते खाल-मिर्जा ने बात शुरू की।

——मुहम्मदजान के बारे में क्या कहा——कुदरत ने उदास हो पूछा।

—रास्ते में कहूँगा, चलते चलो।

—अच्छा, आइये ! मुल्ला हकरज़ा को भी साथ ले लें क्या ? वह स्वयं इसी जगह है ।

—अच्छा, ऐसा ही सही !

इसके बाद वह दोनों मस्जिद के पास से दूर हो गये ।

:०: :०: :०:

कतारबेद गाँव में उनके घोड़ा दौड़ा कर आने को कलखोजी सराय के पासबान (पहरेदार) ने दूर से ही जान लिया था । जब दोनों सराय के पास से गुजरे, तो पहरेदार ने आवाज दी :

—एई ! कौन है...?

गुजरनेवालों ने आशना (परिचित) कह कर अपना बढ़ना जारी रखा । वे अन्त में कतारबेद गाँव के आख़िर में, एक दरवाजे के सामने घोड़े से उतर पड़े ।

छोटी छतवाली हवेली के भीतर कई जगहों से आये कुछ आदमी धीरे-धीरे बातें कर रहे थे । एक-दो पहरेदारों ने, जो कि फाटक के पास चबूतरे पर टहल रहे थे, दो अजनबी आदमियों को देख कर, तुरन्त घर के मालिक मुफ्ती जाकिर तक खबर पहुँचाई । मुफ्ती ज़ाकिर अपने सिर पर कुरता (टोपी) रख नींद से जगे की तरह आगन्तुकों के स्वागत के लिए आया और अंधेरे में दूर तक जा कर बोला :

—कौन है ?

—कतारबेद गाँव यही है क्या ?—कह कर खालमिर्जा ने आवाज दी ।

मुफ्ती ने आवाज सुन कर, प्रसन्न हो दरवाजा खोल दिया ।

—एई ! खालमिर्जा तुम हो क्या ! आइए !! मैं न जाने क्यों चौकन्ना खड़ा था । क्यों, मेहमान, मेहरबानी !

खालमिर्जा और कुदरत ने घर में आ कर वहाँ रहनेवालों के साथ दुआ-सलाम की । कुदरत ने उनके भीतर मुल्ला खाकरज़ा, मुफ्ती और एक-दूसरे आदमी को पहचाना ।

—आप अपनी बात जारी रखें—खालमिर्जा ने कहा—हम खबर लेने के लिये आये थे कि आप का कलखोज ठीक तो है ना ?

—ठीक, तक़सीर मुआफ़ (क्षमानिधान) !—मुफ्ती ने कहा ।

—आप भी उसके मेम्बर हैं ?—कुदरत ने पूछा ।

—नहीं मेहमान, हम तो दुआ देनेवाले हैं—मुफ्ती ने कहा ।

—आप की दुआ कुछ काम करेगी भी ?

—इन्शाअल्लाह (अगर भगवान् ने चाहा) !

—इंशा-अल्लाह को रहने दें !—एक मोटी आवाजवाले आदमी ने कहा—सचमुच आप की दुआ ने ही काम किया। कलखोज गाँव की सभी अच्छी जमीनों को ले कर, खूब आराम से काम करके, इसी साल इज्जतदार बन गया। लोग आँख मूँद कर कलखोज की गोद में कूद रहे हैं। अगर अगले साल भी इसी तरह काम जारी रहा, तो यहाँ आप का नामो-निशान नहीं रह जायेगा।

—क्या करें ! हम से क्या हो सकता है ?—सफ़ाई देने के लहजे में मुफ्ती ने कहा।

—क्या काम किया आपने ?—खालमिर्जा ने कहा—अपने आदमियों से कहिये कि ठीक-ठीक काम करें। हलचल करना दरकार है, जिसमें लोग कलखोज में न जायें।

—कलखोज के जानवरों को मार डालना जरूरी है !—कुदरत ने कहा।

—अपने बैलों, भेड़ों वग़ैरह सब को मार कर खा जाइये !—मुल्ला हकरज़ा ने कहा—नहीं तो हाथ से वे भी निकल जायेंगे।

—लेकिन यह कम है— कुदरत ने कहा—बैल को मार कर खा जाना कलखोज और उसके आदमियों को उतना नुक्सान नहीं पहुँचा सकता। वे लोग बैल की जगह ट्रैक्टर ले आयेंगे।

--पर खून पीना भी लाजिम है !--मोटी आवाज़वाले आदमी ने कहा ।

:o: :o: :o:

गुलिस्तान गाँव में तरह-तरह की अफवाहें फैली हुई थीं :

--कलखोज होगा ! आदमी काफिर हो गया है। काफिर होगा, तो उसकी किस्मत भारी जायगी ।

--कलखोज ओर उसके ढोरों को माहामारी लगी है !

--लोग कलखोज के अम्बार का गल्ला लूट ले गये !

--बैल नष्ट हो गये !

--कलखोज में एक दुर्घटना हो गई है !

दो-तीन दिन बाद फिर दूसरी आवाज उठी--कलखोज का रईस भाग गया ।

इन अफवाहों ने लोगों के दिलों में घबराहट पैदा कर दी। कलखोज में नाम लिखानेवालों में से एक-दो अफसोस करते हुए उस से बाहर चले गये ।

--क्या सलाह देते हो ? मेरा दिल गवाही नहीं देता ।

--जो गया, सो गया ! घबराओ नहीं, हमारा कलखोज भी इसी तरह का होगा ।

--सचमुच हमारे गाँव में भी कलखोज़ होगा क्या ? मालूम पड़ता है कि नहीं होनेवाला...

शादी हैरान था कि यह खबरें कौन ला रहा है और वह कैसे इतनी जल्दी फैलती हैं ।

शादी ने शरीफ, मुकीम, महमूद आदि को बुला कर कहा--ढूँढ़ कर इस का पता लगाइए ।

उसने निश्चय किया था कि जल्दी ही गाँव के गरीबों और मध्यवित्त के किसानों की सभा बुला कर कलखोज के सवाल को हल करना है।

दिन करीब-करीब खतम हो रहा था, इसी समय पंचायत आफिस से निकल शरीफ कूचे में आया। कूचे में बच्चे खेल में लगे थे। उनमें से कुछ पकड़ा-पकड़ी का खेल खेल रहे थे, कुछ दूसरी तरह के खेल खेल रहे थे, और दो-तीन पत्थर फेंकने के खेल में लगे थे। बच्चे होशियारी से ढेलों को हाथ को पीठ पर उछाल कर लेते और बिखरी गोटियों को जमीन पर से एक-एक कर के चुनते। लड़के खेल में इतने मस्त थे कि उन्होंने शरीफ के आने की ओर ध्याल नहीं दिया। अन्त में गोटी के खेल से उन का दिल उकता गया और वे अपनी जगह से उठे:

—अब बस, अब कोई दूसरा खेल।

—क्या खेल?

—चारमग्ज़ खेल।

—मेरे पास चारमग्ज़ नहीं हैं।

—मेरे पास हैं। मेरे बाबा कतारबेद से लाया है।

—कलखोज से क्या?

—नहीं, नहीं! एक बच्चे ने कहा—कलखोज का चारमग्ज़ ठीक नहीं है।

—ठीक नहीं?

—हाँ, अगर कलखोज के नजदीक जायेगा, तो मर जायेगा।

—मर जायेगा! किसने कहा?

—मैं जानता हूँ...।

—झूठ बोलता है! कुछ नहीं होगा।

—अच्छा अभी जा कर अपने बाबा से पूछता हूँ, यही कहा था... हूँ यही, वह...! उसका नाम क्या था—हमारे मुफ्ती बाबा हैं न ! हूँ; कतारबेद गाँव के, वही कहते हैं, आदमी मर जायेगा, कहते हैं !

—क्या, क्या ! आदमी मर जायेगा, कहते हैं ?—कहते हुए शरीफ उनके भीतर आ पहुँचा। मुफ्ती की बात करनेवाला लड़का शरीफ से शरमा गया या डर गया; इसलिए बात न करके वह एक तरफ भाग गया। बाकी भी दूसरे खेलों में लग गये।

शरीफ इसके बारे में और बातें मालूम करने तथा मुफ्ती के सम्बन्ध में पता लगाने के लिए महमूद के पास गया। रास्ते में जब वह समन्दर के घर के पास से गुजर रहा था, तो उसकी बीवी एक सफेद गदहे को हाँकती ले जा रही थी :

—हिश एई, भुखमरे ! काश तू भी मुफ्ती पाच्चा की तरह खत्म हो जाता।

—गदहा, गदहे के साथ रहता है, और उसके कान को काटता है !—कहते हुए शरीफ हँसता-हँसता समन्दर के घर के सामने से गुजरा।

—अस्सलाम !—बहू ने कहा—घर में आइये !

—मेहरबानी !—शरीफ ने कहा—तुम्हारे घर में मेहमान आया मालूम होता है।

—हाँ, मुफ्ती पाच्चा आये हुए थे। नहीं जानती, किस काम के लिए..! भीतर आइयें।

—खुश !—कह शरीफ भीतर से आती हुई आवाजों को सुन कर बोला—कौन-से तुम्हारे मुफ्ती पाच्चा ? मैं जानता हूँ क्या ?

—तुम नहीं जानते, यह कतारबेद के हैं।

—हाँ, मैं जानता हूँ...अलबत्ता..!

शरीफ अपनी बात समाप्त भी नहीं कर पाया था कि मेहमानखाने के भीतर से समन्दर की आवाज उठी :

--एइ तकसीर (क्षमानिधान) !--उसने कहा--मैं अभी कल-खोज नहीं हुआ हूँ, आप जिस काम के बारे में बतला रहे हैं, उससे भी वास्ता नहीं रखता...अकारण मुझे दोष...!

--आहिस्ते-आहिस्ते !—मुफ्ती ने फुसफुसाते हुए कहा।

शरीफ मुस्कुराते हुए, बिना पूछे ही मेहमानखाने में चला गया। मुफ्ती शरीफ को देखते ही घबड़ा गया।

—क्या बात है ?—पूछते हुए शरीफ समन्दर को सलाम कर नीचे की ओर बैठ गया। समन्दर मुस्कराते हुए बोला—

—नहीं, कोई बात नहीं, स्वागत !

—नहीं, जरूर कुछ है !--शरीफ़ ने कहा—अभी-अभी मुफ्ती को ज़ोर कर कह रहे थे कि उन के कहे हुए काम को नहीं कर सकते।

—अरे हाँ ! यह तो ऐसे ही मजाक कर रहा था...शोखी कर रहा था समन्दरजान !—मुफ्ती ने कहा।

समन्दर भी बेवकूफों जैसा हँसता हुआ बोला---शोखी !

--ए मजाक न करो !--शरीफ ने कहा--इतने बुजुर्ग मुफ्ती की फरमाइश का मजाक उड़ाना उचित नहीं है। आखिर, बेचारे इतना रास्ता तय करते हुए, थक कर आये हैं, इन की खिदमत न करना कोई इज्जत की बात नहीं।

--अलबत्ता, इन की इज्जत करता हूँ !--समन्दर ने कहा---इन साहब की मैं पूरी ताज़ीम करता हूँ। लेकिन इनकी फरमाइश पूरी नहीं कर सकता।...जो न होने लायक काम..:

—क्या तुझसे न होने लायक भी कोई काम है ?—शरीफ ने पूछा।

––आदमी हूँ––समन्दर ने कहा––कोई काम किसी से होता है, कोई नहीं हो सकता। यह कहते हैं कि..!

—हाँ, जवान बच्चा तुम्हारी कुव्वत तो ठीक है, और मैं बूढ़ा हो गया! ––समन्दर की बात काटते हुए मुफ्ती ने कहा; लेकिन उस की बात काटते हुए शरीफ भी बोला :

––सच कहते हैं, आप जब बूढ़े हो गये, तब आप की फरमाइश और काम को अका समन्दर जैसे जवान करें...खुश ?

––मैं यह अर्ज कर रहा था, कि... !

समन्दर अपनी अक्ल और होशियारी का परिचय देते बोला :

––ठहरें, मुफ्ती पाच्चा! मैं खुद कहता हूँ। आप की बातों को मैं भूला नहीं..हाँ! ज़रा सुनिए :

—यह सज्जन कहते हैं कि कलखोज का मेम्बर होना ठीक नहीं, इससे आदमी पर आफत आती है। खैर, अच्छा मैंने कहा, मैं मेम्बर नहीं बनूँगा। लेकिन फिर कहते हैं, कि दो-तीन दूसरे आदमियों को भी इस इरादे से हटाऊँ और कलखोज की आफत सब को समझा दूँ...एक घंटा इन्होंने कौन-कौन-सी बातें कहीं, कि भूल ही गया...!

—हाँ, मुझे मालूम है!––शरीफ़ ने कहा––हमारे गाँव और कतारबेद गाँव में यही साहब कलखोज के खिलाफ़ जाल बिछा रहे थे। हाँ!

—लव्वे जी!––बाहर से औरत ने कहा।

––जा, शादी अका को साथ बुला कर लाओ। मैं यहाँ मुफ्ती को पकड़े रखता हूँ।

—खूब! मुफ्ती को पकड़ रखे हैं, अभी जा कर कहती हूँ––कह कर औरत गायब हो गई। औरत के पैरों की आवाज सुनाई दी, जबकि वह जल्दी-जल्दी पंचायत आफिस की ओर बढ़ी जा रही थी। समन्दर किंकर्त्तव्य-विमूढ़ हो वैसे ही मुँह बाये बैठा रहा।

कुछ देर बाद, आफिस में ले जा कर मुफ्ती ज़ाकिर को अदालत में देने का निश्चय किया गया ।

१२
ज़ेबी कमीशन

"संदली (आग तापने की चौकी) को खोलने से भी काम चलेगा, नई दुल्हन !"—कहती हुई ज़ेबी मौसी दरवाज़े से भीतर आई । अका इस्ताद वहाँ अपनी लड़की लताफत के साथ बैठा बात कर रहा था । मौसी को आया देख कर लताफत ने जल्दी-जल्दी उठ कर कहा :

—ठीक कहती हैं, बीबी जान ! मौसिम ठंडा है, नहीं जानती, शायद बर्फ पड़े !

—हाँ, पड़ भी सकती है—अका इस्ताद ने कहा और बुढ़िया की इज्जत के लिए अपने पैरों को समेट कर बैठ रहा ।

ज़ेबी बुढ़िया लताफत की सास थी । वह मध्यवयस्क, मध्याकार स्त्री थी । अपनी गम्भीरता, अक्ल और पक्केपन के कारण गाँव के लोगों में मशहूर थी । छोटे-बड़े सब उस की इज्जत करते थे । बहुतेरी युवतियाँ उससे सलाह लेने आतीं; क्योंकि बुढ़िया ने अपनी उम्र में बड़ी तकलीफें झेलीं और मेहनत उठाई थी । वह पक्के तजर्बेवाली स्त्री थी । बुढ़िया ने अमीर के हुकूमत के जमाने में ही शौहर के मर जाने पर अपने एक पुत्र जिया को पाल-पोस कर बड़ा किया था ।

क्रान्ति के बाद के जमाने में, बासमची उपद्रव के समय भी रात-दिन वह परेशान रही; क्योंकि उसका ज़िया सेना में भरती हो सोवियत सरकार के दुश्मनों के मुकाबिले में बड़ी कठोरता से लड़ रहा था। कभी-कभी आधी रात को चल कर आता, बुढ़िया खुश हो कर रोती और उसे गले लगा कर "मेरे बच्चे, मेरी जान !" कहती तथा ज़िया के मुँह और सिर को चूमती। लेकिन ज़िया खूब हँसता और अपनी माँ को तसल्ली देते हुए कहता :

——मेरे लिए खातिरजमा रख अम्मा ! मैं बेखतर हूँ !!

थोड़ा सुस्ताने के बाद वह चला जाता। फिर हफ्तों ज़िया का कुछ पता नहीं लगता। बुढ़िया रोती-रोती कलेजे को पानी कर लेती। उस की आँखें हमेशा रास्ते की ओर होतीं, और किसी भी लाल सैनिक को देख कर ज़िया के बारे में पूछती; लेकिन कोई खबर न मिलती। कोई उसे तसल्ली देता, ओर कोई-कोई उसके पास बुरी खबरें भी पहुंचाते। लेकिन ज़ेबी बुढ़िया उन की बातों को न मानते हुए कहती : "मैं तुम लोगों को जानती हूँ।"

उसके कितने ही वर्ष भय और निराशा में दुःस्वप्न की तरह बीते। एक दिन कमान्दिर ज़िया सुर्ख तमगों को लगाये गाँव में आ कर अपनी बुढिया माँ की गोद में लिपट गया। छुट्टियों में आने पर बुढ़िया को खुशी होती रही, उसके बाद दोनों की जुदाई शुरू हुई। ज़िया को खोज़न्द भेज दिया गया। वहाँ थोड़ा समय रह कर वह सैनिक-सेवा में नियुक्त हो गया। कुछ समय बाद ज़िया ने खोजन्द में रहते हुए माँ को खत लिखा कि मेरे लिए एक अच्छी दुल्हन मिल गयी है। गाँव आते समय वह साथ आयेगी। इस प्रकार दिन-पर-दिन बीतते गये। मास साल में बदल गये। जिया भी माँ की आँखों की ज़िया बढ़ाते, लताफत और अका इस्ताद के साथ अपने गाँव लौटा। उस दिन को बीते भी अब डेढ़ साल हो गये। चार मास से अब जिया स्तालिनाबाद में है, जहाँ से

वह कभी-कभी घर आ जाया करता है। अब ज़ेबी मौसी के दिल से भय बिल्कुल निकल गया है। इसके साथ-साथ बुढ़िया के दिल से पुराने भय और चिन्ताएँ ही दूर नहीं हुई, बल्कि उस का दिल भी दूसरों से ज्यादा मजबूत हो गया है।

––कमान्दिर ज़िया मेरा बेटा है! ––वह अभिमानपूर्वक कहती।

युवा बहू लताफत बुढ़िया के अभिमान एवं गौरव की चीज है। गाँव में उसके जैसी सुन्दर, सहनशील, समझदार और लिखी-पढ़ी दूसरी कोई स्त्री नहीं है।

अका इस्ताद और बुढ़िया भी उस की बहुत इज्जत करते, स्नेह रखते उस की सलाह-बात के अनुसार हर कार्य को करते, तथा कभी उस को रंज नहीं करते थे।

इस वक्त घर में ज़ेब के आने पर अका इस्ताद और लताफत उससे बात-चीत करने लगे। जब बुढ़िया ने गद्दे के ऊपर बैठ कर एक गहरी साँस ली, तो लताफत एक मीठी मुस्कान के साथ बात करने लगी :

––बीबी, कमीशन का पद मुबारक!

––क्या? अरे हाँ...! ––कहती बुढ़िया हँस पड़ी––क्या करूँ? कहने लगे––कलखोज बनाने के लिए कमिश्नर हो जाओ, कहा––तुम भी हमारी मदद करो। मैंने भी ना-नुकर कर कबूल कर ही लिया।

––गज़ब किया बीबीजान!

––कब से काम शुरू करना है? ––अका इस्ताद ने पूछा।

––इसी शाम से...न जाने शादी कहाँ गया?

––क्या करोगी? ––लताफत ने पूछा।

––पहले घर-घर जा कर गरीबों, अनाथों, मध्यस्थितिवालों को उन की हैसीयत तथा कार्यक्षमता के अनुसार कागज पर लिखेंगे। फिर मालूम

होगा कि कितने आदमी कलखोज चाहते हैं और कितने नहीं। हाँ बात करेंगे, तथा उन्हें नफा-नुक्सान समझायेंगे। अगर इच्छा हो, तो कलखोज में आयें, नहीं तो न आयें!

—तुम्हारी राय में आस-पास के गरीबों में कौन-कौन राजी होंगे!

—खैर, सलीमचा, महमूद, शादी और मेरे बारे में तो बात करने की आवश्यकता ही नहीं है। दूसरों में बाबा नरजी जरूर-ही कबूल करेगा। अली, शाहबाज़, मरदानकुल, करीमाबानु एवं अपने पाँच बेटों और बहुओं सहित बाबा हिदायत जरूर नाम लिखायेंगे। बड़ों में से खुद खालमिर्जा आयेगा ही।

—ये सभी तरफदार हैं—अका इस्ताद ने कहा।

—लेकिन!—मौसी ने कहा—मुहम्मदजान के बारे में मैं नहीं जानती। यह व्यक्ति कुछ विशेष चिन्तित मालूम पड़ता है।

—सचमुच!—अका इस्ताद ने कहा—मुहम्मदजान कलखोज-निर्माण के कमीशनका मेम्बर तथा अच्छा आदमी है—अका इस्ताद ने कहा—उसे अवश्य ही कलखोज में खींचना चाहिए। वह पक्का तजुर्बेकार आदमी है, ऐसे आदमी को कलखोज में रहना चाहिए।

—कोशिश करेंगे...लेकिन हमारा रईस खालमिर्जा उसे जैसे भी हो दूर करके मंसूरबाय को लाना चाहता है।

—मंसूरबाय करीब था कि कमीशन में आ ही जाता!—अका इस्ताद ने कहा।

—सच, मंसूरबाय!—अचरज करते हुए बुढ़िया ने कहा—खालमिर्जा भी अपनी अक्ल खो चुका है, दुनिया में आदमियों का क्या अकाल है कि मंसूरबाय को कमीशन का मेम्बर बनाते! अभी उसे कलखोज में लेने की बात है।

—हाँ, कार्य जल्दी होना चाहिए, मौसी !

उनकी बातचीत यहीं तक पहुँची थी कि इसी ससय कासिम को लिवाये शादी आ पहुँचा। उसने कहा :

—कुछ आने में देर हो गई, बीबी !

—नहीं, काम होगा, जिसमें परेशान थे। कोई हरज नहीं !

—सच कहा मौसी, हमें कुछ काम था—कासिम ने कहा।

—घर के भीतर आओ !—मौसी ने कहा, लेकिन शादी ने भीतर न आते हुए उज्र किया—काम जल्दी शुरू कर देना चाहिए।

—हाँ, जल्दी करना चाहिए मौसी !—कासिमजान ने भी कहा।

—खूब, अभी !—कहते हुए मौसी घर के भीतर जा, खूँटी से अपने सरबन्द को उठा, सिर पर रख कूचे में आई। ज़ेबी मौसी की हवेली गाँव के छोर पर सड़क के किनारे थी। उसे देख कर शादी और कासिम भी उठ खड़े हुए। बुढ़िया ने घर में साँकल लगाई और जवानों के पीछे-पीछे चली। वह गाँव के भीतर कुछ कदम बढ़े थे कि कासिम ने पूछा :

—पहले किससे शुरू करें ?

—अलीजान के घर से शुरू करें—मौसी ने कहा—फिर ज़रा करीमाबानू और बाबा हिदायत के पास हो लेंगे।

शादी ने मौसी की बात कबूल की और बाईं ओर मुड़ कर पिछवाड़े की गली में जा एक घर की जंजीर को टकटकाया।

—कौन है ?—कहते हुए एक औरत ने भीतर से पूछा।

—मैं हूँ, ज़ेबी; खोलो !—मौसी ने कहा—दिन में भी दरवाजा बन्द रखती हो ?

--हाँ, सहेली--भीतरवाली स्त्री ने कहा--बच्चों के ऊधम से जंजीर बन्द कर ली।

दरवाजा खुला। भीतर से एक नाटी-सी बुढ़िया ने आ कर सलाम-दुआ की।

--तुम्हारी हवेली में बच्चों का क्या काम?—हँसते हुए-कासिमजान ने पूछा।

—पड़ोस के लड़के दरवाजे के भीतर चले आते हैं--कह कर बुढ़िया मेहमानों को लिये भीतर गई।

—अलीजान कहाँ है, उस की आवाज नहीं आ रही है--कासिम-जान ने पूछा।

--काम से आ कर ज़रा सोता हूँ, कहा था उसने।

--खैर, सो रहा है!--कह कर शादी गद्दी पर बैठ कर बोला--शाम को और रात को नमाज के बीच में सोने को बुरा कहते हैं।

—मुल्ला शादी सच कहता है--मौसी कह वहाँ जा कर बैठ गई। कासिमजान ने लोई बिछाने में बुढ़िया की सहायता की, फिर वह भी जा कर बैठ गया और बोला:

--आमीन (हाँ), कदम मिले, ऊपर न पहुँचे।

--हम अली की मँगनी के लिए आये हैं—शादी ने कहा--कहो कि जरा सामने आ कर मुँह दिखा जाये।

बुढ़िया ने कोठरी के भीतर जा कर अली को जगाया।

--उठ भी, बच्चे! मेहमान आये हैं।

अली ने चेष्टा करके आँखें खोलीं, लेकिन वह सिर नहीं उठा सका।

--उठ, शादी जान आया है—बुढ़िया ने कहा। अली शादी का नाम सुनते ही तुरन्त उठ खड़ा हुआ--कहाँ है?

——बाहर, सोफे पर बैठे हुए हैं। कासिमजान और जेबी मौसी भी है।

अली जान ने बाहर आ कर हवेली के दालान में बैठे मेहमानों से सलाम-दुआ की, और फिर उन्हें भीतर चलने के लिए कहा।

——नहीं, मरहमत !——शादी ने कहा——हम तेरी मँगनी के लिए आये हैं, सोचा जरा देख लें कि तू हर तरह से दुल्हन के योग्य है या नहीं ?

——यह तो दुल्हन के योग्य तो है ही——कासिमजान ने कहा——लेकिन अगर कबूल करे तब न ?

——दिलो-जान से कह रहा है कि कबूल है !

——मेरी सहेली कबूल करे तब न ?——कहते हुए जेबी भी बात-चीत शामिल हो गई।

——क्या मामला है ?——बुढ़िया ने कोठरी के भीतर से आते हुए कहा——तुम्हारा दम सलामत रहे।

——दुलहन, जवान दुलहन !——जेबी ने उससे कहा।

लेकिन अली कुछ न समझ हैरान हुआ। उस की नींद भरी आँखें बतला रही थीं कि अगर कोई दुल्हन भी मिले, तो इस समय उससे न मिले। शादी ने इसी समय सवाल कर दिया——तू कबूल करता है ? जिसके जवाब में अली ने तुरन्त कह दिया :

——अलबत्ता ! तो तुम जो भी कहो, हमें कबूल है।

——दुरुस्त, दुरुस्त !——कासिमजान ने कहा।

——हम !——शादी ने गम्भीरता के साथ कहा——कलखोज में आने-वाले आदमियों का नाम लिखते घूम रहे हैं। सभा के प्रस्ताव के अनुसार जिन लोगों ने कलखोज के लिए अर्जी दी है, उनसे एक बार फिर तसदीक करके कमीशन तसल्ली करना चाहता है। हमारा कमीशन दो हिस्सों में

बाँट दिया गया है। हम लोग पहले तेरे घर आये हैं। अव तू और तेरी आचा कहें कि कलखोज में आना चाहते हो या नहीं ?

—हाँ !—अली ने कहा—दिलो-जान से कहता हूँ, हमें कबूल करके कलखोज का मेम्बर बनाओ !

लेकिन अली की बूढ़िया माँ शादी की विचारों को सुन कर अपने विचारों में डूबी वैसे ही बैठी रही। दूसरे भी ज़रा चुप हुए। यह एकाएक की चुप्पी तथा संध्या के फैले हुए अँधियारे ने ज़ेबी मौसी के ऊपर कुछ प्रभाव डाला। उसने एक आह खींच कर अली की माँ की ओर निगाह करके कहा :

—हाँ, क्या हुआ, जो धरती की ओर निगाह किये हुए हो ?

अली की माँ ने बोलने के लिए मुँह खोल कर बात करनी चाही, लेकिन वह फिर चुप हो गई। लेकिन अली एकाएक अपनी जगह से उठ कर अपनी माँ के पास जा कर बैठ कर वात करने लगा :

—क्या झूठ-मूठ चिन्ता और सन्देह कर रही है ? अकेले-अकेले इतने अज़ाब और तकलीफ़ें जो हमने झेली हैं, क्या वे काफी नहीं, अम्मा ? कितने दिन हम एक टुकड़ा काली जमीन के लिए, पेशानी का पसीना गिराते, हजार सख्तियों और कठोर मेहनतों को करते, आधा पेट रोटी खाते रहे हैं ? हम भी आदमी हैं, हम भी अच्छी, आराम की, सुख और संतोष की जिन्दगी बिताना चाहते हैं ? खुद मैंने कलखोज को जा कर देखा है, तुझ से भी बतलाया है, उसी कलखोज की चर्चा है। हम भी अलबत्ता कलखोज के मेम्बर बनेंगे। हाँ, कलखोज को हमारी जिन चीजों की जरूरत होगी, उन्हें भी देंगे। मेरी आचा (अम्मा) भी कबूल करती है, अलबत्ता !

—कबूल करती हूँ ! —बूढ़िया ने कहा—हाँ कलखोज हुआ, तो सभी माल और हाल साझे का एकजाया होगा, मुर्गी और चूज़ा भी कलखोज के होंगे, सभी मन-मरज़ी का नहीं खा सकेंगे...मस्जिद में बराबर लेटें-सोयेंगे...और कोई कहता है कि सदा एक जैसे ख़ुशहाल हो जायेंगे आखिर ! कोई नहीं जानता, ये बातें सच है या झूठ ?

—झूठ है ! —अली ने कहा ।

शादी ने समझाते हुए कहा :

—हर आदमी की बात पर विश्वास न कर, मौसी ! कोई किसी के दिल के सारे भेदों को नहीं जान सकता । कौन जानता है, हमारे भीतर कैसे आदमी हैं । कभी तुम्हारा दोस्त बन, तुम्हारे ऊपर मेहरबानी दिखाते हैं, बातें बनाते हैं । उनके मुंह में जो कुछ आता है, कह डालते हैं । लेकिन बात ऐसी नहीं है ।...तुझसे मुर्गी या चूजा कुछ नहीं लेंगे । न तुम्हें या किसी दूसरे को मस्जिद में रखना है । हकूमत कहती है कि काम ऐसे करो, कि इस जमीन से खूब पैदावार हो !...फिर एक की जगह दो रोटी खाओ कोई चिन्ता नहीं । शोरबा खाते हो, तो पुलाव भी खाओ । चप्पल पहनते हो, तो चर्मी बूट भी पहनो ! यही है बात, जो हमारी हकूमत कहती है । लेकिन जमीन से पूरी तौर से उपज कब ली जा सकती है ? उसी वक्त, जबकि किसानी का काम वक्त पर हो, देर न हो, तो मेहनत से पूरा लाभ होता है । पर अकेली खेती करने पर न काम वक्त पर हो सकता है, और न फायदा ! अगर कलखोज हो कर एक-दूसरे को सहायता देते हुए काम करें, तो हमारी सारी मनशा पूरी हो जायेगी ।

—कलखोज, इकट्ठा हो कर खेती करने को कहते हैं न !—कासिम ने कहा ।

—समझी बुढ़िया !—मौसी ने कहा—कलखोज हो, तो औरतें भी मर्दों के बराबर काम करेंगी तथा उस की मेम्बर बन अपने काम के अनुसार लाभ उठायेंगी । फिर हमें और तुम्हें भी पूरा-पूरा काम करने का मौका मिलेगा ।

—इलाही, यही बात हो ! —बुढ़िया बोली ।

—खूब ! यदि ऐसा ही हो, तो क्या कहती हो—शादी ने पूछा ।

—क्या कहूं !—बुढ़िया ने कहा—अली बच्चा सब जानता है; उस के हाथ में ही इख्तियार है ।

—तब देरी किस लिए ?—शादी ने कहा—तो कासिम, नाम लिखो : अली मुरादजादा, गरीब किसान । ढोर-डंगर कितने हैं ?

—एक बैल और एक गदहा मेरे पास है ।

—लिख !...कितने तनाब (बिगहा) ज़मीन है ?

—दस तनाब ।

—लिख ! कलखोज में किस-किसके साथ आओगे ?

—इसी, जमीन, बैल...!

—लिख लिया ?

—लिख लिया—कासिमजान ने शादी को जवाब दिया ।

—ऐसा है, तो—शादी ने कहा—तू अर्ज़ी लिख कि मैं कलखोज का मेम्बर बनना चाहता हूँ—अच्छा हुआ न !

—मरहमत है !

—खैर, सलामत रहो !—यह कहते हुए अली की माँ की ओर निगाह करके शादी उठ खड़ा हुआ ।

लेकिन अली की माँ आग्रह करती हुई खड़ी हो गई—नहीं, नहीं ! ज़रा रुकिए ! चाय उबालूँगी, अभी-अभी तैयार हो जाती है।

—दूसरी वार फ़ुर्सत के समय आऊँगी—मौसी ने कहा, और उन्होंने खैर-खुश कहा ।

:o: :o: :o:

यूसुफ रोग़न नाम का एक किसान था, जिस का घर बाबा हिदायत की हवेली की पंक्ति में था । उसने ज़ेब्री मौसी से, उसके कमीशन के दरवाज के पास आने पर कहा :

—घर में मेरी औरत बीमार है !—उसने बड़े दुखी स्वर में दरवाज़े के पास बैठे-बैठे कहा—क्या खिदमत है ?

इसी समय कासिम ने आगे हो कर कहा :

—बात कर, कलखोज के बारे में क्या कहता है ? तेरा दिल करता है या नहीं ? बतला, अर्जी पर तेरा नाम भी लिखा हुआ है या नहीं !

—हम अब फिर पूछने और सामान लिखने आये हैं—मौसी ने कहा।

यूसुफ जमीन पर नजर गड़ाये बेमन-सा बोला :

—मैं नहीं जानता !

—क्यों नहीं जानता ?

—इस वक्त मेरी हिम्मत टूट रही है। कहीं छुरेबाजी और खून-खराबा तो नहीं होगा कासिम ?

शादी ने आराम से यूसुफ की बातों को सुना। कासिमजान धीरे-धीरे समझाते हुए बोला :

—तौबा, मैं क्या कहता हूँ, और यह क्या कहता है ?

—चाहे जो भी कहें ! —यूसुफ ने कहा—इस समय दिल में कोई बात नहीं समा रही है। यदि समझते, तो यहाँ न आते।

—हम जानते हैं—कासिमजान ने कहा—कि तू मध्यवित्त किसान है, मुस्तज़ोर नहीं है, इसीलिए हम आये हैं।

—मेरे लिए आप हैरान न हों ! —यूसुफ ने कहा—एक टुकड़ा रोटी खुदा की मेहरबानी से किसी प्रकार मिल ही रही है।

यह जबाब सुनकर कासिम एक दम गुस्से में आ कर कुछ बोलना चाहता था, किन्तु वैसा न कर, दाँत-पर-दाँत दबा, गुस्से को रोक कर बोला :—अच्छी बात, तेरी इच्छा ! नहीं चाहता, तो हम भी चले।

शादी कासिमजान की ओर जरा मुस्कराते हुए यूसुफ की पीठ पर हाथ रख कर बोला :—

—तेरी औरत कब से बीमार है ?

—दस-बारह दिन हुए।

—क्या बीमारी है ?

—नहीं जानता, बुखार होगा या कुछ और।

—हकीम ले आया ?

—नहीं।

—कलमा पढ़वाया ?

यूसुफ चुप हो रहा।

—क्या मुल्ला हकरज़ा नहीं आया था ?

—नहीं तो।

—झूठ बोल रहा है, बच्चे !—शादी ने कहा—मुल्ला हकरज़ा एक हफ्ते से तेरी हवेली में आ-जा रहा है। वह तेरी स्त्री बीमार और तेरे लिए भी कलमा पढ़ता है। मालूम हुआ है कि उस का कलमा-पाठ का प्रभाव भी हुआ है। इलाही कहीं तेरी औरत को भी कलमा लगा हो ! खैर हम चले। अगर हकरज़ा की झाड़-फूँक से तेरी औरत ठीक हो जाये, तो हमें भी खबर देना, तब हम भी फायदा उठायेंगे। अगर अच्छी न हो, तो आफिस में आना, मैं खत लिख दूँगा; तब जा कर डाक्टर को बुला लाना। कलखोज होना या न होना तेरी मर्जी पर है।

यूसुफ कुछ नहीं बोला।

कमीशन आ कर भी चला गया !

✤

१३
बेवक्त बुढ़ापा

नवम्बर का सर्द महीना मानों अपने जाड़े के पक्षपात का स्पष्टतया परिचय दे रहा था ! उसके पहले ही दिनों में मौसम बहुत ठंडा हो गया। आसमान पर बादल छाये रहने के कारण प्रायः हर समय अँधेरा छाया रहता था। रातें भी खूब काली थीं। प्रकृति उल्लासहीन थी।

रायन के केन्द्र से कुदरत ने जिस हवेली को अपने लिए इज़रा करवाया था, उस में एक कमरा और एक दहलीजचा था। हवेली के बीच से साफ़ छोटी-सी पानी की एक नहर गुज़रती थी, जिसके किनारे कुछ हरे पौधे भी लगे हुए थे।

उस दिन ज़ैनब ने कपड़े धोये थे। आसमान पर बादलों का अँधेरा देख कर वह चिन्तित हुई कि पानी बरस कर कपड़ों को और भी तर न कर दे? और उसने आधे-तीहे सूखे के कपड़ों को ला कर खाट पर जमा कर दिया। फिर वह आइने के पास गई। ताखे में कँघी तथा इत्र की शीशी के साथ आइना रखा हुआ था। जैनब आइना उठा जंगले के नज़दीक गई, और अपने प्रतिबिम्ब को गौर से देखने लगी। देखा कि आँखों के कोरों में, पेशानी और चेहरे पर झुर्रियाँ पड़ गई हैं, भौहें ज्यादा घनी तथा सौन्दर्य बहुत कुछ लुप्त-सा हो गया है!

ज़ैनब दुःख की एक गहरी साँस भर कर अपने-आप से कहने लगी—'क्या मैं बूढ़ी हो गई हूँ? दुनिया से कोई फायदा उठाये बिना ही मैं बूढ़ी हो गई...उफ़! न अपने प्रबन्धक (मुदीर) शोहर से तृप्ति मिली, और न कुदरत या दूसरों से सुख मिला। कौन जानता है, कल कुदरत मेरे साथ क्या बर्ताव करेगा? बेहतर यही है कि खराब वक्त आने से पहले ही किसी दूसरे जवान को हाथ में करूँ!' इसी समय दरवाजे को टकटकाने की आवाज आई। जैनब ने आइने को उस की जगह पर रख हवेली के दरवाजे पर जा कर पूछा!

—कौन है?

—मैं!—कुदरत ने कूचे से कहा।

जैनब ने दरवाजा खोल दिया। कुदरत ने भीतर आ कर ज़ैनब के हाथ में अखबार में लिपटी कोई चीज दे दी; फिर दरवाजे को बन्द कर, साँकल लगाने के बाद, वह ज़ैनब के पीछे-पीछे कमरे के भीतर गया!

—उफ !—कुदरत ने बीमार व्यक्ति के समान निढाल स्वर में कहा; और ज़ैनब की ओर निगाह न कर खाट पर बैठ गया, फिर जूता निकालते हुए बोला :

—कलबासा (सूअर के माँस की सॉसेज) के टुकड़े बना! दस्तर-खान लगा!

ज़ैनब ने बिना कुछ बोले, लाई हुई चीज को खोला। भीतर अख-बार से लिपटी आधी बोतल शराब और एक कलबासा था। ज़ैनब ने शराब को मेज पर रख दिया और लम्बे छूरे ले कलबासे के टुकड़े करने शुरू किये।

—छुरी कहाँ है?

—मुझे नहीं मालूम, तुम कहाँ थे?—जैनब ने जवाब में कहा।

—एई! कुछ उपाय कर...मेरी सिर भारी हो रहा है!!

—तुझे क्या हुआ है?

—थका भी हूँ, भूखा भी, और सिर में सख्त दर्द भी है। जल्दी-जल्दी टुकड़े कर।

कुदरत ने जेब में हाथ डाला और ढूँढ़ कर छुरी निकाली और उससे बोतल के काग को खोला।

—प्याला कहाँ है!

—यह ले!

कुदरतजान ने आधा प्याला शराब ढाल कर पी, फिर एक टुकड़ा कलबासा ले कर खाने लगा।

—ओ, एक जगह बैठ भी!—जैनब ने गम्भीरता से कहा—स्वयं पागलों की तरह क्या काम कर रहा है, इस का तुझे पता नहीं...!

—बात न कर!—कुदरत ने कुर्सी पर बैठते हुए कहा; फिर प्याले में शराब ढाल कर चुस्कियाँ लेने लगा।

—ले, रोटी खा !

कुदरत ने कुछ रोटी मुँह में डाली, फिर थोड़ा आराम के साथ बैठा दिखाई पड़ा।

—अभी गाँव से आया हूँ—उसने कहा—कलखोज बनाने की गरमा-गरम सभा में था। तैंतिस घरों ने मिल कर अपना एक जगह कलखोज बनाया। कलामशाह भी वहाँ था...

—मेरे दादा को क्या हुआ है ?

—कुछ नहीं ! नहीं पकड़ा। मिर्जायेफ और कलामशाह की हरकत बेकार गई।

—रईस अध्यक्ष कौन हुआ ?

—अका इताद को रईस बनाया... हाल ठीक नहीं है इसका। हमारे लिये इसकी एक ही दवा है, कि खदीचा को कलामशाह को दे दें। वह आज ठीक है। हमारे दादा ने भी रज़ामंदी दे दी है। मैं चाहता हूँ कि...

—यह तेरा काम बेकार है !—उसके सामने बैठते हुए जैनब ने कहा—मैं डरती हूँ, कि यह बात भारी जंजाल का कारण न हो !—यह कह जैनब कुदरत के मुँह की ओर देखती रही। कुदरत रोटी और कलबासा खा रहा था।

—जानती है, खदीचा ने किसी दूसरे को अपना दिल दे दिया, वह कलामशाह के पास नहीं जाना चाहती।

—कोई हद है ! मैं उसका सिर काट लूँगा...—फिर थोड़ी देर सोचते हुए सिर उठा कर बोला—सचमुच—उसने आग्रहपूर्वक कहा।—तेरा कहना व्यर्थ नहीं है : भारी जंजाल होना मुमकिन है...किसको उसने दिल दिया है ?

—यह मैं नहीं जानती, गाँव के किसी लड़के को ! सावधान रहने की जरूरत है !

—तू सच कहती है !—कहते हुए कुदरत अपनी जगह न बैठ सका, और वह उठ कर कमरे में टहलते हुए बोला।——सच कहती है, जैनब ! इस बात का ख्याल रखना जरूरी है। मैं अभी तक इस ओर से खातिरजमा था, यह मन में आया ही नहीं था। हाँ, अगर खुद खदीचा या उसके प्रेमी ने जा कर अर्जी दे दी...हाँ ? तो ठीक नहीं होगा। हमारी सारी योजनायें बरबाद हो जायेंगी। सच, इसी वक्त जा कर इस काम के बारे में ठीक-ठाक करना जरूरी है। ऐसा न हो कि मेरी बहन एक पहाड़ी, कमअसल, बेखानदानी, किसान-चरवाहे या न जाने किस तरह के बुक्कड़ को अपना दिल दे दे ? नहीं, मैं ऐसा होने नहीं दूँगा। जैसे भी होगा, खदीचा को उससे अलग करूँगा और अपनी हैसियत के मुताबिक आदमी को उसका शौहर बनाऊँगा। खैर, मैं चला।

उसने फिर एक प्याला शराब पी, थोड़ा कलबासा खाया, फिर बाहर चला गया।...

रायन से गुलिस्तान गाँव जाने वाला रास्ता पहले एक नदी के किनारे-किनारे चलता था फिर वह डांड़ों कूतलों के ऊपर से गुजरता था। गुलिस्तां गाँव ऊँची टेकरियों के पीछे एक बड़े कोतल डाँड़े के ऊपर अवस्थित था। वहाँ पहुँचने के लिए रास्ते में बहुत सी चढ़ाइयों-उतराइयों से—गुजरना पड़ता था। यह चढ़ाइयाँ और उतराइयाँ कुदरत के लिए कठिन थीं, वह कोशिश कर रहा था कि जितना जल्दी हो चलकर गाँव पहुँचे और अपने बाप को इस घटना को बतला कर खदीचा के बारे में कोई उपाय करे।

कुदरत ने रायन में आकर ख्याल किया था, कि कलामशाह और खालमिर्जा जैसों की सहायता से अपने काम को अच्छी तरह चला लेगा, धन और पैसा जमा कर बाय बनेगा, और इस प्रकार खातिरजमा हो आराम की जिन्दगी बसर करेगा। लेकिन वह नहीं होने जा रहा था। उसके रास्ते में सादी, रशीदोफ़ और

मकारोफ जैसे आदमी बाधा बन कर खड़े थे। कलखोज का जंजाल अब इस दूर के रायनों तहसील में भी आ पहुँचा था। अब बाय बनने, या अपने दूसरे मीठे स्वप्नों को पूरा करने की ही आशा जाती रही थी, बल्कि इस भंवर से निकलने की फिकर पड़ गई थी। उसे और उसके बाप को फिर यहाँ से भागने की नौबत आवे, इसकी भी कम सम्भावना नहीं थी। ऐसा काम करना था, कि उसकी स्थिति और मजबूत हो।

जिन टीलों पर से वह गुजर रहा था, वहाँ कोई आदमी नहीं था। वह इस सुनसान जगहों से अपने ख्यालों में डूबा जा रहा था। उसके दिमाग में, उसके मन में तरह-तरह के विचार पैदा हो रहे थे। इसी समय एकाएक ग़ज़ल गाते आते हुए किसी आदमी की आवाज ने उसके ध्यान को अपनी ओर खींचा। उसने निगाह उठा कर देखा, कि टेकरी के पीछे पगडण्डी से बरका आ रहा है। जहाँ पर वह खड़ा था वहाँ से तीन-चार कदम दूर पानी की एक छोटी नहर जा रही थी। जो पहाड़ में जगह-जगह निकलते चश्मे को इकट्ठा करके तैयार की गयी थी। कुदरत हाथ-मुँह धोने के बहाने धारा के किनारे बैठ गया। वह इन्तिजार में बैठा रहा। बरका ऊपर से आकर धारा के पास से गुजरा और उसने कुदरत को सलाम-दुआ की आगे बढ़ने लगा।

—थक न जाओ—कुदरत ने कहा,—इस बेवक्त में कहाँ ?

—रायन जा रहा हूँ।

—क्या काम आ गया ?

—है, एक काम...एक अर्जी है।

—खैर,—कुदरत ने कहा,—आफिस बन्द है, तू अपनी अर्जी किससे कहेगा ? किसको देगा ?

—पार्टीवाले हैं—सीधे-सादे दिल से बरका ने कहा।—पार्टीवालों से अर्ज करूंगा।

—रशीदोफ़ से क्या? हां, रशीदोफ़ अपने घर में था, मैं अभी उसी के पास से आ रहा हूँ। अच्छी बात है, पा जायगा उसे।

हाँ, मिर्जा, जा रहा हूँ कि उनसे अर्ज करूँ, शायद वे मेरी मदद करें।

—अलबत्ता मदद करेंगे!—कुदरत ने सहानभूति दिखलाते हुए कहा,—पार्टी अगर तुम्हारे जैसे गरीब के लड़के की मदद नहीं करेगी, तो किसकी करेगी? दुरुस्त! रशीदोफ़ के पास जा! किसी दूसरे के पास मत जाना...हाँ, ख्याल रखना।

बरका धारा की दूसरी तरफ सीधे खड़ा कुदरत की ओर देख रहा था। उसकी आँखों में इस आदमी की मेहरबानी भरी बातों में सचाई और विश्वास दिखाई पड़ रहा था। बरका उसे जानकार, पक्का और सलाह देने लायक आदमी समझता था। वह सोच रहा था,—'यह जवान आदमी अच्छा और समझदार मालूम होता है, जवान आदमी है, इसके विचार भी दूसरे हैं। यह अपने बाप और खाल मिर्जा के हाथ में नहीं हो सकता!' फिर बरका ने कुदरत के पास जा धारा के किनारे बैठकर अंजली से पानी पीते हुए कहा:—ठीक कहते हो मिर्जा!

बरका नदी की धारा के किनारे बैठकर अँजली से पानी पीने लगा। पानी ठंडा और साफ था। पेंदी में पड़े पत्थर के सफेद और काले टुकड़े धारा के नीचे साफ झलक रहे थे। पानी कहीं-कहीं उबलते हुए ऊपर से जा रहा था, और पत्थर के टुकड़े उसमें बाधा नहीं देते थे। गुलिस्तान गाँव की तरफ आसमान पर बादल आग की ज्वाला

की तरह लाल हो रहे थे—सूरज डूबने वाला था, वह अपनी अन्तिम सुनहली किरणों को पहाड़ों की चोटियों को छू रहा था...

—सच, पार्टी के पास जाता हूँ, पार्टी के लोगों से अर्ज करूँगा।

—कौन-सी खास बात है, जिसके बारे में तू अर्ज करना चाहता है..?

—मिर्जा, तुमसे क्या छिपाऊँ तुम! अभी-अभी आये हो, हमारी हालत का तुम्हें पता नहीं, मुझसे ठीक से जान-पहचान नहीं है। तुम्हारे पिता हैं...हाँ! क्यों न तुमसे कहूँ और सहायता और सलाह लूँ..!

—कोई हर्ज नहीं, कह डालो, फिक्र मत करो! मैं नया ही, हाल ही में आया हूँ, लेकिन तुम लोगों को पहचानता हूँ, सलाह दे सकता हूँ और जहाँ तक बन पड़ेगा, मदद भी दूँगा।

—ठीक है तो...

—बेपर्वाह रहो! मैं पार्टी का आदमी हूँ। किसानों और कमकरों के फायदे के लिये अपनी जान देने में भी न हिचकिचाते हुए काम करना मेरा पहला कर्तव्य है।

—तुम पार्टी के हो?—बरका ने बहुत प्रसन्न होकर पूछा।

—हाँ, मैं पार्टी का बहुत पुराना मेम्बर हूँ।

बरका दुविधा में था, उसे समझ में नहीं आ रहा था कि क्या करे। उसके बाप, खालमिर्जा और कलाम शाह के बारे में कुदरत से शिकायत करे या नहीं? अन्त में उसने यही निश्चय किया, कि दुविधा छोड़कर उससे बात करके सलाह पूछे। शायद कुदरत मनोरथ सिद्धि का कोई रास्ता बतला दे। उसने कहा:

—मैं,—! एक सुन्दरी लड़की को मैंने देखा है। लड़की भी मेरे साथ प्रेम करती है। हमारी अभिलाषा और हौसला बढ़ा और हमने आपस में कौल किया है। लेकिन इन्हीं दिनों मैंने समझा, कि रायन का एक बड़ा आदमी भी उसको चाहता है। लड़की के माँ-बाप भी उसी बड़े आदमी

को उसे देना पसन्द करते हैं। लेकिन स्वयं लड़की इसके लिये बिल्कुल राजी नहीं है। उसने मुझसे शिकायत की। हम दोनों ने आपस में सलाह की, कि पार्टीवालों के पास जा कर अर्ज करूँ, मकारोफ़ से अर्ज करूँ।

—–यही कि कलामशाह...हाँ, रायन का एक बड़ा आदमी जिसके बीबी-बच्चे हैं, उमर भी उसकी काफी है। इसके बाद भी किसी...जवान लड़की को सुन्दर देख वह उसे लेना चाहता है। मैं उसके और भी कितने कामों को जानता हूँ। उसके सहकारियों और साथ देने वालों को भी जानता हूँ, सब के बारे में पार्टी को खबर दूँगा। अलबत्ता वह मेरी मदद करेगी। यही बात है न ?

—–वरका की बातों को सुनकर कुदरत ने इत्मीनान से जबाब दिया :—–यही बात है...! लेकिन यह तो बता, कि वह कौन-सी लड़की है ?

-लड़की ? यह न पूछो ! मैं तुमसे नहीं बतला सकता।

—–शायद मेरी बहन हो ?

....

—–मेरी बहन ! गुस्से में कुदरत काँपने लगा, उसके शरीर के रोंगटे खड़े हो गये और वह एकदम चिल्ला उठा :—–मेरी बहन !!

बरका डरकर उठ खड़ा हुआ। जैसे किसी की कोई चीज तोड़ने पर बच्चा अपने काम से डरकर परेशान होता है, उसी तरह वह

कुदरत की ओर देखने लगा। कुदरत अपने ओठों को चाटता, पानी की ओर जरा निगाह करता धीरे-धीरे ऊपर की ओर बढ़ा, जब वह बरका के पास पहुँचा, तो उसके हाथ में दुधारा छूरा चमक रहा था..।

✢

१४
एक सलाह

कलखोज का मेम्बर बनना मुहम्मदजान के परिवार के लिये बड़ी असाधारण दुर्घटना हुई, जिसने उसके चित्त को व्याकुल कर दिया था। यह दुर्घटना मुहम्मदजान को एक तरह की, उसकी बीवी को दूसरी तरह की एवं दिलवर को उन दोनों से बिल्कुल उलटी मालूम हो रही थी। मुहम्मदजान ने सादी और अका इस्ताद जैसों की बातचीत से प्रभावित हो कलखोज में आने को पसन्द किया, और कलखोज का संगठन करने के लिये जो जबर्दस्त सभा हुई थी, उस समय कलखोज के लिये हाथ उठानेवालों के साथ उसने भी हाथ उठाया था। लेकिन जब उसने अपने बैलों की जोड़ी, एक घोड़ा और पन्द्रह तनाब अपनी जमीन को सामूहिक सम्पत्ति में मिला दिया, तो उसके दिल में तरह-तरह की चिन्ता होने लगी। खास करके आज कल की, जब कि खेतों को अलग करके अभी उनमें किसान का काम नहीं शुरू हुआ था। मुहम्मदजान को हमेशा काम करते रहने की आदत थी, इस बेकारी तथा घर में ढोरों के न होने से भी उसका दिल तंग हो गया था। वह चिड़-चिड़ा हो गया था। वह पशु-

शाला की नादों के पास गया, वहाँ उसने बैलों की चरनी और घोड़े के बांधने की जगह खाली देखी। उसे साफ करके कूचे में आया वहाँ से मस्जिद की ओर रवाना हुआ। वहाँ बैठकर बूढो के साथ चाय पीने लगा। शाम हुई, तो घर की ओर लौटा। क्या काम करे, इसका पता नहीं लग रहा था, इसलिये अपनी बीवी और बेटी से वह हर बात में चिढ़ने और ख़फ़ा होने लगा।

उसकी बीवी को काम में लगी रहने से और किसी बात का ख्याल नहीं आता था। वह चाहती थी, कि अपने बेटी और बेटे के लिए कुछ चीजें दहेज बना कर दे और जैसे भी हो इसी साल दिलवर की शादी कर दे, बरका की दुल्हन लाये। इनके अतिरिक्त कपास की ढोड़ियाँ भी बहुत थीं, उसको उनसे बिनौले अलग करने थे। रोटी पकाना दिलवर भी जानती थी, लेकिन उसकी माँ उसमें अपने को पंडिता समझती थी, इसलिये रोटी बनाना, तथा छोटे-मोटे घर के और कामों में वह लगी रहती थी। कलखोज का मेम्बर बनना अच्छा है या बुरा, इससे उसे कोई सरोकार नहीं था। उसे यही फायदा दिखाई पड़ा, कि बैलों और घोड़े के पशुशाला में रहते वक्त जो जगह की तंगी दिखाई पड़ती थी, अब वह गाय के लिये कुशादा हो गई थी। लेकिन जब-जब वह अपने शौहर को आह भरते देखती तो उसके दिल में चिन्ता हो जाती और उसका मन अफसोस व गम से भर जाता। बैल और घोड़े को दे देने पर उसने अपने शौहर को ताना दिया था, कि क्यों कलखोज का मेम्बर बना? लेकिन पीछे वह अपनी जिन्दगी के कारबार में इतनी लग गई, कि उसे सारी बातें भूल सी गईं।

दिलवर बड़ी खुश थी। उसने अपनी आशाओं के वसन्त को नजदीक होने का अनुभव किया, वह स्वयं प्रसन्न हो आगे की योजनायें बना रही थी, उन दिनों के लिये जब कि वह अपने सौभाग्य को पास आया देखेगी। कलखोज को वह इतना ही जानती थी कि वह खेती और जीवन-

यापन का एक नया रूप, एक नई व्यवस्था है। उसमें अधिकतर जवान रहते हैं, मशीन और ट्रैक्टर से काम करते हैं, रात को गीत गाते हैं, खेल और नाच करते हैं, लोगों की गरीबी और असहायता दूर हो जाती है, हरेक आदमी अपनी इच्छा के अनुसार जिन्दगी बसर करता है, कोई किसी के काम में दखल नहीं देता (बाधा नहीं डालता...) दिलबर भी कलखोज की खुशकिस्मती की गोद में फूल की तरह खिलेगी, और शादी के बाद एक घरवाली बनेगी।..

शाम हो रही थी, माँ और बेटी घर की एक तरफ बैठी कपास ओट रही थीं। दिलबर ने अपनी माँ को किसी काम के लिये कहा, वह कपास ओटते हुए सिर हिला कर बोली :—ऊ, बिटिया! तेरे दादा

से भलाई की उम्मीद नहीं! मैं कहती हूँ, तो वह और भी बिगड़ता जाता है।

लेकिन दिलबर वह बोली :

—होगा, होगा! सब होगा, खैर, जरा बात चला कर न देखो! ऐसा न हो कि भैया का काम खराब हो जाय। आजकल उसका पता ही नहीं लगता, मालूम नहीं कहाँ घूमता फिरता है...! मैंने जो सुना है उसके अनुसार अगर हो गया, तो लड़की हाथ से निकल जायेगी।

बेचारी माँ भी हैरान थी, उसे भी कोई काम का रास्ता नहीं सूझ रहा था।

—वह लोग शहर के आदमी हैं, बड़े मुँहपाले हैं। तेरा भाई बेचारा एक पहाड़ी लड़का है।...क्या वह पहाड़ी को अपनी लड़की देंगे?

—स्वयं लड़की ही चाहती है।

——ओह...अगर स्त्रियों और लड़कियों के हाथ में ही होता, तो अभी तक बहुत काम हो गया होता..!

——अलबत्ता यह खुद लड़की के अख्तियार में है। सरकार ने हमें आजादी दे दी है। अगर स्वयं खदीचा नहीं चाहती, तो उसके माँ-बाप किसी को उसे नहीं दे सकते। रईस पाच्चा कागज नहीं लिख कर देंगे।

——"रईस पाच्चा !" बहुत रईस पाच्चा, रईस पाच्चा !! न कह, खुद रईस ही सभी काम कर रहा है। तेरह-चौदह साल की लड़कियों को सोलह-सत्रह साल की कह कर वह कागज लिख कर देता है, घूस खाने में सभी से आगे है, सफेद दाढ़ियों वाले बूढ़ों को पाठ पढाता है, फिर भी "रईस पाच्चा" बना हुआ है ! अगर वह जरा सा इन्साफ करनेवाला होता, तो हमारा काम बहुत हलका हो जाता...। हाँ, सचमुच आजकल तेरे भैया का पता नहीं लगता ?

——वह दीवाना न हो जाय, यही मुझे डर लग रहा है !——दिलबर ने कहा।

माँ के दिल में इन बातों ने भय पैदा कर दिया, उसने कहा :—

——काश, कि आज कल तेरा बाप आदमी जैसा होता...! यह हमारी बद्बख्ती है, कि उसके साथ इसके बारे में बातचीत करें मुश्किल है। उसकी सुध-बुध और अकल पशुओं और कलखोज में लगी है।...

दिलबर कुछ कहना ही चाहती थी, इसी समय मुहम्मदजान बाहर से घर के भीतर आया।

——हाँ, मेरे दादा——दिलबर ने कहा——आटा ले आये ?

मुहम्मदजान एक थैला खुलता आटा लाकर घर की एक तरफ रख लम्बी साँस लेते हुए बोला :--उफ...क्या पकाया मेहरिया ?

---शोरवा तैयार किया था। बरका को नहीं देखा क्या ?

--मैं शाम के वक्त नमाज में गया था, तो बरका को को-आपरेटिव के पास देखा था। कह रहा था, सादी भैया के घर जा रहा हूँ। कुछ खाना जल्दी निकाल कर ले आ ?

बुढ़िया चूल्हे के पास गई, दिलबर ने दस्तरखान लाकर अपने बाप के सामने फैला दिया, फिर जा कर चूल्हे के पास से शोरबा के प्यालों को उठा कर लाने लगी।

शोरबा खाने के समय बुढ़िया ने अपने शौहर की ओर निगाह कर के धीमी आवाज से कहा :--एक सलाह है...!

मुहम्मदजान रोटी तोड़-तोड़ कर शोरबा में डालते हुए सिर हिला कर बोला--खैर, खाने के बाद !

इसके बाद तीनों चुपचाप शोरबा पीने लगे। सबसे पहले मुहम्मदजान ने शोरबा के प्याले को खत्म किया, उसनें अपनी मूँछों को पोंछा और फिर बोला :--'पहले खाना तमाम, फिर कहना कलाम', की कहावत सुनी है ? अच्छा अब बात कर।

बूढ़े के इस तरह के ढंग और बात से बुढ़िया को निराशा हो गई। वह समझने लगी कि शौहर से ठीक जवाब पाने की उम्मीद नहीं है, तो भी दिलबर ने जो बातें बतलाई थीं, उसे कह कर उस का समर्थन करते हुए उसने कहना शुरू किया :—

—तुम्हारा लड़का रोज़-बरोज खराब होता जा रहा है, अपने देह की गोश्त को खा रहा है। आखिर, कोई उसका इलाज करो !

—क्या हुआ है, क्या बीमारी है ?

—बीमार जैसी ही बात है...उसकी दवा खुद हमारे हाथ में है।

—क्या हुआ है ?

बुढ़िया ने दिलबर को धीरे से इशारा किया, वह उठ कर बाहर चली गई। फिर साफ तौर से बात कह कर उसने अपने मतलब को समझाया :—बरका न जाने कब से बुखारियाँ की लड़की से मुहब्बत करता है। रात-दिन उसका ख्याल उसी की तरफ लगा है। लड़की भी जादूगरनी जैसी है, उसने उसे बाँध लिया है।

—एहे ! यही बात कह न ?

—यही बात ददेश ! हमें इसका कोई इलाज करना चाहिए...

मुहम्मदजान दाँतों में खरका करते हुए चुपचाप सुनता रहा। बीवी ने अपनी बात को मजबूत करते हुए कहा :

—मैं बूढ़ी हो गई हूँ, जीते जी ही एक बहू लाने की लालसा पूरी होती, यही चाहती हूँ। फिर दिलबर जान को भी ब्याह देंगे.. आखिर हम भी आदमी हैं, हमारे दिल में भी आशा और अभिलाषा है..

—होगा, सभी होगा...!—मुहम्मदजान ने कहा, फिर एक-दो क्षण सोच करके यह भी बतलाया—खैर, न हो तो एक बार रईस के पास जा कर सलाह करके देखूँ, कि वह क्या कहता है।

मुहम्मदजान इसके बाद उठ कर बाहर चला गया। बुढ़िया जो अपने शौहर के पहले के बर्ताव से दुखी हो गई थी अब हैरान हो गई थी, क्योंकि

उसकी आशा के विरुद्ध मुहम्मदजान ने उसकी सलाह क़बूल की थी। क्या मुहम्मदजान के दिल में भी कोई इसी तरह की बात थी? वह भी इसके बारे में सोच रहा था।

आसमान में अन्धेरा छा गया, काले बादलों के टुकड़े क्षितिज से उठ करके सारे आसमानी मैंदान को ढँके हुए थे, जिससे लोगों के दिल में चिन्ता हो रही थी। हवा के झोकों से शरद के सूखे पत्ते कूचे के इस तरफ से उस तरफ उड़े पड़ रहे थे।

मुहम्मदजान ने सोवियत के सरपंच रईस को अपने घर में पाया। वह अपने मेहमान खाने में बैठा अपने पैरों में जूते पहन रहा था। उसकी चाल-ढाल और चिन्ता से पता लगता था, कि कहीं जाना चाहता है। उसने आगन्तुक की ओर निगाह करके प्रश्नसूचक स्वर में कहा :

--हाँ, मुहम्मदजान ! बेवक्त आये ? कोई जरूरी काम था क्या ?

मुहम्मदजान सरपंच के सामने कालीन पर बैठ गया और आराम के साथ बातें करने लगा :

--रईस ! एक सलाह के लिये तुम्हारे पास आया हूँ, अच्छा हुआ जो तुम्हें घर में अकेले पाया...।

--खुश हुआ ! क्या है ?—असंतोष सा दिखलाते खला मिर्जा ने कहा।

—बात यह है कि—मुहम्मदजान ने उसी तरह आराम के साथ कहा—इधर कुछ दिनों से हम और बुढ़िया चाहते हैं, कि एक बहू लावें, अपने बरका को ख़ानादार बना कर संतोष पायें। लेकिन कोई उसका रास्ता नहीं दिखलाई पड़ रहा था। इसके लिये बुढिया मेरे सिर पड़ गई ! आखिर हमारी यही राय हुई, कि अका मंसूर-बाय की लड़की के लिये मँगनी भेजें। लेकिन, ऐसा करने से पहले

तुम्हारे पास यह पूछने के लिये आया, कि तुम क्या कहते हो...? अर्थात् हमारे इस काम में मदद, भोज में सहायता करोगे या नहीं ?

खालमिर्जा ने अपनी दाढ़ी को हाथ में पकड़ लिया, अपनी मूँछों पर ताव दिया। फिर कालीन पर रक्खे एक कोड़े को हाथ में ले कमरबन्द में ठूँसा, फिर हँस कर मजाक करते हुए बोला :—अभी बरका के मुँह से दूध की गन्ध आ रही है !

—मेरा लड़का पचीस साल का हो गया है !—मुहम्मदजान ने आग्रहपूर्वक कहा।

—अका मंसूर अपनी लड़की को देगा क्या ?—रईस ने भी उसी तरह आग्रहपूर्वक कहा :—तुम्हारा लड़का चाहे बीस साल का हो, लेकिन उसके चाल-ढाल बच्चों जैसे हैं। अभी वह कोई काम करने लायक नहीं है। आखिर आदमी इसी आशा से लड़के को बड़ा करते हैं, कि एक दिन वह काम आयेगा। मंसूर बाय अपनी प्यारी और इकलौती बेटी को तुम्हारे लड़के को देकर फिर सिर दर्द लेने के लिए तैयार होगा क्या ? न होने वाले काम को शुरू करना ठीक नहीं, मुहम्मदजान !

रईस की इन बातों से मुहम्मदजान हैरान भी हुआ और उसे कुछ गुस्सा भी आया। उसके लड़के के बारे में ये बातें हद से ज्यादा तोहमत और निन्दा की थीं। खालमिर्जा को नहीं चाहिये था कि जान-बूझकर मुहम्मदजान जैसे कड़े आदमी के सामने इस तरह की बातें करता। शायद वह शराब पीकर मस्त था, या कि उसकी अकल किसी काम के कारण उलट-पलट गई थी ?

—यह सब सोचने के बाद भी अपने को संभाल कर मुहम्मदजान ने कहा—किसी को अकारण रंज करना अच्छा नहीं ! रंज न करो ! हरेक आदमी की अपनी इज्जत-आबरू होती है।

—खूब ! तो फिर जैसी तुम्हारी मर्जी !

खालमिर्जा अपनी जगह से उठ कर ऐसा दिखाई पड़ने लगा, जैसे किसी जरूरी काम के लिये जा रहा हो। लेकिन, मुहम्मदजान चिन्ता में डूबा अभी भी गलीचे के ऊपर उसी तरह बैठा रहा। खालमिर्जा अभी भी एक कदम आगे नहीं डाल सका था, कि इसी समय हवेली के सामने कहीं से कुछ आदमियों की बातचीत की आवाज सुनाई दी, और कुछ क्षण बाद कुदरत घर के भीतर आया। घर के भीतर बीस बत्ती की ताकतवाला चिराग लटकता सारे कमरे को रोशन किये हुए था। खालमिर्जा उस रोशनी में कुदरत के मुँह को देख कर हैरान हो गया। उसकी आँखें बेढंगी सी थीं, रंग फक हो गया था और हाथ काँप रहे थे। कुदरत की आँखें मुहम्मदजान के ऊपर पड़ीं, तो उसकी हालत और भी बदल गई। खालमिर्जा ने तुरन्त भाँप लिया, कि कोई भयंकर घटना घटी है। इसलिये उसने जल्दी ही मुहम्मदजान को घर से बाहर भेजना चाहा। लेकिन कुदरत ने एक साँस लेकर खालमिर्जा को कुछ संकेत किया, जिससे वह आराम से खड़ा रहा।

—सलाम !—कह पहले उसने मुहम्मदजान से और फिर खालमिर्जा से अभिनन्दन-अभिवादन किया।

—क्यों, इधर कहाँ ?—खालमिर्जा ने कहकर कुदरत को बैठने के लिये कहा। कुदरत बैठ गया। खालमिर्जा ने बाहर जा कर चाय लाने के लिये कहा। मुहम्मद जान कुशल प्रश्न करके उठ कर जाने के लिये तैयार हुआ, लेकिन कुदरत ने बड़ी नम्रता के साथ कहा :—थोड़ा बैठिये, आपसे कुछ बात करेंगे।

—नहीं, रहमत !—मुहम्मदजान ने कहा—कब से आया हूँ, अब जाना चाहिये। घर में कुछ कपास है, उसके ओटने में मदद देनी है।

—खैर, दुनिया का काम तो होता ही रहता है। एक क्षण आपस में मिलना भी गनीमत होती है।

—हाँ, अलबत्ता...

खालमिर्जा ने लौट कर देखा कि कुदरत मुहम्मदजान के साथ बड़े स्नेह और नम्रता के साथ बैठा बातें कर रहा है। वह भी एक ओर बैठकर उनकी बातें सुनने लगा।

—यह दुनिया चार रोज़ा है, चली जायगी! दिल तंग करना ठीक नहीं है। बरका की क्या बात है? सब छोटे-बड़े कुशल-आनन्द से तो हैं?

—दुरुस्त है, दुआ कर रहा हूँ।

—हमारे घर भी आते रहिये, आखिर! बरका मेरा जोड़ीदार है, कभी हमारे साथ नहीं आया-जाया करता! दुनियाँ का काम ऐसे नहीं चलता!

कुदरत के इस स्नेह और नम्रता को देख कर मुहम्मदजान बहुत प्रसन्न हुआ। खालमिर्जा से उसके दिल में नफरत हो गई थी। अब उसने खुद कुदरत से सहायता की आशा की और उससे कहा:

—ठीक कहते हो मिर्जा लेखक! बरका मेरा इकलौता लड़का है। उसका कोई भाई या बन्ध नहीं है। जो भी हो, किसान का बेटा, पहाड़ी बच्चा है ...। तुम्हारे यहाँ आना-जाना न करने का भी यही कारण है। नहीं तो तुमसे बढ़ कर बेहतर यार उसका कौन हो सकता है। लेकिन, हमारा बरका लज्जालु, मेहनती, काम-काज करनेवाला और सीधा-सादा लड़का है। सारी बातें उसकी जीभ की नोक पर रहती हैं, अजीब बच्चा है, कोई बात उसके दिल में नहीं बनी रहती।

—हाँ, हाँ, हाँ! मैं जानता हूँ, वह अकलमन्द और होशियार लड़का है, हाँ थोड़ा शरमीला है। लेकिन यह तो गुण है, दोष नहीं! यही बात है न रईस!—

—हाँ, दुरुस्त—खालमिर्जा ने कहा।

कुदरत ने अपनी बात जारी रखी :

—बरका और आप रफीक शादी के बहुत नजदीक हैं न ? क्या वह तुम्हारे साथ का, तुम्हारा कोई सम्बन्धी है ?

—नहीं, सम्बन्धी नहीं है, यों ही जान-पहचान है और अपने गाँव का...!

—हाँ, जैसे भी हो, नजदीकी दोस्त है !

—हाँ, लड़के आपस में आते-जाते रहते हैं। आज भी बरका शादी भाई के पास जा रहा हूँ, कहकर गया है। शादी भी बड़े ही अच्छे स्वभाव और बातचीतवाला जवान है। सभी लड़के उसके पास जमा हो कर उसको घेरे रहते हैं।

मुहम्मदजानकी बात को न समझे जैसा कुदरत ने उसकी चेहरे पर ध्यान से देखते हुये पूछा :

—क्या कहा ? शादी के घर गया कहते हैं क्या ?

—हाँ, शादी भैया के पास जा रहा हूँ, कहकर गया था, अब घर आने ही वाला है उससे कोई काम-काज है क्या ?

—नहीं, ऐसे ही पूछ दिया। शादी तो थोड़ा पहले रायकोम गया था। कब आये हो मैंने पूछा, तो कहा कि दोपहर बाद आया। मैं इसीलिये हैरान हूँ, कि शादी ने मुझे धोखा दिया। खैर, कोई हर्ज नहीं।

—उसकी ऐसी ही आदत है, कुछ झूठ भी बोलता है...—खालमिर्जा भी यह कहते हुये उनकी बात में शामिल हो गया।

—नहीं जानता,—मुहम्मदजान ने कहा।—मैंने खुद नहीं देखा, रायन गया हो, तो अचरज नहीं।

—शादी कामकाजी जवान है —कुदरत ने कहा—लेकिन मेरी उससे अच्छी तरह जान-पहचान नहीं है। दूसरों के कहने से समझता हूँ,

कि वह पेट में रख छोड़ने वाला आदमी मालूम नहीं होता है। कहते हैं, कि रईस कलाँ महा अध्यक्ष के साथ भी उसका बर्ताव ठीक नहीं होता।

—किसलिए ? —खालमिर्जा ने कुदरत से पूछा।

—नहीं जानता,—कुदरत ने कहा, —अकारण नहीं होगा।

मुहम्मदजान ने अपनी जगह से उठते हुये कहा :—

—खैर, मिर्जाजान, तुम्हारे साथ मेरा कुछ काम है, कल-परसों तुम्हारे घर आऊँगा। अभी कब तक रहना है ?

—हाँ मैं गाँव में दो-तीन दिन से हूँ, यहाँ काम है। अवश्य आइये ! जो भी काम होगा, दिलोजान से तैयार हैं ! मेरे भाई बरका को भी कहिये, कि हमारे यहाँ आने-जाने से न कतरायें।

—खूब, खूब।

मुहम्मदजान घर से बाहर चला गया। कुदरत ने सन्तोष की साँस लेकर खालमिर्जा की ओर देखकर मुस्करा दिया।

—कहाँ से आये—खालमिर्जा ने पूछा।

—रायन से,—कुदरत ने कहा,—काम के लिये आया हूँ।

—क्या काम ?

—कितने ही काम हैं...

—ए, घूमने ! —खालमिर्जा ने कहा,—इन्हीं कितने ही कामों के लिये तुम्हारा रंग फक हो गया है ? आखें निकल आई हैं, और मुहम्मदजान से इतने हिल-मिल के बातें कर रहे थे ?

कुदरत ने कुछ न बोल कर हँस दिया, और खालमिर्जा को रहस्य नहीं बतलाया।

✤

उस दिन राय में शादी को काम था। कृषि-पंडित से बातचीत करके फिर वह कोआपरेटिव की ओर गया। वहाँ से गाँव की दूकान के लिये माल अलग करवाना था। फिर अन्त में 'रायकोम रायन कमेटी', तहसील कमेटी के ब्यूरो की बैठक में शामिल हुआ, जिसमें अपने गाँव में संगठित हुये 'नव-जीवन' (हयाते-नव) नाम से संगठित हुये अपने कलखोज के बारे में कुछ बात करें। ब्यूरो ने गाँव के सामूहीकरण के काम को संतोषजनक समझा और उसे मंजूरी देना ठीक समझा। शादी के जिम्मे लगाया, कि संगठन के काम को जल्दी पूरा करके वसन्त की जुताई आदि की तैयारी करने में अका इस्ताद को सहायता पहुँचाये।

१५

सभा के बाद

बैठक के खतम हो जाने पर वह थोड़ा रुका रहा, जिसमें कि दूसरे मेम्बर निकल जायें। तब रशीदोफ़ ने शादी से कहा,—आज रात को कहाँ सोना है?

गाँव लौटूँगा,—शादी ने कहा,—लेकिन एक-दो सवाल थे!

—खूब, बैठो!

शादी ने कमरे का दरवाजा बन्द कर दिया और रशीदोफ़ के पास बैठकर उसने बात शुरू की:

—सुना, हक ने मुहम्मदजान को भी कलखोज का मेम्बर बना लिया है?

—जानता हूँ!

—आप क्या कहते हैं?

रशीदोफ़ ने शादी की ओर निगाह करके मुस्कुराते हुए कहा:

—सुना, रायन में भी ऐसे आदमी तैयार हो गये हैं, जो कि मुहम्मदजान को मुफ्तखोर कहकर बाहर निकाल देना चाहते थे।...

—मैं इसके बारे में खालमिर्जा की मंशा तुमसे बता चुका हूँ। यह मालूम है कि वह क्या चाहता है।

——अलबत्ता इस काम की जड़ बहुत गहरी हो सकती है, रशीदोफ ने शंका करते हुये कहा।—मुहम्मदजान जैसे मझोले किसान को मुफ्तखोर कहना, और इससे उलटे जो मुफ्तखोर, खूँखार और दुश्मन हैं, जो हजारों तरह का धोखा और फरेब, करने के लिये तैयार हैं, उन्हें 'बढ़िया आदमी' कहकर बतलाना और कलखोजों में उनको स्थान देना यह हमारे दुश्मनों के काम का एक ढंग हो सकता है।

—यह किसका काम है ? शायद हमारे रईस कलामशाह का काम तो नहीं ?

—उसकी कोई बात नहीं ! खैर, अगर मैं और मकारोफ़ एक साथ न होते तो काम मुश्किल था।

—अलबत्ता ! भारी गलती होती, बहुत अच्छा किया, तुम्हें धन्यवाद !

रशीदोफ़ ने मुस्कुराकर मजाक करते हुए कहा :

—सुना है, कि तूने मुहम्मदजान की लड़की की मँगनी की है!! कैसा होता ? अगर हम उसे गाँव से कुलक बनाकर निकाल देते ?

शादी भी मुस्करा उठा और उसने कहा :

——यह कोई बात नहीं, इसकी कोई बात नहीं ! तुम अच्छी तरह जानते हो कि मुहम्मदजान कुलक नहीं हो सकता !

—व्याह का भोज कब है ?

—मैं खुद नहीं जानता रफीक रशीदोफ़ ! काम से जरा हाथ खाली हो !

इसके बाद शादी ने कलखोज के संगठन तथा गाँव की हालत के बारे में कुछ सलाह ली। रशीदोफ़ ने उसके सवालों के जवाब में संतोषजनक जवाब देते हुए पूछा :

—हमारा कमसोमोल लड़का कैसा है ? काम कर रहा है ?

—शरीफ़ है ? बहुत अच्छा, बड़ा मेहनती जवान है ! वह भी कलखोज का मेम्बर बना है, अच्छी तरह मदद देगा।

—अच्छे जवानों से फायदा उठा, वह तेरी बड़ी मदद करेंगे। और फिर वह ट्रेक्टरवाला लड़का भी बुरा नहीं है, उसका नाम क्या था, मुकीम न ? उसे भी अपने साथ कर ! मंसूर बाय क्या करता है ?

—कोई बात नहीं, काम कर रहा है...बुरा नहीं है।

—कलखोज में आनेवाब शामिल होने वाला था ?

—हाँ, खालमिर्जा और कलामशाह उसकी तरफदारी कर रहे थे, करीब था कि उसे ले लेते, लेकिन ज़ेबी मौसी, और कासिमजान आदि ने विरोध किया। इसीलिये उसे कलखोज से बाहर रहना पड़ा। कहते हैं कि वह बुखारा से भागा हुआ है !....

—उसका बेटा कैसा है ?

—उससे मेरी उतनी जान-पहचान नहीं है, लेकिन उसके साथ हमारा मन नहीं मिलता।

—खैर,—रशीदोफ़ ने उठकर कमरे के भीतर टहलते हुए कहा। शादी भी कुछ बात मनमें सोचता बैठा रहा। इसी तरह कुछ क्षण दोनों खामोश रहे, अन्त में खामोशी को तोड़ते हुए रशीदोफ़ ने कहा :

—अब कलामशाह को दामाद बनानेवाला है न ? इसके बारे में और क्या खबर है ?

शादी ने अफसोस प्रकट करते हुए सिर हिला दिया।

—यह काम तो हमारे रईस के लिये बुरा है। उसके पहले ही से बीबी-बच्चे हैं।

—उसकी बीबी कबकी चली गई...अब वह कुवारा बनकर मंसूरबाय की लड़की लेना चाहता है।

—तौबा!—शादी ने कहा।

—इन बातों से खबरदार रहना चाहिए...कुदरत और मंसूरबाय की ओर ध्यान रखना, अगर उनकी कोई बात मालूम हो, तो मकारोफ़ को खबर देना। मैं कुदरत को थोड़ा-बहुत जानता हूँ। मेहनती जवान जान पड़ता है, लेकिन किसी के दिल की बात जानना मुश्किल है। होशियार रहकर काम करो।

--मैं भी समझता हूँ, रफीक रशीदोफ़!

रशीदोफ़ का शादी पर बहुत विश्वास था, वह अच्छी तरह जानता था, कि शादी जैसे जवानों की मदद से हम पार्टी के काम को आगे बढ़ा सकते हैं। दोनों ने फिर थोड़ी देर बात-चीत की, फिर शादी ने उठते हुए कहा—खैर, मैं अब चला।

--आ, घर चलें, बेवक्त गांव जाना चाहता है?

—काम है, रफीक रशीदोफ़।

—कहता हूँ, मकारोफ़ तेरे साथ किसी आदमी को कर देगा।

—जरूरत नहीं, खातिरजमा रहें।

शादी ने रशीदोफ़ से विदाई ले रायकोभ से निकल वहाँ के अस्तबल से अपना घोड़ा लिया। इस समय अँधेरा हो गया था, शहर की बिजली बत्तियाँ जल चुकी थीं। शादी अपने तेज घोड़े पर चढ़ा कस्बे के बड़े दरख्तों की पांतियों वाली सड़क से चला और रायन के क्लब, सिनेमा,

थियेटर और समावारखाना, चायखाना वाले मैदान से होते वह टेकरियों की ओर रवाना हुआ। तेज रासवाला घोड़ा अपने सिर को हिलाते नाचते हुए रास्ते जा पर रहा था। रास्ते के पत्थरों पर उसके टापों के पड़ने की आवाज सुनाई देती थी। टेकरियों से होते सड़क दाहिनी तरफ मुड़ी, लेकिन शादी ने घोड़े को कूतल डांड़ा के ऊपर से जानेवाले बैलगाड़ी के रास्ते पर मोड़ा! घोड़ा चढ़ाई की पर्वाह न करके उसी तरह तेज चल रहा था। शादी निश्चित हो जीने के ऊपर बैठा जब-तब घोड़े की अयाल पर कमची रखता रहता था।

इस घोड़े को शादी के बाप ने मकारोफ़ से रायन के राजनीतिक-विभाग से लिया था। इससे पहले यह घोड़ा इस्लाम कूरवासी के हाथ में था, जिसकी छाती में लड़ाई के समय शादी के बाप ने तमंचा चलाया था। जब से घोड़ा शादी और उसके बाप के हाथ में आया, तबसे उनकी देख-भाल और यतन के कारण वह रोज-रोज मजबूत होता गया था। जानवर बड़ा समझदार था, एक-दो बार के रायन में आने-जाने से वह गाँव जाने वाले छोटे-बड़े सभी रास्तों को जानता था। वह अपने मालिक के विचार में कोई रुकावट न डालते हुए अपने आप चढ़ाई-उतराई करता रास्ते पर जा रहा था।

रात अँधेरी थी और मौसम खराब था। शादी अपने विचारों में डूबा हुआ था। रशीदोफ़ ने अन्त में उससे जो बातें कही थीं, उस पर वह और भी गम्भीरतापूर्वक विचार कर रहा था। कि वह गाँव और आस-पास में हर तरह की होने वाली घटनाओं से हमेशा खबरदार हो उनके कारणों के पता लगाने की कोशिश करेगा। क्यों खालमिर्जा मंसूरबाय की हिमायत करता है? कुदरत कैसा आदमी है? किस तरह उनकी खाल-मिर्जा के साथ इतनी घनिष्टता हुई? क्यों खाल मिर्जा हमेशा शादी से दूर-दूर रहना चाहता है। ये सवाल थे, जिनका जवाब शादी को

नहीं मिल रहा था। आज भी इसी के बारे में वह सोच रहा था। इससे पहले जो सन्देह और प्रश्न में उसके दिल में आते थे, उनकी अहमियत न होने से वह उसके दिल से भूल से गये थे। लेकिन अब सचमुच वह सन्देह में पड़ा था, इसलिये अब उसके बारे में ज्यादा गौर करके वह ऐसा काम करना चाहता था, कि इस सवाल के कारण का पता लगाये, और अपनी गुत्थियों को सुलझाये। ये गुत्थियाँ हो सकता है सामूहीकरण में भी बाधा पैदा करें। इन गुत्थियों के सुलझाने पर कल-खोज का काम भी ठीक से आगे बढ़ेगा। इस प्रकार कलखोज के काम इन गुत्थियों को सुलझाने से अलग नहीं, सबको एक साथ हल करना पड़ेगा।...

कलखोज संगठित हो गया है, पहला कदम उठा लिया गया है अब कलखोज के कामों को बढ़ाना है। सबसे मुश्किल काम अब शुरू हो रहा है। अब कुछ लोगों ने आग-पाछ शुरू की है। लोगों को सामूहिक काम जैसे एक नये काम में लाना अच्छा काम है, लेकिन साथ ही वह मुश्किल भी है। खैर, जो भी हो, शादी को पार्टी मदद देगी, गाँव के अधिकांश मेहनतकश उसके साथ हैं...।

शादी इस तरह सोचते हुये एकाएक बोल उठा 'हाँ, अवश्य होगा!' अपनी ही आवाज से उसके विचारों की शृंखला टूट गई और उसने शंकित हो आगे-पीछे निगाह डाली। इस वक्त घोड़ा कूतल डाँड़े से नीचे की ओर जा रहा था। उसके कान सींघ की तरह खड़े थे, और किसी आशंका से वह हर वक्त फक-फक कर रहा था। घोड़े की हरकत को देख-कर शादी ने लगाम को बाँये हाथ में पकड़ा और दाहिने हाथ से बगल में लटकते हुये तमंचे को ऊपर निकाल कर तैयार किया। घोड़ा धीरे-धीरे और भी ज्यादा फक-फक करने लगा, और यहाँ तक कि धार के पास पहुँचते-पहुँचते एकाएक दूसरी ओर कूद पड़ा, जिससे शादी भी

गिरते-गिरते बचा। उसने जल्दी-जल्दी चारो ओर निगाह डाली, और घोड़े को पकड़े रक्खा। कोई चीज दिखलाई नहीं पड़ी, चारों ओर ऊँची और नीची खाली टेकरियाँ थीं। उसने जमीन की ओर निगाह डाली, तो वहाँ कोई चीज पड़ी हुई दिखो। घोड़ा भी उसी ओर आँखें गड़ाये हुये था। वह कोन चीज है शादी को इसका पता नहीं लगा, इसलिये उसने घोड़े को वहाँ ले जाकर पाकेट में से दियासलाई निकालकर तीली जलाई, और देखा कोई आदमी खून में लथ-पथ पड़ा है। यह दृश्य देखकर उसका होश सा उड़ गया। अँधेरी रात, डरावनी प्रकृति! आस-पास किसी आदमी का पता नहीं! और पैरों के नीचे मुर्दा! किसी तरफ से कोई आवाज सुनाई नहीं दे रही थी।

चारों ओर सावधानी से देखकर खातिरजमा हो शादी घोड़े से नीचे उतरा। और खून से लिपटे उस शरीर को ध्यान से देखने लगा। कुछ और तीलियों के जलाने के बाद उसे पता लग गया, कि वह कौन आदमी है। उसने आदमी के बालों को सीधा किया, उसके दिल में गुस्से की आग भड़क उठी। उसने हाथों में कोड़े को ज़ोर से पकड़ लिया। अगर अँधेरा न होता, तो देखते कि शादी की आँखें बाहर निकली हुई हैं, उसका रंग रूप बदल गया है—बरका!

शादी ने जमीन पर बै कर बरका के सिर को अपनी जाँघ पर रक्खा, उसके मुँह पर पानी छिड़का, और सिर को मला। उसने देखा कि बरका का शरीर कुछ हरकत करने लगा है, और साँस भी थोड़ी-थोड़ी आ रही है। शादी ने सिर झुकाकर बरका के मुँह को चूमते हुए आवाज दी :

—बरका, बरका! बरका जान!

—बरका कुछ नहीं बोला, लेकिन शादी को मालूम हुआ कि अभी वह मरा नहीं है। छुरे का घाव जो उसकी छाती पर दिखाई पड़ रहा

था, डर था कि कहीं उसने उसके दिल को छेद न दिया हो। जो भी हो, कोशिश करना जरूरी है। और जल्दी से जल्दी, शायद कुछ हो सके!

उसने न खून की ओर ध्यान दिया और न मिट्टी की ओर, बरका के घायल शरीर को उठाकर किसी तरह घोड़े की जीन पर रख स्वयं भी घोड़े पर चढ़ा। घोड़ा गाँव की ओर जाना चाहता था, लेकिन शादी ने उसकी लगाम रायन को ओर फेर दी।

✣

१६
बर्फ बरसती रात में

सूर्य उगने के बाद ठंडी तेज हवा ने जोर पकड़ा। दक्षिण की ओर से वह ढकेलकर काले बादलों को लाई। ज्यादा क्षण नहीं बीते, कि आसमान से बूँदें पड़ने लगीं सर्दी भी बढ़ गई। अन्त में ९ बजे रात को बर्फ पड़ने लगी। वर्फ पड़ने के बाद धीरे-धीरे हवा का झोंका कम हो गया। मानों बर्फ के बड़े-बड़े टुकड़े जो ऊपर से जमीन पर गिर रहे थे, उनके बोझ के कारण हवा की गर्दन झुक गई हो। थोड़े ही समय बाद मकानों की छतें, दरख्तों की डालियाँ नई सफेद बर्फ से ढँक गईं। गुलिस्तान कूचों में कोई आदमी दिखाई नहीं पड़ता था। सोवियत-घर में बिजली जल रही थी। दस पावर के लैंम्प का मन्द प्रकाश खिड़की से बाहर पड़ कर सड़क को रोशन कर रहा था। शादी ने लैंम्प की रोशनी में पहुँच कर देखा, कि सिर से पैर तक वह बर्फ से ढँका हुआ है। बर्फ गर्दन के पास पड़ी हुई बर्फ उसकी साँस की गर्मी से पिघल गई थी। शादी ने

खिड़की के नजदीक जा पहले भीतर की ओर निगाह डाली। देखा, कि वहाँ कोई नहीं है। पासवाला चौकीदार शायद ईंधन लाकर चूल्हा जलाने के लिए बाहर गया हो। शादी अपने ऊपर जमी बर्फ हटाकर कमरे के भीतर गया।

वहाँ तीन-चार कुर्सियां, एक-दो स्टूल, कागजों की दो आलमारियाँ थीं।.. आफिस में बस यही चीजें थीं। शादी अपनी मेज पर बैठा और उसने दराज से एक-दो कागज बाहर निकाले। अनिश्चित मन से उसने उन पर निगाह डाली और फिर उन्हें रखकर कुछ सोचता हुआ कागज और कलम सामने रख कुछ लिखना चाहता था कि इसी समय बाहर से किसी ने खाँसकर दरवाजे को बिना पूछे ही खोल दिया। शादी ने सामने रक्खे लैम्प की रोशनी को हाथ से ढँक कर दरवाजे की तरफ निगाह डाली। देखा कि देहली में अपने गन्दे कपड़ों से बर्फ झाड़ता यूसुफ खड़ा है।

—हाँ, यूसुफजान!—शादी ने कलम को मेज पर रखकर पूछा। इस वक्त क्या काम कर रहे हो?

युसुफ ने दरवाजे को बन्द कर दिया, और आहिस्ते से शादी की मेज के पास आ स्टूल पर बैठ एक आह खींची।

—खुश—कहते शादी ने उसके मुँह की ओर देखा।

—मेरी बीबी मर जायेगी.. घर में नन्हों को सँभालने वाला कोई नहीं—युसुफ ने बड़े गमगीन स्वर में एक-एक शब्द कहा।

—अफसोस कि तू इस हालत में पहुँच गया!

—क्या करूँ, किस्मत ऐसी ही है ...

इस वक्त क्या करना चाहता है?

—इस वक्त,—यूसुफ ने शंकायुक्त स्वर में कहा,—इस वक्त एक बार डाक्टर को भी दिखाकर देखूँ, ताकि दिल में कोई हसरत न रह जाये! फिर जो भी होगा भाग्य से!

—यह तेरा सोचना भी ठीक है,—शादी ने कहा । —अच्छा है, एक बार डाक्टर को दिखाकर देख !... लेकिन क्यों खालमिर्ज़ा के पास नहीं गया ?

—सोवियत के रईस ? शायद ही वह मेरी मदद करे ! आप ही एक चिट्ठी लिख दें, शादीजान ! मैं इसी रात डाक्टर को बुलाने के लिये रायन जाता हूँ ।

इसी समय बाहर से शरीफ भीतर आया।

—...कितनी सर्दी, —दरवाजे को फिर से बन्द करते हुए उसने कहा । —इस आफिस में अँगीठी भी नहीं है, अलाव भी नहीं लगाया। खालामिर्जा कितना कजूस है ! यह कलखोज के आफिस की हालत है ? संदली की अँगीठी जलाई जा सकती थी । वहाँ बीस बत्ती का लैम्प जल रहा है । उसके साथ ही एकत्रित हो चायनोशी कर रहे हैं । क्या ऐसी भी आफिस की जगह होती है ? क्या सलाह है ?

—यूसुफ की बीबी सख्त बीमार है । डाक्टर के लिए चिट्ठी माँगने आया है ।

—किस तरह की बीमारी है ? —कह कर शरीफ ने यूसुफ से पूछा ।

ताप ज्वर है, उसका ताप बिल्कुल कम नहीं हुआ । कल से अक-बक करने लगी है, फिर जोर से खाँसी आने लगती है ।

शरीफ जानता था कि गाँव में लोग बीमारी को न पहचान कर बीमार को हर तरह की चीजें देने लग जाते हैं और किसी प्रकार का ध्यान नहीं रखते । अगर जल्दी कुछ नहीं किया गया तो काम के हाथ से निकल जाने का डर है ।

—कोई रास्ता नहीं देखा ?

—मुल्ला हकरिजा ने मंत्र पढ़ कर इसको दम किया था—शादी ने कहा। यूसुफ सिर नीचे किये चुपचाप बैठा रहा।

—जाकर देखना चाहिए था...—शरीफ ने कहा।

शादी ने उसका अभिप्राय समझ लिया और उसने यूसुफ से कहा :

—अच्छी बात है मैं तुझे एक खत लिखकर देता हूँ, जाकर डाक्टर को ले आना। लेकिन अभी इस वक्त जाकर तेरी बीबी की खबर लेना जरूरी है। डाक्टर के आने तक बड़ी सावधानी और बहुत ध्यान रखना।

—तुम्हारे पर कुर्बान जाऊँ!—शादी की बात को उचित समझकर यूसुफ ने कहा। शादी ने अपने मित्र डाक्टर के नाम चिट्ठी लिख कर उसके हाथ में दे दी, और पता भी बतला दिया।

तीनों आफिस से बाहर निकले और सफेद बर्फ की चादर पर चलने लगे। कुछ देर बाद शरीफ ने कहा :

—अकास्ताद अपने दोस्तों के साथ सरकूलर पढ़ रहे हैं। आजकल बूढ़ा रात को भी आराम नहीं करता।

—रायन से कोई आया क्या? —शादी ने पूछा।

—नहीं, कोई नहीं आया, —शरीफ ने कहा।

वे जाकर यूसुफ के दरवाजे के पास खड़े हुए। यूसुफ स्वयं घर के भीतर जा थोड़ी देर बाद लौटकर बोला —भीतर आइये।

तीनों भीतर गये। वहाँ केवल एक छोटी कोठरी और एक बरांडा, तथा मालों के लिए एक चरन थी। कोठरी के भीतर सात बत्ती का लैम्प जल रहा था। अँगीठी के ऊपर आग को राख ने ढाँक दिया था, और चाय की पतीली से थोड़ी-थोड़ी भाप निकल रही थी। अँगीठी की दूसरी तरफ एक गंदे गद्दे के ऊपर यूसुफ की बीबी लेटी हुई थी। एक तरफ पालना था, जिसके पास बच्चें के रोने की

आवाज़ आ रही थी। यूसुफ ने पालने के पास बैठकर कपड़े को एक तरफ कर बच्चे का मुँह खोल दिया। वह नौ-दस महीने का बच्चा बँधा हुआ था।

—मेरी यही दशा है, —युसुफ ने कहा। —बच्चा और बीमारी!

शरीफ कुछ नहीं बोला। वह स्त्री के पास अपने घुटनों को मोड़कर बैठ गया और उसके ललाट पर हाथ रख कर बुखार देखने लगा।

—गुलशन, ओ गुलशन! —युसुफ ने अपनी बीबी से कहा,—उठ, आँखें तो खोल ये तुम्हें देखने आये हैं।
लेकिन औरत ने आँख नहीं खोली, केवल रोने लगी, फिर लम्बी साँस ले जोर से खाँसने लगी।

—क्या दवाई दी है?

—ये अपनी ही मुसलमानी दवाइयाँ...

शरीफ ने औरत की कलाई पकड़ कर उसकी नब्ज देखना चाहा।

लेकिन बीमार 'उफ' कह कर अपना हाथ खींच न समझने वाली कुछ बात बोली।

शरीफ ने सिर हिलाकर यूसुफ की ओर निगाह करके कहा:

—ठीक है, क्या किसी को इस तरह रक्खा जाता है?

इस सारे समय शादी खामोश था। दरवाजे के भीतर आकर वह शरीफ की हरकत को ध्यान से देख रहा था। शरीफ की अन्तिम बात को सुनने के बाद उसने पूछा:

—क्या वात है? तेरा क्या ख्याल है?

—हवा की सर्दी लग गई है...—संक्षेप में शरीफ ने कहा, और कोठरी की चारो ओर नजर दौड़ा कर कहा—औरत के सिर के ऊपर दीवार में सुराख है, जहाँ से ठंडी हवा के झोंके भीतर आ रहे हैं।

—यहाँ ठीक नहीं होगा,—शरीफ ने कहा । —उठाओ, बिस्तरा उस तरफ लगाओ, इसे ले चलो । दूसरा गद्दा है क्या ?

—एक मेहमान के लिए है...अच्छी बात है—अपनी जगह से उठते हुए युसुफ ने कहा और कोठरी की एक छोर में सन्दूक पर रक्खे दो गद्दे और एक तकिया लाकर शरीफ की बतलाई हुई जगह पर बिछा दिया । फिर बीमार को वहाँ ले जा कर उसे लिटा दिया, ओढ़ा दिया ।

—अगर कोई पर्दा हो, तो भीतर आनेवाले दरवाजे पर लगा दें, घर को गरम करने की जरूरत है ।

—और इन सुराखों को भी बन्द कर ! —शादी ने कहा —फिर पड़ोस की बुढ़िया को गुलशन के पास रखकर जल्दी से रायन जा, कहीं ऐसा न हो कि डाक्टर शहर से किसी दूसरी जगह चला जाय ।

—अच्छी बात, — कह यूसुफ ने उनको दरवाजे पर पहुँचाया ।

:o: :o: :o:

जेबी मौसी के घर में सारी रात आज बहुत खुशी और आनन्द मचा हुआ था । जेबी को कुछ भी ख्याल नहीं था, कि इतना जल्दी उसका बेटा जिया कमान्दिर देखने को मिलेगा । वह सोचती थी, जिया जान बसन्त में काम से छुट्टी पाकर आयेगा ।... लेकिन वैसा नहीं हुआ । एकाएक जिस वक्त मौसी संदली के किनारे गद्दीदार आसन पर बैठी अपनी बहू लताफत के साथ बात करती लेटने को सोच रही थी, उसी समय कूचे में घोड़े के हिनहिनाने और आदमियों की आवाज सुनाई दी । मौसी को ख्याल आया, कि यह रायन से कोई कमीशन आया है, इसीलिए उसने लताफत से कहा :

—रायन से आदमी आ गया है, लेकिन तेरे दादा बेवक्त आयेंगे । आ लेट जायें बच्ची ! लताफत किताब खोल कर पढ़ना चाहती थी, उसने उसे सन्दली पर रख दिया लैम्प को नीचा कर दिया । लेकिन

अभी अपने सिर को तकिया पर नहीं डाला था, कि दरवाजा खटखटाने की आवाज आई। मौसी ने सिर ऊपर करते—हमारा दरवाजा है क्या!—कहकर पूछा। लताफत अभी जवाब भी नहीं दे पाई थी, कि दरवाजे से फिर खटखट की आवाज आई।

—हाँ हमारा ही दरवाजा है,—उठते हुए मौसी ने कहा।

—मैं जा रही हूँ, —कहते हुए लताफत जल्दी से उठ खड़ी हुई,—शायद कोई कमीशन आया है। दादा के बारे में पूछना चाहते हैं।

—तुझे सर्द हवा न लग जाय, कहीं बच्ची! खैर अपने सिर और गर्दन को अच्छी तरह ढँक कर जा।

लताफत दरवाजे के किवाड़ों के पास जा अँधेरे में देखने लगी, वहाँ सफेद बर्फ के ऊपर कोई आदमी खड़ा था।

—कौन?—दरवाजे की बिना खोले ही लताफत ने पूछा।

—मैं, लताफत,—बाहर से मर्द ने कहा। लताफत ने बोलनेवाले के स्वर को पहचान लिया, लेकिन अचरज के मारे उसे विश्वास नहीं हो रहा था, कि बह स्वप्न देख रही है या जाग रही है। उसने तुरन्त अपने सिर और गर्दन को ठीक-ठाक करके दरवाजा खोल दिया। लताफत के काँपते हुए हाथ एकाएक ज़िया के बर्फ भरे हुए गर्दन से लिपट गये...घोड़ा अपनी लगाम चबा रहा था, वह अपने सिर और गर्दन को हिलाकर पैर से ताजा बर्फ खोदते हुए इन दोनों जवानों की ओर देख रहा था।

अब भी बर्फ पड़ रही थी। उसके बड़े-बड़े फाहे दोनों के गर्दनों पर पड़कर पिघल कर पानी बन रहे थे। कुछ क्षण के चुपचाप मधुर मीठे आलिङ्गन के बाद लताफित ने अपने को अलग कर ज़िया के बाहों को पकड़ा। और बोली:

—ज़िया, क्या तू है? मैं ख्वाब देख रही हूँ, या जागती हूँ?

—मेरी जान, मैं हूँ !—गम्भीर स्वर में जियन जिया ने कहा। इसी समय घर के भीतर से आकर मौसी ने आवाज दी :

—हाँ, बहू, तू क्या !

—बीबीजान !—खुश होकर लताफत ने कहा—आपका बेटा !

—सच ? —मौसी ने कहा और वह बर्फ के ऊपर आगे पैर बढ़ाती बोली—मेरी जान !

जिया माँ के स्वागत के लिए दौड़ा और उसे आधे रास्ते ही से उठा कर घर के भीतर ले जाते हुए कहा :

—सर्दी में बाहर मत आ, आचा !

—मैं तेरी सदके न्यौछावर जाऊँ ! —कह कर मौसी ने अपने बेटे के सिर और गर्दन को चूमा। जिया ने अपनी माँ को घर के भीतर जमीन पर रख दिया, और उसके हाथों को चूम कर अपनी आँखों को मलने लगा।

लताफत अपने शौहर की हरकतों को देख कर आत्मविभोर हो किवाड़ के पास से देखती खड़ी रही। अन्त में उसे घोड़े ने होश में लाया। अपने मालिक के भीतर चले जाने पर वह भी दरवाजे से भीतर आकर लताफत के पास पहुँचा। लताफत ने घोड़े को लगाम से पकड़ कर दरवाजे के भीतर साँकल लगा दी, और फिर घोड़े को लगाम से पकड़ कर पशुशाला की तरफ ले गई।

कमरे के भीतर माँ, बेटा और बहू बैठे। माँ अभी अच्छी तरह से कुशल-मंगल भी नहीं पूछ सकी थी, कि इसी वक्त दरवाजे को किसी ने खटखटाया।

—यह कौन होगा ?—लताफत की ओर निगाह करते हुए मौसी ने पूछा, —शायद तेरे दादा हैं ?

—मैं अभी जाकर खबर लेता हूँ,—कहकर जल्दी से जिया उठ खड़ा हुआ, लेकिन उससे पहले ही लताफत उठकर बोली :

—मैं जाती हूँ।

—ठहर लताफत! —जिया ने कहा। —मैं घोड़े की भी खबर लेता आऊँ।

लताफत किसी तरह भी बैठ न सकी, और वह भी अपने शौहर के पीछे-पीछे दरवाजे के पास जा खड़ी हुई।

—तोबा! —लम्बी साँस लेते हुए जेबी ने कहा। —मुझे बिल्कुल ख्याल भी नहीं था, कि तेरा पति आयेगा...! तेरी आँखें रोशन हों मेरी बेटी!

लताफत शर्म से या अत्यन्त प्रसन्नता के कारण कुछ भी न बोल मुस्कुरा कर रह गई, फिर कुछ क्षण बाद बोली :

—आप के बारे में शायद कोई पूछने आया था।

जिया ने कमरे के भीतर आकर अपनी माँ की तरफ निगाह करके कहा :

—बाबा हिदायत का बेटा नादिरजान। तेरे लिए आया है अम्माँ, कह रहा है। मौसी आवें, कलखोज की सभा हो रही है।

—इसी समय सभा?

—नहीं मालूम,—जिया ने कहा, —सभा है, तो हो इससे क्या फर्क होता है। या कोई दूसरी बात होगी। मैं जब आ रहा था, तो उस समय मैंने आदमी के हत्यारे एक डाकू के हाथ से यूसुफ को मुक्त किया था। डाक्टर के पास वह रायन गया है। मनहूस कसाई, शमशी उसको मारने का ईरादा रखता था, और उसके पीछे से जा कर धर दबाया था, करीब-करीब मारने ही वाला था, कि इसी समय मैं पहुँच गया। अभी मैं उसे हाथ बाँधकर ले आया हूँ। हो सकता है इसी के बारे में कोई बात हो...

कलखोज का आफिस तुराबेक की हवेली में रक्खा गया था। हवेली के बड़े मेहमानखाने में बीस बत्तियों का लैम्प जल रहा था। सन्दीली के किनारे अका इस्ताद, महमूद, अली और बाबा नरजी आदि बैठे हुए थे। शादी को भीतर आया देख महमूद और अली अपनी जगह से उठ खड़े हुए।

—बैठिये, बैठिये ! शादी ने उनसे कहा —मैं जा रहा हूँ।

—आ थोड़ा गरम हो ले बच्चा ! —अपनी बगल में जगह देते हुए अका इस्ताद ने कहा। शादी अका इस्ताद की बगल में होकर अपने हाथों को गरम करने के लिए सन्दीली के चौकी के नीचे रक्खी अंगीठी की ओर बढ़ाया। शादी के साथ आया शरीफ महमूद की बगल में बैठ गया।

—मैं कल सवेरे तड़के ही रायन जाऊँगा, —शादी ने अका-इस्ताद से कहा, —अगर आपका कोई काम हो, तो कहें।

—बुलावा है क्या ?

—नहीं, मैं खुद ही जा रहा हूँ, काम है।

—हो सके, तो रशीदोफ़ से कहना, कि कई दिनों से हमारे साझियों को काम नहीं है। बेहतर हो कि बोने के लिए बीज हमारे पास भिजवायें, सब ठीक-ठाक कर रक्खें। बर्फीले पानी से सिंचे खेत कड़े हो रहे हैं और फिर ...

अका इस्ताद अभी अपनी बात को खतम नहीं कर सका था, कि इसी समय बाहर से कासिमजान आ गया। उसकी लम्बी-लम्बी मोछों के ऊपर बर्फ पड़ी थी जो लैम्प की रोशनी में चमक रही थी। उसकी एक-दूसरे से मिली भौंहें और नजदीक हो गई थीं, और पेशानी पर बल पड़ी हुई थी।

यह ठीक नहीं है !—अपनी मोटी आवाज से कहकर वह सलीमा-बानू की बगल में घुटने टेककर बैठ गया और अपने हाथों को अँगीठी की ओर बढ़ाया ।

—क्या बात हुई ?—अका इस्ताद ने पूछा ।

—घोड़ों को घास नहीं है, दाना नहीं है, इस तरह कैसे निबाह होगा ? अभी कुछ सवार अस्तबल में आ गए हैं, उन्होंने अपने घोड़ों को वहीं बाँध रक्खा है । मैंने बहुत मना किया, लेकिन वह जैसी बातें करते हैं । अगर ऐसा ही रहा, तो हमारे कलखोज की प्रतिष्ठा जाती रहेगी ।

—कौन से लोग वहाँ जमा हुए हैं ?—शादी ने पूछा ।

—सभी मुहम्मद, दानातराश, लाल बुझक्कड़ी करनेवाले नौरोज़, हलीम...

—कौन-सा हलीम ?—अका इस्ताद ने पूछा ।

—हलीमी जाग, यारमुहम्मद, और दो-एक और दूसरे भी...

—परिचित आदमी हैं !—अका इस्ताद ने कहा, फिर जरा रुककर बोले :—लेकिन जानवरों के चारे की समस्या सचमुच ही बड़ी कठिन हो गई है । हमने जो थोड़ा-बहुत किया था, वह भी खतम होता जा रहा है । आज सवेरे घास भी नहीं थी । मैं सोच रहा हूँ कि अपने साझीदारों को बुलाकर यह सलाह करूँ, कि हरेक आदमी अपने जखीरे से कलखोज के जानवरों को कुछ घास-भूँसा दे, पीछे इसका हिसाब दे दिया जायगा ।

—आपकी राय ठीक है !—शादी ने कहा—लेकिन इस काम को जल्दी वक्त पर करना चाहिए था । इस वक्त घोड़ेवालों का यहाँ जमा होना ठीक नहीं है; उठें, चलकर खबर लें ।

—चलें !—शरीफ भी बोल उठा,—सचमुच यह ठीक काम नहीं हुआ ।

शादी कासिमजान को साथ लिए बाहर आया। अभी भी बर्फ पड़ रही थी...

:o: :o: :o:

कलखोज ने तगाई मुरादबाय की हवेली में घोड़ों का अस्तबल तैयार किया था। आमतौर से जैसे अस्तबल हुआ करते हैं, उनसे इसमें फर्क था। कलखोजवालों ने मदद देकर अस्तबल को नए तरह से तैयार किया था। अब अगर कोई इस अस्तबल को देखे, तो उसे अचरज हुए बिना नहीं रहेगा। तगाई मुरादाबाय के अस्तबल से इसका रंग-रूप ही बिल्कुल अलग था। सबसे पहले तो अस्तबल को बढ़ा कर दूना और काफी चौड़ा कर दिया गया था। उसके बीच में रास्ता था और दो तरफ छोटी-छोटी कोठरियाँ बनी थीं, जिनमें घोड़े अलग-अलग बाँधे जाते थे। अस्तबल का फर्श भी बीच में ऊँचा और दोनों तरफ नीचे की ओर ढालुवाँ बनाया गया था, जिसके कारण घोड़ों के खुर के नीचे कहीं पर नमी नहीं रहती थी। अस्तबल के अन्त में एक जगह थी जहाँ घोड़ों की लीद जमा की जाती थी, रात में रोज दो-तीन बार लीद को घोड़ों के नीचे से उठा लेते थे। घोड़ों का अपना-अपना नम्बर था, जिसके अनुसार वह अपने-अपने कोठरियों में बाँधे जाते थे। सचमुच इस तरह कलखोज के घोड़ों को बहुत अच्छी तरह रक्खा गया था। तीन अस्पवान साईस रात-दिन घोड़ों की अच्छी तरह देख-भाल किया करते थे। लेकिन अब घोड़ों का चारा खतम होने लगा था। घासखाने में थोड़ी-सी सूखी घास के सिवा और कुछ नहीं बच रहा था। शाम को उन्हें एक-एक अंजली जौ देते थे, जो कि घोड़ों के दाँतों के वीच में ही समा जाता था। अराबा घोड़ा-गाड़ी में जुतनेवाले घोड़े आजकल खाद ले जा रहे थे। वे काम से थककर बिना दाना-घास के अपने अस्तबल में आ चारा न पाकर अपनी खुरों से जमीन खोदते थे।

घोड़ों की यह हालत देखकर कासिमजान का दिल बहुत दु:खी था। वह अपने घर के सभी घास-चारे को कलखोज के अम्बार में उठा ले आया था। उसकी बीबी हाय-तोबा मचाती रह गई थी :

—गैया को क्या खिलायेंगे ? बकरियाँ भूखी मर जायेंगी !

कासिमजान ने आराम से जवाब दिया था :

—तेरी गैया पुवाल खायेगी, रोटी-ओटी भी दे देना। बकरियाँ जंगल में जाकर अपने लिए चारा ढूँढ़ लेंगी, लेकिन घोड़ों के लिए कोई दूसरा रास्ता नहीं है। अगर कलखोज के घोड़े भूख के मारे मर गए, तो मेरी, तेरी और हमारे सारे साझीदारों की हालत बुरी हो जायगी।

कासिमजान रात-दिन एक किए हुए था, उसे आराम लेने की फुर्सत न थी। वह सवाल के हल करने का कोई उपाय ढूँढ़ना चाहता था। रात को घोड़ों के पास उनके पहले मालिक आते। पहले वह चाय पीने तथा बातचीत करने के लिए वहाँ इकट्ठा होते थे।

—सलाम कासिमजान,—वे बोलते। अगर कासिमजान स्वयं अस्तबल में होता, तो बोलते—हैरान न हों !

फिर चायनिकमें चाय या कि उसके दस्तरखान में रोटी रखते हुए कहते :—क्यों, लो न !—कासिमजान पहले दोस्ती के ख्याल से उसे ले लेता था, उनकी चाय भी पीता था, और बैठकर बातें करता था। फिर जब वे अपने घोड़े की बात करते और दूसरे घोड़ों को बुरी निगाह से देखते, तो जल्दी ही कासिमजान उन लोगों से अलग-अलग रहने की कोशिश करता। और बोलता :

—हाँ, क्या बात है ?—और फिर इसने अस्तबल के भीतर उनका आना बन्द कर दिया। घोड़ों के मालिक, पहले कुछ नहीं बोले, फिर कहने लगे :

—कुछ नहीं, ऐसे ही थोड़ा बैठकर चाय पीने के लिए आ गये थे।

—क्यों कई रोज तुम्हारा पता नहीं लगा ? रोज घोड़े काम पर जाते हैं, हमारे हाथ में कोई काम नहीं रहता, बातचीत करने का समय मिलता है। हाँ, रोज आया कीजिये !

लेकिन वे अस्तबल से दूर होना नहीं चाहते थे। उनमें से एक कहता :

—घास खतम हो गई क्या ?

—मेरे घोड़े को चारा दिया ?—दूसरा पूछता।

—अगर जगह सूखी नहीं हो, तो मेरा घोड़ा सो नहीं सकता।

—मेरा घोड़ा घास पसन्द नहीं करता। अगर घोड़े को घास के साथ सबूस दो, तो खाता है।

—मैं अपने घोड़े को खुद खरारा कर दूँ, तो क्या ?

—वगैरह, वगैरह...

'उनके लिए कासिमजान का एक ही जवाब था :

—घोड़ा आपका नहीं कलखोज का है। कलखोज पंचायत ने घोड़ों को मेरे सपुर्द किया है, अगर घोड़े को कुछ हो गया, तो जवाबदेह मुझे होना पड़ेगा, तुम्हें नहीं। इसलिए रहने दीजिए, घोड़ों की देखभाल मैं खुद करूँगा।

लेकिन कासिमजान हमेशा अस्तबल में नहीं रहता। उसके जिम्मे बहुत से काम थे। आजकल उसे अक्सर रायन जाना पड़ता था, वहाँ मकारोफ़ के पास जाकर जरूरी कामों के लिए शादी से सलाह करता था। उसे बड़ी चिन्ता हो रही थी। ऐसे समय में घोड़ों के पुराने मालिक मौका पाकर अपने-अपने घोड़ों को घेर लेते, और साइसों के साथ झगड़ा-फसाद उठाते और एक दूसरे को घास-दाने की चोरी का इल्जाम लगाते। फिर सब एक होकर अपने गुस्से को कलखोज के ऊपर उतारते

और पंचायत के मेम्बरों को बुरा-भला कहते। अगर खुराक नहीं थी, तो क्यों घोड़ों को जमा कर लिया ? क्यों लोगों को चिन्तित करते हैं ? यह अच्छा नहीं है !

उस रात अस्तबल में नौरोज, हलीमीजाग और नूरमुहम्द, कासिमजान को अनुपस्थित देख इकट्ठा हो गये थे। सबसे पहले नौरोज़ ने साइस से बिना पूछे ही भीतर जाकर अपने घोड़े की नाद को देखा :

——फिर वही सूखी घास ! ——उसने आगबगूला होकर कहा——मैंने सौ वार कहा, कि मेरा घोड़ा सूखी घास नहीं खाता। जानवर को मारने से तो यही अच्छा है, कि उसको मारकर उसके गोश्त की बाँटी लगा दो। सर्दी का मौसम है, घोड़े का गोश्त फायदा करेगा।

साईस भी कोई उतना मुलायम आदमी नहीं था। उसका नाम खैंरीचा था। वह पहले गाँव के बाँयों के अस्तबलों में लड़कपन ही से काम करता आ रहा था। उसके पास न घर था, न जमीन, न परिवार और न टब्बर-तबार, न बीबी ! अकेला इनसे-उनसे मुहब्बत करते जिन्दगी बिता रहा था। वह किसी की कड़ी बात सुनने के लिए तैयार नहीं था। उसकी मुट्ठियाँ कड़ी थीं, बाहें मजबूत ! मुँह से मुँहफट था, सारा गाँव उससे डरता था। अब्र कलखोज ने उसे रहने के लिए मकान दे दिया था, हर रोज काम करके मजूरी पाता था, दिमाग उसका ऊपर चढ़ गया था; वह घोड़ों का पालन-पोषण करता था। इसमें उसको बड़ा आनन्द मिलता था, क्योंकि घोड़ों के साथ उसको बड़ी दोस्ती थी। घोड़ों को वह अपने निजी घोड़े जैसा जानता था। कासिमजान ने उससे कह रक्खा था : ——कलखोज का माल, पंचायती माल सबसे ज्यादा कीमती है। कलखोज के माल को अपने माल से भी अधिक प्यार के साथ देखभाल करनी चाहिए।

वह यही ख्याल करके घोड़ों की बड़ी कड़ी निगरानी करता, उनसे बड़ी मुहब्बत करता।

इस वक्त जब नौरोज़ ने मुँह से कड़े शब्द निकाले, तो उसके हाथ में खरैरा था। उसने उसे रख दिया, और फिर नौरोज के पास जा उसके हाथ को पकड़ कर बोला—इस जगह से चले जाओ! यह जगह कलखोज का अस्तबल है, यहाँ पर अकलवाले हैवान रहते हैं, कलखोज के घोड़े बाँधे जाते हैं...समझा! निकलो, जल्दी, जल्दी!

नौरोज लाचार हो खैरीचा के पीछे-पीछे कुछ कदम गया, लेकिन खम्भे के पास पहुँच उसे हाथ से पकड़ कर खफा होकर बोला :--मेरा हाथ छोड़ो! तू आकर मेरे घोड़े का मालिक बन गया, और अपने को मेरा स्वामी समझता है? मुझे तेरे जैसा साझीदार दरकार नहीं है।

—खैर, दरकार नहीं है, तो अपना रास्ता लो, जल्दी यहाँ से जाओ!

खैरीचा उसे जबरदस्ती पकड़ कर दहलीज में ले गया। अस्तबल को बन्द किया, फिर लौटकर अपनी जगह बैठा। इसी समय हलीमीजान और नूरमुहम्मद भी उस जगह पहुँच गये। हलीमी ने बात करनी शुरू की :

—तुझे क्या हक है, तू खुद कौन है? तू घोड़ों के ऊपर निगाहबान भर है, और तेरा कोई अख्तियार नहीं। क्या समझता है कि हमने अपने घोड़ों को बिल्कुल दे दिया? अगर है ताकत, तो खरीद कर कुछ घोड़े ले आ!

खैरीचा ने उनकी बातों का कुछ जवाब नहीं दिया, और वह चुपचाप बैठा रहा। उसकी यह हालत देखकर घोड़े के पुराने मालिक और भी ज्यादा गरम हो उठे, नूरमुहम्मद ने कहा:

—हमारे घोड़े की कोठरी साफ नहीं की गई! वह तेरे जैसा गन्दा नहीं है, वह नाजुक हैवान है, वह तरीवाली जगह में सो नहीं सकता। उठ, मैं स्वयं भीतर जाकर देखता हूँ।

लेकिन खैरीचा के मजबूत हाथों को देखकर उनमें से किसी की हिम्मत नहीं हुई, कि भीतर जायें। जब बातें बड़ी जोर की हो रही थीं, इसी

समय कासिमजान आ पहुँचा । उसके पीछे दो-तीन और कलखोज के लोग भी आये । कासिमजान ने नौरोज की ओर निगाह करके कहा :

—क्या बात है ? क्या माजरा है ?

—मेरा घोड़ा ले आये, मैं स्वयं उसकी देखभाल करूँगा ।

—फिर क्या बात हुई ?

—बस यही बात है !

नूरमुहम्मद, हलीमी भी बातें करने लगे ।

—अगर हमारे घोड़ों को पाल-पोस नहीं सकते, तो क्यों कलखोज बनाया है ?

—हमारे घोड़ों को हमें पहुँचा दो !

—खैर...—कासिमजान ने कहा । उसकी पेशानी पर बलें पड़ गईं ।

—कलखोज के लिये क्या मैं अपने घोड़े से दस्तबरदार हो जाऊँ ?

—दरकार नहीं, कोई ऐसा नहीं चाहता !

कासिमजान ने चाहा, कि हलीमीजान की आखिरी बातों का बिना जवाब दिये न रहे, कि इसी समय साथ आये कलखोजियों में से आदिल नामक एक किसान ने आगे बढ़ कर हलीमी को पकड़ कर जमीन पर बैठाते हुए कहा ।

—कोई नहीं चाहता, कि तू किसी के नाम से ऐसी बातें करे, ओ पुछल्ले कुलक !

हलीमी आदिल के मजबूत हाथों से अपने को छुड़ा न सका, और नीचे से उसके पैरों को ओर देखने लगा ।

—हाँ अब देख लिया न !

—क्या देखा ! एक तू है न ? और एक यह बड़े मुँह वाला नौरोज ? मैं तुम लोगों की जड़ों को जानता हूँ, तुम्हारी ढाई हुई आफतों को जानता हूँ ।

—रफीकी !—लोगों की ओर सम्बोधित करके कासिमजान ने कहा,—अगर अच्छी तरह सोचकर देखो, तो मालूम होगा, कि तुम्हारा यह काम ठीक नहीं है। ये बातें मुफ्तखोरों के दिल की हैं, इनसे उन्हीं को फायदा है।

हलीमीजान ने ज़ोर से आदिल के हाथ से अपने को छुड़ाया और सीधा होकर बोला :

—सच्ची बात कहनी चाहिये, कासिमजान ! घोड़ों के लिए खराक नहीं है।

—अपनी तबाही के काम को सच कहना मत बतला !—दूसरे कलखोज वाले ने कहा। कासिमजान ने अपनी बात जारी रखते हुए कहा :

—इस वक्त हमारी हालत कुछ मुश्किल जरूर है। जाड़ों का सख्त दिन है। हमारे ज़खीरे की खुराक पूरी पड़ती जैसी नहीं मालूम होती... तो भी हम हर तरह कोशिश कर रहे हैं। अगले बसन्त तक तकलीफ उठाकर फिर कलखोज स्वयं अपने पशुओं के लिए खुराक का ज़खीरा जमा करेगा। अब तुम्हारा यहाँ आना ठीक नहीं है, अपने कारबार को छोड़कर न आया करो।

—बिना अपने घोड़े की खबर लिये मैं नहीं जाऊँगा !—नूरमुहम्मद ने जमीन पर बैठे-बैठ कहा।

—हमारे घोड़ों को निकाल कर दे दो, मेरे पास घास है, मैं उसकी अच्छी तरह परवरिश करूँगा।—नौरोज ने कहा।

—यही बात है न ? अपनी जगह से उठते हुए कासिमजान ने कहा।—अच्छी बात है, मैं रईस को बुला ला रहा हूँ, उन्हीं से बात करेंगे। अगर कलखोज पंचायत मंजूर करे, तो घोड़ों को लौटा देंगे।

कासिमजान वहाँ से उठकर कलखोज के आफिस की ओर चला गया।

:o: :o: :o:

जिस वक्त कासिमजान कलखोज के आफिस से शादी, अका इस्ताद और दूसरों को अस्तबल में ले आया, उस समय घोड़ों के पुराने मालिक आपस में बहस और सवाल-जवाब कर रहे थे। आगान्तुकों को देखकर वह चुप हो गये। शादी ने उनकी ओर निगाह करके पूछा :

—आप लोगों के यहाँ जमा होने की क्या बात हुई है ? क्या बहस और सवाल-जवाब चल रहा है ?

—क्या बहस और सवाल जवाब है ?—अका इस्ताद ने पूछा।

किसी ने उसका जवाब नहीं दिया। खैरीचा ने नौरोज़ की ओर संकेत करके कहा :

: —यह शाहबाज अपने घोड़े को पकड़ कर ले जाने के लिए आया है। दूसरों को भी इसने बर्गलाया है।

—अपने घोड़े को इसने अपनी ख़ुशी से कलखोज के सपुर्द किया है,—अका इस्ताद ने कहा।—अभी कलखोज का एक भी बसन्त नहीं बीता है, कि यह अपने बचन को तोड़ना चाहता है? रफीको, यह ठीक नहीं है! अगर आज कलखोज घोड़े को दे दे, बैल को दे दे, तो कलखोज का काम कौन न करेगा? इन बच्चों जैसी बातों को छोड़ो, काम के लिए चिन्ता करना चाहिए। यह सोचाना चाहिए, कि कैसे हमारा काम आगे बढ़े ?

—अस्तबल बनाकर वहाँ आदमी रखते ह, लेकिन घोड़ों की खुराक की भी फिकर खाए जाती है।—हलीमी ने कहा।

—हलीमी की बात ठीक है,—अका इस्ताद ने कहा,—लेकिन उसके साथ एक शर्त है। अगर हमारा कलखोज माह अक्तूबर के आरम्भ में संगठित हुआ होता, तो उस वक्त बात दूसरी होती। लेकिन इस वक्त हेमन्त है। कलख़ोज कुछ ही दिनों पहले संगठित हुआ है। लानती कुलकों ने चारे के जखीरों को खतम कर रक्खा है। हम उनसे

मवेशियों के लिए आवश्यक चारे नहीं ले सके। साझीदारों से हमने घोड़े और बैल लिए, लेकिन चारा नहीं लिया। इस बात को हमने नहीं समझा था, यह जरूर हमारी खता है। अब इस मुश्किल से छूटने का एक रास्ता है, वह है साझीदारों से जानवरों के लिए चारा जमा करना।

नौरोज़ और हलीम मजाक के रूप में मुस्कुराने लगे। अका इस्ताद ने अपनी बात जारी रक्खी :

—हमारे साझीदारों के पास उनके निजी ढोरों के लिए चारे का जखीरा है। अगर वह उसमें से देने के लिए राजी हों, तो पंचायत इसके लिए निश्चय करेगी।

—नहीं नहीं, यह नहीं हो सकता,—हलीम ने कहा।—मेरी मेहरिया मर भी जाएगी, तो भी अपने जखीरे के जौ नहीं देगी।

—रफीको,—शादी ने कहा,—यह भी जान रक्खें, कि ये जो भी चीज आप देंगे, वह कर्ज के तौर पर रहेगी। अक्टूबर के महीने में अगर तुम चाहोगे, तो जौ या अलफ लौटा देंगे, अथवा उनका दाम दे देंगे।

—कर्ज !—कासिमजान ने कहा।

इसी समय बाहर से खबर आई, कि रायन से कोई आया है। शादी, अका इस्ताद, कासिमजान दूसरों के साथ बाहर चले गये। कूचे में ज़िया कमान्दीर कुछ दूसरे आदमियों के साथ खड़ा था। उनके बीच में यूसुफ और शमशी कस्साब कसाई भी था। ज़िया कमान्दीर ने शादी और दूसरों से सलाम-दुआ करने के बाद कहा :

—मैं शहर से आ रहा था....रास्ते में शमशी कस्साब के हाथ से यूसुफ की जान छुड़ा उसे ले आया हूँ। अगर जरा भी देर हुई होती, तो शमशी ने युसुफ को मार डाला होता।

—ऐसा ?—शादी ने चकित होकर कहा ।

—किसलिये ?—अका इस्ताद ने पूछा ।

जिया ने हाथ हिलाते हुए कहा :

—यह पता लगाना आप लोगों का काम है, रफीको !

—:०:—

१७
वापसी

शादी की नींद खुली । उस समय ट्रेन दुक-दुक करती बराबर अपनी गति को तेज करती किसी स्टेशन पर रुककर चल रही थी । आसमान साफ था । कम्पार्टमेन्ट के भीतर के चिराग बुझ गये थे, लकिन बाहर से सिगनल की लाल रोशनी अब भी उसी तरह आँखें लाल किये हुए खड़ी थी, यद्यपि अब दिन के आगमन के कारण उसकी चमक कम हो गई थी । आखिर फिर लाइनों की शाखायें फूटीं और ट्रेन गड़गड़ाती हुई एक लाइन पर आकर खड़ी हो गई । फिर ट्रेन रवाना हुई, तो आँखें खोलकर बाहर देखने से विस्तृत समतल रेगिस्तान दिखाई पड़ रहा था । शादी ने थोड़ी देर बाद फिर ट्रेन के डब्बे से बाहर नजर डाली । अभी आँखें भरपूर नींद नहीं लें चुकी थीं । शादी ने ललाट पर बिखरे हुए बालों को हाथ से कंघी करके पीछे की तरफ किया, और कम्बल को जरा सा पैर की ओर खिसकार आधा उठ गया । उसकी सीट के सामने की सीट पर बुखारा वाला लेफ्टिनेन्ट अब भी सो रहा था । उसने अपने सिर पर कम्बल खींच रक्खा था, तो भी दिसम्बर महीने के

सवेरे की सर्दी के मारे अपने पैरों को समेट करके पड़ा हुआ था। नीचे वाली सीट पर तुर्कमान कप्तान भी अपनी आँखें खोलकर अपने सिर के नीचे पड़ी हुई किताब को उठाने की कोशिश कर रहा था। रोज साथियों के साथ इतना हँसी-मजाक रहता था, कि कप्तान को अपनी किताब खतम करने की छुट्टी नहीं मिल रही थी। अब वह चाह रहा था, कि दूसरों की नीद से पहले ही जल्दी-जल्दी उसे खतम कर दे। डाक्टर कप्तान लपनोफ नीचे की दूसरी सीट पर सोया हुआ था। वह भी जाग-कर आधा उठ जल्दी-जल्दी किताब के भीतर से एक कागज का टुकड़ा निकाल कर लिखने लगा। पासवाली दूसरी सीट खाली थी। लेकिन अब डिब्बे से आवाजें आ रही थीं जिससे मालूम हो रहा था, कि गाड़ी के कितने ही मुसाफिर जाग उठे हैं।

शादी ने भी चाहा, कि अपनी जगह से उठकर हाथ-मुँह धो आये, और ट्रेन के भीतर की विचित्र रोजाना की जिन्दगी को फिर शुरू करे। किन्तु उसके तकिये के नीचे से एक चिट्ठी हाथ में आ गई, जिसे खोलकर उसने पढ़ना शुरू किया। उसे यह चिट्ठी ट्रेन पर सवार होने से पहले, प्रस्थान करने से दस दिन पहले मिली थी। चिट्ठी उसकी पत्नी दिलवर की थी। लिफाफे के भीतर एक और भी चिट्ठी थी, जिसे कई बार पढ़ करके भी शादी को पढ़ने की हमेशा ख्वाहिश रहती थी। उसने चार बार उसे पढ़ा था, तो भी उसे फिर पढ़ने से नीरसता नहीं मालूम होती थी, बल्कि हर बार उसे पढ़ने पर उसका दूसरा भाव, नया-सा अर्थ आता रहता था।

दिलवर की चिट्ठी के शब्द और वाक्य इस प्रकार थे :

पन्द्रह साल उस दिन को गुजरे हो गया, जब कि शादी और दिलबर ने एक दूसरे के हाथ को पकड़ कर पारिवारिक जीवन में कदम रक्खा था। उस दिन कलखोज का गर्मागर्म भोज था, जो उसका भी भोज हो गया था। दिलवर उस दिन को कभी भुला नहीं सकती। इसी तरह साल गुजरते गये, जंग शुरु हुई, जंग के भयंकर, कठिन दिन इतिहास की

बात रह गये, लेकिन वह दिन उसकी स्मृति में हमेशा बना है, जब कि १० नवम्बर को अक्तूबर के महोत्सव के बाद, वह अपनी लड़की, तथा ज़ेबी मौसी एवं अपने मित्रों के साथ एक जगह जमा होकर उस दिन को उन्होंने ईद के उत्सव का दिन बना दिया था। अब उनके उस उत्सव वाले विवाह को पन्द्रह साल हो गये थे, और दोनों की लड़की गुल जलाल अब दस साल की हो गई थी। वह तीसरे दर्जे में पढ़ रही थी, लिखना-पढ़ना अच्छा जानती थी। तो भी एक तरह की बेकार की लज्जा के कारण या किसी और सबक से वह अब भी अपने बाप शादी को चिट्ठी नहीं लिखती थी। अब जरा हिम्मत करके उसने लिख कर अपना पहला खत बाप के पास भेजा था।

घर की हालत अच्छी है। दिलवर का पिता मुहम्मदजान आका सफेद बालों वाला हो गया है, लेकिन उसके बालों की सफेदी सार्थक है।...सभी लोग उससे सलाह लेते, सभी उससे सीखते हैं। यहाँ तक कि कलखोज की अध्यक्ष रईस ज़ेबी खाला भी अपनी कलखोज के किसी बड़े काम को बिना उनसे सलाह लिये हुये नहीं करती थी। अब उसे पहली जैसी बेपर्वाही नहीं है। स्वदेश के युद्ध ने बहुतों पर विचित्र प्रभाव डाला था। बूढ़े मुहम्मदजान को भी उसने प्रभावित किया था, और उसमें भी परिवर्तन आया था। वह एक दूसरा ही आदमी हो गया था। यद्यपि इन दिनों बरका की कोई चिट्ठी-पाती नहीं आती। महायुद्ध के मैदान में वह विलुप्त हो चुका है। तो भी पहले की तरह ही मुहम्मदजान अपने कामों में लगा हुआ था, यद्यपि सबकी ही जिन्दगी कठिनाइयों से भरी थी। लेकिन, मुहम्मदजान में यह परिवर्तन ऐसा था, कि यद्यपि बरका के आने से निराश हो चुका था, लेकिन अब वह उतनी चिन्ता नहीं प्रकट करता था, और हमेशा कलखोज के काम की चिन्ता रखता था। गुल जमाल ही केवल ऐसी थी, जो कि कभी-कभी अपने नाना की दरदो-हसरत को सुनती और अपने मामा के बारे में पूछती, फिर नाना अपने बेटे की सारी बातें सुनाता। वह बचपन

से ही कितना विनीत, लज्जालु और भला लड़का था। बरका की बात करने से नाना का भी दिल हलका-सा हो जाता था, और फिर उठकर वह अपने काम में चला जाता था। नाना की इन बातों को सुनकर गुलजमाल भी बहुत विनीत, लज्जाशील और गम्भीर लड़की हो गई थी। उसका बचपन अपनी माँ दिलबर जैसा नहीं बीत रहा था। वह अब किताब पढ़ती और रात-दिन लिखने-पढ़ने की फिकर में रहती। शादी उसके ख़त को पढ़कर नीचे उतरा।

"सभी घरवाले उसे याद कर रहे हैं। जंग कबकी खतम हो गई, है, हमने विजयमहोत्सव भी मना लिया। फिर वह कब वापस आयेगा? कब के लिए अपने आने की खबर वह उन्हें दे? कलखोज चाहता था, कि शादी का बहुत जोश के साथ स्वागत करे। इस साल कलखोज ने अपने पड़ोसी 'स्तखानोफ़' कलखोज से होड़ की थी, कि अक्तूबर महोत्सव के नाम पर अपनी योजना जारी करे। अगर इन्हीं दिनों शादी आ गया, तो उनकी विजय देखेगा। दिलबर का ब्रिगेड भी पीछे नहीं था, बल्कि वह अपने काम में आगे बढ़ा हुआ था।

दिलबर की चिट्ठी में यही सब बातें लिखी गयी थीं। शादी ने दिलबर के ख़त का मोड़ कर अपनी लड़को गुलजमाल का खत खोला। चिट्ठी बहुत संक्षिप्त थी और बहुत सुन्दर अक्षरों में लिखी गयी थी:

'प्रिय पिता और मेरी जान के बराबर।

तुम्हारी पुत्री गुलजमाल की ओर से सलाम...!'

शादी इन वाक्यों को पढ़ कर थोड़ा मुस्कुरा दिया। यह अवश्य नाना ने बोलकर लिखवाया है, शादी के मन में यह ख्याल आया। लेकिन जो वाक्य आगे लिखे हुए थे, वह मुहम्मदजान की बातों जैसे नहीं थे:

'बाबा नाना ठीक है, हमारी नानी भी तन्दुरुस्त हैं। मैं तीसरे दर्जे में चली गई हूँ। मेरी अध्यापिका लेनिन-तमगा वाली है। हमने इस साल

अपनी पढ़ाई में रूसी भाषा भी पढ़ी। हमारी अध्यापिका नादेज्दा वासीलेना अच्छी है, उसने मुझे अक्षर दिये हैं। मैं तुम्हें अच्छी तरह देखती हूँ। तुम्हारी तसवीर अपने सिर के ऊपर दीवार में टाँग दिया है, तुम मुस्कुरा रहे हो। जल्दी आओ, मैं स्वागत के लिए रायन जिला के सदर मुकाम में आऊँगी। अध्यक्षा-नानी जेबीखाला भोज करेंगी। खैर जल्दी आओ, हम याद करते हैं। रुस्तमका दादा आया—उसके पास तमगा है, तुम्हारे पास भी है क्या ? रुस्तम पाँचवें दर्जे में पढ़ रहा है। मुझे पाठ पढ़ने में सहायता करता है।...'

यहाँ पर शादी सोचने लगा, एक नई चीज, एक विचार—जो कि उसके मन में अभी तक नहीं आया था—अब आया। रुस्तम कासिम-का पुत्र तो नहीं है ? अवश्य वही है गुलजमाल से दो साल पहले वह पैदा हुआ था। शायद यह खत रुस्तम के साथ बैठकर लिखा गया हो, तो आश्चर्य नहीं है। क्योंकि लिखा है, मुझे पाठ पढ़ने में सहायता करता है। खैर, जो भी हो !

'मैंने कपास लोढ़ने में रुस्तम के साथ होड़ की, और मैं सफल हुई। लेकिन, रुस्तम भी कपास लोढ़ना जानता है। वह मुस्तैद है...तुम आओ फिर वह अपने ताय की जीन बनायेगा। मैंने तुम्हारे लिए रेशमी कपड़े का रूमाल सिया है।...खैर, इलाही सलामत बाशीद। तुम्हारी लड़की गुलजमाल।'

शादी ने फिर मुस्कुरा दिया। इन आखिरी वाक्यों को बच्चे गलियों में सीखते हैं क्या ? रुस्तम के घर कौन-कौन हैं ? हाँ, उसकी बड़ी माँ है—कासिमजान की माँ ऐसी ही औरत थी, वह किताब सुनना पसन्द करती थी। शायद लड़ाई के दिनों में रुस्तम को बोल कर खत लिखवाती थी, और हर खत के अन्त में खैर, इलाही सलामत बाशीद को जोड़ देती थी। इसी प्रकार रुस्तम ने सीख लिया था, जब कि गुलजमाल खत लिखने लगी, तो उसी वाक्य पर समाप्त करना उसने भी आवश्यक समझा।

गुलजमाल ने भी अपने साथी की बात का विश्वास करके उसकी सलाह को कार्यरूप में परिणत किया।

बच्चे, तोबा ! कल खुद हम भी बच्चे थे—यह सोचते हुय शादी ने खत को लिफाफे में डालकर तकिये के नीचे रख दिया। फिर अपने हाथों को सिर के ऊपर रखकर अँगड़ाई ली। और किसी अपरिचित विन्दु पर अपनी आँखें लगाईं। गुजरे दिनों की बातें उसके दिमाग में आने लगीं :

...सच, कल ही तो था, जब कि वह गाँव में मुकीम और कासिम-जान आदि के साथ खेलता-कूदता था। दिलबर—गाँव की सुन्दरी कन्या व्यंग करती हुई शोखी के साथ खेल में लगी रहती थी। दरख्त के ऊपर चढ़कर सेब तोड़ती और लड़कों को छोटे सेबों से मारती थी, विशेष कर शादी और भी अधिक कष्ट देती थी। वह लज्जालु और गम्भीर नहीं था...बच्चों में केवल शादी ही था, जो कि उसकी बराबरी कर सकता था। और अब वह माँ हो गई है...!'

जिन्दगी इसी तरह की है, इसी तरह चलती है, कोई उसे अच्छी तरह खर्च नहीं करता। कुछ साल बाद जब कोई अपने बीते दिनों पर नज़र डालता है, तो बड़ी बिचित्रता दीख पड़ती है। यह सभी के लिए समान है, यह ठीक उसी तरह से है जैसे कि कोई कभी किसी एक सुन्दर दृश्य को पट पर चित्रित देख आश्चर्य करे। उस दृश्य की शोभा और सुषमा पर आशिक हो जाये। जब कि वह सोचता है कि वह दृश्य हमारा देखा हुआ है, तो उस का आश्चर्य और भी ज्यादा बढ़ जाता है क्योंकि उन दृश्यों को उसने अनेक बार देखा है, और उन जगहों में अनेक बार वह घूमा है। लेकिन उस शोभा और सौंदर्य को उसने पहले नहीं पहचान पाया था !

गुलिस्तान गाँव का सुन्दर दृश्य, वहाँ के बाग-बगीचे, ऊँचाइयाँ और निचाइयाँ, पहाड़ की तीव्र गामिनी नदी, चिनार और चारमग्ज के दरख्त,

ऊँचे-नीचे कोठे, फलों से लदे वृक्षों और अंगूरी लताओं वाली हवेलियाँ, खास करके अब चन्द वर्षों के प्रवास के बाद, इस जंग और खूँरेजी के चार साल के सैनिक जीवन के बाद, शादी को यह और भी अद्‌भुत दीख पड़ता था। वह अपने विचारों की दुनियाँ में दौड़ रहा था। गुलिस्तान की विस्तृत उपत्यका के पहाड़ और डाँड़े, उसकी सड़कें और कूँचे उसकी आँखों के सामने दौड़ रहे थे। हवेलियाँ, घर, निर्झर और बाग-बोस्तान की वह सैर कर रहा था, गाँव के आदमियों से साक्षात्कार हो रहा था। सबसे पहले उसने दिलबर को देखा। उसकी बगल में एक लम्बी, तथा दिलबर जैसी ही सुन्दर एक बच्ची लज्जा से लाल मुँह किए खड़ी थी—यह गुलजमाल थी। उसका चेहरा शादी के सामने अच्छी तरह स्पष्ट नहीं हो रहा था, उसकी बादामी, भौंहें एक दूसरे से जुड़ी, नाक सीधी और मुँह तथा ओठ कली जैसे! शादी को दिखाई से पड़ रहे थे। गुलजमाल अपने बाप से जैसे मुस्कुरा कर कह रही थी, कितना मैं तुम्हें याद करती हूँ, तुम्हारी तसवीर अपने सिर के ऊपर दीवार में लटकाये हुए हूँ उसमें तुम मुस्कुरा रहे हो।...शादी ने अपनी जेब से नोटबुक निकाली, उसमें से एक तसवीर निकालकर आँखों के सामने किया। यह उसकी अपनी तसवीर थी, तसवीर सचमुच ही गुलजमाल के कहने की तरह ही मुस्कुरा रही थी। बड़ी-बड़ी काली आँखें, मिली हुई भौंहें, ओठों के ऊपर पतली हलकी सी मूछें उस मुस्कुराहट में शामिल थीं। सिर पर टोपी और तन पर कमसोमोलो तरुण कम्युनिस्टों का कुरता था। यह है वह तसवीर, जो घर की दीवार पर गुलजमाल की खाट के ऊपर लटक रही है। गुलजमाल ने उसको इसी शकल में देखा है, उसे यह नहीं मालूम, कि अब उसका पिता कितना बदल गया है?

शादी ने नोटबुक को जेब में डालकर दूसरी जेब से एक छोटा-सा दर्पण निकाला, उसकी तरफ नजर डाली। दर्पण के भीतर से एक जोड़ी बड़ी-बड़ी आँखें उसकी ओर झाँक रही थीं। भौंहें मिली हुई थीं,

जान पड़ता था, वह और भी घनी हो गई हैं। ललाट पर, आँखों के किनारे, और होठों के कोनों पर और भी कुछ चीजें पैदा हुई हैं, जो बहुत-सी आपबीतियों को चित्रित कर रही हैं। चेहरे पर एक ओर के बड़े दाँत और दाहिनी ओर के कान के एक टुकड़े का न होना स्तालिन-ग्राद के युद्ध की निशानी के तौर पर हमेशा के लिए उस महान् संघर्ष की याद दिला रहा था। उसकी मूँछें अब बड़ी हो गयी थीं जो उस जवानी की बारीक रेखाओं से कोई समानता नहीं रखती थीं।

—शादी, किस लड़की से दर्पण देखना सीखा ?—हाथ-मुँह धोनेवाली कोठरी से आये कप्तान सईद जान के शब्दों ने शादी के ख्यालों को तोड़ दिया।

—उठ, बे वक्त हो गया।—सईद जान ने फिर दोहराया—उर्सातोव्स्की भी अब कम ही दूर रह गया है।

शादी कुछ न बोल जल्दी ही नीचे आया और आँखों के ऊपर बिखरे बालों को अँगुलियों से पीछे करते हुए बोला—तू सचमुच ही ठीक कह रहा है क्या ?

—जल्दी हाथ-मुँह धोकर आ—कहते हुए सईद जान ने अभी भी सोते लेफ्टिनेंट की ओर निगाह करके कहा—यह मर्द अब भी सोया पड़ा है ? हाय अहमद जान, अहमदजान ! उठ, कागान पहुँच गये, उठ !

अहमद जान ने कुछ भुनभुनाकर अपने पैरों को फैलाया और बाहर जाने के आधे रास्ते को बन्द कर दिया। डाक्टर लपुखोफ़ इसी समय अपना खत लिख कर उसे पाकेट में डाल अपनी जगह खड़ा हुआ था।

—मैंने घर खत लिखा है—उसने सईद जान की ओर निगाह करके कहा,—अवश्य, आज ही पहुँच जायगा।

—विदाई के समय मदिरा की दावत कबूल करो।

—दावत तैयार है—डाक्टर ने कहा—जल्दी से आदमी बन कर आ जाओ, मैं इस जगह बिस्तरों को समेटकर भोज की तैयारी करता हूँ।

—हाँ, हाँ, खूब, क्यों न हो—सईद जान ने यह कहते हुए गुसुलखाने का रास्ता लिया।

शादी भी पैरों में चप्पल, शरीर पर अफसरों का कुर्ता डाले...हाथ में साबुन और तौलिया लिये दूसरी ओर गया। डाक्टर लोपुखोफ़ ने अपनी सीट को ठीक-ठाक किया और तुर्कमान कप्तान से बातें करने लगा:

—तू भी अब पढ़ना छोड़ कर उठ!—उसने तुर्की भाषा में कहा—सईद जान को विदा करना है। नहीं मालूम, कब फिर एक दूसरे को देखेंगे?

कप्तान कुछ नहीं बोला।

—कान बहरे हो गये हैं क्या? मैं कहता हूँ—डाक्टर ने उसकी ओर सिर घुमा कर कहा—आवाज तेरे कान में नहीं पहुँच रही है?

—आह, विघ्न कर दिया!—आधा मुस्कुराते हुए कप्तान ने जवाब दिया—तू डाक्टर है, तू साहित्य को नहीं समझता, मैं क्या करूँ!

—ओह, मेरे माननीय साहित्यकार ने मुँह तो खोला!—मुस्कुराते हुए लपुखोफ़ न कहा—डाक्टर साहित्य नहीं समझता, लेकिन कलखोज का मुंशी समझता है! तोबा!

—भूतपूर्व कलखोज-मुंशी—अब गारद कप्तान तुझसे बात कर रहा है—किताब बन्द करके सर के नीचे रखते हुये कप्तान ने कहा—यह एक आश्चर्य की बात नहीं, कि कलखोज का मुंशी शायर हो जाये!

—खैर, डाक्टर का साहित्यकार होना आश्चर्य की बात नहीं है—लपुखोफ़ ने जवाब दिया।

––डाक्टर––खड़े होते हुए कप्तान ने कहा—डाक्टर, मुमकिन है साहित्यकार हो जायें ! लेकिन अक्सर लातिनी वाक्यों के लिखने के सिवाय दिल के दर्द और उसकी दवा जानने की बात को अहमियत नहीं देंगे। यहाँ तक कि उन्हें प्रेम और इश्क से भी कोई वास्ता नहीं होगा।

—गलत––अपने काम को आधे पर ही छोड़ते हुये कप्तान की ओर निगाह करके डाक्टर ने जोर की आवाज में कहा––चेखोफ़ कौन था ? अबूअली इब्नसीना कौन था ? उमरखैयाम कौन था ? असेयेफ़ और बोरोदिन कौन थे ?

––बोरोदिन ?––कप्तान ने मुस्कुराते हुए कहा—बोरोदिन प्रसिद्ध रसायनशास्त्री था।

––चाहे जो भी हो, वह विज्ञानवेत्ता था, और चिकित्सा वाले आदमियों के नजदीक था ! शायर और लेखक वही हो सकता है जो आदमी को जाने, उसकी आत्मा, उसके दिमाग, और उसके वातावरण को जाने। जैसा रफीक स्तालिन ने कहा है : लेखक मानवीय आत्मा का इंजीनियर है, डाक्टरों को भी आदमियों से सरोकार पड़ता है। और इस तरह लेखनकला के साथ उनके काम का नजदीक से सम्बन्ध है, इसलिए डाक्टर लेखक हों, या कि डाक्टर साहित्यज्ञ और साहित्कार हों, इसमें आश्चर्य नहीं, समझा ?

––समझा गारद साहित्यकार लपुखोफ़ !—मुस्कुराते हुये कप्तान ने कहा—...

लपुखोफ़ कहकहा लगाते हुए बोला––बोल मत !––और सचमुच, कहने लगा––नहीं, तो सईद जान की मेहमानदारी करनी है। तेरे पास क्या है ?

—मेरे पास ? कलबसा सौसेज, रोटी, खरबूजा, कुछ शराब, चाय और चीनी, टिनवाला भोजन भी दो टिन है ।

—ये चीजें करीब-करीब मेरे पास भी हैं, सिवाय खरबूजा सरदा के ।

—शराब भी ?

लपुखोफ़ ने जवाब न देकर अपने सफरी थैलों में से अंगूरी शराब की मोहर लगी हुई एक बोतल निकाल कर खिड़की के पास मेज के ऊपर रख दिया ।

—हंगरी की चीज ?—कप्तान ने पूछा ।

—क्यों हंगरी की चीज हो गई ?—कहते हुए लपुखोफ़ ने बोतल को पकड़ कर उसके सामने किया—इसके अक्षरों को देखा !

—दूर से मुझे विदेशी चीज-सी मालूम हुई ।

—'ताजिकिस्तान !'—पढ़कर लपुखोफ़ ने सुनाया—हमारे ताजिकिस्तान की चीज है। मास्को में एक दोस्त ने भेंट दी थी ।

—आश्चर्य ?—कहते हुए कप्तान ने बोतल को अपने हाथों में ले लिया—इसे जंग के समय बहुत छिपाकर ले आये होंगे ? आफरीं ! इसका स्वाद देखेंगे, फिर बातचीत करेंगे ।

दोनों दोस्तों ने इसी तरह बात-चीत करते हुए अपने बिस्तरों को ठीक-ठाक किया। फिर वे भी हाथ-मुँह धोने की चीजें लेकर गुसलखाने में जाने के लिए तैयार हुए, इसी समय बुखार वाले लेफ्टिनेंट ने जाग कर आवाज़ दी ।

—रफीक डाक्टर, क्षमा करो, जोर देकर उसने कहा—अब नींद खुली उठ रहा हूँ। चिकित्सा-विज्ञान के अनुसार कीटाणु अब निर्बल हो गये हैं।

लपुखोफ़ और कप्तान एक दूसरे की ओर प्रश्नसूचक निगाह डालकर चुप रहे। फिर थोड़ी देर बाद लपुखोफ़ ने अहमदजान का हाथ पकड़ उसकी नाड़ी देखी, और उसके ललाट पर हाथ रख कर परीक्षा करते हुए पूछा—

—तुम्हारे सिर में दर्द तो नहीं है? अपने भीतर कैसा अनुभव कर रहे हो?

—बिल्कुल ठीक!—अहमदजान ने कहा।

—नहीं, आखिर,—कप्तान ने कहा—सभी ठीक है क्या?

—क्यों न ठीक हो?—अहमदजान ने कहा—इस वक्त सभी ठीक है, लेकिन 'ताजिकिस्तान' की शराब के बाद...!

—कभी नहीं—डाक्टर ने कहा—जब तक हम न आयें, तब तक 'ताजिकिस्तान' पर आँख न डाल कर उसकी रखवाली करना। यह सेवा कर लेने पर सब चीज फायदे की होगी।

—बहुत अच्छा रहा—नीचे उतरते हुए अहमदजान ने कहा—जो कुछ डाक्टर ने फरमाया है, वह जान और दिल से कबूल है!

—ठीक—कहते हुए कप्तान के पीछे-पीछे लपुखोफ़ भी बाहर चला गया।

:o: :o: :o:

मास्को-स्तालिनाबाद की ८ नम्बर वाली डाकगाड़ी सीर नदी को एक तरफ छोड़ती 'मिर्जाचूल' के रेगिस्तान में तेजी से दौड़ रही थी। निर्मल आसमान में उड़ते हुए हवाई जहाजों की घरघराहट की आवाज सारे रेगिस्तान में फैली हुई थी और उन जगहों में प्राणियों के चिन्ह मालूम हो रहे थे। यह रेगिस्तान शादी को खाली समतल जमीन सा भले ही दिखाई पड़ा हो, लेकिन वह वस्तुतः आबाद था। इस रेगिस्तान को, जो कि पहले निर्जन था अब खेतों, बाग-बगीचों, विशेषकर नये कपास

के खेतों का रूप देकर सिंचाई वाले कलखोज के रूप में सुन्दर बना दिया गया है। रेल की सड़क के साथ-साथ पक्की सड़कों पर मोटरें दौड़ रही थीं। कहीं-कहीं घोड़े-गाड़ियाँ भी दिखलाई पड़ती थीं। खिड़की के पीछे बैठे हुए गौर से देखते अफसरों को यह ख्याल नहीं था, कि यह दिसम्बर का महीना है, सर्दी के दिनों में ट्रेन चल रही है। प्रातःकालीन सूर्य की किरणें चारों ओर विशाल रेगिस्तान को सुनहली बना रही थीं। किरणों के प्रकाश में अब डब्बे के भीतर भी रोशनी हो गई थी। अफसर लोग अब जग गये थे और प्रातराश करने के लिये तैयार हो रहे थे। शादी और उसके दोस्त सईद जान को मेहमान के आसन पर बैठा कर खिड़की के पास वाली छोटी मेज के ऊपर सामान रक्खे वे आमने सामने बैठे थे। डाक्टर मेजबान बन कर बीच में ट्रंक रख कर बैठा हुआ था और प्यालों में शराब उड़ेल रहा था।

वे कप्तान सईद जान रसूलोफ़ की बिदाई कर रहे थे। वह कोनविदाम जा रहा था, कि वहाँ एक महीना अपने परिवार के लोगों में रह कर फिर अपने काम पर लौट आये। डाक्टर लपुखोफ़ भी कोनविदाम का ही था। वह सईदजान से ईर्ष्या करते हुए मन में चाह रहा था, कि वव भी एक बार कोनविदाम जाकर फिर अपने काम के लिए रवाना होता लेकिन, अपने कर्तव्य के कारण वह ऐसा नहीं कर सकता था। उसे पहले स्तालिनाबाद जाकर काम पर आने की रिपोर्ट देनी थी और काम शुरू करना था। इन अफसरों में शादी और तुर्कमान कप्तान ही सैनिक-सेवा से मुक्त हुए थे। दोनों एक काम में और एक शहर से आये थे। अहमद जान के पास भी सरकारी चिट्ठी थी, माँ-बाप को देखने के बाद उसे कफकास के एक सेनिटोरिनम में जाना था। एक सप्ताह के ट्रेन के साथ ने उन्हें एक दूसरे के साथ घनिष्ट मित्र के रूप में इतना परिणत कर दिया था, कि देखने पर मालूम होता था कि वे बचपन से ही एक साथ खेलते-खाते बढ़े हैं। वे एक दूसरे को तू कहकर पुकारते थे और

उनका खाना-पीना सब एक साथ होता था। वे एक दूसरे के गम से गमगीन और खुशी से खुश रहते थे, मजाक और हँसी करते थे, हँसते-बोलते थे!

—लौटने से पहले मैं अवश्य स्तालिनाबाद आऊँगा—सईदजान ने कहा—वहाँ मैं दोस्तों से मिलूँगा, लेकिन तेरे तुर्कमानिस्तान या चारजूई में पहुँचना मेरे लिए सम्भव नहीं होगा। इसलिए दोस्त, मेरे दिल में तुम्हारा प्रम और ज्यादा है।

—ठीक।—उसके रफीकों ने कहा और करायेफ ने प्याला ऊपर उठाया—रफीको!—रफीक सईदजान, रफीक शादी, रफीक अहमदजान, और मेरे प्यारे दोस्त डाक्टर लोपुखोफ़! तुम्हारे स्वास्थ्य के लिए पी रहा हूँ। सोवियत सेना के जवान अफसरों के स्वास्थ्य के लिए पी रहा हूँ। यह छः दिन का हमारा रास्ता नहीं बल्कि महान् यात्रा की। असाधारण महान् काम है। हमारे सोवियत के जीवन ने हमें एक दूसरे के इतना नजदीक और मित्र बना दिया है कि अब जब कि हमारा हर कदम अपने मंजिल के नजदीक पहुँच गया है, और हम एक दूसरे से जुदा हो रहे हैं उस समय निश्चय ही यह दोस्ती, यह प्रेम और भाईचारे की याद हमेशा के लिए हमारे दिल में रहेगी। जहाँ भी हम रहेंगे हम एक महान् परिवार के बच्चे बने रहेंगे—अपने देश को समृद्ध करने का लक्ष्य हमारे सामने है। जिस तरह तैयार होकर हमने दुश्मनों से अपने देश की रक्षा की है, उसी तरह अब नये काम के लिए हम जान लड़ा कर कोशिश करेंगे। इसी लिए प्यारे दोस्तो, विदाई का हाथ मिलाना हमें एक दूसरे से अलग नहीं करेगा। ताशकन्द, स्वेर्दलोव्स्क, कजान, स्तालिनाबाद, अश्काबाद सभी हमारे घर, सभी हमारे स्थान—हमारे वतन हैं। उसी वतन का स्वास्थ्य हम पान कर रहे हैं। वतन के योग्य पुत्रो, तुम्हारे स्वास्थ्य के लिए हम पान करते हैं!

करायेफ़ ने जिस जोश और भावुकता के साथ ये शब्द कहे, उसका विचित्र प्रभाव उसके साथियों पर पड़ा। अहमदजान जो ज्यादा शोख

और मजाक पसन्द था उसके साथ ही लपुखोफ़ भी जो गम्भीर और फ़िलासफ़र था प्रभावित हुआ...।

मैं—मैं—सईदजान की बगल में बैठे हुए शादी ने कहा—मैं कप्तान के साथ एक तरह से करीब चार साल तक रहा। देश के एक कोने के गुलिस्तान गांव के नवजीवन कलखोज से देश की रक्षा के लिए रवाना हुआ। मैं कलखोज का किसान था, और थोड़े ही समय के भीतर लेफ्टिनेन्ट हो गया। दुनियाँ में नहीं देखे हुए था, और अब करीब आधी दुनियाँ देखकर लौटा हूँ। पहले बहुत कम जानता था, मेरी आँखों के सामने विशाल दृश्य नहीं थे, अब थोड़ा-बहुत जानता हूँ। अब दुनियाँ से परिचित होकर फिर अपने कलखोज की तरफ लौट रहा हूँ। उसी सोवियत सेना के स्वास्थ्य के लिए हम पान करते हैं, जिसने हमारी शिक्षा-दीक्षा की। उस ज्ञान को हम कलखोज के काम को बड़ा करने, फैक्ट्रियों, कारखानों, सरकारी आफिसों तथा पार्टी के आफिसों के काम को बड़ा करने के लिए लगा देंगे। पान करें रफीकों, देश की जमीन के लिए!

लपुखोफ ने कहा—कोनविदाम में मेरी एक माँ मेरी बहिन के साथ रह रही है। युद्ध के इन चार सालों में एक फैक्ट्री में उसने खूब मेहनत से काम किया है। फैक्ट्री में सात काम करने वाली ताजिक स्त्रियों ने उसकी बड़ी सहायता की। मेरे टूटे-फूटे घरों की उन्होंने मरम्मत कर दी और बुढ़िया माँ और मेरी बहिन को अकेलेपन का अनुभव नहीं होने दिया। मेरी माँ के द्वारा उन्होंने मेरे पास खत और बहुत सी भेंटें भी भेजीं, जिससे जंग के मैदान में मुझे बड़ी प्रसन्नता हुई, और निश्चिन्त होकर मैं अपने काम में लगा रहा। उसी प्यार, उसी मेहरबानी के लिए, अपने वतन के उसी स्नेह के लिए मैं लड़ता रहा, देश की सेवा करता रहा। पान करें रफीको! अपने वतन के दोस्त और मेहरबान जनता के लिए!

इसी प्रकार उन्होंने पान और भाषण किया। शादी अपने कसरती कुर्ते की गर्दन खोले कमरे के तस्मे को बिना बांधे डब्बे की दीवार के

सहारे सामने बैठा हुआ था। उस समय उस बैठक में पद का भेद, छोटे बड़े का ख्याल, उनके भीतर नहीं था। वे सच्चे साथी, एक दूसरे के नजदीकी दोस्त, एक राह के राही और एक लक्ष्य के पथिक थे। शराब के एक दो प्यालों ने, उनके गालों की प्रफुल्लता और आंखों की चमकीली खुमार ने, उनके खून में और भी अधिक जोश, दिल में और भी ज्यादा उत्साह पैदा कर दिया। ये तजर्बेकार जवान थे, कल के ही जंग के मैदान में विजयी होकर लौट रहे थे। अगर पूछा जाता, तो उसमें से हर एक के पास ऐसी आपबीती कहानियाँ थीं, जिनको ज़बान से कहना मुश्किल था। बात में बात निकल आती, कहानी से कहानी फूट निकलतीं। उनमें से कोई दन्येपर, विस्ला और पुत नदियों के पार करने के समय की भिन्न-भिन्न घटनाएँ कहता, दूसरा बुदापेस्त के नजदीक हुए युद्ध के बारे में, तीसरा अपने घर और स्थान या प्रेम या स्नेह बँधी प्रियतमा के बारे में या उसकी चिट्ठियों के बारे में बातें करता। वे इसी तरह की बातों में इतने संलग्न थे, कि उन्हें नहीं मालूम हुआ, कि ट्रेन एक के बाद एक स्टेशन छोड़ती कहाँ पहुँच गई है।

शादी भी सईद जान की बातें सुनते हुए अपने कलखोज, अपने इश्क और मुहब्बत तथा इश्क ने उसके लिये कितने रंज और खतरे पैदा कर दिये थे, इसके बारे में सोच रहा था। वह सही-सलामत घर लौटने के बारे में बातें करना चाहता था। उसके दिमाग में आते हुए ख्याल उद्वेग पैदा कर रहे थे, दिल जोश मार रहा था, लेकिन अपने ऊपर अधिकार करके वह शौक के साथ सईद जान की कहानी सुन रहा था।

सईद जान ने कहा—इससे ज्यादा वफादारी और मुहब्बत के बारे में कोई बात नहीं हो सकती ! लड़की चार साल से, जंग के आरम्भ से आज तक मन मारे मेरी प्रतीक्षा कर रही है। ऐसे समय आये, कि मैंने कुछ महीनों चिट्ठी नहीं भेजी, मेरे बारे में बुरी खबरें सम्भव थीं, मुझे

लोग मर गया समझ रहे थे, लेकिन उसने अपनी आशा-तंतु को न तोड़ा, वह प्रतीक्षा करती रही।—आखिर वह सुन्दरी कुमारी थी, उसका हुस्न और जमाल बुरा नहीं था, स्वयं बड़ी गम्भीर तथा कमसोमोल की संगठक थी उसके चाहनेवाले हो गये थे। लेकिन वह जैसे कसम खाये हुए थी। उसके दूर और दराज से भेजे खत उसकी असीम मुहब्बत और प्रेम प्रकट करते थे। देखो हम बर्सातोव्स्की में पहुँच गये !

:o: :o: :o:

—सईदजान सौभाग्यशाली जवान है—करायेफ ने शादी की ओर रुख करके कहा—आज अपने घर पहुँचेगा, अपनी स्नेह और दयावाली मँगेतर को देखेगा, उसके यार और उसका दोस्त स्वागत करेंगे।

—तुम भी कल बड़े तड़के चारजूई पहुँचोगे—शादी ने कहा।

—हाँ—प्रसन्न मुँह होकर करायेफ ने कहा—ट्रेन के पहुँचते ही सीधे रेलवे स्कूल में जाऊँगा, वहाँ मेरा लड़का पढ़ रहा है।

—वहाँ जाने की आवश्यकता नहीं होगी—मुस्कुराते हुए शादी ने कहा—तुम्हारा पुत्र स्वागत के लिए स्टेशन आया रहेगा।

—मैंने खबर नहीं दी है, वहीं जाकर मिलूँगा।

—लेकिन बिना तुम्हारी अनुमति लिये ही मैंने तुम्हारी योजना को बरबाद कर दिया—शादी ने क्षमा माँगते हुए कहा—तुम्हारे पुत्र के स्कूल के पते पर मैंने तार दे दिया है।

—ए: शादी ! सिर हिलाते हुए करायेफ ने शादी का हाथ पकड़ कर हिलाया।

—ठीक किया—डाक्टर लपुखोफ़ ने कहा। पिता के आने की खबर पुत्र को प्रसन्न कर देगी। अच्छा शादी, तुम्हारा स्वागत कौन करेगा ?

—मेरा ?—कहकर शादी थोड़ा चुप रहा फिर बोला—कोई नहीं !

—क्यों ?

—चूँकि शादी केवल दूसरों की खैरियत चाहता है, अपने से उसे सरोकार नहीं—करायेफ ने कहा—मेरी ओर से तार देते हुए अपनी पहुँच के बारे में इसने चुप्पी साधी है। शादी ने मुस्कुराते हुए तुरन्त जवाब नहीं दिया। लपुखोफ उसकी तरफ प्रश्नसूचक निगाह से देखता रहा। करायेफ एक गिलास चाय हाथ में ले चुपचाप खिड़की से बाहर की ओर निगाह फैलाये हुए था। ट्रेन बहुत जोर लगाकर जिज्जक की ऊँचाई पर चढ़ रही थी।

—स्तालिनाबाद में एक दो घनिष्ट मित्र हैं, फिर भी मैंने उन्हें तकलीफ नहीं दी—अन्त में शादी ने कहा—अपने परिवार को भी स्तालिनाबाद पहुँच कर ही खबर देने से हो सकता है।

—तेरा दोस्त वही रशीदोफ़ है न ?—करायेफ ने पूछा।

रशीदोफ—शादी ने स्वीकृति देते हुए कहा—और इवानोवा !

—हाँ हाँ,—करायेफ ने कहा—ओब-कोम जिला कमेटी में काम करनेवाली मरिया वसीलेव्ना ?

शादी सभी दोस्तों को तुम जानते हो क्या ? डाक्टर ने हँसते हुए पूछा।

—हाँ,—करायेफ़ ने कहा—चार साल हमने साथ-साथ काम किया है, हर एक चीज के बारे में इसने बतलाया है।

इवानोवा पहले गुलिस्तान की तहसील में काम करती थी। सन् १९३३ में वह रायकोम रायन की, तहसील कमेटी में कमसोमोलों की सेक्रेटरी होकर गई थी। धीरे-धीरे तरक्की करते हुए आगे बढ़ी और उसे रायकोम के सचिवालय में ले लिया गया। लेकिन, तो भी इवानोवा बराबर कलखोज 'नवजीवन' जाती और शादी रायकोम में आकर उससे मिलता-जुलता रहता। इवानोवाने कलखोज के काम तथा पार्टी के

संगठन के काम में शादी की बहुत सहायता की थी जिसे वह आज भी भूल नहीं सकता। उसे उसने कह रक्खा था, कि गुलिस्तान सोवियत और कलखोज की बड़ी सभाओं, तथा कलखोज के संगठन के कामों के बारे में मुझे खबर देती रहना। शादी करीब एक घंटे तक अपने विचारों में डूबा रहा। उसने जब यह बात कही थी, तो ऐसी बात कहने के लिए इवानोवा ने उसे सख्त ताकीद की थी। अमुक ने अच्छा काम किया है अमुक ने बुरा काम किया, इस चिन्ता में पड़ने की आवश्यकता नहीं। जिन बातों की आवश्यकता होगी, उसे इवानोवा जानती है, बल्कि उसे इस बात के बारे में कहना चाहिए, कि अमुक काम किसलिए और किन कारणों से अच्छा हुआ, और किस कारण से बुरा। अपना काम किस तरह करना चहिए, किस तरह की मेहनत ज्यादा लाभ देनेवाली है। यह कहने के बाद इवानोवा ने कलखोज की 'नवीनतम' कमियों के बारे में बातें शुरू की, और बतलाया कि उनको कैसे दूर किया जाये। सभी और खास करके शादी ने उसकी बातों के अनुसार काम किया। उसी रोज से शादी हर एक बड़े काम में जाकर उससे सलाह लेता। बाद में इवानोवा की तबदीली ओबकोम में हो गई। शादी जब कभी भी स्तालिनाबाद जाता, खास तौर से मरिया वसीलेव्नासे भेंट करने जाता और अपने काम के बारे में एक-एक बात खोलकर पूछता।

जंग के मैदान में जाने से पहले भी वह ओबकोम गया था। मरिया वासीलेव्ना ने वचन दिया था कि कलखोज की बराबर खबर लेती रहेगी, हर एक बात में सहायता करेगी और काम किस तरह से चल रहा है, इसकी भी खबर शादी को देती रहेगी। मैदाने जंग में भी दोनों की चिट्ठी-पत्री चलती रही। इवानोवा हमेशा 'नवजीवन' कलखोज का हाल, उसके आदमियों औरश ादी के दोस्तों--जिनमें रशीदोफ भी था—के बारे में लिखती रहती। जेबी खाला के अध्यक्षा बनने की उसने तारीफ

की, और दिलबर के काम के तत्परता से प्रसन्न हो कर शादी को लिखा, कि वह भी काम को ठीक कर रही है, अपनी सुन्दर अकेली बिटिया का अच्छा पालन-पोषण करते हुए भी कलखोज के एक ब्रिगाद का ब्रिगादीर बन सफलता का झंडा फहराए हुए है। रशीदोफ के बारे में पहले की अपेक्षा अब कम लिखती थी, लेकिन सन् १९४२ ई० के मध्य से हर एक खत में उसके कामों के बारे में खबर देती रहती थी। रशीदोफ भी मैदाने-जंग में गया था। सन् १९४४ ई० के अन्त में लौट कर केन्द्र में पहुँच अपने काम में लगा हुआ है। मरिया वासीलेव्ना ने अपने एक खत के साथ रशीदोफ की भी एक छोटी-सी चिट्ठी शादी के नाम भेज दी। वह इतना ही जानता था कि ओबकोव से भी अधिक नजदीक वह रशीदोफ के है।

शादी अब भी मरिया को तार दे सकता था, लेकिन उसने नहीं दिया। वह नहीं चाहता था कि काम की भीड़वाले आदमी को तकलीफ दे और बिना खबर दिये ही एकाएक जा कर मिलना अच्छा समझा।

—मेरा स्वागत कलखोज में होगा—शादी ने अपने सहयात्री साथियों से कहा—हमारे कलखोज में इसी साल नई क्लब संस्थागार बनी है, उसमें पुस्तकालय भी है। उसी क्लब में सभी कलखोजवालों को जमा करूँगा, कलखोज के कारबार के बारे में पूछूँगा, अगले साल की योजना की बात जानूँगा, फिर अपने कामों का हिसाब दूँगा। विचित्र-सी बातचीत होगी!

—हाँ!—लपुखोफ ने कहा—बात-चीत जरूर विचित्र होगी।

—अफसोस—किताब पढ़ने में लगे हुए करायेफ ने कहा। शादी और लपुखोफ दोनों उठ खड़े हुए और उसकी तरफ निगाह करके लपुखोफ ने पूछा:

—क्यों अफसोस?

—मर गई...! अपने को ट्रेन के नीचे फेंक दिया ।...

—मालूम है ! —लपुखोफ ने शादी से कहा—यह मर्द फिर ताल्सताय के नायक-नायिकाओं की ओर गया है ।—अन्ना कैरेनिना !

लपुखोफ ने भी किताब ले कर पढ़ना शुरू किया । अहमद जान सोने का प्रयत्न करता हुआ लेट रहा । शादी अपनी जगह से उठ कर डिब्बे के बरांडे में जा कर खिड़की के सामने खड़ा हो गया ।

पहाड़ों में ट्रेन एक बड़े दर्रे से समरकन्द की ओर बढ़ती जा रही थी । दो बड़े-बड़े इंजन, जोकि जिज्ज़क में ट्रेन में जोड़े गए थे—ज़ोर लगाकर आवाज करते, मानो आपस में इंजनों की भाषा में बात करते, अग्रसर हो रहे थे । एक टेढ़ी-मेढ़ी पतली नहर ट्रेन का अनुगमन कर रही थी । वह कहीं-कहीं नजदीक आ जाती और कहीं दूर चली जाती, और अपने पास के खेतों में छिप जाती । नहर का साफ पानी सूर्य के प्रकाश में चाँदी की तरह चमकता हेमन्त के दृश्य को बहुत सुन्दर बना रहा था । नहर के किनारे की जमीन हरियाली से ढँकी थी । चारे के बहुत से पौधे नहर के किनारे हमेशा हरे-भरे रहते थे । जहाँ भी पानी और सूर्य की रोशनी थी, वहाँ हर जगह हरियाली उग आती और बसन्त चाहता कि वहाँ हेमेशा हँसता रहे । इस दृश्य को देखते हुए शादी का ख्याल गुलिस्तान गाँव की ओर गया—अब, वह 'गुलिस्तान' को जाता है । कलखोज के 'नवजीवन' की ओर जाता है, जहाँ पर काम उसकी प्रतीक्षा कर रहा है । इन दिनों में जब कि वह वहाँ नहीं रहा है, कितनी ही नहरें वहाँ जारी हुई हैं, गाँव में नये आदमी आकर रहने लगे हैं, नये-नये घर और इमारतें खड़ी हुई हैं, नई सड़कें पैदा हुई हैं । शादी के लिए सबसे जरूरी बात यह है कि अपने नये दोस्तों से परिचित हो जाये ।

शादी को आदमियों को समझाना होगा कि उसमें से हर एक अपने कलखोज के खेतों में काम करने के साथ ही दुश्मनों द्वारा नष्ट किये हुए गाँवों को, ध्वस्त कारखानों, फैक्ट्रियों और मिलों को फिर से चालू करने

के लिए मदद और सहायता दें। शादी को इस बात की कोशिश करनी होगी, कि कलखोज 'नवजीवन' अपनी पहली अवस्था से बेहतर हो, कलखोजवालों का जीवन अधिक सुखमय और संतोष का हो। यह उस का सबसे बड़ा कर्तव्य होगा, लेकिन मूर्त रूप में वह कलखोज में क्या काम करेगा ? निश्चय ही वह फिर अध्यक्ष नहीं बनेगा। ज़ेबी खाला उसके लिए ठीक है, उसे अच्छे-अच्छे काम करनेवाले मिले हैं। शादी को उपज का सेक्रेट्री भी नहीं बनना है, क्योंकि इन पिछले चार सालों में कृषि-विद्या आगे बढ़ी है और वह किसी बड़े काम में सम्मिलित नहीं हो सकता, जब तक कि इसके बारे में वह सोच नहीं लेगा। पार्टी-संगठन का लेखक कासिमजान है। शादी कभी इसके लिए राजी नहीं होगा कि उसको अपने स्थान से हटाया जाय। तो, कलखोज में वह क्या काम करेगा ? कोई काम होगा, इसमें कोई बात नहीं। कोई एक काम मिल जाएगा, ब्रिगादीर बन जाएगा, या ज्वेनों का सरदार बनेगा, या दिलबर के ब्रिगाद में दाखिल हो जाएग ! ..किसी तरह भी कलखोज में रहेगा, कलखोज के लाभ के लिए कोशिश करेगा। उसका मुख्य कर्तव्य यही है कि पहली अवस्थायों से कलखोज को आगे ले जाना और फिर उससे भी आगे बढ़ाना। इस काम के लिए सब को वह काम में लगाएगा, अपने सभी साथियों को खूब मेहनत करने का निमन्त्रण देगा।

:o: :o: :o:

अगल-बगल में पहाड़ की चोटियाँ बर्फ से ढँकी हुई उत्तर और उत्तर-पूर्व में फैली थीं। पहाड़ के पार्श्वों को मिट्टी के मैदान ढँके हुए थे, मैदान के पार्श्वों में जोती हुई जमीनें थीं, कहीं कहीं वृक्षों के वन थे, कहीं मेवों के वाग थे, कहीं विस्तृत मैदान—, रेल की सड़क इसी आबाद जमीन के बीच से जा रही थी। मुसाफिर खिड़कियों के पास जा, बड़ी लालसा के साथ, ताजिक भूमि के हेमन्त के इस दृश्य को बड़े ध्यान से देख

रहे थे। जहाँ तक निगाह जाती थी, बाग दिखलाई पड़ते थे, जुते हुए विशाल खेत दिखलाई देते थे।

देखो...देखते नहीं?—डाक्टर लपूखोफ ने शादी के नजदीक होते हुए कहा—अपने ताजिकिस्तान के केन्द्र में पहुँच रहे हैं।

—हाँ—शादी ने कह दिया। लपूखोफ कुछ देर खड़ा होकर बाहर के नजारे को देख शादी की ओर मुँह करके बोला—मैं देख रहा हूँ कि कप्तान और अहमदजान के अलग होने के समय से तू कुछ परेशान-सा है, ठीक से बात-चीत नहीं कर रहा है, हमेशा खिड़की के पास खड़े भँगेड़ियों की तरह अपने ख्याल में मस्त, क्या बात है?

शादी हँस पड़ा और बोला:

—डाक्टर! तुम्हारी नजरों से कोई चीज छिपी नहीं है! सचमुच ही कायेसेफ की मेरे साथ बड़ी दोस्ती थी, वह मधुरभाषी, गम्भीर, समझदार बढ़िया दोस्त था। अहमदजान भी बहुत अच्छा तरुण था। कागान में उनसे जुदा होने से मेरा मन प्रभावित हुआ है, लेकिन यह भँगेड़ी की तरह ख्याल में डूबे रहना नहीं है, डाक्टर!

—बात अवश्य ही, बिना कारण के नहीं होगी।

दोनों दोस्त हँस पड़े। डाकगाड़ी अब कुछ सुस्त हो चली थी। मालूम हुआ, कि रास्ता चढ़ाई का है, और ट्रेन अपने मुसाफिरों को प्रतिक्षण ऊपर-से-ऊपर लेती जा रही है। इंजन ने अपनी आग को सुस्त नहीं किया था और छक्-छक् करते जोर के साथ आगे बढ़ रहा था। नीले रंग की गाड़ियो के डिब्बे उसके पीछे पीछे सांप की तरह बल खाते चल रहे थे।

चिपतुरा स्टेशन पर शादी ने समय पाया कि अपने कलखोज के सम्पादक महमूदजान से भेंट कर सके। वह सोबखोज सरकारी खेती से पौध खरीद कर ले जाने के लिए आया था। चार साल के बाद अपने

गाँव का यह पहला आदमी था, जो कि सामने दिखाई पड़ा था। अभी ट्रेन पूरी तौर से खड़ी नहीं थी कि शादी ट्रेन से कूद पड़ा और प्लेटफार्म पर खड़े ट्रेन की ओर निगाह दौड़ाते महमूदजान की ओर दौड़ा। महमूदजान पहले एकाएक उसे नहीं पहचान सका, लेकिन उस की आवाज सुनते ही पहचान गया और अपने-आप उसके गले से लिपट गया। दोनों पुराने दोस्त आपस में भाई की तरह मिले, एक-दूसरे के मुँह को चूमा, हाथों को गर्मा-गर्मी से मिलाया। शादी की नजरों में महमूदजान पहले से कुछ अधिक उमर का मालूम होता था। उसके बाल ठीक से कटे हुए थे, मूँछे काली और कटा कर छोटी की गई थीं, शरीर तन्दुरुस्त था। कटे हुए बालों के ऊपर टोपी चिपकी हुई थी। साटन के जामे के ऊपर दो कमरबन्द कढ़ाई के साथ बँधे हुए थे; लेकिन वह चर्बी भरे हुए पेट को बाहर निकलने से रोकने में समर्थ नहीं थे। बाहर से देखने में महमूदजान अति प्रौढ़ वयस्क मालूम होता था, लेकिन उस की आँखों में शोखी, मुँह और ओठों पर मुस्कुराहट, चलने-फिरने में चुस्ती, उसके जवान होने की गवाही दे रहे थे।

—खुश-खुश! —शादी ने कहा—मेरी ओर अच्छी तरह निगाह कर! यह तू है कि कोई दूसरा? ए, तू दूसरा ही आदमी हो गया है! इस पेट को तूने कहाँ से पैदा किया?

महमूदजान ने कुछ लज्जा के साथ जवाब देते हुए कहा—जवानी की उमर बीत गई अका शादी, अब यह इसी तरह है। खैरियत कि अका जान, तुम्हारे दर्शन हुए। सलामत तो है?

—सलामत! कलखोज की क्या बात है? हमारे घर के लोग कैसे हैं? सभी सही-सलामत हैं न?

—सभी सही-सलामत हैं—महमूदजान ने सवाल का जवाब देते हुए कहा—गुलजमाल बड़ी हो गई है, सुन्दर लड़की है। मेरी बहिन दिलबर जान भी अच्छी तरह है, ब्रिगादीर हो कर बड़े सम्मान के पद पर है। दूसरे लोग पिता, कासिमजान, अध्यक्षा सभी सही सलामत तुम्हारी प्रतीक्षा कर रहे हैं। खैर, आओ, बुफेत भोजन-शाला में चलें, अका!

—बुफेत ?—हैरान होते हुए शादी ने कहा—तू बुफेत में जा कर शराब भी पीता है क्या ? ठीक, ठीक ! कलखोज का वित्त-सम्पादक होते हुए सभी जगह जाना क्या ठीक है ? बतला !

—तुम्हारे सही-सलामत आने के उपलक्ष में पान करना चाहता हूँ अका शादी, नहीं तो शराब के साथ मेरा उतना प्रेम नहीं है ।

ऐसा ही कह—शादी ने कहा—नहीं, गाँव में पहुँच कर ठीक तरह से बातें करेंगे । तू कहाँ जा रहा है ? तेरा काम हो गया है ?

—सोबखोज से बहुत-सी पौध खरीद ली है । अनार, अंजीर, नाश्पाती और सेब हैं, इनको ले जाने के लिए लारी के आने की प्रतीक्षा कर रहा हूँ ।

—अपनी लारी नहीं है क्या ?

—है, आज ही सबेरे आना चाहिए था । मैं उसके आते ही जाऊँगा ।

शादी ने महमूदजान से कलखोज और उसके आदमियों के बारे में पूछा । महमूदजान ने कुछ चित्त से 'जबाब दिया :

—हमारा कलखोज बुरा नहीं है । चल कर खुद ही देखोगे । लेकिन कई आदमी ठीक नहीं हैं; वे किसी की बात सुनना नहीं चाहते । मैं तुम्हारे सामने उनका नाम नही लेना चाहता ।

—क्यों—शादी ने मजाक के स्वर में कहा —क्यों, वह कौन-से लोग हैं ?

मैं कह कर क्या करूँगा—महमूद यह ने कहते हुए नजर दूसरी तरफ कर ली—चलो अपने-आप ही सब बातें सामने आयेंगी ।

खैर...!—कुछ सोचते हुए शादी ने कहा—खैर, रहने दे, तेरा काम कैसा चल रहा है ? तेरी बीवी स्वस्थ्य तो है ? बच्चा है ?

—मेरा काम क्या होता ? ऐसे ही चल रहा है । हमारे बड़े जो कुछ कहते हैं, उसको बजा लाता हूँ ।

--खैर—शादी ने कहा ।

उसे कुछ ऐसा लगा कि महमूदजान कलखोज से बहुत खुश नहीं है और इसके ख्याल में कलखोज के वर्तमान पथ-प्रदर्शकों के काम ठीक नहीं हैं। ट्रेन चलने को तैयार हुई, तो शादी ने महमूदजान से खैर-सलामत करते हुए कहा—जल्दी कलखोज लौट आओ !

उसने क्यों महमूद को इस तरह ताकीद की ? इसे वह खुद नहीं समझ सका। वह इतना ही जान पाया था कि महमूदजान में कुछ परिबर्तन हुआ है। वह पहले जैसा उस का मुलायम स्वभाव और साफ बोलना अब नहीं रह गया है। महमूदजान किसी की शिकायत करना नहीं जानता था, और अब सलाम-अलेक की जगह वह अपने कलखोज के पथ-प्रदर्शकों की शिकायत कर रहा था ! वह काम करने में बड़ा ही तत्पर और खुशदिल आदमी था, और अब बेकार स्टेशन पर चक्कर काट रहा था। अवश्व यह सब महमूदजान के स्वभाव-परिवर्तन के चिह्न हैं। शादी बहुत देर तक इसी ख्याल में डूबा खिड़की के पास खड़ा रहा। डाक्टर अपने सामान को सँभालने में लगा हुआ था।

—खुश—उसने शादी से कहा। ट्रेन से उतरना चाहता है, या फिर लौट जाना ?

—अपनी मंजिल पर पहुँच कर जरूर उतरूँगा।

—तो अपने सामान को समेटना चाहिए, उतरना नजदीक ही है।

शादी ने फिर खिड़की की ओर निगाह डाली। हिसार की पर्वत-श्रेणियाँ, जिनके शिखर विल्कुल सफेद हो गये थे, अपने सारे सौन्दर्य के साथ उसके सामने प्रकट थीं। इसी पर्वत के दामन में मंजिल—उन का सुन्दर नगर, उसके गणराज्य की राजधानी—शहर स्तालिनाबाद—विद्यमान था।

:o: :o: :o:

मरिया वसीलेव्ना सवेरे ही वक्त पर उठी और उसने रशीदोफ को भी जगाते हुए कहा :

––जल्दी उठ जाओ, आज शादी आ रहा है! मैं तुरन्त बाजार जा कर लौटती हूँ, तुम भी चाय की तैयारी करो।

रशीदोफ ने आँखों को कुछ खोल कर मरिया वसीलेव्ना की तरफ देखा, फिर उसने रजाई को सिर पर खींच लिया।

––नहीं, यह नहीं हो सकता––कहते हुए मरिया ने रजाई को उसके सिर के ऊपर से खींच लिया––बेवक्त हो गया है। मैं जल्दी जा कर बाजार से लौटती हूँ, देर न हो जाय, उठ! उठ!!

रशीदोफ अपने सिर के पिछले भाग को खुजलाते हुए अपनी जगह से उठा और सबसे पहले अपने हाथ की घड़ी––जिसे वह कभी अलग नहीं करता था––देखा।

––आठ बजा है, कुछ नाराजी के स्वर में उसने कहा––क्यों इतना जल्दी उठा दिया!

मरिया वसीलेव्ना ने मुस्करा दिया। वह जानती थी, कि रशीदोफ रात को एक बजे मीटिंग से आया है और उसके बाद भी दो घंटे तक काम करता रहा है।

––शादी आयेगा, शादी सेना से लौट कर आ जायेगा––कह कर मरिया ने फिर रशीदोफ को ताकीद की––घर की ठीक-ठाक कर के जियाफत के लिए तैयारी करनी है, आखिर!

रशीदोफ कुछ देर तक चुप रह कर पहले बैठने की जगह देखता खाट से नीचे उतरा और मरिया का हाथ पकड़ कर कहा :

––शादी, शादी कह रही है! शादी!! न हो, तो आज हमीं शादी कर लें। उसने मुस्कुराते हुए मरिया को वहीं छोड़ दिया और झाड़ू

ले कर घर के बाहर गया। मरिया ने सोने का कमरा ठीक किया। फिर अपनी पोशाक सँभालने के लिए बड़े दर्पण के सामने गई। वह तरुणी थी, उस का चेहरा खुला हुआ, पेशानी चौड़ी, बाल भूरे रंग के और कद मझोला था। दर्पण के सामने जा कर फाया ले कर उसने कुछ सफेद मुखचूर्ण मुँह पर मला, और रूमाल में इतर लगा उसे अपने हैंडबेग में डाला। इस वक्त तक हाथ-मुँह धो कर रशीदोफ भी आ गया। वह मझोले कद का गेहुँए रंग का आदमी था, उस की आँखें और भौंहें काली थीं और पेशानी में बायीं भौंह के ऊपर एक बड़ा काला मसा था। लेकिन, उसके बालों और मूछों में कहीं-कहीं सफेदी आ गई थी।

—खैर, मुझे क्या करना है?—रशीदोफ ने अपनी बीवी से पूछा। —क्या काम करके रखना चाहिये?

—चाय के लिये पानी गरम करना है। अंडा है, चाहे उसे पानी में उबालें या तो ऑमलेट बना के खायें। माशा मौसी रोटी ले आयेगी, उसे कह कि घर को ठीक-ठाक रक्खे। इसके बाद अगर हो सके, तो थोड़ा स्टेशन तक आओ...क्यों न हम दोनों ही स्टेशन को चलें?

—अलबत्ता, स्टेशन जरूर चलना चाहिए—रशीदोफ़ ने कहा। वह किसी ख्याल में अपने लिखने-पढ़ने की मेज पर जा करके बैठ गया। मरिया वसीलेव्ना अपने मेहमानखानेवाले सजे हुए कमरे में गई। वहाँ पर एक भारी मेज थी, और उनके किनारे छः गद्दीवाली कुर्सियाँ रक्खी हुई थीं। कमरे के भीतर घुसने पर सामने की दीवार पर पहाड़ी दृश्यों का एक सुन्दर चित्र टँगा हुआ था। दोनों खिड़कियों के पास फूलों के गमले रक्खे थे, शीशेवाली आलमारी के भीतर बिल्लौरी प्याले और मद्यपात्र रक्खे हुए थे। अब तक बिजली-बत्ती बुझी नहीं थी। मरिया वसीलेव्ना ने बत्ती को बुझा दिया, और एक बर्तन ले कर वह रसोईखाने की ओर गई। वहाँ पर बिजली के चूल्हे के ऊपर

चाय का बर्तन रक्खा हुआ था, पानी करीब-करीब सूख चला था, यह उस की हिस-हिस की आवाज से मालूम होता था। मरिया ने उसे ठीक किया और झोले को खूँटी से उतार कर दरवाजा खोल कर बरांडे से सड़क पर चली गई।

इन का मकान ओरजोनीकिद्जे सड़क पर नई बनी गृहपक्तियों में था। जाड़ों का दिन, दिसम्बर का सवेरा था। नया उगा हुआ सूर्य अपनी किरणों से केवल वृक्षों के शिखरों को ही सुनहला करते हुए फैल रहा था। सड़क पर चलनेवाले बहुत अधिक नहीं थे, केवल स्कूली बच्चे झुंड के झुंड खेल-कूद करते हँसी-खेल में लगे अपने स्कूल की तरफ जा रहे थे। कोई-कोई घरवाले भी हाथ में थैला लिए मरिया की तरह दूकानों या कलखोज की हाट की तरफ जा रहे थे। मरिया वसीलेव्ना पहले शहर के उत्तर की ओर कुछ दूर तक गई, फिर पश्चिम की ओर मुड़ कर दह लेनिन सडक की ओर लौट पड़ी।

इसी समय शादी भी स्टेशन से लाहुती सड़क को पकड़ कर शहर के केन्द्र को ओर जा रहा था। उसके हाथ में सिर्फ एक छोटी-सी अटैची थी, उसके शरीर पर अफसरों की पोशाक, सिर के ऊपर सैनिकों की टोपी, बाल कटे हुए, मोंछें कँची हुईं, चेहरा खुला हुआ और मुख प्रसन्न था। लाहुती सड़क के दोनों तरफ दरख्त लगे हुए थे। शादी और सड़कों को भी सुन्दर देख रहा था। इस समय वृक्ष बेपत्ते के और सड़क के किनारे की नहरियाँ बेपानी की थीं; तो भी शादी की नजरों में वह बड़ी सुन्दर मालूम होती थीं। उसी तरह जो दूसरे आदमी भी शहर के केन्द्र की ओर जा रहे थे या वहाँ से स्टेशन की ओर बढ़ रहे थे, सभी खुशी से क़दम डाल रहे थे। मुस्कुराती हुई सुन्दर तरुणियाँ शोखी के साथ कारखानों की ओर कदम बढ़ा रही थीं, घरों के भीतर से कहीं रेडियो की धीमी आवाज और कही [illegible] मोटरों के हॉर्न शादी की कानों में आनन्द के संगीत की तरह पड़ रहे थे। इस [illegible]सडक पर शादी ने कुछ नई इमारतें

खड़ी हुई देखीं, जो कि युद्ध क्षेत्र में जाने से पहले वहाँ नहीं थीं। सड़क के बगल की बहुत-सी जगहें उस समय खाली थीं, जोकि अब गृह-पंक्तियों से भर गई थीं। सड़क पर उस समय अस्फाल्ट नहीं किया गया था और अब वह उसे अस्फ़ाल्ट किया हुआ बिल्कुल दुरुस्त देख रहा था। कंक्रीट और सीमेंट की विशाल और सुन्दर इमारतें वहाँ खड़ी थीं, जिनमें कि ताजिकिस्तान गणराज्य के कार्यालय थे। ये नई इमारतें, जो बहुत ही सुन्दर थीं, अपनी सुन्दरता से शादी को आचर्श्य में डाल रही थीं। उसने एक और भी विशाल इमारत देखीं, और ख्याल किया---यह कौन-सी इमारत हो सकती है ? फिर उसके मन में ख्याल आया, हाँ ! यह नये होटल की इमारत है, जिसकी नींव उसके जाते वक्त पड़ चुकी थी। ---सुन्दर, बहुत सुन्दर ! धीरे-धीरे शहर विशालतर, सुन्दरतर, भव्यतर होता जा रहा है।

शादी मन में बहुत खुश था, वह अपनी राजधानी के लिए अभिमान कर रहा था.। इसी शहर और स्वदेश के लिए इसी तरह के शहरों के लिए ही तो उसने हथियार बाँधा, इन्हीं अपने भाइयों के सौभाग्य और समृद्धि के लिये...इन्हीं काली आँखोंवाली लड़कियों के लिए तो वह युद्धक्षेत्र में गया था—जो अपने गली में प्योन्निरों की की लाल रूमाल बाँधे स्कूल की ओर जा रही है, इन्हीं हँसते चेहरेवाले जवानों, इन्हीं पति-पत्नियों, इसी सारी जनता के लिए छाती से ढाल बाँध कर वह दुश्मनों से लड़ने गया था, और अब खुश-खुश लौट कर उन की आराम की जिन्दगी को अपनी आँखों से देख रहा है ! शादी कल ही शाम को ट्रेन से आ पहुँचा था। स्टेशन पर मिलने के लिये कोई नहीं आया था, लेकिन जिस वक्त डाक्टर लपुखोफ को मोटर पर चढ़ा-कर वह विदा हो रहा था कि उसी समय रेलवे के कुछ मजदूरों ने आ कर उसे घेर लिया।

—सलाम रफीक लफ्टिनेंट—उन्होंने कहा।

—सलाम रफीक शादी, आओ !

—आओ स्वागतम् !

इस तरह बोलते हुए मजदूरों की तरफ बहुत गौर से देखने पर शादी ने उन्हें पहचाना। वह तीनों ही उसकी कमांड में रह चुके थे और दो साल तक जंगी सफर में उसके सहकारी रह कर उन्होंने बड़ी बहादुरी दिखलाई थी, जिसके लिए उन्हें तमगे मिले थे। जंग खत्म होने के बाद वहाँ से जल्दी ही लौट कर उन्होंने अपना काम शुरू कर दिया था। वही इस समय अपने काम पर जाते हुए शादी को देख बहुत खुश हो स्वागत कर रहे थे।

—कहाँ, कहाँ ? चलो घर चलें !—उनमें से एक ने, जिस का वतन लेनिनाबाद था, शादी के बड़े सन्दूक को हाथ में ले कर कहा। शादी ने बहुत कोशिश की, कि वह दूसरे दिन के वादे पर उसे छुट्टी दे दे, लेकिन उसका कोई फायदा नहीं हुआ। दूसरे साथी भी अपने साथी के साथ होकर उसे जबरदस्ती अपने घर ले गये। उन के घर स्टेशन के नजदीक एक बगीचे के भीतर थे। रेलवे कमकरों ने अपने पुराने कमांडर की खूब मेहमानदारी की। उसे खूब आराम से रात भर रक्खा। जब सबेरा हुआ, तो शादी अपनी सारी चीजों को वहीं छोड़ हाथ में छोटी-सी अटैची ले मरिया वसीलेंव्ना से मिलने के लिए जल्दी-जल्दी चल पड़ा।

जिस समय शादी मरिया के घर के दरवाजे पर पहुँच रहा था, उसी समय मरिया लेनिन सड़क के कलखोज बाजार की ओर लौट रही थी। शादी सोच रहा था कि अभी उसके दोस्त चारपाई से उठ कर चाय पीते होंगे ! उसने दरवाजा खटखटाया, लेकिन किसी ने जवाब नहीं दिया। फिर उसने ठक्-ठक् किया, इस बार घर के भीतर से किसी ने आ कर दरवाजा खोल दिया। शादी अपने सामने रशीदोफ को देख कर आश्चर्यचकित हो गया।

—रहमत अका ?—कहते हुए दौड़ कर वह उससे लिपट गया। रशीदोफ शादी से भी ज्यादा आश्चर्य में पड़ गया था; और शादी-

जान ! कहते हुए उसे पकड़ कर अपनी छाती से लगा लिया, और दोनों ने एक दूसरे का चुम्बन किया। दोनों ही इतनी जल्दी मिलने की आशा नहीं रख सकते थे।

--क्यों, प्यारे दोस्त ! मैं तेरे ऊपर अच्छी तरह निगाह डाल रहा हूँ—रशीदोफ़ ने कहा—तेरा स्वास्थ्य और शरीर ठीक है ओ लफ्टनेंट ! ओ, यह क्या तमगे। खुश...तमगे कितने हैं ?...एक, दो-तीन...यह सैनिक तमगे, वीरता के पुरस्कार ! ..आफरीं ! हाँ, यह हमारा रसोई-घर है। ओह, चाय का पानी उबल कर करीब-करीब सूख चला है, मैं अभी आ रहा हूँ। रशीदोफ़ ने बिजलीवाली चाय की केतली को वहाँ से अलग किया और उसे चीनी की चायनिक में ढाल कर चाय की पत्तियाँ डाल कर गरम पानी डाल दिया। शादी उसकी सभी बातों को बड़े ध्यान से देख रहा था, फिर बड़ी नम्रता के साथ उसने पूछा :

--आप इस घर में रहते हैं क्या ?

—हाँ, मैं !--रशीदोफ़ ने शादी के भाव को समझ कर यह कहा —आश्चर्य मत कर, अभी सब बातें मालूम हो जायेंगी।

दोनों फिर मेहमानखाने में आ गये। शादी जा कर दीवान पर बैठ गया। रशीदोफ़ ने मेज को ठीक-ठाक किया और कहा :

—मैं सोच रहा था कि यहाँ मरिया वसीलेव्ना रहती है—शादी ने कहा।

—हाँ, अलबत्ता। तू मरिया वसीलेव्ना को देखने आया था न कि मुझसे मुबाक़ात करने !

शादी कुछ लज्जित-सा हो गया और उसके मुंह से क्या बोलना चाहिए, यह उसे समझ में नहीं आया।

—ठीक है, ठीक है !—मजाक करते हुए रशीदोफ ने कहा—इसे अभी छोड़ो ! मेज पर आओ, चाय पी जाये !

शादी मेज पर आ कर बैठा । रशीदोफ चाय ढालने लगा । रोटी और चीनी पहले ही रख दिये थे ।

क्यों, शादी ! मरिया के मेहमान की जियाफत करने के लिए कोई तैयारी मैं नहीं कर सका, क्षमा करो । अभी घर की मालकिन आयेगी, और मुझे लज्जित करेगी ।

शादी ने मुस्कुराते हुए सिर हिला दिया ।

—अब भी तुम्हारी मजाकपसन्दी पहले ही जैसी है, अका रहमत !—उसने कहा—तुममें कोई परिवर्तन नहीं हुआ है ।

सिर के बाल सफेद हो गये हैं शादी—अब की बार रशीदोफ ने कुछ गम्भीर स्वर में कहा—यह दुःखों से भरी लड़ाई हमारे लिए बहुत सस्ती नहीं रही । बस..यह जिन्दादिली बाकी रह गई है वह पहले वाली कुव्वत और शक्ति नहीं है । खैर, तू सेना से अलग हो गया है क्या ?

—हाँ, तुम्हारा सेवा-काल और उमर पूरी हो गई है, यह कह कर मुझे भेज दिया गया ।

—तेरे तार से आज ही आने का पता लगा था ।

—कैसा तार ?—शादी ने आश्चर्य के साथ कहा ।

रफीदोफ अपनी जगह से उठकर दूसरे कमरे के भीतर गया और एक तार हाथ में पकड़े हुए ऊँचे स्वर में पढ़ने लगा : 'ओवकोव इवानोवा ! दिसम्बर की छः तारीख को स्तालिनाबाद में होऊँगा । शादी ।'

शादी ने तार हाथ में ले कर उस पर आँखें दौड़ाई । थोड़ी देर सोचते हुए फिर उसने तार को अच्छी तरह देखा और अन्त में कहा :

हाँ, हाँ ! समझ गया, यह तार कागान से दिया गया था। जरूर यह कप्तान करायेफ़ का काम है, लेकिन वह दिन लिखने में भूल गया, मैं कल ही शाम को ट्रेन से आ गया था।

—लेकिन मरिया वसीलेव्ना, आज सुबह चारपाई से उठ कर सोच रही थी, कि तेरे स्वागत के लिए चलें। यह अच्छा हुआ कि उससे पहले ही मैंने स्वागत किया। अब आ, उसके आने से पहले मैं अपने अपराध स्वीकार कर रक्खूँ। तेरे बिना ही हमने विवाह-भोज कर लिया, लेकिन तेरा भोज अलग से होगा। विवाह करीब चार साल से हुआ, जब से हम दोनों पति-पत्नी हैं। हमारे पति-पत्नी होने की कहानी भी अलग है, जिसे मैं तुझे बता दूँगा। लेकिन, पहले तू हमारे गुनाह को माफ कर दे।

शादी अपनी जगह से उठ खड़ा हुआ और रशीदोफ को अपने हाथों से पकड़ कर छाती से लगाते हुए बड़े भावुकतापूर्ण शब्दों में उसने कहा—दिलो-जान से मैं प्रसन्न हूँ, मुबारकबाशद !

इसी समय दरवाजा खुला, मरिया वसीलेव्ना घर के भीतर आ गई।

—स्वागत अहो !—कहती हुई दौड़ कर उसने अपने हाथों को शादी के हाथों में दे दिया और खूब जोर से हाथों को दबाते हुए दोनों की ओर निगाह करके कहा—हजार वार स्वागत, शादीजान ! अगर तूने हमारे गुनाहों को माफ कर दिया, तो मैं भी तेरे गलत तार से खफा नहीं हूँ।

शादी ने मरिया वसीलेव्ना के हाथ को दबाते हुए कहा :

—सलाम, सलाम प्यारी मरिया वसीलेव्ना ! अब जब कि मेरे बिना ही विवाह-भोज हो गया, तो भाई के तौर पर मुझे कुछ भी करने का अधिकार है, लेकिन अभी हमारे जीजा ने मेरे भोज को बाकी रक्खा है, तुम्हारा ब्याह मुबारक हो।

तीनों प्रसन्नता से हँसने लगे और मरिया ने मेज को मेवा, मिठाई, कुलचा, रोटी आदि से भर दिया और बीच-बीच में वह रशीदोफ की शिकायत भी करती जा रही थी—इसे दुनिया का काम मालूम नहीं, गृहस्थी के कामों से अपरिचित है। शादी जैसे प्यारे मेहमान के लिये ठीक से दस्तरखान भी नहीं तैयार कर सका। अगर मरिया वसीलेव्ना सवेरे उसे मेज पर बैठ कर नाश्ता न करवाये, तो वह उसी तरह बिना चाय के ही काम पर चला जाता है। बाजार का काम, दूकान से खरीद-फ़रोख्त का काम कुछ भी नहीं जानता।

रशीदोफ इन शिकायतों को बड़े शौक़ से सुन कर हँस रहा था और हर वक्त शादी के प्याले में चाय डाल, उसे खाने के लिये ताकीद करता जाता था।

—अपने कलखोज की-कुछ खबर तुझे मालूम है ?—रशीदोफ ने अन्त में उससे पूछा।

—खबर है,—शादी ने कहा—करीब दस रोज हुआ कि दिलवर का खत मिला था। कल चिपतुरा स्टेशन पर महमूदजान भी मिला।

—तुम्हारा कलखोज आमतौर से बुरा नहीं है, अपनी योजना को पूरा करता जा रहा है। तो भी पूरी तौर से मेरी इच्छा के अनुसार नहीं है। इस कलखोज को अपने देश के एक अग्रगामी कलखोज के रूप में परिवर्तन किया जा सकता है; लेकिन यह तभी हो सकता है, जबकि वहाँ के लोगों को सिखाया जाय, जिससे वे ठीक रास्ते परच लें ! इसीलिये मेरे ख्याल में अगर कलखोज में आ कर फिर तू अपने काम को सँभाल ले, तो बहुत अच्छा होगा।

—आप क्यों नहीं गये थे ?

—एक-दो महीना नहीं हुआ, और तब से ठीक पूरी खबर भी नहीं मालूम हुई; लेकिन आज ही कल रायन तहसील और तुम्हारे गाँवों में जानेवाला था।

इन का चुनाव-क्षेत्र उसी ओर है——बीच, में बात में ही शामिल होते हुए मरिया वसीलेव्ना ने कहा——गुलिस्तान और तुम्हारे रायन और पड़ोसी रायनों के बहुत-से दूसरी सोवियतों ने रशीदोफ को बड़ी सोवियत के लिये उम्मेदवार खड़ा किया है; इसलिये अपने निर्वाचकों के पास जाना जरूरी है।

—अःहा, बधाई देता हूँ !—और भी खुश हो कर शादी ने कहा—बहुत ठीक कार्य हुआ है, बिल्कुल उचित बात की गई। अगर निर्वाचकों में मैं भी एक हूँ, तो अभी अपने वोट को तुम्हें देने के लिये तैयार हूँ।

—सलामत, सलामत...रहमत !—रशीदोफ ने कहा।

——लेकिन——शादी ने कहा——मेरा पारिश्रमिक बहुत बड़ा होगा।

——हाँ, शादी !——मरिया वसीलेव्ना ने खड़े होते हुए कहा——सुस्त मत हो, अपनी मांग को और बड़ी करता जा।

मरिया रसोईघर में चली गई।

——न हो, तो क्या मैं भी तुम्हारे साथ आऊँ ?——शादी ने कहा——या चलूँ फिर !

—हो सकता है—रशीदोफ ने कहा—इसी शाम को गुरुजी के पास जानेवाला था, सलाह करनी थी; वह जो कुछ कहें उसी के अनुसार काम करना है।

शादी जानता था कि यह रशीदोफ के गुरुजी कौन हैं। वह ताजिकिस्तान की कम्युनिस्ट पार्टी की केन्द्रीय समिति के एक नेता थे, जिन्होंने रशीदोफ को आगे बढ़ाने में बड़ी मदद की थी। रशीदोफ भी उन का बहुत कृतज्ञ था और उन्हें अपना गुरु मानता था। शादी का भी अदृष्ट रूप से उनके साथ स्नेह सम्बन्ध था, लेकिन युद्ध से पहले बात-चीत करने का मौका नहीं मिला था। अब जब कि उसे नये काम को हाथ में लेना था और बड़े गम्भीर और महत्वपूर्ण रास्ते पर चलने के लिए तैयार होना था,

अगर कुछ व्यक्ति इसके बारे में सलाह लें, तो अच्छी होगा; इसलिए रशीदोफ की बात सुन करके उसने कहा :

—ठीक है, अगर सम्भव हो, तो मैं भी तुम्हारे साथ गुरुजी के वास चलूँ, मैं भी कुछ उनसे सलाह लूँ ?

—ठीक है—खड़े होते हुए रशीदोफ ने कहा—न हो, तो तू आज मरिया वसीलेव्ना के साथ बात-चीत कर, आज उसने छुट्टी ले रक्खी है, फिर घर में आराम कर। मैं भी कोशिश करूँगा कि काम से जल्दी लौट आऊँ, फिर तेरे साथ मरिया की ज़ियाफत खा कर गुरुजी के पास चलेंगे। खैर, मरिया मैं चला !

इतने में मरिया खीर परोस कर लाई।

—तैयार चीज को परे रखना अच्छा नहीं !—मरिया ने कहा—बैठ जा, खीर खा कर जाना।

रशीदोफ लौट कर बैठने के लिए मजबूर हुआ।

उस दिन शादी शहर देखने निकला। दो-तीन घंटे वह घूमता रहा, फिर साढ़े ४ बजे लौट कर मरिया के घर पहुँचा। मरिया रसोईघर में चावल पका रही थी। शादी को अभी उसने वहीं पास में मेज पर बैठा कर एक प्याला हरी चाय रख धीरे-धीरे अपने ब्याह की कहानी सुना दी—

जब रशीदोफ शहर के रायकौम का सेक्रेट्री कातिब था और मैं ओबकोव जिला-कमेटी में काम करती थी, उस समय हमारी देखा-देखी हर वक्त रहती थी। हमारे काम का एक-दूसरे से सम्बन्ध था। मुझे मालूम है, कि पहले ही से आपस में हमारी बात-चीत थी, लेकिन ब्याह करने के लिए न मैं तैयार थी और न वही। सोचते थे कि मौका आयेगा, तो देखा जायेगा। सन् १९४२ में, अपने देश के पूर्वी भागों से बहुत से शरणार्थी यहाँ आ गये। शहर में रहने के लिए मकान काफी नहीं थे। कितने ही परिवारों को कष्ट दिया

गया, कितने ही कमरों को उनसे ले लिया गया; लेकिन तब भी पूरा नही पड़ा। एक दिन में काम कर रही थी, उसी समय रशीदोफ ने अपने कमरे में मुझे बुलाया। केवल वह और मैं ही वहाँ पर थे। बैठो--उसने कहा। मैं बैठ गई। तुमसे एक राय लेनी है---उसने कहा। कृपया कहिए—मैंने कहा। उसने कहा—शरणार्थियों के लिए मकानों का सवाल बहुत मुश्किल हो गया है। खास कर के एक बड़े प्रसिद्ध विद्वान् का परिवार आया हुआ है। उसके लिये जगह और आराम का इन्तिजाम करना मेरे ऊपर सुपुर्द किया गया है। शहर की सोवियत इसके बारे में कुछ नहीं कर सकी। किस तरह एक मकान का इन्तिजाम किया जाये, जिसमें कि उक्त विद्वान् अपने परिवार के साथ रह कर अपने काम को जारी करें? यह बात शहर की सोवियत-शक्ति के हाथ में भी नहीं है; लेकिन नवागत मेहमान को जगह देना बहुत जरूरी है। मुझे एक रास्ता दिखाई पड़ रहा है। तुम अपने घर में अकेली हो और मैं अपने घर में अकेला हूँ।...हम दोनों के पास कमरे हैं। कैसा हो, यदि मैं तुम्हारे पास चला आऊँ, या तुम मेरे पास चली आओ और इस प्रकार एक मकान को खाली करके उन मेहमानों को दे दें? यह बात सुन कर कुछ लज्जित हो, मैंने सिर नीचा कर लिया और कोई जवाब नहीं दे सकी। रशीदोफ ने फिर पूछते हुए कहा--मैं गम्भीरता के साथ कह रहा हूँ। मैंने उससे कहा कि मुझे नहीं मालूम। फिर खड़ी होते हुए पूछा कि और कोई बात तो नहीं है। उसने कहा नहीं। यही पहली बात थी, जो मेरे दिल में लगी। दो-तीन दिन बाद वह किसी काम पर बाहर चला गया। उसके बाद मुझे भी जाने की जरूरत पड़ी। जब मैं लौट कर आई, तो देखा कि रशीदोफ राय-कौम के लेखक कातिब के कमरे में सोता है। उस साल जाड़ों का मौसम बहुत सख्त रहा था। रशीदोफ ने सावधानी नहीं की और उसे इन्फ्लुएंजा हो गया। मैंने उस बीमारी में रायन के डाक्टर के साथ उस की भरसक देख-भाल की। रशीदोफ राय-कौम के कातिब को काम के लिये हर तरफ भेजता रहा और बीमार रहते हुए भी अपने काम को करता रहा।

उस की निगाहबानी करने के लिए जो मैं तीन वहाँ दिन रही, उस दौरान हमने आपस में अच्छी बात-चीत की। मालूम हुआ कि रशीदोफ ने अपने घर को उसी मेहमान विद्वान् को खाली कर के दे दिया थाऔर चन्द दिनों तक वह अपने किन्हीं-किन्हीं दोस्तों और फिर अपने ऑफिस के कमरे में सोता रहा। यह सुन कर मुझे बहुत अफसोस हुआ और उसके लिए रहम आया। जब मैं फिर शहर लौटी, तो मैं रशीदोफ को अपने घर लें लाई।

—विवाह-भोज कैसा रहा ?—शादी ने कहा।

—युद्ध के दिन थे—मरिया ने कहा—भोज के लिए हाथ और दिल काम नहीं कर सकता था। केवल एक रात कुछ और साथियों के साथ बैठ कर भोजन बना कर हमने खाया। असली भोज तो तब हुआ, जब रशीदोफ युद्धक्षेत्र से लौट कर आया !

—सचमुच !...क्या रशीदोफ भी युद्धक्षेत्र में गये थे ?—शादी ने पूछा।

—सन् १९४२ के सितम्बर महीने में युद्ध के लिए अभियान शुरू हु आ और वह दिसम्बर के महीने में युद्धक्षेत्र में गया। तब तक हम केवल छः महीने तक साथ रहे थे। वह युद्धक्षेत्र में जा कर १९४४ ई०, के अगस्त में लौटा।

—बिल्कुल छुट्टी पा कर ?

—बिल्कुल न सही, किन्तु एक हद तक ! लड़ाई में घायल होने पर और दाहिने हाथ के टूट जाने से चिकित्सा करने बाद उसे घर भेज दिया गया। मालूम हुआ कि उसके खून में कुछ खराबी भी पैदा हो गई है।

—खैर, अब उन की तन्दुरुस्ती कैसी है ?

—अब बुरी नहीं है—खड़ी होते हुए मरिया वसीलेव्ना ने कहा—बहुत काम करता है, हमेशा रायनों या कलखोजों में घूमता रहता है।

खास करके आज-कल तो और भी, जबकि चुनाव का कारोबार जोर से चल रहा है, उसे बैठने की फुर्सत तक नहीं है। अब निर्वाचकों के पास जाना जरूरी है।

मरिया ने नमक के साथ चावल पानी में डाल कर उसे पकाया। मोशा मौसी इस बीच में आई और गई और चूल्हे को सुलगा कर वहाँ ईंधन भी रख गई।

—पुलाव बनाना भी सीख लिया क्या?—शादी ने पूछा।

—खाना सीखा, तो पकाना भी सीखना चाहिए—मुस्कराते हुए मरिया ने कहा।

:०:　　　:०:　　　:०:

शादी के सेना से लौटने के उपलक्ष में रशीदोफ-दम्पति ने एक छोटी-सी दावत दी। मेज पर स्वादिष्ट फल-फ्रूट, और सूखे मेवों तथा मिठाइयों के सिवा पिस्ता, बादाम, अखरोट, चिलगोज़ा, किशमिश आदि सूखे मेवों के अतिरिक्त, कई तरह के और पकवान तथा उत्कृष्ट ताजिक मदिरा की एक-दो बोतलें तथा 'गोची' और 'तायफी' जैसी शराब की बोतलें भी रक्खी हुई थीं।

रशीदोफ अपने साथ ओबकोव के एक कातिब और अपने दोस्त मुहीब को भी साथ ले आया था। मरिया ने साहित्यकार आज़मजान और उसकी बीवी को भी बुला लिया था। शादी की बगल में डाक्टर मुहीब बैठे हुए थे। सामने ओबकोव के कातिब और डाक्टर, शादी के बिल्कुल सामने साहित्यकार और उस की बीवी, सबसे नीचे की ओर रशीदोफ और मरिया बैठे थे। सब का एक-दूसरे से परिचय हुआ। फिर वार्तालाप शुरू हुआ; और अन्त में एकाएक, डाक्टर मुहीब न शराब के प्याले को हाथ में ले कर खड़ा हो कर कहा:

––मेरी माननीय बहिन ! मैं आपके साथी साहित्यकार जैसा साहित्यकार और काव्य-मर्मज्ञ तो नहीं हूँ; लेकिन मैं चिकित्सक हूँ और मानव-मन के स्वभाव को बखूबी जानता हूँ। मैं जो कुछ भी लोगों को देता हूँ, केवल उनके स्वास्थ्य के लिए ही देता हूँ। अगर इस चीज को आपके सामने भी भेंट करूँ, तो वह लाभ के बिना नहीं रहेगी !

साहित्यकार की बीवी कुछ नहीं समझ पाई कि क्या जवाब दे ! इसी समय आज़मजान बीच में बोल उठे :

––माननीय चिकित्सक ! शराब को दवा कह कर के, जो उसके गुण को नहीं जानता है, उसे मनवाना चाहिए ! यह चिकित्साशास्त्र के अनुसार तो ठीक है न ?

––हाँ, मुझे भी नहीं मालूम कि यह ठीक है या नहीं––मुहीब ने कहा––पर अच्छा डाक्टर एक तो नजर देख कर ही किसी की तबीयत और मिज़ाज से परिचित हो जाता है। आप का यह मामूली डाक्टर यदि अच्छा न भी हो, तो भी यह जानता है कि यह आत्मिक भोजन मेरी बहिन के लिए फायदा छोड़ नुकसान देनेवाला नहीं है।

––एक शर्त !––बात में साथ देते हुए रशीदोफ़ ने कहा––आपके हाथ से कोई खानम (महिला) जब प्याला ले, उस समय आप अवश्य ही इसी शराब के बारे में कोई दार्शनिक बात कहें।

मुहीब आश्चर्य करते हुए सब की ओर एक-एक बार नजर डाल कर बोले :

––बहुत अच्छा, इसके बारे में महान् दार्शनिक बुजुर्ग अबूअली इब्नेसीना ने जो कहा है, उसे मेरी बहिन जरा सुनें और ग़ौर करें––

सत्य पारखी के लिए मद्य आत्मिक भोजन होती है !
क्योंकि उसका स्वच्छ रंग चुने हुए गुलाब के रंग जैसा,
उसका कड़ुवा स्वाद पिता की लाभदायक शिक्षा जैसा,
बरबाद करनेवालों के नजदीक झूठ और
समझदार के नजदीक सच्च।

बुद्धिमानों के लिए हलाल और बेवकूफों के लिए हराम !
बेवकूफ पियें तो शराब है गुनाह; क्योंकि यह
तेग या तरकश की ओर हाथ ले जाये ! !

डाक्टर मुहीब की इन बातों को सुन कर साहित्यकार की बीवी ने शराब के प्रथम प्याले को मंजूर किया। सभी ने प्रसन्न हो कर ताली बजाई, जबकि साहित्यकार की बीवी ने प्याले को हाथ में पकड़ा।

—अब, चाहे कुछ भी हो, इस शराब को जरूर पी—आज़मजान ने अपनी बीवी से कहा—समझा किस तरह से यह सुभाषित आया : ताजिक सोवियत के जवान डाक्टर ने हकीमों और फ़िलासफरों तथा महान् प्राचीन चिकित्सक अबूअली इब्नेसीना के दार्शनिक और फलसफियाना वचनों को शराब की प्रशंसा में उद्धृत किया, लेकिन इसके साथ एक बात और भी कहनी जरूरी है कि हमारे दूसरे प्राचीन महान् कवि उमरखैयाम ने कहा है—

अगर तू मद्य पीता है तो बुद्धिमानी के साथ पी,
या रक्तमुख हँसते हुए रक्तमुख प्रियतमा के साथ पी !
बहुत मत पी, दोहरा मत, खोल मत,
कम-कम पी, कभी-कभी पी, छिप कर पी ! !

यह भी तेरे लिए शिक्षा है। हमने तो बुजुर्गों की नसीहत को भुला दिया और अबूअली तथा खैयाम के दार्शनिक ढंग से हम नहीं पी रहे हैं। तो भी हम मित्रता के तौर पर ताजिक सोवियत के हकीम के स्वास्थ्य तथा इन दार्शनिक सुभाषितों के सम्मान में हम पीते हैं।

—ठीक—कुछ पीने के बाद ओबकोव के कातिब ने कहा—मालूम होता है, कि एक सिर्फ डाक्टर होना हमारी शर्त के लिए काफी नहीं है। डाक्टर ही क्या हुए, बल्कि शैरों के भी जानकार हों और शायर अगर हुए तो चिकित्साशास्त्र से भी अपरिचित नहीं होना चाहिए; नहीं हर जगह शरमिन्दा होने की सम्भावना है ! खैरियत यही है कि डाक्टर

मुहीब कविता से परिचित हैं, नहीं तो इस गोष्ठी में हम सभी लज्जित होते।

शादी इस सारी बात-चीत में अब तक चुप था, लेकिन कातिब की बातों को सुन कर उसके मन में कोई बात आई, और वह बोल उठा :

—हमारी सेना में एक कर्नल था; बड़ा ही समझदार आदमी था। हम उस दिन आक्रमण करने जा रहे थे, उसने नहीं चाहा कि हमसे मिल कर हमारी लड़ाई की बातों को पूछे। अच्छा, मैंने कहा—हम सभी तैयार खड़े थे कि आक्रमण के लिए बढ़ें। बहुत अच्छा—उसने कुछ देर सोच करके कहते हुए पूछा : तुम्हारे भीतर ताजिक लोग बहुत हैं क्या? मैंने कहा कि हैं। खूब लड़ाकू योद्धा हैं। कर्नल ने कहा कि उन्हें ठीक तरह से नसीहत करूंगा, उन की हिम्मत को ऊँचा बढ़ाऊँगा, जिसमें कि वह आक्रमण से पहले खूब हिम्मतवाले हों! उसने फिर मुझसे पूछा कि उसमें से किसी को सादी के शैर याद हैं या नहीं। मंैन कहा—नहीं! कर्नल ने मेरी ओर देख मुस्करा दिया और बोला—अच्छा है कि शादी फिरदौसी जैसे ताजिक-साहित्य के महान् बुजुर्गों, पुश्किन, गोर्की, मायकोव्स्की जैसे रूसी साहित्य के महाकवियों तथा स्वयं अपनी सोवियत के साहित्यकारों के सुभाषितों को सिखलाऊँ। मैंने कहा—बहुत अच्छा! फिर कर्नल ने सादी का एक शैर पढ़ा, जो सचमुच ही आदमी के भीतर मर्दानगी पैदा करता। अफसोस कि मैंने उसे नोट नहीं कर लिया!!— शादी यह कह कर चुप रहा। साहित्यकार ने उसकी इस चुप्पी से फायदा उठा कर उसके लिए सादी के शैर सुनाये :

मैं वह नहीं हूँ कि जंग के रोज तू मेरी पीठ देखे,
वह भी नहीं कि मेरे सिर को खाक और खून के भीतर देखे!
मैं वह हूँ कि जंग आवे, तो अपने खून से खेला करूँ,
वह कि मैदान के दिन लश्कर के खून से खून बहा दूँ।

—ठीक, ठीक !—शादी ने साँस लेते हुए कहा—बिल्कुल यही शैर था। लेकिन, मेरी बेवकूफी देखो कि इस शैर को भी मैंने भुला दिया !

—बेवकूफी नहीं, रशीदोफ़ ने कहा—उस वक्त आक्रमण करने के लिए जाते समय सुना हुआ शैर क्या अब तक याद रह सकता है ? युद्ध का शैर सिर्फ है 'हुर्रा !' 'जिन्दाबाद सोवियत !!' 'वतन के लिए जनता के लिए !' फिर बाद में भी 'हुर्रा...हुर्रा !' बस यही।

—लेकिन, अब—साहित्कार ने कहा—अपने कर्नल की नसीहत को न भूलते हुए जरूर शैर पढ़ोगे क्या ?

—जरूर—शादी ने कहा—अब मैं जब कि अपने गाँव में पहुँचूँगा, काम न होने पर फालतू समय को कविता-पाठ में बिताऊँगा।

—गाँव में बिना काम का वक्त नहीं मिलेगा—मरिया वसीलेव्ना ने कहा।

—नहीं, हो सकता है समय मिले—अब कातिब ने कहा—सिर्फ अपने ही पढ़ने के लिए ही नहीं, बल्कि दूसरों के लिए भी कविता-पाठ करने के लिए यह कार्य जरूरी है, रफीक शादी ! हम तुम्हें सलाह देंगे कि लेनिन-स्तालिन की शिक्षाओं के पढ़ने का कार्यारम्भ, मार्क्सवाद-लेनिनवाद की क्लासिकों से शुरू करो। यह तुम्हारे लिए हर काम में सहायक और लाभप्रदर्शक होगा।

अलबत्ता, अलबत्ता !—शादी ने कहा—लेकिन अपने मन में सोचने लगा, कि किस तरह और कब वक्त मिलेगा और कैसे दूसरों को पढ़ाऊँगा, जबकि अभी मुझे स्वयं बहुत-सी बातें सीखनी हैं।

इसी समय लेखक-साहित्यकार मेहमान ने उसके ख्याल को तोड़ते हुए कहा :

—काश, अगर एक रात-दिन में छत्तीस घंटे होते !

—काम बहुत है क्या ?—कातिब ने पूछा।

—काम बहुत है—कहते हुए लेखक ने सिर हिला दिया।

—उतना ही काम कर—लेखक को सम्बोधन करते हुए डाक्टर ने कहा—जिसमें कि कृति खूब अच्छी हो, बड़ी चाहे न हो।

—देर आयद व दुरुस्त आयद अर्थात् देर से आवे, लेकिन अच्छी आवे !—रशीदोफ़ ने लेखक की ओर से कहा।

—काश—! कातिब ने कहा—अगर देर आयद व दुरुस्त आयद होता ! तो जान की जान कहूँ, लेकिन मेरे ख्याल में अभी उस का देर से आना भी शुरू नहीं हुआ है। जो कुछ आया है, वह हमें संतोष नहीं देता। देखें, रफीक शादी को कि वह लेखक की कृतियों में से कुछ अपने साथ भेंट के तौर पर ले कर गाँव जाता है या नहीं ?

—आजिम जान की किताब को—मरिया ने कहा।

—हाँ,—उसकी बात का समर्थन करते हुए शादी ने कहा—मैंने आपकी किताब को खरीदा है, लेकित अभी पढ़ा नहीं है।

—मैंने पढ़ा है—कातिब ने कहा—किताब बुरी नहीं है; लेकिन कम है, अभी यह बहुत कम है। और लिखना चाहिए, अपनी कृतियों को और बड़ा एवं वास्तविक बनाना चाहिए।

लेखक इन सारी बातों को सुनता रहा। फिर एक प्याला शराब हाथ में ले खड़ा हो कर बोला :

—रफीको ! मेरे कम लिखने के बारे में आप की बात दुरुस्त है, हक है, सच है ! यह भी सच है कि दूसरे दोस्त और मैं बहुत काम करते हैं। लेकिन, इतना होने पर भी ठीक कृतियों को नहीं दे सके। इसमें एक भेद है, जिसे मैं इस गोष्ठी में प्रकट करना चाहता हूँ :

हमारा जीवन इतनी तेजी से आगे बढ़ रहा है, लेखकों के सामने इतनी ज्यादा माँग पहुँच रही कि उन सब माँगों का उत्तर देना इस

वक्त आसान नहीं है। उदाहरणार्थ में अपनी शुरू की हुई एक कृति के लिए यहाँ तक मजबूर हुआ कि कितनी ही बार तैयारी करके फिर नये तौर से लिखूँ। शायद मेरी अपनी अयोग्यता भी कारण हो। जो भी हो, अच्छी चीज लिखने और पाठकों की इच्छा को पूरा करने में समर्थ होने के लिए समय और काम की जरूरत है। लेकिन हम काम करते हैं, और काम करने में किसी चीज को उठा नहीं रखते। अवश्य इस बार जब रफीक शादी आयेंगे, तो उचित भेंट तैयार रखेंगे। हम अपने साहित्य को प्रफुल्लित करने के लिये लिखते हैं।

शादी ने चौथा प्याला उठाया था; लेकिन उस का सिर बिल्कुल दुरुस्त था और वह बिल्कुल होश में था। गणराज्य के प्रगतिशील आदमियों के बीच हो रही बात-चीत और गोष्ठी का ढँग ऐसा था कि उसने उसे होश से बेहोश नहीं होने दिया और वह हमेशा सजग हो कर उन की बातों पर विचार कर रहा था।

——शादी कहा है कि——लेखक ने बात शुरू करते हुए कहा——क्या कहूँ, यह सोचना उस शरमिन्दगी से कहीं बेहतर है कि मैं ने क्यों कहा! इसके लिये बड़े-बूढ़े फरमाते हैं कि हम कोई ऐसा कार्य न करें कि उसके लिए हम भी पीछे पशेमान अथवा लज्जित हों, इसके लिए बहुत सोचते हैं :

बिना देर किये बात मत कर,
अच्छी कहें, चाहे देर में कहें, तो क्या चिंता!

——आफरीं!—प्रसन्न हो कर डाक्टर ने कहा। अपने पति को इस प्रकार बात करते देख प्रसन्न हो कर, उसकी बीवी ने भी हाथ में प्याला उठाते हुए कहा——मेरा विचार है कि खाविन्द के स्वास्थ्य लिए पान करूँ।

सभी ने उसके विचारों का प्रसन्न हो कर स्वागत किया, और इसी तरह उन की गोष्ठी तब तक चलती रही, जब तक कि कातिब अपनी घड़ी देखते हुए, खड़ा हो कर न बोला :

—खैर, रफीको ! अब चलना हो सकता है। खूब खाया, मदिरा-पान किया, अच्छी गोष्ठी की और इस सब के लिए मरिया वसीलेव्ना और अपने दोस्त रशीदोफ को रहमत !

—रहमत ! रशीदोफ़ के लिए रहमत, धन्यवाद ! !—लेखक ने हँसते हुए कहा । सभी खैर-खुश कह कर चले गये ।

—अब मेरे जाने का वक्त भी हो गया है—शादी ने रशीदोफ़ से कहा—जिसमें कि मेहमानों की विदाई के बाद हम खुद भी चलें ।

रशीदोफ़ ने दीवार-घड़ी की ओर निगाह करके कहा :

—एक घंटा बाद !

:०: :०: :०:

एक घंटा बाद रशीदोफ और शादी ताजिकिस्तान की केन्द्रीय कमेटी के एक नेता के कमरे में बैठे हुए थे। शादी ने अपनी जिन्दगी के एक गम्भीर प्रश्न के बारे में बात शुरू की :

—चार साल पूर्व जब मैं युद्ध-स्थल में था, मेरा ध्यान तब भी बराबर अपने कलखोज में लगा हुआ था । हमारे कलखोज में बहुत ही अच्छा कार्य हो रहा था, मेरी बड़ी-बड़ी आशायें और इच्छायें थीं; लेकिन जब लड़ाई शुरू हो गई, तो मैं और बहुत से जवान भी चले गये; और कलखोज ने भी अपने कदम को सुस्त कर दिया । अब मैं नहीं जानता कि कलखोज में जा कर मैं क्या शुरू करूँ ? मेरे ख्याल में कलखोज के काम को आगे बढ़ाने के लिए सहायता की जरूरत है ।

—मसलन, कौन-सी सहायता ?—कातिब ने पूछा ।

—मसलन—शादी ने कहा—अगर तीन-चार आदमी, जिन का कलखोज में रहना जरूरी है, अगर वे नहीं रहें, तो काम आगे नहीं बढ़ेगा । अगर आप सहायता दें, तो मैं उन सभी को इकट्ठा करके ले चलूँ ।

—तुम शरीफ, मुकीम और करीमोफ जैसों के बारे में कहना चाहते हो?

—इसमें से हर एक हमारे कलखोज का आधार-स्तम्भ जैसा था।

—अब और नये स्तम्भ आ खड़े हुए हैं—कातिब ने कहा—तुम्हारा काम है कि अब इन्हीं नये स्तम्भों को अधिक मजबूत और शक्तिशाली बनाओ।

—काम को फिर से शुरू करना होगा...!

—नहीं, फ़िर से नया नहीं!—कातिब ने कहा—तरक्की करने के दौरान में किसी काम को नये तौर से दोहराने की जरूरत नहीं होती। कलखोज की जड़ अपनी जगह पर मजबूत हो चुकी है। अब वह विशाल और बड़ा हो चुका है। ऐसी बड़ी नींव के लिए कैसे नये खम्भों की जरूरत है, उसी तरह अलग सोचना होगा। अब हमारे कुछ कलखोज जंग के दौरान, अपने पहले की उपज से ज्यादा उपज प्राप्त कर रहे हैं। अब काम के नये तरीके, नये रास्ते दिखाई पड़ते हैं। जंग के बाद किस तरह बदलना चाहिए, उसी के अनुसार लोगों में परिवर्तन हुआ है—तरक्की करते हुए वे आगे बढ़ेंगे। इसलिए तुम्हारे काम का तरीका भी अब दूसरा होगा, जिस का कहना मुश्किल नहीं बल्कि मुश्किलतर है।

—रफीक, मैं मुश्किल से नहीं डरता।

—आफरीं!—कातिब ने तुरन्त कहा—काम को और विस्तृत तथा बड़ा करो। आगे निगाह करके कदमों को और बड़ा उठाओ। तुम्हें मदद तुम्हारी पार्टी और सरकार देगी, जनता तुम्हारी देख-भाल करेगी। ऐसा करो कि लोग शिक्षायुक्त हों। पढ़ने-लिखने एवं कृषि-विज्ञान के काम को आगे बढ़ाओ, कलखोज को सभ्यतर बनाओ, स्कूल और अध्यापकों का ख्याल रक्खो। उनको कलखोज के सांस्कृतिक कामों में तल्लीन करो। लोगों की ओर बहुत ध्यान रक्खो, तुम्हारे काम का यही

तरीका होना चाहिए। एक तरह के आदमी बहुत आगे बढ़े होंगे; दूसरे ऐसे भी हैं, जो अपनी जगह पर गड़े हुए हैं। उन्हें अपनी जगह से चालित करके आगे ले जाना चाहिए। आजकल के कलखोज में स्त्रियों की समस्या बहुत कठिन है। जंग के दौरान, इस सवाल पर, सामन्तवादी दृष्टिकोण से भी देखा जा रहा था। लेकिन वह अपनी चारों ओर की चीजों से बिना प्रभावित हुए नहीं रह सकीं। इन सभी पुरानी बातों को जड़ से उखाड़ने कीं जरूरत है। तुम्हारे कलखोज की अध्यक्षा जेवी मौसी महा-सोवियत की मेम्बरी के लिये उम्मेदवार हुई हैं। हमारा विचार है कि उन्हें रायन तहसील की इजराई कमेटी में ला कर सहायक अध्यक्ष का पद दिलवायें। इसके कारण तुम एक तीर से कई लक्ष्य पूरे कर सकते हो। अगर इन सब बातों पर ध्यान दिया जाय, तो इस का फल होगा कि उससे कलखोज की आर्थिक हालत और अच्छी होगी।

दुरुस्त है!—रशीदोफ ने सहमति प्रकट करते हुए कहा—खास करके नवजीवन कलखोज में इन कामों का पूरा करना जरूरी है।

कुछ ऐसेवैसे- कितने ही लोग हैं कि—शादी ने कहा—वक्त पर ठीक तौर से काम करने, और सोवियत तथा सरकार के रास्ते पर चलने में हमेशा पिछड़े रहते हैं, और इस अपने पिछड़ेपन को स्वयं न जान ऐसे काम करते हैं कि जो चिन्ता का कारण बनते हैं। मैं जानता हूँ कि हमारे कलखोज में भी एक-दो आदमी इस तरह के मिलेंगे।

—तुम इस बात को कैसे जानते हो?—कातिब ने पूछा।

—चिपतुरा स्टेशन पर मेरी अपने एक सहकारी से भेंट हुई। उसकी बोल चाल और ढंग मुझे ठीक नहीं जंचे। विचित्र-सी उस की हरकतें थीं!

—समझाने की जरूरत नहीं—कातिब ने कहा—यह मसला बहुत नाजुक है।

रफ़ीक स्तालिन ने १८ वीं पार्टी कॉन्फ्रेंस में रिपोर्ट देते हुए इन बातों के बारे में बतलाते हुए, विशेषकर पुरानेपन के बारे में कहा है। इस

समय कातिब ने मेज पर से 'लेनिनवाद की समस्याएँ' पुस्तक को हाथ में ले पन्नों को खोल कर कहा :

द्वितीय, इस प्रकार के एक बुर्जुआ किसान के पुराने भाव कोई अपने भीतर रखता है, कि बीते समय की ओर आँखों को डालते समय, अपनी आँखें गाड़े। बीता समय अतीत से बँधा हुआ रहता है, और अतीत से बँधा नवीन जीवन के भीतर नजर नहीं डाल सकता। इसे छोड़ना, इसे पहचानना नवीनता को न पहचानना है। यह तथ्य कभी बहुत बुरा और भयानक हो सकता है। कहते हैं सुस्ती, खुदगर्जी और पेटपूजा के कारण भी पिछड़ापन हो सकता है। यह ठीक है, लेकिन बाज वक्त ऐसा भी होता है कि कोई-कोई आदमी अपनी बुद्धि और तजुर्बे पर जरूरत से अधिक भरोसा करके अभिमानी हो जाते हैं और अपनी छोटी-सी बुद्धि, जो कि उसे पहाड़ बराबर पड़ती है, उसके ऊपर भरोसा करके जीवन के पीछे पड़ जाते हैं। इन्हीं के बारे में ताजिक कवियों ने कितना अच्छा कहा है —

> वह आदमी नहीं जानता जोकि न जानता को नहीं जानता,
> बेवकूफी में भरा दुनिया का दास बना रहता है।
> लेकिस उसी तरह के नादानों !
> [इसी तरह के बहुत पिछड़े हुओं का बरबाद होना जरूरी है ॥

अर्थात् इसी तरह के नादानो ! इसी तरह के बहुत पिछड़े हुओं का बरबाद होना जरूरी है; क्योंकि ये लोग, मैं जानता हूँ, न समझते हुए हानि पहुँचा सकते हैं। अच्छा तो तुम कलखोज में जा कर क्या काम करना चाहते हो ?

शादी, एकाएक इस सवालों को सुन कर क्या जवाब दे, इसे नहीं समझ सका। वस्तुतः अभी शादी इसके बारे मे कोई निश्चय नहीं कर पाया था कि कलखोज में जा कर क्या काम करेगा ? इसी समय रशीदोफ़ ने बात शुरू कर दी :

—शादी अभी किसी निश्चय पर नहीं पहुँचा है, लेकिन उस का पक्का इरादा है कि फिर कलखोज में जाये । शायद अपनी साथिन दिलबर के ब्रिगाद में शामिल हो कुदाल चलाने लगे ।

--कुदाल चलाना भी भूल गया है क्या ?—कातिब ने कहा-- आखिर, तुम चार साल तक कलखोज से दूर रहे, यही न ?

--यही--शादी ने कहा—लेकिन, कुदाल चलाना हरगिज नहीं भूल सकता । यह हमारे बाप-दादों का का काम है, गुरुजी !

--हाँ, लेकिन हमारे बाप-दादा का काम--कातिब ने कहा—इसी काम को तरक्की कराना, आगे बढ़ाना उचित है । उन्हें इतना ऊपर ले जाना चाहिए कि वह हमारे नेता की शिक्षा और पथ-प्रदर्शन के अनुरूप हो जाये ! कुदाल हर एक किसान चला सकता है, लेकिन इस महान् कर्त्तव्य--समाजवादी गाँव को तकनीक से युक्त कर उसे समृद्ध और आबाद करना, हर एक आदमी के बूते का काम नहीं । इसके लिए पथ-प्रदर्शन और मजबूत अग्रगामिता की आवश्यकता है । मैंने कहा कि तुम नेतृत्व-प्रदर्शन के पद पर इस काम में लग सकते हो ।

--जेबी मौसी कलखोज की अध्यक्षा हैं । मैं सोचता हूँ कि...

—जेबी मौसी—बीच में बोलते हुए कातिब मन्त्री ने कहा—सचमुच ही सम्मान के योग्य हैं । मैंने कहा न कि उन्हें रायन के काम में ले आयेंगे । उसके बाद उसे चिकित्सा के लिये कफ़क़ाज (काकेशस) भेजेंगे । वह अब चाहती हैं कि जा कर अपने लड़के की कब्र को देखें, इसीलिए मैं तुम्हें अध्यक्ष बनने के लिये कह रहा हूँ ।

--अगर शादी स्वयं अध्यक्ष-पद को ग्रहण करेगा—रशीदोफ़ ने कहा—तो मौसी इत्मीनान के साथ जायेंगी ।

—मैं समझता हूँ—कातिब ने कहा—कि सारे कलखोजची भी तुम्हारी तरह नहीं हैं ।

––निस्सन्देह––रशीदोफ़ ने कहा।

–ऐसा ही होना बेहतर है–कातिब ने कहा। कुदाल चलाने से अध्यक्षता काफी मुश्किल है। मैं समझता हूँ, तुम्हें इस काम का तजुर्बा है। अब हमें 'नवजीवन' कलखोज को अग्रगामी कलखोज भी बनाना है। जंग के जमाने में उपज और अर्थ-सम्बन्धी काम इतना आगे बढ़ा हुआ है कि वह पीछे नहीं लौट सकता।

शादी और रशीदोफ़ कातिब के साथ बैठ कर कितनी ही बातें करते रहे। कातिब ने शादी से उस की आपबीत्तियाँ पूछीं। शादी ने भी अपनी साथ गुज़री कई घटनाओं को बतलाया, और अपने दलेर दोस्तों और रूसी बहादुरों, अपने चतुर कमांडरों की प्रशंसा करते हुए कुछ ताजिक जवानों की वीरता भरी घटनाओं का विवरण भी सुनाया।

––कब जाना चाहते हो?––कातिब ने पूछा।

––रफीक रशीदोफ के साथ––शादी ने कहा।

––अच्छा, रफीक रशीदोफ़ के कामों में सहायता दोगे, अलबत्ता!

––हाँ, कुछ-कछ ऐसा ही विचार है––शादी ने कहा और अपनी पॉकेटबुक में कितनी ही बातों को नोट किया।

रात के १२ बजे के करीब वह केन्द्रीय कमेटी के दफ्तर से बाहर आये। बाहर मौसिम बदला हुआ था, तेज हवा पश्चिम की तरफ से बहती हुई पेड़ों के ऊपर जो एकाध सूखे पत्ते अब भी बचे हुए थे, उन्हें फेंक रही थी।

––मौसिम खराब हो गया है!––मोटर के भीतर बैठते हुए रशीदोफ़ ने कहा––यह हमारे सफ़र की तैयारी देखने जैसा है।

––ठीक है, तैयारी देखता रहे––शादी ने कहा–– बहुत होगा, तो बर्फ गिरेगी और क्या?

––यही बात!––रशीदोफ़ ने कहा और गाड़ी नं. 'ज्-ई-स्-१०१' को खामोशी से चलाता रहा।

:o: :o: :o:

घर में शाम का भोजन करने के बाद, चाय का प्याला हाथ में लिए मेज से उठ कर, शादी दीवान के ऊपर जा बैठा। रशीदोफ मेज पर बैठा सिग्रेट पी रहा था।

—सचमुच!—कोई बात याद करके शादी ने कहा—नहीं जानते हमारे कलखोज का मुदीरे-फरमान (आज्ञा-सम्सादक) कौन है? बाबा हमदम तो मर ही गया और दिलबर ने भी नहीं लिखा कि उसकी जगह पर कौन हुआ है।

—यूसुफ!—रशीदोफ ने कहा

—क्या?...वह क्या सेना में नहीं गया था?

—गया था, तीन साल तक लड़ता रहा। वीरता दिखला कर कम्युनिस्ट पार्टी का मेम्बर बन कर लौटा।

—यूसुफ!

—हाँ, वही यूसुफ अस्पताल से छुट्टी पा कर कलखोज का सदस्य बना।

—सच—कुछ सोचते हुए शादी ने कहा—कई विचित्र बातें इधर हुई हैं। उसी समय जब कि यूसुफ डॉक्तर के पास जा रहा था, रास्ते में शम्स कस्साब कुलक ने उसके ऊपर आक्रमण किया। मेरे दिल से यह बात बिल्कुल नहीं भूलती। ऐसे में शम्स कस्साब का हाथ में आना, सवाल को एक हद तक हल कर सका, और उसने गले की रस्सी के छोर को हमारे हाथ में दे दिया। मैं दूसरे दिन उसे रायन में, मकरोफ के सामने पकड़ कर ले गया, वहाँ और भी बातें उसके बारे में मालूम हुई!...

—बरका की बात कह रहे हो?

—हाँ, बरका कुछ खुश-सा हुआ और उसने कुदरत तथा कलामशाह के बारे में भी कुछ जानकारी दी।

—उसी वक्त क्या कुदरत अभी हाथ में नहीं आया था ?—रशीदोफ़ ने कहा—लेकिन तूने दुश्मन से ठीक बदला लिया।

—हाँ बासमचियों (क्रांतिविरोधी लुटेरों) के युद्ध में उसके काम को किसी तरह अन्त तक पहुँचाया—शादी ने कहा और अँगड़ाई ली।

—खैर, अब सो जाओ!—मरिया वसीलेव्ना रजाई और तकिया ला कर दीवान के ऊपर रखते हुए बोली।

✣

१८

जेबी खाला

'नवजीन' कलखोज रायन (तहसील) के केन्द्र से गुलिस्तान तक, १९४३ और १९४४ ई० में, पक्की और बड़ी नई सड़क कतारबेद गाँव की सहायता से बनाई गई थी। अब रायन से जाने के लिए चढ़ाई-उतराइयों को लाँघने की जरूरत नहीं थी। छोटी नदी के किनारे-किनारे सीधे कतारबेद गाँव में जा कर, वहाँ से लौटते हुए रायन जाना आसान था। अभी नवजीवन कलखोज की मोटरें जल्दी-जल्दी मरम्मत नहीं हो पाई थीं। गाँव में आनेवाली मोटरें भी ऐसी ही थीं। उनके ड्राइवर पत्थर भरी हुई इस सड़क से चल कर, वहाँ गाड़ी से उतर, रास्ते को बनावट पर मुँह बनाते हुए, उस की मरम्मत में लगे नहीं थे; बल्कि अपनी गाड़ियों पत्थर बिछे हुए रास्ते के किनारे छोड़ स्वयं कलखोज के चायखाना में जा, चाय पीते बैठे हुए थे।

इस नये रास्ते से रायन से, गुलिस्तान गाँव जाते समय, जिस चीज की ओर आदमी का ध्यान पहले-पहल जाता, वह था दश वर्षीय पढ़ाईवाला

स्कूल, जो कि रास्ते से काफी दूर मेवों के बड़े-बड़े बागों के मध्य तैयार हुआ था। यह नई इमारत जंग के बाद की पहली देन थी, जो कि गाँव की सभी इमारतों से अधिक ऊँची था। इमारत की नींव ऊँची जगह पर रक्खी गई थी। इमारत की दुमंजिला थी, इसलिए दूर से दिखाई पड़ती थी। इसके बाद जिस इमारत भी ओर ध्यान जाता था, वह रायन की क्लब थी, जिसमें पुस्तकालय, चायघर आदि थे; और फिर कलखोज का बड़ा चायघर भी ध्यान अपनी ओर खींचता था। यह सबसे पहली कलखोज की बड़ी इमारत है, जिस की जंग के पहले, १९३८-३९ ई० में, नींव डाली गई थी। यह एकमंजिला इमारत होते हुए भी सुन्दर और ऊँची छतोंवाली है। चायखाने के कमरे भी, फूल-बेल निकाले हुए, दर्शक के ध्यान को आकृष्ट किये विना नहीं रहते।

क्लब के सामने सड़क के दूसरी तरफ, सामने की ओर, छोटा मैदान था, जिसके चारों तरफ छोटे कदवाले शहतूत के वृक्षों की कतारें थीं। कलखोज के कार्यालय की इमारत भी काफी जगह घेरे थी। रफीक स्तालिन की मूर्ति इसी मैदान में रक्खी हुई थी, जिसके चारों ओर फुलवारी घेरे हुई थी। मोटरें कार्यालय के काम के लिए आने पर, इसी बगीचे की दाहिनी तरफ से बाईं तरफ होते हुए, कलखोज कार्यालय के शीशेवाले बड़े दरवाजे के सामने खड़ी होतीं। फिर आनेवालों के उतर जाने पर दूर मोटरों के ठहरने के लिए विशेष स्थान पर जा कर इन्तिज़ार करतीं।

दिसम्बर महीने के आरम्भ में, उस साल जो पहिली बर्फ गिरी, उससे गुलिस्तान गाँव सफेदी से ढक गया था, और दो-एक दिन के भीतर उसके न पिघलने से, पैर के नीचे गच्-गच् कर रहा था। क्लब से ५० कदम की दूरी पर अपस्थित कलखोज के आरामबाग वाले घर के निकट जाने पर नीचे की ओर उतराई में देखें, तो कलखोज का बगीचा और उस के बाद उस तरफ छोटी नदी थी, जहाँ से कलखोज के खेतों की जमीन देखी ज़ा सकती थी—देखने पर मालूम होता कि कपास के खेत बहुत विशाल हो गये हैं। नवजीवन कलखोज ने अपने निर्माण के आरम्भिक सालों में

कपास बोने का रिवाज शुरू किया, जो अब वह कपास की फसल का एक बहुत बड़ा कलखोज बन चुका था। गुलिस्तान की विशाल और उर्वर उपत्यिका अपने किसानों की मेहनत के कारण, अपनी खेती को आगे बढ़ाये हुए थी; और वहाँ लम्बे रेशे वाली रूई बहुत पैदा होती थी। अब लोगों को कपास की फसल की आदत हो गई थी और वे भी उस की खेती करने के तरीकों को अच्छी तरह सीख चुके थे। पहली बार इस बर्फ के पड़ने से भविष्य की भलाई सोच कर वह बहुत खुश थे।

कलखोज के आफिस में इन दिनों हमेशा लोग भरे रहते, हमेशा वहाँ काम होता रहता। कलखोज के बही खाता रखनेवाले और हिसाब करनेवाले कातिब किसानों के काम के दिनों को गिनते हुए, कलखोज की सालाना आमदनी का हिसाब कर रहे थे और सब के कार्यानुसार आमदनी बाँटने की तैयारी कर रहे थे। ब्रिगाद के सरदार, बगीचों और फार्म के सम्पादकों के साथ बड़े हाल में--जो कि आग से गर्म किया हुआ था--जमा हो आपस में वाद-विवाद कर रहे थे, कभी-कभी गर्म भी हो जाते, कभी हँस पड़ते या मजाक करते। लेकिन कलखोज के प्रधान कातिब-सेक्रेट्री के कमरे में और अध्यक्ष के कमरे में भी--जो कि अलग-अलग थे--लोग आहिस्ता-आहिस्ता बात करते और चेष्टा करते कि प्रधान कातिब के काम या अध्यक्षा की कलखोज के सरदारों के साथ गम्भीर मन्त्रणाओं में कोई बाधा न हो।

अध्यक्ष का कमरा सीधा-सादा और खुला हुआ था। काम करने की एक बड़ी मेज थी, जिस को चार-पाँच कुर्सियाँ घेरे हुए थीं; इसके अतिरिक्त दीवान और किताबों से भरी शीशेवाली दो अलमारियाँ, दस्तावेजों के रखने के लिए लोहे का एक सन्दूक भी रक्खा हुआ थी। अध्यक्ष के सिर के ऊपर दीवार पर रफीक स्तालिन की बड़ी तस्वीर खड़ी थी; घर के एक तरफ खाने की जगह में रफीक लेनिन का चित्र था।

उस दिन कमरे में मेज के ऊपर अध्यक्षा जेबीखाला बैठी हुई थी। वह देखने मे बहुत बूढ़ी मालूम होती थी। उसके सिर के प्रायः सारे

बाल सफेद थे, जिसे वह पश्मीने की चद्दर के सरबन्द से बाँधे हुए थी। उसके शरीर पर गरम लम्बे कुर्ते के ऊपर मटमैले रंग का पश्मीने का जम्पर पड़ा हुआ था। उसकी आँखें कुछ भीतर धँस गई थीं, लेकिन वह अपने जवानों के काम को देखे बिना नहीं रह सकती। उसकी भौंहें सफेद हो चुकी थीं; पर कमजोर हो गये चेहरे पर वे नूरानी दीख पड़ती थीं। उसकी पेशानी में झुर्रियाँ पड़ गई थीं, आँखों और ओठों के किनारे ढलके-से दीख पड़ते थे। पाठकों ने माननीया खाला को कलखोज-निर्माण के आरम्भ-काल देखा था। उस समय वह अपेक्षाकृत अधिक जवान, हँसमुख, एवं सुभाषिणी थी। उस समय उसके दिल में रंज या दुःख नहीं था; लेकिन अब स्वदेश के लिए महायुद्ध के बीत जाने के बाद वह भी खस्ता हो गई थी, क्योंकि वह उन सैकड़ों-हजारों माताओं में से थी, जो अपने वीर पुत्र ज़िया के स्वागत और उसे विजय के साथ प्रसन्नतापूर्वक लौटता हुआ देखने और उसके खिले चेहरे से अपनी आँखों को प्रकाशमान करने का सौभाग्य न प्राप्त कर सकी थी। ज़िया बड़ा बहादुर कमांडर था। डेन्यूब पर नदी पार करते समय वह सैनिकों की पहली पंक्ति में था, कि बढ़ कर उस तरफ किनारे पर पुल तैयार करे। वीरों की तरह लड़ते हुए, ज़िया अपने वतन पर कुर्बान हुआ। देश ने भी अपने बहादुर पुत्र को मरने के बाद 'सोवियत संघ का वीर' नामक पदक प्रदान किया। जनता ने अपने वीरों की मूर्ति को हमेशा के लिए अपने दिल में जगह दी, और उसकी कहानियाँ कही जाने लगीं, किताबें लिखी गईं और गुलिस्तान गाँव के लोगों ने अपने दस वर्षीय हाई स्कूल का नाम उसके नाम पर 'ज़ियाइया' गया रखा। लेकिन अपने पुत्र के शोक का यह दाग, जो कि सबसे काला दाग था, माँ के दिल से कैसे जा सकता था ?

जेबीखाला बेटे के मरने के बाद बहुत जल्दी-जल्दी बूढ़ी होने लगी। फिर उसे किसी ने हँसते और मज़ाक करते नहीं देखा। वह कम बोलती, थोड़ी बात करती; लेकिन जो भी कहती, गम्भीरता के साथ कहती।

काम में तो पहले से भी ज्यादा मुस्तैद हो गई थी वह; इसीलिए उसने अध्यक्ष-पद को नहीं छोड़ा था। क्योंकि उस का दिल टूट गया था, और जिया की याद को भुलाने की गरज़ से ही शायद वह काम में लगी हुई थी; और उसमें दस गुना उत्साह दिखलाती थी।

इन दिनों जब कि खेतों में काम करीब-करीब कुछ नहीं था, वह आफिस में कलखोज के संगठन और दूसरे कामों में लगी हुई थी। कलखोज के सांस्कृतिक कामों को और अच्छी तरह करना था। सिनेमा के लिए नया प्रोजेक्टर खरीदना था, गाँव के पनबिजली-स्टेशन को और बड़ा करना था, रेडियो-स्टेशन बैठाना था; इसीलिए उसका अधिक समय ऑफिस में, क्लब में या कलखोज के गोदाम में ही गुजरता था। इस समय 'खाला' पनबिजली-स्टेशन से खबर ले कर मुहम्मदजान अका से बैठी बातें कर रही थी। मुहम्मदजान अका उसके सामने कुर्सी पर बैठा स्टेशन की योजना पर निगाह कर रहा था। उसने कागज को आँख से दूर रख कर देखा। इस योजना के लिए पैसे और दूसरे संकेतों को वह पूरी तरह नहीं समझ पा रहा था; लेकिन इमारत की सूरत-शक्ल उस की आँखों के सामने थी। उसने योजना को खाला के नजदीक रखते हुए कहा:

—इस की इमारत अच्छी जान पड़ती है, लेकिन इसकी शक्ति कितनी होगी? सभी घरों और बागों के लिए रोशनी मिल जायेगी क्या?

—इस की शक्ति बड़ी है—खाला ने कहा—हमारे गाँव की माँग की पूर्ति के बाद भी शायद कतारबेद गाँव के लिए भी पहुँच जाये। लेकिन बात इसके बनाने की है।

मुहम्मद जान ने अपनी उड़द-चावल दाढ़ी को हाथ में ले कर गम्भीरतापूर्वक आहिस्ते से कहा:

—अच्छा, बात इस बारे में है कि क्या हम इसे बनाने में समर्थ होंगे? अगर सरकार सहायता करे, तो हम बना लेंगे। कल सबेरे शादी आयेगा, वह खुद बतलायेगा कि रशीदोफ आ रहा है। उस से सहायता लेने के बारे में सलाह भी हो सकती है।

—सचमुच, सचमुच !—ख़ाला ने कोई बात याद करके कहा–महमूद-जान आया है। कहते हैं उसने शादी को देखा है। क्यों नहीं अब तक आफिस में आया ? तुमने देखा है क्या ?

––नहीं,––मुहम्मद जान ने कहा––अगर रात को आया हो, तो आज सबेरे सोके उठा होगा। किसी लड़के को भेजें क्या ?

ख़ाला ने अभी जवाब नहीं दिया था कि दरवाजे से महमूदजान ने भीतर प्रवेश किया।

—अस्सलाम !—बेपरवाही के साथ उसने कहा,—लो, हम आ गये ! काम कर दिया, पौध को काबिलजान के हाथ में सौंप दिया।

––इतनी देर क्यों की ? ख़ाला ने पूछा।

—मोटर रास्ते में बिगड़ गई थी !––महमूद जान ने कहा––करीब एक दिन तक रुकना पड़ा।

—हमारी मोटर की तो ऐसी आदत नहीं है फिर !—मुहम्मदजान अका ने कहा। महमूद जान ने कोई जवाब नहीं दिया।

—तुमने शादी को देखा क्या ?—ख़ाला ने पूछा।

महमूदजान का चेहरा एकदम प्रफुल्लित हो गया और उसने बड़े उत्साह के साथ कहा :

––आया,...शादी आ गया खालाजान ! मेरी उससे चिपतुरा में मुलाकात हुई। स्टेशन के प्लेटफार्म पर ट्रेन का तमाशा देख रहा था, कि एकाएक किसी आदमी ने आ कर, मुझे चिपका कर, चुम्बन लेना शुरू कर दिया। मुँह फेर कर देखा कि मेरे अका भाई शादी हैं ! मुझे देख कर बहुत खुश हुआ, अफसर हो गया है। खुद बोला—मैं चलता हूँ, तेरे काम को ठीक करूँगा। आज ही सबेरे आनेवाला है।

—स्तालिनाबाद में कितने दिन ठहरने के लिए कहा था ?

महमूदजान को खाला के सवाल का जवाब जल्दी न सूझा :

—नहीं जानता । ट्रेन पर सवार होते वक्त, बोला था—तुम जल्दी जाओ ! तुम्हारे लिए मेरे पास बहुत काम है !

—रायन तहसील से जानने की जरूरत थी,—मुहम्मदजान अका ने कहा—रशीदोफ के पास रायकोम में टेलीफोन करना है क्या ?

—नहीं, खाला ने कहा—अगर टेलीफोन होता, तो हमें खुद ही खबर दे दिये होते । चाहे जो भी हो, शादी के स्वागत की तैयारी करनी चाहिए । अगर रशीदोफ के साथ आयेगा, तो हमारा काम भी बहुत होगा ।

—क्या तैयारी करनी चाहिए ?—खातिरजमई के साथ मुहम्मद- ने कहा—सब चीज तैयार है, घर-जगह-काम सभी उस की प्रतीक्षा कर रहे हैं । जहाँ तक सहायकों का सम्बन्ध है, शादी के आने की बात सुनते ही पहले से सभी तैयार रहें । खुद हमलोग उसके स्वागत के लिए रायन तक चलें, क्यों है न यही ?

—मैं भी चलूँ क्या खाला ?—महमूद जान ने कहा—जाड़े की फुलवारी से फूल का गुच्छा तैयार करके ले लें क्या ......?

खाला ने जरा ठहर कर जवाब दिया :

—दो-तीन गुलदस्ते सबसे अच्छे तैयार कराओ । लेकिन तुम अपना काम शुरू करो । अभी से चाय-चीनी जमा करना शुरू करो, काफी देर हो चुकी है । कातिब (सेक्रेट्री) भी तुम्हारे पास आनेवाला है ।

महमूदजान ने समझा कि खाला से और अधिक बात करना बेकार है, उसने जो एक बार कह दिया वही ठीक है । अतः धीमी आवाज से 'हाँ-हूँ' कह कर कमरे से बाहर चला गया । इसी समय दरवाजा खुला, जमीन को ठक-ठक करके कासिमजान भीतर आया । उस का एक पैर जाँघ से नीचे कटा हुआ था, उसके मुँह के आस-पास एक-दो घाव और चौड़ी पेशानी में भी गहरे निशान थे; लेकिन उसकी भूरी मूँछें अब भी चमक रही थीं ।

—खुशखबरी !––मेज के पास पहुँच कर उसने ज़ेबी खाला से कहा—शादी आ रहा है ! !

—शादी ! ...कहाँ है ?—कहती हुई खाला उठ खड़ी हुई। मुहम्मदजान ने आश्चर्य करते हुए कासिमजान की ओर निगाह की। उसने हाथ के सामान को मेज पर रख कर सामने बैठ कर कहा :

मैं अभी-अभी रायन से आया हूँ, हकीमोफ के पास गया था। बतला रहे थे कि कल रशीदोफ ने टेलीफोन किया कि आज ही शादी के साथ इधर आ रहे हैं।

—खैर, क्यों नहीं रायन से हमारे पास टेलीफ़ोन आया ?––मौसी ने रंज हो कर कहा।

—देर नहीं की क्या ?––मुहम्मदजान ने कहा।

––नहीं, देर नहीं हुई है,––कासिमजान ने झुकते हुए कहा—मैं आया कि तुम्हारे साथ सलाह करूँ। उसके वाद खुद भी अपनी पोशाक को ठीक-ठाक करके आदमी बन जाऊँ, यही सोचा। अच्छा, तो क्या सलाह है ?

—सलाह की जरूरत नहीं,—महमूदजान ने कहा—सब से पहले पेशवाई के लिए जाना जरूरी है। मैं अभी घर जा कर दिलबर को खबर देता हूँ। वह भी गुलजमाल को लिए हमारे साथ आनेवाली है।

यह कहते हुए वह उठ खड़ा हुआ। खाला अभी भी सोच रही थी, कि महमूदजान पीछे की ओर दीवार के पास खड़ा था, उस की तरफ निगाह करके खाला ने कहा :

—तुम क्यों खड़े हो ? जल्दी फूलवर में जाओ !

महमूदजान घर से बाहर गया, और खाला ने अपनी बात जारी रखते हुए कहा :

—पहले खूद अपने घर चलूँ, शादी के घर और जगह को एक बार फिर से देखना चाहिए। खुद ही चल कर दिलबर को सब कहूँ। तुम जा

कर ब्रिगादिरों को खबर दो कि अपने आफिसों को ठीक-ठाक करके रखें, स्वयं भी हजाम के पास नहीं गये होंगे। जा कर कहो कि ठीक से (दुरुस्त) रहें। कातिब (सेक्रेट्री) को कहना भी जरूरी है कि आफिस को साफ करवाये। तुम, कासिमजान, क्लब की खबर लो। बस यही बात है !

तीनों व्यक्ति कमरे से बाहर हुए। बाहर धूप खिली थी, लेकिन मौसिम ठंडा था !

:o: :o: :o:

महमूदजान कातिब के साथ गोदाम में मेज के सामने बैठा कागजों पर सही किये हुए कलखोजचियों की ओर नजर दौड़ा रहा था। गोदाम बहुत विशाल था, उस का फर्श सीमेंट किया हुआ था और मोटी दीवारें भीतर से गज की हुई बहुत सर्द थीं। वहाँ कातिब और महमूदजान मेज के नीचे अंगीठी में आग जलाये बार-बार अपने हाथों को उस पर रख कर, गरम कर रहे थे। अभी कलखोजची चाय और चीनी लेने के नहीं आये थे। महमूदजान चाइनिक से प्याला में चाय डालते हुए बोला :

—हां, ऐसा ही, जोड़ीदार जूरा ! शादी स्वयं भी अका-उका से बढ़ कर है। बचपन से ही साथ खेलते हुए बड़ा हुआ है, कलखोज संगठित होते समय एक साथ काम भी किया है ! बासमचियों के साथ युद्ध करते समय हम दोनों साथ-साथ गये थे। एई, कुछ मत पूछो ! कैसे मेरे दिन उसके साथ कटे, अब इस जंग को अच्छी तरह आदमियों ने नहीं देखा। उस समय कलखोज का प्रथम कातिब (सेक्रेट्री) खुद मैं ही था, कमसोमोल का कातिब मैं ही था, गाँव के अधिकतर बच्चे मेरे हाथ से पार्टी में गये। समय क्या हुआ कि इसी तरह रह गये, अका !

महमूदजान चाय को एक-दो बार सुड़क कर फिर बोलने लगा :

—खैर, अब शादी भी आया ! शरीफ है। जो कि रायकोम में द्वितीय कातिब है, वह भी अपने हाथ का पाला हुआ है। मुकीम हो सकता है, रायकोम के ब्यूरो का मेम्बर, मशीन ट्रैक्टर स्टेशन एम. टी.

एस. का सरदार ! वह भी हमारे पुराने क़रीबों (साथियों) में से है। शायद इस तरह मेरे जाने के लिए वह राजी न हो !

कातिब एक छरहरा लम्बे कद का जवान था, वह कुर्सी पर बैठा तम्बुओं की ओर निगाह करके, थैले में से कागजों को निकाल कर देख रहा था। महमूद जान की आखिरी बात सुनने के बाद, काम को शुरू करते हुए, उसकी ओर निगाह करते हुए जहा :

—तुमको क्या हो गया है, अका महमूद ? तुम किससे कम हो ?

—ए, अका !—कुछ हताश-सा हो कर महमूदजान ने कहा—तू तो अभी जवान है, नहीं ससझेगा ! आखिर इस तरह रहना क्या मेरा काम है ? अभी अगर हो तो एक कलखोज नहीं, वल्कि एक रायन के आफिस को सँभाल सकता हूँ। लेकिन इसी को समझनेवाला कोई आदमी नहीं था। लेकिन, अब जब कि शादी आ गया है, अलबत्ता सब काम दुरुस्त हो जायेगा। ओय, कुछ समझा !...

इसी समय गोदाम का दरवाजा खुला, और अपनी पोशाक को समेटे, दो बूढ़ियाँ निस्संकोच भीतर आईं और महमूदजान की बात-चीत ही में रह गईं। उसने उन की ओर निगाह करके कड़ी आवाज में हुक्म दिया :

—जल्दी से जा कर, दरवाजा बन्द कर दो ! उब्बा बुढ़ियो, सबसे पहले खबरदार हो कर आई हो न ?

महमूदजान के पास आई बूढ़िया, अपने सरबंद को मुँह और चेहरे पर से हटा, और पास आ कर एक बड़े बेंच के ऊपर बैठ कर बोली :

—काम में भी अव्वल थी बच्चा, और अपने दाम को भी पहले लूँगी; .....हाँ !

फिर मुस्कराते हुए उसने कहा :

—सुना कि मेरा बेटा शादीजान आया है, अच्छे घी का हलवा पका रक्खूँ, सोचती हूँ। लेकिन चीनी खतम हो गई है, इसीलिए इधर दौड़ी-दौड़ी आई। रास्ते में देखा कि मेरी यह जोड़ीदार बहिन भी मुझसे पहले ही आ रही है। नहीं सब्र कर, कहा कि मेरा काम सबसे जरूरी है।

—घी को कड़ाही में डाल कर आई हूँ—दूसरी बुढ़िया ने कहा,—जल्दी चाय और चीनी मुझे दो, नहीं तो घी जल जायेगा। श्वेतकेश बूढ़ा घर में नहीं है, हजामतखाने में गया हुआ है।

—घी कड़कड़ा कर क्या पका रही हो?—कातिब ने उससे पूछा।

—मैं भी मीठा हलवा पका रही हूँ,—बूढ़िया ने कहा—शादी मेरे हलवे को बहुत पसन्द करता है।

—खूब!—पहली बूढ़िया ने टोकते हुए कहा—अपने हुनर की बड़ी तारीफ मत कर, सहेली ऐसा न कहने से भी चलता है। मेरे जैसा हलवा पकाना इस इलाके में किसी को नहीं आता। क्यों बेटे, मेरे नाम की परची जल्दी निकालो।

—अच्छी बात है, जूराचा बहिन (सहेली) ने कहा—तेरे ही लिए निकालें, लेकिन तू बढ़-बढ़ कर बात मत कर, सहेली! मेरा हलवा बढ़िया नहीं है, शादी मैदान से तारीफ़ करके खत नहीं लिखेगा। मैंने पाँच-छः बार हलवा पका कर शादी के पास भेजा था।

—हाँ-हाँ, अब भी करो बुढ़ियाजान!—महमूदजान ने अपनी जगह से उठ, तराजू के पास जाते हुए कहा।

बूढ़िया चाय-चीनी ले कर चली गई। महमूदजान ने चाहा कि वह शादी और उसके भोजन के बारे में और अपने बारे में तारीफ करे, और यह भी कि शादी और वह एक-जान थे, शादी अवश्य उसको सहायता देकर उसके काम को बुलन्द करेगा, यह बात करनी चाही। लेकिन इसी वक्त फिर दरवाजा खुला और तीन औरतें और दो जवान भीतर आये। फिर

आदमी के पीछे आदमी आने लगे, और काम में फँस जाने के कारण महमूदजान अपनी बात को भूल ही गया।

:०: :०: :०:

जेबी खाला (मौसी) कलखोज के आफिस से निकल कर बड़ी सड़क पर से होते हुए शादी की हवेली की तरफ जा रही थी, कि इसी समय कलखोज के विश्राम बाग के फाटक के सामने पाँच-छः जवान उसके सामने आ कर खड़े हो गये। उनमें से किसी-किसी के पैरों में कीचड़ और हाथों में डंडे थे, और किसी-किसी के हाथ में कोई दूसरी चीज स्केटिंग करने की थी। ऐसे मौसिम में खेल करने का उनके मन में जोश-सा भर आया था, और खेल से उनके चेहरे लाल हो गये थे। वह सभी जवान मजबूत और खुशहाल थे। उन में से एक-दो ने जाड़ों को गर्म कसरती पोशाक पहन रक्खी थी, दूसरे रूईदार कपड़े पहने हुए थे। उन की पोशाक में कमसोमोलों का चिह्न था।

—स्कूल के समय पढ़ने की जगह खेल कर रहे हो क्यों ?—मौसी ने उनसे कहा।

—नहीं, मौसी !—उनमें से एक जवान ने आँखों को नीचे किये हुए कहा—हमारा पाठ दोपहर के भोजन के बाद शुरू होता है। इस वक्त से फायदा उठा कर हमने अपने खेल की मश्क करना चाही। हम तैयारी कर रहे हैं कि जाड़ों की छुट्टियों में स्केटिंग या स्कीइंग का अभियान करें।

—ऐसा ही सही, ठीक है।—मौसी ने कहा और चाहा कि आगे बढ़े, लेकिन बच्चों ने यह सवाल करते हुए उसे रोक दिया :

—मौसी, शादी आया है, क्या यह सच है ?

—कब आ रहे हैं ?

—स्वागत के लिए नहीं जायेंगे क्या ?

—हम भी चलें, तो कैसा हो ?

मौसी ने उन सबको एक ही साथ जवाब दिया :

——शादी के आने की आज ही सम्भावना है। लेकिन, तुम को कोई आज्ञा नहीं दे सकता कि अपनी पढ़ाई को छोड़ कर उधर जाओ। तुम्हारे बिना भी स्वागत करने वाले बहुत हैं।

जवानों के सरदार ने गिड़गिड़ाते हुए कहा :

——मौसी जान, खालाजान! एक दिन हमारा पाठ रह भी जायें, तो उससे कुछ खास नुकसान नहीं होगा। हम फिर भी मेहनत करके उसकी कमी पूरी कर लेंगे। लेकिन, और न हो तो, कम-से-कम कतारबेद गाँव तक ही जा कर अका शादी का स्वागत करें। उसके जाते समय हम प्योनीर थे, अब कमसोमोल हैं और कसरती भी। हम रिपोर्ट देंगे।

——इजाजत नहीं है, एक घंटा भी पाठ से अलग नहीं रहना होगा!

——दृढ़ स्वर से मौसी ने कहा,——लेकिन अगर ऐसा हुआ कि शादी पहले ही आ गया या शाम को आया और पाठ हो गया, तब स्वागत के लिए जा सकते हो।

——खैर एक जवान ने कहा——न हो तो स्कूल में ही खबर कर दें, खालाजान! हो सकता है रायन से कुछ अधिक देर में आवें।

खाला ने 'खूब-खूब!' कहती हुई, उनसे अलग हो, फिर बड़ी सड़क पकड़ी। स्कूल के पास प्रिंसिपल दिरेक्तर फाजिलजान उससे मिला और पूछा :

——हमारे शादी अका रफीक रशीदोफ के साथ आ रहे हैं!——खाला के मुँह से हाँ सुन कर उसने फिर कहा——मैं आन्दोलकों को बुला कर उनसे बात करूँ और रशीदोफ के लिए काम करने के बारे में तैयार करूँ। अवश्य, रशीदोफ निर्वाचकों से मिलने आया है।

——क्लब की भी खबर लेना!——मौसी ने कहा——सभी लोग बैठक की जगह को ठीक-ठाक करें, निर्वाचन के लिए सभा की तैयारी करें, अगर तैयार

हो, तो परदों को लटका दें, दीवारों पर साटन टाँग दें। यह भी याद रहे कि हर एक घर में हमारे नेताओं में से एक का चित्र अवश्य टंगा रहे।

—खूब, खूब!—फाजिलजान ने कहा—और कौन-कौन-से मेहमान कब आ रहे हैं?

—शाम तक आ जायेंगे क्या! हाँ, रईस अध्यक्ष भी आ रहा है।

इतने में कतारबेद गाँव की तरफ से वहाँ की सोवियत का अध्यक्ष नादिर हिदायतोफ भी आ गया। उस का मस्त घोड़ा कूदता हुआ-सा, रास्ते में चल रहा था। मौसी को देख कर उसने अपने घोड़े को रोक दिया और जल्दी ही नीचे उतर कर, दोनों हाथों को मौसी और फाजिलजान से मिलाते हुए अभिवादन किया।

—मुबारक हो, मुबारक हो! हमारे शादी अका आ रहे हैं!!—उसने कहा।

—हाँ,—मौसी ने कहा—रशीदोफ भी साथ आ रहे हैं। अभी अध्यापक के साथ इसी बारे में बात कर रही थी।

—मैंने जब सुना,—हिदायतोफ ने कहा,—तो आस-पास के गाँववालों को इकट्ठा करके आया हूँ। सरदारों से कह दिया कि स्वागत की अच्छी तैयारी करें। रशीदोफ निर्वाचकों के सामने भाषण करेगा, अवश्य! उन की बात होगी। भाषण-मंच के लिए रोशनी तैयार करके रक्खें। अब यहाँ पर केन्द्र में भी अच्छी तैयारी होनी चाहिए। क्यों, रफीक अध्यापक! आइये काम में लग जायें।

—वह तुम्हारे आफिस में आ कर भी खबर लेना चाहेगा,—खाला ने नादिर से कहा,—इसे भी भी जान रखो।

—हम हमेशा जानते हैं, कुछ-कुछ शोखी और मजाक के साथ नादिर ने कहा,—आ जायें, मरहमत, तमाशा देखें! नादिर और अध्यापक क्लब की ओर गये और मौसी ने भी शादी की हवेली की ओर पैर बढ़ाया। नये बनाये हुए दरवाजों को नीले रंग से रंग दिया गया था। दरवाजे के पास से

बरांडे तक के रास्ते को दुरुस्त करके उस पर कंकड़ियाँ बिछाई हुई थीं। उस रास्ते के दोनों तरफ चारों ओर, दस वर्ग मीटर जगह में, मेवादार वृक्ष, थोड़ी-सी जमीन में सब्जी और अन्त में कमरे और बरांडे के पास फुलवाड़ी लगा दी गई थी; लेकिन अभी मोटी बर्फ की सफेद चादर के सिवा और कोई चीज दिखलाई नहीं पड़ती थी। फुलवाड़ी को, पत्त झाड़ कर ठूँठ हुए पौधों में, लटके हुए एकाध सूखे फूलों द्वारा ही समझा जा सकता था। मौसी इसी सड़क से आगे बढ़ी और बिना आवाज दिये ही सीधे कमरे के पास पहुँच गई। वहाँ शादी के लिए खास तौर से तैयार किये गयें कमरे का दरवाजा एक तरफ खुला हुआ था। दूसरी तरफ बैठक का कमरा था। इस घर में आग जल रही थी। दरवाजे के पास मौसी के आते ही गुल-जमाल दौड़ी हुई बाहर आई। वह हँसमुख, काली आँखों, लम्बे केशों और ऊँचे कद की लड़की थी। उसके शरीर पर कुर्ते के ऊपर से लाल स्वेटर पड़ा हुआ था और सिर पर गोल टोपी थी।

—मेरी प्यारी खाला!—ज़ेबी खाला से चिपक कर वह उसे चूमने लगी।

—मेरे दादा आ रहे हैं!

मौसी ने चुम्बन करने के बाद शोख बेटी को जोर से गले लगाकर पूछा:

—घर में और कौन है! तेरी माँ कहाँ है?

—कोई भी नहीं है, मेरी माँ भी तुम्हारी तरफ हवेली की तरफ ही गई है, और...और...शायद लौट ही रही होगी। भीतर आओ।

मौसी कमरे के भीतर गई। वहाँ फर्श पर मोटा कालीन बिछाया हुआ था और एक तरफ की दीवार में बड़ी सूजनी लटकाई हुई थी। कमरे का एक बड़ा जंगला उस तरफ खुलता था, जिधर फुलवाड़ी थी। जंगले के पास एक मेज के करीब दो कुर्सियाँ रक्खी हुई थीं। मेज के ऊपर गुलजमाल की किताबें और बस्ता रक्खा हुआ था।

—तेरे दादा के आगमन का दिन, आते-आते आ ही गया ! तू क्या काम कर रही थी ?—मौसी ने पूछा—आखिर उसके स्वागत के लिए क्या तैयारी की है ?

—थोड़ा पाठ बाकी था, उसे याद कर चुकी !—गुलजमाल ने कहा—मेरा तैयार होना क्या !...कहाँ चलें ?

—अगर तैयार है, तो चल...अभी चलें ।

मौसी संदली के पास आसन पर बैठी, फिर अपने हाथ को संदली की रजाई के भीतर ले गई ।

—मौसिम ठंडा है न...क्यों ?

गुलजमाल तुरन्त ही अपने बस्ते और किताबों को इकट्ठा करके मौसी के पास आई; फिर संदली चौकी के नीचे अंगीठी पर रक्खी चायनिक को ले कर ऊपर संदलीपोश पर रक्खा, और प्याले में चाय डाल कर मौसी की ओर बढ़ाते हुए कहा :

—चाय गर्म पिओ, गर्म हो जाओ ।

मौसी ने मुस्करा कर पूछा :

—बाप का ख्याल तेरे दिल में है ?

—हाँ,—गुलजमाल ने कहा और बड़े प्रेम और मुहब्बत के साथ पलंग के सिरहाने दीवार पर टँगी, बाप की तस्वीर की ओर निगाह डाली ।

इसी समय बात-चीत करने की आवाज सुनाई दी, और कुछ ही देर में दिलबर और लताफत घर के भीतर आ गई । गुलजमाल उनके स्वागत के लिए खड़ी हो गई; लेकिन मौसी अपनी जगह पर बैठी रही ।

—सलाम, खालाजान !—जल्दी-जल्दी कहते हुए जल्दी-जल्दी आ कर दिलबर ने मौसी के मुँह को चूमा—खुश आमदीद, हर कदम मानदीद बालायदीद ! (स्वागतम्, जो पग रक्खें उसे ऊपर देखें !) मैं अपनी

सहेली को बुलाने गई थी ।...गुलजमाल, तूने अभी भी अपनी पोशाक नहीं बदली।

—लो अभी...! —कहते हुए गुलजमाल दहलीज में चली गई ।

दिलबर अपनी सहेली लताफत को मौसी के सामनेवाले आसन पर बैठा कर गुलजमाल के पीछे चली गई ।

लताफत जिया कमान्दर की बेवा—अर्थात् मौसी की पुत्रबधू थी । अभी वह दिलबर के साथ इसीलिए आई थी कि शादी की पेशवाई के लिए रायन जाये; इसीलिए उसके सिर में सफेद रंग का रूमाल बँधा हुआ और शरीर पर ओवरकोट भी डाले थी। ओवरकोट के नीचे खाकी रंग का गर्म कुर्त्ता साफ दिखलाई पड़ रहा था ।

—क्यों शादी के स्वागत में नया कुर्त्ता नहीं पहना ?—मौसी ने पूछा ।

—जरूरत ही क्या थी ! —संक्षेप में लताफत ने जवाब दिया ।

—जरूरत है ! —जोर देकर मौसी ने कहा ।—शोक मनाना हो चुका । अब तू अपनी इच्छानुसार रंगीन कुरतों को पहना कर। खास करके अपने शादी अका के स्वागत के लिए सजधज कर प्रसन्नचित्त जा। वह भी मेरा बेटा है, तेरे भाई जैसा है । उसका आना हमारे लिए उत्सव ही तो है !

न जाने क्या हुआ कि लताफ़त की काली, चमकीली और हँसती आँखें एकाएक आँसुओं से भर गईं । उसने अपना सिर नीचे करके दीवार की तरफ देखना शुरू किया ।

—यह उत्सव करने की जगह है, शोक न मना ! —मौसी ने धीमी आवाज से कहा,—रो मत । इन बेचारों की प्रसन्नता को आँखों के पानी से कड़वा न होने दे ।

मौसी ने ये बातें केवल कहने के लिये कहीं और बहुत जोर दे कर अपनी आँखों में ही आँसू को रोक रक्खा । क्यों न हो ! उसका भी दिल एक बेचारी माँ का दिल था, जो पुत्र शोक में व्यथित हो चुका था ।

दहलीज से दिलबर और गुलजमाल हँसती हुई प्रसन्न मुख से लौटीं।

कपड़े पहन लिए, बस...! —दिलबर ने कहा। उनकी आँखें खुशी के मारे चमक रही थीं, वे प्रफुल्लित थीं।

मौसी ने गुलजमाल के कपड़ों को, उसके तीम गुलाबी ब्लाउज और आस्मानी पेशवाज को देख कर संतोष प्रगट किया।

—कितनी सुन्दर है, बिटिया कितनी सुन्दर पोशाक पहने हुए है! गुलजमाल ग्यारह साल की हो गई न दिलबर?

—हाँ, ग्यारहवें में कदम रख दिया है इसने! —यह कहते हुए दिलबर ने दीवार के दर्पन में उसके बड़े कद को देखते हुए गुलाबी रंग के अपने रेशमी सरबन्द को भी ठीक किया। उसके पैरों में ऊँची एड़ी का बूट था, शरीर में हवाई रंग का पशमीने का कुर्त्ता, और सबसे ऊपर फूलदार जम्पर! दिलबर चाहती थी कि मौसी के सामने दस्तरख़ान रक्खे, लेकिन मौसी ने उसके लिए मौका न दे एकाएक खड़ी होते हुए कहा:

—आ, आ, जरा शादी के कमरे को देखूँ, कैसा सजाया है उसे?

वह सामनेवाले कमरे में गई। इस कमरे में दो जंगले थे, जिनके आधे-आधे हिस्से में सफेद सूफ का पर्दा लगा हुआ था। फर्श पर मिलम-जाजिम और बीच में लम्बा मेज, पाँच-छः कुर्सियों के साथ रक्खा हुआ था। दोनों जंगलों के बीच में दीवार के पास दीवान पड़ा था। ऊपरवाले जंगले के नजदीक एक मेज पर दवात-कलम और दो-तीन किताबें रक्खी हुई थीं। घर के ताकों में बीही, सेब और नाशपाती आदि फल चिने रखे थे, जिन की भीनी सुगन्ध से कमरा खुशबूदार हो रहा था। कमरे के एक तरफ गर्म करने की अँगीठी रक्खी थी, बड़े पलंग के सिरहाने की ओर, जो कि घर के एक छोर में था, चार खानेवाली आलमारी थी, जिनमें बहुत-सी किताबें दिखलाई पड़ रही थीं।

—दुरुस्त, दुरुस्त !—मौसी ने चारों ओर नजर दौड़ाते हुए कहा—ठीक, लेकिन कोई तस्वीर नहीं रक्खी ।

—यह सूजनी बुरी नहीं है ?—कहते हुए दिलबर ने चारपाई के ऊपर तह की हुई सूजनी को दिखलाया ।

—इसे दीवार में क्यों नहीं लटकाया ?—मौसी ने पूछा ।

—थोड़ी अधिक जगह चाहिए,—दिलबर ने कहा—मेरी बहिन बना कर लाई है, अब खुद ही आकर खाट या दीवार पर लटकायेगी ।

इसी समय बाहर से दौड़ी हुई आ कर गुलजमाल ने मौसी को आवाज दी—मेरे मामा कासिमजान आ गये हैं, कुछ काम है ।

—मौसी, दिलबर और लताफत बाहर चली गईं । दरवाजे के सामने कासिमजान और यूसुफ बात कर रहे थे :

—हवेली के भीतर क्यों नहीं आते ?—दिलबर ने कहा ।

—अभी समय नहीं है,—कासिमजान ने कहा और फिर मौसी की ओर निगाह करके बोला—यूसुफ अपनी बेटी से हाथ छुड़ा कर आया है ।

—यह लड़की नहीं, एक सिरदर्द हो गई है,—यूसुफ ने गर्म हो कर कहा—रात से चारों ओर ढूँढ़कर कर थक गया, लेकिन नहीं पा सका उसे । और उधर बेचारी बखमलजान अज़ाब में पड़ी हुई है ।...

—ठहर, ज़रा सलीके से बात कर !—मौसी ने कहा—यह तेरी बखमलजान कौन है ? हैवानों की लड़की इसे क्या वास्ता ?

कासिमजान ने हँसते हुए कहा :

—अपनी बड़ी गाय के बारे में यह रहा है—उसने कहा—फार्म में अपने सभी जानवरों को इसी तरह के नाम दे रक्खे हैं ।

सबके चेहरों पर हँसी छा गई, लेकिन यूसुफ उसी बेचैनी की हालत में बोला :

—मज़ाक नहीं है, मौसी ! बखमलजान मर जायेगी । रात से ही प्रसव के लिए खड़ी है । पीड़ा के मारे बेचैन है । माँ-माँ कर रही है । सलीमाबानू अपनी पूँछ को ऊपर किए हुए है । मैं दौड़ा, लेकिन बेटी नहीं है ।

—कहाँ गई है ?

—कहाँ गई होगी, कहीं एक जगह मस्त हो कर पड़ी होगी ।

मौसी को भी कुछ घबराहट हुई ।

इसी समय मुहम्मदजान बारबरदारी की लारी के साथ सोवियत सरपंच के साथ आये । सरपंच हिदायतोफ़ गाड़ी से नीचे उतरते हुए बोला :

—क्यों, देर किस लिए ? जल्दी करो, तुरन्त चलें, जिसमें मेहमान आ कर प्रतीक्षा न करें ।

—मैं नहीं जाऊँगी,—दृढ़तापूर्वक मौसी ने कहा—तुम सब जाओ ! कासिमजान तुम भी मुझे माफ करो । यूसुफ ! चलो, तेरी बखमलजान की खबर तो लूँ ।

मौसी सभी को अचरज में डाल यूसुफ के साथ बड़ी सड़क की ओर गई । मुहम्मदजान दूसरों की अपेक्षा मौसी को अच्छी तरह जानता था, उसने बिना अंदेशा किए कहा :

—खूब, आओ हम भी चलें !

—चलो, चलो !—सब ने कहा ।

सभी लारी पर सवार हो गये । मुहम्मदजान ने चाहा कि दिलबर को ड्राइवर की बगल में बैठाये, लेकिन उसने स्वीकार न किया और अपनी सहेली के साथ, बीच में गुलजमाल को लेकर ऊपर जा कर ही बैठी ।

✣

'गाज-६७' की तेज चलनेवाली कार जाड़ों के सफर में बहुत राहत देनेवाली न भी हो, तो भी अपनी मजबूती और पहाड़ी सड़कों पर चलने की शक्ति के कारण बहुत ठीक थी।

१९

कलखोज की सड़क पर!

इस 'गाज-६७' में सफर करनेवाला आदमी इत्मीनान रखता है कि वह बिना सिरदर्द के अपने गंतव्य स्थान पर पहुँच सकता है और वहाँ से चल कर घर लौट सकता है। इसीलिए रशीदोफ़ और शादी ने भी उसी कार में सफर किया था। उन्होंने सबेरे स्तालिनाबाद से प्रस्थान किया। सूर्य अभी पहाड़ों के पीछे सिर उठा हिसार की उपत्यका को, जिसे पर्वत शिखरों ने घेर रक्खा था, दरिया के किनारे तक और जो बर्फ से ढँकी हुई थी—सूर्य की सुनहली किरणें प्रकाशित कर रही थीं। पथरीली चौड़ी सड़क पर पड़ी बर्फ़ को, गाड़ियों ने अपने नीचे दबा-दबा कर, उसे बहुत समतल, सफेद अस्फाल्ट से बिछा-सा बना दिया था। उन की कार अकेले दौड़ी जा रही थी। जहाँ-तहाँ माल ढोनेवाली लारियाँ, जो कि रायन की ओर सा आ-जा रही थीं, पास से गुजर जातीं। दूसरे पैदल या सवार सड़क पर बहुत कम मिलते थे। ऐसी जाड़े की सर्दी में कौन रास्ता चलना पसन्द करता है! सड़क धीरे-धीरे पहाड़ के नजदीक पहुँची, फिर ऊपर की ओर चढ़ने लगी। अब टेढ़ी-मेढ़ी सड़क पर सफर करनेवाले निगाहें फैला कर प्रायः हिसार की सारी उपत्यका, और दूर अवस्थित अपने सुन्दर शहर स्तालिनाबाद को देख सकते थे। इस विशाल उपत्यका के एक तरफ दुशाम्बे नदी बह रही थी, और दूसरी ओर से पहाड़ों को तोड़ कर काफिरनिहां नदी आ कर उपत्यका के छोर पर मिलती थी। दूर तक सुन्दर दृश्यावली दिखाई पड़ रही थी। नीचे की ओर नदी और नहर के सहारे बहुत से गाँव बसे हुए थे। सफेद बर्फ से ढके हुए गाँवों के आस-पास कोई रास्ता जाता दिखलाई नहीं पड़ता था; लेकिन शहर के चारों तरफ के कारखानों, मिलों और

फैक्ट्रियों को अलग-अलग देखा जा सकता था। सड़क साँप की तरह बल खाती हुई, क्रमशः पहाड़ के ऊपर की ओर जा रही थी। उस के एक तरफ पहाड़ की दीवार थी और दूसरी तरफ चर-दरिया था। लेकिन सड़क दरिया के गहरे खड्डे से छोटी-छोटी दीवारों द्वारा अलग रक्खी गई थी। पुराने समय का खड्डे में गिरने का वह डर और विपत्ति अब इस रास्ते में नहीं रह गई थी। रास्ता काफी ऊँचा और मजबूत था। पहले इसी टेढ़े-सँकरे रास्ते में हर मोड़ पर आफ़त आती थी, लेकिन अब युवा ड्राइवर निडर हो कर मस्ती से बढ़ जाते थे।

आध घंटे के भीतर 'गाज़-६७' कार डांड़े की सबसे ऊपरी जगह पर पहुँच, एक छोटी-सी समतल जगह में एक दीवानखाना प्रदर्शनगृह की इमारत के नजदीक, न खड़ी हो आगे बढ़ी। जब दूसरे पार्श्व में नीचे की ओर पेंच खाती हुई उतरती मोटर आगे बढ़ कर कुछ अधिक विस्तृत छोटे मैदान में पहुँची, तो रशीदोफ ने कार को वहाँ खड़ा करने के लिए कहा। शोफ़र (ड्राइवर) ने कार को मैदान के एक किनारे खड़ा कर दिया। सवार अब पैदल चलने लगे। उस ऊँचाई पर से नीचे की ओर एक बड़ी उपत्यका में गुलिस्तान दिखाई पड़ा। रशीदोफ ने शादी को इशारा किया, और दोनों पगडंडी को पकड़ कर टेकरियों के बीच में होते एक ऊँची जगह पर निकले। और वहाँ पर बड़ी सड़क से करीब दस मीटर ऊपर एक छोटे-से मैदान में पहुँचे। यहाँ से गुलिस्तान की उपत्यका और भी अच्छी तरह दिखलाई पड़ती थी। लेकिन शादी और रशीदोफ की निगाह उपत्यका के ऊपर नहीं थी, बल्कि उन की नजर उस वाटिका की तरफ थी, जो कि ऊपरवाले पहाड़ के उस छोटे मैदान में एक तमंचा गोली की दूरी पर थी, और वहाँ पर स्मारक के तौर पर पत्थर की एक कब्र बनी हुई थी। शादी ने कब्र के पत्थर से बर्फ को जरा-सा हटा कर इन पंक्तियों को पढ़ा : "अध्यापक, शिक्षक, जनता के सौभाग्य और समृद्धि के लिये लड़नेवाले दोस्त मुहम्मद वलीजादा।

जन्म सन् १९०६ : महाप्रयाण सन् १९३१। सोवियत सरकार के गद्दार दुश्मन बासमचियों और खूँनखार मुश्तजोरों ने जनता के इस सच्चे पुत्र को इसी जगह मार कर पहाड़ के डांड़े से नीचे की ओर फेंक दिया। उसी के सम्मान और चिर-प्रतिष्ठा के लिए।

—सम्मान और प्रतिष्ठा !—दोहराते हुए शादी ने अपनी टोपी सिर से उतार ली। दोनों चुपचाप कुछ क्षणों तक उस कब्र के प्रति सम्मान दिखलाते हुए खड़े रहे। इसके बाद रशीदोफ़ ने कहा :

—तू तो उसे अच्छी तरह पहचानता था न ?

—पहचानता था!—आह खींचते हुए शादी ने कहा —हम दोनों बड़े घनिष्ठ दोस्त थे। अफसोस कि उसकी मृत्यु के समय मैं साथ न था, अपनी सेना के साथ बासमचियों के पीछे दौड़ रहा था।

—लेकिन मुझे खबर है—रशीदोफ ने कहा—एक दिन पहले मेरी उससे बातचीत हुई थी।...

—यह विश्वासघात भी खालमिर्जा के नालायक हाथों का काम था।

—खालमिर्जा और उससे कई बड़े लोग...मकारोफ यही सुस्ती थी, कि उसके हाथ में सबूत मौजूद था, कलाशाह, खालमिर्जा, मंसूरबायी और दूसरों को तुरन्त जेल में न भेज कर वह कुदरत के पीछे पड़ा हुआ था। जब मैंने उसे समझाया और बुरा-भला कहा, तो बोला कि ऊपर से हुक्म आया है और वे कोई पक्का सबूत पाना चाहते हैं; सिर्फ दो-तीन आदमियों की बातों को लेकर मैं उन्हें जेल में नहीं भेज सकता। उसी का नतीजा यह हुआ।

:o: :o: -o:

२९ मई, सन् १९३१ के दिन रशीदोफ अकेला कितने ही गाँवों को देखता, अन्त में गुलिस्तान गाँव में पहुँचा। दिन ढल चुका था, तो भी वह गाँव में अपने जरूरी आदमियों को नहीं पा सका। एक बुढ़िया हाथ

में पानी का कूजा लिए उसे गली में मिली और उसके सवाल के जवाब में बोली :

—सभी औरत-मर्द काम में लगे हुए हैं। कलखोज के रईसों में से भी कोई नहीं है।

—पंचायत के दफ्तर में कोई होगा क्या?

—नहीं जानती। मुझे क्या पता!

पंचायत के दफ्तर में उसे मंसूरबाय मिला। वह किसी विचार में डूबा दफ्तर के बन्द दरवाजे में खड़ा हुआ था। वह रशीदोफ से नहीं मिलना चाहता था, इसलिए उसका चेहरा एकाएक बदल गया, और उसके हाथ से ताला नीचे गिर गया।

—सलाम, सलाम!—उसने दौड़ कर रशीदोफ का स्वागत करते हुए कहा—मरहमत, आइये!

रशीदोफ ने अभिनन्दन का जवाब देते हुए पूछा—आप के रईस कहाँ है?

—रईस हैं,...—कहते हुए अपने एक ओर मंसूरबाय ने निगाह की, मानो रईस उसी तरफ है!—क्यों, जल्दी भी क्या है? दफ्तर में कृपया बैठिये तो, मैं अभी बुला लाता हूँ।

—कलखोज के रईस कहाँ हैं?

—काम में लगे हुए हैं।

—अध्यापक कहाँ?

—अध्यापक...! अगर स्कूल में नहीं, तो वह अपने घर में होंगे।

—आप जाकर अध्यापक को ढूँढ़िये और कहिए, कि मेरा उनसे काम है, स्कूल में शीघ्र आयें। मैं अभी काम पर जा रहा हूँ, रईस को कहाँ पाया जा सकता है?

—मैं कुछ नहीं जानता...

—परवाह नहीं!—कह कर रशीदोफ ने अपने घोड़े को दूसरी ओर घुमाया। घोड़ा रास्तों को जानता था। गाँव के इन तंग गली-कूचों में वह कई बार गुजर चुका था, वह खेतों की ओर चला। रशीदोफ़ जीन के ऊपर आराम से बैठा गुलिस्तान गाँव की ओर देख रहा था। गाँव सचमुच ही गुलिस्तान (फुलवारी) जैसा ही हो गया था। घरों की ऊँची-नीची छतें एक के पीछे एक उठती हुईं, ऊपर टीलों तक चली गई थीं। सभी जगह हरियाली थी! प्रत्येक घर की दीवारों पर लाल फूलों की लताएँ चढ़ी थीं, जो गाँव के रंग को गुलनारी कुर्ता पहने कलखोजची कन्या के सदृश बना रही थीं। गाँव के पीछे ऊँचे-नीचे टीलों पर भी हरियाली सिर उठाये खड़ी थी। सूर्य की धूप की कम-बेशी के कारण कहीं हरियाली अधिक और कहीं कम दिखलायी पड़ती थी। टीलों के पीछे से बर्फवाले डांड़े मानों सिर झुकाये खड़े थे। गुलिस्तान की आनन्ददायक उपत्यका सचमुच दर्शनीय थी!

घोड़ा बाईं ओर मुड़ा। अब रशीदोफ के सामने एक दूसरा ही दृश्य उद्घाटित हुआ। गाँव की हवेलियों का अन्त और रास्ता क्रमशः नीचे की ओर होता-होता नदी के किनारे पहुँचा। वहाँ मैदान में एक छोटी नदी थी, जिसे विस्तृत खेत ढाँके हुए थे। ऊपर से देखने में यह मैदान हिसारी जैसा था। कलखोज की जुती हुई जमीन भूरी खाकी-सी चमक रही थी। उनके बीच में हरे-भरे खेत अपने छोटे-छोटे रास्तों के बीच में, सचमुच ही कालीन जैसे दिखायी पड़ते थे। खेतों में से कुछ जुते हुए थे; बैल के पैरों को न देखे, कुदाल की चोट को याद करके सोये-से थे। कुछ जमीनें अजरिक चारा ढाँके हुए थीं। नाना रंगों के गुलाब और लाला—जो कि कलखोज की जमीन के चारों तरफ शोभावृद्धि कर रहे थे—भी हमारी उपमा में सहायक हो रहे थे; अर्थात् इस विस्तृत मैदान को रंगारंग के अलंकारों से शोभित कर रहे थे।

रशीदोफ ने दूर निगाह डाल कर देखा कि कलखोजवाले अभी तक काम से हाथ हटा नहीं पाये थे। सूर्य की अन्तिम किरण तक वे अपनी कुदालों

को [illegible]जाने की शायद उनकी इच्छा थी। जिस समय वह पुल के ऊपर पहुँचा, तो उसके स्वागत के लिए कलखोजचियों का पहला दस्ता आया, जो कि अपना काम खत्म कर के गाँव की ओर जा रहा था।

—कष्ट न करें !—रशीदोफ ने कहा—सलामत बाशीद!!

—सलामत बाशीद—कुछ स्त्रियों ने रास्ते में खड़ी हो कर कहा।

—रायकौम तहसील कमेटी के अफ़सर!

—हमारे रायन के बड़े नेता !!

—जानती हूँ, कलखोज की मीटिंग में आये थे !!

रशीदोफ ने अपने को इस तरह दिखलाया कि मानों इस बातचीत को उसने सुना नहीं और सबसे आखिर में आनेवाली तरुणी से बड़ी नम्रतापूर्वक से पूछा :

—रईस कहाँ होंगे?

—रईस तीसरे ब्रिगाद में थे,—जवाब देते हुए लड़की ने मैदान के छोर की ओर हाथ उठा कर इशारा किया। इसी समय पुल के ऊपर एक आदमी पहुँचा, जिसकी पोशाक बतला रही थी कि वह कलखोजची नहीं है; लेकिन धूल पड़े हुए चेहरे और सिर तथा हाथ में की कुदाल बतला रहे थे कि वह भी काम पर से आ रहा है। रशीदोफ ने उस की ओर ध्यान से देखा। उसकी सिर पर की हिसारी टोपी उसके सरकश बालों और उसके व्यक्तित्व को अच्छी तरह छिपा नहीं सकती थी। उसकी टोपी की एक ओर से बाहर निकले बाल धूसरित थे। उसके लम्बे चेहरे पर दयाभरी बड़ी-बड़ी आँखें, उठी मूँछें, सीधी नाक, खूबसूरत ओंठ और दांत हमेशा मुस्कुराते हुए दीख पड़ रहे थे। उसके शरीर पर काले रंग की जिम्नास्टिकी कुर्ता और उसी तरह की सलवार तथा पैरों में काले रंग का जूता था।

—सलाम !--रशीदोफ ने अपने घोड़े को रोक कर कहा--आप अध्यापक तो नहीं हैं ?

—सलाम !—उस आदमी नें जवाब दिया—हाँ, मैं अध्यापक दोस्त मुहम्मद वलीज़ादा हूँ। आइये, कृपा कर के...!

—आ रहा हूँ...--घोड़े से उतरते हुए रशीदोफ ने कहा—खुश, अच्छी तरह तो हैं ?

—सलामत बाशीद, काम से आ रहा हूँ । थोड़ा कलखोजचियों को मदद कर दूँ, सोचा था ।

—हाँ, दुरुस्त, ठीक किया ! मदद देनी ही चाहिये; क्योंकि अधिक जवान भी नहीं हैं यहाँ पर !

—हाँ,...—अध्यापक ने कह कर प्रश्नसूचक नजर रशीदोफ पर डाली । इसी समय तीन-चार स्कूली लड़के भी आ कर अपने अध्यापक के पास खड़े हो गये । उनके ऊपर निगाह दौड़ाते हुए रशीदोफ ने कहा :

—मुझे पहचाना ?--रशीदोफ ने कहा—रशीदोफ़ ! ऊपरी रास्ते से तुम्हाते गाँव में आया कि जरा हाल-चाल पूछूँ । सोचा कि देखूँ मई के महोत्सव के लिए क्या तैयारियाँ हो रही हैं ? शादी भी नहीं है, सरपंच रईसे-जमात न मालूम कहाँ चला गया है ? कलखोजी रईस शायद अपने काम पर हो। बेहतर तो यह होगा कि पहले तुमसे बात-चीत करूँ; फिर रईस भी आ जायेंगे ।

—दुरुस्त, मरहमत !—अध्यापक न कहा—आइये, स्कूल तक चलें । हमारे कामों पर भी एक नज़र डाल दें ।

और वे लोग गाँव की तरफ बढ़ चले ।

:o: :o: :o:

अध्यापक दोस्त मुहम्मद वलीजादा खालिनाबाद से आ कर फाजिलजाम की जगह इस गाँव में काम कर रहा था; और कुछ महीनों की लगन और कोशिश द्वारा स्कूल को ऐसा बना दिया कि उसकी तारीफ सारी रायन तहसील में हो रही थी। दोस्त मुहम्मद अधेड़ प्रसन्नमुख, बेग़म और साहसी मर्द था। किसी आज के काम को वह कल के लिये नहीं छोड़ता था, और हर एक चीज या हर एक काम को ठीक समय पर पूरा करता था। दोस्त मुहम्मद अपने इस स्वभाव के कारण न केवल गाँववालों को, बल्कि रायन के अधिकातर लोगों को भी आश्चर्य में डाले हुए था। हिसाब-किताब में कोई भी रकम खुर्द-बुर्द या एक भी बात कभी खता नहीं किये था। अपने काम के सिलसिले में अनेक बार कई शिक्षक आ कर उसकी जगह उससे शिक्षा लेते और उससे स्कूल के काम की कई काम की बातें भी सीख कर लौटते। इसीलिये यही कारण था, जो कि दोस्त मुहम्मद को आस-पास के गाँवों के अध्यापकों की सभा ने अपना अध्यक्ष चुना था; और वह उन्हें स्कूल और पढ़ाई के कामों के नये ढंग सिखलाता। दोस्त मुहम्मद उनको दिलो-जान से सहायता देता और अध्यापकों के भीतर कोई ऐसा नहीं था कि जो उसके बारे में कोई शिकायत रखता हो। वह आकर्षक आदमी था। पहली ही बार उससे बात-चीत करके आदमी उस का दोस्त बन जाता और दूसरी बात-चीत में उसके साथ घनिष्ठ हो कर लौटता, मानों कई वर्षों से वह तुम्हारा दोस्त हो!

दोस्त मुहम्मद के इस तरफ आने से शादी को बहुत सहायता मिली थी। वह अच्छी तरह जानता था कि गाँव के सांस्कृतिक कामों के लिये उसे एक बड़ा शक्तिशाली सहायक मिल गया है। कोई आदमी डाक्टर के लिये दफ्तर में नहीं जाता। लोग अपने प्रिय अध्यापक को डाक्टर से भी अधिक समझते थे। "तेरे हाथ में शफ़ा है, अध्यापक! लोग कहते हैं, आ कर देख ले या खुद ही दवा बना दे। तेरे पास आये हैं कि चल! तेरे जाने से ही

बच्चे तन्दुरुस्त हो जाते हैं!" दोस्त मुहम्मद भी न-नुकर करते-करते उनके साथ चला जाता और अपनी समझ के अनुसार सलाह भी देता।

रशीदोफ के साथ अध्यापक जब गाँव में गया, तो उसे देख कर श्वेतकेश बूढ़ों ने भी उसे बड़ी मुहब्बत के साथ सलाम किया और पीठ पीछे उसकी तारीफ के लिए जबान खोली। रशीदोफ ने इसे जाना, इसलिए उसने भी उनके प्रति सद्भाव दिखलाया। स्कूल की इमारत में जवानों ने उन का स्वागत किया। उसने पहले की तरह सबसे पहले अध्यापक को अपनी रिपोर्ट दी। इसके बाद अध्यापक ने रशीदोफ़ स्कूल की प्रगति के बारे में बतलाया। स्कूल एक खुली जगह में बना हुआ था, वह कुछ इस ढँग का बना हुआ था कि जिसे देख दर्शक का दिल खुश हो जाता था। मेज की पीछेवाली दीवार पर अध्यापक ने सुव्यवस्थित तौर से नक्शे, कैलेंडर आदि टांग रक्खे थे। दोस्त मुहम्मद ने, अपनी जगह पर बैठ कर, चाय की ओर इशारा करते हुए रशीदोफ से कहा :

—मरहमत, खुश-आमदीद !

—सलामत !—सामने बैठते हुए रशीदोफ ने कहा—अच्छा तो महोत्सव को किस तरह मनाया जाय ? तुम्हें मालूम ही होगा कि बहुत-से हमारे कलखोजची एक हाथ में कुदाल और दूसरे हाथ में बन्दूक ले कर अपना काम करते हैं; क्योंकि हर वक्त बासमचियों का भय रहता है। गाँव के अच्छे-अच्छे जवान गद्दार बासमचियों का मुकाबिला करने चले गये हैं। अब युद्ध में कुर्बान हुए या गोली खाये ही रह गये हैं। कुछ परिवारों का दिल टूट गया है। इसलिये ऐसा काम करना चाहिए कि यह हमारा वसंत-महोत्सव प्रथम मई—यह सब होने के बाद भी सबके दिल में भारी उत्साह पैदा कर सके। यह महोत्सव लोगों में प्राण फूँकते हुए, उन्हें फिर अपने जानी दुश्मन को कुचल देने के लिए उत्साहित करे। क्या कहते हो ?

—एक योजना बना रक्खी थी—कहते हुए इत्मीनान के साथ दोस्त मुहम्मद ने, मेज की दराज से एक बड़े कागज को निकाल कर, उस पर नजर दौड़ाते हुए अपनी बात जारी रक्खी—प्रथम मई के एक दिन पूर्व, अर्थात् ३० अप्रैल को गुलिस्तान के कलखोजचियों और निवासियों की एक जबर्दस्त बैठक करके, अपने रायन की कमेटी के सदस्यों के राय-मशविरे के बाद ही संगीत-मण्डली का गठन किया जाय।

—ठहरो!—कहते हुए रशीदोफ ने उस की बात बीच में काट दी—अपनी शक्तियाँ कौन-सी हैं?

अध्यापक ने उस का विवरण दिया।

:o: :o: :o:

मस्जिद के ताखों में दीपक जल रहे थे। लोग—अधिकतर स्त्रियाँ, बच्चे और श्वेतकेश—दो-तीन जवानों के साथ मस्जिद को ताखे को भरते हुए, मस्जिद के सामनेवाले रास्ते के मैदान की तरफ निगाहें किये बैठे थे। उनके बीच में बैठा अध्यापक दोस्त मुहम्मद बातें कर रहा था।

इस मौके पर हर-एक आदमी ने अपने हुनर का परिचय दिया। यहाँ तक कि सुन्दरी मरवारीदचा ने भी बाहर आ कर अपना नृत्य दिखलाया।

लेकिन मैं साफ-साफ बतला हूँ कि मैं न नाच करना जानता हूँ न गाना जानता हूँ और न इस लाला की तरह संवाद ही कह सकता हूँ। मैं तो केवल तमाशा देख सकता हूँ और उसके बाद दिलो-जान से ताली बजा सकता हूँ दोस्त मुहम्मद—अध्यापक बोला।

लेकिन, उसे वैसे ही रहने नहीं दिया। हर तरफ से ताली के साथ आवाजें आने लगीं—'हम चाहते हैं, कोई बात कहो!

आदमियों के बीच से जेबी खाला ने भी खड़ी हो कर कहा—

—अध्यापक, तुम्हारे पास एक हुनर है, जो कि दूसरों के पास नहीं है। काम लायक बात तो कह सकते हो, हमारे लिये वही बात कहो।

—बात करो !

—कहानी कहो !

—कहानी हाँ !

इसके बाद फिर ताली पिटी और खुशी की आवाज आसमान तक बुलन्द हुई। ताली पीटने में सबसे ज्यादा आगे थे—स्कूल के बच्चे ! दोस्त मुहम्मद ने देखा कि बचने का कोई रास्ता नहीं और वह प्रसन्न-मुख बैठे अका इस्ताद की ओर निगाह करके, अपने हाथ को ऊपर उठा कर, बोला—"ठहरिये, सब्र करिये, !" सभी की नजरें अध्यापक के चेहरे के ऊपर थीं, उसने कहा—"ठहरिये, स्वयं अपनी क्या बात ! कहने की बात कही जायेगी। यहाँ पर १ मई के महोत्सव के सम्बन्ध में रफीक रशीदोफ ने अच्छी बातें तुम्हें बतलाईं, इसके बाद आप और क्या चाहते हैं ?

—ठीक है, आप भी कोई बात कहें !—अका इस्ताद ने कहा।

—खूब, खूब, अगर ऐसा है !—थोड़ा सोचते हुए अध्यापक ने अन्त में यह कहते हुए अपनी बात जारी की—मैं रशीदोफ की बातों को सुन, मरवारीद के नाच और लाला के संवाद को सुन अतीत और वर्तमान पर विचार करने लगा। हमारे महान् लेखक मैक्सिम गोर्की ने 'माँ' नाम का एक प्रसिद्ध उपन्यास लिखा है। उस उपन्यास का नायक ब्लासोफ है, जिसने कि लाभ या बादशाही हुकूमत के सूदों—लाभों—के बारे में इस प्रकार कहा है: तुमने इन्सान को जिन्दगी से अलग करके उसे नष्ट और व बरबाद किया। लेकिन समाजवाद तुम्हारी बरबाद की हुई दुनिया में एक समृद्ध और महान् संसार को संगठित करेगा; और अन्ततः आ कर ही रहेगा। यह था, रफीको ! अब..

अध्यापक अपनी बात को खत्म नहीं कर पाया था। इसी समय कूचे में घोड़ा दौड़ाता हुआ कोई पहुँचा। उस सभा के लोगों ने बड़ी परेशानी

के साथ आगन्तुक की ओर नजर डाली। वह मंसूरबाय था। उसने घोड़े को किसी के हाथ में दे दिया और हाथ में चाबुक लिये सीधे मस्जिद के चौबारे में आया। पहले सभा के भीतर खड़े हो कर उसने लोगों के ऊपर नजर डाली, फिर एक को सम्बोधित करके बोला :

—बाबा हिदायत कहाँ हैं ?

—हाँ मैं इधर हूँ !—कहते हुए बाबा हिदायत ने एक किनारे से आवाज दी !—मुझसे क्या कहना है ?

मंसूरबाय ने जरा-सा बाबा हिदायत की ओर निगाह करके, फिर अध्यापक, अका इस्ताद और खाल मिर्जा आदि की ओर मुँह करके कहा :

—बाबा हिदायत का बेटा नादिर गोली से घायल हुआ है। मैं रायन गया हुआ था, जहाँ उसे ले गये हैं। इस समय अस्पताल में लेटा हुआ है। बाद में तुम्हारे भाई को भी ले आये। खुदा जानता है...

मंसूरबाय की बात खतम होने से पहले ही नादिर की साठसाला बुढ़िया माँ बाहर आई। बुढ़िया के लिए मामूल-सी चिन्ताजनक खबर भी बीमारी की इस हालत में काफी थी। वह 'हाय मेरे बेटे' कहती हुई रोदन-क्रंदन करने लगी। इससे सभा तितर-बितर हो गई। कितनी ही स्त्रियों और बुढ़ियों ने डर के मारे इन बुजदिल मर्दों से पहले जा कर हवेली का रास्ता पकड़ लिया। लोगों में से कुछ इस घटना से अपरिचित हो आश्चर्य के साथ खड़े रहे। अभी कोई बात नहीं हुई थी कि चारों ओर 'बासमची' की आवाज फैल गई। लेकिन बाबा हिदायत न डरा, न रोया; बल्कि बड़ी दृढ़ता से कदम रखते हुए खालमिर्जा से बात करते मंसूरबाय के दामन को जोर से पकड़ कर कहा :

—सच बतला, कहाँ देखा ?

—रायन में,—कहते हुए मंसूरबाई ने जोर लगा कर अपने दामन को छुड़ाने का असफल प्रयत्य किया।

—क्या हुआ है, बात कर!—फिर बाबा ने कहा।—हमारे आदमियों ने बासमचियों से युद्ध किया क्या? आखिर युद्ध का क्या हुआ? और सच्ची खबर क्या है? बात कर!

—श्वेतकेश ठीक कह रहा है,—अपनी जगह से उठ कर उनके पास आते हुए रशीदोफ ने कहा; और बाबा के हाथ को मंसूरबाय के दामन से अलग करते हुए यह भी कहा—'बात को अच्छी तरह बताओ!'

इसी समय अका इस्ताद, ज़ेबी मौसी और अध्यापक ने ऊँची आवाज में बात कर के लोगों को निश्चिन्त करना शुरू किया और उन्हें अपनी-अपनी जगह पर बैठाया।

—हमारी सेना का बासमचियों के एक बड़े दस्ते से आमना-सामना हुआ। लड़ाई भी शुरू हुई; लेकिन हमारी सेना की कोई पेश न गई। इसी के कारण नादिर और अध्यापक का भाई जख्मी हुए; पर शत्रु-पक्ष के बारे में मैं कुछ नहीं जानता।

—नहीं!—चिल्लाते हुए बाबा न कहा!—यह बात झूठी है, यह बात झूठी है! एऽऽ...मूर्ख बुढ़िया, ज़रा चुप रह। एऽऽ...! स्नेहमयी माताओ, बुजुर्ग बापो तथा युवा साथियो! शान्त रहो, मुझे तुमसे बातें करनी है! तुमने कहाँ से इतना भयभीत होना सीखा है, और फिर किस-किस ने सीखा है?

बाबा के इस सवाल ने सब लोगों को अपनी-अपनी जगह खूँटे से बाँध-सा दिया।

—मुझे याद नहीं है—बाबा सफर ने एक किनारे से कहा—मुझे याद नहीं है कि इस गुलिस्तान गाँव के लड़के कभी दुश्मन के सामने भागे हों! हमारे बच्चे बासमचियों का सामना नहीं करें और

पीठ दिखायें . असम्भव ! मैं नहीं मान सकता ! वीर-धीर किसान एक मक्कार गीदड़ से कभी नहीं डरते । मानव-पुत्र...!

—ओ वुढ़िया ! ——फिर बाबा हिदायत ने तीखी आवाज से कहा—— नासमझ बुढ़िया चुप भी रह ! अगर मेरे बेटे को कुछ हुआ है, या वह युद्ध-पंक्ति से बाहर हुआ है, तो मैं खुद जाता हूँ । हाँ, इस बात को गाँठ में बाँध ले बुढ़िया, चुप रह !

हिम्मत दिलानेवाली बातों ने प्रभाव डाला या कि कोई और बात हुई, बुढ़िया कुछ समझ करके चुप हो गई । अध्यापक बाबा को बगल से सहायता दे कर उसे एक किनारे ले गया । इसी समय अका इस्ताद ने घोषित किया :

—रफीको ! गुप-चुप कोई बात न करो, कोई विशेष दुर्घटना नहीं हुई । मैंने एक आदमी रायन भेजा है, वह ठीक-ठीक खबर ले कर आयेगा । इस समय मैं इस सभा को खत्म करने की घोषणा करता हूँ । हम कल बहुत तड़के सभी कलखोजची हाजिर हों, और इसी हवेली में दुम्बक और दायरा बाजा बजेगा, सभी उसमें शामिल हों ।

लोग बिखरने लगे, अपने पास जमा हुए लोगों से अध्यापक ने कहा :

——हो सकता है, मेरा भाई घायल हुआ हो, कोई बात नहीं । लड़ाई में गये आदमी के लिये गोली खाना कोई आश्चर्य की बात नहीं; लेकिन वह बड़ा तन्दुरुस्त और बलवान आदमी है, देर तक नहीं लेटा रहेगा ।

अभी सभा के बाद, सभी आदमी पूरी तौर से, वहाँ से चले नहीं गये थे कि इसी समय एक घुड़सवार तेज़ी वहाँ पर आया । वह लाल सैनिक था । लोगों के बीच से वह रशीदोफ के पास आ कर\उसने पहले सैनिक सलाम किया, फिर अपने थैले में से दो पत्र निकाल कर उस की ओर बढ़ाये । रशीदोफ ने एक पत्र के पते को पढ़ कर उसे अध्यापक के हाथ में देते हुए कहा :

—यह खत तुम्हारा है।

अध्यापक ख़त को पढ़ कर बहुत प्रसन्न हुआ और उसकी आँखें बिजली की तरह चमकन लगीं और उसने ऊँची आवाज से कहा :

——रफीको, पिताओ और माताओ, कान लगा कर सुनो !

सभी चुप हो गये। अध्यापक खत को पढ़ने लगा :

"मेरे प्यारे भाई दोस्त मुहम्मद, हमारी सेना ने दुश्मन को पूरी तौर से हरा कर, उसका पीछा उपर की ओर क़लाचा गाँव तक किया। कूरबासी ने हमारे साथ जंग शुरू की। शादी ने सब चाल समझ कर हमारे बहादुरों को कुछ इस तरह पंक्तिबद्ध किया कि बासमची घिर गये और उन्हें जान ले कर भागने के लिए जगह तक न रही। लेकिन बासमचियों की संख्या अधिक थी। हमने कोशिश की कि शत्रु को तब तक रोके रखें, जब तक कि लाल सेना मदद के लिये न पहुँच जाये। अपने कमांडर शादी के साथ हम सब ने शपथ खाई, कौल किया, प्रतिज्ञा बाँधी और पागलों की तरह दुश्मन के ऊपर सख्त आक्रमण किया। ऐसा क्षण भी आया कि मालूम होता था वे हमे दबा देंगे। लेकिन हमारी बन्दूकों की मार ने निष्ठुर दुश्मनों को तूत के फल की तरह गिरा दिया और वे पीछे की ओर भागे। इसी संघर्ष के समय मुझे गोली लगी। मुझे नहीं पता लगा कि कब एक गोली मेरी जांघ में सुराख कर के चली गई। जैसे ही लाल सेना आई कि हमने आक्रमण शुरू कर दिया। मुझे अपने घाव का अनुमान तक न था। जल्दी ही मुझे रायन में पहुँचाया गया। मुझे खुशी है कि यहाँ सभी बातों को समझ रहा हूँ। डाक्टरों ने कहा है कि गोली हड्डी तक नहीं पहुँची है, मामूली-से ऑप्रेशन से जल्दी ही आराम हो जायेगा। क्या करूँ, बड़ा अफसोस है कि कल १ मई को अपने रफीकों के साथ एक पांति में खड़ा नहीं हो सका। दुश्मन की गोली ने मुझे कुछ समय के लिए पांति से अलग कर दिया है। खैर, अपने सैनिक-दल की विजय न मेरे दिल को प्रसन्न कर दिया है। यह बड़ी भारी बात है।

"अस्पताल में आने के बाद मालूम हुआ कि नादिर को भी चोट लगी है। उसके माता-पिता तक उसका सलाम पहुँचावें। उसे बहुत अफसोस है कि वह लिखना-पढ़ना नहीं जानता, नहीं तो नादिर खुद ही खत लिखे होता। हर तरह से उस की माँ को विश्वास दिलायें कि उस का घाव खतरनाक नहीं है, जल्दी ही आराम हो जायेगा। अगर कल रायन आवें, तो मुझे अपने दर्शन से प्रसन्न करें। तुमसे और सभी दोस्तों से उचित अभिनन्दन! मेरे बारे में खातिर जमा रखें। चिट्ठी में गलत शब्द कोई हो, तो उसे क्षमा करें।

——जानम्, तेरे सदके जाऊँ!——अध्यापक के खत पढ़ कर खत्म करते समय बुढ़िया ने कहा—तेरी ज़बान मुबारक! कल जन्म-दिन है, अपने बेटे के देखने का दिन है!

इसके बाद अध्यापक, बाबा हिदायत, अका-इस्ताद, ज़ेबी मौसी और रशीदोफ ने वहाँ जमा हुए किसानों को अध्यापक के भाई की चिट्ठी के बारे अवगत कराया। उधर से निश्चिन्त होने पर वे सब एक-दूसरे से बात-चीत करते रहे और दूसरी तरफ खालमिर्जा के साथ मंसूरबाय एक किनारे खड़ा था।

—यहाँ से जल्दी जाओ!—खालमिर्जा ने कहा।—तुम स्वयं अपने सिर को तो खाओगे ही और तुम्हारे लिए मुझे भी परेशानी उठानी पड़ेगी।

—पर्वाह मत करो——मंसूरबाय ने कहा——कल तक या ऊपर होगा या नीचे!

इस मुँहफट जवाब ने खालमिर्जा को आश्चर्य में डाल दिया। जिस समय कुदरत भाग कर बासमचियों के साथ हो गया था और खुद मंसूरबाय भी एक बार जेल में डाल दिया गया था, जहाँ से सही-सलामत बाहर आया, तब से खालमिर्जा उस को महत्व दे उस की बातों पर ध्यान देने लगा था। इस समय भी मंसूरबाय की बात को समझ कर, मस्जिद के भीतर से निकल कर, वे आपस में बात करने लगे।

—यह क्या कहा? —खालमिर्जा ने पूछा।

—कुदरत से खबर मिली है—फुसफुसाते हुए मंसूरबाय ने कहा—वह इस्लाम बेग कुरबासी के पास है। जो कुछ सुना है, उससे मालूम होता कि हमारा काम बिगड़ गया मालूम पड़ता है। कुदरत ने कहा है कि कुछ लोग मिल कर रात के वक्त कुरबासी के लिये उचित भेंट तैयार करके उसके पास जावें।...बाद में...

एकाएक मंसूरबाय को कोई आता दिखलाई पड़ा, वह खामोश हो गया और फिर दोनों अन्धेरे में गायब हो गये।

पहले की सलाह के अनुसार रशीदोफ को अका इस्ताद के घर ले गये। दोस्त मुहम्मद ने अका इस्ताद से अपने संदेहों को कह कर एक योजना बनाई थी; लेकिन रशीदोफ को उस का पता नहीं था। वह बेफिकर हो जेबी मौसी से बैठा बात कर रहा था। लताफत उन की मेहमानदारी कर रही थी और अध्यापक अका इस्ताद के साथ धीरे-धीरे धीमी आवाज से बात कर रहा था।

—आप की बात ठीक हैं—अन्त में रशीदोफ़ ने कहा—खुद अपनी बात क्या है?

—ए, मेरी अपनी बात...!—कह कर हँसते हुए वह अका इस्ताद के बढ़ाये हुए चाय के प्याले को हाथ में ले कर पीने लगा।

लताफत कबाब ले आई, लोगों ने खाया। फिर दो चायनिक चाय पी लेने के बाद अध्यापक ने कहा—अब पूछना चाहिए!

—खुश, कहाँ के लिए?—रशीदोफ़ ने हैरान हो कर पूछा।

—हमारे घर में चल कर सोयें, वहाँ इन्हें आराम रहेगा। रशीदोफ़ न अका इस्ताद की ओर नजर डाली।

—अध्यापक किसी के प्रति सन्देह रखते हैं,—रशीदोफ़ की नजर को समझ कर अका इस्ताद ने कहा।

—सन्देह अकारण नहीं होता, क्योंकि कहावत मशहूर है—खुद यह जमाना भी बुरा है; बेहतर यही है कि इन लोगों की ही बात पर हम अमल करें।

तीनों उठ खड़े हुए।

हवेली से बाहर निकलते हुए दोस्त मुहम्मद ने कहा—मैंने कुछ समझा है, कूचे शान्त हैं, जैसे कोई प्राणी यहाँ नहीं हो !

तीनों चुपचाप चल कर अध्यापक के घर में पहुँचे। उस का घर गाँव के बीच में बाबा हिदायत और यूसुफ के पड़ोस में था।

—हमारे पड़ोसी बहुत अच्छे हैं और आस-पास, पास-पड़ोस, लोगों से भरा है—अध्यापक ने कहा।—लेकिन, मेरे चचा अका इस्ताद की हवेली एक किनारे पर है, जिसके दाईं तरफ मैदान है।

दोस्त मुहम्मद ने रशीदोफ़ और अका इस्ताद को सोने लिए जगह बना कर दी, और स्वयं बत्ती को धीमा कर के दूसरी कोठरी में चला गया।

वह अपनी बीवी और बच्चों के पास भी नहीं सोया; बल्कि पंचगोलिया बन्दूक को खूँटी पर से उतार कर, कारतूस की मालाओं को कमर में बाँध, आहिस्ता से छत के ऊपर चला गया। उसी घरवाली छत के ऊपर—जिसके भीतर रशीदोफ और अका इस्ताद सो रहे थे। उस रात के अन्धेरे में, छत के ऊपर से, किसी का पता लगाना मुश्किल था। अध्यापक ने घास और बेंत के दरख्तों की ओर देखा; फिर कूचे की ओर निगाह कर के लेट रहा। उस तरफ बाबा हिदायत की हवेली का कूचा और आगे यूसुफ की हवेली थी। कूचे की ओर दरवाज़े बन्द थे, वहाँ कोई नहीं था। लेकिन आदमियों के वफादार पासबान गाँव के कुत्ते उस जगह जगे हुए डटे थे। वह हर एक छाया, हर एक हरकत से सन्देह में आ कर अक्-अक् करते और गाँव की शान्ति को केवल उस की ही आवाज जब-तक भंग करती। अध्यापक के घर के सामने कान-पूँछ कटा

एक बड़ा कुत्ता, रह-रह कर, अपने अस्तित्व को बतलाते हुए जोर-से चिल्ला उठता था; अगर दुश्मन उसके हाथ में पड़ता, तो उस को जान की सलामती नहीं थी। मुर्गों ने भी दो-तीन बार बाँग दी, गीदड़ों की आवाज भी धीरे-धीरे चुप हो गई; लेकिन अध्यापक छत के ऊपर जागते हुए अपनी आँखों को बड़ी सड़क के ऊपर बराबर गाड़े रहा। उस की इतनी अधिक जागरुकता अकारण न थी, और बेकार भी नहीं गयी। अध्यापक की हाथघड़ी की चमकती सूईयों ने बतलाया कि रात तीन बजे से अधिक बीत गई है। इसी समय बड़ी सड़क की ओर से दो-तीन छायाएँ प्रकट हुईं। वे धीरे-धीरे चल कर अध्यापक के सोने की छत के नीचे आ खड़ी हुई। आनेवालों का मुँह देख कर पहचानना सम्भव नहीं था; लेकिन अध्यापक ने अन्धेरे में भी उन का वहाँ होना जान लिया था कि वे लोग कौन-कौन हैं! वे थे खालमिर्जा, मंसूरबाय और दो-तीन और बिना जान-पहचान के आदमी। मंसूरबाय ने दीवार से चिपक कर घर के भीतर की ओर कान लगाया।

—हाँ!—बहुत धीमी आवाज में खालमिर्जा ने कहा—क्या खबर है?

—इसी जगह हैं!—मंसूरबाय ने कहा।—मेरे आदमियों ने खुद अपनी आँखों से देख कर मुझे कहा था कि वे तीनों इसी तरफ आये। उन की बात ठीक निकली।

—आश्चर्य!—खालमिर्जा ने कहा।

—मैं जानता हूँ,—मंसूरबाय ने कहा।—यह सारा बहाना अध्यापक का है; लेकिन आज हम उनमें किसी को भी न छोड़ेंगे। अरे, गफूर इधर आओ! देखो दीवार फलांग कर आहिस्ते से दरवाजे को खोल देना।

लेकिन, जैसे ही गफूर का सीना दीवार के ऊपर पहुँचा कि पंजतिरा की आवाज गूँज उठी और वह लुण्ड-मुण्ड हो कर दीवार गिर पड़ा।

डाकुओं ने भयभीत हो कर अँधाधुन्ध बन्दूकें दागनी शुरू कीं; लेकिन पहली गोली दागने के तुरन्त बाद ही अध्यापक की दूसरी गोली भी छूटी, जिससे मंसूरबाय भी नीचे लुढ़क पड़ा। फौरन खालमिर्जा पीछे की ओर भागा और अपने तीन आदमियों को हुक्म दिया कि अपनी बन्दूकें चलायें।

—छत की तरफ, घर की छत की तरफ मारो!

—नहीं, तेरा काम नहीं बनने का! —जोर से चिल्ला कर अध्यापक न आवाज दी, और एक के बाद एक तीन गोलियाँ खाली कर दीं। खालमिर्जा के आदमियों से एक ने 'हाय' कह कर अपनी बाँह पकड़ी, दूसरे भाग गये। खालमिर्जा अभी अपने को छाया में छिपाये हुए था कि बाबा हिदायत के कोठे की छत से उस के सिर पर भी एक पत्थर आ कर लगा और भी वह 'हाय' कर के अन्धेरे में गुम हो गया।

:o: :o: :o:

शादी और रशीदोफ उस दिन दोस्त मुहम्मद वलीजादा की कब्र के पास खड़े थे। ऊपर से सूर्य खिलता हुआ अपनी किरणों को धीरे-धीरे फैला रहा था। सूर्य की किरणें सारी पहाड़ी पर बिखरी हुई बर्फ की काँचन चट्टानों पर प्रतिबिम्बित हो आँख को चकाचौंध कर रही थीं। कब्र को भी बर्फ ढाँके हुई थी, लेकिन शादी उस पर नजरें गड़ाये खड़ा था।

—यह मर्द वाकई महाप्राण था! —शादी ने सिर परअपनी टोपी रखते हुए कहा।

—इसीलिए खालमिर्जा जैसे उसे देख नहीं सकते थे—रशीदोफ ने कहा।

वह दोनों पगडण्डी से आहिस्ता-आहिस्ता नीचे की तरफ उतरे। सड़क के किनारे 'गजिक' खड़ी थी, शोफर उन के पास आया और अपने सवारों को देख कर उसने पूछा:

—अध्यापक की क़ब्र के पास गये थे क्या ?

—हाँ, रशीदोफ़ ने कहा—दोस्त मुहम्मद वलीज़ादा की क़ब्र के पास गये थे ।

—कहते हैं—शोफर उतावली से बोला—उसने बासमचियों के साथ जबर्दस्त लड़ाई लड़ी और उनके कितने ही दस्तों को हरा कर उन्हें उन की जान पर खतरा पैदा कर दिया । जब लड़ाई में सामने मुकाबिला नहीं कर सके, तो वे उसे धोखे से पकड़ कर यहाँ ले आये और पहाड़ से नीचे गिरा दिया...क्या यह सच है !

जवाब म सिर हिला कर रशीदोफ कार के भीतर बैठ गया । शादी भी उस की बगल में बैठ कर बोला :

—पापी खालमिर्जा ने मुकदमे के समय स्वीकार किया कि यह उसी की करतूत थी ।

शोफर ने कार को गतिशील किया और 'गज़्रिक' पहाड़ के नीचे की ओर, जिधर गुलिस्तान की उपत्यका थी, दौड़ पड़ी।

२०

नवाबाद रायन

हेमन्त के छोटे दिनों में सूर्य भी अपने प्रकाश को पहाड़ों से शीघ्रतापूर्वक अन्त तक पहुँचाते हुए पश्चिम की ओर झुका । रायन के कस्बे के कूचे लोगों से भरे हुए थे, इसी समय रशीदोफ की कार भी आ पहुँची। शादी बड़े आश्चर्य और प्रसन्नता के साथ अपने रायन-केन्द्र की सुन्दर इमारतों की ओर देख रहा था । उस को देखने में लगा कि कस्बा बहुत विशाल रूप धारण कर चुका है । उसके जाने के समय बहुत-सी जगहें खाली

थीं, अब यहाँ मकान और बाग-बगीचे तैयार हो गये थ। वहाँ की जधिकतर इमारतें एकमंजिला थीं। दो पत्थर बिछी हुई विशाल सड़कें कस्बे को अलग-अलग भागों में विभक्त कर रही थीं। शहर के केन्द्र में दो-तीन दुमंजिला पक्की इमारतें भी थीं, जिनमें से एक का नाम 'संस्कृति-सदन' था। इस सदन में या कि भव्य महल में दरवाजे के भीतर नाटक, सिनेमा तथा शतरंज आदि का खेल होता था। एक अलग अपेक्षाकृत छोटे घर में व्याख्यान और वाद-विवाद करने के लिए जगह बनी हुई थी। रायन का पुस्तकालय भी इसी भव्य इमारत के भीतर था, जोकि ऊपरवाली कमरे में था। प्रदर्शनी-घर में चित्र, फोटो, सचित्र पत्रिकाएँ, दीवारों और मेजों पर सजा कर रक्खी हुई थीं। भीतर जाने के दरवाजे के बाईं तरफ एक बड़ा चायघर था, जिसमें मेजों के ऊपर बहुत से चाय पीनेवाले बैठे रहा करते थे।

कार आ कर 'संस्कृत-सदन' के नजदीक खड़ी हुई। रशीदोफ़ के साथ शादी बाहर निकल कर मकान के भीतर गया।

—ओ-हो, यह जगह तो बड़ी सुन्दर है!—शादी ने कहा।

—इस की प्रबन्धिका बड़ा ही काम करनेवाली औरत है!—रशीदोफ़ ने कहा—शायद तू उसे पहचानता है!

—कौन है?

—खदीजा...!

—खदीजा! कौन-सी खदीजा?

—मंसूरबाय की लड़की।

—हा...—कह कर शादी कुछ सोचने लगा। फिर बोला—खदीजा, बरका की बीवी।...ब्याह नहीं किया क्या उसने?

—नहीं, अपनी माँ के साथ रहती है। बरका के आन की इन्तजार में, पूरे विश्वास के साथ बैठी है।

—इन्तजार!

और रशीदोफ ने आश्चर्य के शादी की ओर निगाह फेंकी।

—क्या शुबहा करते हो?

शादी ने भावपूर्ण मुस्कुराहट के साथ रशीदोफ की बगल से बरामदे में जा कर दरवाजे को खोला। वे अब नाटक-सिनेमा के हॉल में दाखिल हुए। वहाँ कोई नहीं था, जगह खाली थी। एक ओर सिनेमा का पर्दा लगा हुआ था।

शादी ने दीवार पर लटकते चित्रों और प्लेकार्डों को देखते हुए मानों अपने-आप से बात-चीत करते हुए कहना शुरू किया :

—छः ही माह पहले, आज से जंग खत्म होने के बाद, रीगा गया था। अस्पताल में उस को बिना देखे नहीं रहना चाहता था। उस का घाव करीब-करीब अच्छा हो गया था। मुझे देख कर बहुत ही खुश हुआ। हमने अपना वतन याद किया और इन जगहों के बारे बातें कीं। उसने कहा कि यहाँ से जेनब ने उसके पास खत लिखा है, उस में खदीजा की शिकायत करते हुए उसे बेवफा, फरेबन और कमीनी बतलाया है। बरका न जाने क्यों इन बातों को सुन कर विश्वास करता है कि उसकी बीवी विश्वास-घातिनी है। मैंने उसे बहुत समझाया, लेकिन उस का कोई फायदा नहीं हुआ। उसने अपने माँ-बाप की सम्मति के बिना ही खदीजा के साथ ब्याह किया था। अब उनके पास भी क्या चिट्ठी लिखे, यह उसे समझ में नहीं आता। मैंने बहुत समझाया और कहा कि दूर की बात पर यों ही विश्वास करना ठीक नहीं है; लेकिन मैं भी खदीजा की खराब हालत के बारे में सोच कर कुछ-कुछ शुबहा करने लगा था। रीगा से लौटने के बाद बरका की कोई खबर मुझे नहीं मिली। वह अपने माँ-बाप को भी खत नहीं भेजता, तो फिर बीवी को कैसे लिखेगा!

रशीदोफ पीछेवाली एक कुर्सी पर बैठा चुपचाप शादी की बात को सुनता रहा, फिर सिर हिलाते हुए खड़ा हो कर बोला :

––तीरमार! हाँ, जैनब भी अब झूठे तीर मारनेवाली गई है।

––क्या अब जैनब इसी जगह खदीजा के साथ रहती है ?––शादी ने पूछा।

––नहीं तो !––रशीदोफ ने कहा––उसने सौदागरी शुरू की, फिर उसके अन्य दूसरे अपराध भी काफी दिनों तक चोरी-छिपे चलने के बाद ···· हुए, और वह पांच साल की सजा ले कर गई। लेकिन जाते-जाते भी ··नती ने अन्त में खदीजा पर जहर छिड़क कर ही अपना रास्ता पकड़ा।

दरवाजा खुला, और इसी समय हॉल में खदीजा आई। आगन्तुक तरुणी 'खदीजा ही है; शादी फौरन इसीलिए समझ गया कि अभी उसी के बारे में चर्चा हो रही थी। दूसरे रशीदोफ की भावपूर्ण दृष्टि ने शादी को उसे पहचानने में सहायता की। नहीं तो खदीजा पहले जैसी दिखाई नहीं पड़ रही थी। पुरानी खदीजा का हड्डी का ढाँचा और बड़ी-बड़ी काली आँखें ही बस बाकी रह गई थीं। उस का रंग पीला पड़ गया था, बाल छोटे हो चुके थे, चेहरा दुबला-पतला और नजर शोकपूर्ण-उदास-सी ! इस स्त्री का हँसमुख चुलबुली खदीजा से क्या सादृश्य था !

खदीजा जब नजदीक आई, तो उसने रशीदोफ को पहचाना; फिर वह बोली :

––सलाम रफीक रशीदोफ !...आप...कैसे रहे ? और यह !... शायद...।

––सलाम, सलाम !––रशीदोफ ने कहा––आये थे कि रफीक शादी को तुम्हारा 'संस्कृति सदन'[1] दिखला लायें।

रफीक शादी !––कहती हुई खदीजा और भी आश्चर्य में पड़ गई। शादी की ओर नजर की, और उसे पहचान कर हद से ज्यादा खुश हो, निकट जा कर उससे हाथ मिलाया।

खुश आमदीद, अका शादी !––उसने कहा––खुश आमदीद ! यह कितनी अच्छी घड़ी है कि एक ही साथ तुम भी और रफीक रशीदोफ दोनों से भेंट हो गई।

खुश, एक दम खुश !—शादी ने कहा—अरे हाँ, यह तो कहो कि सलामत तो रही ? तुम्हारी माँ कैसी हैं ? और फिर काम-काज की स्थिति भी क्या है ?

—सलामत बाशीद, सब ठीक-ठीक, सभी सही-सलामत !—कहते हुए खदीजा ने उन्हें अपने घर में निमन्त्रित किया—क्यों मरहमत ! घर चलें, मैं इसी इमारत में अर्थात् इसी हॉल के पीछे रहती हूँ।

बरामदे के अन्त में एक दरवाजा था, जिसमें से हो कर एक हवेली के सामने पहुँचते थे, वहीं दाहिनी ओर एक कमरा और खदीजा के घर का दरवाजा था। शादी ने रशीदोफ के साथ पहुँच कर खदीजा की माँ को सलाम-दुआ करके कुशल-मंगल पूछा और फिर वे लोग कुर्सी पर बैठ गये।

—आप भले आये !—बुढ़िया ने कहा।—हर कदम मोआदीद बालाए-दीदा (जो कदम आप रक्खें, आपको बुलन्दी पर पहुँचाये !) इलाही हमारे बरकाजान भी इसी तरह एकाएक आ जायें, और अपने अकाशादी का अनुसरण करें, आमीन !

—आमीन !—मेहमानों ने भी कहा।

—खत कब मिला था ?—शादी ने खदीजा से पूछा।

—आखिरी खत उन का आज से सात-आठ महीने पूर्व आया था,—खदीजा बोली—लेकिन बहुत पूछ-ताछ करने पर ही उन का पता मैं मालूम नहीं कर पाई थी।

—हाँ उनके कमांडर ने हमारे पास खत भेजा था..—बुढ़िया ने गहरी साँस ले कर कहा।—भाग्य होगा, तो बरकाजान आ कर ही रहेगा।

खदीजा ने दस्तरखान लगाने की कोशिश की, लेकिन रशीदोफ ने यह कह कर के उसे रोक दिया :

—हम जा रहे हैं, हमारे लिए कष्ट न करें, बस इसी तरह खबर पूछने चले आये थे। क्यों, यहाँ रायन में सांस्कृतिक काम आप का कैसे चल रहा है ?

—अच्छा है--एकाएक प्रश्न पूछे जाने पर कुछ आश्चर्य के साथ खदीजा ने कहा।

—सिनेमा ठीक काम करता है?

—हाँ, काम तो करता ही है।.. लेकिन, हर रात बिजली नहीं मिल पाती; इसलिए स्थानीय बिजली स्टेशन की चिन्ता में हूँ। जब बिजली नहीं होती, तो सभी काम बन्द हो जाता है।

—कुछ नाटक-वाटक की हलचल के बारे में?

—कलाकार कलखोजची इस वक्त महा-सोवियत् के निर्वाचन के काम में लगे हुए हैं।

—हमारे कलखोज की भी कोई बात मालूम है?--शादी ने कहा।

—हाँ, बराबर जाती रहती हूँ। इसके बाद हर हफ्ता लताफत किताब लेने के लिए आती है, कलखोज में पुस्तकालय है। अब वे अच्छी तरह से पथ-प्रदर्शन करते हैं। सहेली अमीना भी अच्छी है...अभी उसे नहीं देखा क्या?

—नहीं, अभी सीधे तुम्हारे घर में आये हैं।

इतने में बुढ़िया चाय ले आई, खदीजा ने दस्तरखान फैला दिया।

रशीदोफ ने बात करते समय खदीजा से पूछा—बिजली और सांस्कृतिक बातों के कामों में रायन के नेता क्या कर रहे हैं और किन चीजों की कमी है और सांस्कृतिक सदन को किन चीजों की जरूरत है?

—यही इमारत और यही सांस्कृतिक गृह—शादी की ओर निगाह करते रशीदोफ ने कहा--उस समय कितने प्रेम और साथ के साथ हमने इसको बनाया था। फिर इतना होने पर भी हम संतुष्ट नहीं हो सकते। खैर सलामत बाशीद!..हम चलें।

—नहीं, नहीं!--बुढ़िया ने कहा—अभी समय है, थोड़ा और रुकें, कुछ बातें हो जावें। काम कहीं भागा नहीं जाता।

—हमारी कार को देख कर खबर पा गये हैं, और सभी हमारी प्रतीक्षा कर रहे हैं।

अभी वह अपनी जगह से खड़े भी नहीं हुए थे कि दरवाजा खुला और रायकोम का कातिब सेक्रेट्री हाकिमोफ अपने पीछे-पीछे दिलबर, गुलजमाल, लताफत, मुहम्मद जान, नादिर और कासिम आदि को लिये आया। सभी हाथ में गुलदस्ता लिये थे।

—हमारे रायन में हमसे नहीं छिप सकते !—रशीदोफ और शादी के साथ सलाम-दुआ करते हुए हाकिमोफ ने कहा —गुलजमाल, यही हैं तेरे अब्बा !!

गुलजमाल दौड़ कर अपने बाप को खुली गोद में लिपट गई। शादी ने थोड़ा झुक कर उसको अपनी गोद में उठा लिया और उस के मुँह और पेशानी पर चुम्बन दिया। गुलजमाल अपने दोनों हाथों में उसके हाथों को पकड़े, गुलदस्ते को बाप की छाती के ऊपर उसके दोनों बाहों के बीच में रखे हुए, सिर को झुकायी चिपटी रही। इसी समय रशीदोफ आगन्तुकों से हाथ मिलने-मिलाने के बाद आ कर, शादी से गुलजमाल को अलग करते हुए बोला :

—ओय, शैतान लड़की ! आखिर दूसरों को भी तो कुछ मौक़ा दे।

शादी भी लाज से लाल हो गई दिलबर से मिला; और न जाने क्यों उसने भी कुछ शरमिन्द-सा हो, अपने दिल की योजना के अनुसार दिलबर को अपनी बगल में खींचा ताकि उसे खूब चुम्बन दे; पर वह ऐसा कर न सका। वह दोनों पति-पत्नी एक-दूसरे से हाथ से हाथ मिलाये, बस खड़े रहे; और सुगन्धित गुलदस्ता उनके बीच में था। इसके बाद शादी लताफत के साथ मिला; फिर मुहम्मद जान, कासिमजान से बगलगीर हो एक-दूसरे का आलिंगन करते हुए हाल-चाल पूछा।

जिस वक्त रशीदोफ़, शादी, हकीमोफ़, आदि खदीजा के घर से बाहर निकल क्लब में आये, उसी समय हाल में खुद-ब-खुद बहुत से स्त्री-पुरुष इकट्ठ हो गये थे। वे सभी कलखोज से उसकी पेशवाई के लिए आ रहे

थे कि उन्हें खबर मिली कि रशीदोफ के साथ शादी भी आ गया है, और इसी लिये उन्हें देखने के लिये वे क्लब के फाटक पर आ कर जमा हो गये थे। खदीजा ने उन्हें हॉल में आने के लिये कहा और वहीं गरमागरम मीटिंग शुरू हो गई।

✣

२१ वृद्धों का संलाप

सोवियत-अध्यक्ष सरपंच नादिर हिदायतोफ इस इलाके में एक समझदार, बाअदब, भद्र पुरुष की तरह मशहूर था। लोग उस का बड़ा सम्मान करते थे और उस की बातों को दिलो-जान से मानते थे। वे सब उसकी कोमती राय जानने के लिये, हर गम्भीर बात के बारे में, उससे सलाह लेने आते थे। खास करके गाँव के श्वेतकेश (बड़े-बूढ़ों) बूढ़े लोग जोकि उसके बाप बाबा हिदायतोफ को अच्छी तरह जानते थे। उससे बड़ी मुहब्बत रखते थे। वह उनके सामने घुटनों के बल चला, आँखों के सामने जवान हुआ, आगे बढ़ा, काम किया, यहाँ तक कि सरपंच के दर्जे तक पहुँचा। वे उसे अपने पुत्र की तरह चाहते थे। अपने सरदार की तरह इज्जत देते थे और अपनी सभा के अध्यक्ष के नाते उसका सम्मानत भी करते थे। नादिर भी हर एक के साथ मीठा बर्ताव करता, और श्वेतकेशों के दिल को प्रसन्न करता तथा जवानों को भी बराबर संतुष्ट रखता था।

रशीदोफ और शादी के आने की खबर के चन्द रोज बाद तक वह बहुत कार्यव्यस्त रहा। गुलिस्तान की बहुत-सी कलखोजी जमायतों से उस का मन संतुष्ट था, तो भी तीन कलखोज कुछ पिछड़े हुए थे, जिनके लिए उस का मन संतुष्ट नहीं था। उसके ख्याल में इन कलखोजों के रईस

(सरपंच) माकूल नहीं थे; और केवल यही नहीं कि उस के काम में सहायता नहीं देते थे, बल्कि भविष्य में सफलता कैसे हो, उसकी फिकर और चिन्ता से भी। इसीलिए वह रात को रात और दिन को दिन न समझ कर घोड़े पर सवार हो, काम की तैयारी में लगा था। अन्त में मेहमान भी आये। अब उनके स्वागत, सत्कार तथा उनसे वार्तालाप, राय मशविरे आदि का प्रबन्ध करना था। शायद रशीदोफ कार्य की गति-विधि देखने अधिकांश कलखोजों में जाये, लोगों से पूछ-ताछ करे, उनके दिल के दर्द को समझे और उन की सिफारिशों को स्वीकार भी करे।

उस दिन अपने दोस्तों की सलाह और रशीदोफ की इच्छा के अनुसार उसने अपने घर में व्याख्यान तथा कलखोज की तरक्की के बारे में वार्तालाप का इन्तजाम किया। यह बात-चीत शहर के श्वेतकेशों (बूढ़ों) की होनेवाली थी। वे शाम की नमाज के बाद सरपंच के मेहमानखाना में दस्तरखान की चारों ओर बैठे थे। कमरे के एक छोर पर एक बड़ी अंगीठी जल रही थी, जिससे वहाँ की वायु गर्म हो कर बूढ़ों की ठंडी हड्डियों को भी गर्मा रही थी। कोई दस-बारह श्वेतकेश वहाँ मौजूद थे। मुहम्मदजान अका ऊपर की ओर, अध्यक्ष की मसनद पर बैठे हुए भी बहुत कम बोल रहे थे। उनके हाथ में चाय का प्याला थमा था और वह किसी सोच में डूबे गमगीन-से नजर आ रहे थे। वह श्वेतकेशों की जोशीली बातों में सम्मिलित नहीं हो रहे थे। इस बात को अधिकांश श्वेतकेश ताड़ गये थे, लेकिन वे भी उसके साथ बात नहीं कर रहे थे; उसके चिन्तन में बाधा नहीं डाल रहे थे; क्योंकि वे जानते थे कि उनके उपज-विभाग का मंत्री अपने पुत्र बरका की चिन्ता में पड़ा हुआ है।

इस मजलिस में सबसे अधिक आगे बढ़ा हुआ श्वेतकेश कादिर था। वह हर एक बात में साथ देता था, और बहुत बात करता था; इसीलिए लोगों ने उसे 'मुहम्मद दादा' लाल बुझक्कड़ की उपाधि दे रखी थी। वह भी बाबा हिदायत के बेटे का बेटा और नादिर का बड़ा भाई था। चाहे नादिर की तरह पढ़ा-लिखा और ज्ञान रखनेवाला न हो, तो भी वह तजुर्बेकार किसान

था। कलखोज में उसे 'पानी अफसर' (मीरे-आब) का दर्जा मिला था, लेकिन वह हर एक काम में साथ देता था और हर चीज की खबरदारी रखता था। जवानों को कपास की खेती, बागबानी, पशुपालन, आदि के बारे में पक्की सलाह देता था। अभी किसी एक गम्भीर सवाल के बारे में समन्दर के साथ उस का वाद-विवाद चल रहा था, और वह अपने तजुर्बे को बतला रहा था :

—नहीं, हमारे गाँव में अच्छा बादाम पैदा होता है। और उससे बहुत लाभ होता है। असल बात बागबानी की विद्या जानने और मेहनत करने की है।

—क्या हमारा समुन्दर ऐसा हुनर नहीं जानता ? क्या यह कहना चाहते हो! —कहते हुए कोई हँस दिया।

समन्दर अभी-अभी बूढ़ों की गिनती में आया था। वह अपनी चावल-उड़द हुई छोटी-सी दाढ़ी को हाथ में पकड़ कर कमरे के निचले छोर पर बैठा था और अभी भी जवानी की अपनी चमकीली आँखों से वंचित नहीं हुआ था। वह मकर करते हुए लोगों की ओर देख रहा था। बोला :

—बात से हमारा मुँह बन्द नहीं कर सकते। मैं बागबानी के इल्म को घोट कर चाट गया हूँ।

—मैं भी जानता हूँ! —उसने कादिर श्वेतकेश को सम्बोधन करके कहा—हमारे गाँव में बादाम का दरख्त अच्छा उगता है, और फसल भी काफी देता है, लेकिन शर्त तभी जबकि वसंत में सर्दी या पाला न मार जाय। अकस्मात् हिमवृष्टि और सर्दी न हो जाय...

मुहम्मद जान ने अपना प्याला खाली करके, चाय निकालनेवाले श्वेतकेश की ओर उसे बढ़ाते हुए, बात को बीच ही में पकड़ कर कहा :

—लेकिन, हर बसंत हमारे बादामों पर पाला मारता है। बादाम का दरख्त जाड़ों की नींद से जल्दी ही जाग पड़ता है और जल्दी से फूल उठता है; अगर पाला पड़ जाय, तो फसल नहीं देता।..हमारे समन्दर पाच्छा शायद अभी भी इसका इलाज नहीं पा सके हैं।

—इस का इलाज है ! —समुन्दर ने कहा—लेकिन हम इसके पीछे नहीं पड़े । नाशपाती, सेब अनार आदि को हम बड़ा करके लेते हैं तथा उन की प्योंदी करने और रखवाली आदि का आधी अवधि तक हर साल इन्तिजाम करते हैं ।

—इसका इलाज आसान है—कादिर श्वेतकेश ने कहा—ऐसा करो कि उस वक्त बादाम न फूले ।

—दुरुस्त ! —मुहम्मद जान ने कहा ।

—कैसे...और क्या करके ?—आश्चर्य के साथ कादिर की ओर निगाह करते हुये समन्दर ने कहा ।

—सब्र कर, चचा समन्दर !—सेवा में लगे और वहाँ बैठे हुए एक जवान ने कहा—अब कादिर श्वेतकेश तुझे कायल करता है, अभी !

सभी ने अपनी-अपनी प्रश्नसूचक नजरें कादिर की ओर डालीं ।

—उस का रास्ता है—कादिर श्वेतकेश ने खास तौर से समन्दर को सम्बोधित करके कहा—मैंने पिछले साल प्रयोग करके देखा है; यानि बादाम के जाग उठने के समय अगर उसको जागने न दिया जाय, तो काम खत्म ! इसके लिए फरवरी के अन्त में अब भी न जगे हुए बादाम के दरख्त के चारों ओर एक मीटर गहरा गढ़ा खोदते हैं और उसमें बर्फ या हिम जमा कर रख देते हैं । इसके कारण बादामों का फूलना पन्द्रह-बीस दिन रुक जाता है, और फूलों को पाले से नुक्सान नहीं पहुँचता ।

मुहम्मदजान खुश हो कर बोलता गया—ठीक, पा गया, आफरीं ! यह तजुर्बा बहुत अच्छा है और बड़े काम का है । तू भी समुन्दर ! हाँ कह दे और अपने कृषि-विशेषज्ञों के पीछे दौड़ता न फिर; कभी-कभी इन तजुर्बों के अनुसार भी काम कर !

—हाँ, अलबत्ता ! —कादिर श्वेतकेश ने कहा—कृषि-विशेषज्ञ के पास इल्म है, अच्छा इल्म है; लेकिन इस प्रकार की नाजुक बातों को वह नहीं जानता ।

समन्दर ने अप्रसन्नता दिखाते हुए सिर हिला दिया।

—कृषि-विशेषज्ञ जिन सूक्ष्म बातों को नहीं जानते, उन्हें हमारे-तुम्हारे जैसे सैकड़ों भी नहीं जान सकते। तुम्हारे इस तजुर्बे को भी कृषि-विशेषज्ञ जरूर जानता होगा।

—खैर, तो फिर क्यों अभी तक वैसा काम नहीं किया ?—कादिर श्वेतकेश ने पूछा।

—अपना खुद बादाम का दरख्त था और इस साल उसे लगाये तीन साल हो जायेंगे। हमने बादाम को अच्छी तरह बैठाया, अब अवश्य...!

समन्दर की बात अभी खत्म नहीं हुई थी कि इसी समय दरवाजा खुला और घर में पहले गृहस्वामी नादिर और फिर रशीदोफ, कासिम जान, जेबी मौसी और अध्यापक फाजिलजान आदि आ गये। सभी लोग उठ खड़े हुए। रशीदोफ—मुहम्मदजान अका, कादिर श्वेतकेश और कितने ही दूसरों के साथ बगलगीर हुआ। फिर दो अधिक बूढ़ों के नजदीक—जो कि अपनी जगह से खड़े न हो कर बैठे ही रहे—के पास जा गरमजोशी के साथ हाथ मिला कुशल-मंगल पूछा। मुहम्मदजान अका ने रशीदोफ को अपनी बगल में बैठाया और दूसरे कमरे में नीचे की ओर बैठ गये। वहाँ मौन-सा छा गया। अपने अधिक कद्रदान दोस्त, रायकौम के साबिक सेक्रेट्री-कातिब और महासोवियत की सदस्यता के लिए उम्मीदवार रहमतजान रशीदोफ के सामने बात कैसे शुरू करें, इसे बूढ़े लोग पहले समझ नहीं पा रहे थे। रशीदोफ इन सम्माननीय वृद्धों के पास, जीवन से परिपक्व इन जानकारों के सामने यही अच्छा समझा कि पहल न करे और उनके सवालों की प्रतीक्षा करे। अन्त में मुहम्मदजान ने साहस कर, मौन को भंग करते हुए कहा :

—खैर, खुश-आमदीद, रफीक रशीदोफ !

—खुश-आमदीद !—पीछे की ओर से नादिर ने भी उसी समय कहा—आप सभी भले आये ! स्वागतम् !

—इस बार आपने हमलोगों को बहुत भाग्यशाली किया ?—कादिर श्वेतकेश ने कहा—पर हाँ, बहुत देर बाद किया !

—मौका नहीं मिला—रशीदोफ ने कहा—ओबकोम जिला-कमेटी में इन दिनों बहुत काम था।

—हम भी तुम्हारे आने के लिये दुआ दे कर प्रतीक्षा कर रहे थे ! —मुस्कराते हुए कादिर श्वेतकेश ने कहा—अतः आप संसद् (देपुतात) सदस्य होवें ! और के लिए हाथ उठाया; कहा दुआ—अब की बिना आए भी देखते ! हाँ ! !

सभी इस मजाक से हँस पड़े, यहाँ तक कि कादिर, जो अन्य श्वेतकेशों का बगल में बैठा था, वह अपनी घनी सफेद भौंहों को ऊपर उठा कर लोगों की ओर देख कर मुस्कराते हुए बोला—ठीक कहा न, मुहम्मद दाना ! —बीच में एक-एक बात को बोलते हुए—रहमतजान, जब से केन्द्र में गये, तब से इधर बहुत कम दर्शन देते हो। लोग कह रहे थे कि जंग में गये हो; नहीं मालूम सच है या झूठ ! यही खैरियत कि फिर हम तुम्हें सही-सलामत देख रहे हैं। यह भी इसी बहाने से कि सोवियत के लिये हमें वोट देना है।...खैर, मेरे बेटे ! इलाही तुम्हें सलामत रक्खे। अच्छा किया जो चले आये; फिर आगे भी (दर्शन) दीदार मुयस्सर हो ...!

—हमारे रहमत भाई सौ साल के हो गये, और सभी बातों को जानते हैं—कासिमजान ने अपनी मोटी आवाज में कहा—ठीक है, अब्बा !

—इलाही, इलाही !—मुस्कराते हुए सभी श्वेतकेश बोल उठे।

इस बात ने रशीदोफ़ को बहुत ही प्रभावित किया था। वह इन जमाना देखे हुए बूढ़ों, जी-तोड़ मेहनत द्वारा अनुभव प्राप्त किये श्वेतकेश बुजुर्गों के मध्य बैठा था। लेकिन उसने समय की कठिनाइयों में कड़े हुए और मेहनत द्वारा अच्छे दिनों को देखने के कारण, अपने को नहीं बल्कि उन्हीं लोगों को बरगुज़ीदा (बड़े) समझा। यही वह हैं, जिन्होंने कि अतीत काल के जमींदारी जुल्मों को, अपने ऊपर बीते सभी अत्याचारों को एवं पहले

की जिन्दगी की कठिनाइयों को अपनी कशमश और सहन-शक्ति दूर किया था और अन्त में कलखोजी जीवन के सौभाग्य को प्राप्त भी किया। हमारे पतझड़ न लगनेवाले बसंत में खिले हुए नौजवानों को इस जमाने में ये बड़े-बूढ़े लोग अभी भी सौभाग्य के बारे में बहुमूल्य सम्मति दे सकते हैं। इन बूढ़ों का मुहब्बत और सहृदयता सबसे बड़ी नियामत है, जो कि वे लोगों के बारे में प्रकट करते हैं।

—देर आयद, दुरुस्त आयद की कहावत प्रसिद्ध है—मुहम्मद जान ने कहा—आप का यह शुभागमन सचमुच हमारे कलखोज के लिये, हमारे गाँववालों के लिये उत्सव समान है। आप हमारे जवान बेटों और हमारे आदमियों की खुशी के कारण शादीजान को भी अपने साथ लाये। हमारी सोवियत के सदस्य ऐसे ही होने चाहिएँ, कि निर्वाचन होने के पहले ही अपने निर्वाचकों की सेवा करें।

—आप की मेहरबानी के लिये हजार बार शुक्रिया—रशीदोफ़ ने कहा—मैं देर से जरूर आया, लेकिन शहर में भी आप के कामों की चिन्ता तथा आप लोगों की भलाई में ही लगा हुआ था। सोचा कि आप के निर्वाचन-क्षेत्र में दूसरों के साथ मैं भी सदस्यता का उम्मेदवार बनूँ, इस प्रकार कैसे हो सकता था कि मैं आप के पास न आता? इसीलिये सब कामों को छोड़ कर आप की सेवा में दौड़ा-दौड़ा आया। आज अपने साथियों से मैंने कहा कि सब से पहले अपने बड़े-बुजुर्गों, आकाओं अथवा श्वेतकेशों को इकट्ठा कर के उन से कुछ बात करूँ, निर्वाचन और जनता के हकों के बारे में की चर्चा करूँ, फिर साधारण सभा में चलने की बात होगी।

—ठीक ही किया है!—मुहम्मदजान ने कहा—यह हमारे श्वेतकेश जिन्दादिल और सुभाषी हैं। जो भी बात करना चाहो, खुले दिल से कर सकते हैं। लेकिन सदस्य क्या चीज है, इसके बारे में मैंने कादिर श्वेतकेश से पूछा, तो उसने मुझे किताब पढ़ कर सुनाई। नहीं मालूम, उसने ये बातें कहाँ से सीखीं!

—ओ, इन बालों को मैंने यों ही सफेद नहीं किया कि सदस्य क्या चीज है, इसे न जानता—कादिर श्वेतकेश ने कहा।

—खैर, अपनी जानकारी को संक्षेप में बतला, क्यों?—नादिर ने उससे कहा।

—हाँ, क्या है, हम भी तो सुनें!—रशीदोफ ने कहा।

—क्या, क्यों? कादिरबाय!—कासिमजान ने कहा।

—कादिरबाय को—बीच में बोलते हुए जेबी मौसी ने कहा—अकारण ही लोगों ने मुहम्मददाना 'लालबुझक्कड़' की पदवी नहीं दी है। हाँ, अभी वह सदस्य (देपुतात) क्या है, इसे खोल कर बतला देगा।

इन बातों ने कादिर को कुछ हद तक खुश भी किया, लेकिन तो भी कुछ हद तक उसे अचरज में डाल दिया। वह बात करने में कभी पीछे नहीं रहा करता था। वह थोड़ी देर चुप रह कर बोला:

—सदस्य...देपुतात, आप सभी क्या जानते हैं! एक बार रफीक स्तालिन ने भी कहा था...उन की बात यूँ ही किसी के दिल में नहीं आ सकती...देपुतात अर्थात् जनता के सेवक। देपुतात जनता के फरमान को पूरा करता है, हमेशा जनता के बारे में सोचता और जनता की फिकर में रहता है। 'देपुतात' लेनिन की तरह जनता के लिए जान हथेली पर रखता है और उस का दोस्त होता है...इसीलिए रफीक रशीदोफ, हम तुम्हें चुनना चाहते हैं।

—क्योंकि तुम्हारे भले कामों को हम कभी नहीं भूल सकते—! समन्दर ने कहा।

—वस्तुतः हमारे सगे पुत्र जैसा, हमारे दिल और जान का टुकड़ा!! —माहमारुक श्वेतकेश ने कहा।

—हाँ, हमारे जमाने में देपुतात (सदस्य) ऐसा ही होता है—बहुत दिलेर हो कर कादिर श्वेतकेश ने कहा—सच्ची बात कहूँ; पहले अमीर

के जमाने में न हमारे देपुतात होते थे, न हम लोग उसे चुन कर ही भेजते थे। बल्कि इस शब्द को हम जानते तक न थे। खुदा का शुक्र है कि हम मरे नहीं और मेहनतकशों के सुन्दर जमाने में, सोवियत के युग में पहुँचे, और हमने जाना कि दुनिया में कानून कही जानेवाली भी कोई चीज है, हमारे भी हक और हकूक हैं, और इन सब तथ्यों को बाद में हमने जाना ! हर एक गरीब की चिरकाल से यही आशा थी, वह यही चाहता था, कि खुदा उसको बुढ़ापे की दौलत प्रदान करे और न्यायी सोवियत सरकार की छाया में जीवन बिताये।

—हाँ, शाबास !—कासिमजान ने तपाक से कादिर श्वेतकेश को सम्बोधित कर कहा—देपुतात के बारे में, और हमारे उम्मेदवार के सम्बन्ध में बहुत ही अच्छा कहा है, तुमने चचा ! अब ज़रा मास्टर भी कुछ कहें, क्योंकि वह हमारे श्रद्धाभाजन वकील हैं। देपुतात के बारे में देखें, वह भी क्या कहते हैं !

इस पर मास्टर फाजिलजान ने धीरे-धीरे लोगों का ध्यान अपनी तरफ आकृष्ट करके, चुभती हुई कहावतों तथा दृष्टान्तों के साथ रशीदोफ के बारे में बात शुरू की। श्वेतकेशों ने बड़े शौक के साथ रशीदोफ की बहादुरी के कारनामे सुने। इसके बाद कासिमजान ने फिर कहा :

—ट्रैक्टर का पहले-पहल यहाँ आना तुम्हारे ही दिल में आया था न, रफीक रशीदोफ ! उस समय आज के हमारे ब्रिगांदीर समन्दर आका ने क्या काम किया था ?

—अभी भी उसे नहीं भूला, नवाब बच्चा !—कहते हुए समन्दर हँस पड़ा—उस समय मैं अंधे जैसा था, किसी चीज का मुझे पता नहीं था, कुछ शऊर भी न था !...ट्रैक्टर को देख कर मैं कुछ इस प्रकार डर गया था कि ये तेल से चलनेवाले जानवर जमीन को आग लगा देंगे, यही सोच भयभीत हो गया था।

—अगर जिन्दा रहे !—कादिर श्वेतकेश ने कहा—और अगर आसूदगी रही, तो बाद में भी कितनी ही आश्चर्य की चीजें देखेंगे और आनन्द में अपने दिन गुजारेंगे....हाँ !

—हम न देख सके, तो हमारा सन्तानें जरूर देखेंगी !—एक ठंडी-गहरी साँस खींच कर मुहम्मदजान ने कहा। अगर इसी समय नादिर दस्तरखान और भोजन के थालों को घर के भीतर से न लाया होता, तो इसमें सन्देह नहीं कि लोगों को मुहम्मदजान की परिवर्तित अवस्था का पता अवश्य लगता।

भोजन के खत्म होने के बाद कादिर श्वेतकेश ने फिर मुहम्मद-दानाई करते हुए कहा :

—रफीक रशीदोफ! आप से एक बात पूछनी है। आप खुद जानते हैं कि हमारे पास कलखोज की जमीन इतनी अधिक नहीं है, लेकिन हमारे पास काम के लिये हाथ हैं, पानी है, सरकार बढ़िया बीज देती है।... सभी चीजें हैं। केवल कमी है, तो जमीन की। हम कुछ श्वेतकेश न जाने कब से एक अच्छी-सी जगह और काफी जमीन प्राप्त करना चाहते थे, और वह हमारी निगाह में भी है; लेकिन वहाँ पर पानी कैसे लाया जाय, यही समझ में नहीं आता था। यदि आप कष्ट करके किसी इंजीनियर को भेजें और वह हमें यह बतलाये कि कैसे वहाँ पानी पहुँचाया जाय, तो हमारी कपास की पैदावार बहुत बढ़ जायेगी।

—बहुत खूब !—रशीदोफ ने कहा—वैसी जमीन कहाँ है ?

—गाँव से उत्तर की ओर। टेकरियों के बीच में एक विस्तृत दर्रा है, अगर उस जमीन को ठीक-ठाक करें, तो वह करीब पचास एकड़ होगी। उसके नीचे की ओर भी एक खलार मैदान है, जिसमें कोई पचीस-तीस एकड़ जमीन बिना सिंचाईवाली है।

—सच !—जेबी मौसी ने कहा—इस बारे में मैंने दो-तीन बार रायन के लोगों से कहा भी था। वहाँ से भू-परीक्षक आये भी थे और फिर देख-दाख कर चले गये।

—अगर आप केन्द्र में कोशिश करें, और विशेष जानकार और समझदार लोगों को यहाँ भेजें—कादिर श्वेतकेश ने कहा—तो वह हमें कोई रास्ता जरूर बतलायेंगे। मेहनत और मुशक्कत का सारा काम हम करेंगे।

रशीदोफ़ ने प्रश्नसूचक दृष्टि से मुहम्मदजान और अन्य श्वेतकेशों की ओर देख कर पूछा :

—नहर खोदना जरूरी है क्या ? पचास एकड़ के लिये क्या इतना खर्च ठीक होगा ?

—हाँ! —मुहम्मदजान ने कहा,—बिजली-स्टेशन के नीचे की ओर एक नहर खोदना जरूरी होगा। नहर हो जाये, तो उस तरफ बहुत जमीन मिल जायेगी।

—खूब, बहुत अच्छा! —रशीदोफ ने कहा—आप की इस सलाह को हम पूरा करेंगे; और इसके बारे में वहाँ अवश्य बात करेंगे।

—एक अर्ज और भी है!—समन्दर ने कहा।

सभी की निगाहें उस की ओर हो गईं। समन्दर कुछ संकोच में पड़ गया, लेकिन फिर उसने कहा :

—हमारे ताजिकिस्तान में कितने ही ऐसे पेड़ हैं, जो कम पैदा होते हैं, लेकिन बहुत अच्छा मेवा देते हैं। अंजीर, अनार, पिस्ता, बादाम, नाशपाती, गिलास, वगैरह! ...अब सुना है कि नींबू और मुसम्मी के फल भी होते हैं।... मैं चाहता हूँ, कि हमारे कलखोज के बगीचे में भी इस तरह के सभी मेवे पैदा हों!

समन्दर की बात पर दो-तीन बुजुर्ग हँस पड़े और एक श्वेतकेश ने गम्भीरता से कहा :

—जवानी में ऐसी इच्छा कोई ऐब नहीं!

—अलबत्ता! —समन्दर ने कहा—मैं चाहता हूँ कि ये सभी तरह के मेवे हमारे कलखोज के बगीचे में भी पैदा हों।

––खैर ! ज़ेबी––मौसी ने कहा––रशीदोफ को क्या यही काम करना होगा कि आ कर तुम्हारे बगीचे में स्वयं नीबू का दरख्त लगा जायें ?

––नहीं––समन्दर ने कहा––मैं चाहता हूँ कि इन कामों के अच्छे जानकार किसी कृषि-विशेषज्ञ को यहाँ भेंजे, जो हमें इनके बारे में सिखलाये। हमारा वर्तमान कृषि-विशेषज्ञ इन मेवों के दरख्तों और जमीन के बारे में उतना नहीं जानता।

––खूब, यह सवाल भी हल हो जायेगा !––रशीदोफ ने कहा ।

इसके बाद और भी कुछ लोगों ने कुछ इधर-उधर की बातें की और रशीदोफ श्वेतकेशों को धन्यवाद दे वहाँ से उठा।

२२

शादी-अध्यक्ष

शादी के अपने गाँव में लौटने के बाद एक दिन कलखोज की बड़ी सभा बुलाई गई। शाम का वक्त था। सूर्य न जाने कब का पहाड़ों की आड़ में चला गया था और पश्चिम के क्षितिज में अभी कुछ लाली छाई हुई थी। पूर्व की तरफ चाँद की किरणें थोड़ी-थोड़ी फैलने लगी थीं, ऋतु शुष्क थी, लेकिन उसमें सर्दी थी। आसमान में एक-एक करके तारे उगते आ रहे थे, किन्तु चन्द्रमा के प्रकाश ने उन को मन्द कर रक्खा था।

क्लब के दरवाजे के फाटक पर चिराग जल रहे थे। खास करके बच्चे, जिन्हें आज रात को क्लब के भीतर आने की इजाज़त नहीं मिली थी, भीतर आने के लिए हो-हल्ला कर रहे थे।

अभी सात नहीं बजे थे, फिर भी सभा-भवन आदमियों से भर गया था, स्त्रियाँ आगे की पंक्तियों बैठी थीं, उनमें से बहुतों के सिर में लाल, सफ़ेद, गुलाबी रंग के रेशम के सरबन्द या शाल के सरबन्द थे। कुछ लोग अपने बेटों के कपड़ों को पहन कर आये थे। गुलशन, दिलबर, लताफ़त, सदफ़मा (चन्द्रमोती) सलीमाबानू जैसी काम में मुस्तैद महिलाएँ अगली सीटों में सामयिक कपड़ों को पहने, बहुत प्रसन्नचित्त हो, आजादी के साथ बैठी बातें कर रही थीं। सात बजे जेबी मौसी दिखाई पड़ी। वह मंच पर एक बड़ी मेज के पीछे, सभापति बन कर बैठी-बैठी, कुछ क्षण चुप रह कर हॉल की ओर देखने लगी। पुरुष सभी चुप थे और चाहते थे कि वह व्याख्यान शुरू करे।

—साथ यो! ....

'नवजीवन' कलखोज के कलखोजियों की साधारण सभा के शुरू होने की मैं सूचना देती हूँ। यह सभा क्यों बुलाई गई, यह आप लोगों को भलीभाँति मालूम है; और अन्य विषयों पर चर्चा शुरू होने से पहले ही यह अच्छा होगा, यदि मैं अपने पुत्र शादी सफ़रजादा के लौट कर आने के बारे में प्रसन्नता प्रकट करूँ!

मौसी अभी अपनी बात को समाप्त नहीं कर पाई थी, बात उस की जबान पर ही थी कि लोगों की हर्षध्वनि और तालियों की गूँज से हॉल काँपने लगा। स्त्रियाँ और पुरुष दिलोजान से खुशी प्रकट करते हुए ताली पर ताली बजाये जा रहे थे—गोया सभी चाहते थे कि चार साल तक अपने वतन के लिए लड़ कर आये इस अपने वीर पुत्र के स्वागत में एक-दूसरे से आगे रहें। मौसी भी खड़ी हो कर ताली बजाने लगी। खुशी के मारे वह अपने को रोक नहीं सकी थी और उसकी आँखों से आँसू की बूँदें गिरने लगीं। अन्त में मौसी ने हाथ उठा कर लोगों को धीरे-धीरे चुप किया।

—मैं चाहती हूँ!—फिर से बात शुरू करते हुए जेबी मौसी ने कहा—कि हमारा वीर पुत्र और दोस्त शादी सरफजादा भी कुछ बोले।

शादी इस समय रशीदोफ, हकीमोफ, शरीफ और मुकीम आदि मित्रों के साथ हॉल में पीछे की ओर प्रसन्न-चित्त बैठा था। उसकी आंखें चमक रही थीं, ओठों पर मुस्कुराहट थी। मौसी की बात और लोगों की ताली पीटने की आवाज के बाद, उसने मंच पर आ कर लोगों के सामने सिर झुकाया।

यूसुफ ने आगे आ कर, आज की सभा के सभापति-मण्डल के लिये कासिमजान, मुहम्मदजान अका, नादिर हिदायतोफ़, रशीदोफ, शादी, हकीमोफ, सलीमा बानू, सदफमा तथा कलखोज के सेक्रेट्री अहमदजान के नाम घोषित किये; और वे सब भी मंच पर आ गये। नादिर आज की सभा का सभापति चुन गया; उसका नाम पेश किया गया और लोगों की स्वीकृति घोषित की गयी। फिर नादिर ने कहा:

——सबसे पहले मैं मौसी अध्यक्षा से बोलने के लिए सादर प्रार्थना करता हूँ।

ज़ेवी मौसी लोगों की लम्बी और ज़ोर की करतल-ध्वनि के बीच खड़ी हो कर बोलने लगी:

——रफीको! पहले से ले कर आज तक हमारा काम बहुत तसल्लीबख्श हुआ है। पहले फसल के समय लड़ाई हो रही थी, अब शुक्र है कि काम करने का जमाना आ गया। उस समय कुछ बड़े भाइयों में से यहाँ नहीं थे, वे देश के लिये लड़ने चले गये थे। अब जहाँ तक हमारी दृष्टि पहुँचती है, वे सभी इस समय क्लब में मौजूद हैं। हां, शादी—मेरा बेटा भी लौट आया है। इस जंग ने हमारे आदमियों को और भी ज्यादा मजबूत, होशियार और काम में मुस्तैद बना दिया है। हमारे आदमी इस भारी बला अर्थात् जंग से गुजर कर अपने काम में और भी ज्यादा जी-जान से जुटने को तैयार हैं। हमारे अधिकतर जवानों ने जंग में जा कर देश के

लिए लड़ते हुए जान की बाजी लगाना सीखा है। वह थोड़े ही समय में पढ़ कर; अपनी लगन और शौर्य को प्रगट कर सिपाही से लेफ्टिनेंट और मेजर के दर्जे तक पहुँचे। अपने वतन की भारी खिदमत करके तमगे और मैडल पा कर लौटे। इन्हीं दिलेर जवानों में से हमारा खारकश बागीरोफ है, जिसने लड़ाई में अपने बायें हाथ को खो दिया, तौ भी सेना से लौटने के बाद दूसरों से पीछे न रह अपने काम में लगा हुआ है। वह हमारा सबसे अच्छा स्तखानोव्वी (कर्मवीर) है। इसी तरह कॉमसोमोली का काम भी आगे बढ़ा रहा है; और यह यूसुफ आकिलजादा जंग में गया, वहाँ बहादुरी दखला कई तमगों को प्राप्त कर पार्टी का सक्रिय सदस्य बन कर लौटा। अब वह सामूहिक फार्म के मंत्री का काम बड़ी होशियारी से कर रहा है। अब जबकि युद्ध-क्षेत्र से कितने ही जवान सेना से निवृत्त हो कर लौट आये हैं और कलखोज में तन्देही से काम करने लगे हैं, उससे काम बहुत ही आगे बढ़ा है।

शादी बड़े गौर से मौसी की बातों को सुन रहा था। उस की नजर बराबर उसी के चेहरे पर थी। मौसी कभी-कभी सभा की ओर निगाह करती हुई और कभी कागज की ओर देखती, बोल रही थी। उसके सिर और गर्दन पर सफेद रेशमी सरबन्द बंधा हुआ था, और उसके शरीर पर काले रंग का ओवरकोट और पैरों में बूट था।

—इस मुद्दत के बीच हमारा कलखोज भी इन बेहतरीन जवानों के न होने पर भी कुछ बुरा काम नहीं कर रहा था; क्योंकि आप देखते हैं कि हमारा गाँव पहले से भी ज्यादा आबाद है, कपास की खेती पहले से कुछ आगे बढ़ी है। हमने अपनी कपास की योजना को हमेशा मात्रा से अधिक पूरा किया और युद्ध में रत अपनी सेना और बहादुरों के लाभ के लिए योजना से भी अधिक सहायता प्रदान करते हुए, कई-एक कारवानों को संगठित करके भेजा। उन साथियों ने भी, जो युद्ध-क्षेत्र से पीछे रह गये थे, अपने मेहनत और काम में बड़ी चुस्ती और लगन का परिचय दिया।

मुहम्मदजान अका के लौटने के बाद कासिमजान, कादिर श्वेतकेश, समन्दर जैसे हर एक उत्साही ने निश्चित मात्रा से भी दुगने-तिगुने अधिक काम को पूरा किया। हमारी स्त्रियों ने भी निश्चय कर लिया कि अपने पतियों की जगह ले कर काम को आगे बढ़ायें।

मौसी ने इसके बाद सदफ़मा, गुलशन, सलीमा बानू, दिलबर और कितनी ही अन्य महिलाओं के कार्यों और तत्परता की तारीफ़ की। इसके बाद उसने कलखोज की सफलता और उपज के बारे में बतलाया। उसके बाद मौसी के कहने पर पार्टी के संगठन मंत्री, कासिमजान तथा पैदावार-सम्पादक महमूदजान और नियामतोफ़ आदि बोलने के लिये आये। उनके बाद कादिर श्वेतकेश से बोलने के लिये कहा गया। वह पिछली पंक्ति से उठ कर मंच पर आ बोलने लगा :

"हमारे साथियों ने किसी बात पर संतोष कर के बैठना नहीं पसन्द किया। यह कलखोज बना, आबाद हुआ, इस की पैदावार खूब बढ़ी—यह भी सब हो गया। खुदा का शुक्र है कि हमारा कलखोज फिसड्डी साबित नहीं हुआ है, रायन तहसील में हमारी काफी इज्जत है। अगर जंग की बला न आई होती, तो क्या कुछ नहीं हो गया होता।...खैर, ठीक! हमारे पुत्र जंग में गये और वहाँ से भी सम्मान पा कर लौटे। शुक्र है कि हमारी आँखें अपने वीर पुत्र शादीजान को देख कर प्रसन्न हैं।...आज मुझसे श्वेतकेश बुजुर्गों ने कहा है कि मजलिस में जाओ और हमारी तरफ से भी शादीजान के आगमन तथा हमारे फरज़न्द और मित्र रशीदोफ के आगमन का स्वागत करो। इसलिये हम आप दोनों को मुबारकबाद देते हैं और दिलो-जान से स्वागत करते हैं!

"रफीको, पुत्रो, इसे समझ रक्खो कि चाहे हम श्वेतकेश हो गये हैं, फिर भी तुम जवानों के काम में काफी सहायक सिद्ध हो सकते हैं। अब जबकि युद्ध खत्म हो चुका है और काम का समय भी आ गया है, आओ हम अपनी जवानी की हिम्मत के साथ और हम अपने बुढ़ापे के तजुर्बे और

शान के साथ ऐसा काम करें, जैसा कि अब तक कोई नहीं कर पाया और अपनी कपास की खेती के काम में और भी ज्यादा नाम पैदा करें।

अन्त में शादी को बोलने के लिये कहा गया, जिसका स्वागत सभा के लोगों ने बड़ी लम्बी और पुरजोश करतल-ध्वनि से किया। वह सीधे सभा-मंच पर न जा कर, सभापति के दाहिनी तरफ़ मेज के पास खड़ा हो, सभी के चुप होने की प्रतीक्षा करता रहा। उसके शरीर पर आसमानी रंग का जिम्नास्टिकी कुर्ता, उसी रंग की सलवार तथा पैरों में भूरे रंग का बूट था। उसके सिर के बाल भौंहों पर पड़े हुए थे, जिन्हें उसने अपने पंजों से समेट कर ऊपर की ओर किया; फिर लोगों को सम्बोधित करते हुए बात शुरू की :

"रफीको और मेरे बुजर्गो ! हम आपके साथी और पुत्र, देश की रक्षा के लिये जंग में गये थे हमारे दिलों में दो ही इच्छाएँ थीं यानि चाहते थे कि युद्ध के मैदान में जा कर जंगबाज़ और खूँखार दुश्मन को पराजित करें तथा विजयी होवें। साथ-ही-साथ यह भी चाहते थे कि मैदान से पीछे आप लोग भी अपने ध्येय में सफल होवें। यह दोनों अभिलाषाएँ वास्तव में एक ही अभिलाषा थीं और दोनों ही एक-दूसरे से बँधी थीं। आपने मेहनत के मोरचे पर यहाँ विजय प्राप्त की और हमने भी जंग के मैदान में दुश्मन को हराया। काम के मैदान में युद्धपंक्ति से पीछे आप को मजबूत, शक्तिशाली देख कर हमारी सेना भी अधिक शक्तिशाली और मजबूत हुई तथा उसने शानदार विजय प्राप्त की। इसीलिए वह सभी मुबारकबादियाँ, जोकि सेना से लौटे हुए लड़ाकू वीरों के लिये दी जा रही हैं, उसमें युद्धपंक्ति से पीछे रह कर मेहनत के मैदान में बहादुरी दिखलानेवालों को भी शामिल करना जरूरी है।

"साथियो ! मैं स्पष्ट करना चाहता हुँ कि अब इसके बाद हमें क्या काम करना है ! सबसे बड़ा काम हमारे सामने है—कपास की खेती को और भी आगे बढ़ाना ! हमारे पास बाग-बगीचे, सरसब्ज चरागाह और

उपजाऊ खेत भी हैं, हमारे पास बेहतरीन नस्ल की कराकुली भेड़ें भी हैं; और इसके अलावा अनाज, चमड़ा, ऊन, तेल वगैरह दूसरी चीजें भी हम देते हैं। लेकिन मैं कहना कहता हूँ कि कपास की खेती को सफलतापूर्वक आगे बढ़ाना हमारा सबसे बड़ा कर्त्तव्य है और यही लक्ष्य होना भी चाहिए। आज जो उपज हम कर रहे हैं, जिस प्रकार योजना को पूरा कर रहे हैं, उसी पर हमें संतोष नहीं करना है। गुलशन ठीक कहती है कि अगर हम अच्छी तरह से मेहनत और हिम्मत करें, तो गुलिस्तान-उपत्यका की जमीन अब से दुगुनी-तिगुनी अधिक पैदावार दे सकती है। पैदावार को आगे बढ़ा कर हमें अपने जीवन को भी और बेहतर बनाना चाहिए। अपने बिजलीघर को हम और बड़ा करें, नया हस्पताल, हम्माम (स्नानघर) तथा रेडियो-स्टेशन भी तैयार करें। अपने चायघर को और विशाल, और आधुनिक बनायें। अपने घरों और हवेलियों को भी और अच्छा बनाने की आवश्यकता है। रफीको ! हमारी प्रत्येक चेष्टा ऐसी हो कि हर तरह से अपने कल-खोजचियों को सुसंस्कृत और समृद्ध बनाये। अपने यहाँ फैली निरक्षरता को समाप्त कर दें। मैं सोचता हूँ कि लेनिन-कलखोज के साथ समाजवादी होड़ की शर्त लगा कर ऐसी मुस्तैदी से काम करें कि हमारे कलखोजियों के बीच एक भी अनपढ़ न रह जाय।"

इसके बाद शादी ने ब्रिगादों, कमसोमोलों और कलखोज के पार्टी-मेम्बरों के बारे में बहुत-सी उपयोगी बातें और भी कहीं। फिर नये साल के कामों में दिलोजान से लग जाने के लिये कहते हुए उसने अपना भाषण समाप्त किया।

हकीमोफ़ने समूची सभा के सामने ज़ेबी मौसी के प्रार्थनापत्र को रक्खा और निश्चय हुआ कि मौसी को चिकित्सा और आराम के लिये भेजा जाये और उसे कलखोज की अध्यक्षा के काम से फ़ुरसत दी जाय। बाद में सबने एक आवाज़ से शादी को अपना अध्यक्ष चुना।

:o: :o: :o:

सभा के बाद मियाँ-बीवी (महमूदजान और सदफ़मा) अपने घर की ओर लौट रहे थे कि इसी समय नियामतोफ़ ने उनके पास आ कर कहा :

—अभी जा कर आफिस खोलो, महमूदजान ! अध्यक्षा मौसी को कुछ आवश्यक काम है, तुम्हारी भी जरूरत है ।

—हाँ, खूब ! कह कर अपनी बीवी से अलग हो महमूदजान आफिस की ओर चल पड़ा । सदफ़मा आज की सभा के बारे में ही सोचती अपने घर पहुँची । उसकी नाटे कद की बूढ़िया माँ को गाँव के लोग 'बकाउल' कहते थे; क्योंकि वह कलखोजचियों के भोजों में हमेशा अपने पाकशास्त्र के ज्ञान का अच्छा परिचय देती थी । सर्दी से काँपती हुई बुढ़िया ने अपनी लड़की का स्वागत करते एवं दरवाजे को खोलते हुए कहा—"सभा खत्म हो गई क्या ?"

—हाँ, सभा खतम हो गई !—सदफमा ने कहा—तू वहाँ से क्यों चली आई, कोई ऐब था क्या ?

—कहीं देगची न जल जाये ! सोचा, कबाब कहीं बिना पानी का न रह गया हो ! !

सदफमा ने सिर हिला दिया और अपनी माँ की ओर सरसरी-सी निगाह डाल, बिना कुछ बोले ही, वह घर के भीतर चली गई । हवेली के आँगन में शहतूत के पेड़ की डाल पर बिजली का लट्टू टँगा हुआ था, जिससे सारी हवेली प्रकाशित हो रही थी । हवेली बहुत खुली और गुलज़ार मालूम होती थी । हवेली के सामने की ओर दो कमरे और उनके बीच में एक दहलीज़ थी । दरवाजों के किवाड़ नीले रंग से रंगे थे और दीवारें सफेद रंग की ।

सदफ़मा दहलीज़ के भीतर आई, जहाँ बिजली की अँगोठी से खूब गरम हो रहा था । अँगीठी के ऊपर कबाब की देगची और चाय की केटली उबल रही थी । दहलीज़ के दाईं ओर वाला कमरा अपेक्षाकृत अधिक बड़ा था, जिसमें दो जँगले लगे हुए थे । सदफमा ने उसके भीतर जा बत्ती

जलाई और अपनी पोशाक को उतारना शुरू किया। इसी बीच में बकाउल ने थालों को साफ करके, कमरे के मध्य में रक्खी हुई मेज पर रक्खा। महमूद जान के आने से पहले अभी कबाब निकालने की जरूरत नहीं थी।

—दामाद कहाँ है ?—सदफमा के पास आने पर बुढ़िया ने पूछा।

—आफिस में गये हैं, मौसी अध्यक्षा ने बुलाया है। शायद कोई काम है।

—इस बेवक्त में क्या काम होगा ?—बुढ़िया ने पूछा।

—शायद कोई आवश्यक काम हो ! उसे निबटा कर आ ही रहे होंगे—कहते हुए सदफमा कुर्सी पर बैठ अपने हाथों को बिजली की अँगीठी पर सेंकने लगी।

एक घंटा और बीतने के बाद महमूदजान आ कर सीधे बाएँवाले कमरे की ओर गया। इस कमरे में बुढ़िया रहती थी, फिर वह बीचवाले आम कमरे में पहुँचा। इस कमरे में कुर्सी-मेज़ कुछ नहीं थी। एक ओर चारपाई थी, जिस पर बुढ़िया सोती थी। महमूदजान ने वहाँ बैठ कर अपने बूटों को उतारा और थोड़ा-सा एक करवट लेट गया। उसके हाथ में अखबार था; लेकिन उसे पढ़ने की इच्छा नहीं हो रही थी। बुढ़िया ने चाय ला कर संदली (अँगीठीवाली चौकी) पर रक्खी। महमूदजान ने एक प्याला ले कर पिया और फिर अपने विचारों में खो गया। इस समय सदफमा दूसरे कमरे में किसी काम में लगी हुई थी। अपने पति के आने की बात सुन कर, उसने बाहर दहलीज में से झाँक कर देखा कि अपनी माँ के काम में सहायता दे। लेकिन महमूद को उस तरह चुपचाप देख कर वह सीधे कमरे में ही चली आयी और संदली पर सामने की ओर बैठते हुए बोली :

—अच्छा, क्या बात हुई ?

—कुछ नहीं—कह कर मुहम्मदजान फिर अपने विचारों में डूब गया।

—क्या तुम्हारे कामों के बारे में बात हुई ? आखिर क्या बात हुई ?

सदफमा के इन प्रश्नों और उसकी शोखी भरी निगाहों ने महमूदजान को बोलने के लिये मजबूर किया :

—तीन आदमियों को प्रबन्धक बनाया है—अध्यक्षा मौसी, दादाजान और खुद शादी !

—क्या कहते हैं ?

—फिर हमारे शहरेनौ जाने और चीनी तथा चाय की बाँट में गड़-बड़ होने के बारे में बोले। काश, मेरे पास कोई एक बड़ा किला होता ! ये सारी बातें बहाना भर हैं। कोई उपाय ढूँढ़ रहे हैं कि मेरी जड़ काट दें।

—नहीं, कौन सरपंच मौसी ?

—ए, तू नहीं समझती !—बीबी की बात को एकाएक काटते हुए महमूदजान ने कहा। इसी समय बुढ़िया कमरे में आ गई, जिसे देख कर महमूदजान ने बात बन्द कर दी।

—मैं बहुत थक गई हूँ, आचा!—सदफमा ने कहा—अब कबाब थोड़ा ठहर कर ही लाना।

बुढ़िया ने समझ लिया कि मियाँ-बीवी किसी गम्भीर बात में लगे हुए हैं; इसलिये वह और कुछ कहने का मौका दिये बिना ही दहलीज़ में चली गई। महमूदजान इस समय अपने हाथ के अखबार के शीर्षकों पर, ऐसे ही बिना कुछ समझे, नज़र दौड़ा रहा था। बुढ़िया के चले जाने पर उसने फिर बात शुरू की।

—मैं क्या...मैं किस काम का ? क्या मैंने मेहनत नहीं की, क्या कलखोज के लिये और बासमचियों से लड़ने के लिये उस दिल-जान की बाज़ी नहीं लगायी थी ? मेरा गुनाह यही तो था कि बीमार कह कर मुझे सेना में नहीं लिया गया और मैं मोरचे पर नहीं जा सका।

—मेरे विचार से केवल इसी कारण तुम्हें वे अपराधी नहीं समझते !

—अपराधी नहीं समझते...हूँ ...—! महमूदजान ने कह कर

कुछ नाराज़-सी निगाह अपनी बीवी के चेहरे पर डाली और वह फिर बोला——किसी के किये हुए काम को भूल जाना और बीच में दूसरों को ला टपकना क्या ठीक है ? मैंने कोई बात न कह केवल अपने काम को करते चलना ही पसन्द किया । इस वक्त सारा दोष मेरे सिर मढ़ना चाहते हैं; आखिर क्या करना चाहते हैं वे ?

——अगर अच्छा काम करना चाहते हो, तो यही काम बड़ा है——सदफ़मा ने अपने पति के चेहरे पर दृष्टि गड़ा कर कहा——कलखोज और कलखोजचियों की भलाई के लिये यह बहुत महत्वपूर्ण काम है । तुम स्वयं काम अच्छी तरह करना नहीं चाहते थे और सुस्त पड़े रहे ।

बीवी की इस बात को सुन कर महमूदजान एकाएक गरम हो बोल उठा :

——रहमत...मुझे बख्शो ! और अपने ओंठों को दबाये, बिना कुछ बोले सदफ़मा की ओर चुपचाप देखता रहा । उसकी आँखों में आग-सी जल रही थी । उसने अपने उमड़ते मनोभावों को दबाते हुए यही कहा :

——तू मेरी बीवी हो कर जब इस तरह कह रही है, तो दूसरों से क्या शिक़ायत ? ठीक है, मैं ही गुनहगर हूँ, मैं अपराधी हूँ और मैंने तुझे शरमिन्दा किया ।...यही बात न, तुम जैसी अहमक-नादान के साथ बात करके, अपने दिल के दर्द को प्रगट कर नाहक अपने को बदनाम किया, मैं खुद इसके लिये गुनाहगार हूँ !

सदफ़मा अपने पति के इस बात का आशय न समझ सकी और बोली :

——ज़ेबी मीसी और दूसरे ठीक ही तो कहते हैं ! चाय और चीनी के हिसाब को ठीक करके क्यों नहीं रक्खा ?

——मुनीम से भी पूछा ?

——मुनीम ने ही मुझसे कहा है कि तुम्हारा हिसाब-किताब ठीक नहीं; आमदनी और खर्च का ब्यौरा ठीक से नहीं रक्खा गया । तुम किन पैसों से इतनी शराब पीते और दूसरों को दावतें देते रहे हो ?

—जैसे तू ही अब निरीक्षक हो गई हो ! जा, उस का पद सँभाल... मेरा दिमाग न चाट !

—तुम कब से इतने पेट पालनेवाले हो गये; यहाँ तक कि झूठ बोलने में भी अब तुम्हें शर्म नहीं आती। मैं तुम्हारे मुँह पर कहती हूँ कि मेरा दिल तुमसे जल उठा है।

—खुद तो तू नादान है, कुछ जानती-समझती नहीं ! कह कर तुरंत उठ महमूदजान पैरों में जूता पहनने लगा। सदफ़मा ने और कोई बात नहीं छेड़ी। बुढ़िया दस्तरखान लिये हुए घर के भीतर आई।

—कबाब लाऊँ, बच्चो !

किसी ने उसको जवाब नहीं दिया। महमूदजान जल्दी से जूते पहन, अखबार हाथ में झटकता हुआ घर से बाहर चला गया।

—ऐ बच्ची ! कबाब न खा कर यह तुम्हारे मियाँ कहाँ जा रहे हैं ?

सदफ़मा माँ के मुँह की ओर कुछ देर तक देखती रही; फिर एकाएक रो पड़ी।

:o: :o: :o:

विचित्र रात थी...वह रात ! चाँद मध्याह्न के सूर्य की तरह सारी संसार को रौशन करते हुए हेमन्त के निष्ठुर सुल्तान को दबोचे हुए था। ऊपर नीला आकाश स्वच्छ और निर्मल था ! उसके ऊपर चाँदनी की उज्ज्वल चादर फैली हुई थी, जिसमें झिलमिलाते हुए तारे मोतियों की तरह लटके थे, या मालूम होता था कि यह नीला पर्दा जगह-जगह लाखों कुमकुमों से सजा हुआ है और आदमी भूल कर समझने लगता कि मानों वसन्त मुस्करा उठा है ! प्रकृति जवान और प्रसन्न है !! लेकिन जब दर्शक की नज़र ज़मीन की तरफ़ जाती, तो दूसरा ही दृश्य सामने आता ! वहाँ बर्फ़ की मोटी तह पड़ी हुई थी जोकि उस चाँदनी में चमकते हुए खिज़ारों,

टीलों और चोटियों तक को कुछ आसमानी आभा लिये हुए रूपहले रंग में ढाले हुए थी। कहीं-कहीं, किसी भू-भाग में नीली झलक लिए हरापन भी मालूम होता था। गुलिस्तान गाँव की शोभा बढ़ाने के लिये वहाँ काफी दरख्त थे, यहाँ तक कि वे घरों की दीवारों से ले कर पहाड़ की बाहियों तक फैले हुए थे; लेकिन उनमें एक भी पत्ता नहीं था! यद्यपि रात दिन की तरह रौशन थी, लेकिन गाँव की गलियों और सड़कों पर कोई आदमज़ाद दिखाई नहीं पड़ता था! कुछ ही देर बाद ठंडी उत्तरी हवा, काँपती हुई सर-सर करती निर्द्वन्द्व चलने लगी।

महमूदजान गली में आ कर, निर्भय हो, सड़क की तरफ चल पड़ा। क्लब के फाटक के सामने के चिराग़ बुझ गये थे और वहाँ अब कोई नहीं था; लेकिन चायखाना के भीतर से अब भी बात-चीत की आवाज़ आ रही थी। शायद दो-तीन आदमी वहाँ चाय पीते हुए अपनी बातों में लगे हुए थे। महमूदजान की इच्छा चाय पीने की हुई, इसलिये उसने चायखाने के भीतर जाना चाहा। इसी समय उसने मुहम्मदजान और समन्दर की आवाजें सुनी और उसने उधर जाने का ख्याल छोड़ आरामबाग के दरवाजे का रास्ता लिया। वहाँ फाटक के पास बेंचें रक्खी हुई थीं, जहाँ से एक विस्तृत दृश्य सामने दिखाई देता था। महमूदजान ने बेंच के ऊपर बैठ कर नीचे की ओर निगाह डाली। घुमावदार पथरीली सड़क नीचे की ओर जा रही थी, जिसके दोनों तरफ शहतूत के छोटे-छोटे पेड़ लगे हुए थे। आगे कुछ दूर जा कर फिर कितने ही बगीचों के गलियारे शुरू हो रहे थे। और नीचे पेड़ों की शाखाओं के बीच में गर्मियों के चायखाने की छत थी। उस चायखाने के उस तरफ बड़ी विस्तृत फुलवारी, खेल का मैदान, सैरगाह, और फिर छोटी-सी नदी का तट आ जाता था; लेकिन महमूदजान की बैठने की जगह से नदी नहीं दिखाई पड़ती थी, तो भी उसकी 'कलकल' आवाज सुनाई पड़ती थी। नदी के उस तरफ कुछ खाली जमीन, फिर कपास के बड़े-बड़े खेत शुरू होते थे। यह सारा दृश्य महमूदजान की आँखों के सामने मानों पर्दे के ऊपर चमकता-सा मालूम होता था।

महमूदजान को हेमन्त की सर्दी मालूम नहीं हो रही थी, और वह आराम से बैठा दूर तक दिखलाई देनेवाले दृश्य को देखने में लगा हुआ था। इसी समय ऊपर की ओर से नदी की कलकल और बिजलीघर के बीच से उसे गीत की आवाज सुनाई दी। शायद बिजली-घर का रखवाला वहाँ बैठा तान ले रहा था। उसकी मधुर-ध्वनि रात के विस्तृत और शान्त वायुमण्डल में तैरती हुई-सी दूर-दूर तक फैल रही थी। गायक गा रहा था :

आज रात कूचे में चिरागों की
दुनिया के रूबरू आया !
कि सौंदर्य के चाँद के रूबरू बात करूँ !...ऽऽ!...!!
सामने जाने पर न्यौछावर हो गया,
मर गया कुर्बान हो गया !
जैसे ही कि बेजान के शरीर के रूबरू
महबूब के साथ बैठा।
आशिकी को साबित किया
उसके हुकुम के अधीन हुआ,
मेरे हृदय में वहाँ रूबरू
प्रतिज्ञा का रहस्य खुला !
जब प्रातःवायु उसके मुख को चूमती हुई आई,
तो मैं जागा,
मानों प्रकाशित चाँद को रूबरू किये दरवाजे के ऊपर से
सुबह आई! !

सचमुच चिरागों की दुनिया सभी जगह रोशन है, सभी दिल रोशन हैं, सिर्फ एक वह वहाँ बैठे महमूदजान का दिल मुरझाया हुआ है। लोग उसके दर्दे-दिल से बेख़बर हैं, यहाँ तक कि उसकी अपनी बीवी भी फटकारे बिना नहीं रहती। सदफमा ने कितनी कड़ी बात कही! किसी बात की

चिन्ता न करके अपने पति महमूदजान जैसे के मुँह पर कहती है कि तू आलसी है, तू काम करना नहीं चाहता ! महमूदजान की मुहब्बत और उसके आत्मत्याग को भूल गई। वह यह नहीं जानती या जान नहीं सकती कि कोई भी आदमी उसके साथ अपनी बीवी जैसा बरताव नहीं करता। उसने सदफमा को अपनी जीवन-संगिनी समझा था, अपने दिल के हर एक दर्द को उससे कहा था और उसे सिखा-गुना कर इतना ऊपर पहुँचाया कि वह अब एक टोली की सरदार है, उस की बहुत इज्जत है। लेकिन वही औरत आज महमूदजान को ताना देती है : "शरम न करके तू झूठ बोलता है, आवारापन करता है !" आवारापन क्या ! जो काम कलखोज का मैं कर रहा हूँ, वह क्या बेकार है ? मौसी सरपंच मुझे बराबर ताना देती है, नियामतोफ मेरे फ़रेब को पकड़ने की कोशिश करता है; लेकिन अभी वे उसको हटाते नहीं, केवल उसे धमकी मात्रा देते हैं और सभी साथियों के सामने बेइज्जत करते हैं !

महमूदजान का हाथ बगल में था, उसे जरा-सा बाहर निकाल कर कुछ सोचते हुए उसने कहा :

—मत डर...हूँ...देखा जायेगा !!

:o: :o: :o:

मजलिस के खतम होने के बाद उस दिन शहर से आये मेहमानों—रशीदोफ, हकीमोफ, और शरीफ को शादी ने अपने घर चलने के लिये कहा, लेकिन उन्होंने स्वीकार नहीं किया।

—इस समय मेहमानदारी रहने दे !—रशीदोफने कहा।—जा, अपनी बीवी और बच्ची के साथ मिल कर उनको जरा प्रसन्न कर। फिर कल से काम में जुटना है।

शादी उनकी बात मानके लिये मजबूर हुआ; लेकिन जेबी मौसी बोल उठी :

—आज हमारे घर चलें। अध्यक्षा के पद से मुक्त होने के बाद यह मेरी फुरसत की पहली रात है।

पर मेहमानों ने मौसी पर ज़ोर दे कर जाने की छुट्टी ले ली। शादी और दूसरों ने मेहमानों को कार पर सवार कराया; उस समय रशीदोफ ने शादी और उसके साथियों से कहा :

—मैं अपने दूसरे कामों को जरा ठीक-ठाक करके, लौटने के समय, फिर तुम्हारे सामने आऊँगा।

कार आहिस्ता से रायन तहसील की तरफ बढ़ने लगी। शादी, ज़ेबी मौसी और कासिमजान कलखोज के आफिस में गये। आफिस में नियामतोफ़ और महमूदजान ने उनका स्वागत किया और सभी गोदाम में पहुँच महमूदजान के किसी अपूर्ण काम की जाँच करने के लिये बैठ गये। क़रीब आध घंटा के बाद महमूदजान की किसी नाजायज़ हरकत पर वह खूब लाल-पीली हुई। वह सुस्त-सा हो बाहर चला गया। उसके बाद वे लोग भी दस-पन्द्रह मिनट बात करके बाहर आये।

—ठीक किया, मौसी!—शादी ने अध्यक्षा की ओर निगाह करके कहा—इस तरह के आदमी को ऐसी ही कड़ी फटकार देनी चाहिए।

—उसके हाथ में कलखोज का माल और पैसा है,—मौसी ने कहा। अगर ध्यान नहीं दिया जाये, तो ऐसे चालचलन के आदमी से कलखोज को हानि होने की सम्भावना है! जब हमें रफीक नियामतोफ से जैसे ही सूचना मिली, हमने आ कर हिसाब-किताब समझा देने को कहा। ख़ैरियत तो यह है कि हमलोग ठीक वक्त पर खबरदार हो गये!

—युवा अवस्था में सभी से ऐसी बेवकूफी हुआ ही करती है!—नियामतोफ़ ने कहा।

—पर जवानी की गलत हरकत को समय पर ही टोक देना ठीक होता है; नहीं तो बाद में परेशानी होती है। खैर! शादी, अब हम चलें!—कासिमजान ने कहा।

—तुम्हें पहुँचा आता हूँ, मौसी!—शादी ने कहा।

—सलामत रह, मेरे बेटे!—मौसी ने कहा—बेफिक्र रहो, कासिमजान मेरे साथ हैं।

इसी समय पास के किसी मकान से किसी स्त्री की सुरीली आवाज़ सुनाई दी, वह 'दोतारा' बजा रही थी !

—वाह !...ख़ूब !!—शादी ने कहा—यह कौन-से गुलशन की बुलबुल चहक रही है ?

नियामतोफ ने कुछ लज्जित-सा हो अपना मुँह दूसरी ओर कर लिया। मौसी और कासिमजान मुस्करा दिये। फिर मौसी ने कहा :

—यह साराखान की आवाज़ है, जो रफीक नियामतोफ के सदाबहार गुलशन में वास किये है !

—आफरीं...!—शादी ने कहा—सचमुच माहिर गायक की तरह रही है !!

—ठीक कहा, अका शादी !—कासिमजान बोला—साराखान ने स्तालिनाबाद की कलाशाला से संगीत की उच्च डिग्री प्राप्त की है !

—देखने जैसा सुनना कब हो सकता है ? उन्हें टोकते हुए नियामतोफ ने कहा—इस प्रशंसा के लिए शुक्रिया रफीको ! आइये, रफीक शादी का सारा से परिचय करा दूँ।

शादी ने क्षमा चाही, लेकिन मौसी और दूसरों ने जोर दिया और शादी को ले कर पास ही स्थित नियामतोफ के घर में गये। कलखोज की सड़क के ऊपरी ओर कुछ नई इमारतें बनी थीं। इन मकानों में कितने ही कलखोजची, कितने ही कलखोज के कर्मी और अध्यापक आदि रहते थे। इस वक्त दस से अधिक बज गये थे, लेकिन इन सभी घरों में अभी बत्तियों के जलने से जंगले और खिड़कियाँ रौशन थीं। नियामतोफ अपने मेहमानों को साथ लिये अपने मकान के भीतर गया। सारा अपने दोतारे को जंगले के पास रख कर सोफा पर शीघ्रता से उठ आगन्तुकों के स्वागत के लिये आगे बढ़ी। वह मझोले कद की तरुणी थी, शरीर पर उसके सफेद उज्ज्वल पोशाक थी, जिस के कन्धों पर फैले पर लम्बे बाल बहुत फबते थे। उस की आँखें बड़ी-बड़ी तथा बरौनियाँ लम्बी थीं।

—यही हमारी साराखान हैं !—सारा की तरफ इशारा करते हुए नियामतोफ ने शादी से कहा ।—कभी-कभी हमारे क्लब में भी पधार कर अपने मधुर संगीत से सब की वाहवाही लूटती है ! मानों क्लबरूपी चमन की चहकती बुलबुल हो ! !

सारा और दूसरे हँस पड़े ।

—आइये, खुश-आमदीद !—सारा ने कहते हुए अपने मेहमानों से बैठने के लिये प्रार्थना की ।

शादी और ज़ेबी मौसी सोफा पर बैठ गये । कासिमजान अपनी छड़ी को मेज के सहारे खड़ी कर खुद कुर्सी पर बैठ गया ।

—आमीन !—उसने कहा—हमारे कदम पहुँचे कि अब इस घर से आफ़तें गायब. . .खुश ! मेरी करीमाखाला कहाँ है, सो गई क्या ?

—नहीं, मैं इसी जगह हूँ—कहती हुई साराखान की माँ, जो लम्बे कद की सुन्दर प्रौढ़ा थी, बाहर आई—स्वागत है, प्यारे मेहमानों का !

नियामतोफ़ और सारा, बुढ़िया को अपने मेहमानों के पास छोड़, कमरे से बाहर चले गये । करीमाबानू ने मेहमानों से कुशल-मंगल पूछा । शादी करीमाबानू को अच्छी तरह से पहचानता था । वह ज़ेबी मौसी की एक प्रिय सखी और मृत बाबा नरज़ी की बीबी थी ।

—अरे, शादी बेटा. . .तुम ! सात साल की सफल यात्रा पर बधाई ! ! उसने कहा—इस सत्तरसाला बुढ़िया को भी देखो ! सुना कि बेटा शादी जान आया है; लेकिन अभी तक जा कर देख नहीं सकी । सनीचर का दिन था, क्या करूँ । और आज ही सभा होने की बात सुनी ! खैर, बेटे ! सही सलामत हो न ?

—सलामत रहो मौसी !—शादी ने जवाब दिया ।—क्यों, नियामतोफ़ और साराखान कहाँ चले गये ?

—हम यहीं हैं !—दहलीज की ओर से आवाज आई; और साराखान ने मेज ठीक करना शुरू किया ।

—बिल्कुल तकलीफ़ न करें !—जेवी मौसी ने कहा—हमलोग तो तुम्हारी सुरीली आवाज़ सुन कर चले आये। अगर तुम हमें खुश करना चाहती हो, तो यहाँ बैठ कर जरा-सा कुछ गाओ-बजाओ।

साराखान ने अपनी कला का परिचय दिया। दोतारा छेड़ा, ग़ज़ल गाई। लेकिन मेहमानों को कुछ खाये-पिलाये बिना भी नहीं छोड़ा।

—बहुत अच्छा !—चाय पीते-पीते शादी ने कहा—तो तुम दोतारा बजाने की कला में प्रवीण हो कर आई हो।

—नहीं !—सारा बोली—इसके अलावा मैंने गायन-कला और पियानो बजाने की शिक्षा भी समाप्त की है। जंग का जमाना था, इसलिये कलखोज के क्लब में हम लोग पियानो मँगाने का प्रबन्ध कर नहीं सके।

—अब लाने की जरूरत है !—शादी ने कहा—साराखान, तुम कलखोज में कौन-सा काम कर रही हो ?

—बाल-गृह की प्रबन्धक हूँ और छोटे बच्चों की देख-भाल का काम मेरे जिम्मे है—सारा ने उत्तर दिया।

—एक-आध चीज कुछ और भी सुनाओ सारा...प्रर बढ़िया हो ! —कासिमजान ने कहा।

—हाँ, शादी बोला—हमारे करमठ जवानों के दिलों में भी कला के प्रति रुचि जगाने की जरूरत है। इससे उन्हें अधिक-से-अधिक काम करने की प्रेरणा मिलेगी। पियानो हम खरीदेंगे, यदि शिक्षक की ज़रूरत पड़ी, तो उसको भी ले आयेंगे। अगर सारा ही इस फर्ज को सम्हाल ले, तो कितना अच्छा रहे ?

—ठीक है..तो तय रहा ! प्रसन्नपूर्वक साराखान ने उत्तर दिया।

—तुम्हारी क्या राय है, मौसी—कहते हुए शादी ने जेवी मौसी की ओर निगाह की।

—ठीक ही तो है !—मौसी ने कहा—बेटे, यह कार्य हो जाय तो बहुत अच्छा होगा। पियानो भी क्लब की शान ही साबित होगा।

—लेकिन !—कासिमजान ने कहा—क्या अभी इस दोतारा से जवानों को थोड़ा-सा भी आगे बढ़ने की प्रेरणा नहीं मिल सकती ? हमारे यहाँ इस इलाके में हर एक घर में दोतारा है, और इसका सीखना बेफ़ायदा नहीं है। लेकिन साराखान जैसी योग्य संगीत-विशेषज्ञा द्वारा पियानो-वादन और गायन का अभ्यास क्लब के सदस्य अच्छी तरह कर सकते हैं। रफ़ीक नियामतोफ़ खुद एक पियानो ला सकता है।

—मेरी योजना तो आगामी वर्ष में खरीदने की थी—नियामताफ़ ने कहा—लेकिन अब जबकि बहुमत इसे चाहता है, तो मैं भी सेवा के लिये तैयार हूँ।

थोड़ी देर तक मेहमान इधर-उधर की बात-चीत करते रहे, फिर सारा और उसके पति को 'खैर-ओ-खुश' कह कर विदा हुए। ज़ेबी मौसी कासिमजान के साथ बाईं ओर को मुड़ गई और शादी वहाँ से अलग हो दाहिनी तरफ अपने घर की तरफ रवाना हुआ। रास्ते में उसने चायघर की ओर नज़र करके देखा कि मुहम्मदजान अपने दो-तीन दोस्तों के साथ बात कर रहा है। पहले तो इच्छा हुई कि जा कर एक-आध प्याला चाय पिये, लेकिन एकाएक दिलबर के प्रतीक्षा करने का ख्याल उसके दिल में आया, इसलिये वह अपने घर की ओर बढ़ गया। जिस वक्त वह बाग के दरवाजे की तरफ से गुजरा, तो वहाँ गूढ़ विचारों में गुमसुम महमूदजान के ऊपर उसकी नज़र पड़ी।

—आश्चर्य !—महमूदजान ने अपने हाथों को बगल में दबाते हुए धीमी आवाज़ से अपने-आप से कहा; फिर शादी की ओर अपने निगाह फेरते हुए एकाएक बोल उठा—कुछ नहीं...सब बकवास !

शादी भी महमूदजान के बगल में जा कर बैठा और सामने के दृश्य पर नज़र दौड़ाते हुए बोला :

—कवियों की-सी जगह ! मैं जानता हूँ कि तुम्हारी तबीयत में कुछ-कुछ शायरानापन है। यह हेमन्त ऋतु, स्वच्छ चाँदनी रात, सुन्दर बाग,

दरिया, उपत्यका और फिर न जाने कितनी और चीज़ें ! लेकिन आदमियों से अलग, इतनी सरदी में बैंच पर बैठ कर अकेले ख्यालों में डूबे हुए, यों ही बेकार बैठना हमारे आजकल के शायरों को शोभा नहीं देता। पहले कभी इस तरह के भावुक निकम्मे शायर जरूर होते थे; जोकि तुम्हारी तरह ऐसी ही एकान्त जगहों को पसन्द करते थे, पर आजकल के क्रान्तियुग में नहीं !

—मैं भी उन्हीं की श्रेणी में से हूँ...—महमूदजान ने कहा।

—ख़ैर, क्या ख्याली घोड़े दौड़ा रहे हो ?

—पूछ कर क्या करोगे, अका शादी ?

महमूदजान के मुँह से यह कहते हुए एक आह निकल आई; फिर वह चुप हो रहा। शादी भी क्षण भर के लिए कुछ सोचने लगा, बिजली-घर की ओर से गाने की आवाज़ उसके कानों में आई, फिर नदी के पानी की कलकल सुनाई दी। चाँद आकाश में तैर-सा रहा था, आराम-बाग के दरख्तों की छाया धीरे-धीरे लम्बी हो चली थी।

—यह सब ठीक नहीं !—किसी अपरिचित विन्दु पर निगाह डाले हुए शादी ने कहा—कोई दूसरा व्यक्ति चाहे वैसा करे, लेकिन तेरे लिये ऐसा करना ठीक नहीं !

—मैंने क्या काम किया है ?

—तुझे खुद जानना चाहिए। दोस्तों की चेतावनी से खुश होना चाहिए, न कि इस...

—मैं खुद अपनी हालत पर...!—आगे महमूदजान कुछ न बोल सका; मानों उसके गले को किसी चीज़ ने जकड़ लिया हो !

—तुझे क्या हुआ है ? आराम से हो, हर तरह से ठीक हो, बढ़िया जीवन-साथी है, इज्जत और आबरू है...और क्या चाहिये ? लेकिन तेरे काम और करतूतें ही बुरी हैं !

—करतूतें ?

—हाँ, करतूतें !—कह कर थोड़ा कुछ सोचते हुए शादी फिर बोला—मैं सेना में सैनिकों की अग्रिम पंक्ति में था। हमारा कमांडर जो कुछ भी आज्ञा देता, उसे जी-जान से पूरा करता; सिपाही का कर्त्तव्य है, बिना न-नुनच के उसे पूरा करना। कहीं दो-तीन साल बाद मैं लैफ्टिनेंट के दर्जे पर पहुँचा। इस समय भी मेरा कर्त्तव्य निश्चित था। मैंने कभी नहीं सोचा कि यदि शरीफ और मुकीम-जैसे मेरी उमर से छोटे जवान कप्तान और मेजर के पद पर रहें, तो मुझे यह दर्जा भी कबूल नहीं करना चाहिए। हाँ, ऐसा सोचना ठीक नहीं है।

—यह तो सेना के भीतर की बातें हैं।

—हाँ, सेना के भीतर की ! लेकिन हमारा यहाँ का सब काम और बातें भी तो सैनिक-सेवा के बराबर ही हैं। फर्क यह कि यहाँ हम मेहनतकशों की फौज में हैं।

महमूदजान कुछ नहीं बोला।

—तू चेतावनी देने मात्र से खफ़ा हो गया, दुनिया तेरी आँखों के सामने अन्धेरी हो गई, यही बात है न ?

महमूदजान चुप था।

तुझे क्या पता नहीं कि पार्टी हमेशा हमें चेतावनी तथा आत्म-परीक्षा के लिये कहती है, जिसमें कि हमारा काम आगे बढ़े और हम खुशहाल हों। बिना चेतावनी के यह सब नहीं होता।

—मैं चेतावनी के लिये खफ़ा नहीं हूँ। महमूदजान ने कहीं दूर नजरें गड़ाते हुए कहा—मैं अपने ही भीतर जल रहा हूँ...

—अच्छा !

—कोई काम करने या न करने की बात नहीं, उसे अच्छी तरह करना चाहिये। आखिर तो मैंने भी तो सेवा की है।

—पहले की सेवाएँ ठीक है, उसका बदला भी तुझे मिला, तुझे उसके लिये सनद (प्रमाण-पत्र) मिली है, उसके लिये किसी ने तुझे चेतावनी नहीं दी। इस वक्त की चेतावनी तो हाल के कामों के बारे में है...

—क्या यह मेरा गुनाह था कि मुझे सेना में लेने योग्य नहीं समझा गया।

—सैनिक-सेवा की बात नहीं ! —शादी अपनी जगह से खड़ा हो कर कुछ सोचते हुए फिर बोला—उठ, चल, तेरे घर चलें।

—मैं अपने घर नहीं जाऊँगा।

—तुमने लड़ाई-झगड़ा कर लिया है क्या ?

—नहीं,...ऑफिस की तरफ जाऊँगा।

—आफिस बन्द है, वहाँ कोई नहीं है...उठ !

शादी के हुकुम में इतना ज़ोर था कि महमूदजान एकाएक उठ खड़ा शादी ने उसकी बगल में हाथ डाल दिया और वे दोनों धीरे-धीरे महमूदजान के घर की ओर चले।

—लगता है कि तेरी बीवी ने भी घर में तुझे फटकारा है—कहते हुए शादी जोरों से हँस पड़ा।

—बीवी की फटकार किस को नहीं बुरी लगती ?

महमूदजान के ओंठ मानों सिले हुए थे। कुछ और आगे बढ़ने पर शादी ने फिर कहा :

—तू एक बड़ी गलती कर रहा है, मेरे दोस्त ! तू अतीत को वर्तमान से पृथक् नहीं करता तू समझता है कि मात्र तेरी पिछली सेवाओं के लिये सरकार और पार्टी तेरा हमेशा-हमेशा के लिये ख्याल रक्खेगी, और चाहे तू जो भी काम करे, उस को नजर-अन्दाज़ कर दिया जायेगा। तेरा यह सोचना ठीक नहीं है।

महमूदजान शादी से अलग हो, चुपचाप दो-तीन कदम चल कर खड़ा हो गया और फिर लौट कर शादी से बोला :

—मेरी सारी उम्मीदें तेरे ऊपर हैं, अका शादी ! तू आ गया, बस अब बात यही है ?

शादी ने सिर हिला कर कहा :

—मैंने क्या बुरा कर दिया ?

—मेरे बारे में चुपचाप इतनी फटकार और तानाकशी सुनते रहे, और बाद में तुम भी उन्हीं के साथ हो गये ! यह सारी फटकारें नियामतोफ़ जैसे लोगों की ओर से हैं, इसी हिसाब-किताब के काम को ले कर ? अच्छा तो है ! अगर जरूरत हो, तो इस जिम्मेदारी को मुझ से ले लिया जाय।

—समझा, मैं समझा !—और शादी फिर महमूदजान का हाथ पकड़ कर आगे बढ़ा।

—मौसिम सर्द है, एक ही जगह खड़ा रहना ठीक नहीं !...तुझ में हिम्मत है, काम करने का जोश है; लेकिन क्या वजह है कि तूने अपने काम को पूरा नहीं किया और अपनी इस 'स्टोरकीपरी' की जिम्मेदारी को भी ठीक-ठीक नहीं सम्भाल सका। मालूम पड़ता है कि या तो तू आलसी हो गया है, या अपने काम की जिम्मेदारी समझने से मजबूर है !

—मैं कुछ भी नहीं हुआ हूँ अका शादी !—महमूदजान ने कहा।

—हाँ, ठीक !—शादी ने कहा—यह बात ठीक है, तुझे कुछ नहीं हुआ है, वही अहमदी...महमूदी ! लेकिन कलखोज और कलखोज के आदमी अब दूसरे हो गये हैं। हमारे आदमियों के काम का तरीका कुछ था, और उन का मामला, बातचीत और तौर-तरीका दूसरा तरह का है। सारी व्यवस्था एक प्रकार से नई हो गई है ! अब नये काम को जानने-समझने की जरूरत है; हिम्मत हारने की नहीं ! तू बेवकूफ है और अपने कामों को ठीक से पूरा नहीं करता।

—यह तुमने कैसे और क्यों कर समझा ?

—मैं सब जानता हूँ यद्यपि तू मेरी बातों से खबरदार नहीं है; लेकिन मैं आने के साथ ही तेरे काम-काज और चाल-ढाल को पहचान गया था। तू मेरे लिये भाई जैसा है, तूने मेरे साथ काम किया है। मेरी आँखों के सामने तू फला-फूला और बढ़ा है; लेकिन अफसोस कि एक ही जगह अब गड़ कर खड़ा हो गया है और वक्त की रफ्तार के मुताबिक अपने को चलाना नहीं चाहता।

महमूदजान कुछ न बोला—चुपचाप कदम बढ़ाता रहा ।

—तुझसे गलती हुई है...जाने या अनजाने में, इसमें कोई सन्देह नहीं ! शादी बोला—तू वास्तव में पीछे रह गया है; इसी पीछे रहने का ही यह परिणाम है, मेरे मित्र ! लेकिन अब तू अच्छी तरह गाँठ बाँध ले कि मैं तुझे इस हालत में कभी नहीं रहने दूँगा; तू चाहे या न चाहे, तुझे अपनी जगह से हिलना होगा, आगे बढ़ना होगा ।

दोनों आ कर एक नये-नये रंगे दरवाजे के सामने खड़े हो गये । चाँद दुनिया को प्रकाशित किये हुए था । संकरे कूचे में महमूदजान की छाया दिखाई नहीं पड़ रही थी । चारों तरफ शान्ति और नीरवता छाई हुई थी ।

—लो यह तेरा घर तो आ गया !—शादी ने हँसते हुए महमूदजान से कहा—अब सीधे अन्दर जा कर पहले अपनी बीवी से माफी माँग कि अकारण ही तूने उसे दुःखी किया और घर से निकल आया ।

महमूदजान आश्चर्यचकित निगाहों से शादी को देखता हुआ बोला :

—अका शादी ! यह तुम क्या कह रहे हो !! मैंने उसे रंज किया या कि उसने मुझे ? अगर तुम मेरी जगह होते और उस की बातों को सुने होते, तो न जाने क्या कर गुजरे होते ? उसने मेरी बे-आबरूई की और उलटे मुझे कोसा भी ! और अब तुम यह कहते हो कि उसी से जा कर मैं क्षमा भी माँगूँ !

—सदफ अकारण ही कोई बात नहीं कह सकती !—शादी ने दृढ़ लहजे में जवाब दिया—दरवाजा खोल और मैं जो कह रहा हूँ, वही कर... इसी में तेरी भलाई है !

महमूदजान ने दरवाजा खोल दिया । दोनों हवेली के भीतर चले गये । दोनों कमरों की खिड़कियाँ अन्धेरे में थीं, लेकिन दहलीज में बत्ती जल रही थी । शादी ने बाहर की ठंडी से गरम दहलीज के भीतर प्रवेश कर महसूस किया कि वहाँ करमठ हाथोंवाली गृहपत्नी मौजूद है । महमूद-जान के भूखे पेट को न खाये वहाँ पड़े हुए कवाब की गन्ध ने बेकाबू कर

दिया। उसने पतीली के ढक्कन को हटा कर देखा और एक टुकड़ा कवाब का निकाल कर अपने मुँह में डाला।

—मेरी प्रतीक्षा में यह सब कुछ...!—उसने कहा—सबसे पहले आओ कबाब तैयार है...दो प्लेट खायें।

—तीन प्लेट !—शादी ने कहा।

महमूदजान ने फिर आश्चर्य से शादी की ओर निगाह डाली।

—सदफ सो गई होगी।

—नहीं, वह सो नहीं सकती—शादी ने कहा—जा, उसे ले आ! शादी वहाँ पड़ी एक खाली मेज के पास बैठ गया और एक अँगड़ाई ली। महमूदजान थोड़ी देर शादी की ओर निगाह किये खड़ा रहा, फिर मजबूर हो कर सोने के कमरे में गया।

सदफमा सचमुच ही सोई नहीं थी, यहाँ तक कि अपने पहनने के कुर्ते को भी न उतार वह खाट पर लम्बी पड़ी चिन्ता और फिकर में डूबी हुई थी। महमूदजान ने मेज के ऊपर पड़ी बत्ती को जला कर सदफमा की ओर देखा। रोते-रोते उसकी बीवी की आँखें लाल हो गई थीं और उसने बड़ी हसरतभरी निगाह उसके ऊपर डाली।

—उठ...!—जमीन की ओर निगाह डाले महमूदजान ने कहा—मेरे अका शादी आये, जरा कबाब परोसा है।

—सदफ बिना कुछ बोले उठ खड़ी हुई और महमूदजान के साथ दहलीज की ओर गई।

—अका शादी को घर लाये!—मन्द आवाज में सदफ ने कहा। महमूदजान बाहर आ कर शादी को घर के भीतर ले गया।

—सलाम...!—सदफ ने कहा और वह उनके कुर्सी पर बैठ जाने पर घर से बाहर गई।

खाते वक्त कोई वैसी बात नहीं हुई। शादी भी भूखा था। इच्छानुकूल कबाब खाने के बाद हाथ में चाय का प्याला ले कर वह बोला :

—सदफमा, अब खातिर जमा रख ! महमूदजान ने मुझे वचन दिया है कि अब इसके बाद वह अपने कारोबार में ऐसी गलती नहीं करेगा और कभी आलस नहीं दिखलायेगा।

—खैर, इलाही ऐसा ही हो !—सदफमा ने कहा।

—अब तुझे भी दूसरी तरह नये ढंग से काम करना होगा, जैसा कि जीवन-संगिनी करती है ! यही है न महमूदजान !!

महमूदजान ने बड़े गौर से शादी की बातों को सुना; फिर एक-ब-एक बोला—यही तो ! लेकिन शर्त यह है कि सदफमा भी जरा इतने कड़वे बोल न बोला करे।

—मेरा दिल तुम्हारे लिये जल रहा था !—सदफ ने कहा—इसीलिये मैंने वे बातें कहीं। कड़ाई से इसीलिये कहा जिस में कि उस का तुम्हारे दिल पर प्रभाव पड़े।

—हाँ, अब प्रभाव कर रही हैं !—कहते हुए शादी अपनी जगह से उठ खड़ा हुआ।

महमूदजान भी प्रश्नसूचक दृष्टि डाले खड़ा हो गया।

—मैं अब घर जाता हूँ—शादी ने उन दोनों से कहा—वक्त भी काफी हो गया है। तुम मियाँ-बीवी भी आपस में सुलह कर के काम की योजना को अच्छी तरह चलाने का प्रयत्न करो। ऐसा हो जाये कि लोग तुमसे ईर्ष्या करने लगें। खैर, माँ को मेरा सलाम कहना।

शादी ने हवेली से बाहर आ कर देखा कि चाँद दीवार के नीचे हो गया है, और चारों ओर से मुर्गों की बाँग सुनाई दे रही है। उसने सोचा :

—दिलबर भी सो गई होगी... खैर !

महमूदजान भी सड़क तक उसे पहुँचा कर लौट गया।

:o: :o: :o:

गुलिस्तान गाँव की सड़क पर शादी अकेला कदम बढ़ा रहा था। कलखोज के सारे लोग करीब-करीब नींद ही में थे। कलखोज ऑफिस के मैदान, को-ऑपरेटिव दूकान के दरवाजे के ऊपर और क्लब के सामने जलती बिजली की बत्तियाँ चारों ओर रोशनी फैला रही थीं। जिस समय बाकी सभी बत्तियाँ बुझ चुकी थीं, उस समय कूचे की कुछ-एक बत्तियाँ जलते हुए एक अजब प्रभाव डाल रही थीं, जिसके प्रभाव से प्रभावित हो शादी एक विचित्र-से आनन्द का अनुभव कर रहा था। चाँद ने आसमान की आधी से अधिक यात्रा खत्म कर ली थी और मुर्गे अपनी आवाज बुलन्द किये हुए थे। शादी ने नियामतोफ के मकान के पास से गुजरते हुए देखा कि उसके घर में भी रोशनी बुझी हुई है, सभी सो गये हैं। दूकान के पास पहरेदार ने उसे सलाम किया, फिर और कोई चीज या ख्याल सामने नहीं आया।

शादी अभी भी सदफमा के बारे में, उसकी समझदारी और चतुराई के ख्याल में इतना विचारमग्न था कि उसको कुछ नहीं मालूम हो रहा था कि चारों ओर क्या हो रहा है। वह यही सोच रहा था कि ऐसे सहकारियों के साथ काम को आगे बढ़ाना मुश्किल नहीं है। वह चाहे कम हों तो भी कोई बात नहीं। अगर इस तरह के आगे बढ़नेवाले दस आदमी भी हों, तो सौ या दो सौ पिछड़े हुओं को भी वे आगे ले जा सकते हैं? और यहाँ तो ऐसे अनुकूल आदमियों की कलखोज में वस्तुतः कमी नहीं है। क्यों नहीं, जब कि समन्दर, गुलमाह, तुखतासुन या कि खुद मुहम्मदजान अका जैसे आदमी साथ में हैं। इन जैसे साथियों को ले कर पहाड़ों को धूल बनाया जा सकता है!...वह ज़माना बीत गया, जब कलखोज का अध्यक्ष और उपज का सम्पादक सभी कामों की जिम्मेवारी रखता था। हर ब्रिगादीर को देखना और उसे सलाह देना पड़ता था, दूसरे लोग उसमें कोई सहायता नहीं करते थे और न इतनी परवाह ही किया करते थे। अब सहकारियों की संख्या बहुत है, जो कि काम करनेवाले, तजुर्बेकार तथा चौकन्ने हैं और

हमेशा कलखोज की फिकर में रहते हैं। इस पर भी अध्यक्ष के लिये काम काफी है, जैसे उपज को आगे बढ़ाने की समस्या, कलखोज की सांस्कृतिक अभिवृद्धि की समस्या, बिजली-घर की ताप-शक्ति बढ़ाने का सवाल। सभी समस्याओं से भारी प्रश्न है--शीघ्रातिशीघ्र लोगों को साक्षर और शिक्षित बनाना!...खैर, कोई बात नहीं, काम तो होगा ही! दिलबर मेरा साथ देगी, काम जरूर आगे बढ़ेगा!

शादी धीरे-धीरे चल कर अपनी दहलीज़ तक पहुँचा और बिना आवाज़ किये ही अपने कमरे के दरवाजे को खोल दिया, ताकि दिलबर और उस की बेटी के सोने में विघ्न न पड़े। लेकिन वहाँ उसने काम की मेज़ पर दिलबर को जगे हुए बैठा देखा। शादी को देख कर दिलबर ने अपने हाथ की किताब को बन्द कर दिया और उठ कर बोली—खैरियत...! और मुस्कुरा उठी।

शादी ने भी अपनी बीवी की थकी हुई आँखों को देखते हुए मुस्कुरा दिया और कहा:

—अभी तक सोई नहीं क्या?...थक गई होगी!

दोनों जा कर दीवान के ऊपर बैठे। शादी दिलबर के हाथ को अपने दोनों हथेलियों में रख कर थोड़ी देर तक उस की आँखों की गहराइयों में चुपचाप देखता रहा।

--कहाँ रहे?--दिलबर ने अपने हाथ को हटाते हुए पूछा।

—आज इसी रात से ही काम शुरू हो गया, सरपंची का काम!— शादी ने कहा।

दिलबर ने नाराजगी दिखाते हुए 'ऊँह!' कह कर सिर हिला दिया।

—मेरे देर कर के आने से नाराज हो गई क्या?—शादी ने पूछा— सचमुच ही मैं अपराधी हूँ। तुझ से वादा किया था कि तुरन्त आ रहा हूँ, लेकिन कुछ ऐसी बातें सामने आ गईं कि उन्हें टाल न सका।

शादी ने नियामतोफ और साराखान तथा महमूदजान और सदफ की बातों को कहते हुए बतलाया:

—ओ, सदफ...सदफमा ! ...वाकई एक विचित्र और रहस्यमय औरत हो गई है वह तो ! उसने अपने पति को कीचड़ से बाहर निकाला, मैं इसे मानता हूँ ।

—सदफमा यानि सदफ (मोती) की उसी चमक-दमक ने तुम्हारी आँखों को चकाचौंध कर दिया लगता है !—दिलबर ने कुछ मज़ाक करते हुए कहा—अगर वह महमूदजान को कीचड़ से बाहर निकालना चाहती, तो कब की न निकाल चुकी होती ! ! मुझे डर है कि कहीं सदफमा के इस कारनामे के बाद भी महमूदजान फिर एक-दो बार कीचड़ में गोता न खाये ।

—आश्चर्य !—शादी ने कहा ।

—इसी गुजरे साल क्या कुछ नहीं उसने किया ! सरपंच मौसी की बात पर भी कान नहीं धरा उसने । बहुत बुरा हो गया है । कासिमजान ने 'मेरी बेटी..मेरी बेटी' कह हद से अधिक हौसला बढ़ा दिया है उस का ।

—खैर, गम्भीरता से देखेंगे, अलबत्ता...महमूदजान के बारे में तू क्या सोचती है ?

—महमूदजान के लिये इतनी फिकर कर के हैरान मत हो—नसीहत देती-सी दिलबर ने कहा—वह अब आदमी नहीं बन सकता । अगर सरपंच मौसी की बात नहीं, पर विश्वास तो खुद कासिमजान से पूछ ।

—लेकिन तेरा यह सोचना ठीक नहीं ! ...महमूदजान अभी बिल्कुल खराब नहीं हुआ है । अगर वह ठीक तरह से सीख पावे, तो बहुत अच्छा आदमी हो सकता है । हम उसे उसके पहले काम पर नहीं रखेंगे, उसे पढ़ायेंगे और मुल्ला (अध्यापक) बनायेंगे ।

—खैर !—अँगड़ाई लेते हुए दिलबर ने कहा—जो तुम्हारी मर्जी, यह तो तुम्हारा काम है । उठो, दस्तरखान पर बैठो, मैं भोजन लाती हूँ ।

—मेरा पेट भरा हुआ है !—अपने जूते को पैरों से निकालते हुए शादी बोला—महमूदजान के घर पर कबाब-कुलचा खा आया हूँ । सदफमा ने बड़ा अच्छा कबाब पकाया था ।

—वास्तव में तो उस की माँ 'बकाउल' पाककला-प्रवीण है, जिस के कारण सदफ भी खाना बनाने में चतुर हो गई है—दिलबर ने खड़ी होते हुए कहा—ख़ैर, चारपाई ठीक कर देती हूँ, तुम सो जाओ ।

शादी ने स्वीकृति प्रकट करते हुए सिर हिला दिया ।

:o: :o: :o:

जिस वक्त ज़ेबी मौसी और कासिमजान से विदा हो कर शादी अपने घर की ओर चला, वे भी दूसरी ओर चल पड़े । वे दोनों गाँव के आखिरी छोर पर एक-दूसरे के पड़ोसी के रूप में रहते थे और ऑफिस के समय के बाद अक्सर कासिमजान मौसी को उसके दरवाजे तक छोड़ने के लिये जाता था । आज भी, स्वागत-सभा और उस के निश्चयों से प्रभावित हुए, दोनों अपने विचारों में मग्न चुपचाप चले जा रहे थे । रास्ते में पड़े पत्थरों के टुकड़े और रोड़े उनके पैरों के नीचे गचर-पचर कर रहे थे । सड़क निर्जन और खाली पड़ी हुई थी और गाँव के कुत्तों की आवाज छोड़ कर कोई दूसरी आवाज़ सुनाई नहीं देती थी । काफी दूर चलने के बाद जरा-सा खाँस कर कासिमजान ने कहा :

—सभा बड़ी अच्छी रही !...जो अन्दाजा किया था, वही हुआ !

फिर कुछ कदम खामोश चलने के बाद मौसी ने जवाब में कहा :

—ठीक, सभा बड़ी अच्छी रही, लेकिन मैंने जो कागज पर लिख रक्खा था, वह उसी पर पड़ा रहा, ठीक तौर से बोल भी न सकी । कितनी ही महत्वपूर्ण बातों को मैं कह ही न पाई ।

—नहीं—कासिमजान ने विरोध प्रकट करते हुए कहा—बहुत अच्छा भाषण दिया, बिलकुल स्वाभाविक और सुन्दर !

मौसी कुछ न बोली । फिर दोनों थोड़ा-सा चुपचाप बढ़े । कासिमजान छड़ी को अच्छी तरह थामे हुए कुछ-एक कदम तेजी-तेजी से चला । इसी समय एक कोने से मोटर आ गई, जिसकी सामने की बत्ती की रोशनी में

उन की आँखें बेकार हो गईं । यह माल ढोने की लॉरी थी, जो उनके रूबरू आ कर खड़ी हो गई । शोफर ने मुँह निकाल कर उन को सलाम किया ।

—हाँ, क्या हुआ सईदजान !—मौसी ने शोफर से पूछा ।

—'एक्यूमुलेटर' मशीन को ले आये, याकोशोफ़ ने भी अपना काम निबटा दिया ।

—अच्छा किया बेटे ! कल ठीक वक्त पर गेहूँ के लिये पहुँच जाना ।

—जो हुकुम मौसी !—कह कर शोफ़र ने मोटर को कलखोज की सराय की ओर घुमा दिया ।

—याकोशोव बड़ा मुस्तैद आदमी है !—कहती हुई मौसी फिर चलने लगी ।—सबसे पहले इसी जवान का सितारा मेरे सामने आगे बढ़ा। अगर इसका काम इसी तरह चलता रहा, तो देखोगे कि हमारा बिजली-घर भी जल्दी ही शक्ति से काम करने लगेगा ।

—सच, निकोलाई बड़ा ही मुस्तैद जवान है !—मुस्कुराते हुए कासिमजान ने कहा ।

—हाँ !—कासिमजान की ओर निगाह करके मौसी ने कहा—क्या सच नहीं है ?

—सच है, सच है !—तुरन्त कासिमजान ने कहा—मैं दूसरी ही बात के बारे में हँस रहा था अर्थात् याकोशोफ़ लाला को अच्छा देखता है ।

—कौन-सी लाला ?

—कादिर चाचा की लड़की, जोकि मिस्त्री हो कर काम कर रही है ।

—बहुत ठीक !—मौसी ने कहा—न हो उस का भाग्य ! कादिर श्वेतकेश को निकोलाई जैसा दामाद फिर मिलेगा नहीं ।

—लेकिन अन्दाज है कि वह इन्हीं दिनों होगा । लाला की माँ भी... तुम जानती ही हो कि लाला उसकी इकलौती बेटी है । कितनी ही साध और हौसले उसके हैं । नहीं जानता आखिर क्या होगा !

—शादी के साथ सलाह करो, श्वेतकेश भला आदमी है । मैं उस की बीवी के साथ बात करूँगी । उसके दूसरे सगे-सम्बन्धी भी.. बात तै होनी चाहिए—जवान अच्छा काम करता है ।

दोनों मौसी के मकान के पास गये और मौसी ने कासिमजान से विदाई लेते हुए कहा :

—कल ठीक वक्त पर ऑफिस में आ जाओ । शादी को सब काम बतलाना होगा । फिर मैं चाहती हूँ कि एक बार स्तालिनाबाद हो आऊँ ।

—बहुत अच्छा !—कासिमोव ने कहा और जब तक मौसी अपनी हवेली के भीतर नहीं चली गई, तब तक वह अपनी जगह से नहीं हिला ।

कासिमजान अपने ख्यालों में इतना डूबा हुआ था, कि उसे नहीं मालूम पडा कि वह कब अपनी हवेली में पहुँच गया । उस का मकान गुलिस्तान गाँव के सब से अच्छे मकानों में गिना जाता था । जब वह स्वदेश की खातिर जंग के लिये मैदान में गया हुआ था, उस समय उस के बीवी-बच्चों को कलखोज के लोगों ने एक अच्छा-सा नया घर बनवा कर दे दिया था । हवेली के सामने छोटा-सा बगीचा था । खिड़कियाँ और दरवाजे सब उसके नये थे । पशुओं के लिये पशुशाला भी अच्छी बनी हुई थी, इस मकान के बनवाने में सब से अधिक मुस्तैदी सरपंच मौसी ने दिखलाई थी । जब १९४३ में अपना एक पैर युद्ध में भेंट कर कासिमजान लौटा, तो नई हवेली में उसके बाल-बच्चे आराम से रह रहे थे । कासिमजान को संकोच-सा होता था कि वह इतने सुन्दर और शान-शौकतवाले मकान में रहे; यद्यपि इस मकान को कलखोजचियों ने बना कर उसे भेंट-स्वरूप दिया था । ठीक था, अब वह भी पार्टी-संगठन का सेक्रेटरी (कातिब) बन कर काम कर रहा था । नहीं जानता था कि लोग क्या सोचें ! वह यही पसन्द करता था कि किसी दूसरे साधारण-से घर में रहे । उसने कई बार इसके बारे में कहा भी । लेकिन उसकी बात सुनने के लिये कोई नहीं तैयार था । सभी कहते थे : "यह तो तुम्हारा हक है !" इस समय भी चाँदी जैसे चमकते अपने

घर के दरवाजे को देख कर वही ख्याल उस के दिमाग में घूम रहा था। इतने में किसी ने भीतर से आ कर दरवाजा खोला। कासिमजान ने भीतर पहुँच कर तुखतासुन को देखा कि वह मुस्कुराते हुए उस की ओर ताक रहा है।

—ए, हाँ! तूखतासुन,...तू है क्या?—कहते हुए कासिमजान ने सोचा कि क्या ही अच्छा होता कि इस घर में तूखतासुन आ जाये और इसे वह उसे दे दे। तूखतासुन ने देखा कि कासिमजान किस तरह अपने ओवरकोट को निकाल कर खूँटी पर रख रहा है; और फिर अपनी बगल की बैसाखी को दीवार के सहारे खड़ा कर, वहाँ रक्खी कुर्सी पर बैठ, उसने बूट को अपने पैर से निकाला, फिर लकड़ी के दूसरे दिखावटी पैर को हटा कर बैसाखी को बगल में ले खड़ा हो बोला:

—कैसे, मेहरबानी की?—और थोड़ा आगे बढ़ कर—घरवाले सारे सो गये मालूम होते हैं!

अभी तूखतासुन ने जवाब भी नहीं दिया था कि उसी समय बगल के कमरे से हाथ में दस्तरखान लिये एक लड़के ने आ कर कासिमजान को सलाम किया।

—खैरियत, आ गये!—सामने के दरवाजे को खोलते हुए वह बोला। कासिमजान, तुखतासुन और उसके बाद वह लड़का तीनों कमरे में गये। कमरे की दीवारें चमकीले रंग से रंगी हुई थीं और फर्श पर कालीन बिछा था। छत के साथ सुन्दर झाड़ में लटक रही बिजली की बत्ती कमरे को रोशन कर रही थी; जिसके नीचे एक चौकोर मेज और चारों तरफ कुर्सियाँ रक्खी थीं। एक तरफ एक दीवान था और दूसरी तरफ खिड़की के पास काम करने की मेज, जिसके ऊपर कुछ किताबें, कागज और कलम रक्खे हुए थे। लड़के ने दस्तरखान को बीचवाली मेज पर रखते हुए कहा:

—दादा, चचा काफ़ी देर से आ कर तुम्हारी प्रतीक्षा कर रहे थे...!

—अच्छा, मैं भी आ गया बेटे!—कासिमजान ने कहा—जा, जरा जल्दी से खाना तो परोस दे...यहीं ले आ...हम दोनों ही खूब भूखे हैं।

तुखतासुन मुस्कुराते हुए मेज पर बैठता हुई बोला :

—मैंने आपको तकलीफ दी, कासिमजान अका !

—कोई बात नहीं बेटा,...मरहमत ! आये तो बहुत अच्छा किया। खुद मैं तुमसे मिलना चाहता था।

कासिमजान की इस बात को सुन कर तुखतासुन का चेहरा एक-ब-एक खिल गया, अभी तक वह अपने को अभागा-सा अनुभव करता था। वह एक बहुत कम और आहिस्ता बोलनेवाला जवान था। सीधा-सादा-सा आदमी, बात करने में काफी झिझकता था। बहुत शरमीला था वह ! कासिमजान से उस की बहुत मुहब्बत थी, हमेशा अपने मन की बातों को उससे कह कर सलाह लेता और पार्टी में उसे लाने का श्रेय भी कासिमजान को ही था।

—में एक सलाह के लिये आया हूँ—उसने कहा—आज रात शादी अका की बातों को सुनने के बाद सोच रहा था कि सचमुच ही हम अपनी जमीन से काफी उपज नहीं ले रहे हैं। क्या यह ठीक...?

—ठीक, इसके बारे में क्या सोचता है बिरादर !

कासिमजान का बेटा भोजन ले आया। चाय की चायनिक को रख कर कमरे से बाहर गया। कासिमजान ने गोश्त को टुकड़े-टुकड़े कर दिया और तुखतासुन को भी खाने के लिये कहा। फिर दोनों ने साथ-साथ भोजन करना शुरू किया।

—इसी साल मैंने अपने ब्रिगाद की जमीन में तजुर्बा करना चाहा—कासिमजान के हाथ से चाय के प्याले को लेते हुए तुखतासुन ने कहा।—लेकिन ऐसा करने से पहले मैं तुम्हारे पास सलाह लेने आया हूँ ! फिर सरपंच को कहूँगा।

—खुश,.. खुश !

—मैं मार्च के महीने में ठीक वक्त पर खेतों को जोतना चाहता हूँ।

कासिमजान उसकी तरफ ध्यान दिये हुए बोल उठा :

—सचमुच यह तुम्हारा विचार बुरा नहीं है, लेकिन इसके बारे में सब से पहले अपने कृषि-विशेषज्ञ चाचा इवान रूसी से सलाह लेना जरूरी होगा।

—मेरी हिम्मत नहीं हुई, अका कासिम ! जो कुछ भी हो वह श्वेतकेश, सम्माननीय आदमी है, स्वयं आगे बढ़ना मैंने अच्छा नहीं समझा।

—ऐसा ही सही, मैं खुद पूछूँगा—कासिमजान ने कहा।

—बहुत अच्छा !—खुश हो कर तुखतासुन ने कहा और अपने तजुर्बे के बारे में कासिमजान को पूरी तरह स्वीकृति लेने के लिये बतलाया।

—खैर, ठहरो !—कासिमजान ने आखिर में कहा—तुम्हारी पढ़ाई का क्या हाल है ? अर्द्ध-वार्षिक परीक्षा तो नजदीक ही है।

—मैं परीक्षा के लिये तैयार हूँ— तुखतासुन ने कहा —रफीक स्तालिन के अनुवाद को पढ़ चुका हूँ। रफीक स्तालिन ने जंगेवतनी के बारे में जो पुस्तक लिखी है, उसे भी मैंने पढ़ डाला है।

—और संविधान को ?

—पढ़ कर समझ रहा हूँ। मेरी बीवी महबूबा भी इस बारे में मेरी बड़ी मदद करती है।

—हाँ, दुरुस्त !—कासिमजान ने कहा—महबूबा को कृषि-कार्य की पढ़ाई के लिये भेजने के बारे में क्या कहते हो ?

—आप की मर्जी है, स्वयं जानते ही हैं...जैसा चाहें करें।

—वह होनेवाली बात है, लेकिन तू क्या कहता है ?

—आप खुद जानें, अगर मेरी बात है, तो बिना महबूबा के रहना मेरे लिये मुश्किल है; लेकिन उसकी इच्छा और कलखोज के फायदे के खिलाफ मैं कुछ नहीं कह सकता। उसकी मरजी हो तो जावे..मरहमत!

—तो, कल महबूबा को ऑफिस में भेज दो, बात करूँगा।

तुखतासुन कासिमजान से विदा हो बाहर चला गया। उसे यह जान

कर बड़ी खुशी थी, कि कासिमजान मेरे तजुर्बे को अच्छा समझता है और इस को आगे बढ़ाने के लिये स्वयं चेष्टा करनेवाला है।

✤

२३
काम का पहला दिन

यह ऐसा समय था जबकि जमीन पर चारों ओर दिसम्बर महीने की सर्दी के कारण बर्फ-ही-बर्फ जमी थी। चाँदनी रात में चन्द्रमा की रुपहली किरणें चारों ओर बरस रही थीं। इस समय गुलिस्तान-उपत्यका में, उसके पश्चिम ओर निश्चल खड़े पर्वतों के शरीर और शिखर सफेद चादर से ढँके मालूम होते थे। पूर्व की ओर जहाँ अपेक्षाकृत अधिक विस्तृत आकाश दिखायी पड़ता था, उषा की लाली धीरे-धीरे जलती हुई लौ की तरह मालूम हो रही थी, जिसके ऊपर एक छोटा-सा बादल का परदा अंगारे के ऊपर हलकी-सी राख की तरह दिखलाई पड़ रहा था, जोकि क्षितिज की तरफ से मानों आसमान की तरफ उठता चला आ रहा था। सूर्य गर्मियों में वैसे तो पांच-छः बजे उग जाता था; लेकिन आज आठ बज चुके थे, तो भी अभी वह क्षितिज के ऊपर नहीं आया था। गुलिस्तान-रायन का केन्द्र नवाबाद कब से जाग उठा था और लोग अपने काम-काज में जुट गये थे।

रायन के कृषि-विभाग का मुदीर (सम्पादक) ईसाएफ आज ठीक वक्त पर ऑफिस में आ अपनी मेज पर बैठा प्रशिक्षक ओवोज़ोफ से बात कर

रहा था। ओवोज़ोफ एक दिन पहले कलखोज के 'पख्तकार' कपासागार को, जो कि गुलिस्तान की कलखोजों में से एक था, को देख कर उसकी आमदनी के हिसाब-किताब पर नज़र डालने आया था। उस की सम्मति में उस कलखोज की भलाई के लिये यह जरूरी है कि नेताओं का नया निर्वाचन किया जाय।

—हमें सरपंच के ऊपर मुकदमा करना चाहिए—उसने कहा—दूसरा कोई इलाज नहीं है।

—कार्यकारिणी के सदस्य कौन हैं ?

—उनमें से भी एक-दो के ऊपर मुकदमा अवश्य चलाना चाहिए।

—अच्छा!—कह कर ईसायेफ अपनी जगह से खड़े होते बोला—इस कलखोज के काम को ठीक रास्ते पर चलाना ज़रूरी है, लेकिन सरपंच रईस!...किस को इस जगह पर निर्वाचित करना चाहते हैं ?

—खुद कलखोज में कोई ऐसा अनुकूल आदमी नहीं है!—ओवोज़ोफ ने कहा और चाहा कि अपनी बात की व्याख्या करे; लेकिन इसी समय ईसायेफ उसके रूबरू आ कर खड़ा हो बात काटते हुए बोला।

—यह तुम क्या कह रहे हो ? यह हरगिज नहीं हो सकता कि वहाँ कोई भी योग्य ठीक आदमी न हो!

—क्षमा करें!—ओवोज़ोफ ने तुरन्त कहा—मैं कुछ दूसरी ही बात कहना चाहता हूँ। लोग चाहते हैं कि नियामतोफ को अपने कलखोज का सरपंच बनावें ...।

—कौन-सा नियामतोफ़ ?

—दादाजान नियामतोफ़, कलखोज 'नव-जीवन' का बड़ा मुंशी बुखग़ल तेरी।

—हाँ...कुछ सोच कर ईसायेफ ने कहा और फिर पूछा—यह क्या इसी गाँव का है ?

—हाँ, इसी गाँव का!

—खैर, क्या...कहते हुए ईसाएफ़ ने सामने मेज पर रक्खे कागज को उठा लिया और कहा—अगर लोगों की इच्छा यही है, तो उसे वहाँ से ले कर अपने गाँव में लायें। वह आदमी ठीक है, बड़ा कर्मठ और समझदार है। अगर नियामतोफ़ इस कलखोज को ठीक रास्ते पर नहीं ला सका, तो दूसरे के लिये मुश्किल होगी। खैर, इस समस्या के बारे में रफ़ीक सरगिनोफ़ और हकीमोफ से सलाह ले कर के देखना चाहिए। अब आप बतलायें कि कलखोज की ज़मीन की क्या हालत है?

—ए, ए, कुछ न पूछो, बस...!—कहते हुए ओवोज़ोफ़ ने चाहा कि वहाँ जो गैरकानूनी काम हुए हैं, उनके बारे में कहें; लेकिन इसी समय दरवजा खुला और नियामतोफ भीतर आ गया।

—सहायता करें, रफीक ईसाएफ़!—उन के साथ हाथ मिलाते हुए उसने कहा—दो सौ हजार हमें लेना चाहिये था, रात को कहीं ठहर गया। बैंक ने आज डेढ़ सौ हजार दिया है। इसलिये मजबूर हुआ कि सभी कामों को छोड़ कर सीधे यहाँ आऊँ।

—खैर, आज डेढ़ सौ हजार ही ले लो—ईसाएफ ने कहा—कल बाकी पचास हजार भी ले लेना।

—मुझे दो सौ हजार की जरूरत है, कल और भी एक सौ हजार की जरूरत होगी।

—पैसा तो है?

—पैसा बहुत है—नियामतोफ़ ने कहा—पर नकद पूरा नहीं होगा, वे बतलाते हैं; लेकिन बैंक के मुदीर जो अभी नये आये हैं, मुझे नहीं पहचानते, इसीलिये वह ऐसा कर रहे हैं।

ईसाएफ़ ने टलीफोन को उठा कर कान चोंगा में लगाया:

—बैंक को दीजिए!—उसने टेलीफोन के स्टेशन को कह कर फिर बैंक के मुदीर से कहा:—रफीक वहाबोफ़ हैं क्या?...सलाम! मैं ईसाएफ...'नव-जीवन' के खजांची बुखगल तेरी रफीक नियामतोफ आये

थे—दो सौ हजार की सख्त जरूरत है, और...हाँ, आज ही, वह इस कार्य के लिये मजबूर हैं !...एक ही दिन में वे इसे बाँटेंगे, उन का हिसाब हमेशा वक्त पर होता है।...खातिरजमा रखें। हाँ, हो सकता है। अलबत्ता !... नहीं, नहीं मैं जवाबदार हूँ !!...तो ठीक रहा...उन्हें, भेज रहा हूँ।

ईसाएफ़ ने टेलीफोन को रख कर नियामतोफ को सम्बोधित किया :

—पैसा जा कर ले लो, लेकिन उसके पहले एक और भी बात है, जिसमें तुम्हारे साथ सलाह करनी है। 'कपासागार' कलखोज चाहता है कि तुम्हें अपना सरपंच बनावें, इसके बारे में तुम क्या कहते हो ?

नियामतोफ कुछ क्षणों के लिये अचरज में पड़ गया, फिर बोला :

—अभी इस वक्त मैं इसके बारे में कुछ नहीं कह या कर सकता, इस पर विचार करने की जरूरत है। पीछे जो होगा, बता दूँगा। शादी को आज ही रात सरपंच बनाया, और मैं भी वहाँ से निकल कर चला जाऊँ, यह कैसा लगेगा ?

—शादी उस जगह बेगाना आदमी नहीं है—निश्चय के स्वर में ईसाएफ़ ने कहा —तेरी जगह पर काम करने के लिये एक दूसरे आदमी को देंगे, काम चल जायेगा। खैर, तुम बैंक में जा कर अपना काम कर लो, लौटते वक्त फिर यहाँ आना, हम हकीमोफ़ और सरगिनोफ़ के साथ बात करके देखेंगे।

—हाँ, बहुत अच्छा...!—कमरे से बाहर निकलते हुए नियामतोफ़ ने कहा।

:o: :o: :o:

पूर्व की ओर दूर की टेकरियों से अब सूर्य ने अपना सिर निकाल लिया था और उसने सीधे विस्तृत पत्थर से पुख्ता सड़क को रोशन कर दिया

था। इसी समय शादी कलखोज के ऑफिस में पहुँचा। पहले उसने खजांची के कमरे का दरवाजा खोल कर देखा :

—दादाजान कहाँ हैं?—उसने वहाँ की लेखक (क्लर्क) लड़की नीना से पूछा, जो कि वहाँ अकेली बैठी काम कर रही थी।

—सलाम!—अपनी जगह से खड़ी होते हुए नीना ने कहा—बिरादर! दादाजान अभी नहीं आये हैं।

शादी ने दूसरे कमरे का दरवाजा खोला। वहाँ कातिब बैठा हुआ कुछ लिख रहा था और उसके सामने खुश और प्रसन्न मुख बैठा हुए महमूदजान चाय पी रहा था। शादी कमरे के भीतर चला गया। उस की पेशानी पर कुछ-त्रल से पड़ गये, फिर उसने महमूदजान की ओर निगाह करके पूछा :

—यहाँ चाय पीने क्यों बैठे हो?

महमूदजान ने मुस्कुराते हुए जवाब दिया :

—मैं तुम्हारी ही प्रतीक्षा कर रहा था, रफीक शादी!

—मेरी प्रतीक्षा की आवश्यकता नहीं—कड़ाई के साथ शादी ने कहा—काम करना जरूरी है। तुम्हारे जैसे आदमियों की मौजूदगी के कारण ही कलखोज का काम प्रायः रुक-सा जाता है...खूब! और तुम यहाँ मेरी प्रतीक्षा करते हुए चाय पी रहे हो!...अजब लापरवाही है!

महमूदजान और कातिब आश्चर्य में पड़ गय थे, खास कर के महमूदजान, जिसनें शादी को दूसरी तरह का समझ रक्खा था। उसे सहपाठी समझ कातिब को अपना खास नज़दीकी रफ़ीक बतलाया था। शादी के इस तरह के बरताव से उसे बिल्कुल निराश होना पड़ा और वह लज्जा से गड़-सा गया।

—मोटर में पेट्रोल डाला?—शादी ने कहा।

—शोफर नहीं था, किस को दूँ?

—शोफर एक घण्टे से तुम्हारी प्रतीक्षा कर रहा है ! बाकी बची हुई चाय और चीनी क्या कुल बट गयी ?

—आज दे-दिला कर खतम कर दूँगा ।...!

—तुम्हारे गोदाम के दरवाजे पर पाँच-छ: आदमी सरदी से काँपते हुए खड़े हैं, क्यों नहीं उन का काम जल्दी कर देते ? क्यों नहीं गेहूँ लेने के लिये पहले से ही कागज-पत्र तैयार कर रखते ? स्वयं क्यों नहीं जाते !... यह काम क्या कम है ? इस समय खाली बैठ कर चाय पीना क्या ठीक है ?

महमूदजान कुछ नहीं बोला ।

—उठो, जल्दी जा कर लोगों का काम पूरा करो !

बिना कुछ बोले ही महमूदजान अपनी जगह से उठ कर दरवाजे की ओर चला । किवाड़ के पास खड़ा हो कर उसनें कुछ कहना चाहा, लेकिन फिर सिर हिला कर चुपचाप बाहर चला गया । उस के बाद कातिब ने धीमी आवाज से कहा :

—भाई कासिमजान...कमरे में हैं ।

शादी भी दरवाजे की ओर रवाना हुआ । कातिब शादी के बाहर चले जाने पर अपनी जगह बैठ कर काम करने लगा । सरपंच के कमरे में आ कर शादी ने देखा कि कासिमजान लोहे के सन्दूक को खोल कर उनमें से कुछ कागजों को निकाल कर देख रहा है । दोनों ने एक-दूसरे को सलाम किया और शादी ने कोनेवाले दीवान के ऊपर बैठते हुए पूछा :

—श्वेतकेश नहीं हैं क्या ?

—कौन मौसी ! तुम्हें स्वयं मालूम होगा—कागजों को सन्दूक के भीतर रखते हुए कासिमजान ने कहा—रात को सभा के बाद बहुत माँदा हो गई थी...अलबत्ता, सो रही होगी । लेकिन मुहम्मदजान ठीक वक्त पर उठ कर गनीजान के साथ चतुर्थ ब्रिगाद की तरफ जा रहे थे । अभी आ ही रहे होंगे...।

—कौन-सा श्वेतकेश ठीक होगा !—शादी ने कहा ।

कासिमजान दीवान के ऊपर शादी के बगल में बैठ कर जेब में से सिगरेट निकाल कर पीते हुए कुछ सोच कर बोला :

—श्वेतकेश ठीक—लेकिन अधिक समय कृषि-पंडित अगरोनोव के साथ झगड़ा होगा, क्योंकि श्वेतकेश अपने तजुर्बे को कृषि-पंडितो से भी अधिक समझते हैं। बस यही बुरी बात है।

—लेकिन वस्तुतः ही उस के काम में पक्कापन है—शादी ने कहते हुए कुछ और कहना चाहा कि इसी समय मौसी को भीतर आते हुए देख कर खड़े हो कर, उस का स्वागत करते हुए मिजाजपुरसी की।

मौसी ने कासिमजान से भी कुशल-मगल पूछा और दीवान के पास सामने रक्खी हुई आराम-कुर्सी पर बैठ गई।

—आज सुबह कैसी...?—आराम की साँस लेते हुए उसने कहा—दादाजान नियामतोफ रायन गया है, पैसे के लिये। जल्दी ही आनेवाला है। उसके आने तक हम दूसरे कामों को देखें।

कासिमजान कुछ कहना ही चाहता था कि बात करते हुए मुहम्मदजान आगे-आगे और उसके पीछे चतुर्थ ब्रिगाद का सरदार गनीजान अज़ीज़ोफ़ और सदफमा आ गई, जिससे कासिमजान कुछ बोल नहीं सका। मुहम्मदजान किसी बात के कारण ऐसा गरम हो गया था कि वह सलाम करना भी भूल गया तथा रोज की तरह मौसी के सामने बैठते हुए बोला :

—मौसी, हम इन को बात नहीं समझा सकते। स्वयं ही बात कर लें! ये लोग न छोटा समझते न बड़ा, जो भी मन में आता है वही करने लगते हैं।

—क्या हुआ है ?—मौसी ने पूछा।

—गनीजान से पूछो—उस की तरफ इशारा करते हुए श्वेतकेश ने कहा—अपने ही बात करें...ब्रिगादीर !

इसी समय गनीजान और सदफमा कमरे के नीचे की ओर अँगीठी के पास खड़े हुए लोगों की ओर देख रहे थे। गनीजान एक मोटा-ताजा, किन्तु

नाटे कद का कुछ पीला-सा आदमी था। इसी जाड़ों में सर्दी लग गई थी, इसीलिय उसने दो-दो रूई भरे जामे और शाही के तीन रूमाल बांध रक्खे थे।

मौसी ने उसकी तरफ देख कर के कहा—"खुश, बात करो!" ग़नी-जान एक-दो कदम आगे बढ़ आरामकुर्सी के पास पहुँच कहने लगा :

—फिर सदफ़मा की टोली की करतूत! आज सुबह-सुबह मेरी सलाह के बिना ही अपनी टुकड़ी के खेतों में यखाब (हिमगलित) पानी फैल दिया। लड़कों ने मुझे खबर दी...दौड़ कर गया तो देखा कि खेत पानी से भरा हुआ है। में बात करता हूँ, तो मुँह को तकलीफ होती है—नया कृषि-पंडित कहता है कि बिना समझे कह रहा है, अपने काम के लिये मैं स्वयं जवाबदार हूँ।...ठीक है, मैंने कहा, और जा कर इसके बाप को खबर दी।...बस यही काम हो रहा है!

—बिना मजलिस (सभा) की सम्मति के, बिना कलखोज की कार्यकारिणी की राय के, बिना किसी की सलाह लिये ही...ओ, यह कैसी बदनामी...!!—मुहम्मदजान ने अपनी अँगुलियों के बीच में दबाये हुए एक कागज के टुकड़े को गुस्से से एक ओर फेंक दिया।

सभी चुप थे, लेकिन यह खामोशी देर तक नहीं रही, शीघ्र ही सदफमा की कड़ी आवाज़ ने उसे भंग कर दिया :

—मैंने कृषि-पंडित से सलाह ली थी!—मेज के पास आ कर अपनी आँखों से बिजली-सी चमकाती हुई बोली—मेरी टुकड़ी की ज़मीन यखाब (हिमगलित पानी) चाह रही थी। बिना यखाब के इस साल अधिक पैदावार लेना सम्भव नहीं था। मैं इस बात को कई बार कह चुकी हूँ...!

—बिना कार्यकारिणी की सलाह के, बिना पैदावार-विभाग की सलाह के!—मौसी ने कड़ाई के साथ कहा—किसी को हक नहीं है कि अपने मन से किसी भी काम को कर डाले। कृषि-पंडित का अपना काम है, लेकिन यहाँ कलखोज के आदमी भी जवाबदार हैं!

शादी इस बातचीत के समय तटस्थ हो चुप-चाप बैठा कभी मुहम्मदजान के मुँह की ओर, कभी मौसी और कभी सदफमा के मुँह की ओर निगाह डालता था। उसने देखा कि सदफ़मा हिम्मत के साथ खड़ी हुई अपनी चमकीली आँखों से मौसी की ओर देख रही थी, और उसके भाव में कोई परिवर्तन पैदा नहीं हुआ था।

—क्यों ऐसा करती है सदफ ?—मौसी ने पूछा।

—मैंने कितनी ही बार ब्रिगाद को कहा, लेकिन कोई भी मेरी बात पर कान नहीं देता—सदफमा ने कहा—समय बीता जा रहा है, बाद में देर ही जायेगी; इसीलिये जो भी हो मेरे साथ हो, सोच कर मैंने आज पानी डाला। हमारे कलखोज की ज़मीन बुरी नहीं है, ज़मीन के नीचे का पानी नम होने के कारण ऊपर न आता; यदि उसमें यख़ाब (बर्फानी पानी) डालें, तो फायदा छोड़ और कुछ नहीं होगा, मौसीजान, मेरी बात को मानिये !

—कल के अंडे से निकली छोकरी मुझे सबक देना चाहती है !—मुहम्मदजान ने कहा।

—सबक अथवा शिक्षा देने की बात नहीं है—सदफमा ने कहा—सलाह, तजुर्बा, इल्म की बात है ! अच्छा है, इसी साल हमारी ज़मीन के टुकड़े की पैदावार को देख लीजिये। मैंने बर्फ़ानी पानी डाला है, मुझे विश्वास है कि मेरे टुकड़े में नुक्सान बहुत कम होगा। मेरे खेत की मिट्टी ज्यादा नरम होगी, उस की कपास जल्दी ही हरी-भरी हो जायेगी और क्यारियों के बीच काम करना भी आसान होगा !

सदफ़मा ने चाहा कि बर्फानी पानी डालने के बारे में कुछ और कहे और पैदावार की वृद्धि के बारे में बात करे, लेकिन मुहम्मदजान ने उस की बात को बीच में ही काटते हुए बोला :

—गुलिस्तान-उपत्यका की ज़मीन के स्वभाव के बारे में मुझसे अधिक कोई नहीं जानता। मैंने इस ज़मीन के चप्पा-चप्पा में कलेजे के टुकड़े की तरह, अपने पेशानी से पसीना गिराते हुए फसल पैदा की है। मेरी

हड्डियाँ कृषि-कार्य में ही सफेद हुई हैं। मैं जानता हूँ कि इस ज़मीन में बर्फानी पानी नहीं डालते, अगर बर्फानी पानी डालें भी, तो कपास बरबाद हो जायेगी।

—क्यों, किस तरह ?—सहज भाव से शादी ने पूछ लिया।

मुहम्मदजान ने शादी की ओर एक नज़र डाल कर के फिर सदफ को सम्बोधित करते हुए कहा :

—एक बार खुद मैंने भी बर्फानी पानी डाला था, उस वक्त खुदा की रहमत से मेरे पिता भी ज़िन्दा थे...।

—वह समय दूसरा था, और अब समय दूसरा है !—सदफमा ने कहा। कासिमजान और शादी मुस्कुराने लगे, मुहम्मदजान आग-बगूला हो उठा, और उसने कहा :

—ज़मीन वही ज़मीन है, पानी वही पानी ! कोई चीज़ दूसरी नहीं है। दूसरी बात यही हुई है कि तुम्हारे जैसे बरसाती पंडित पैदा हो गये हैं।

—यह ठीक नहीं है, सदफ !—मौसी ने कहा !—अपने उस्ताद के सामने आगे-आगे मत दौड़ !

सदफ एकाएक उदास-सी हो गई, सिर नीचा किये दीवार के पास चली गई।

—खुदा की रहमत, मेरे पिता !—कहते हुए श्वेतकेश ने अपनी बात जारी रक्खी—बर्फानी पानी डालते हुए मुझे देख सिर हिला कर बोले, हाय बच्चा ! बिना मुझ से सलाह लिये यह तूने क्या कर दिया, इस का जो कुछ भी नतीजा होगा, उस का जिम्मेवार तू होगा ! मैंने कोई बात नहीं कही। वसंत में जब मेरी सारी मेहनत बरबाद हो गई, पौध नष्ट हो गई, तो मैंने कसम खाई कि अब से बिना सलाह के कोई काम नहीं करूँगा, खास कर के बर्फानी पानी डालने-जैसे पीछे पशेमान करनेवाले काम करने के लिए !

—कम-से-कम मेरे साथ ही सलाह-मशविरा कर लिया होता !—गनीजान ने कहा।

—क्या तुम जैसों से सलाह करनी होती !—मनीजान की ओर कड़ी निगाह डालते हुए सदफ़ ने कहा—कौन ऐसा है, जो तुम्हारी खींची हुई रेखा से एक कदम भी बाहर जा सके ? तुम्हारी सलाह तो यही होती न !

—जब तक कि कलखोजवालों ने, अपने इस काम को मुझ पर डाला है—अपने गर्म-गर्म हाथ को मेज के ऊपर रखते हुए श्वेतकेश ने कहा—जब तक कि हमारी सरकार हम पर विश्वास रखती है, तब तक अलबत्ता हमारी खींची हुई रेखा से बाहर नहीं जाना होगा !

शादी एकाएक खड़ा हो गया, सभी ने उस की ओर निगाह की ।

—यह बात दुरुस्त !—श्वेतकेश के नजदीक जाते हुए उसने कहा—लेकिन एक दूसरा पहलू भी है ! सोवियत पंचायत, सरकार और पार्टी तुम पर विश्वास करती है और इसी कारण वह आशा रखती है कि हम भी अपने बारे में, मेहनती तथा हिम्मती जवानों के साथ तथा नई बातों के सम्बन्ध में, नवीन कृषि-विज्ञान के सिद्धान्तों के अनुसार चलें, उन पर विश्वास करें, उन को कार्यरूप में परिणत करें, उन्हें मदद पहुँचायें ! तुम्हारी खींची हुई रेखा से बाहर न जायें, अर्थात् स्वयं कोई भी सोच-विचार न करें, और जो कुछ आदेश पावें, उसी को अमल में लगावें ।...यह ठीक नहीं है, अलबत्ता ! मैं तुम्हारी इस राय के साथ सहमत नहीं हो सकता ।

—इस प्रकार मनमानी करने की इजाजत दें क्या ?—ऊँची आवाज में श्वेतकेश ने पूछा ।

—सन्देह पैदा करना भी क्या कोई रास्ता है !—मौसी ने कहा ।

—मैं समझता हूँ...कि—शादी ने कहा—सदफमा ने भी काफी सोचा-विचारा है । सचमुच पानी, ज़मीन और मिट्टी जो आज हमारी है, उनका पिछले साल के पानी, ज़मीन और मिट्टी से मुकाबिला नहीं किया जा सकता । दुनिया में हर एक वस्तु बदल जाती है, रफीको ! हर एक चीज में परिवर्तन होता है ! नदियाँ सालों चलती-चलती अपनी राहों को बदल

देती हैं, पत्थर मिट्टी हो जाते हैं तथा पहाड़ समतल...बंजर जमीनें आबाद; अनुपजाऊ और बेकार की ज़मीनें का फसलों का उद्‌गम यानि उर्वर हो जाना सम्भव है !...इसी प्रकार हमारी उपत्यका की ज़मीन भी, जो एक वक्त बर्फानी पानी को नहीं चाहती थी, हो सकता है अब उसे उस की जरूरत पड़ गई हो। इस बात को कृषि-पंडितों ने तजुर्बे और विद्या से परीक्षा कर के देखा है और हमें वे निश्चिन्त हो कर बतलाते हैं। हमारे रायन के कृषि के महापंडित से मैंने स्वयं इसके बारे में बात की थी। उन्होंने मुझे बतलाया कि हम निश्चिन्त हो अपनी ज़मीन को बर्फानी पानी से डुबा सकते हैं।

—मैंने भी ज़मीन को खोद कर देखा है, मिट्टी को परखा है—एकाएक सदफमा बोल उठी—मैं अच्छी तरह जानती हूँ कि बर्फानी पानी से फ़ायदा छोड़ नुकसान कदापि नहीं हो सकता।

—ठीक है !—उसकी बात की पुष्टि करते हुए शादी ने कहा—बर्फानी पानी बहुत फायदामन्द है, हम बर्फानी पानी से सींच जाने लायक अपनी ज़मीन को और ज्यादा बढ़ायेंगे। लेकिन सदफ ने वस्तुतः ठीक काम नहीं किया।

सदफ की आँखें प्रसन्नता से चमक उठी थीं, किन्तु शादी के इस पिछले वाक्य को सुन कर वह फिर परेशान हो गई।

—हाँ !—अपनी बात को जारी रखते हुए शादी बोला—ब्रिगादीर की सलाह बिना, पैदावारी मुदीर की सलाह बिना अपने मनसे से ऐसा करना अच्छा नहीं है ! तुम भी दादा, खफा मत हो ! अच्छा हो, इस बार सदफ की गलती को माफ कर दिया जाय। बर्फानी पानी की सिंचाई के बारे में हम फिर बाद में अच्छी तरह बात करेंगे। इस वक्त, रफीक गनीजान और तू भी सदफ, अपने-अपने काम पर जाओ, हम भी अपना काम शुरू करते हैं।

सदफ के चेहरे पर फिर मुस्कुराहट दिखलाई पड़ रही थी। वह तुरन्त कमरे से बाहर चली गई। गनीजान हैरान-परेशान-सा 'मैं क्या

करूं?' कहते जैसा श्वेतकेश और मौसी की ओर थोड़ी देर तक निगाह किये खड़ा रहा; फिर वह भी बाहर चला गया। इसी समय मौसी खड़ी हो गई।

—मैं, अलबत्ता!—उसने शादी को सम्बोधित करते हुए कहा—मैं अब सरपंच नहीं हूँ, इसलिये हुकुम देने का हक नहीं रखती।...लेकिन बिरादर! मैं तुझे सलाह देती हूँ कि सोच-समझ कर काम कर! सलाह का जामा छोटा नहीं हो गया है।

मौसी की बात आगे बढ़ने की प्रतीक्षा में उस के रूबरू शादी चुपचाप खड़ा था। श्वेतकेश भी अपनी जगह सिर झुकाये चुप बैठा था। इसी बीच में कासिमजान बोलने लगा :

—यह ठीक नहीं है मौसी, ऐसा न कहो! तुम्हें किसी ने बेकार नहीं किया है। हमारे कलखोज में खुद शादी से ले कर साधारण कुदाल चलाने-वाले तक हर एक तुम्हारे हुकुम को बड़ी खुशी से बजा लायेंगे। हमने तुम्हारे हुकुम से कभी कोई नुकसान नहीं देखा, इसलिये बेहतर है कि तुम अपने इस विचार को दूर कर दो। आइये, एक-दूसरे से इतना रंजीदा न हों, सीधे-सीधे बात करें—कासिमजान बोला।

मौसी फिर जा कर अपनी जगह पर बैठ गई और अपने सरबन्द को ठीक करते हुए बोली :

—मैं शादी से रंज नहीं हुई, सच कहती हूँ कि मैं अब सरपंच नहीं हूँ, शादी सरपंच है। फिर भी...आखिर मैं उस की माँ की जगह हूँ। उसे नसीहत और सलाह तो दे सकती हूँ। लेकिन तुम्हीं बतलाओ कि लड़ाई के दिनों में हमारे सिर पर कितनी मुश्किलें गुजरीं। आदमी कम थे, काम पर हाथ पूरे नहीं पड़ते थे, सामान भी ठीक से नहीं मिलता था।...इन सब के होने पर भी हमलोग हर साल अपनी योजनाओं को पूरा करते, हर साल अच्छी फसल पैदा करते थे! यह क्यों? क्योंकि मैं और दादा...सब मिल कर एक ही कलखोज के प्रबन्ध को ठीक तरह से चलाते थे। मन-

मानी नहीं करने देते थे...अपने हर काम को सोच-समझ कर करते थे। शादीजान, हो सकता है, काम के पहले ही दिन हमारी इस परिपाटी के ऐसे महत्वपूर्ण भाग को इस तरह उखाड़ फेंके। सदफ को फटकारना शायद इसे अच्छा नहीं लगा !

—मौसी !—कुछ जोर दे कर शादी ने कहा,—मैं कैसे सदफ को तम्बीह करूँ जबकि मैं खुद चाहता हूँ कि सबसे पहले बिना देर किये हुए जमीन में बर्फानी पानी डाला जाय। हमारे पड़ोसी कलखोज की ओर निगाह कीजिए !

—कैसे बर्फानी पानी डालें और क्या बर्फानी पानी डालें ?—श्वेतकेश ने सिर ऊपर करके कहा—यदि एक आदमी स्वयं को छत पर से गिराये, तो क्या हम भी अपने को गिराने लगें ?...रफीक सरपंच, आप पहले अपने कलखोज और उसके नियमों के बारे में परिचित हो लें, फिर बात करो।

—दादा, बहुत धीमी आवाज में शादी ने कहा—मैं आसमान से गिरा आदमी नहीं हूँ, मैं भी इसी कलखोज का बेटा हूँ, इसी भूमि का आदमी हूँ। मैं अपने कलखोज की प्रकृति और ढँग को अच्छी तरह जानता हूँ !...लेकिन यहाँ बात यह नहीं है। बहुत अच्छा, आइये, इसके बारे में फिर अच्छी तरह से हम बात कर लें, पहले आप कलखोज के बारे में अपनी जानकारी की बातें बतलायें !

मुहम्मदजान बिना कुछ बोले खड़ा हो अपने जामे को ठीक से लगाते कमरे से बाहर चला गया। शादी, कासिमजान और मौसी हैरान हो उस की ओर देखती रहे।

—श्वेतकेश बहुत ज्यादा रंज हो गया लगता है !—अन्त में लोगों की खामोशी को भंग करते हुए कासिमजान ने कहा।—वह कभी भी इस तरह गुस्सा हो कर बाहर नहीं गया था। मालूम होता है कि वह खेतों में पानी डालने के बारे में कभी अपनी सम्मति नहीं देगा।

—राजी नहीं होगा, तो उस की मर्जी !—शादी भी कुछ रंजिश दिखलाते हुए बोला—हम उस की खींची हुई रेखा के भीतर नहीं चल सकते। कपास के किसानों के तजुर्बे से लाभ उठायेंगे, लेकिन शर्त यह है यह कृषि-विद्या अथवा के कृषि-विज्ञान के खिलाफ न हो।

—हमने कृषि-विज्ञान की बातों पर भी अमल किया, किसानों के तजुर्बे से भी फायदा उठाया—मौसी ने कहा—हर हालत में हम कपास की खेती में पीछे नहीं रहे। मुहम्मदजान अका को नाराज मत कर शादी !

शादी मौसी के रूबरू कुर्सी पर बैठना चाहता था कि उससे बात करे कि हमें अब तक किये गये कामों से ही संतोष नहीं करना चाहिये, क्योंकि केवल योजना को पूरा करके बैठे रहना, या फसल की उपज पर संतोष कर लेना ठीक नहीं है। वह और भी बहुत-सी बातें करना चाहता था। इसी समय टेलीफोन की घंटी बजी और वह वहाँ जा कर उसे उठाने के लिये मजबूर हुआ। हकीमोफ़ रायन से बात कर रहा था। उसने शादी का हाल-चाल पूछा और यह भी बतलाया कि नियामतोफ़ के लिये चिन्ता न करें, उसे रायन में काम के लिये देर तक रहना पड़ा है। और अभी-अभी कार से गाँव लौट रहा है।

शादी ने नियामतोफ़ के बारे में विस्तार से पूछा। हकीमोफ़ ने कहा, कि इसके बारे में स्वयं गाँव में आ कर में बात करूँगा। इस तरह टेलीफोन पर बात करके शादी ने आ कर मौसी और कासिमजान को सभी बातें बतलाईं।

—बहुत अच्छा !—अपनी जगह से उठती हुई मौसी बोली—आओ, जब तक दादाजान नहीं आ आता, तब तक कातिब के कामों को ही देख लें।

और तीनों कमरे से बाहर चले गये।

:o: :o: :o:

मुहम्मदजान सचमुच ही बहुत रंज हो गया था। सारी जंग के दौरान, जबकि कलखोजी जीवन में बहुत-सी कठिनाइयाँ उपस्थित हो रही थीं, शादी के अनुपस्थिति रहने और बरका के गुम हो जाने के कारण इतने सालों में, उसने कभी अपने को इतना टूटा दिल, दुःखी और रंजीदा अनुभव नहीं किया था। आज उसके भावुक और नाजुक दिल का जख्म छिल गया, उस का कलेजा दहल गया...उस की आत्मा चूर-चूर हो गई!...हाँ, उस की आत्मा! आत्मा के बारे में लोग चाहें जो भी कहते रहें, लेकिन मुहम्मदजान आत्मा से यही समझता था—वही चीज, जिसमें कि उस का सारा सौहार्द्र, सारी उम्मीदें और आशाएँ, सारी प्रसन्नतायें और अप्रसन्नतायें जिसके भीतर हैं। वह चीज थी—कलखोज की कृषि! वह उसी कृषि का आरम्भकर्त्ता, प्रबन्धक (मुदीर) और सरदार है। यह सच है कि कलखोज के आरम्भिक वर्षों में मुहम्मदजान न जाने क्या-कुछ सोचता, विचारता और उसके दिल से पंचायती खेती की जगह निजी खेती का लोभ और ख्याल कभी हटता नहीं था। लेकिन जब बाद में मुहम्मदजान दिलोजान से कलखोज के काम में लगा और उसने कलखोज के सदस्य बनने का सौभाग्य प्राप्त किया, तो उसके वे मनोभाव भी दूर हो गये और मुहम्मदजान के दिल में एक नये प्रकार की उल्फ़त इस नये काम के प्रति पैदा हो गई। और जब उसे पैदावार का प्रबन्धक निर्वाचित कर के सरपंच के दाहिनी ओर बैठा दिया गया, तो वह उल्फ़त और भी ज्यादा बढ़ गई। जब बरका जंग में चला गया, तो उसकी सारी उल्फ़त समो कर केवल कलखोज के काम में केन्द्रित हो गई। कभी-कभी वह अपने इकलौते बेटे बरका की याद में कुछ दुःखी हो जाता, लेकिन फिर कलखोज की कृषि की उल्फ़त फिर से जाग कर, उसे नई उमंग, साहस, आनन्द और प्रसन्नता की दुनिया में डाल कार्य कराने लगती। वह इस प्रकार खुश था और इसी कार्य में निरन्तर फँसे रहना उसे अच्छा लगता था। लेकिन आज उसके इस तरह के भावुक जीवन, उस के इतने एकरस संजोये जीवन-इतिहास के पन्नों को इस तरह फाड़ दिया गया—कि उस की आत्मा को मानों भग्न कर दिया गया!...

मुहम्मदजान को नहीं मालूम हुआ कि वह किस कूचे से गुजरा, रास्ते में किससे मिला, मौसिम कैसा है, आकाश में बादल छाये हैं या वह साफ़ है !...नहीं, कोई चीज भी उस की आँखों के सामने मालूम नहीं हुई। अपने चमड़े की आस्तीनवाले भाग को कस कर बाँधे, ऊनी कंटोप नीचे गिराये, दोनों हाथों को बाँह से बाहर निकाल एक-दूसरे से मिलाये, वह सिर झुकाये चलता गया। उस की घनी भौंहें बहुत-सी बल पड़ी पेशानी के नीचे अपने खिचड़ी बालों के साथ ऊपर उठी हुई थीं। उस की घनी पलकों वाली आँखें अपनी जगह पर बैठी हुई थीं, तो भी उन की चमक अभी खत्म नहीं हुई थी।

वह दरवाजा खोल कर अपने घर के भीतर गया और अपनी आदत के अनुसार किवाड़ को भिड़ा दिया। फिर हवेली के ऊपर निगाह डाल अपने छोटी की हुई सफेद दाढ़ी को हाथ में पकड़े रहा। घर के भीतर कोई नहीं था। अँगीठी के पास की चौकी पर भी कोई आदमी नहीं था, लेकिन पशुशाला की ओर से बुढ़िया की आवाज आ रही थी, जो हर वक्त अपनी गाय से बात करती हुई, काम में संलग्न रहती थी। मुहम्मदजान सीधे अपने कमरे का एक किवाड़वाला दरवाजा खोल भीतर गया। कमरे में सामने की ओर एक सीधी-सादी खिड़की थी, जिस के कारण कमरे के भीतर से कुछ-कुछ अँधेरा था। खिड़की के नीचे संदली थी, जिसके चारों तरफ बैठने के लिये रूईदार आसन पड़े हुए थे। एक ओर एक सन्दूक पड़ा था, जिस पर तश्तरियाँ और कुछ और चीजें रक्खी हुई थीं। कमरा ठंडा था, लेकिन मुहम्मदजान ने रजाई के नीचे संदली के भीतर हाथ बढ़ा कर देखा कि अभी तक वह गरम है; इसलिये वहाँ बैठ कर, अपने पैरों को संदली के नीचे लम्बा करके वह बैठ गया।

बुढ़िया आयशा गर्मी के दिनों में सूखने के लिये फैलायी हुई झाड़ियों को जमा कर रही थी। उस का मलमल का सरबन्द करीब-करीब उसके बालों के ही रंग का था, जो काम करते वक्त वह हट गया था। काम में लगी

रहने के कारण उसे इस का पता नहीं लगा। जब उसके सर में ठंडी लगने लगी, तो सरबन्द का ख्याल आया और उसे ठीक करके वह फिर अपने काम में लग गई। उसके हाथों में माँस बहुत कम थी, कमर टेढ़ी थी, तो भी वह तेजी से हिल-डुल रही था। काम को पूरा करके वह फिर गाय की ओर मुँह करके बोली :

—हाँ, मेरी जान ! भूखी है तू ? खूब, अभी मैं घास ला कर देती हूँ ! लेकिन पहले संदली के नीचे जा कर थोड़ा गरम हो लूँ—तुम्हारा घर कुछ ठंडा हो गया है। तुम्हारे लिये कोई बात नहीं, लेकिन मेरे लिये वैसा ठीक नहीं है।...बूढ़ी जो हो गई हूँ।

बुढ़िया दरवाजा खोल कर जब कमरे के भीतर आयी, तो देखा कि उसका पति वहाँ सुस्त-सा लेटा हुआ है।

—तुफ़, तुफ़, तुफ़ !—उसने अपने ग़रेबान की ओर सिर को झुका कर कहा—मुझे हैरान किया श्वेतकेश ! यह तेरी नई चाल कैसी ? बिना आवाज दिये घर के भीतर आ कर चुपचाप लेट गया ?

श्वेतकेश चुपचाप थोड़ी देर तक उसकी तरफ देखते हुए हाथ में दाढ़ी लिये पड़ा रहा, फिर किसी अपरिचित विन्दु पर नजर डाल दी।

—उफ़ ! क्या बात हुई ?—संदली के पास नीचेवाले आसन पर बैठते हुए पूछा—आखिर कुछ बात भी तो बतला। कहा था, आज बहुत काम है, क्यों...?

बूढ़ा कुछ नहीं बोला। बुढ़िया ने संदली के नीचे से बड़ी चायनिक को हटाया; फिर उसे फर्श पर बिछे हुए नम्दे पर रख आग को सुलगाया तथा एक प्याला चाय निकाल कर पिया।

—क्या बरका की कोई खबर सुनी ?—आखिर बेक़रार हो श्वेतकेश की ओर नज़र किये वह बोली। अब की बार श्वेतकेश ने अपनी बीबी की ओर निगाह कर के कहा :

—बहुत दीवाना मत बन ! ...कोई बात नहीं हुई है।

श्वेतकेश के मुँह से बता इस तरह निकली कि बुढ़िया ने बिना कुछ कहे-सुने उस पर विश्वास करके चुप हो चाय पी, और एक प्याला अपने शौहर की ओर भी बढ़ाया। मुहम्मदजान ने प्याला ले कर संदली के ऊपर पड़ी तश्तरी पर रख दिया।

—दिलबर नहीं आयी क्या?—बुढ़िया की ओर निगाह कर के मुहम्मदजान ने पूछा।

—न...! अभी तो नहीं आयी...काम है क्या?

—नहीं!—फिर कमरे के भीतर खामोशी छा गई। बुढ़िया ने अपने हाथ-पैरों को गरम किया; फिर शौहर की उदासी के बारे में और कुछ जानने के लिये कोई चेष्टा न कर, चुपचाप अपने काम के लिये बाहर चली गई!

—केवल यह बेचारी बुढ़िया...!—मुहम्मदजान मन में सोचने लगा—हाँ, केवल यही बेचारी बुढ़िया है—मुझ से बात करने को कभी उतावली नहीं होती, और मुझसे खीझ कर बाहर नहीं जाती, दूसरे...सभी, दिलबर...मेरी अपनी बेटी भी!...आखिर उस का शौहर भी मेरे साथ कैसा बरताव करता है!...मेरा अपना ही दामाद शादी!

मुहम्मदजान अका को अपने काम और हिकमत का बड़ा अभिमान था। उसके विचार में किसानी के काम के बारे में उस का तजुर्बा बहुत बड़ा था। कृषि-पंडित भी उससे फायदा उठाता था। अलबत्ता, वह नये प्रयोग या परीक्षा आदि की बातें नहीं जानता था। लेकिन अपने तजुर्बे से वह बहुत संतुष्ट और प्रसन्न था। चारे के लिये गड़हा खोदना... खाद की तैयारी करना, पतझड़ के समय खेतों की जुताई, बोने-काटने आदि उलझन-भरे के कामों के समय भी कभी कृषि-पंडित से उस की कोई बहस नहीं हुई थी। लेकिन कपास को इकट्ठा करने का उस का अपना खास तरीका था। हर खेत में वह हर तरह से काम करता और हरे उगे हुए नये पौधे पर निगाह रखता। अपने इस काम के लिये उस का एक निश्चित विचार था। अपने कार्य के बारे में उस का अपना कोई खास

कायदा नहीं बना था, केवल इतना ही कहता था कि पानी, मिट्टी, मौसिम आदि को देख कर उसके अनुकूल ही कोई काम करना ठीक है। किसी जगह पर तीन पौधे होते और किसी जगह सिर्फ एक! उस के इस काम के कारण कपास के पौधे प्राय एक-दूसरे की आगे बढ़ते। उसके इस काम को रायन के कृषि महापंडित ने माकूल समझा, और दूसरे भी इसके बारे में उस से बहस नहीं करते थे। बर्फानी पानी खेतों में डालने जैसे काम को भी वह कभी मानता और कभी नहीं मानता। उसके विचार में जुताई अलबत्ता की जा सकती है, लेकिन कम ही; क्योंकि गुलिस्तान-उपत्यका में जमीन कम है और कपास के खेतों की तंगी के कारण कलखोज की योजना पूरी न हो सकेगी। पर जैसा कि हमने ऊपर देखा, 'नवजीवन' कलखोज के खेतों को बर्फानी पानी से एक दम डुबाना वह हानिकारक समझता था। यद्यपि वह हर साल योजना को कम-बेशी पूरा करते हुए कलखोज को बिना कोई हार दिये हुए, अभी तक चलाये आ रहा था; इसलिए उस को बिल्कुल विश्वास था कि शादी के सरपंच होने के समय भी यही बात जारी रहेगी। शादी भी उसके ज्ञान, उसके तरीकों और कायदों को अपनाना चाहता था। लेकिन काम के शुरू होते ही ––शादी के सरपंच होने के पहले ही दिन––जमीन के बर्फानी पानी से सिंचाई करने जैसा भारी सवाल पैदा हो गया। अगर काम इसी तरह से वह चला, तो हर वक्त झगड़े की सम्भावना थी। और यह बहुत ही बुरा था। नहीं जानता था कि क्या करे? काम से भी अलग होना नहीं चाहता था; क्योंकि ऐसा होने पर वह बिल्कुल निराश और निष्क्रिय हो जायेगा और यह अवस्था मुहम्मदजान को कब्र की ओर खींचेगी। वह मरना भी नहीं चाहता था। वह आज की अपेक्षा और लम्बी उमर चाहता था, और भी अधिक काम करना चाहता था। दिल में उठती नई-नई आकांक्षाएँ उसे काम की ओर प्रेरित कर रही थीं। वह विश्वास करता था––कि कल या परसों बरका अवश्य आयेगा, उस की हवेली फिर भर जायेगी। हा, बरका को बिना देखे, अपने पुत्र के हाथों से कब्र में

मिट्टी लिये बिना मरना वह ठीक नहीं समझता था। इसलिये काम में लगे शादी के कथन और कायदे के अनुसार अमल करना जरूरी था। लेकिन यह भी नहीं हो पाया। शादी वैसे तो बहुत अच्छा लड़का, बहादुर, समझदार, हुनरमन्द, होशियार, दुनिया-देखा तथा बढ़िया लड़का है!...लेकिन वह किसानी-विद्या को उतना नहीं जानता, जितना कि मेरा ज्ञान है! वह कलखोज को आकस्मिक बला में डालना चाहता है, वह पहले के सभी किये-कराये को बरबाद करना चाहता है।

मुहम्मदजान इसी प्रकार सोचता, दिल के भीतरी संताप से जलता हुआ बैठा था कि इसी समय हवेली का दरवाजा खुला और दिलबर कूचे से भीतर आयी। उसके शरीर पर आधी बाँह का कोट, पैरों में बूट, सिर पर दुशाम्बे के गुलाबी रंग के रेशम का सरबन्द था, जिसे शादी भेंट के तौर पर अपने साथ लाया था।

दिलबर पहले अपनी माँ के पास गयी, जोकि बरामदे में अँगीठी के पास बैठी काम में लगी हुई थी। माँ के निर्बल शरीर को उसने देखा, उस का दिल दुःखी हो गया। बेचारी बुढ़िया हवेली में अकेली पड़ी है। बिल्कुल अपने दोनों बच्चों से अलग है, जिनमें से एक बरका ज़िन्दा और सही-सलामत होते हुए भी कोई चिट्ठी-पत्री नहीं भेजता। दूसरा करामत भी बुढ़िया को छोड़ कर चला गया।...अब उसके तसल्ली के लिये बस एक गुलजमाल ही रह गई है!

—आचा, इतना पतीली और थाल के पीछे पड़ी हुई हो!—उसने अपनी माँ से कहा—अभी सबेरा होते देर नहीं हुई कि तू अँगीठी पर आ बैठी!

—हाँ, आज थोड़ा सेंक करने की सोच रही थी!—बुढ़िया ने पतीली को हाथ से पकड़े कहा—मेरा हाथ ठंडा जो हो गया है, हर वक्त संदली में हाथ गरम कर के आना नहीं हो सकता।

—इस जगह, ठंडे बरामदे में क्या यह सेंक करना जरूरी है, आखिर संदली के पास भी तो यह सब हो सकता है !

बुढ़िया ने कमरे की ओर सिर घुमा कर इशारा करते हुए कहा—तेरे अब्बा आये हुए हैं !

—मेरे अब्बा ! ...क्या हुआ है उन्हें ?

—क्या जानूँ, मेरे साथ कब बात किये था कि इस समय बात करता ? आया...और चुपचाप लेटा है !

यह सुन कर दिलबर का दिल एकाएक आशंकित हो उठा। क्यों मेरा बाप इस वक्त, जबकि इतनी सरगरमी से धुआंधार काम हो रहा है, आफिस न जा कर, शादी को उसके कामों को न समझा कर, अपने घर में दुबका बैठा है ?

—गुलजमाल स्कूल गई क्या ?—बुढ़िया न पूछा। दिलबर ने इस सवाल को न सुनने जैसा रुख अपनाया और जवाब दिये बिना ही कमरे के भीतर गयी। श्वेतकेश ने उसकी तरफ आँख भी नहीं फेरी और अपनी दाढ़ी को हाथ में पकड़े किसी एक जगह आँख जमाये बैठा रहा। दिलबर ने सलाम किया। श्वेतकेश ने सिर हिला कर जवाब दिया, लेकिन ओंठ नहीं खोले।

—तुम घर में हो !—दिलबर ने पूछा—क्या हुआ ...?

—हाँ, क्या...?—उसकी बात को काटते हुए श्वेतकेश ने कहा—मेरा घर में आना क्या कोई कहने की बात है ? या यह विशेषता भी...कि तुम्हारे शौहर—नये सरपंच से आज्ञा लेना जरूरी है क्या ?

दिलबर को इस बेतुकी-सी बात का कोई अर्थ समझ में नहीं आया। उस की आँख अपने बाप की ओर थी, वह सामने ओर आ कर खड़ी हो गई। श्वेतकेश ने तश्तरी पर से प्याले को उठाया और बिना विचारे कि चाय ठंडी हो गई होगी एक बड़ा-सा घूँट पी गया। फिर सजग हो बाकी चाय को एक ओर फेंकते हुए वह बोला :

—खड़ी क्यों है ?...आ, बैठ जा। संदली के नीचे से चायनिक निकाल कर प्यालों में गर्म-गर्म चाय डाल।

दिलवर ने बाप के कहे अनुसार किया।

—क्या दुर्घटना हुई ?—बूढ़े से उसने पूछा।

—शादी ने नहीं कहा क्या ?—यह सवाल करते हुए श्वेतकेश ने अपनी जगह पर ठीक से बैठते हुए दिलबर की ओर निगाहें कीं और उस की आँखों से दिल के भेद को समझना चाहा।

—पहले ही रोज घर से बाहर!...मैंने उसे इतने सबेरे घर से बाहर गया पहले कभी नहीं देखा...।

—खैर!—बूढ़े ने जी कड़ा करते हुए कहा—नहीं! देखा है, तो सुन! तेरा शादी भी सदफमा का पक्षपाती हो गया है। उसके नामाकूल काम को माकूल समझता है, यहाँ तक कि सब बड़े-बूढ़ों की बात को उसने पीछे छोड़ दिया, कुछ समझीं! इन्हीं खेतों में बर्फानी पानी डाला गया है, यहाँ तक कि मेरा सब किया-कराया गलत साबित हो गया। जवानों की बात को प्रोत्साहन देने की जरूरत आ पड़ी है; सदफमा जैसों को बढ़ावा देने की!...गोया मैं, मौसी और दूसरे सभी इन जवानों के खिलाफ हैं!...सदफमा!!...तोबा-तौबा...!!!

श्वेतकेश और भी कुछ बोलना चाहता था, लेकिन रुक कर उसने पहले चाय पी। सदफमा का नाम सुनते ही दिलबर के दिल में तरह-तरह की चिन्ताएँ और ख्याल पैदा होने लगे, यद्यपि अभी उसने यह नहीं सुना था कि उस की 'नामाकुली' क्या थी और किस बात में शादी उस का तरफदार हुआ है। उसने कुछ सोचते हुए फिर पूछा:

—सदफमा ने क्या नामाकुली की है?

—बिना पूछे, बिना सलाह किये उसने खेतों में बर्फानी पानी डाल दिया!...उस का यह काम तेरे शौहर के कथनानुसार ठीक है...!

श्वेतकेश ने गुस्से के मारे अपने मुँह को दिलबर की ओर से दूसरी तरफ फेर लिया, गोया इस काम के लिये दिलबर भी गुनाहगार है।

—अब्बा !—गम्भीरतापूर्वक दिलबर ने कहा—बहुत व्यंग्य-पूर्वक 'तेरा शौहर, तेरा शौहर' कह कर क्यों मुझे ताना दे रहे हो ! कलखोज की पैदावार के मुदीर तुम हो—कलखोज के जवाबदेह भी हो, तो फिर एक नामाकूल काम को देख गुस्से में आ घर में क्यों बैठे हो ? ऐसे ही काम होगा क्या ? वह भी तो आखिर...!

—नहीं, मेरी बच्ची !—अपने में नयी जान-सी आती हुई महसूस कर श्वेतकेश ने कहा—तू नहीं समझी शायद ! यह अच्छा नहीं कि मैं एक छोकरी के साथ बहस और सवाल-जवाब करता फिरूँ ? नहीं, बात असल में दूसरी है। मैं तेरे शौहर से नाराज हुआ हूँ...; उस की बातों और व्यवहार ने मुझे दुःखी कर दिया, समझीं !

—उसने क्या कहा ?

—ए, ज़रा ठहर !—खड़ा होते हुए बूढ़े ने कहा—तू भी शायद गलत कह रही है या समझ रही है ! खुद मैंने भी...खुदा क्षमा करे ! अच्छा यही है कि जा कर शादी से पूछ कि क्यों उसने सदफमा की तरफदारी की !

श्वेतकेश फिर पीछे हटी हुई टोपी को ठीक से लगा, जामा पहन कर घर के बाहर हो गया। लेकिन दिलबर अपनी जगह से नहीं हिली। उस का मन नीचे-ऊपर हो रहा था—"क्या कारण है कि शादी सदफमा की तरफदारी करता है ? अभी कल ही रात को, जब आधी रात के लगभग शादी लौट कर घर आया, तो महमूदजान और सदफमा के झगड़े की बात सुनाई कि किस तरह वह उनके घर में जा मियाँ-बीवी की सुलह कराई और सदफ़ के पकाये हुए कबाबों को खा कर आया। उसने क्यों कबाबों की इतनी प्रशंसा की ?" यही सवाल उसके दिमाग में चक्कर लगा रहा था। अब मालूम हुआ कि शादी ने सदफमा की तरफ हो कर मेरे बूढ़े पिता को दुखी

किया, उसकी नामाकूली को भी माकूल समझा। क्यों ? आखिर कारण क्या है। सम्भव है कि जंग ने शादी की चाल-ढाल को बदल दिया हो ? वह घमंडी हो गया हो ? या कि अपना हठ दिखलाना चाहता हो ? यह भी तो हो सकता है कि सदफमा के काम के नादुरुस्त होने को न जानता हो ? अथवा कारणवश खेतों में बर्फानी पानी डालने को वह वस्तुतः ठीक समझता हो ?...नहीं, बिल्कुल नहीं !...इस तरह का सोचना ठीक नहीं है। यह बात शादी में नहीं हो सकती। वह अभिमानी नहीं है, न अपने को बड़ा दिखाना चाहता है, न उसकी अकल और पसन्द ही अनुचित होती है।...नहीं, ऐसी कोई बात उसके लिये नहीं हो सकती। बस...अब यदि हो सकता है तो यह कि शादी और सदफ़ में...नहीं ! कितने ही बुरी तरह के विचार दिलबर के दिमाग को परेशान करने लगे। उसने उनके विरोध किया और अन्त में उसे खुद शर्म-सी मालम हुई कि वह ऐसा सोचने क्यों लगी ? लेकिन सुबह-सुबह ही चाहे कोई कितना ही चेष्टा करे, एक बार जब सन्देह पैदा हो गया, तो उसको दिल से बाहर निकालना मुश्किल हो जाता है। वह फिर सोचने लगी :

सम्भव है, शादी इन्हीं दिनों आ कर अपने बीवी-बच्चे से अच्छी तरह बात न करके, किसी बुरे विचारों में पड़ा हो ! नहीं !...नहीं ! यह सम्भव नहीं है ! लेकिन किसलिये सदफमा उसे माकूल लगी ? क्यों वह मुहमदजान को काम से नहीं हटाता ? सदफमा खूबसूरत, जवान और पढ़ी-लिखी है...शायद...?

इसी समय दिलबर की माँ कमरे के भीतर आ कर आसन पर बैठ गई और अपने ठंडे हाथों को संदली के नीचे डाल गर्म करने लगी। कुछ क्षण तक वह अपने हाथों के गर्म करने में लगी रही और अपनी बेटी की ओर निगाह नहीं की। लेकिन जब उसने सिर ऊपर किया, तो देखा कि दिलबर अपनी आँखों को कमरे के एक कोने में डाले किसी गहरी चिन्ता में पड़ी हुई है।

—तुझे क्या हो गया, बिटिया ?—बुढ़िया ने उस से पूछा—किस सोच में डूबी है ? दिलबर ने मुस्कुराते हुए अपनी नजर माँ की ओर से फेर ली।

—:०:—

२४ पतझड़-हीन बसन्त

बरका भी हमारी कथा का एक नायक है, जिस को हमने काफ़ी समय से यहाँ नहीं देखा। जिस समय हमने उसे देखा था, उस समय वह जवान था, उसका दिल इश्क में गिरफ्तार था और इश्क की सार्वदेशिक उपत्यका में मस्ती से उड़ रहा था। रास्ते में शाम को कुदरत से उस की मुलाकात हुई, और अपनी साफदिली के कारण अपने भावों को उसके सामने प्रकट भी कर दिया, और उस विश्वास-घातिन के हाथों से घायल हो कर नहर में गिर पड़ा। उसी रात को शादी ने उसे निकाल कर किस तरह रायन में पहुँचाया, यह हम बतला ही चुके हैं। रायन में होशियार डॉक्टर थे। वह कैसे पसन्द करते कि बिना कुछ देखे-सुने ही जवान बरका इससे दुनिया से कूच कर जाय ! उन्होंने घाव को सी दिया, उस को ऊपरी खून चढ़ाया; परिणामतः वह मरा नहीं।

जब बरका, जंग में वीरता दिखाने के ईनाम में सनद और तमगा ले कर सेना से लौट रहा था तथा जिस वक्त वह एक बड़ी बस में बैठ दूसरे मुसाफिरों के साथ रायन की ओर जा रहा था, उस समय के बारे में कहने से पहले अच्छा है कि उसके ऊपर बीती घटनाओं में से भी एक-दो को कहें।

बरका की दुर्घटना ने कुदरत और उसके दोस्तों के रहस्य को खोल दिया। कुदरत भाग कर बासमचियों (क्रांतिविरोधी डाकुओं) से मिल गया। लाल मिर्जा और मंसूरबाय बन्दीखाने में डाल दिये गये। कलीसा अभी भी अपने काम पर था, लेकिन बाद में रायन से नेस्तो-नाबूद हो कर चला गया। बरका और उस का बाप मुहम्मदजान—जोकि शादी के साथ बड़ी पुरानी मुहब्बत रखते थे—उस की प्रेरणा से कलखोज के मेम्बर हो गये। इस दुर्घटना के एक साल बाद बरका रायन चला गया और खदीचा से बात-चीत करके उससे ब्याह कर लिया। मंसूरबाय के पकड़ जाने और कुदरत के भाग जाने पर खदीचा और उस की माँ (जैनब) को बरका अपने साथ गाँव से रायन ले गया। उन्हें खाने-पीने की तकलीफ हुई। जैनब दस्तकारी के काम में होशियार थी, अतः वह शीघ्र ही सिलाई-बुनाई करने लगी। खदीचा और उस की माँ, किसी के घर में रह कर सिलाई कर तकलीफ के साथ जीवन बिताने लगीं। बाद में बरका जैसे मेहनती और हिम्मती जवान, जो कमाऊ भी था, का साथ होने से उनके दिन कुछ अच्छी तरह से गुजरने लगे। लेकिन इस ब्याह से उस का बाप मुहम्मदजान अका, माँ—यहाँ तक कि दिलबर भी नाराज थी। उन को शादी ने बहुत समझाया, लेकिन वे नहीं माने और इस प्रकार बरका का आना-जाना बन्द हो गया। मुहम्मदजान अका कहते कि बरका ने साँप की बच्ची को अपनी बीवी बनाया है, उससे कोई भलाई की उम्मीद नहीं की जा सकती। अच्छा कि वह वापस जा कर फिर गाँव का मुँह न देखे। बरका भी विना खदीचा के रहना पसन्द नहीं करता था, इसलिये उसने गाँव छोड़ दिया और रायन के केन्द्र में मुकीम की मदद करता उसके साथ नव-संगठित मतस में काम करने लगा। पहले तो उसका काम अस्थायी था, बाद में मुकीम को सहायता देते हुए ट्रैक्टर-चालक बन गया और एक ही साल बाद वह एक अच्छा ट्रैक्टरची हो गया। अभी दो साल ही वह यह काम कर पाया था कि उसे सेना में बुलाया गया।

बरका सेना में जाते समय खदीचा को रायन में काम दिया गया, जिसमें माँ-बेटी को जीविका के लिये मुश्किल न पड़े। खदीचा रायन के सिनेमा में खजांची बन गयी। अब वह आर्थिक तौर से निश्चिन्त थी, लेकिन अपने प्रिय बरका की जुदाई से उस का दिल बहुत दुखी था।

बरका ने तीन साल तक सेना में रह कर बहुत-सी बातें सीखीं और अनिवार्य सैनिक-सेवा खत्म होने के बाद शिक्षित तथा अनुभवी हो कर लौटा। मतसवाले चाहते थे, कि उसे अपने कामों में लें, लेकिन उसने इसे कबूल नहीं किया और फिर ट्रैक्टर-ड्राइवर बन गया। वह बड़ा ही सौभाग्यशाली निकला। उसका काम बहुत अच्छा होता था और जिन्दगी सुख और आनन्द से बीत रही थी। इस समय मुहम्मदजान और उसके घरवाले एक दिन रायन के केन्द्र में गये और उन्होंने मिल कर बेटे के प्रति जमा हुए अपने दिल के मैल को धो दिया और तरुणी तथा सुन्दर खदीचा को बहू के तौर पर अपने परिवार में कबूल किया। लेकिन कुछ ही समय बाद एकाएक महायुद्ध छिड़ गया, जिनमें इस परिवार के सुख को दुःख में बदल दिया, उनके प्रेम का वसन्त पतझड़ में परिवर्तित हो गया। बरका दुश्मन से लड़ने के लिये तैयार हो गया और अपनी प्रियतमा को वियोग की आग में जलने के लिये छोड़ फिर सैनिकों की अग्रिम पंक्ति में दाखिल हो गया।

उस दिन से अब चार साल बीत चुके थे। इस समय के बीच कितनी तब्दीलियाँ नहीं हुई होंगी! बरका बस की खिड़की से बाहर की ओर नज़र डाल इन्हीं गुजरी बातों के बारे में सोच रहा था। वह युद्ध में गया, अपनी सुन्दरी तरुण बीवी को दूर पीछे गुलिस्तान-उपत्यका में छोड़ खुद बर्लिन तक पहुँचा। उसने अच्छी शिक्षा पाई थी, वह एक अच्छा ट्रैक्टर-ड्राइवर था, किसान का वीर बच्चा था और अब वह एक बहादुर टैंक-चालक बन लड़ कर रहा था। लेकिन खदीचा क्या काम कर रही होगी?—वह जानता था कि खदीचा बड़ी अधीरता के साथ उस की ओर निगाह किये होगी। अन्त में चाहे बरका खदीचा से नाराज हुआ, उसने उस से सम्बन्ध तोड़

लिया, जबकि ज़ैनब ने उस पर झूठा दोष लगाया, लेकिन ख़दीचा को आराम कहाँ ! ढूँढ़-ढाँढ़ कर उसका पता लगाया, उसके पास चिट्ठी भेजी, लेकिन जवाब नदारद ! फिर अपने पति के कमांडर के पास उसने चिट्ठी लिखी और कमांडर के द्वारा अपना दुःख एवं विपद-गाथा सुनाते हुए कहा कि "वह जल्दी आवे और ज़ैनब की झूठी शिकायतों का विश्वास न करे ! इससे बरका का दिल कुछ मुलायम हुआ, और अब वह अपने घर की ओर लौट रहा था। वह देखना चाहता था कि ख़दीचा की बात सच्ची है या नहीं।

प्रश्न वह यही पूछ रहा था, जो सारे सफर में उसे चैन नहीं लेने दे रहे थे। वह जितना अपने घर और ख़दीचा के नजदीक होता जा रहा था, उतनी ही उस की चिन्ता और घबराहट बढ़ती जा रही थी। जिस वक्त वह पहली बार दुश्मन के सामने पड़ा, उस समय उसके दिल में इसी तरह के कुछ शक पैदा हुए थे, लेकिन उसने हर तरह से अपने को मजबूत किया और काम को अच्छी तरह आगे बढ़ कर करने का निश्चय किया। फलस्वरूप जंग की वह प्रथम घबराहट ज्यादा देर तक नहीं रह सकी। इसके बाद तो एक तजुर्बेकार सैनिक के तौर पर उसके दिल में कभी घबराहट नहीं आयी। उसने सोचा कि उसी तरह आज की अवस्था की भी दवा की जा सकती है और चाहा कि अपने दिल के सभी सुने-सुनाये सन्देहों को अलग कर के अपनी बीवी को सही-सलामत और सच्ची मुहब्बतवाली पावे। लेकिन यह कैसे हो सकता है ? कैसे वह जान सकता है कि ख़दीचा शुद्ध और पवित्र है ? इस सवाल का अभी भी कोई एक जवाब नहीं मिल रहा था, वह इसी चिन्ता में पड़ा हुआ था। उसने सोचा कि सीधे रायन चलूँ वहीं; सब बातें मालूम हो जायेंगी।

स्तालिनाबाद में बस-स्टैंड पर खड़ा जब वह बसके आने की प्रतीक्षा कर रहा था, उसी समय एक मझोले कद के मोटे-ताजे लाल मुँहवाले आदमी ने उसके नज़दीक आ कर सलाम करके पूछा—"क्या आप भी

गुलिस्तान-उपत्यका को जा रहे हैं ?" उसके हाँ करने पर बहुत खुश हो कर उस आदमी ने बरका की ओर देख कर मुस्कुरा दिया और बतलाया कि है भी वहीं जा रहा। बस में वह आखिरी सीटों पर बैठे। वह आदमी दिल खोल कर हँसते हुए बोला :

वस्तुतः बस का पिछला भाग बहुत अच्छा रहता है। यहाँ पेट्रोल की गन्ध नहीं आती, शोर नहीं होता, आराम से...थोड़ी गर्द जरूर आती है, लेकिन उस की कोई बात नहीं। मैं समझता हूँ तुम टैंक-चालक हो, इस तरह के बसके धचकों से नहीं डरते होगे। मैं कुछ ज्यादा मोटा हूँ, इन धचकों से कुछ चरबी कम हो कर फायदा ही होगा।

इसके बाद उसने अपना परिचय दिया। वह रायन के कृषि-विभाग का मुदीर (संचालक) इसायेफ है। बरका ने भी बतलाया कि वह गुलिस्तान-उपत्यका का निवासी है और मशहूर समाबारची चायवाला मोहसिनजान उस का दिली दोस्त है। इसायेफ ने भी तुरन्त कहा कि मोहसिनजान उस का भी मित्र और परिचित है।

—मेरा घर चायखाना के पीछे है, मैं मोहसिनजान का पड़ोसी हूँ। अच्छा खूबरू जवान है।

ऑटो-बस पत्थरों से ढँकी पक्की सड़क पर चढ़ाई पर चढ़ती जा रही थी। मुसाफिर पहले आपस में बात-चीत करते जा रहे थे, लेकिन तीन-चार चक्कर रास्ता जाने के उनके बाद उनकी बात-चीत मोटर की आवाज में लीन हो गई और सभी यात्री चुप हो कर अपने-अपने विचारों में लीन हो गये। बरका और इसायेफ बस की सबसे पिछली सीट पर बैठ अब भी जोर-जोर से आपस में बातें कर रहे थे, लेकिन बाद में वे भी आहिस्ता-आहिस्ता चुप हो गये। बरका का विचार अब खदीचा, अपने बाप, अपनी माँ, बहिन और विभाग अपने दिली दोस्त शादी की याद में लग गया। इसायेफ अपने कामों, कृषि-की चिन्ता और रायन के गाँवों की जरूरतों के बारे में सोचने लगा।

बस सारी ऊँचाई चढ़ कर डांड़े पर पहुँच, वहीं बने मुसाफ़िरखाना के पास खड़ी हुई। मुसाफिरों में से कुछ नीचे उतरे। लोगों ने अपने झोलों और और थैलों के बीच से खाने की चीज़े निकाली और पेट की फिकर करने लगे। लेकिन इसायेफ़ और बरका अपनी जगह से हिले नहीं और वहीं बैठे रहे। अल्बत्ता मीटर के खड़े होने और मुसाफिरों के हिलने-डुलने से उनके विचारों का तारतम्य टूट गया था। जब बस फिर चलने लगी, तो न जाने क्या ख्याल कर के बरका ने इसायेफ से पूछा कि रायन के सांस्कृतिक-गृह में क्या काम हो रहा है ?

—मुहम्मदजान रजा नाम की एक औरत है,—इसायेफ ने कहा—जानते हो, उसका नाम खदीचा बुखारावाली है; . . .आलीजनोफ की बीवी !

इन वाक्यों को सुन कर बरका काँप उठा; लेकिन जल्दी ही उसने अपने-आप पर काबू पा लिया, ताकि उसके साथी को कुछ मालूम न हो। इसायेफ कुछ देर तक चुप रहा, फिर उसने दर्द और हसरत की बात शुरू की।

—दुखिया है ! जिस किसी से मिलने पर बेचारी रो पड़ती है और कहती है एक मैं अभागिन हूँ, तुमसे कुछ अपना दुःख कहना चाहती हूँ। बिरादर, तुम मेरे सगे भाई जैसे हो ! मेरा भी तुम्हारे जैसा एक भाई था। १९४३ ई० की लड़ाई में मारा गया। मित्र मैं अकेला हूँ, बच्चा नहीं है, भाई-बहन नहीं है। हाँ, तुम जैसे अन्यथा मोहसिनजान जैसे जवानों की दोस्ती से दिल को प्रसन्न करता हूँ।

—ब्याह नहीं किया ?—बरका नें पूछा। इसायेफ भी इसी बारे में बात करना चाहता था।

—मैंने ब्याह किया था—इसायेफ ने कहा।—मेरी बीवी शरीफ़ा-सियाई स्तालिनाबाद गाँव की थी। वह बीवी, बीवी नहीं थी, प्राण थी मेरा ! . . .सुन्दरता और कोमलता से भरपूर. . .और आचार-विचार में फ़रिश्ता थी। चाहे हम दोनों परी-फ़रिश्तों पर विश्वास नहीं रखते, लेकिन क्या

करूँ, किस तरह उसकी सुन्दरता और सद्‌गुणों की व्याख्या करूँ ? शायर भी नहीं हूँ।...ख़ैर, आप शायद न जानते हों, पाँच साल पहले वह बीमार हो कर मर गई। बीवी के साथ हद से ज्यादा मुहब्बत थी—उसी के वियोग से जो दुःख हुआ, उसके कारण मुझ से यह नहीं हो सका कि शहर में रह कर काम करूँ। अर्जी दे कर रायन में काम करने चला आया। रायन में ज़िन्दगी अच्छी चलती रही, मन का घाव भी धीरे-धीरे भर चला। सम्भव है मेरे रास्ते में यही ख़दीचा आ गई हो। अल्ला उसे अपने शौहर से मिलाये। उस का स्वभाव-लहजा सब मेरी बीवी जैसा है। फ़र्क इतना ही है कि मेरी बीवी शरीर से कुछ अधिक तगड़ी और कद में कुछ ऊँची थी, जब कि ख़दीचा पतली और कुछ छोटे कद की है !

ख़ैर, क्या कहते हो, प्यारे भाई! ...हमारे पड़ोस में यही स्त्री रहती है, वह संस्कृति-भवन की संचालिका मुदीर है। वह अपनी माँ के साथ उसी इमारत के एक खण्ड में रहती है। अक्सर मिलती रहती है, उससे बातें होती हैं। धीरे-धीरे उसी स्त्री की मुहब्बत मेरे दिल में बैठ गयी। देखा कि वह सदाचारिणी, काम करनेवाली तथा अकेली स्त्री है। कहते हैं कि उस का पति भी मेरे भाई की तरह जंग में मारा गया है। सोचा कि कोशिश करूँ, शायद वह मुझे अपना शौहर स्वीकार करे। वह भी बेवा अभागिनी है, मैं भी वैसा ही हूँ। वह भी अपनी प्रिय पति से जुदा हुई, मैं भी अपनी प्रियतमा से वंचित हुआ। यह ख्याल मन में लेकर मैंने पहले जा कर मोहसिनजान से अपने दिल के दर्द को कहा। मोहसिनजान उसके गाँव का रहनेवाला है, वह उस की हालत और स्वभाव से वाकिफ़ था। उसने मुझे कुछ दूसरी सलाह देते हुए कहा कि अभी कुछ सब्र करो, यह औरत अभी तक अपने पति के आने की आशा रखती है, फिर किसी वक्त बात करना ठीक होगा। मैंने भी उस की सलाह स्वीकार कर ली और चुप रहा। छः महीने बीत गये। एक दिन एक बुढ़िया की मार्फ़त उसके घर पर शिरीनी और दस्तरखान के साथ मँगनी

भेजी। जानते हो औरत ने क्या कहा ? नहीं, तुम्हारे दिल में इस का ख्याल भी नहीं आ सकता। बेचारी बहुत ही लाज-संकोच वाली स्त्री थी, लेकिन बुढ़िया के मुँह से बात निकलते ही वह आग-बबूला हो कर बोली--"पहली बात तो यह कि मेरा अपना शौहर है, वह सेना में सही-सलामत काम कर रहा है। अगर खुदानखास्ता कोई चीज बुरी हो जाती, तो भी मैं फिर दूसरा शौहर नहीं करूँगी। तुम जा कर इसायेफ से कहो कि मैं स्वयं उससे मिल कर बात करूँगी। यह कहाँ देखा गया है कि दुलहन के साथ उस का भावी पति स्वयं बात करे?" मैंने जब यह बात सुनी तो बड़ा शरमिन्दा हुआ और कितने ही दिनों तक उससे आँख बचाने के लिये कतराता रहा; लेकिन एक दिन मुलाकात हो ही गई। उस दिन आफिस से आ कर अपने दरवाजे को खोल रहा था, लेकिन ताला जल्दी नहीं खुला। मैं जोर करके चाबी लगा रहा था, इसी समय खदीचा क्लब से बाहर आ गई और मुझे देख कर सीधे मेरे पास चली आई। सलाम करके उसने तुरन्त बात शुरू कर दी, मैं 'हाँ-हूँ' कहते ताला खोल रहा था।

--रफ़ीक़ इसायेफ...!--उसने कहा--आप की मँगनी आई थी, इस के लिये रहमत! हमारे रायन के आगे बढ़े हुए कार्यकर्ता होते हुए भी इस तरह का बुरा ख्याल तुम्हारे दिल में कैसे आया? मुझे तुम से यह उम्मीद नहीं थी। अच्छा होता, पहले तुम खुद बात करते। आखिर तुम पार्टी-मेम्बर हो! मैं युद्ध-क्षेत्र में गये वीर सैनिक की बीवी हूँ। क्या तुम्हारे लिये यह उचित था कि मेरे बारे में ऐसा ख्याल करते? वह क्रोध में न जाने क्या-कुछ बोले जा रही थी और मैं चुप था और कोशिश करता था कि किसी प्रकार ताले को खोलूँ। आखिर कुंजी टूट कर ताले के भीतर रह गई; सिर फेर कर देखा, तो वह अपने घर की ओर चली आ रही थी। मैं बेवकूफी से जोर लगाकर...दरवाजा खोलने की कोशिश कर रहा था; लेकिन अब मालूम हुआ कि ताला कब का खुला हुआ था और मैं बेकार ही इतना जोर लगा रहा था कि कुंजी टूट गई!

इस घटना के बाद कुछ समय तक लोग मुझे रायन के केन्द्र में बहुत कम देखते थे—मैं हमेशा एक कलखोज से दूसरे कलखोज में चक्कर लगाता रहता। दस दिन बाद लौट कर मैंने ख़दीचा से मुलाकात की और अपने गुनाह के लिये उससे माफी माँगी। इस बात को तीन महीने हो गये होंगे। अब वह बहुत खुश है। अपने शौहर की खबर उसे मिली है और आशा रखती है कि वह शीघ्र ही आनेवाला है। मैं भी प्रसन्न और बेफिक हूँ। खुश इसलिये हूँ कि मेरे मन में जो बुरे विचार आये थे, वे अमल में नहीं आये और मैं एक बड़े गुनाह से बच गया। यह अलबत्ता ख़दीचा के सच्चे प्रेम और सदाचार के कारण हुआ। अगर मैंने खुदानखास्ता उसके साथ ब्याह कर लिया होता और यदि आज उस का शौहर युद्धक्षेत्र से लौटता, तो मुझे क्या कहता? लोग मुझे क्या समझते!! नहीं, यह अच्छा ही हुआ। मुझे अफसोस इस बात का है कि ख़दीचा की नज़रों में मैं एक प्राचीन-पंथी तथा दुराचारी आदमी मालूम हुआ। अब चाहे मैं कितना ही अपने दिल की सच्चाई कहूँ, वह मेरे ऊपर विश्वास नहीं करेगी और मेरी ओर कभी आँख उठा कर नहीं देखेगी। खैर, जो भी हो, मेरे लिये यह चेष्टा एक बड़ा सबक ही सिद्ध हुई।

इसायेफ चुप हो गया। बरका को अचानक ही यह कहानी सुनने को मिली, जिसने उसके दिल के सन्देहों को तितर-बितर कर दिया और वह अब शान्त हो चुका था। लेकिन कुछ क्षणों तक वह इसायेफ से क्या कहे, इसे नहीं जान पाया। फिर वह अपना सिर हिलाते हुए बोला:

—ख़दीचा सचमुच बड़ी सती-साध्वी स्त्री है, तुमने बात सच्ची कही।

—लेकिन मैं भी नीच और ओछा नहीं हूँ!—इसायेफ ने हँसते हुए कुछ मज़ाक के स्वर में कहा—मैं बिना पत्नी का हूँ, अपनी बीवी के वियोग में जल रहा हूँ!...इस तरह की अपनी नीरस ज़िन्दगी में कुछ सरसता लाना चाहता था। लेकिन मालूम हुआ कि मैंने गलती की और बहुत बुरी हरकत की। किन्तु खैरियत हुई, अब मैं अपने दिल में उस स्त्री के बारे में

कोई बुरा ख्याल नहीं पाता, केवल उस को भलाई और हित ही चाहता हूँ। इलाही उसके शौहर को जल्दी भेज कर उसे प्रसन्न करे, यही मेरी ओर से दुआ है !

—तुम्हारा भी भाग्य खुलेगा...!—बरका ने तसल्ली देते हुए कहा शायद तुम्हारे अनुकूल भी कोई साथिन मिल जाये। उस समय तुम्हारे विवाह-भोज में मैं सेवा करूँगा।

—हाँ, ए रहमत !—इसायेफ ने कहा—अपने भोज के लिये भी भाई ! मेरी सलाह को कबूल कर। यहाँ से जा कर अपने दोस्त मोहसिन जान से सलाह करके फिर मेरे मशीन-ट्रैक्टर-स्टेशन आना। तू टैंक-चालक है न ! मशीन का जानकार है, उन को भी तेरी जरूरत है।

इस वक्त मोटर-बस आबाद खेतों के बीज से गुजर रही थी। दूर से सफेद इमारतें, फैक्टिरियों की ऊँची चिननियाँ और शहर के पास की आबादियाँ दिखाई देने लगीं। इस दृश्य को नजर के सामने पा कर बरका का दिल फिर हलचल करने लगा। लेकिन इस समय वह सन्देह और शंका-वाली हलचल नहीं थी। उसके शरीर में खून खूब जल्दी-जल्दी दौड़ने लगा था और हृदय किसी उत्कंठा से सिहर उठता था !

:o: :o: :o:

खदीचा अपने कमरे में रायन के थियेटर के प्रबन्ध-संचालक मेजर रफीक खालबाबायेफ की प्रतीक्षा में बैठी थी। आज वह लेनिन के वार्षिक मृत्यु-दिवस की तैयारी कर रही थी। उसके सामने मेज पर दो-एक योजनाएँ रक्खी हुई थीं, जिनमें थियेटर, सिनेमा, लेक्चर, दीवारी पोस्टर वगैरह कितने ही प्रोग्राम दर्ज किये हुए थे। वह चाहती थी कि थियेटर की योजना के बारे में संचालक से बात करे और उसके बाद उसे ले कर पार्टी की रायन कमेटी में जाये। खालबाबायेफ ने बहुत देर कर दी और अन्त में कमरे के भीतर आया। वह ऊँचे कद और गोश्त-पोस्त से भरे शरीर

तथा चौड़े मुँह वाला व्यक्ति था। उस की आँखों पर चश्मा लगा था, बस बालों में कंघी न लगने से वह टोपी के नीचे से ऐसी ही जहाँ-तहाँ पड़े हुए थे। खालबावा ने पहुँचते ही कहा।

––खदीचा बानो! मुझे क्षमा करें, देर हो गई। एक नये कलाकार को हॉल में लाया हूँ।

––खैर, अब आइये, जरा आपकी योजना को देखूँ––खदीचा अपनी खीझ छिपाती हुई बोली––लेनिन-दिवस के लिये आपने क्या-क्या तैयारी की है?

खालबाबायेफ़ ने पहले अदब के साथ अपने सिर से टोपी उतारी। फिर इजाजत ले कर खदीचा के सामने कुर्सी पर बैठा। इसके बाद आँखों पर से चश्मा उतारते हुए बोला:

––अच्छा...लेनिन-दिवस के लिये...!––खालबाबायेफ ने अर्थयुक्त बात कही, लेकिन ख़दीचा को इस अन्तर का कोई अर्थ नहीं समझ में आया। खालबाबायेफ ने अपनी जेब से रूमाल निकाला और उससे चश्मे को साफ करके फिर आँखों में लगाते हुए कहा:

––सच कह रहा हूँ, लेनिन-दिवस के लिये अब भी हमने कोई ठीक से तैयारी नहीं की है। नाटकमंडली को दो टुकड़ियों में बांट कर सहकारियों के निर्वाचन के लिये गाँवों में भेजा था। दो दिन पहले वह लौट आये हैं। अब एक-दो दिन बाद वह फिर इसी काम पर जायँगे।

––खैर!...कोई डर नहीं––ख़दीचा ने कहा––निर्वाचन-कार्य और लेनिन-दिवस दोनों के लिये ही एक-एक संगीत-सभा या अलग-अलग प्रदर्शनी करनी चाहिए।

––लेकिन नाटक के प्रोग्राम का विषय क्या है?

––यही तो...! अब इस नाटक के प्रोग्राम और विषय की बात होनी चाहिए। आम कामों की जिम्मेदारी आप अपने ऊपर लीजिये। यह

चीज आसान पड़ेगी आपके लिए अब बात नाटक-प्रोग्राम की रही...! कौन-कौन-से प्रोग्राम आपके पास हैं ?

—एक-दो जन-जीवन के हैं—सिर के बालों को अपनी अँगुलियों में पकड़ते हुए खालबाबायेफ ने कुछ सोचते हुए कहा—इसके बाद एकाध संवाद-मिश्रित नाट्य-संगीत तैयार करना चाहिये।

—क्या एकाध कविता-पाठ तैयार नहीं किया जा सकता ?

—कहाँ से ?

—जन-कवियों की कविताओं को ले कर ! क्या अब आप स्वयं एक कवि-सम्मेलन की तैयारी नहीं कर सकते ?

खालबाबायेफ अपने सिर के बालों को अँगुलियों के बीचत ज्यादा कड़ाई से पकड़ते हुए कुछ सोचने लगा। इसी समय कमरे का दरवाजा खुला। मोहसिन जान कुछ घबराया-सा आया :

—क्षमा करें ! —उसने खदीचा से कहा—क्या यह हो सकता है कि आप एक क्षण के लिये मेरे चायखाना तक पधारें।

—क्या ख़िदमत है ?

—कुछ सलाह करनी है,...इसी वक्त !

—खूब ! —खदीचा ने कहा—रफीक खालबाबायेफ के साथ कार्य खत्म कर लूँ, तो आती हूँ।

मोहसिन जान जैसे-तैसे कमरे से बाहर चला गया।

—ठीक है ! —एकाएक प्रौढ़ नाटक-संचालक बोल उठा—दुरुस्त रहा ! आप की बुद्धि की के लिये मरहबा ! एक विचित्र-सा अद्भुत सम्मेलन करने का ख्याल मेरे दिमाग में भी आया था, उसे जल्द तैयार भी किया जा सकता है।... लेकिन कविताओं को जमा करके आप मुझे दें।

—बहुत अच्छा, कविताओं को मैं दूँगी। लेकिन उनके बाद प्रोग्राम तै करने और उसे पूरा करने आदि की सारी जिम्मेवारी और योजना

आप की रही ! और कल सब मसाला तैयार करके बिना देर किये ही मुझे ला कर दे दें। ठीक रहा न ?

—भाग्य होगा तो बड़ा ही सुन्दर सम्मेलन करेंगे !—खालबाबायेफ ने कहा—रंगमंच के सजाने का भी काम करेंगे। पहला पर्दा आधा अन्धेरा-सा होगा, संगीत कुछ करुणाजनक होगा, लोग निगाह करके देखेंगे, कि काला कपड़ा पहने एक आदमी, शोकाकुल वातावरण में हिलता-डोलता छटपटा-सा रहा है। यह क्रांति से पहले का जार-युग, जनता के ऊपर जुल्म ढानेवाली रात्रि का दृश्य होगा। फिर उस अँधेरे में बिजली की रोशनी धीरे-धीरे मुखरित हो कर लेनिन के चेहरे को उभारेगी। उत्पीड़ित जनता उस की ओर हाथ बढ़ायेगी और वह धीरे-धीरे सीधे खड़ी हो जायेगी, संगीत भी करुणा से बदल कर जोशपूर्ण स्थित का रूप धारण करेगी और लोग अपने हाथ-पैरों को ढाँकनेवाली काली चादर तथा बाँधने वाली आहनी जंजीरों को स्वयं तोड़ कर दूर फेंक देंगे।...इसी समय अक्तूबर-क्रान्ति का सूर्य भी बुलन्द होगा !...कैसा अद्भुत होगा यह दृश्य।

खालबाबायेफ, बहुत भावुकता के साथ, एक-एक करके अपनी बातों को कहे जा रहा था, और इसी बीच मोहसिन जान दो बार दरवाजे को खोल कर भीतर झाँका। खदीचा को मोहसिन जान की अधीरता का पता था, बात खतम होते ही वह खड़ी हो कर बोल उठी :

—दुरुस्त ! तुम्हारी वर्णन-शैली से मालूम हुआ कि अगर कोशिश की जाय, तो सभी बातें हमारे भीतर से पैदा हो जायेंगी ...!

—हाँ, और नाटककार भी !

—हाँ, नाटककार भी। खैर, ऐसा ही होना चाहिए।

खालबाबायेफ प्रसन्न हो कर खदीचा बानो से हाथ मिला कमरे से बाहर चला गया। खदीचा भी अपने कागजों को ठीक-ठाक करके बरामदे में आई, जहाँ मोहसिन जान उस की प्रतीक्षा कर रहा था।

—खुश, क्या बात है...ऐसा उतावलापन क्यों ?

—आइये, खुद ही समझ लेंगी ! —आगे-आगे हो चायखाना की ओर बढ़ते मोहसिन ने कहा और चायखाना की ओर न ले जा कर, क्लब की इमारत की तरफ खदीचा के उसके घर की ओर ले चला और पहले ही जा दरवाजा के सामने खड़ा हो बोला :

—अपने घर में चल कर जरा एक करिश्मा तो देखिए !

—क्या करिश्मा देखूँ ?—कुछ कड़ाई के साथ खदीचा ने पूछा।

—आपके मत के अनुकूल विचित्र घटना घटी है।...आप भीतर जायें.. मैं यहीं खड़ा हूँ, उसके बाद मेरी प्रशंसा करियेगा...!

खदीचा चकित हो हँसने लगी, फिर हाथ उठा कर घर के दरवाजे को खोल कर भीतर निगाह डाली। वह पहले अपने को ठीक से सँभाल न सकी कि वह क्या देख रही है ?...यह स्वप्न है या सत्य !...नहीं, यह स्वप्न नहीं है। यह कुर्सी पर सचमुच उसका प्यारा बरका बैठा हुआ उस की ओर मुस्कुराते हुए देख रहा है ..अथवा...! घबराहट के मारे खदीचा के पैर लड़खड़ा-से गये थे, रंग बदल गया था और हाथ काँप रहे थे। अगर इस समय मोहसिन जान ने सहायता न की होती, तो खदीचा की हालत बुरी हो जाती। मोहसिन जान ने आ कर उसे बगल से पकड़ कर घर के भीतर पहुँचाया और दरवाजे को भीतर से बन्द कर दिया।

—हाँ ...! —उसने अपने ओठों के भीतर अपने-आप से कहा—मेरे प्रेम के पतझड़ में नूतन वसंत है यह...!!

--:०:--

२५ पिता और सन्तान

१५ जनवरी भी बीत चुकी थी, लेकिन इस साल बर्फ सिर्फ एक बार पड़ कर रह गई! इधर कुछ दिनों से आकाश में बादल दिखलायी पड़ते थे एवं मौसिम कुछ गरम था। गर्मी न ऊपर उठती थी न नीचे जाती थी। उत्तरी हवा भी नहीं चल रही थी। मानो गुलिस्तान-उपत्यका के ऊपर आसमान में अपनी विशाल चादर टाँगे हुए बादल आराम कर रहे थे—न वे हटते थे, न बरसते थे। जाड़ों के छोटे दिन थे। रायन के आफिसों के कार्यकर्त्ता अँधेरा होने तक काम न छोड़ बहुत देर तक लगे रहते। उत्तर की ओर के पहाड़ करीब-करीब दिखलाई नहीं पड़ते थे। ऊँचे-नीचे टीले, जिनके भीतर से पहाड़ी छोटी नदी पश्चिम की ओर बढ़ रही थी, मानों रायन के कस्बे के दिल को चीरती हुई जा रही थी। पहाड़ों के मोड़ों में कहीं-कहीं पर सूर्य की किरणें कम पड़ती थीं, बस दिन पहले पड़ी बर्फ अब भी दिखायी पड़ती थी; लेकिन पहाड़ी नदी अपनी चंचलता से बाज नहीं आई थी। यह ठीक है, कि अभी वह वसंत की तरह लबरेज़ ऊपर तक भरी नहीं थी और ऊपर उठ कर चारों ओर चोट नहीं पहुँचा रही थीं, लेकिन तो भी वह पहाड़ी नदी थी। अपने रास्ते में उछले-कूदे बिना, चट्टानों और पत्थरों को तोड़े या धक्का दे दिये बिना या कलकल की आवाज़ किये बिना कैसे चल सकती थी?

हाँ, यही छोटी नदी थी, जोकि इसायेफ के दिल को खुश और प्रसन्न रखती थी। धक्का खाते हुए पथरों, के ऊपर अन्य ऊपर-नीचे लुढ़कते पत्थरों टुकड़े-टुकड़े होते जाते; और आसमान में छूटते फुहारो तथा कहीं-कहीं कल-कल-नाद का दृश्य शोकपूर्ण दिल को तसल्ली देते थे और इससे इसायेफ के दिल में हर्ष और संतोष पैदा होता। दरि नदी का धरातल ऊबर-खाबड़ पत्थरों से भरा हुआ था, जो कि ऊपर की ओर अधिक ऊँचा-नीचा होता हुआ, हर पचास कदम में सौ कदम बल खाते हुए जा रहा था। खुशकिमस्त

से गुलिस्तान की सड़क इस नदी के किनारे-किनारे जाती थी, जिस पर आज इसायेफ अकेला ही जा रहा था। कभी-कभी उसे कोई घोड़ा-गाड़ी मिल जाती थी। जाड़ों के दिन में शाम के अन्धेरे के समय कौन आदमी रास्ता चलना चाहता? लोगों के पास काम था—कलखोजचियों के पास भी जाड़े के कामों की कमी नहीं थी। वह नहरों की मरम्मत कर रहे थे, बिनौले अलग कर रहे थे, खेतों में बर्फानी पानी डाल रहे थे, अन्य भी बहुत-से काम कर रहे थे। खेतों के कामों के अतिरिक्त गाँव के भीतर भी बहुत-से काम थे; अर्थात् कलखोज की आमदनी का सालाना बँटवारा सदस्यों के बीच में किया जा रहा था। लोगों के पास खूब पैसा था, खूब अनाज था, इसलिये वह मौज और तमाशे में भी लगे हुए थे। इन दिनों हर गाँव में एक-न-एक दैनिक भोज होता रहता, इसलिये लोग ऐसे समय रायन जा कर क्या करते !

यह वही इसायेफ था, जो कि कल केन्द्र से आ कर आज फिर घर से लौट, सीधे अपने आफिस से गाँव की ओर जा रहा था। वह तीन-चार दिन बाद आफिस से घोड़ा ले कर या मोटर पर सवार हो गाँव जा सकता था, लेकिन उसने ऐसा नहीं करना चाहा। तीन महीने पहले की घटना से उसे जो शरमिन्दगी हुई थी, उसके कारण वह बहुत संकोच में था।

हाँ, तो वह बहुत शरमिन्दा था ! इसायेफ जैसा एक दुनिया देखे आदमी, जवानी पार कर गये पुराने कार्यकर्त्ता ने रायन की इजराई कमेटी के एक महत्वपूर्ण विभाग का संचालक होते भी बरका जैसे नौजवान के सामने अपने को कितना हलका और बेवकूफ साबित किया था ! क्या जरूरी था कि बिना जाने-सामझे ही उसके सामने अपने दर्द की कहानी बयान करता। चाहे बरका कितना ही शिष्ट और धैर्यशाली, बहुत सुन्दर आदमी मालूम हुआ, लेकिन क्या जरूरत थी कि उसके सामने अपने दिल के दर्द को खोलता और अपने अत्यन्त कोमल भावों को प्रकट करता ? क्या यह उस को बेवकूफी और भोलापन नहीं था ? यह बात हकीमोफ

के कानों में, अध्यक्ष रफ़ीक संगीनोफ़ के कानों में पहुँची, तो वह क्या कहेंगे ? मैंने खदीचा के शौहर के सामने अपने दिल के दर्द को बखाना और अपने इश्क की कहानी कही। "नादान !"—इसायेफ ऊँची आवाज से बोल उठा, लेकिन फिर लज्जित हो जल्दी-जल्दी चारों तरफ देखने लगा कि किसी दूसरे ने तो उस की आवाज़ नहीं सुन ली। लेकिन उसके आस-पास कोई नहीं था। एक तरफ खेतों की ज़मीन टेकरी के किनारे तक चली गई थी, जिसके एक किनारे पर पाँच-छः कलखोजची किसी काम में लगे हुए थे। दूसरी तरफ नदी चली जा रही थी, जहाँ से उस की कलकल की आवाज़ छोड़ कर और कुछ सुनाई नहीं देता था। सामने दूर तक मोटरवाली सड़क जा रही थी, जहाँ दो घोड़े आहिस्ता-आहिस्ता ऊपर की ओर बढ़ रहे थे। इसी समय पीछे से मोटर की आवाज़ कानों में आई और इसायेफ ने पीछे मुड़ कर देखा। 'एम-काई' काले रंग की मोटर उसी तरफ गुलिस्तान गाँव की ओर आ ही रही थी। यह मोटर संगीनोफ की नहीं, हकीमोफ की भी नहीं, जोकि 'ग़ज़िक' थी। शायद यह गाड़ी 'म-त-स' (मशीन ट्रेक्टर-स्टेशन) से आ रही हो'!

इसायेफ अभी किसी निर्णय पर नहीं पहुँचा था कि मोटर उसके पास आ कर अपनी गति धीमी करते-करते खड़ी हो गई। हकीमोफ उसके भीतर था।

—सलाम !—मुकीम ने खिड़की सें मुँह बाहर करके कहा—आज पैदल ही चल रहे हैं ! आज कहाँ का इरादा है ?

—मेरा घोड़ा और उस का पैट्रोल भी खतम हो चुका है—मजाक करते हुए इसायेफ ने कहा।—गाँव से पैदल चल कर एक घोड़ा ले गुलिस्तान चलें, यही सोच कर उधर जा रहा हूँ।

—आ कर सवार हो जायें, क्या यह नहीं हो सकता—मुकीम ने कहा—हम भी गुलिस्तान जा रहे हैं। क्यों...अच्छा-अच्छा इधर ! आइये !

इसायेफ दूसरी तरफ शरीफ की बगल में जा बैठा और सिर घुमा कर देखना चाहा कि गाड़ी में और कौन-कौन लोग बैठे हैं।

—सलाम रफ़ीक इसायेफ !—उसी वक्त बरका ने उससे कहा, जो कि मुकीम की बगल में बैठा हुआ था।

—सलाम !—किंकर्त्तव्यविमूढ़-सा होते हुए इसायेफ ने आवेश में जवाब दिया। मोटर चल चुकी थी, इसलिये वह और कुछ कह भी नहीं सकता था। मोटर से उतरना नादानी होती। हाथ में पड़ना इसी तरह होता है। वह बराबर बरका से भागता-फिरता था और उसे देख उससे दो-चार नहीं होना चाहता था; लेकिन आज यह अचानक कैसे हो गया !

—आप दोनों एक-दूसरे के परिचित हैं... क्यों ?—मुकीम ने पूछा।

—हाँ, हम दोनों स्तालिनबाद से साथ-साथ ही आये थे।

इसके बाद कुछ क्षणों तक कोई बात नहीं हुई। बरका भी इसायेफ से शरम महसूस कर रहा था, और नहीं समझ पाता था कि कैसे मुँह खोल कर उसे अपना गुनाह माफ करने के लिये कहे। इसायेफ ने मुकीम के सवाल से यह जान लिया कि स्तालिनाबाद के रास्ते की कहानी बरका ने उसे नहीं कही है, इसलिये उसने कुछ हिम्मत करके कहा :

—हम दोनों साथ ही आये, लेकिन मैं यह नहीं जानता था कि मुकीम-जान जैसे तुम्हारे भी दोस्त यहाँ हैं ! फिर गुलिस्तान गाँव में माँ-बाप, तबार टब्बर और सगे-सम्बन्धी भी हैं।

—मेरी इस गलती को माफ करें—बरका ने तुरन्त कहा—मैं पीछे उसके बारे में आपको बतलाऊँगा !...में मजबूर था। शायद अब आपको मालूम हो गया हो। शायद मोहसिनजान ने बतला दिया हो !

—मैं !—सड़क की ओर देखते हुए इसायेफ कहा—तो इतना ही समझ पाया कि दुनिया में बहुत भोला और हीन नहीं बनना चाहिए। इसी कारण मुझे इतना लज्जित होना पड़ा। खैर, अच्छा ! तुम नाराज नहीं हो.. यही बहुत है !

——खुदा के लिये...किस वास्ते नाराज़ होंगे?——मुकीम ने कहा—— आप लोगों की बातों का पता नहीं लगता, मुझे कुछ भी समझ नहीं आ रहा है।

——बिरादर! रास्ते में एक कहानी हुई थी——बरका ने कहा——उसकी कोई अहमियत नहीं। मैंने रफीक इसायेफ के साथ सम्मान न करते हुए अच्छी तरह अपना परिचय नहीं दिया, इसीलिये ये मुझ से नाराज हैं।...

——नहीं, मैं खफा नहीं हूँ!——इसायेफ़ ने कहा। इसके बाद चुप हो वह भी अपने ख्यालों में डूब गया। बरका खिड़की से बाहर देख रहा था, परिचित स्थान, पहाड़ और डांड़े, स्वदेश की ऊँची-नीची ज़मीन उस की नज़रों को इतनी सुन्दर लगी कि उस का दिल आनंदित हो नाच उठा। यही सुन्दर भूमि, उसके गगनचुम्बी लगी पर्वत और मोती बिखेरनेवाली नदियाँ, बाग-बगीचों और खेतों से भरी उपत्यका, इन्हीं ऊँची-नीची टेकरियों के बीच में वह पैदा हुआ, बढ़ा और युवा हुआ। हर तरह से इस ज़मीन की मिट्टी उसके लिये परिचित, हर शिला उस से परिचित और यहाँ गुजरी हर एक घटना की याद उसके दिमाग में ताज़ा थीं। इन्हीं टेकरियों के बीच एक छोटी नहर के किनारे कुदरत ने उस पर छुरा चलाया था। इसी ज़मीन में दुश्मन के हाथों उस का खून गिरा था। उस समय यह रास्ता पक्का नहीं था, यह ज़मीन बेकार पड़ी थी और इस नीचेवाले गाँव में एक भी सफेद मकान नहीं था...अहा...!एक ठो, दो ठो, तीन ठो...!! फिर चार ठो सफेद घर नये बने हुए तैयार हैं। टेकरियों के दामन में ट्रैक्टर चले हुए हैं। गाँवों के बीच में सड़कों पर घोड़ा-गाड़ियाँ बन्द हो बोझ ढोनेवाली लारियाँ दौड़ रही हैं।...सचमुच उस की जन्मभूमि इन चार-पाँच सालों में बहुत बदल गई है, लोग भी...चाहे इसी मुकीम को देखें या खदीचा को! हाँ, खदीचा कितनी आगे बढ़ गई है। बुद्धि में पूरी-पूरी रायन की शोभा और सुन्दरता में अद्भुत...गुण और आचार-व्यवहार में तो अति सुन्दर!...शायद बिल्कुल ही दूसरी हो गई है!!

––गाँव में शादी बड़े-बड़े काम कर रहा है––खामोशी को भंग करते हुए मुकीम ने कहा––रायन ही इजराई कमेटी ने उस की योजनाओं को करीब से देख कर सब उसे मानते हैं। कृषि-विद्या द्वारा किसानों ने खेती-बाड़ी करने के नये ढँग अपना लिये हैं। वह सभी कामों को मशीन और बिजली से पूरा करा रहा है।

—उससे यही उम्मीद थी !—इसायेफ ने कहा।

—और बाप कैसे हैं ?–बरका ने पूछा।

—बाप––मुकीम ने कुछ सोच कर कहा—बाप ठीक हैं, लेकिन कभी-कभी श्वेतकेश एकांगी बन जाता है। उसकी बुद्धिमानी में सन्देह नहीं, कपास की खेती में बहुत होशियार है; लेकिन नये कृषि-विज्ञान की ओर उस का उतना झुकाव नहीं है, कृषि-पंडित के साथ बहुत बार वाद-विवाद करता है।

बरका की भौहें एक-दूसरे से मिल गईं और उस की पेशानी पर कुछ रंज की रेखाएँ उभर आईं, तब वह बोला—खैर. . . !

—जो भी हो, बूढ़े को खफा नहीं करना चाहिए—इसायेफ़ ने कहा। वह काम-काजी है। इस बात को मुहम्मदजान ने जंग के जमाने की कठिनाइयों में ही साबित कर दिया था।

—शादी है. . .क्या !—मुकीम ने पूछा।

—हाँ, भाई शादी, मुहम्मदजान अका. . .कादिर श्वेतकेश और नहीं जानता. . . दो जनें दूसरे !—शोफ़र एकाएक बीच में बोल उठा।

—श्वेतकेश हमारी जमीन के पैमाइश करनेवाले—इसायेफ़ ने कहा।

उनकी गाड़ी अब गुलिस्तान गाँव में आ पहुँची थी। इस जगह टेकरियाँ बाईं ओर बहुत नजदीक आ गई थीं और नदी सड़क से दूर हो गई थी। गाँव भी दिखाई पड़ता था—वह कम चलनेवाले रास्ते पर एक टेकरी से ढका हुआ था। इसी समय शादी, मुहम्मदजान अका, कादिर श्वेतकेश

जिनमें एक रूसी भी था, टेकरी के किनारे एक खुली जगह में खड़े सलाह कर रहे थे। मोटर उनके पास जा कर खड़ी हो गई। पहले इसायेफ गाड़ी से निकल कर उन्हें सलाम करता हुए बोला—

—मेहमान ले आया हूँ..बड़े ही प्यारे और सम्माननीय मेहमान! अगर हमारी शर्त कबूल करें, तो मैं उनसे परिचय कराऊँ, नहीं तो मैं उन्हें ले कर लौट जाऊँगा।

शादी हँस पड़ा।

—बिना शर्त के तुम्हारा कोई काम नहीं होता! —कादिर श्वेतकेश ने कहा—खैर, तुम्हारी शर्त क्या है?

—शर्त यही है कि अगर मेरे लाये हुए मेहमान तबीयत के अनुकूल हों, तो सबसे पहले इसी रात मुहम्मदजान अका एक जोरदार जियाफ़ते-मौज करें। दूसरी शर्त यह कि जो कुछ भी मेहमान कहे, उसे मुहम्मद जान से ले कर सभी बूढ़े कबूल करें।

—किस बात की?—मुहम्मदजान ने पूछा।

—जो कुछ भी हो।

—नहीं, तुम्हारी शर्त होनेवाली नहीं है! —मुहम्मदजान ने कहा—आ कर मेहमान कहें कि सभी श्वेतकेश अपनी दाढ़ियों को मुड़ा दें तो! हाँ, मुहम्मदजान लालबुझक्कड़ क्या कहता है?

—क्या जाने हमारे प्यारे मेहमान ऐसा ही ख्याल रखते हों! —कादिर श्वेतकेश ने कार की ओर एक-दो कदम आगे बढ़ कर कहा।

—आगे न आवें!—इसायेफ़ ने अपने ओवरकोट से कार को सामने से ढाँकते हुए कहा! —हमारे प्यारे मेहमान से यह कभी नहीं हो सकता कि वह श्वेतकेशों के विरुद्ध उन की मर्यादा के विपरीत कोई बात दिल में भी लायें।

—खैर, अच्छी बात! —मुहम्मदजान ने कहा।

इसायेफ़ ने मोटर के दरवाजे को खोल दिया। पहले उस में से मुकीम सिर निकाल कर बाहर आया। लोग उसे देखते ही हँसने लगे।

—नहीं, ठीक है, ठीक है!—कादिर श्वेतकेश ने कहा—यह तुम्हारे मेहमान सचमुच ही बहुत ही प्यारे और हितैशी है। लेकिन बात यह है कि यह तो हमारे ही स्थान के जिम्मेवार व्यक्ति हैं। मेहमान नहीं, ये तो घर के स्वामी हैं।

—श्वेतकेश!—मुकीम ने कहा—मैं जो हूँ सो हूँ, किन्तु इनके लिये क्या कह रहे हो..?

मुकीम के पीछे बरका बाहर निकला। लोग कहकहा मार के हँसने लगे। सबसे पहले शादी दौड़ कर आया।

—अरे, बरका तू..!—उसने कहा—आ गया तू, मिल ही गया आखिर! बरका और शादी आपस में बगलगीर हुए, दोनों ने एक-दूसरे को चुम्बन दिया। मुहम्मदजान अका को अपनी आँखों से आँसू रोकना मुश्किल हो गया। वह एक-दो कदम बरका की ओर बढ़ा। इसी समय बरका शादी से अलग हो अपने बाप की छाती से लिपट गया। बाप-बेटे एक दूसरे से मिले। बूढ़े की आँखों से निकलते हुए गरम-गरम आँसू बरका के गालों और पेशानी को तर करने लगे। इन आँसुओं ने बरका को बतला दिया कि बूढ़ा बाप उस की जुदाई से कितना दुःखी हुआ होगा। इसी समय कादिर श्वेतकेश की आवाज़ सुनाई दी:

—मैंने कहा न! कि गुम हुआ यूसुफ फिर लौटेगा और कनआं का दुःख दूर हो जायेगा! लेकिन पुराने ज़माने के यूसुफ से हजार गुना सुख और आनन्द देनेवाला यह बरका आया है। इलाही! तुझे बूढ़ा और धनी करे..हाँ, मेरे बेटे शाबास!!

बरका फिर कादिर श्वेतकेश से मिला; बाद में दूसरे दोनों अपरिचित आदमियों से भी हाथ मिलाया। उनमें से एक को इसायेफ़ ने इलाके का

अमीन बतलाया। दूसरा बिखरे बालोंवाला एक रूसी नौजवान था, जिसने बरका से हाथ मिलाया। शादी ने मुकीम और इसायेफ़ से हाथ मिला कर उनसे यहाँ आने का कारण बतलाया।

मालूम हुआ कि गाँव के लोगों की इच्छानुसार रशीदोफ़ ने स्तालिनाबाद से एक विशेषज्ञ को भेजा है कि 'नव-जीवन' कलखोज की ज़मीन का और विस्तार करने के लिये उन की मदद करें और ज़मीन के मसले को हल करे। इंजीनियर ने सभी जगहों को देख कर श्वेतकेशों की बात को उचित बतलाया। उसके विचार के अनुसार टीले के किनारे-किनारे एक नहर खोद कर निकालना मुश्किल कार्य नहीं है; और इसके द्वारा खेतीके लिये जो जमीन निकाली जायेगी, वह उपत्यका की और उर्वर ज़मीनों की तरह ही काम की होगी। इंजीनियर योजना बनाने के लिये राजी हो गया है।

यह बात सुन कर सबसे ज्यादा प्रसन्नता इसायेफ़ को हुई। उसने भूमिमापक से कहा—

—अबदु-बाजार! इस मसले को जल्दी से हल करो। कागज को ठीक करके मेरे पास ले आओ। मैं नई ज़मीन को तसदीक करा के लाता हूँ, जिसमें कि इसी साल जोतने का काम शुरू हो जाये।

—बहुत अच्छा!—बाजार ने कहा।

—क्यों..घर को चलें..मरहमत!—सब की ओर मुस्कुराते हुए निगाह करके मुहम्मदजान ने कहा।

—यह नहीं हो सकता!—इसायेफ़ ने कहा—मोटर में सिर्फ चार आदमियों की जगह है। हम हैं, हमारा बोझा भी कम नहीं है, एक-दो-पाँच..आठ आदमी! इसलिये भाई मुकीम अपना छकड़ा ले जायें! मैं खुद बरका को दुलहे की तरह लिये चलता हूँ।

—बहुत अच्छा ! —कह कर मुकीम ने चाहा कि शोफर को जाने के लिये कहे, लेकिन शादी ने उसे रोक दिया । उसने पहले इंजीनियर और भूमिमापक से सलाह करने के बाद कहा :

—हमारे मेहमान रायन जानेवाले हैं, अगर उन्हें वहाँ पहुँचा कर आ जाये, तो अच्छा हो ।

सभी ने इंजीनियर और भूमिमापक से खैरो-खुश कहा तथा निश्चय हुआ कि वे आज ही रात से यह काम शुरू कर दें । अगर जरूरत हो तो लौट कर आवश्यक जानकारी ले कर दो-तीन दिन में सब काम खतम कर दें । कार विशेषज्ञों को ले कर रायन की ओर चली गई और कलखोज वाले गाँव की ओर रवाना हुए । रास्ते में शादी और कादिर श्वेतकेश दूसरों से अलग हो बहुत गरमागरम बात करते रहे ।

मैं चाहता हूँ ! —शादी ने कहा—कि चारों ब्रिगादों में से हर एक में कमसोमोली जवानों की एक-एक टुकड़ी संगठित करूँ । उनके लिये काम है । मसलन खारकश की टुकड़ी और सदफमा की टुकड़ी बिल्कुल जवानों और कमसोमोलों की है । और भी दो इसी तरह की टुकड़ियाँ संगठित कर जवानों को काम सिखलाने की आवश्यकता है । उन्हें आप लोगों के हाथ में देना चाहता हूँ कि उनसे काम लें और मार्गदर्शक बनें ।

—मैंने पता है क्या चालाकी की ? —श्वेतकेश ने कहा—अपना पथ-प्रदर्शक तो मैं ही स्वयं हूँ ! आजकल के जवान हमारी मदद के बिना भी उस्ताद हो सकते हैं । मसलन, सदफमा को ही ले लो । हम उसे क्या सिखलायेंगे ?

—पस्त-हिम्मत लोगों की आवश्यकता नहीं ! —शादी ने कहा—जवान चाहे कितने ही जानते हों, जानकार हों, पढ़े लिखे हों, लेकिन उन को तजुर्बा नहीं होता । अगर तुम्हारे जैसे श्वेतकेशों का तजुर्बा उनके ज्ञान के साथ मिल जाये, तो काम जल्दी आगे बढ़ सकता है ।

बूढ़े ने कुछ न बोल कर सिर्फ सिर हिला दिया। शादी ने बहुत धीमी आवाज से कहा, मानों वह अपने-आपसे बात कर रहा हो :

——दादा नाराज हो गया क्या? समझता है कि हम उसके तजुर्बे को स्वीकार करना नहीं चाहते। किसी-किसी दिन नाराज होके कहता है—

"चूँ पीर शुदी हाफिज़, अज़ मैकदा बेरूँबाश!" अर्थात् :

"हाफिज़ अब तो बूढ़ा हो गया इसलिये मधुशाला से बाहर चला जा!" श्वेतकेश, यह बात ठीक नहीं है। अगर हम में से कोई आपसी बातों से रंज हो कर कि मैं तो एक बुजुर्ग हो गया, और दूसरे को तजुर्बा नहीं है——यह कह कर चला जाय, तो काम ऐसे ही पड़ा रहेगा। इससे किसी को फायदा नहीं होगा। मैं चाहता हूँ कि तुम्हारे जैसे तजुर्बेकारों के अधीन काम करने के लिये जवानों की टोली संगठित करूँ, और तुम्हारे तजुर्बे से उनको परिचित कराऊँ। मुहम्मदजान ख्याल करते हैं कि ब्रिगादीर मौजूद हैं।...श्वेतकेश, तुम अब अकेले नहीं हो, कुछ फिक्र न करके काम को चालू करो। कल इस प्रश्न को बैठक में रखूँगा। देखें क्या कहते हैं?

श्वेतकेश ने अपनी लम्बी दाढ़ी को—जिस की सफेदी पीलेपन की ओर झुक रही थी, पर हाथ डाल मुस्कुराते हुए शादी की ओर मुँह करके कहा :

—तू अगर शादी, अपने ससुर से पूछता है, तो चाहे जो हो, उसने अपनी लड़की तेरे हाथों में दे रक्खी है। अब पूछ, क्या बात है श्वेतकेश! ठीक है, बेटा तेरी जैसी मर्जी, जिस काम पर भी तू लगायेगा, जब तक हाथों में ताकत है उसे करूँगा। पूरी हिम्मत से करूँगा। अपने तजुर्बे भी बतलाऊँगा। बस जिन्दगी सलामत रहनी चाहिए।

—आप सौ वर्ष के हों—शादी ने कहा—सलामत रहें, और सभी सुख आप को प्राप्त हों।...अरे हाँ! सचमुच एक चीज तुमसे पूछता हूँ दादा!

श्वेतकेश बड़े ध्यान से शादी की ओर देखने लगा। कैसे बात शुरू करे, शादी को तुरन्त कुछ समझ में न आया। फिर कुछ सोच कर उसने कहा :

—लाला बिजली-स्टेशन पर काम करती है...मिस्त्री हो गई है ?

—हाँ, क्या हुआ !

—कुछ नहीं...इसी तरह, वह कितने साल की हो गई होगी ?

श्वेतकेश ने तुरन्त समझ लिया कि शादी किस बात को कहना चाहता है, इसलिये वह हँसते हुए बोला :

—उसकी उमर ब्याह के लायक है...क्या कोई लड़का नजर आया... तुम्हें ?

—हाँ, कुछ बात तो है !—शादी बोला।

—काश, स्वयं मालिक बन लाला को उस के शौहर को सौंपता—श्वेतकेश ने कहा—लड़की बड़ी हो कर जब अपनी उम्र को पहुँच जाती है, तो चिन्ता भी बढ़ जाती है।

अपने मतलब को श्वेतकेश के सामने खोल कर कहने के पहले कुछ हसते हुए शादी ने कहा :

—हाँ, दुरुस्त !...एक आदमी बहुत ही योग्य और इच्छुक है !... लेकिन, नहीं जानता, उसे दामाद बनाना तुम्हें कबूल होगा या नहीं ?

—कौन है ?

—स्वयं निकोलाई याकोशेवी...!

शादी जल्दी से अपनी नज़र बूढ़े के चेहरे पर गड़ा कर उत्तर की प्रतीक्षा करने लगा और समझता था कि उसका रुख बदल जायेगा; लेकिन वैसा कुछ नहीं हुआ। श्वेतकेश एक तरह से संतुष्ट-सा दीखता था।

—गोया लाला ने भी निकोलाई को अपना दिल दे दिया !—अपनी बात को और मजबूत करते हुए शादी ने कहा—दोनों एक ही जगह काम

करते हैं, उन का काम भी एक है, आगे बढ़ने का रास्ता और लक्ष्य भी एक हैं!...आओ ऐसा करें कि उन का घर भी एक हो जाय...तुम्हें भी दामाद मिल जाय और दो जवान दिलों का भी मनोरथ पूरा हो।

शादी फिर बूढ़े से जवाब की प्रतीक्षा करने लगा, लेकिन वह चुप रहा। वह खामोशी से एक-एक कदम रास्ते पर डाल रहा था। यह देख कर शादी को डर लगने लगा कि शायद बूढ़े को बात पसन्द नहीं आई, शायद वह इन्कार करने के लिये कोई बहाना सोच रहा है, शायद वह रंज ही हो गया हो!

और फिर यह चर्चा स्वाभाविक भी नहीं थी। अभी तक गाँव के किसी आदमी ने अपनी लड़की किसी दूसरी जाति के जवान को, यहाँ तक कि अपने गाँव के बाहर भी नहीं दी थी। यह उस गाँव के लिये पहली घटना थी; गाँव नहीं, बल्कि सारे रायन के लिये पहली घटना थी, जबकि एक ताजिक लड़की किसी रूसी के साथ ब्याही जाती!

बूढ़े श्वेतकेश कादिर ने अपनी आधे से अधिक जिन्दगी पुराने वातावरण में बिताई थी, वह पुराने रीति-रिवाजों में पैदा हो कर बड़ा हुआ था। भले ही वह गरीब का लड़का रहा हो, लेकिन इस वक्त एक कर्मठ कलखोजची था। इस तरह वह एक-ब-एक जवाब नहीं दे सकता था, वह इस प्रश्न पर हर पहलू से विचार करना चाहता था। वास्तव में वह कोई रास्ता ढूँढ़ रहा था।

शादी ने भी फिर मुँह नहीं खोला। काफी रास्ता चलने के बाद गाँव-वाले कूचे की ओर वे मुड़े, जबकि श्वेतकेश ने सिर हिलाते हुए कहा :

—अपनी जवानी की मुझे याद आ रही है। अल्हड़ था, हिम्मती था, सुन्दर भी था, इश्कबाज़ भी हुआ—गाँव की सभी लड़कियाँ मुझे चाहती थीं। आखिर इसी औरत—लाला की आचा के फन्दे में पड़ा। और... अब खुद मेरे बच्चे इश्कबाजी कर रहे हैं!...खूब!!

—आप का दिल भी क्या इश्कबाजी की ओर खिंचा है ?—कहते हुए शादी ने हँस दिया ।

—इश्कबाजी में ही तो बूढ़ा हुआ—श्वेतकेश ने कहा—इसीलिये मधुशाला से बाहर हुआ, कहता हूँ ! ठीक है, अब यह तरुणों का जमाना है !

थोड़ा चुप रह कर श्वेतकेश फिर बोला :

—मुझे भी इस बात का पता है । एक दिन अहमदजान संबंध की चर्चा करने के लिये आया था । मुझे राजी करने के लिये बहुत-सी बातें बनाता रहा, समझाता रहा और खुद अपनी भी मिसाल दे रहा था :

शादी ने मुस्कुराते हुए कहा :

—अपनी किस बात की मिसाल दे रहा था ?

—उसकी स्त्री नीनाजान रूसी है !...उसी के बारे में कह रहा था । जब हम रूसी स्त्रियों को बहू बनाते हैं, तो फिर रूसी दामाद लेने से इन्कार क्यों ? मैंने कहा कि तू बिना मेरी सलाह के ही, सफर के दौरान इस रूसी औरत को ब्याह लाया, इसलिये वहाँ मेरे लिये कोई चारा नहीं था; लेकिन लड़की का ब्याह आसान कभी नहीं है, मेरे बच्चे !..."शहर का दरवाजा बन्द हो जायेगा, लेकिन लोगों का मुँह बन्द नहीं होगा"...की कहावत सुनी होगी ? विशेष कर गाँव की औरतें, बूढ़ियाँ तरह-तरह की बातें बना करके मेरी बीवी को पागल बना देंगी । आखिर वह माँ है, अपनी पाल-पोस कर बड़ी की हुई बच्ची के लिये उसके दिल में भी हविस और आरजू है । एक बेगाने आदमी को कैसे अपनी लड़की सौंप दूँ ? यही सोच कर वह परेशान है !

—खुद तुम्हारे अब इस बारे में क्या विचार हैं ?

—मैं खुद तुम लोगों के साथ सलाह करनेवाला था । बच्ची का चचा इसके पक्ष में है, उसकी सहेलियाँ भी पक्ष में हैं, लेकिन बुढ़िया राजी नहीं

होती है। मैं स्वयं तो राजी हूं ही, कोई एतराज नहीं मुझे। लेकिन तुम खुद जानते हो कि सबसे छोटी लड़की है, उसे दूर जगह देना कैसे हो सकता है ?

—दूर जगह नहीं है—शादी ने तुरन्त कहा—अव्वल यह तुम्हारा तरुण दामाद अकेला है, उसके माँ-बाप या कोई सगा-सम्बन्धी नहीं हैं, जर्मन-राक्षसों ने उसके सभी रिश्तेदारों को मार डाला!...बस जवान के एक सिर और दो कान हैं! एक तरह वह घर-दामाद ही होगा। इसके अलावा हम भी नहीं चाहते कि निकोलाई यहाँ से दूसरी जगह जाये और हमारे दिलों का प्यार तोड़े। हमारे सामने बहुत बड़े-बड़े काम हैं। लाला और याकोशेव भी इन कामों को छोड़ कर कहीं दूर नहीं जायेंगे। इसलिये इस बारे में खातिरजमा रहो। निकोलाई बड़ा ही सुशील लड़का है...वह...

—अच्छा तो..! श्वेतकेश ने शादी की बात को बीच से काटते हुए कहा—जब तभी इस विचार से राजी हैं, तो अच्छा है कि अपनी बीबी से अच्छी तरह सलाह करके देखूँ कि वह क्या कहती है।...अगर हम दोनों की राय हो गई, तो फिर कोई काम करेंगे।

बूढ़े की बात सुन कर शादी को बहुत प्रसन्नता हुई और उसने उसे प्रकट करते हुए कहा :

—अच्छा, चचा! ठीक है, खूब सलाह करें जा कर, अपने सम्बन्धियों से भी पूछें; लेकिन हमेशा आप का ध्यान लाला की भलाई और सौभाग्य की ओर रहना चाहिए।

शादी ने श्वेतकेश के हाथ को पकड़ कर खूब हिलाया। इसायेफ इसी समय मुहम्मदजान अका की हवेली की तरफ पहुँचा, आज रात की बैठक का वही मुखिया था। शादी और श्वेतकेश को देर करते हुए देख कर वह उनको ढूंढ़ने निकला था, और पास पहुँच कर बोला।

—खूब ! बैठक का समय हो गया, शादीजान ! बरका तेरी प्रतीक्षा कर रहा है, सभी हैरान हैं कि तू कहाँ चला गया था।

:०: :०: :०:

रात के पर्दे पर मानों दिन जैसी रोशनी खिल उठी ! पर्वतमाला और उपत्यका कालिमा की लपेट में दुबके थे। आसमान में सितारे नहीं झिलमिला रहे थे, लेकिन गुलिस्तान गाँव में हर जगह इलिच (बिजली) के चिराग आग के फूलों के रूप में झिलमिलाते हुए आकाश की ओर नजर डाल रहे थे। कलखोज के आफिस, सोवियत पंचायत के आफिस, क्लब और दूकान के आगे, स्कूल और बिजली-स्टेशन के चारों ओर चिराग जल रहे थे। इस अन्धेरे में ऊँची जगह पर खड़े होकर इस दृश्य को देखने से आदमी के दिल में क्या-क्या नूतन भाव नहीं पैदा होते थे ! गुल-लाला के फूल जैसी सुर्ख चेहरेवाली लाला और श्वेतकेश कादिर बिजली-स्टेशन के नजदीकवाले टीले पर खड़े हो चिरागों की ओर नजर करके एक टक देख रहे थे। उन्हें देख कर एक तरफ जहाँ मन प्रसन्न हो रहा था, वहाँ यह अफसोस भी हो रहा था कि गुलिस्तान गाँव में रात के वक्त यह दृश्य बहुत अधिक नहीं दिखाई पड़ता, क्योंकि पनबिजली-स्टेशन की ताकत अभी इतनी नहीं कि वह गाँव की रात की चादर को इन आग के फूलों से हर जगह और हर दिन सुशोभित कर पाता !

लाला ऐसी ऊँचाई पर खड़ी थी, जिसकी एक तरफ गाँव था, गुलिस्तान की उपत्यका फैली हुई थी, और दूसरी तरफ भूमि खूब सँकरी, उर्वरा और असिंचित थी, जो बिजली-स्टेशन के पानी निकलनेवाले बाँध के पास जा कर खतम होती थी। इसी जगह से पानी गिर कर टरबाइन को चलाता था, जिससे बिजली पैदा होती थी। यह बिजली तीन तारों द्वारा गाँव के बिजलीघर में जमा होती, जहाँ से गाँव के लगभग आधे घर प्रकाशित किये जाते हैं। लाला बिजली-मिस्त्री थी, उस का काम था

बिजली के तारों की देख-भाल करना; अगर जरूरत हो, तो तार ले जा कर अन्धेरी जगहों को रोशन करना। वह हर एक रात बाद बिजली-स्टेशन के मिकैनिक की सहायता के लिये बारी-बारी से काम करती थी। उस वक्त उसका काम कोई खास ज्यादा नहीं था, तो भी जब तक दिल नहीं ऊब आता था, वह अपने काम पर से नहीं लौटती थी। मुहम्मद अमीनोफ उसी के साथ काम करता था, लेकिन अभी वह अच्छी तरह से तजुर्बेकार और पक्का नहीं हुआ था; इसीलिये निकोलाई याकोशेवी स्टेशन के सारे काम को उसके ऊपर नहीं छोड़ सकता था। यद्यपि वह बीच-बीच जाँच करता रहता था, लेकिन कोई गलती न हो जाय, इस का ख्याल करके लाला को भी उसके साथ रख देता था।

लाला अपने पिता के साथ टीले पर खड़ी हो एक आह खींच कर नीचे उतरी और बिजलीघर के भीतर गई। घर के भीतर-बाहर भी लट्टू जल रहे थे। मुहम्मद अमीनोफ़ एक मध्यवयस्क मझोले कद का और सुन्दर मूँछोंवाला आदमी था; उसके हाथ में एक तेलवाला लत्ता था, जिससे वह मशीन पोंछ रहा था। वह अपने काम में लगा किसी गीत को गुनगुना रहा था। टरबाइन और डायनेमो की भरभराहट के साथ उसके गाने की आवाज और जोर पकड़ रही थी। वोल्टा-मीटर, इम्पीरोमीटर और दूसरे औजार, जो एक पत्थर की पट्टी के ऊपर लगे हुए थे, वह उनके पास जा कर उनकी ओर गौर से देखने लगी। वे यंत्र लालरेखा की भाषा में बात कर रहे थे कि स्टेशन खूब काम कर रहा है, किसी दुर्घटना का डर नहीं है। फिर लाला वहाँ रक्खी कुर्सी पर बैठ कर बोली :

—निकोलाई नहीं आया क्या ?

—नहीं !—मुहम्मद अमीनोफ़ ने कहा।

—लौट तो नहीं गया ?

—नहीं—मुहम्मद अमिनोफ़ ने कहा—आनेवाला था क्या ?

लाला कुछ नहीं बोली और रायन के अखबार को मेज पर से उठा कर देखने लगी।

—इस साल 'लेनिन' कलखोज भी बिजली-स्टेशन खड़ा कर रहा है—मुहम्मद अमीनोफ़ ने उससे कहा—अखबार में लिखा हुआ है। मुझे डर लग रहा है कि हमारे निकोलाई को कहीं वे लोग वहाँ न ले जायें!

—निकोलाई कहीं नहीं जायेगा—दृढ़तापूर्वक लाला बोली।

—अगर ऊपर से हुकुम आयेगा, तो क्या करेंगे? जाना ही पड़ेगा।

—हुकुम नहीं आयेगा। वह पहले हमारे ही स्टेशन को बड़ा करेगा।

—खैर, न जाये तो बेहतर!—मुहम्मद अमीनोफ़ ने कह कर अपनी दृष्टि लाला के मुँह की ओर की। लाला ने अखबार को इधर-उधर से देख कर मेज पर रख दिया, फिर किसी आशंका में पड़ पूछ उठी:

—क्या, तुम्हें कुछ शुबहा है...?

—नहीं तो!

—कोई बात हुई है? ... क्या उस का दिल दुखी है?

—नहीं, ऐसे ही मुझे ख्याल आ गया, अकेला बेसहारा आदमी है, सिर्फ एक सिर और दो कान। कहीं भी जायेगा, एक निवाला रोटी खा लेना मुश्किल न होगा...उसके लिए।

—यहाँ उसके लिये क्या कमी है?

—बेचारे की बीवी भी तो नहीं है।—मुहम्मद अमीनोफ़ ने कहा।

—क्या कलखोज 'लेनिन' वाले उसके लिये बीवी तैयार करके रक्खे हुए हैं। विचित्र बात करते हो अका सुल्तान!

—उस का भाग्य यहाँ नहीं खुला, शायद वहाँ खुल जाय!

—भाग्य!—कहते हुए लाला का दिल मुरझा गया—क्यों उस का पता नहीं लगा?...खैर, मैं खबर ले आऊँगी।

लाला बाहर चली गई। मुहम्मद अमीनोफ़ खुद-बखुद मुस्करा कर अपने क़ाम में लग गया। मशीन की ओर से कुछ निश्चिन्त हो जाने पर वह आराम लेने के लिये कुर्सी पर बैठ गया, इसी समय बाहर से निकोलाई आया।

—सुन्दर रात्रि, दोबरिइ वेचेर!—उसने ताजिक और रूसी दोनों भाषाओं में कहा— अकेला हो क्या?

—नहीं, मुहम्मद अमीनोफ़ ने कहा—लाला भी यहीं है।

—कहाँ है वह?

—इसी जगह—खड़ा होते हुए मुहम्मद अमीनोफ ने कहा—मन नहीं लग रहा था उस का..कह रही थी! शायद हवा खाने गई है।

निकोलाई कुछ नहीं बोला और पत्थर की पट्टी पर लगे हुए बिजली-यंत्रों की ओर एक बार निगाह करके; मुहम्मद अमीनोफ की ओर मुँह करके बोला:

—आज ज़रा सजग रहना। यंत्रों से मौसिम की असाधारणतः तो प्रकट हो रही है कि बहुत तेज उतरहिया चलेगी।

—बैरोमीटर ने तो कब से खबर दे रक्खी है!—कमर पर हाथ रख करके मुहम्मद अमीनोफ ने कहा।

निकोलाई मुस्कुरा उठा और उसने अपनी जेब में से सिगरेट निकाला, लेकिन न जाने क्या ख्याल करके उसे मुँह में न लगा, फिर जेब रख दिया।

—लाला का दिल उदास-सा हो, यह अजीब बात है!—मुहम्मद अमीनोफ ने कहा—वैसे लड़की जब सयानी हो जाती है, तो ऐसी ही बातें सुनने में आती हैं!

—कहाँ गई होगी?—निकोलाई ने भी उदास हो कर पूछा।

—कौन जानता है!—आराम के साथ मुहम्मद अमीनोफ ने कहा और बिजली की चायनिक से एक प्याला चाय निकाल कर बात जारी

रखते हुए बोला—मालूम होता है लड़की ने किसी को दिल दे दिया है !... हमारे गाँव में तमगेवाले खूबरू जवान भी तो बहुत हैं ।

निकोलाई अपनी जगह पर खड़ा हो गया और कुछ कहने के लिये मुँह खोलना ही चाहता था कि फिर एकाएक न जाने क्या सोच, चुप हो गया । मुहम्मद अमीनोफ ने उसके दिल की आग को और सुलगाते हुए कहा :

—उसके माँ-बाप भी ब्याह करने के लिये राजी हैं, कौन जानता है, शायद कोई शौहर उसके लिये पा गये हों ।

—काम के समय ऐसी बातें ठीक नहीं ! —अन्त में निकोलाई ने कहा । —खैर, मैं चला ! !...,लाला अगर आवे, तो उस को कहना कि अपने काम के स्थान से दूर न हो ।

अपनी रात की पोशाक को पहनते हुए उसने फिर एक बार पुर्जों की तरफ देखा, इसी समय मुहम्मद अमीनोफ कुछ सोच कर अपनी बातों के लिये लज्जा महसूस करने लगा और समझने लगा कि निकोलाई रंज हो कर अपने घर जा रहा है, इसलिये बात को ठीक करने के लिये उसने फिर कहा :

—लेकिन मैं समझता हूँ कि लाला भी तारों की खबर लेने के लिये ही गई है । तुम ऊपर के रास्ते की ओर निगाह करके जाना, शायद उसे तारों के ठीक करने में मदद की जरूरत हो ।

निकोलाई बाहर चला गया । पश्चिम की तरफ से धीरे-धीरे उतरहिया चलने लगी थी, बादल इतने नीचे उतर आये थे कि बिजली-स्टेशन की चारों ओर की बत्तियां उन की स्याही में झिलमिला रही थी । निकोलाई बिजली-स्टेशनवाले टीले से नीचे उतरता हुआ सीधे बड़ी सड़क पर पहुँच, वहाँ से गाँव की ओर रवाना हुआ ।

—निकोलाई !

इस आवाज ने उसे रोक दिया। निकोलाई ने मुड़ कर आवाज आने की जगह को देखा। आस-पास किसी को न देख कर उसे आश्चर्य हुआ। जब दूसरी बार उसने लाला की आवाज़ सुनी, तो देखा कि लाला बड़े पुल के ऊपर उस की रेलिंग के सहारे खड़ी है। नीचे की ओर बादलों के कारण, मद्धिम दिखाई पड़ते हुए बिजली के चिराग अपनी रोशनी फैलाने की चेष्टा कर रहे थे, जिस में एक तरुणी की छाया-सी उभरी थी। निकोलाई धीरे-धीरे चल कर लाला के पास पहुँचा। लाला लोहे के पुल के ऊपर से मुस्कुराती हुई उसी की ओर देख रही थी। वहाँ से नीचे पाँच-छ मीटर पर पत्थरों के भीतर से पहाड़ी नदी छल-छल करती हुई बह रही थी। बिजली के लट्टुओं की रोशनी में फेन उछालती धारा दीख पड़ती थी।

—यहाँ खड़ी-खड़ी क्या कर रही हो?—निकोलाई ने पूछा।

—गाँव को देख रही हूँ और एक अविस्मरणीय रात को याद कर रही हूँ।

निकोलाई जानता था कि वह कौन-सी रात है। वह वही पहली रात थी, जबकि दोनों ने एक-दूसरे से अपने हृदयों को प्रेम से प्रकाशित किया था।

—कौन जानता है!—लाला ने अपनी बात जारी रखते हुए कहा—शायद वह मात्र मधुर स्मृति रह जाय!!

—ऐसा क्यों कहती हो?

—और क्या कहूँ!—निकोलाई की तरफ प्रश्नसूचक दृष्टि डालते हुए लाला ने कहा। सरबन्द के नीचे से कुछ निकले हुए लाला के रेशमी केशों को उत्तरी हवा हिला रही थी। लाला ने फिर अपनी बात को दोहराते हुए कहा—क्या करूँ! तू शायद अब यहाँ से जाना चाहता है, मेरे लिये तो बस वही एक मधुर स्मृति ही बाकी रहेगी!

निकोलाई ने लाला के हाथ को पकड़ कर अपने नजदीक लाते हुए कहा।

—मैं कहीं भी नहीं जाऊँगा, मेरी जान! मैं तो तेरा बन्दी हूँ,... इन तेरी शोख आँखों का बन्दी!..इन तेरे बिखरे बालों का बन्दी!!

—शायर...कवि!

—इस का कारण भी तू ही है।

इसी समय वर्षा की दो-एक बूँदें उन के ऊपर पड़ीं और उतरहिया भी जोर पकड़ने लगी।

—हाँ यही बातें—निकोलाई ने लाला के कान के पास फुस-फुसा कर कहा—हमारी गृहस्थी का जीवन भी इसी तरह..एकाएक जोशो-खरोश से शुरू होनेवाला है,...लालाजान!

—मुझे विश्वास नहीं होता!—लाला ने धीरे-से यह कहा और अपने सिर को निकोलाई के मजबूत सीने से सटा दिया।

इन दोनों की प्रेम-कहानी शुरू हुए करीब एक साल गुजरा होगा—जब स्तालिनाबाद के टेक्नालॉजिकल स्कूल से पढ़ाई खत्म कर तथा एलेक्ट्रिशियन बन कर लाला काम करने के लिये अपने गाँव लौटी थी। उसने वहाँ निकोलाई को काम करते हुए देखा। वह एक ऊँचे कद का जवान था, उसके हाथ-पैर बड़े मजबूत थे; लेकिन दाहिने हाथ की दो अँगुलियों और बाएँ पैर में चोट आने के कारण सेना से उसे छुट्टी मिल चुकी थी। मुलाकात के पहले ही दिन से वह लाला को पसन्द आया। निकोलाई के बाल कुछ-कुछ लाल आभा लिये भूरे रंग के थे, आँखें नीली, पेशानी चौड़ी और मुँह लम्बा था। उस की आवाज़ बड़ी मीठी थी, स्वभाव मुलायम और लहजा शिष्ट! चाल-चलन बहुत सुन्दर

था। दोनों एक ही जगह काम करते, थे। लाला ने उसके दिल को अपनी ओर खींच लिया और एक चाँदनी रात को इसी ऊँचे पुल के ऊपर उसने लाला के सामने अपने प्रेम को प्रकट किया। उन्होंने उस रात जो प्रेम की शपथ खाई थी, उसे न जाने कितनी ही बार वे दोहरा चुके थे।

—तूने किसी दूसरे को तो दिल में जगह नहीं दी ?

लाला ने निकोलाई को सिर हिला कर जवाब दिया। निकोलाई ने अपने हाथ को उसके सिर पर रख कर उसके सुर्ख ओठों को चूम लिया। लाला ने बड़े नाजो-अदा से 'ऊई!' कहते हुए अपने-आप को छुड़ाया और मस्तानी चाल से चलती हुई वह तीन-चार कदम दूर रेलिंग पर झुक कर पुल के नीचे कुछ देखने लगी। उसके माथे पर पसीने की बूँदें छलक आई थीं। उसने रूमाल से उन्हें पोंछा और सामने निगाह डाली —अरे अवरिया..आग...!!—एकाएक वह चिल्ला उठी।

निकोलाई ने भी घबरा-कर गाँव की ओर दृष्टि की ओर देखा कि दूर गाँव के पास तार के खम्भों या किसी और चीज से आग की लपटें और चिनगारियाँ निकलती मालूम पड़ती थीं। हाँ यह अवरिया (आफत) ही तो थी। तेज हवा के कारण तार आपस में मिल जाते थे, तो आग की लपटें निकलतीं। इससे आग फैल सकती थी और कीमती ट्राँसफार्मर के नष्ट होने का भय था। शीघ्रता से दौड़ कर घटना-स्थल पर पहुँचना जरूरी था। दोनों सब कुछ भूल कर बड़ी सड़क से दौड़ते हुए उस जगह पहुँचे। निकोलाई कितनी ही कोशिश करता रहा, लेकिन वह लाला से आगे नहीं जा सका। सबसे पहले लाला उस स्थान पर पहुँची। सलीमा बानो अपनी हवेली के दरवाजे के सामने खड़ी पड़ोसियों को सहायता के लिये बुला रही थी। दो-तीन मर्द-औरत वहाँ जमा हो गये थे और पशुशाला की छत के ऊपर से निकलती हुई आग की लपटों को बड़े डर के साथ देखते किंकर्त्तव्यविमूढ़-से खड़े थे। निकोलाई ने जल्दी

से वहाँ पहुँच कर देखा कि घर के तार के साथ पशुशाला के ऊपर भी दो-तीन और तार लगे हुए हैं और भीतर पशुशाला में भी बत्तियाँ जल रही हैं। यह काम बिजली रखने के कानून के खिलाफ किया गया था। उतरहिया और वर्षा के कारण ये तार एक-दूसरे से जुड़ कर बार-बार चिनगारी फेंक रहे थे। निकोलाई ने लाला के हाथ से रबड़ के दस्ताने और अन्य औजार ले कर चाहा कि तारों को जुड़ी हुई जगह से काट कर अलग कर दे। इसी समय रोशनी एकाएक तेज हुई और अगले ही क्षण सभी बत्तियाँ भक्क से बुझ गयीं।

—तुफ् !—गुस्से में आ कर निकोलाई ने कहा—जल गया...

—क्या ट्रान्सफार्मर भी ?—लाला ने पूछा।

निकोलाई ने जवाब न दे सलीमा बानो की ओर निगाह की। इस समय आस-पास के बहुत से पड़ोसी भी वहाँ जमा हो गये थे।

—यह किस का काम है ?

सलीमा बानो ने अँधेरे में छिपे हुए भी निकोलाई की आग उगलती आँखों को देखा, और थोड़ी देर तक कोई बात नहीं मुँह से निकाल सकी।

—पशुशाला में बिजली लगाने के लिये तुम्हें किसने इजाजत दी ?—लाला ने पूछा। सलीमा बानो ने गिड़गिड़ाते हुए जवाब दिया :

—बच्ची, मैं क्या जानूँ ! दो दिन हुए कि मेरी गाय नहतूतीखान ने बच्चा पैदा किया। अँधेरे में जानवर आराम से नहीं रह सकेगा, यह सोच कर राज़िकदाई के पुत्र अहमदजान से मिन्नत की। सोचा—वह स्कूली लड़का है, इस काम को जानता है। उसने आ कर यह तार लगा दिया।

इसी समय शादी और कातिब दौड़े-दौड़े आये।

—निकोलाई, क्या दुर्घटना..?—शादी ने पूछा।

—मुझे डर है कि मूलयंत्र का तार जल गया है, केवल इसी कूचे में अँधेरा है। यह कहते हुए वह दौड़ कर बाहर चला गया।

—अच्छा, तो अब तुम्हारी प्रसूता नहतूती अँधेरे में बैठेगी !—शादी ने सलीमा बानो से कहा—पंचायत के निश्चय को नहीं जानती क्या ? जो कोई भी अपने मन से चिराग लगायेगा, उसे एक महीना अँधेरे में रहना होगा।

—जानवर..! प्रसूता..!!—कहते हुए सलीमाबानो कुछ बोलना चाहती थी; लेकिन रोने के कारण उस का गला रुँध गया।

—तोबा !—शादी ने कहा—अगर मेरे पास आ कर कह दिया होता, तो क्या होता? मैं लाला को भेजता, और वह तुम्हारी पशुशाला में एक मामूली बल्ब लगा देती। एऽ! सलीमाबानो, तुमसे क्या कहूँ !!

इसी समय लाला ने नीचे कुर्सी रख कर अतिरिक्त तारों को काट दिया। एक क्षण बाद फिर घर के भीतर रोशनी हो गई। सब लोगों ने संतोष की साँस ली।

—निकोलाई को धन्यवाद दो !—शादी ने सलीमाबानो से कहा कि ठीक समय पर यहाँ मौजूद था।

लोग परेशान थे, इसी समय निकोलाई भी वहाँ आ पहुँचा।

—इनको एक महीने के लिये बिजली से महरूम करना कानून के अनुसार जरूरी है—सलीमा बानो की ओर निगाह करके उसने कहा—लेकिन अच्छा हो शादी भाई कि इस बार इसके गुनाह को माफ कर दें, काम ठीक हो गया है।

—खूब, कल क्या होता है..देखेंगे !—कह कर शादी निकोलाई और लाला के साथ हवेली से बाहर चला गया।

उतरहिया धीमी पड़ गई थी, और आकाश से वर्षा हो रही थी।

—बिजली स्टेशन कैसा है ?—लाला और निकोलाई के बीच में चलते हुए शादी ने पूछा !—ठीक से काम तो कर रहा है ?

—ठीक है !—निकोलाई ने कहा—चलें, देख लें।

—कल मैं गया था, लेकिन तुम नहीं थे—शादी ने कहा।

—नीचे घाटी में तार बदलने गया था।

—और आज घर में मेहमान है, बरका आया हुआ है।...बिजली गुल हो गयी, तो पता लगाने के लिये चला आया। अच्छा हुआ कि तुम दोनों को देखा।

—क्या कोई जरूरी काम है हमारे लिए...?—लाला ने पूछा।

—हां, एक खुशखबरी है!—मुस्कुराते हुए शादी ने कहा—श्वेतकेश एक प्रकार से राजी हो गया है।

लाला कृतज्ञतापूर्ण आँखों से शादी की ओर देख बिजलीघर की ओर भाग गई। लेकिन शादी ने अँधेरे में उस की निगाहों को नहीं देखा। निकोलाई ने शादी के हाथों को पकड़ कर खूब जोर से दबाया और उसकी इस मेहरबानी के लिये अपने उद्‌गार प्रकट करते हुए कहा :

—रहमत..बहुत-बहुत शुक्रिया !....अका शादी !!

× × ×

बरका के आ जाने के कारण मुहम्मदजान अका को इतनी प्रसन्नता हुई कि वह फिर से जवान हो गया। उसके हवेली और घर ने कितने ही समय से मेहमानों का मुँह नहीं देखा था, वह हमेशा सुनसान रहती थी। पर कल रात से वह मेहमानों और लोगों की बात-चीत और चहलकदमी से गूँज रही थी। खुशी के मारे बुढ़िया और दिलबर के बदन पर उनके कपड़े नहीं समा रहे थे। वह कभी हँसती थीं, कभी बरका की तारीफ़ करती थीं और कभी मेहमान की खातिर में लग जाती थीं। बुढ़िया कभी अपनी आँखों से आँसू गिराती, कभी अँगीठी के पास जाती, कभी आस-पास के घरों से आई स्त्रियों और बुढ़िया पड़ोसिनों के पास जा कर

उनसे मुबारकबादी लेती। उसी रात बरका के पैर के नीचे भेड़ मारी गई और कबाब, शोरबा, पुलाव पकाया गया, हवेली को भी बिजली के लट्टुओं से सजाया गया था।

दूसरे दिन मुहम्मदजान जल्दी ही उठ कर ईसायेफ के साथ गाँव के बाहर की बंजर जमीन की ओर गया और खेती बढ़ाने के बारे में अपने विचारों को प्रकट करते हुए अपनी बनायी योजना दिखलाई। लेकिन बरका दोपहर के भोजन तक सोता रहा। फिर जाग कर अपनी माँ, बड़ी बहन दिलबर और भाँजी गुलजमाल के साथ बैठ कर नाश्ता किया। नाश्ता करते समय दिलबर से मालूम हुआ कि शादी कलखोज के आफिस गया है, इसलिये बरका भी जल्दी उठ कर वहाँ गया।

शादी अपने कमरे में मुकीम और कासिमजान के साथ बात कर रहा था। बरका को देख कर वह खड़ा हो गया और हाथ मिला कर उसे दीवान पर बैठने के लिये संकेत किया।

——रहमत है तुझे, बरका !——शादी ने कहा——तेरी बातों के बाद बाप बहुत मुलायम हो गये और आज ही इसायोफ को लिये बंजर मैदान की ओर गये हैं।

——धीरे-धीरे ठीक हो जायेंगे——बरका ने कहा——खुश, तुम्हारी कोई बैठक है क्या ?

——नहीं——शादी ने कहा——मुकीम के साथ आगामी योजना के बारे में बात-चीत कर रहे थे। आधे मार्च से ज्यादा देर न कर के यदि हम लोग ट्रैक्टरों को भेज सकें, तो बेहतर होगा।

——ट्रैक्टरों की मरम्मत में कुछ देर लग रही है——मुकीम ने कहा——मुझे डर लग रहा है कि कहीं हमारी योजना अधूरी न रह जाय।

——क्यों डरते हैं ?——बेपरवाही के साथ कासिमजान ने कहा——यह बरका जो आ गया, यह बड़ा अच्छा टेक्नीशियन है, हमें मदद देगा !

—यह अभी कब काम में हाथ लगायेगा, हमें मालूम नहीं है—मुकीम ने शादी की ओर निगाह करके कहा।

—बेकार इधर-उधर घूम कर भी क्या करेगा ?—शादी ने कहा।

बरका ने मुस्कराते हुए कहा—बिचवई करने का काम कोई तुझसे सीखे ! ये सारी बातें मुझे ही काम में लगाने के बारे में हो रही थीं, अच्छा ठीक ! तो कल सबेरे ही से मैं अपनी कमीज़ की बाँह ऊपर चढ़ाता हूँ।

—नहीं, कल से नहीं—मुकीम ने कहा—अगले सप्ताह (सोमवार) से।

—हाँ, अच्छा है !

कातिब चाय लाया, कासिमजान ने प्यालों में चाय उँड़ेली और उन्हें दोस्तों की ओर बढ़ाया। चाय पीते हुए शादी ने कल रात की घटना को बतलाया :

—सलीमा बानो की नहतूती प्रसूता हुई है—दूसरों को भी हँसाते हुए उसने कहा—न होती, तो अवश्य यह दुर्घटना न होती।

—खैर, फिर क्या हुआ !—मुकीम ने पूछा—नहतूती अब अँधेरे में रहेगी और क्या ?

—क़ायदे के अनुसार तो हमें सलीमा बानो को भी अँधेरे में बैठना चाहिए—कासिमजान ने कहा—लेकिन शादी ने रहमदिली दिखायी है।

—अगर गौर से बात की तह तक पहुँचा जाय—शादी ने कहा—तो सलीमाबानो भी गुनाहगार नहीं है ! हम—मैं और तुम गुनाहगार हैं, हमारा कलखोज का आफिस गुनाहगार है।

—क्यों ?—मुकीम ने पूछा।

—क्योंकि सलीमाबानो और दूसरों की माँगों को हम अच्छी तरह पूरा नहीं कर सके। सलीमा बानो अब नहीं चाहती है कि उस की नई बनाई हुई पशुशाला में मिट्टी के तेल का चिराग जले। वह वहाँ बिजली लगाना

चाहती है। वह अपनी चाय को बिजली की चायानक में उबालना चाहती है, अपने घर को बिजली की अँगीठी से गरम करना चाहती है। उसने जिन्दगी का नया पाठ पढ़ा है। वह अपनी आशाओं को रोज़-बरोज़ कार्यरूप में परिणत होते हुए देखना चाहती है; लेकिन हमारा शासन इसमें असमर्थ है। हम अभी तक इतने समर्थ नहीं हो सके कि बिजली-स्टेशन की कार्य-क्षमता को और बढ़ा सकें, ताकि सब की माँगें पूरी हों।

—योजना बन गई है, मंजूर भी हो चुकी है, और काम में हाथ लग गया है, फिर क्या ?—शादी की बातों से हैरान हो कासिमजान ने कहा—पंचायत अपने जिम्मे का क़ाम तो कर ही रही है।

—अगर चलते हुए काम को स्वयं ही रोक दें—शादी ने कहा—तो भी भविष्य में स्टेशन जल्दी से नहीं तैयार होगा।

बरका चाय के प्याले को पी कर उठा और उसे मेज पर रखते हुए, वहीं खड़े-खड़े बोला :

—मेरे विचार में एक बात ग़लत हुई है ! क्या ही अच्छा हो, यदि इसी नई नहर को नये बिजली-टेशन के साथ एक कर दिया जाय ?

—शाबास !—शादी ने कहा—मेरे मन में भी यह ख्याल आ रहा था। काम होगा, ठीक होगा ! दोनों तरफ से हम नहर को खोदें और अवश्य ही यह करें...! नहर के इस छोर पर अपना बिजली-स्टेशन रक्खें।

—जमीन के जोतने के बारे में क्या होगा—कासिमजान ने कहा।

—ज़मीन भी तैयार होगी—शादी ने कहा।

—आऽ...?—हैरान हो फिर कासिमजान ने कहा—एक ही साथ नहर भी, नया स्टेशन भी और जमीन का बनाना भी...!

—नहीं, नहर और स्टेशन का कार्य इतनी जल्दी नहीं होगा। कम-से-कम पांच-छः महीनों की जरूरत होगी। लेकिन नई ज़मीन को पहले जोतना शुरू कर देना चाहिए।

—बिना पानी के ही ?—मुकीम ने पूछा ।

—हाँ, बिना पानी के ही !—शादी ने कहा—क्यों न हम बिना सिंचाई की कपास की खेती करें ? इस साल बिना सिंचाई की कपास... अगले साल उसमें पानी पहुँचायेंगे ।

—हमारी योजना के बारे में क्या हुआ ?—कासिमजान ने पूछा—आखिर हमने वचन दिया है ।

—ये जवान इसमें सहायता के लिये तैयार हैं—शादी ने बरका और मुकीम की ओर इशारा करके कहा—अपनी कपास की योजना को भी हम अनुमान से अधिक ही पूरा करेंगे । यह गुलिस्ताँ-उपत्यका की ज़मीन है, अगर मेहनत करें, तो यह हमें लज्जित होने नहीं देगी ।

कासिमजान कुछ बोलना चाहता था कि शादी ने फिर बात शुरू कर दी :

—इन सभी प्रश्नों को पंचायत की बैठक में रख कर विचार करें । लेकिन इसे पहले एक बार रायन और केन्द्र तक भी जाना चाहिए ।

इसी समय दरवाज़ा खुला और महमूदजान ने भीतर आ कर कहा :

—मौसी को तो गाड़ी पर चढ़ा आया—मौसी और लताफत दोनों के लिये एक अलग कम्पार्टमेण्ट, हाथ-मुँह धोने की बेसिन के साथ था । सभी जगह मखमल और कालीन बिछा हुआ था, आइना लगा हुआ था, वार्निश चमक रही थी ।...ए, ठहरिये, सरकारी डिब्बे जैसा !

वहाँ के सब लोग हँस पड़े । शादी ने बरका की ओर इशारा करके कहा :

—और नहीं तो बरका को तो सलाम-अलेक कर !

—ए,...ए !—बरका को पहचान कर महमूदजान एकाएक बोल उठा—आँखें काली हो गई हैं, मैं माहकमजान सुमझ रहा था, क्यों-क्यों, एऽ...!

महमूदजान ने उसे जोर से अपनी छाती से लगा उसके मुँह को चूमा। फिर हालचाल, कुशल-मंगल पूछने के बाद प्रसन्नता प्रकट कर अपनी बात को सुमाप्त किया :

—रायन में रफ़ीक इसायेफ़ को देखा। दादाजान नियामतोफ़ को आप लोगों की राय से 'पख्तकार' कलखोज में रख दिया बतलाते हैं; लेकिन अभी उससे पूछना जरूरी है, बोल रहे थे।

—और क्या बात ?—कासिमजान ने पूछा।

—कोई बात नहीं—महमूदजान बोला—इसायेफ कह रहे हैं कि हमारा कलखोज इस दफा सभी कलखोंजों का अगुवा होगा, और होड़ लगा कर उन्हें मदद देगा।

—ठीक है!—शादी ने कहा—दादाजान के साथ हमारी शर्त भी यही थी। हमने उससे वादा किया था कि इस साल हमारा करखोज केवल 'पख्तकार' कलखोज से ही नहीं, बल्कि 'अवान्गार्द' कलखोज से भी आगे बढ़ जायगा और बिना सिचाई की खेती के कार्य में 'कम्यूनिस्ट' कलखोज को भी मदद देगा। मैं चाहता हूँ कि इसी बारे में मीटिंग बुला कर बात करें। अपने रायन की कलखोजों को आम तौर से आगे बढ़ाना चाहिये।

शादी की बातों को सुनते हुए बरका ने मुकीम की ओर निगाह डाली। मुकीम ने भी स्वीकृति देते हुए सिर हिला दिया।

—दरियादिल और फौलाद जैसे इरादेवाला आदमी है यह शादी!—बड़े स्नेह के साथ उस की ओर देखते हुए बरका ने मन-ही-मन में कहा—हाँ, चाहता है कि सभी कामों की जिम्मेवारी अपने कन्धे पर उठाये। लेकिन विश्वास रख, कि हम भी अपनी पूरी शक्ति और दिलो-जान से तेरी मदद करेंगे...तेरी योजनाओं को पूरा करने की कोशिश करेंगे। और हम जानते हैं कि ये सारी योजनाएँ वस्तुतः साकार रूप धारण करने लायक हैं!

:o: :o: :o:

बरका रात को शादी के घर में था, ताकि उससे कुछ बात करे। शादी ने अपने किये हुए कामों तथा आगामी योजनाओं के बारे में बतलाते हुए कहा :

—अब रायन में थोड़े दिनों से तीन कपास की खेतीवाले ब्रिगादीर और एक बागवानी का ब्रिगादीर हमारे दस आदमियों के साथ, जवानों में से अपनी टुकड़ियों के सरदार समेत जा कर पड़े हैं। खुद कलखोज में स्कूल के अध्यापकों की मदद से लिखने-पढ़ने तथा राजनीतिक शिक्षा देने की कक्षाएँ खोली हैं। नया पियानो खरीद करके लाये हैं, सभी कला-सम्बन्धी कामों को 'सारा' ठीक राह पर चला रही है और जल्दी ही हमारा आर्केस्ट्रा भी तैयार हो रहा है।...ये सभी काम अभी अच्छी तरह से शुरू नहीं हो सके हैं। कपास हमारे कलखोज की समृद्धि का एक सबसे बड़ा साधन है। लेकिन उसके काम में कुछ कठिनाइयाँ हैं, जो अभी दूर नहीं हुई हैं। ये कठिनाइयाँ कम और थोड़ी भले ही हों; पर मेरे भाई, उन का दूर करना मुश्किल है, क्योंकि वह बेसमझी और वहम के कारण है, जो कुछ लोगों में देखी जाती हैं। कुछ लोग ऐसे हैं, जो हर एक नई चीज, हर एक नये काम, हर एक नये परिवर्त्तन से भयभीत-से होते हैं, वहम में पड़ जाते हैं। आदमी विचित्र प्राणी है! जिन लोगों को एक चीज की आदत पड़ गई है, दूसरी कितनी ही बड़ी चीज या काम की चीज दिखाई पड़ रही हो, उसे देख कर भी उस पहली आदत को छोड़ने के लिये जल्दी तैयार नहीं होते हैं। कलखोज के संगठन के समय भी यह बात देखी गई थी। निजी खेती की तकलीफ और गरीबी से लोग तंग थे, उससे निकलने का रास्ता ढूँढ़ रहे थे। पार्टी ने उनसे कहा भी कि कलखोज बना कर काम करो। लेकिन इनमें से बहुतों ने शीघ्रता से अपने पुराने ढँग को छोड़ना नहीं पसन्द किया। कलखोज में आये भी तो बड़े मुलाहिज़े और सन्देह के साथ और निजी खेती के जीवन से उन का मन नहीं हट सका। लेकिन जब कलखोज में आ कर आसूदा हो गये और उन की जिन्दगी पहले से बड़े आश्चर्यजनक

रूप से आगे बढ़ी, एक भी व्यक्ति कलखोज से बाहर नहीं गया। पर जब यह खेती का नया मसला, नये तौर-तरीकों का मामला सामने आया कि फिर उन्हें भय और सन्देह पैदा होने लगा है। इस तरह के आदमी काम के आगे बढ़ने में बड़े बाधक होते हैं ...!

बरका ने अपनी जेब में से सिगरेट का डिब्बा निकाल कर शादी की ओर बढ़ाया।

——दस दिन से सिगरेट नहीं पी रहा हूँ, बिल्कुल छोड़ दिया! ——शादी ने कहा। बरका ने सिगरेट का कश लेते हुए कहा :

——बात तेरी ठीक है, भाई अका! ऐसे आदमी हैं और उन सब का सरदार है ..! मेरा बाप! अलबत्ता...लेकिन मुझे पूरा विश्वास है धीरे-धीरे इन बातों को छोड़ कर हमारा अवश्य साथ देगा।

——खैर, लेकिन बूढ़ा ही क्यों?——शादी ने कहा——और भी कई उस दिमाग के लोग यहाँ पर हैं। देखो न दिलबर भी उस की तरफ हो कर ऐसा काम कर रही है कि देख कर मुझे खुद हैरानी होता है। मैं नहीं कहता कि वह नये कृषि-विज्ञान का ख्याल नहीं रखती या उसे नहीं चाहती,...नहीं, ऐसा नहीं है। लेकिन वह अन्धी हो कर, बाप के तजुर्बे को अपनाने के लिए जोर दे कर खामखाह काम के आगे बढ़ने में रुकावट डालती है।

——अजब बात है!...——मुस्कराते हुए बरका ने कहा——पर...इन सब खुराफातों का मूल कारण तेरा यहाँ न रहना ही था, अका शादी! खैर, तू दिलेर जवान है, अब आ गया, जल्दी ही उस पर तेरा प्रभाव पड़ेगा।

——काश, ऐसा ही होता...! ——शादी ने कहा।

——क्या हुआ जो नियामतोफ को हाथ से जाने दिया?——बरका ने पूछा——यहाँ भी खजांची का काम मुश्किल हो गया और नियामतोफ के सिर पर भी बहुत बड़ा काम पड़ गया, इलाही अपने काम को ठीक से सँभाल लै वह!

---हकीमोफ की भी यही राय हुई---शादी ने कहा---दादाजान नियामतोफ बड़ा ही समझदार आदमी है। पार्टी का इस तरह विश्वास और काम उसे और भी आगे बढ़ायेगा। यह भी शिक्षा का एक नया रास्ता है, विकास के कामों को बढ़ावा देने का एक नया तरीका है, उन का !

शादी कुछ देर चुप हो गया। एक ओर रात की नीरवता छाई हुई थी, बाहर बर्फ गिर रही थी, चिराग की रोशनी में बर्फ के फाहे गिरते हुए धीरे-धीरे ज़मीन को ढाँक रहे थे। खिड़की के शीशों को भी उन्होंने सफेद कर दिया था।

—दादाजान आदमी बुरा नहीं है!—शादी ने फिर बात शुरू करते हुए कहा---उसके जाने का अफसोस तो होगा ही, क्योंकि कलखोज के काम में तो बड़ा मुस्तैद था। संगठन और पैदावार—दोनों ही दृष्टि से कलखोज को काफी मजबूत किया था उसने !

—ख़ैर...! बरका ने कहा।

—:०:—

: २६ :

मुश्किल किन्तु बढ़िया काम !

रायन के इजराई-विभाग के रईस (अध्यक्ष) रफीक संगीनोफ का कमरा---एक नया बड़ा-सा घर रोशन था। उस कमरे में तीन बड़ी-बड़ी खिड़कियाँ थीं, जिनके ऊपर शाही और अतलस के बड़े-बड़े पर्दे लटक रहे थे तथा फर्श के ऊपर भी कालीन बिछा हुआ था। बड़ी मेज के पास एक छोटी मेज सफेद मेजपोश से ढँकी हुई थी। चिनार के रंगवाली इन मेजों के अलावा दोनों तरफ कई-एक कुर्सियों करीने से रखी हुई थी, फिर कमरे के दोनों छोरों पर मुलायम गद्दीवाले दीवान रक्खे हुए थे।

संगीनोफ लम्बे कद का, काली आँखों और भौंहोंवाला, लम्बी मूँछों से युक्त एक सुन्दर पुरुष मालूम होता था। रईस का पद उसके द्वारा शोभा दे रहा था। वह बहुत दबदबा नहीं रखता था, बड़े होने का उस को अभिमान भी नहीं था; लेकिन उसके पास आनेवाले स्वयं ही उसे एक बड़ा आदमी या एक बहुत प्रतापी व्यक्ति तथा महत्वपूर्ण पद पर आसीन अध्यक्ष महसूस करते और बात करने में उस का लिहाज रखते थे। संगीनोफ लोगों की बातों को बड़े ध्यान से सुनता और कभी अपने दिये वादे को न तोड़ता। अगर वह किसी काम के लिये राजी हो जाता या किसी बात करने का वचन देता, तो यह निश्चित था कि वह उस काम को जरूर करेगा। वह रायन के कतिपय नेताओं की तरह अपने वादे को कभी खाली न जाने देता और लोगों के रुके हुए कामों को अधूरा न रहने देता। अतः रईस संगीनोफ को रायन और पूरे प्रदेश के निवासी बहुत इज्जत की निगाहों से देखते थे। यह दूसरी बार था, जबकि शादी उसके साथ बात कर रहा था; लेकिन उसने हमेशा उसे अपने नजदीक पाया तथा इतना अपनत्व से बातें करते हुए देखा कि मालूम होता था कि सालों से एक-दूसरे के सुपरिचित हैं। इस बार बात-चीत में गुलिस्तान सोवियत के रईस संगीनोफ, नादिर हिदायतोफ तथा हकीमोफ़ भी शामिल थे।

––हमें वक्त से जरा पहले आने की जरूरत थी––नादिर ने कहा ––बैठक शुरू होने से पहले हमने चाहा कि एक बात के बारे में आप से पूछ लें।

––खुश, मरहमत !––रईस ने कहा।

नादिर ने शादी की ओर निगाह की; शादी ने बात शुरू करो जैसे कहते हुए अपना सिर हिला दिया। नादिर ने कहा :

––हमारे गुलिस्तान पंचायत के इलाके में 'नव-जीवन' कलखोज हमेशा अग्रगामी रहता आया है। शादी के आने के बाद वह काम और भी आगे बढ़ा है। रईस ! शादी के विचारों के अनुसार हमने करार किया

है कि अपने कलखोज की पंचवार्षिक योजना तैयार करके उसे काम में लायें...!

कलखोज 'नवजीवन' की पंचवार्षिक योजना ! खुश, खुश...!! फिर क्या...?—संगीनोफ ने बड़ी उत्सुकता के साथ पूछा।

—फिर!—नादिर ने नरमी के साथ कहा—मैंने सोचा कि यह अच्छा काम तो होगा ही; फिर भी इससे पहले रफीक हकीमोफ और रईस संगीनोफ से भी सलाह कर लें, देखें वह क्या कहते हैं।

—बहुत अच्छी बात है...!—हकीमोफ ने कहा—आफरीं शादी...!

—योजना तैयार है या नहीं?—रईस ने पूछा।

—नहीं—शादी ने कहा—अगर आप राय दें तो उसे तैयार करूँ।

—उसे अवश्य तैयार करना चाहिये!—रईस ने कहा—अगर इस कार्य के लिये तुम्हें अर्थशास्त्रियों की जरूरत पड़े, तो मैं यहाँ से भेज दूँगा। अपनी योजना को रायन की योजना और अपने इलाके की योजना के अनुसार ही बनाओ, अलबत्ता...ख़ुश, फिर क्या...?

—हमारे गुलिस्तान इलाके में—नादिर ने कहा—तीन कलखोज ऐसे हैं, जो सबको मालूम हैं। यही तीन कलखोज अपनी योजना न पूरा करके हमारे इलाके को पीछे खींचते हैं।

—इस साल, खैरियत हुई कि शादी आया और उसने नया जोश, नये विचार पैदा किये। आज हम शादी के विचारों को परखनेवालों हैं; लेकिन एक और भी दूसरी बात मेरे मन में आ रही है! क्या ही अच्छा हो कि अगर हमारी जमात चार-मग्ज़कान की ज़मात को भी साथ ले कर उसे होड़ करने की दावत दे।

इस पर हकीमोफ ने मुस्कुरा दिया। रईस ने कागज पर कुछ लिख-कर कहा :

—बुरा नहीं होगा, यही बात न रफीक हकीमोफ ?

—चार-मग्ज़कान पंचायत भी बुरी नहीं है—हकीमोफ ने कहा—पिछले साल उनके कपास की पैदावार परिमाण में तुम्हारे से ज्यादा होते हुए भी रेशे की उत्कृष्टता में तुम्हारी बराबरी नहीं कर सकी।

—सिंचाई के तौर-तरीके की दृष्टि से कैसा ?—कादिर ने पूछा।

—सिंचाई के तौर-तरीके की दृष्टि से !—हकीमोफ ने कुछ सोचते हुए कहा—सिंचाई के साधन एवं तरीके भी बुरे नहीं; लेकिन सांस्कृतिक गुणों एवं नवीन जागृति की अभी कुछ कमी है। किसी कलखोज में बिजली नहीं, तो कहीं रेडियो नहीं....यह तो झूठ बात नहीं !

—सांस्कृतिक दृष्टि से इन कलखोजों में से भी कई एक काफी पिछड़े हुए हैं—रईस ने कहा—जाकर पूछो, तो कहेंगे सैकड़ा लोग लिखना-पढ़ना नहीं जानते! अगर ध्यान से देखें, तो मालूम होगा कि कलखोज के रईसों में से ही कितने मामूली पढ़े-लिखे अल्प जानकारी वाले मिलेंगे। मुख्यतः इसी कारण आर्थिक और सांस्कृतिक दृष्टि से भी बाधा पहुँच रही है। ये अनपढ़ लोग ही कलखोज के काम को बरबाद करते हैं और धोखेबाजों के हाथ में खेल कलखोज के माल को बरबाद करते तथा सबके सम्मान को ठेस पहुँचाते हैं। अभी हाल ही में हमारा प्रशिक्षक कलखोज पख्तकार में जा कर कुछ खोज-पूछ करके आया है, आज बैठक में उसके बारे में वह कहेगा। पहले उस जगह, इस तरह की गड़बड़ी पैदा हुई कि जिसको देख कर कौन न हैरान होगा ? साधारण बैठक तक बुलाने का विचार वहाँ के रईस को न हुआ। जब कार्यकारिणी के सदस्य और हर एक आदमी अपने-अपने कामों की फिकर में हों, तब कलखोज को अगर रईस बरबाद भी कर दे तो कोई नई बात नहीं ! शादी अच्छा कर रहा है

कि उस कलखोज को अपने साथ ले रहा है। अब नये रईस को सहायता देने की जरूरत है। हम भी सहायता देंगे—हो सकता है, एक मोटर दें, ताकि कलखोज आगे बढ़े। कलखोज 'अवानगार्द' (हरावल) भी इसमें पीछे नहीं रहेगा। उसे भी गतिशील करने की जरूरत है। तुम्हारा यह विचार ठीक है शादी! अच्छा है, चार-मग्ज़कानकी जमातको होड़के लिये दावत दो, केवल पैदावार ही के बारे में नहीं, बल्कि आर्थिक, सांस्कृतिक आदि अन्य कामों के बारे में भी।

हकीमोफ अपनी गद्दीदार आराम-कुर्सी से उठ कर रईस की मेज के पास आया, और उसके डिब्बे में से एक सिगरेट ले कर उसे जलाते हुए बोला:

—रईस! शादी के दृष्टिकोण के मुताबिक ही बातें हों तो ठीक रहेगा। कुछ दिन हुआ उसने इसी के बारे में मुझसे कुछ चर्चा की थी।...पूछो, अपने कलखोज के बारे में भी तब उसे उतना मालूम नहीं था।

नादिर ने आश्चर्य के साथ शादी की ओर निगाह डाली, रईस ने भी अपने सिगरेट को जलाते हुए पूछा:

—ठीक है शादी...?

शादी ने मुस्कुराते हुए हकीमोफ की ओर निगाह डाल, अपनी कुर्सी को रईस की ओर घुमाते हुए बोला—सच है रईस! अब तक जो भी कार्य हुए हैं, उनसे मुझे संतोष नहीं है। हो सकता है हमारा कलखोज दुगुनी पैदावार से भी ज्यादा दे, और वह दे सकता है। उसकी ज़मीन अच्छी है, पानी भी काफी है, लोग मेहनती और काम में अत्यधिक दिलचस्पी लेने-वाले हैं—अद्भुत सहकारी मेरे पास हैं, इस लिये हम क्यों पीछे रहेंगे? हम रफीक़ हकीमोफ की सलाह से ब्रिगादों और टोलियों के बीच कामों की होड़ करना चाहते हैं। मेरा विचार है कि सर्वप्रथम कल-खोज की शक्ति को केवल एक या दो टुकड़ियों पर न लगा कर, सभी

ब्रिगादों और टुकड़ियों, आदमियों, तथा जमीन और औजार आदि सामान को बराबर ठीक तौर से बाँट दिया जाय। अगर आप की मेहरबानी हो और हमें बोआई, जोताई, दन्दाना, पंजा जैसी कुछ नई मशीनें मिल जायँ, तो हमारा काम निधड़क हो कर आगे बढ़ेगा . . . !

—मुहम्मदजान अका से तुमने झगड़ा कर लिया है, सुनते हैं ?— रईस ने पूछा।

—कुछ विशेष झगड़ा नहीं ! —शादी ने कहा—पर बहुत बार हमारे दृष्टिकोण नहीं मिलते। बरका का बाप बूढ़ा हो चुका है और फिर ऊपर से एकांगी बन गया है। हर नया काम, हर नया विचार उसे असम्भव-सा मालूम होता है; इसीलिये मौका-बेमौका वहस करता बैठता है। लेकिन बरका और कासिमजान की सहायता से मैं बूढ़े को नया आदमी बना रहा हूँ।

—ठीक है, ऐसा ही करो ! —हकीमोफ ने कहा—चाहिए यह कि हमारा गणराज्य हर एक साल से दूसरे साल अपनी कपास की पैदावार को और आगे बढ़ाता जाये। खास करके लम्बे रेशेवाले कपास की उपज को, जिस की माँग ज्यादा है, और भी अधिक बढ़ाना होगा। अगर तुम मुहम्मदजान अका जैसे बूढ़े अनुभवी पुराने किसान के तजुर्बो का, कृषि-विज्ञान के नये तौर-तरीकों से ताल-मेल बैठा कर काम कर सको, तो मुझे शुबहा नहीं कि तुम्हारी कपास की पैदावार बढ़े बिना नहीं रहेगी। और फिर प्यारे रफीक ! तुम्हारे लिये हम और रायन हर मुमकिन सहायता देने को हमेशा तैयार हैं।

शादी को यह जान कर बड़ी प्रसन्नता हुई कि रायन के नेताओं ने उसके विचारों को पसन्द किया। वह कुछ और बोलना चाहता था कि इसी समय कातिब (सेक्रेट्री) कमरे को खोल कर भीतर आया और बोला :

—रईस लोग आ रहे हैं...! आ जायें क्या ?

——हाँ ! ——संगीनीफ़ ने कहा——अब हम बैठक शुरू कर सकते हैं; किन्तु यह बात भूलनी नहीं चाहिए कि तुम्हारी माँग के अनुसार रशीदोफ तुम्हारे कलखोज में एक रेडियो मशीन भेज रहा है। बैठक के बाद इसायेफ से बात करो, वह तब तक सब कागजात वगैरह ठीक कर देगा।

कमरे में अन्य कलखोजों एवं इलाकों के रईस सरपंच तथा दूसरे लोग आ गये; और बैठक शुरू हो गई।

:o: :o: :o:

शादी ने बैठक से निकल कर नादिर से कहा कि किशलक नहीं जाऊँगा, यहीं से कलखोज 'पख्तकार' कपास की ओर जाना चाहता हूँ। दादाजान नियामतोफ ने, जोकि अब 'पख्तकार' का रईस बना था, अपने घोड़े पर शादी को सवार करा दिया और स्वयं ब्रिगादीर का घोड़ा लेकर रवाना हुआ।

चारों ओर अँधेरा छाया हुआ था, स्वच्छ आकाश में अनगिनत तारे चमक रहे थे। कल की गिरी बर्फ को यद्यपि आज की धूप ने बहुत-कुछ गला दिया था, लेकिन जुते हुए खेतों और खाली जगहों में भी जहाँ-तहाँ बर्फ के ढेर पड़े हुए थे। तेज उतरहिया हवा पहाड़ की तरफ से आ रही थी और बर्फ को उड़ा-उड़ा कर लोगों के मुँह पर फेंक रही थी। रास्ते में कीचड़ हो गया था। खा-पी कर चुस्त-दुरुस्त हुए घोड़े फिसलन के कारण मुख्य रास्ते को छोड़ अब असमतल भूमि पर चल रहे थे। शादी और दादाजान दोनों चुप थे। उनका सारा ध्यान घोड़ों को ठीक तरह से चलाने में लगा हुआ था। अन्त में कुछ अनमना-सा हो कर शादी ने पूछा :

—आज तक सड़क को क्यों ठीक नहीं किया जा सका ? पहाड़ नहीं है, रास्ते में नदी की धारा भी नहीं पड़ती; और फिर रायन से नजदीक भी है ...!

—कुछ न पूछो...तो ठीक होगा, शादी !—दादाजान ने कहा।

किसी प्रकार वे दोनों कलखोज पहुँचे । कलखोज की सराय को छोड़ कर, जोकि दूकान के दरवाजे के सामने थी, कहीं पर भी चिराग की रोशनी दिखाई नहीं पड़ रही थी।

—सीधे आफिस चलें !—शादी ने कहा—सेक्रेटरी और खजांची को भी बुला लाओ, ताकि काम शुरू कर दिया जाये ।

—आफिस ठंडा है ! —दादाजान ने घोड़े से बिना उतरे ही कहा—और अँगीठी धुआँ देती है । अच्छा है कि घरकी तरफ चलें । सभी जरूरी काम वहीं करेंगे । सेक्रेटरी को भी बुला लेंगे, लेकिन खजांची का आना जरा मुश्किल है ।

—वाह... खूब !—नियामतोफ के पीछे घोड़े को चलाते हुए शादी ने कहा और एक दरवाज़े के पास जाकर वह घोड़े से उतर पड़ा । शादी दीवार के साथ-साथ पैर रखते हुए घर की ओर जा रहा था । बहुत कोशिश करता था कि आगे कदम बढ़ाये, लेकिन गलोश बूट पहने होने के कारण वह एड़ नहीं लगा सकता था । जब वह दादाजान के घर के बरामदे पर पहुँचा और चिराग की रोशनी में अपने गलोश पर निगाह डाली, तो अफसोस करते हुए सिर हिलाने लगा ;

—यहाँ आदमी किस प्रकार रह पाते हैं ?—उसने दादाजान की ओर निगाह करके कहा ।

दादाजान ने कुछ नहीं कहा और चाहा कि लम्बे जूते को शादी के पैर से निकाले, लेकिन शादी ने वैसा नहीं करने दिया, और चौक की दहलीज़ के दरवाजे की चौखट पर बैठ कर जूते को निकाला, और हाथ धो कर कमरे के भीतर संदली के पास गया ।

घर में कोई काम करनेवाली औरत नहीं है, हाथ गर्म करने का कष्ट न करें ! —दादाज़ान ने कहा—इसी जगह हम लोग रहते हैं । सामने के घर में गोदाम-संचालक अपने बीवी-बच्चों के साथ रहता है । मेरे लिये बेचारे हमेशा बहुत फिक्रमन्द रहते हैं ।...खैर, संदली कैसी है ?

——अच्छी है !——शादी ने कहा——जरूरत के समय तो जान हाज़िर है, पर प्याला भी खाली है । खूब !...वाह ! तुम क्यों चिन्ता करते हो ? आओ बैठो...कुछ बात हो !

लेकिन दादाजान तब तक संतुष्ट नहीं हो सकता था, जब तक कि वह चाय न ले आया, दस्तरखान न बिछा दिया ।...वह कुछ पतली नमकीन टिकिया भी मिठाई के साथ लाया, रोटी के ऊपर पड़ा मक्खन अपनी सोंधी महक दे रहा था ।

दस्तरखान बिछा देने के बाद शादी, दादाजान और तरुण सेक्रेटरी, जो कि सेना से लौट कर उसी लिबास में था, तीनों ऊपर लटकते चिराग के नीचे बातों में लग गये । शादी ने कुछ रकमों के बारे में पूछा, कुछ कागजों को पढ़ कर देखा, और उसने काफी जाँच-पड़ताल की । हम उन सब बातों को विवरण के साथ बतला कर पाठकों का दिल उबाना नहीं चाहते, केवल उस का संक्षेप बतलाते हैं, जो इस प्रकार था :

कलखोज 'पख्तकार' जंग के शुरू होने तक तो क्या, १९४२ ई. तक अगर बहुत आगे नहीं बढ़ा था, तो बहुत पिछड़ा हुआ भी न था । उसके पास तीन सौ एकड़ कपास की ज़मीन थी, जो कि हर साल प्रति एकड़ १४ सेंतनेर से १८ सेंतनेर तक कपास देती थी । कलखोज के पास ढोर-डंगर भी थे, बाग-बगीचे भी थे । रायन के केन्द्र ही नहीं, स्तालिनाबाद में भी सब्जी और मेवों की उस की अपनी दूकानें थीं, लेकिन पुराने रईस आवेज़ कमान्दीर के बाद उसे कोई अच्छा रईस नहीं मिला । दादाजान के आने तक दो-तीन रईस बदले भी, लेकिन उनमें हर-एक अपने पहले रईस (अध्यक्ष) से और बुरा था तथा बेचारे कलखोज की हालत दिन-ब-दिन खराब होती गई । कलखोज के ढोर-ढंगरों की ओर कभी समुचित ध्यान नहीं दिया गया, और लोग हर बहाने से उन्हें मार कर खा गये, या वे बेच अथवा इधर-उधर कर दिये गये । इस प्रकार साढ़े तीन हजार भेड़ों के गल्ले में से सिर्फ एक हजार भेड़ें बाकी रह गयीं । काम के आठ जोड़ा घोड़ों में से केवल दो जोड़ा बूढ़े

घोड़े-घोड़ियाँ रह गई थीं। तीन सौ एकड़ कपास के खेतों में से दो सौ एकड़ ही बचे थे, बाकी ज़मीन को कलखोजचियों ने निजी खेती के लिये बाँट लिया और अपने-अपने टुकड़ों में उन छोटे टुकड़ों को मिला कर बड़ा कर लिया था। अब अपनी ज़मीन के सामने लोगों को कलखोज के खेतों में काम करने की क्यों फुरसत होने लगी थी!

कलखोज के ऑफिस और कार्यकारिणी के जिन सदस्यों को इन बातों को रोकने के लिये कुछ करना चाहिए था, उन्होंने अपना कर्त्तव्य नहीं समझा। जब पैदावार बाँटने का समय आता, तो किसी-न-किसी बहाने निर्द्वन्द्व हो खजांची, रईस और सेक्रेटरी से अपने काम के दिनों को ज्यादा लिखा लेते। साल भर दूकान का मैनेजर और कलखोज का समावारची भी अपने काम के दिन लिखवाते। योजनाएँ भी सब की सब हवाई एवं कागज़ी थीं। न कलखोजियों का काम ठीक था और न उन का कोई हिसाब ठीक से रक्खा जाता था; इसलिये जो कुछ पैदावार होती, उसे सब बराबर बाँट लेते। कलखोज के ऑफिस की कोई अपनी इमारत न थी। दो साधारण-से मकान थे, जिसमें कलखोज के सभी ऑफिसवाले जमा होते। गोदाम में चूहे और कीड़े भरे हुए थे, ढोर-डंगर स्वच्छन्द बरबादी करते घूमते थे। कलखोज के लोगों में बहुत से मुस्तैद और हिम्मतवाले जवान तो थे, लेकिन उन की सरदारी करनेवाला कोई समझदार व्यक्ति नहीं था...!

शादी ने इन सभी बातों को सुना और फिर उन त्रुटियों पर ध्यान रखते हुए वह बोला:

—दादाजान! तुम्हारे सिर पर बड़ा मुश्किल काम आ पड़ा है, लेकिन मुझे विश्वास है कि काम चाहे कितना भी कठिन हो, तुम उसे हाथ में ले कर आसान कर दोगे। यह काम मुश्किल होने पर भी बड़ा बढ़िया और काफी दिलचस्प है। बेखौफ़ हो कर इसे आगे बढ़ाओ। रास्ते में जो भी

रुकावटें आयें, उन्हें बेरहमी के साथ दूर फेंको। पार्टी और सरकार तुम्हारी मदद करेगी, जनता एवं कलखोज के लोग भी तुम्हारी हिमायत करेंगे।

—तुम्हारे विश्वास के लिये रहमत!—दादाजान ने कहा।

—रफीक और कम्युनिस्ट काफी हैं क्या?—शादी ने पूछा।

—हाँ, छः आदमी हैं—सेक्रेटरी की ओर संकेत करते हुए दादाजान ने कहा—यह पार्टी-संगठन के सेक्रेटरी (कातिब) हैं।

—सभी कामों में कम्युनिस्ट और कमसोमोल अवश्य आगे रहेंगे—शादी ने कहा—आप भी रफीको, अपने कामों में पहले उन पर भरोसा रक्खो, उनमें जोश पैदा करो, ताकि वे दूसरों को पिछड़ेपन से हटायें।

—मैं ने—कातिव ने कहा—रईस से सलाह करके एक योजना बनाई है। हम एक ही समय प्रबन्ध-सम्बन्धी दो कार्य शुरू करें—पहले अपने कलखोज की आर्थिक स्थिति को सुधारने की चेष्टा करें, फिर यहाँ के लोगों को शिक्षित करने की समस्या को लें। कम्युनिस्टों को पढ़ना जरूरी है।... यही बात है न रईस सरपंच?

दादाजान ने उसकी बात की स्वीकृति में अपना सिर हिला दिया।

—तुम्हारी योजना क्या है?—शादी ने उससे पूछा।

—मैं ने—दादाजान ने कहा—एक बड़ी योजना बनायी है। पहले जर्मन कलखोज की ज़मीन जो लोगों ने अपने हाथ में कर ली है, उसे निकाल कर कलखोज के पास लायें, फिर ज़मीन को ब्रिगादों और टुकड़ियों में बाँट दें...।

दादाजान संदली के ऊपर एक बड़े क़ागज को फैला कर अपनी योजना की व्याख्या करने लगा। शादी ने उस की योजना को ध्यान से सुन कर उसे ठीक पा कहा:

—हमारे कलखोज से कमीशन आ कर तुम्हारे सभी विभागों को देख लेगा, फिर साधारण अधिवेशन में इसके बारे में बतलायेगा। तभी इस योजना में सहायता करना सम्भव होगा।

––दुरुस्त !––दादाजान ने कहा––यह ठीक है कि तुमने हमारे कलखोज को साथ कर लिया, साथ देना स्वीकार भी किया; पर हम भी चुप नहीं रहेंगे, तुम्हारे साथ होड़ लगायेंगे, यही बात है न अलीजान ?

कातिब हँसने लगा; और बोला :

––यही बात है, रईस !

––न हो, तो !––शादी बोला––मैं खूद तुम्हें होड़ के लिये ललकारूँगा !

––खास कर किस बात में ?

––पढ़ने के बारे में !––उसने कहा और थोड़ा ठहर कर शादी फिर बोला––मैं चाहता हूँ के आप लोग 'कम्युनिस्ट पार्टी के संक्षिप्त इतिहास' और रफीक लेनिन, और स्तालिन की पुस्तकों को देख कर उनके अनुसार ही कार्य करें। तुम भी पीछे न रहो।

––बहुत अच्छा !

इसी प्रकार रात को बहुत देर तक वे बातचीत करते रहे। फिर दादाजान ने संदली के किनारे दो जगह बिस्तरा लगा दिया। अलीजान को उसके घर भेज दिया, फिर बिजली-लैम्प को छत की तार से हटा कर दहलीज के मध्य में टाँग दिया। शादी बिस्तरे पर लेट कर भी सुबह होने तक न सो सका। उसके दिमाग में तरह-तरह के ख्याल घूम रहे थे। मुश्किल ...हमारा काम बहुत मुश्किल है !—वह सोच रहा था !––'म-त-स' के पास अभी नई मशीनें नहीं आई हैं, सांस्कृतिक स्थिति भी ठीक नहीं, अधिक काम नहीं हो सकेगा।...लेकिन यह सब कुछ होने पर भी इस काम को आगे बढ़ाना ज़रूरी है, कपास की पैदावार को बढ़ाना अत्यावश्यक है। कल रायन से कृषि-पंडित को लाना जरूरी है। उससे सलाह करके बंजर ज़मीनों को जोत कर खेत की जोत का इलाका बढ़ाना है। कलखोज के सामानों की जाँच करना है, ताकि मार्च के मध्य तक खेती का काम शुरू हो

जाये । यहाँ भी काम को सुव्यवस्थित करना लाजिम है । कलखोजचियों की सांस्कृतिक स्थिति को ऊँचा करना ज़रूरी है ।...कलखोज 'अवानगार्द' का काम भी बहुत बढ़िया नहीं है । वहाँ भी किसी को भेजना चाहिए ।... हाँ...वहाँ कासिमजान को लगा देना होगा...!

फिर भी नींद ने इजाज़त नहीं दी कि वह अपने सामने के सभी कामों पर अच्छी तरह विचार कर सके ।

*

: २७ :

'होड़' की तारीख

वसन्त के दिन अपनी पूर्ववत् शानो-शौकत से बीत चले । प्रसन्नमुख एवं प्राणदायक वसंत के सूर्य ने अपना मुँह उघाड़ कर लोगों को अपने आने की सूचना दी । आसमान में काले बादलों ने गरज और बिजली की चमक से भी इस की सूचना मिली । अनेक तरह की चिड़ियों ने अपने मधुर गानों से सब तरफ आनन्द और उल्लास फैलाया, जो कि रंग-बिरंगे परोंवाली अपनी पोशाकें पहने दूर-दूर से आ कर कू-कू, चः-चः, चिक्-चिक् करती कानों को तृप्त कर रही थीं । बादाम के दरख़्तों में फूले हुए सफेद फूल कपास के फूलों से होड़ ले रहे थे कि कौन अधिक उज्ज्वल है ! ज़मीन में सब ज़गह हरियाली की नर्म मखमल बिछी हुई थी । अब खेती का काम शुरू हुआ, जिसमें कलखोजची अपने जोशो-खरोश को बड़ी उमंग से दिखला रहे थे ।...मार्च के आरम्भ का यह दिन बहुत ही साफ़ और सुन्दर था । आसमान मानों चुने हुए कपासों के लम्बे-चौड़े खेतों पर से, एक खलिहान से दूसरे खलिहान तक फैला था; और कपास के सफेद ढेरों की तरह सफेद बादलों के झुरमुट में से कभी छिपता कभी

प्रकट होता दिखाई पड़ता था। फूलों की खुशबू से सुगन्धित और चिड़ियों की चहचहाहट से गुञ्जायमान वह वातावरण दिल को संतुष्ट करनेवाला था। शादी के कमरे की खिड़की के बाहरवाले फूल हरे पत्तों से लदे, आँखों को बहुत सुन्दर मालूम हो रहे थे, जिनमें नई कलियाँ सिर उठाये खड़ी थीं। जिनके ऊपर रात की ओस की बूँदें मोती की तरह चमकती हुई गुलाब की पंखुड़ियों पर गुलाबी दीखती थीं। खिड़की खुली हुई थी, फूल से भरा हुआ गुलदस्ता खिड़की के पास रक्खा हुआ था, मधुमक्खियाँ बारी-बारी से बैठ कर मधुसंचय कर रही थीं। दूर किसी खेत में से ट्रैक्टर की घरघराहट सुनाई दे रही थी!

अगर शादी खिड़की से बाहर नज़र डालता, तो उसे हरेक चीज़ जागृत-सी कार्य में मग्न दिखाई पड़ती; लेकिन वह तो किताब पढ़ रहा था! उसके हाथ में कलम थी और बायें हाथ का पंजा सिर के बालों को बराबर खुजला रहा था। उस का ध्यान पढ़ने में इतना एकत्रित हो गया था कि वह किसी आवाज़ को भी नहीं सुन पा रहा था, न किसी रंग को ही देख रहा था। बादलों के भिन्न-भिन्न टुकड़ों के भीतर से गुजरते सूर्य के कारण घर के भीतर कभी छाया पड़ती और कभी प्रकाश, उसी के अनुसार शादी की आँखें भी देखने के लिये छोटी-बड़ी हो जातीं। कभी-कभी वह अपने बालों को अपनी अँगुलियों में जोर से पकड़ कर खींचता और सिर के चमड़े के दुखने पर उन्हें छोड़ देता। वह सभी शिक्षाओं के प्रदीप, सभी विद्याओं के मूलस्रोत 'मार्क्स-लेनिन' के दर्शन को पढ़ रहा था। वह बोल्शेविक वीरों के इतिहास को पढ़ रहा था। खास कर उस किताब के भाग दो का चौथा अध्याय आजकल उसके ध्यान को बहुत खींचे हुए था।

कल शाम को वह 'अवानगार्द' कलखोज गया था। वहाँ कलखोज की साधारण सभा बुलाई, खेती की योजना और ब्रिगादों की टुकड़ियों के बीच होड़ का शर्तनामा लिखवाया था। रात के वक्त उस कलखोज के तरुण सरपंच के साथ बात करके उसे काम की बातें सिखलाईं, कमसोमोलों

को जमा करके सांस्कृतिक बातों को सीखने पर जोर दिया और उनसे यह वादा भी किया था कि उनके अध्ययन-काल के बीच एक बार आ कर स्वयं उन का पथ-प्रदर्शन करेगा। अध्ययनचक्र को आगे बढ़ाने के लिये वह सारा को भेजनेवाला था। आज गाँव लौटने पर वह तुर्खतासून यारोफ के कपासवाले तृतीय ब्रिगाद के पास गया। खेती की योजना के अनुसार इस ब्रिगाद ने आज ही अपना काम शुरू किया था। लेकिन तुर्खतासून अभी अपने बीजों को नमदा से ढँके हुआ था, क्योंकि अभी उस का काम तैयार नहीं हुआ था, इसीलिये उसने जुताई के कार्य को भी अगले दिन के लिये छोड़ रक्खा था। शादी उसके इस काम को ठीक समझ, उसे कुछ और जरूरी बातें बतला कर कलखोज के आफिस में आया और चाहा कि खबर लेने के लिये प्रथम ब्रिगाद के पास भी जाये, इसी समय सेक्रेटरी ने सूचना दी कि स्तालिनाबाद से रशीदोफ़ ने फोन किया है, उसे कुछ जरूरी काम है।

—दो बार टेलीफोन किया है! —सेक्रेटरी बोला—टेलीफोन के स्टेशन से भी सूचना आई है कि जल्द ही स्तालिनाबाद से पुकार होनेवाली है।

इसीलिये शादी मज़बूर था कि अपने कमरे में जमा रहे। उसने खिड़की को खोल दिया और मेज पर बैठ कर टेलीफोन की इन्तिज़ारी करने लगा। लेकिन न जाने क्या हुआ कि टेलीफोन से अभी तक पुकार नहीं हुई। इस पर उसने 'कम्युनिस्ट पार्टी का संक्षिप्त इतिहास' उठा कर पढ़ना शुरू किया। वह किताब के इस भाग को तीसरी बार पढ़ रहा था। प्रत्येक बार पढ़ने में एक नया अर्थ, एक नये जीवन का रहस्य प्रकट होता था और वह इसके लिये किताब का बहुत कृतज्ञ था। किताब उसके लिए मार्ग प्रशस्त करती थी, उसके दृष्टिकोण को और विस्तृत करती थी, जीवन की सम्भावनाओं की व्याख्या करती थी। यदि वह इस विशाल मार्ग पर उन नियमों के अनुसार चले, तो बहुत आगे बढ़ सकता था। शादी समझने लगा था कि उस का जीवन, ताजिक समाज का जीवन, उस की प्रकृति, वातावरण सभी इसी दर्शन के अनुकूल, इसी दृष्टिकोण से निर्मित हुए चल रहे हैं।

—'द्वन्द्ववाद अध्यात्मवाद के विरुद्ध है'—उसने पढ़ा—'यह नियम सभी को मूल रूप से इस तरह पकड़े हुए है कि प्रकृति की चीजें, प्रकृति की घटनाओं के साथ परस्पर द्वन्द्व सम्बन्ध रखती हैं, क्योंकि वे सभी ऋण और धन की तरफ हैं। अपने दो प्रकार के कार्य—अतीत और वर्तमान, रूढ़िवादी और प्रगतिशील, विद्यमान और अविद्यमान, नाशवान और अनाशवान के बीच का संघर्ष है! भीतरी प्रगति की प्रक्रिया का विषय, भीतरी गुणात्मक परिवर्तन होने का विषय, जिससे जितनी मात्रा के बदले होता है इत्यादि...! शादी ने इस वाक्य को फिर से पढ़ा और वहाँ एक अपरिचित बिन्दु की ओर निगाह डाले एकटक सोचता रहा। किताब ने मानों सभी कामों एवं समस्याओं का हल प्रदान कर दिया था। उसने कलखोज के कामों के बारे में भी इसमें देखा। कलखोज 'नवजीवन' भी प्राचीन और नवीन के बीच, रूढ़िग्रस्त और प्रगतिशील के बीच के संघर्ष और द्वन्द्व में चल रहा है! मुहम्मदजान अका एक बात बोलता है, ब्रिगादीर गुलशन कुछ दूसरी ही बात कहती है। महमूदजान किसके बारे में सोचता है, और सदफ ने उससे क्या कहा? फिर भी ये सभी द्वन्द्व, सभी संघर्ष मानों तरक्की करने के कार्य में सहायक हैं। इसीलिये इस पारस्परिक द्वन्द्व से डरना, खौफ़ खाना ठीक नहीं है। शादी ने फिर किताब के ऊपर निगाह डाली :

—"प्रगति पारस्परिक द्वन्द्वों और संघर्षों ही से होती है।"—उसने फिर पढ़ा—"लेकिन...!"

"लेकिन...!"—उसने अपने-आप से कहा—"पारस्परिक द्वन्द्वों के संघर्ष से तरक्की होती है!" असली ज्ञान यही है, इस तरह केवल दो वाक्यों में मानव-जीवन की तरक्की के मूल रहस्य नियम को उसने बतला दिया।

"मैं कितना खुशकिस्मत हूँ कि लेनिन-स्तालिन का अनुगमन करता हूँ, ऐसे देश में जीवन बिता रहा हूँ, जहाँ स्वतन्त्रता का वातावरण है, लेनिन-स्तालिन का विजयी झंडा फहरा रहा है और ऐसे कार्य में जुटा हूँ, जिसे लेनिन-स्तालिन की पार्टी ने मेरे सामने रक्खा है। इसी पार्टी ने मेरे हाथ

में इस जिम्मेदारी के महान् झण्डे को, इस विजय के हथियार को दिया है, वह इस झंडे और हथियार को हाथ में लिये जीवन-संघर्ष में हमेशा आगे बढ़ेगा...जीवन भर जूझता रहेगा !

पुस्तक में लिखी बातों पर विचार करते हुए आनन्द से गद्गद् हो शादी मुस्कुराने लगा और उस का मन कहने लगा कि उसे बार-बार पढ़े और गुने भी; लेकिन इसी समय बरामदे में सदफ की आवाज़ सुनाई दी। वह शादी को ढूँढ़ रही थी और किसी बात के लिये उसे पुकार रही थी। शादी किताब को खोले हुए, आँखें बन्द कर कुछ सोच रहा था, इसी समय दरवाज़ा खुला और सदफ़मा दौड़ कर भीतर चली आई।

—अका शादी !—उसने जल्दी-जल्दी साँस लेते हुए कहा—अका शादी उठो, यह बदनामी, यह खराबी...!

शादी ने उठ कर बड़े धैर्य से पूछा :

—क्या बात हुई, सदफ ?

—खारकश की टुकड़ी अपनी ज़मीन को बरबाद कर रही है, जमीन खोद कर बेकार कर रही है...

—खैर, क्या बात ?—शादी ने यूँ ही कहा।

—हमारी उनसे होड़ है...हम उनके साथ एक जुट हो कर काम को आगे बढ़ा रहे हैं...!!

—बहुत खूब, बहुत खूब ! ...तू भी अपनी टुकड़ी में वैसा ही कर।

सदफ ने आश्चर्य करते हुए शादी की ओर नज़र करके कहा :

—हां, फिर क्या सोच रहे हैं ?

—यह कि तू भी वैसा कर।

—मैं कुछ समझी नहीं !—कह, अपने हाथों को बगल में डाले सदफ़मा मेज के पास बैठ गई। उसके हाथों में मिट्टी लगी थी। सरबंद से बाहर निकले हुए बालों में भी कुछ कीचड़ लग गई थी। वह थोड़ी देर तक बिना कुछ बोले शादी की ओर देखती रही। उसने किताब में निशान रख कर सदफ़ की ओर निगाह करके पूछा :

—खुश, क्या नहीं समझी ?

—तुम्हारी बात नहीं समझ पा रही हूँ, अका रईस !—अपनी जगह से उठते हुए सदफमा ने कहा—आखिर खारकश की टुकड़ी क्या करना चाहती है ? कल सबेरे ही क्या कर डाला...?

—नहीं, बीसवीं मार्च को, कल नहीं।

—खैर, तो भी क्यों अपने खेतों को खोद कर बराबर रहे हैं ?

—इस वक्त बराबर कर रहे हैं ?—शादी ने पूछा और सदफ के अभिप्राय को समझते हुए कहा—इन को किसने कहा है ? आ चल, जरा पता तो लगायें।

शादी सिर पर टोपी रख, किसी की ओर निगाह डाले बिना, कूचे में चला आया। सदफ भी अपने अधखुले जूते को ठीक करके उसके पीछे-पीछे चल पड़ी।

प्रथम ब्रिगाद का कार्यालय पुल की दूसरी तरफ था। कपास के विशाल खेतों में काम बड़े जोरों से हो रहा था। सभी ब्रिगादों ने अपने-अपने कर्मियों को काम में लगा दिया था और एक तरफ से दूसरी तरफ काम की होड़ लगी हुई थी। कुछ कर्मी ज़मीन को जोत रहे थे—अपने पीछे फालों को बाँधे ट्रैक्टर चला रहे थे; कुछ कर्मी ज़मीन को बराबर कर रहे थे और कुछ-एक फालतू घास को खोद रहे थे।...खारकश की टुकड़ी के सामने दो-तीन तरुण और तरुणियाँ ट्रैक्टर के पास घेरा बाँधे खड़ी थीं और उनमें किसी बात पर गर्मागरम बहस चल रही थी।

सदफ ने दूर से उन की ओर संकेत करते हुए कहा—देखो यहाँ इस जमीन के टुकड़े का करीब आध भाग बेकार खोद डाला है।

शादी को देख कर तरुण ट्रैक्टर के पास से अलग हो गये और प्रसन्न हो कर उसका स्वागत करने के लिये आगे बढ़े।

—अफसोस ट्रैक्टर बिगड़ गया है!—क्षमा-याचना करते हुए खारकश ने कहा—नहीं तो आज ही ज़मीन को बराबर कर दिये होते।

—दिलबर कहाँ है?—शादी ने पूछा।

—अपने भाई बरका के पास गई है। कह गई है कि शीघ्र ही उसे ले कर आती हूँ।

—तुझे मालूम है किं किस दिन से कपास में काम करना है?

खारकश बड़ी हैरानी से एक बार शादी और दूसरी बार सदफ की ओर निगाह करके बोला:

—२० मार्च से...!

—फिर आज से ही इसे क्यों बराबर कर रहे हो?...अपनी पढ़ी हुई बातों को भूल जाना चाहते हो क्या?

—क्या हुआ है?—कुछ हड़बड़ाहट के साथ खारकश ने कहा—हो सक़ता है...मैं कृषि-कक्षा में निर्देश-प्राप्ति के लिए कुछ देरी करके पहुँचा था। शायद...!

—इसी तरह चाहता है कि होड़ में मुझ से आगे बढ़ जाये!—सदफ अपने को रोकने में असमर्थ हो बोली—अगर इसी समय खेत जोत रक्खोगे, तो बोने के समय तेरा खेत सूख जायेगा। क्या इस तथ्य को तेरे निर्देशक ने नहीं बतलाया था?

—सदफ़ ठीक कह रही है—शादी ने कहा—खेत को जोत-जोत कर चप्पा-चप्पा करना, खोद कर बराबर करना, इस ररह चीर-फाड़ कर रख

देना भी ठीक नहीं है। इसके कारण एक ओर नमी खत्म हो जाती है और दूसरी तरफ मिट्टी का कड़ा एवं भुरभुरापन भी मिट जाता है। ब्रिगाद के सरदार को ऐसा कभी नहीं करने देना चाहिए। लेकिन दिलबर...?

—हाँ, दिलबर नहीं चाहती!—पीछे से दिलबर की आवाज़ सुनाई दी। सभी ने उधर मुँह फेर कर देखा। वह ऊपर की ओर से जल्दी-जल्दी कदम बढ़ाती हुई वहाँ आ कर बोली—दिलबर दूसरों से पीछे नहीं रहना चाहती, उसके ब्रिगाद के खेत बोआई के समय तक सुरमा की तरह नरम हो जायेंगे। यह मेरा और मेरे ब्रिगाद का काम है। सदफ़ अगर साथ न भी दे और आप कुछ भी सिखायें-पढ़ायें तो भी हमारा काम होके रहेगा।

सदफ़ की आँखों से एक-ब-एक चिनगारी निकलने लगीं, उसने कुछ जवाब देना चाहा, लेकिन उससे पहले ही शादी ने बात शुरू कर दी :

—सदफ़ की खारकश के साथ होड़ है, उसे भी काम की चिन्ता है?

—खारकश से होड़ की चिन्ता या किसी दूसरे की चिन्ता...यही है क्या...?

—मैं यहाँ तेरे साथ हुज्जत करनें नहीं आया हूँ, मैं तुझसे यह पूछना चाहता हूँ कि तू क्यों कृषि-पंडित की बातों पर अमल नहीं करती? ज़मीन के साथ मनमाना क्यों करती है? तू मिट्टी के साथ काम कर रही है या सुरमा पीसनेवालों अथवा चंग बजानेवालों के साथ?

—यह काम मेरा है या किसी दूसरे का?...यह खुद मेरा चक है या किसी दूसरे का?...तुम भी इसी बात का जवाब दो!

—तेरे काम का चक है, इसमें शुबहा नहीं; इस टुकड़े के ब्रिगाद की सरदार तू है, इसमें भी शुबहा नहीं, पर यह भी जान रख कि तू कलखोज के प्रथम ब्रिगाद की सरदार है और यह चक भी कलखोज का है न कि किसी एक खास आदमी की बपौती! इसलिये नवीन कृषि-विज्ञान के कानून के अनुसार तुझे काम करना होगा, कलखोज के साथ काम करने का यही

नियम है। अगर इसके बारे में तेरे कोई नये विचार हैं, तो बतला ताकि उन्हें हम भी समझें और सभी उसे कबूल करें। अब यह नहीं होना चाहिए कि हर एक आदमी, जो भी मन में आये, वही करता फिरे!

—तुम चाहते हो कि मैं सदफ़ जैसी बच्चियों से शिक्षा लूँ?

शादी गुस्से में आ कर अपने हाथों को मलते हुए दूसरी ओर देखने लगा।

—तुम चाहते हो कि...!—दिलबर ने फिर कहना शुरू किया कि सभी सदफमा के काम का अनुकरण करें। कोई भी आदमी इस की खींची हुई रेखा से बाहर न जाये।...यह बर्फानी पानी डाले, तो सबके सब बर्फानी पानी डालें, जमीन की बराबर न करने के लिये कहे तो सभी उसकी तरह ही करें, क्यों!...चाहे जो भी गलत-सलत कहे, उसी के अनुसार काम हो? क्या इसी के लिए होड़ बाँधी गई है? फिर किसलिये ये अलग ब्रिगाद बने हैं? बेहतर होता कि सभी को सदफ के अधीन कर दिया जाता।

इसी समय कासिमजान और मुहम्मदजान भी वहाँ आ पहुँचे।

—क्या बात है, क्या घटना हुई?—मुहम्मदजान ने पूछा।

—सदफमा से पहले अपनी ज़मीन को तैयार करके खारकश ने गुनाह किया है!—दिलबर ने बड़ी रुखाई से कहा।

—आपा, दिलबर! ...यह तुम...तुम!!—कहते हुए सदफ रोने लगी। वह कुछ कह कर अपनी पक्ष का समर्थन करनेवाली थी, लेकिन उस का गला रुँध गया और वह वहाँ से बाहर चले जाने के लिये तैयार हो गई। सदफमा के रोने का असर सब के ऊपर पड़ा। यहाँ तक कि दिलबर, जो आग-बबूला हो बेवकूफी पर उतर आई थी, को भी दुख हुआ।

—रईस, तुम बताओ क्या बात है?—कासिमजान ने गम्भीर स्वर में पूछा। शादी ने कासिमजान को जवाब न दे श्वेतकेश की ओर मुँह फेरा।

—आप को इसकी खबर है ? ये लोग करीब एक एकड़ ज़मीन खोद कर बराबर कर चुके हैं !

श्वेतकेश ज़मीन पर बैठ गया और एक मुट्ठी मिट्टी अपने हाथ में ले कर, उसे मसल कर धूल बनाते हुए बोला :

—ज़मीन खोद कर बराबर की हुई है ! आहऽ...ज़मीन हड्डी की तरह सफेद हो गई है, इस मेहनत के कारण हम हजारों टन कपास सरकार को प्रदान करेंगे। हाँ, अभी ज़मीन को बराबर न करने से काम हो भी कैसे सकेगा ? बिना बराबर किये ज़मीन में क्या कपास बोयी जाती है ?

—कृषि-विज्ञानी यही बघार रहे हैं, बाबा !—दिलबर के बुलाने पर आये हुए बरका ने कहा।

—कृषि-विज्ञानी कितना भी जतावें, पर तत्व की बातों को नहीं जान सकते !—ज़मीन पर बैठे-बैठे मुहम्मदजान ने कहा—पतीली का ढक्कन मजबूती से बन्द हो, तो भाप और भी जोर मारती है, तब या तो वह पतीली टूट जाती है, या उसका मुँह खुल जाता है। पोशाक अगर कुशादा हो, भीगी पोशाक अगर फैला कर रक्खी हो, तो फैली हुई पोशाक शीघ्र सूखेगी, या कि तह की हुई ? आखिर ज़मीन और मिट्टी भी इसी तरह की चीजें हैं ! अगर मिट्टी ढेला-ढेला हो, माला न बनी हो, उत्तरहिया के चलने के कारण ज़मीन की सभी नमी उड़ गई हो तथा मिट्टी ऊपर से समतल करके माला कर दी गई हो, तो वहाँ नमी भी रहेगी और बोने में आसानी भी होगी।

—आप जैसों को समझाना मुश्किल है !—शादी ने कहा—अच्छी बात है, आइये, मैं आफिस में आपको तजुर्बा करके दिखाता हूँ। लेकिन इस वक्त कह दीजिए कि ट्रैक्टर तुर्त्तासून के चक में चला जाये।

—मैं इससे पहले हो आया हूँ—कासिमजान ने कहा—सिर्फ एक ट्रैक्टर वहाँ जा रहा है, तुर्त्तासून का दल और भी ट्रैक्टर माँगेगा।

—खैर, आइये चलें...!

शादी कासिमजान के साथ गाँव की ओर रवाना हुआ। मुहम्मदजान ने खड़े हो कर गंभीरतापूर्वक दिलबर की ओर निगाह की। वह इस वक्त ग़मगीन-सी एक किनारे बैठी ज़मीन की ओर देख रही थी।

—रईस की बात के अनुसार काम कर!—उससे मुहम्मदजान ने कहा, और जमीन को बराबर मत कर। बेटी ट्रैक्टर को तृतीय ब्रिगाद के पास भेज दे।

—नहीं, मैं अवश्य ही यह कार्य कराऊँगी!—दिलबर ने जिद्द करके कहा।

—मैं नहीं चाहता!—ट्रैक्टर के पास खड़े खारकश ने कहा—मैं कृषि-पंडित की बात के बाहर नहीं जाऊँगा, रफीक ब्रिगादीर! आओ बाबा! अच्छा होगा, रईस के तजुर्बे को ही चल कर देखें।

बूढ़ा और कोई बात न कह गाँव की ओर चल पड़ा। दिलबर ने खड़े होते हुए खारकश से पूछा:

—अब तूने भी हाथ खींच लिया?

—ऐसा न कहो, आपा!—खारकश ने कहा—अच्छा तो यही होगा कि हमलोग भी अपनी टुकड़ी के लिये नवीन कृषि-विज्ञान के अनुसार ही काम करें, मेरे सहकारी भी यही चाहते हैं। यही बात है न लड़को?

—हाँ! एक दम ठीक..!!—उसके सहकारियों में से एक-दो ने जवाब दिया।

—अच्छा हो कि तुम भी चलो और रईस के तजुर्बे से शिक्षा लो—दिलबर ने तरुणों से कहा और उन्हें गाँव की ओर भेज दिया। उनके चले जाने पर हाथ में रक्खी मिट्टी को गुस्से में आ कर परे फेंक दिया और कपड़े से हाथ को पोंछा। आगे क्या कहे या करे, इसे न समझ चारों ओर नजर डालने लगी। वहाँ खेत में ट्रैक्टर-चालक, उस का सहायक और बरका

रह गये थे, जो तीनों ही ट्रैक्टर की ख़राबी को देख रहे थे। बरका के माथे पर ट्रैक्टर का काला तेल लगा हुआ था, वह गौर से मोटर के भीतर देख कर बहुत खुश हो ट्रैक्टर-ड्राइवर की ओर मुँह करके बोला :

—अब चलाओ !

ट्रैक्टर-चालक तरुण भी तेल लगे हुए अपने कपड़ों को पहने ट्रैक्टर के ऊपर चढ़ा और कि तेल छोड़ने के बाद उसने उस की मोटर को चला दिया। ट्रैक्टर एक-दो बार हिचहिच-खिस करके चला फिर एकाएक घरघराने लगा। उसकी ऊँची आवाज को सुन कर बरका के चेहरे पर प्रसन्नता छा गई। उसने कपड़े से अपने हाथ को साफ करते हुए ड्राइवर से कहा :

—अच्छा, अब माला को अलग कर दे और मशीन को तृतीय ब्रिगाद में ले जा।

लेकिन दिलबर ने सामने जा कर ट्रैक्टर से सटा कर कहा :

—नहीं, यह मैं नहीं होने दूँगी।

:o: :o: :o:

शादी के कमरे में बहुत-से आदमी जमा थे। लम्बी मेज के पास कासिमजान, मुहम्मदजान अका, खारकश और दो-तीन और आदमी बैठे हुए थे। पास में जवान इधर-उधर खड़े थे। शादी उन के सामने भौतिक-विज्ञान के अध्यापक की तरह तजुर्बा करते हुए सप्रमाण अपनी बात को ठीक साबित कर रहा था। मेज के ऊपर शीशे का मृत्तिका-परीक्षक-यंत्र रक्खा हुआ था, जो कि चौकोर-सा था। शादी ने जग में से थोड़ा पानी उसमें डाला; फिर एक टूटे थर्मामीटर की शीशे की डांडी को ले कर उससे मिट्टी को चलाया।

—देखा आपने ?—कहते हुए उसने पूछा। यन्त्र का पानी कहाँ ठहरा, और नैचे के भीतर कहाँ से पानी निकला ? नैचे के भीतर पानी

करीब-करीब चार-पाँच अंगुल ऊपर चढ़ा । अगर नैचा इससे बारीक होता, तो पानी इससे भी और ऊपर उठता, इसके विरुद्ध यदि नैचा बड़ा होता, तो पानी और नीचे रहता । यह प्रकृति का शाश्वत नियम है । हर अवस्था में यही हालत होती है; यानी अगर नैचा का सूराख बारीक हो, तो पानी बाहर आ जाता है । अब जरा हम ज़मीन की मिट्टी को लेते हैं । अगर ज़मीन की मिट्टी दानेदार या ढेले जैसी हो, तो उन दानों या ढेलों के बीच नैचा आने पर भी पानी को उतना ऊपर नहीं आने देगा । अगर मिट्टी को ज्यादा महीन सुरमे की तरह बना दें, अगर माला के नीचे करें, तो नैचों की ज़मीन बारीक हो जायेगी; क्योंकि मिट्टी के कण, मिट्टी के दाने छोटे-छोटे हो जायेंगे; उनके बीच में नैचा के कणों के काम करने पर भी दाने छोटे हो जायेंगे और ज़मीन के भीतर का पानी अपेक्षाकृत जल्दी ऊपर आ जायेगा । यह एक बात है । अगर ज़मीन की मिट्टी के ऊपर बारीक माला करें, उसके भीतर हवा दें, तो ताप नहीं निकलेगा, और आप अच्छी तरह जानते हैं कि पौधे जमने के लिये हवा की भी जरूरत है, गर्मी की भी जरूरत है । इसीलिये रफीको, समय से पहले माला करने से कोई फायदा नहीं है, बल्कि नुकसान होने की ही अधिक सम्भावना है । अगर पानी बरस गया, तो सब चौपट समझो ! मूर्ख लोग ही जमीन को खूब जोर लगा कर कुदाल से खोदते हैं...!

इसी समय एकाएक बूढ़े ने सवाल किया—तो फिर माला को जला क्यों नहीं डालते ?

—नहीं, रफीको ! माला को जलाने की जरूरत नहीं । हमें माला की भी जरूरत पड़ती है, अमात्र की भी ज़रूरत होती है, लेकिन सबको ठीक जगह और ठीक वक्त पर इस्तेमाल करना चाहिये । माला को ही ले लो, हर साल एक बार माला की ज़रूरत पड़ती है । कब ? बोने से एक रोज पहले ! किसलिये ? इसीलिये कि मिट्टी के भीतर का छिपा पानी ऊपर आये और बीज के ऊपर बैठ जाये । एक रात में वह भाप बन कर

उड़ नहीं सकता। दूसरे दिन हम सयालका (बोनेवाले यंत्र) को लगाते हैं, और मिट्टी के बीच के छिद्रों को बड़ा बना देते हैं। इसीलिये रफीको! फिर गलती नहीं करनी चाहिए। मैं कृषि-पंडित से कहता हूं। वह तुम्हें इसके बारे में विस्तारपूर्वक समझा देगा।

——समझ लिया रईस!——प्रसन्न हो कर खारकश ने कहा——सचमुच ही समय से पहले माला करना ठीक नहीं है। हाँ, तुमने ठीक कहा कि ज़मीन को चप्पा-चप्पा कर देना भी ठीक नहीं। मेरी समझ में अगर रसोइया चावल को पतीली में डाल कर चलाता ही रहे, तो भात अच्छा नहीं पकता।

——हाँ!——शादी ने कहा——क्यों नहीं पहले कुछ बार ज़मीन को जोत लिया? इसीलिये कि अमाच को गहरा करके नहीं रख सके। तीन सेंटीमीटर की बात अलग, पाँच सेंटीमीटर भी नहीं रक्खा। इसीलिये मजबूर हो कर एक बार नहीं, दो-तीन बार मिट्टी को चप्पा-चप्पा करना पड़ा। यह अलबत्ता ठीक बात है। लेकिन आजकल हमारे मज़बूत ट्रैक्टर एक ही बार तीस या पैंतीस सेंटीमीटर गहरा तक खोद सकते हैं। अगर हम पतझड़ के महीने में ज़मीन को अच्छी तरह जोत कर रक्खें, तो वसन्त में फिर ज़मीन जोतने की उतनी आवश्यकता नहीं है। लेकिन साथियो! बात यह है कि अगर इन दिनों बर्फानी पानी डाल दिया गया हो, या नमक की खाद डाल दी गई हो तो वसन्त के दिनों में फिर एक बार जोतना ज़रूरी होता है। संक्षेप में बात यही है कि हर एक आदमी को सर्वप्रथम अपनी ज़मीन के स्वभाव को अच्छी तरह समझना चाहिए और उसी की माँग के अनुसार काम करना चाहिए।

——एक प्रश्न है!——खारकश ने कहा——मैं चाहता हूँ कि उस माला की हुई जमीन को दोबारा उलट-पुलट कर उसे फिर नई तरह से क्यों न तैयार करें?

—तुम्हारे चावल-पुलाव क्या हुआ ?—किसी ने बोल दिया, जिस पर सब लोग हँस पड़े। लेकिन मुहम्मदजान थोड़ा मुस्करा कर रह गया। वह अपनी दाढ़ी में अँगुली डाले चुपचाप बैठा बातें सुन रहा था। उसके चेहरे के देखने से मालूम नहीं होत था कि वह इन बातों को पसन्द करता भी है या नहीं। हँसी बन्द हो जाने के बाद उसने कहा :

—तू खारकश किनके सामने बड़ा हुआ ? तबेलची था, तुझे टुकड़ी का सरदार बनाया; कमसोमोल था, फिर कमसोमोलों का सेक्रेटरी बन गया।...सब की हाँ-में-हाँ मिलाता फिरता है। मुझे तुझ पर हैरानी होती है।

—कैसा शागिर्द है कि उस्ताद को हैरत में डालता है !—कासिमजान ने श्वेतकेश से कहा—खारकश जवान है बाबा ? वह चाहता है कि जल्दी से जल्दी अपनी भूमि को सुधार कर आगे बढ़े। खुश...एक एकड़ माला की हुई जमीन के बारे में मेरा विचार यह है कि इस वक्त उसमें काम न कर उसे ही छोड़ देना चाहिए। जब वक्त आयेगा, तो उसके बारे में काम अलग से सोचेंगे।

शादी कुछ और भी बोलना चाहता था कि इसी समय कमरे का दरवाजा खुला और दिलबर भीतर आ गई। उस की आँखों से रुलाई दीख पड़ रही थी, साथ ही उसके चेहरे से रंजिश प्रकट हो रही थी। उसके पीछे-पीछे बरका और ट्रैक्टर-ड्राइवर भी आये।

—आज मैं ट्रैक्टर को नहीं जाने दूँगी....!—मेज के पास आ क उसने चिल्ला कर कहा—कल भी हमारे चक से ट्रैक्टर नहीं जायेगा.

—क्यों ?—बड़े इत्मीनान के साथ शादी ने पूछा।

—मैं कल से जुताई शुरू करूँगी !—दिलबर ने कहा—तुम इस बारे में मेरे नये विचारों को जानना चाहते थे, तो अब मेरे नये विचार ही काम में लाये जायेंगे।

—केवल ढाई एकड़ जमीन से ?—शादी ने पूछा ।

—नहीं, खारकश की टुकड़ी तुम्हारे तजुर्बे के अनुसार काम करे !—दिलबर ने कह कर जवाब की प्रतीक्षा में शादी के मुँह की ओर ताका। शादी के मुँह पर मुस्कुराहट दौड़ने-सी लगी । कासिमजान भी खुश हो गये थे ।

—हाँ, यह काम है... अलबत्ता !—उसने मेज पर जोर से हाथ मारते हुए कहा—शाबास दिलबर !

शादी अभी मुँह नहीं खोल सका था कि टेलीफोन की घंटी बज उठी। उसे याद आ गया कि रशीदोफ़ बात करनेवाला था, इसलिये उसने टेलीफोन उठा कर कहा :

—हाँ...हाँ...मैं, शादी ! सलाम रफीक रशीदोफ़ ! सलामत रहो... सलामत ! ! तुमसे पूछ रहा हूँ ? मेरी बहन, मरिया वासीलेवा कैसी हैं ...? मैं ठीक हूँ...! कुछ नहीं...काम ठीक आगे बढ़ रहा है । हाँ, इस साल हमारे रफीक बहुत मुस्तैद हूँ । बाज तड़के ही से काम करना चाहते हैं... हाँ, ठीक वक्त पर, लेकिन एक-दो टुकड़ियाँ तजुर्बा करना चाहती हैं ।... हाँ मेरी भी राय यही है ।...मेरे रफीकों की मुस्तैदी से हमारी कपास एक खास चीज होगी, लेकिन हमारे निर्माण. ..खैर...! ऐसा ही...? तख्तों... और लकड़ी का क्या हुआ ? सलामत रहें, अका़ रहमत ! सलामत...हाँ, हम अभी काम शुरू करनेवाले हैं। ठीक, खुद जा रहा हूँ !...नहीं, सब काम ठीक है। हर एक का काम मुस्तैदी से चल रहा है, दिलबर का काम भी ठीक है। अच्छा... तुम्हें सलाम भेज रहा हूँ और बाबा ! इसी जगह हैं ! !...खुश, इसी वक्त...!

शादी ने टेलीफोन को श्वेतकेश की ओर बढ़ा दिया । श्वेतकेश अभी तक कुछ सोचता हुआ चुपचाप बैठा था । शादी को हाथ बढ़ाते हुए देख कर एकाएक सोते से जाग उठा, काँपते हुए हाथों से टेलीफोन के चोंगे को पकड़ अपने कान में लगाया और फिर जरा साँस ले कर बोला :

—हाँ, अस्सलाम...! हाँ, मैं...मुहम्मदजान !...सलामत रहो ? शुकर है...। शुकर...ठीक, दुआ कर रहा हूँ...हाँ, मजबूत ! नहीं, ठीक ! काम बुरा नहीं चल रहा हैं। भीतर से सफेद...हाँ भीतर खाद कम थी...नहीं जानता, इसायेफ़ सब को एक आँख से देखता है।...हाँ, एक दवा भी...पुरानी दीवार की मिट्टी...हाँ, कृषि-पंडित कह रहा है क्या...नहीं, इन दिनों कृषि-पंडित ठीक...एक कृषि-पंडित उससे भी ज्यादा अच्छा...हाँ, उससे एक अच्छी बात पैदा होगी...शादीजान क्या, फिर क्या हुआ...यह है है...रईस भी, बेटा भी और बढ़िया कृषि-पंडित भी !...सच, सच ! हाँ, खूब !! बहुत खूब...कब आयेगा ? याद किया...देखने के लिये...खैर ! रहमत...!! श्वेतकेश टेलीफोन के चोंगे को काँपते हाथों से शादी की ओर जब बढ़ा रहा था, तो उसकी आँखों से खुशी के आँसू बह रहे थे। वहाँ बैठे हुए लोग सारी बात-चीत को नहीं सुन पाये थे। लेकिन तो भी शादी और मुहम्मदजान अका के रंग-ढंग देख कर उन्हें कुछ-कुछ आभास हो गया था। कासिमजान ने प्रश्नसूचक दृष्टि से शादी की ओर देखते हुए कहा —खुश !

—लकड़ी और तख्तों की मंजूरी हो चुकी है—शादी ने कहा—एक वैगन माल...अलबत्ता कुछ कम ही होगा, लेकिन पीछे इस का और भी इन्तिजाम हो जायगा। हमारे नक्शे को भी स्वीकार कर लिया गया है। अब रफीको ! कपास, गल्ला, ढोर-डंगर और सभी कामों को ठीक तरह से हाथ में ले कर आगे बढ़ना जरूरी है।

—:०:—

अप्रैल के शुरू में वर्षा आरम्भ हो गई थी। आज सूर्य नहीं दिखलाई पड़ा। काले बादल पहाड़ों की चोटियों और दामनों को ढाँके हुए थे—

: २८ :

खिज़्ज़रदारी

क्षितिज संकुचित हो गया था। वर्षा कभी सवेरे इस तरफ बरसती, कभी उस तरफ... गोया कि अब फिर रोशनी और सूखा मौसिम नहीं होगा। हवा में जरा भी कम्प होने से परिवर्तन दिखाई पड़ता था।

यह खेती और ज़मीन दोनों के लिये शुभ चिह्न था। सड़क छोड़ कर गाँव के सभी कूचों में कीचड़ और कीचड़ मिला पानी दिखाई पड़ता था...! लेकिन महमूदजान की हवेली अच्छी भली थी। उस की दीवारों पर काँटे रक्खे हुए थे। पास की ज़मीन हरी-भरी थी और रास्ते पर कड़ियाँ डाली हुई थीं। घर भी भीतर से साफ-सुथरा, सूखा तथा गर्म था। लेकिन बुढ़िया की तबीयत ठीक नहीं थी। बदली के अँधेरे ने मानो उसके हृदय के भीतर भी अँधेरा पैदा कर दिया था। वह वसंत के सूर्य को पसन्द करती थी। फूल एवं हरियाली उस की आँखों को खुश करती थी, उसकी बूढ़ी एवं ठंडी हड्डियों में गर्मी पैदा करती थी। खुश्क और मुअत्तर हवा उसकी नाक को पसन्द थी, लेकिन यह विचित्र मौसिम कैसा...? अँधेरा, नम, सीलन से भरा, हुआ...लिजलिजा...! उफ...!!

हम जानते ही हैं कि कलखोजवाले बुढ़िया को 'बकाउल' के नाम से पुकारते थे। वह खेतों में, काम के समय भोजन बनाती, शिशुशाला में सेवा-करती, और कलखोज के बड़े-बड़े भोजों में अपने पाक-विज्ञान का जौहर दिखलाती थी। इस बदली के मौसिम ने उसे बेकार कर रक्खा था। खेतों में कोई नहीं था, भोज भी कोई नहीं देता। वह घर के भीतर चुपचाप बैठ कर काम करने के लिये मजबूर थी। जान पड़ता था, घर में भी कोई काम नहीं है। कादिर श्वेतकेश की लड़की सदफ़ को अपने साथ ले गई थी,

नाती-नतनी कोई थी नहीं कि उस को ले कर मन बहलाती। सिलाई करने के लिये आँखों से अच्छी तरह दिखाई नहीं पड़ता था। खाना तैयार करके खा चुकी थी, अब आगे क्या करे? रात का भोजन बनाने को अभी देर थी। जरा कूचे में हो आती, लेकिन जाये कहाँ? बकाउल नहीं चाहती थी कि बेकार बैठी रहे। यह देर से अपनी प्यारी सहेली करीमा बानो के पास नहीं गई थी। वह भी अपने घर में अकेली थी। फिर क्यों बकाउल हैरान हो घर में बैठी रहे? उसने जल्दी से खूँटी पर से सरबन्द को उठा, उस को अपने छोटे-से सर पर डाला। फिर काले रंग के साटन के अपने जामे को पहन, पैरों में नया जूता डाल, अपनी सहेली के घर रवाना हुई।

करीमा बानो सचमुच ही घर में अकेली थी। नई बनी हुई हवेली की दहलीज में दोनों सहेलियों की मुलाकात हुई, खूब दिल खोल कर मिलीं, कुशल-मंगल पूछा। फिर करीमा बानो ने अपनी सहेली को घर के भीतर चलने के लिये कहा। बीचवाले कमरे में फर्श पर मुलायम गलीचा बिछा था, उसके ऊपर रूईदार आसन रक्खे हुए थे। करीमा बानो और उसकी सहेली दोनों आमने-सामने बैठीं। चायनिक में से प्याले में गरम चाय डाल कर करीमा बानो ने अपनी सहेली की ओर बढ़ाते हुए अपनी जगह से खड़ी हो कर कहा:

—यह कैसी बात है, यह रात के जैसा अंधेरा मौसिम क्यों? खैरियत यही हुई कि कलखोज ने ऐसा पक्की छतोंवाला मकान बना दिया, नहीं तो हमारी हालत बुरी होती।

बात करती हुई करीमा बानो ने ताखे पर से मुरब्बे के डब्बे को ले कर थोड़ा-सा-मुरब्बा एक प्याले में निकाला और उसे बकाउल के सामने रखते हुए कहा:

—मुरब्बे के साथ चाय पियो, चारमग्ज़ का मुरब्बा है।

—तौबा, तौबा!—बकाउल ने कहा—चारमग्ज़ का मुरब्बा भी होता है क्या?

––हाँ...! ––करीम बानो ने मुँह बिचका और अंगूठे को चाट कर कहा––पहले किसी के ख्याल में नहीं आया था कि चारमग्ज़ का भी मुरब्बा हो सकता है।

––पहले हमने क्या यह जाना था, सखी कि कभी ये दिन भी आयेंगे! कहाँ और किसे पता था? उस वक्त तो बस केवल सुमालक भर था।

ओ, ... काश कि बकाउल ने यह सुमालक का शब्द करीमा बानो को याद न दिलाया होता। यह सुमालक कितना स्वादिष्ट भोजन था! उसके लिये मुरब्बा, निशल्ला, अचार की भी जरूरत नहीं, केवल एक कटोरा सुमालक ही काफी होता था।

––सच है, सखी! ––हसरत के साथ करीमा बानो ने कहा––चाहे वह गंदा था या अच्छा पर हर हालत में सुमालक हमें बहुत पसन्द था। काश! आज वह होता कि हम उसे इस सफेद रोटी के साथ खाते। पर आजकल के बच्चे तो उसके नाम से ही चिढ़ते हैं। उन को तो चॉकलेट और टॉफी चाहिए। मेरी तो सारा नाम तक भी सुनना पसन्द नहीं करती।

––तुझे याद है, सखी! ––मुरब्बे को चाय के साथ खाते हुए बकाउल ने कहा––दो साल पहले जब कि लड़ाई का समय था, मैंने सुमालक पकाया था।...उस रात मैंने पलक तक बन्द नहीं की थी। देग के ऊपर खुद कलछी चलाती रही या कभी जवानों से चलवाती, किसी समय गीत भी गाती, किसी समय चंग बजा नाचती भी, हँसी-मजाक भी...जब तक कि सूर्य उगने नहीं लगा! लेकिन बड़ा ही अद्भुत सुमालक बना था। अभी तक मुँह में उस का स्वाद आता है।...बई-बई-बई...! बा-वा-बा! काश! कि अगर आज होता, तो हम दोनों सहेलियाँ एक निवाला खातीं और अँगुलिया चाट-चाट कर खातीं।

––मर, तू सखी! ––करीमा यह कहते हुए हँस पड़ी––ऐसी तारीफ करती है कि मुँह से पानी निकला आ रहा है। क्या ही अच्छा होता, यदि

तू स्वयं इस काम को करती। तेरे सामने तो मैं अपनी नाजानकारी स्वीकार करती हूँ।

—ऊ...! कुछ सोचते हुए बकाउल ने कहा—काश, यदि मर्द लोग राजी हो जाते ! मैंने खुद गेहूँ से तैयार करके रक्खा भी है...

—मेरे पास भी है !—उस की बात काटते हुए करीमा ने कहा।

—लेकिन—बकाउल ने तश्तरी में से शुकलात का टुकड़ा लेते हुए कहा—मर्द तो इसके बारे में बात तक करना पसन्द नहीं करते, सखी ! वसन्त की खेती का बहुत-सा काम है, कह देते हैं। लेकिन क्यों न हम ही खुद बना लें। तरुणियाँ भी काम से परेशान हैं, खास कर मेरी सदफ़ तो आजकल काम के पीछे मानों दीवानी हो गई है...।

—सारा भी क्लब से इधर नहीं आ पाती ! शादी और कासिमजान ने उसे अद्भुत काम दे रक्खा है...रात-दिन उस का काम है...बस पियानो बजाना...!

—पियानो बजाना ? काश कि मेरी सदफ भी पियानो बजा पाती, तो उसके होश ठिकाने आते ! आज ही रात को सोई नहीं, आचा हवा गंदी है, आचा पानी बरस रहा है, आचा आधे खेत अभी जोते नहीं गये...ए, खैर, मैंने कहा, तुला राशि अभी शुरू हुई है, क्यों अभी से इतना फिकर करने लगी है ! लेकिन नहीं, दिल उसका परेशान है...! आखिर, आज रूमाल हाथ में ले कर ही हाय-हाय करने लगी। एक तरफ हवा मौसिम को रो रही थी और दूसरी तरफ मेरी सदफ ! दोनों के बीच में मेरा भी दिल तंग हो गया। खुदा खैर करे, लालाजान आ कर उसे साथ ले गई, थोड़ी देर के लिये मेरे कानों और दिल को आराम मिला।

—खैर, किस बात के लिये रो रही थी ?—करीमा ने भी उदास हो कर पूछा।

—इस मुई वर्षा के लिये !—शांतिपूर्वक बकाउल ने कहा—वर्षा उनके खेती के काम को पिछड़ा देती है, फिर वह कैसे होड़ लगा सकेगी !

खैर ! मैंने कहा कि बारिश एक दिन होगी, दो दिन होगी, आखिर रुकेगी ही ! लेकिन, मेरी बात वह कब पसन्द करने लगी ? वह बूढ़ा मुहम्मददाना लाल-बुझक्कड़ उसे बुला कर ले गया, समझाया, अलबत्ता ! कहते हैं कि इन जवानों का मुतसद्दी अगुवा वही श्वेतकेश कादिर बना है...!

करीमा बानो ने दस्तरखान को समेट कर बिजली की चायनिक को फिर पानी से भर कर रख दिया। इसी समय पानी में सराबोर भीगी हुई गुलशन बाहर से आई और दहलीज़ से ही करीमा बानो से उस की बेटी के कहाँ होने के बारे में पूछा।

—आख़िर होगी कहाँ...!—करीमा ने कहा—शायद क्लब में होगी ! क्या काम है ?

—आज क्लब में एक व्याख्यान करवाना था—गुलशन ने कहा—चाचा इवान आया है।

—खैर...!—कुछ सोच कर सारा की माँ ने कहा और मेहमान को दावत भी दी :

—कभी-कभी तो मेरे पास आ कर बैठ जाया करो, सखी !

गुलशन ने घर के भीतर आ बकाउल से कुशल-मंगल पूछा। करीमा बानो ने दहलीज में खड़े-खड़े कहा :

—नई खबर सुनी है ? श्वेतकेश कादिर अपनी लड़की के ब्याह का भोज दे रहा है।

—कुछ ऐसी ही बात मेरे कानों में भी आयी है !—बकाउल ने खड़ी होते हुए कहा; लेकिन पीछे पूछा नहीं कि आखिर में क्या काम हुआ।

—अरे...हाँ ! घूम कर करीमा बानो बोली—विचित्र भोज होगा वह ! लाला का ब्याह उस रूसी मर्द बिजलीवाला, कालामी क्या नाम है उस का—से होनेवाला है। वह भी इस जवान सुन्दर लड़की को देख कर आशिक हो गया !

—तौबा!—कहते हुए बकाउल ने जबान के नीचे आये थूक को निगलते हुए नफरत से कहा—एक कलखोजची ताजिक की लड़की और रूसी शौहर!! श्वेतकेश लाल बुझक्कड़ भी हर एक को खुद आ कर भोज के लिये न्यौता दे गया।

—ए...मौसी!—गुलशन भी उनकी बात में शामिल होते हुए बोली—बेटी, इलाही उसके भाग्य को बढ़ाये! उस का शौहर ताजिक हो तो क्या, रूसी हो तो क्या! हमारे कितने ही ताजिक मर्द हैं, जिनमें यह कोला रूसी भी हैं, जो कइयों से हजार गुना अच्छा है। ताजिक भाषा को हमारी ही तरह बड़े धड़ल्ले से बोलता है, स्वयं अच्छे स्वभाववाला, पढ़ा-लिखा और गम्भीर भी है। लाला को अच्छी तरह रखेगा भी! फिर क्या? मियाँ-बीबी आपस में एक दूसरे से राजी हों, एक दूसरे को मुहब्बत करें, यही न!

—यह बात भी ठीक...!—बकाउल ने कहा—लेकिन कहती हूँ, कि गाँव में अनहोनी बात थी, कैसे हो गया कि ताजिक लड़की ने एक रूसी को अपना शौहर बनाया?

—मैं भी पहले तुम्हारी तरह अचरज कर रही थी—करीमा ने कहा—लेकिन सारा ने मुझे बात करके समझा दिया। उसने बतलाया कि हमारे गांव के बहादुर रूसी लड़कियों को ब्याह कर लाये, सो तो ठीक; लेकिन यदि हमारी लड़की किसी रूसी से ब्याह करे तो फिर अचरज क्या? मैं उस की यह बात सुन कर हैरान रह गई!...क्या बोलना चाहिए, यह भी वह नहीं समझती।

सदफ़ की माँ इन बातों को सुन कर मुस्कराते हुए चुप रही। उसके दिल में अपने पहले के विचार काम कर रहे थे। उस का अचरज और नासमझी दूर नहीं हुई थी। क्षण भर चुप रह कर बकाउल उठ कर बाहर गई।

—पैर सो गये हैं—उसने कहा—बुढ़ापा है न ! जरा-सा चल-फिर लूँ !!

उसने दहलीज़ में आ कर नाक साफ किया और मुँह को पानी से धोया। फिर दरवाजा खोल कूचे की ओर निगाह डाली ! अभी तक पानी का बरसना बन्द न हुआ था।

"शुक्र को बरसता सनीचर को रुकता; सनीचर को बरसता कब रुकेगा...सो खुदा जाने ! —की कहावत मशहूर है !"—कमरे के भीतर आते हुए उसने कहा—अभी भी सनीचर को वरस रहा है और बिना रु के बरसता ही जा रहा है।

सारा को देर करते देख कर गुलशन का दिल तंग था, वह अपनी जगह से उठते हुए बोली :

—खैर, मैं भी क्लब की ओर जा रही हूँ...साराखान तो देर कर रही है !

—खैर, बैठ तो !—करीमा नें कहा; लेकिन गुलशन क्षमा माँग कर बाहर निकल गई। करीमा के भीतर लौटने पर बकाउल ने उससे पूछा :

—दादाजान की क्या खबर है ?

—सारा कमीशन की मेम्बर बन कलखोज 'पख्तकार' में गई थी—कहते हुए करीमा ने विवरण भी दिया—कमीशन का सरदार कादिर श्वेतकेश था। वह और तुख्तासून किसी दिन न जाने किस़ काम के लिये कलखोज 'पख्तकार' में गये, किस तरह दादाज़ान ने उन का स्वागत किया इत्यादि। फिर जब मियाँ-बीवी के बारे में बात उठी, तो करीमा ने कुछ धीमी आवाज़ से कहा :

—दोनों एक दूसरे को याद करते हैं सहेली ! हाँ सारा की बात से मुझे अच्छी तरह मालूम हुआ है कि दादाजान ने उससे कहा है कि हमारे

कलखोज में भी गाना-बजाना सिखला, हमारे कलखोजचियों में भी इस का शौक पैदा कर।

—तुम खुशकिस्मत हो सहेली !—आह भरते हुए बकाउल ने कहा —लेकिन मैं बदकिस्मत हूँ। वह मेरा नासमझ दामाद फिर सदफ़ से नाराज़ हो गया है !!

—एऽ...!—उसी समय करीमा ने कहा—शायद दिलबर का झगड़ा उस के कान में पड़ा हो ?

—अलबत्ता पड़ा है !—बकाउल ने कहा—ज़मीन को पानी से बरबाद करती है ! हमारे लोग दुनिया देखे हुए अक्ल और बुद्धि रखते हुए भी कभी-कभी निर्बुद्धि बन जाते हैं। इन्हीं दिनों दिलबर की हरकतों और रोने-धोने के देखते हुए उसे नसीहत देना आग को और भड़काना है ...तौबा ! बुरा ख्याल करके ईमान से भी दूर हो गई।

—रईस शादी इन बातों के बारे में क्या समझता होगा ?

—उस बेचारे को इन बातों की खबर नहीं है। वह रायन के केन्द्र में गया है, मालूम नहीं कब लौटेगा। लेकिन यह मेरा दामाद भी उसी तरह का है...एक दम बेफिकरा !

करीमा बानो फिर चाय गरम करके लाई और फिर सहेलियों की बात होने लगी; जब तक कि बाहर से पैर की आहट और दरवाजा खुलने का शब्द सुनाई नहीं दिया, तब तक वह अपनी जगह से नहीं हिलीं।

:o: :o: :o:

वर्षा और प्रतिकूल मौसिम से फायदा उठा कर सारा अपने क्लब में पहली मई के उत्सव की तैयारी बड़े जोर-शोर से करने लगी। आज वह रायन से खालबाबायेफ़, रंगमंच-संचालक रेजीसार को भी ले कर आयी थी,

ताकि वह मंच पर एक छोटा-सा नुमायशी प्रदर्शन करे। इस प्रदर्शन में चार आदमी शरीक हुए। माँ और उस की बेटी, ब्रिगादीर और कलखोज का सरपंच। उनके पार्ट भी सारा ने ही बाँटे थे। बेटी मुस्तैद प्योनेर का पार्ट गुलजमाल ने लिया था, माँ का पार्ट स्वयं सदफ़मा ने, सरपंच का पार्ट खारकश और ब्रिगादीर का पार्ट शम्सिया मौसी ने! सारा ने स्वयं पियानो बजाया, कंदील नामक जवान ने—जो कि सातवीं क्लास में पढ़ता था, एकजुटता का गीत गाया।

खालबाबायेफ पेशानी और कानों पर बिखरे हुए बालों को अपने दोनों पंजों से पकड़े, मंच के ठीक सामने, बीचवाली कुर्सी पर बैठा था। दूसरे कलाकार और गायक और इसी तरह दो-तीन दर्शक भी, जिन्हें वहाँ आने की इजाजत मिली थी, बैठे हुए आपस में धीमी आवाज़ से बातें कर रहे थे, ताकि संचालक के काम में बाधा न पड़े। खालबाबायेफ लिखे हुए कागज को शुरू से आखीर तक पढ़ रहा था, और उसमें जगह-जगह निशान लगा रहा था ..किन्हीं-किन्हीं पंक्तियों पर रेखा खींच कर कागज सारा के पास लौटा रहा था।

—'ऊवरतियोर' को भी क्रम से लगा दिया क्या?

'ऊवरतियोर' शब्द को सारा ने नहीं समझा, तो भी कुछ क्षण सोच कर उसने पूछा:

—क्या कहा, मास्टर?

—ऊवरतियोर यानि युवकों का सुर्ख परचम का गीत!—व्याख्या करते हुए खालबावायेफ़ ने कहा। उस की आँखों पर मोटा चश्मा लगा हुआ था, जिस पर ठीक सिर पर लगे बिजली के लगे लट्टूकी रोशनी पड़ कर चमक उठती थी।

—हाँ!—नम्रतापूर्वक सारा ने कहा—मैं और कंदलीजान दोनों ने मिल कर एक चीज तैयार की है...मालूम नहीं...आप को पसन्द आये या नहीं?

—क्या है, सुनें तो !—कलम को नीचे रखते हुए कुर्सी पर अच्छी तरह बैठ कर, मंच की ओर निगाह करके खालबाबायेफ़ ने कहा ।

सारा और कंदील काले रंग के चमकते हुए पियानो के पास गये, जो कि एक मंच के एक कोने में रक्खा हुआ था। कंदील पियानो के ऊपर रक्खे हुए गीत के कागज पर दृष्टि डाल पहले कुछ गुनगुनाया, फिर पियानो पर हाथ रख उसने सारा के संकेतानुसार गाना शुरू किया । हॉल में कुछ अँधेरा-सा था, जिसमें गाने और पियानो की मधुर स्वर-लहरी फैल गई । दर्शकों के हृदय के तार हिल उठे, सभी के चेहरे पर प्रसन्नता छा गई । खालबाबायेफ अपनी जगह पर, उसी तरह जरा भी हिले-डुले बिना, अन्त तक बैठा रहा । फिर संगीत और वाद्य से गूंज रहे वायुमंडल का असर उस पर ऐसा पड़ा कि वह एकाएक अपनी जगह से उठ कर पियानो के पास जा कर बोला :

—आफरीं...! इतना ही बस । मैं समझ गया तुम्हारा ऊवरतियोर बिल्कुल ठीक है !...क्यों, अन्य कलाकार कहाँ हैं ! क्यों नहीं मंच पर आते !

अन्य कलाकार नये थे और वे एक-दूसरे को देख कर शरमा रहे थे; अतः वे अपनी जगह पर बैठे रहे । केवल गुलजमाल खुले दिल की और शोख थी । वह अपनी जगह से उठ कर दौड़ी-दौड़ी रंगमंच पर पहुँची । लेकिन अपने पीछे किसी को भी रंगमंच पर न आते देख, वह भी शरमा गई और जा कर पर्दे के पीछे छिप गयी ।

—माँ कहाँ है ? रफीका सदफमा !—कागज की ओर निगाह करते हुए रेर्जासार ने कहा । सदफमा नहीं थी । सारा ने दिल छोटा करके उपस्थित जनों की ओर निगाह करके कहा :

—नहीं आई है, शायद कोई बात बाधक हुई हो...!

—क्या करें ! न हो तो बिना माँ के नहीं हो सकता !—कुछ सोच कर रेजीसार ने जरा कड़े लहजे में कहा, मानों सदफमा के न आने का गुनाह सारा के ऊपर था । सभी ताज्जुब करने लगे, सारा कुछ नहीं समझ सकी कि क्या करे ! इसी समय पर्दे के पीछे से गुलजमाल की ऊँची आवाज़ आई और सवाल हल हो गया :

—मेरी माँ बनोगी क्या ?

—ए...ऽ शाबास...!—खालाबाबायेफ ने प्रसन्नता प्रकट करते हुए कहा, क्यों तेरी आचा (माँ) कहाँ है ?

अपनी बेटी की इन बातों को सुन कर दिलबर शरमा गई और उसने अपने चेहरे को पड़ोसी के पीछे छिपा लिया ।

—यह नहीं हो सकता—धीरे से उसने कहा—यह बात कैसे उसके दिल में आई ।

सारा को भी गुलजमाल की बात सुन कर बड़ी प्रसन्नता हुई थी, वह दौड़ कर दिलबर के पास पहुँची और उससे आग्रह करने लगी । बहुत कहने-सुनने पर दिलबर राज़ी हुई कि रिहर्सल में भाग ले । सभी कलाकार मंच पर आये और कार्य शुरू हुआ । गुलजमाल को छोड़ करके किसी को अपना पार्ट याद नहीं था । पार्ट पढ़नेवाली स्वयं सारा थी, वह बोलते-बोलते पसीने से तर-ब-तर हो गई । अन्त में रिहर्सल बहुत देर बाद, कहीं शाम को खत्म हुई । यह पार्ट दूसरे दिन भी दोहराया गया । खारकश रेजीसार को अपने घर ले गया । सारा, दिलबर और गुलजमाल इसके बाद बराबर क्लब से इकट्ठी ही बाहर गईं ।

—दुंगानाजान प्यारी सहेली, आ घर चलें !—सारा ने दिलबर से कहा—रईस यहाँ नहीं हैं, घर में कोई तेरा इन्तिज़ार नहीं करता होगा... मेरे घर में माँ ने भोजन पका रक्खा है । वहाँ चल कर अपने कुत्ते को भी दिखलाऊँगी, मेरा भाई उसे मास्को से सौगात के तौर पर लाया था ।

दिलबर ने सारा की बात को बहुत खुशी के साथ मान लिया और तीनों सारा के घर गये। हवा और पानी ने चारों ओर की प्रकृति को धो कर तरो-ताजा कर दिया था। गाँव की बड़ी सड़क पर बहुत-से लोग आ-जा रहे थे। जब-तब बोझा ढोनेवाली लॉरी उस पर से गुजर जाती थी। दोनों सहेलियाँ गुलजमाल को बीच में किये घर पहुँचीं। अपने ओवर-कोटों को दहलीज़ में ही उतार कर, हँसी-मज़ाक करती हुई भीतर पहुँचीं। उनके स्वागत के लिये दो बूढ़ियाँ कमरे के भीतर खड़ी थीं।

—सलाम, खालाजान!—सारा ने बकाउल को देख कर कहा—आइये, आइये, मरहमत! खुश-आमदीद! कैसे इस घर पर मरहमत!

दिलबर ने दोनों बुढ़ियों से कुशल-मंगल पूछा, बूढ़ियों ने गुलजमाल को चूमा, बाद में सारा के आग्रह करने पर दूसरे तरुण भी कमरे के भीतर आये।

—यह कमरा अधिक रोशनीवाला है—सारा ने दरवाजा खोलते हुए कहा—आ दुगानाजान, तमाशा देख, कैसा कशीदा काढ़ा है...गर्दन, दामन, आस्तीन देख...इस कुर्ते को पहन कर जब भी गाँव में निकलती हूँ, तो सभी हँस उठते हैं, अलबत्ता! भैया बिना सोचे-समझे ही खरीद कर ले आया।

—ज़रा पहनो तो!—सारा के अभिप्राय को मानों समझते हुए गुलजमाल ने कहा। सारा ने भी ना-नुकर न कर अपने अतलस के गुलाबी रंग के कुर्ते को निकाल कर पहना। अपने बालों को ठीक करके दर्पण के पास जा कर सारा हँस पड़ी।

—कैसा है, दुगाना?

—बढ़िया है, बिल्कुल कलाकारों के जैसा...!—दिलबर कहते हुए दीवान पर बैठ गई और फिर मुस्करा कर बोली—रंगमंच पर आने के समय इस का पहनना अच्छा होगा।

—ठीक कहा !—सारा ने कहा—ऐसा ही करूँगी। बुढ़िया ने चाय की चायनिक ला कर मेज़ के ऊपर रख दी और सारा से कहा :

—भोजन गरम कर रही हूँ, तब तक एक-एक प्याला चाय पियो।

—मेरी मौसी कहाँ हैं ? उन्हें आने के लिये कहो !—सारा ने अपनी माँ से कहा।

—तेरी मौसी अपने घर गई—बुढ़िया कह कर कुर्सी पर बैठ गई। —बिचारी का दिल दुखी है, वह भोजन के लिये न रुकी और चली गई।

—किसलिये ?—दिलबर ने पूछा।

—बेटी और दामाद के बीच फिर कुछ झगड़ा-सा हो गया है...कुछ संकेत करते हुए करीमा मौसी ने कहा—महमूदजान ने कब से अपनी बीवी के साथ बात-चीत नहीं की ?

—किसलिये नाराज़ है ?—सारा ने पूछा।

बुढ़िया ने इस सवाल का तुरन्त जवाब नहीं दिया, उसके चेहरे पर चिन्ता की रेखा और अनमना-सा दिखाई दिया। माँ की इस हालत को देख कर सारा ने कुछ सोच कर अपनी जगह पर खड़ी हुई और बुढ़िया से पूछा :

—मेरे लूख्ते कहाँ हैं, अपनी ही जगह पर हैं क्या ?

बुढ़िया ने मुस्करा कर कहा—बुढ़ापा और ताजी गदहा ! लूख्ते क्या करेगी ?

—ज़रूरत है, अपने मेहमानों को दिखलाना चाहती हूँ !—जोर देकर सारा ने कहा। गुलजमाल यह सुनते ही उठ कर दौड़ी और सारा की गोद में अपने को डाल कर बोली :

—खालाजान... प्यारी खालाजान ! आप के तख्तों को ला ज़रा देखूँ तो !—वह सारा के साथ दूसरे कमरे में चली गई। वहाँ सारा

ने अपनी इस छोटी मेहमान को काम में लगा दिया और सारा दिलबर के पास लौटी। उस समय तक बुढ़िया सदफ़मा और महमूदजान के बारे में ही बात कर रही थी :

—बिटिया, मर्दुए के कान में भिनक पहुँची है। अलबत्ता वह ईर्ष्या में जलता है। चाहे ईर्ष्या न भी करता हो, फ़िर भी लोगों के बीच शरमाता है, इसे अपनी बेइज्जती समझता है।

दिलवर का मुँह लाल हो गया था। बुढ़िया तटस्थ भाव से बिना किसी लाग-लपेट के बोल रही थी, पर उसकी बात सुन कर दिलवर का दिल जल रहा था, उसमें आग लगी हुई थी; लेकिन कुछ कहने के लिये कोई माकूल बात भी नहीं थी, उसके पास! इसलिये उसने एक बार भी अपना मुँह नहीं खोला। सारा ने समझ लिया कि दिलबर की ईर्ष्या की बात सारे गाँव में फैली हुई है, और यह आवाज़ महमूदजान के कानों में भी पड़ी है।

—नाराज़ होता है, तो होता फिरे!—उसने अभिमानपूर्वक कहा—मैं सदफ़ की जगह होती, तो इसकी बिल्कुल परवाह न करती।

—बात मारती है!—कहते हुए बुढ़िया उठ खड़ी हुई—खैर मैं भोजन परोस कर ला रही हूँ।

दिलबर ठीक तरह से भोजन नहीं कर सकी। सारा के ज़ोर देने पर, जबरदस्ती दो-एक ग्रास उसने गले के नीचे उतारे। उसके मन को बहुत संताप हो रहा था। खिड़की के शीशे पर से गिरते वर्षा के कणों की तरह वह सदफ़मा के रोने से दुःख और संताप अनुभव कर रही थी। यह आँखों का दर्दीला पानी कितनी जलन पैदा कर देता है! वह इसी तरह बूँद-बूँद, कण-कण करके बरौनियों से झड़ रहे थे, मुँह को धोते हुए मानों दिल की जलन को ठंडा करने की कोशिश करते थे...!

बेचारी सदफ़मा ने इस मामले में कुछ भी बुरा नहीं किया। उसकी सारी कोशिश और मेहनत इसी कपास के लिये, पैदावार को बढ़ाने के लिये थी।

वह नया काम करना चाहती थी, वह कृषि-पंडित के कहने के अनुसार, नये विज्ञान के बतलाये अनुसार काम करना चाहती थी।...अलबत्ता यह गुनाह नहीं था। शायद उस का काम बहुत लाभदायक हो। शादी जो उस की तरफदारी कर रहा था, वह उसकी सुन्दरता और तरुणाई के लिये बिल्कुल नहीं। यह विचार ग़लत है, यह बिल्कुल अकारण है, जोकि दिलबर ने शादी के बारे में सोच लिया है। अफसोस, दिलबर को अपनी भूल बड़ी देर के बाद समझ में आयी। शादी ने बहुत बार उसे इसके बारे में समझाया, लेकिन उस का कोई लाभ नहीं हुआ। वस्तुतः सदफ़ को दिलबर ने उस की मेहनत और काम की लगन द्वारा ही समझा। इसे खुद सदफ़ ने सहायता दे कर समझाया, उसके दिलोजान से किये जा रहे काम ने ही दिलबर पर सारी वास्तविकता प्रगट कर दी। धीरे-धीरे वह सारी बातें समझ गई। जब उसने अपनी गलती समझ ली, तो दिलबर ने फिर देरी नहीं की। लेकिन आज जो बात हुई, वह उसी गलत अनुमान के कारण ही हुई। अब क्या करना चाहिए ? दिलबर कौन-सा करम उठाये ? किस तरह इस धब्बे को अपने अपने शौहर के और सदफ़मा के नाम पर से धो डाले ? उसे कुछ नहीं समझ में आता था !

हाँ, दिलबर बहुत पीड़ित थी, उस की यह दशा सारा से भी छिपी नहीं रही।

—आचा—दस्तरखान को इकट्ठा करते हुए अपनी माँ से उसने कहा—अब गुलजमाल को बतला कि किस तरह लूल्तों को ठीक तरह बनाया जा सकता है...बिटिया उठ, अपनी बीबी के साथ उस कमरे में जा !

गुलजमाल और बुढ़िया दूसरे घर में चली गईं। फिर सारा अपनी सहेली के साथ दीवान के ऊपर अगल-बगल जा बैठी।

—हम, दुगाना —अपने खुले हुए बालों को ठीक करते हुए बोली, —सचमुच ही अपने शौहरों से इसीलिये बहुत ज्यादा ईर्ष्या करती हैं।

—मैं ऐसी नहीं थी—नहीं जानती मुझे क्या हो गया। खास करके सदफमा के बारे में, महमूदजान की बीवी के बारे में, जिसके निकट शादी भाई जैसा ही है, ऐसा सोचना भी गुनाह है।

—अपने जीवन के बारे में सोच-विचार करते-करते आखिर मैं एक नतीजे पर पहुँची हूँ! —अपने हाथ को दिलबर के हाथ पर रख कर, उसके ध्यान को अपनी ओर खींचते हुए सारा ने कहा—हमारे समाज में अब मियाँ-बीवी का आपसी सम्बन्ध तथा वैवाहिक जीवन सचमुच पहले से बहुत भारी अन्तर रखता है। यहीं नहीं, बल्कि हम अब बिना पर्दे के मकानो में रहने लग गई हैं। बुरका भी गायब हो गया! पर नहीं... यह नहीं; असली जड़ दूसरी है, वह यह है कि हम और तुम अब अपने शौहरों के बराबर काम करती हैं। कलखोज में तुम्हारा शौहर कितनी मेहनत और कोशिश कर रहा है, तुम भी करीब-करीब उतना ही करती हो। एक बड़े ब्रिगाद के ब्रिगादीर का काम सँभाले हुए हो। मर्द तुम्हारे नीचे काम करते हैं, उनके काम के बारे में हजार तरह की चिन्ताएँ रखती हो। मैं भी अपने अनुकूल कार्य को पकड़े हुए हूँ, मेरी भी अपनी योजना है, अपनी समस्या है।...सदफमा भी हमारी ही तरह है...। हमारे इसी कहने-सुनने से हमारे शौहर भी दूसरे हो गये हैं; लेकिन कितने ही लोग इस तथ्य को नहीं समझ पाते। महमूदजान चाहता है कि उस की बीवी बस केवल बीवी भर रहे। ऐसा होने पर दोनों के दिल में जरूर फर्क पैदा हो जायेगा।

—नहीं, तूने नहीं समझा दुगाना! —दिलबर ने कहा—इसमें गुनाह मेरा है, केवल मेरा! मैं इस तेरे कहे हुए फर्क को अच्छी तरह समझती हूँ, काम की बात को मैंने खानगी बातों से मिला दिया। ईर्ष्या न करूँ, तो भी इस तरह की बेवकूफी मुझसे हुई है।

—चाहे हजार हो !—सारा ने कहा—महमूदजान का दिल ठंडा करना अथवा उस पर गुस्सा करना व्यर्थ का है ! इसके लिये तुम गुनाह गार नहीं हो, इस का कारण खुद महमूदजान का पिछड़ापन है।

—तू नहीं जानती !—दिलबर ने कहा। मालूम पड़ता था कि सारा की बातें उसे संतोषजनक मालूम नहीं हुईं। सारा चाहती थी कि उसके ब्रिगाद के कामों, समाजवादी होड़, आज की वर्षा आदि के बारे में बात करे और दिलबर के दिल से उस ख्याल को दूर करे; लेकिन वह सफल नहीं हुई।

दिलबर ने खिड़की की ओर निगाह की, वर्षा बन्द हो गई थी। उसने कहा :

—खैर, अब घर जाऊँगी, बहुत काम है। रात को कल के कार्यक्रम के बारे में भी सहकारियों से सलाह करनी है, यदि कल मौसिम ठीक रहा, तो काम कैसे शुरू किया जाय, इसके बारे में निश्चय करना है।

सारा अपनी सहेली को सड़क तक पहुँचा कर लौट आई। अँधेरा फैल रहा था, क्लब और चायखाना के दरवाजों पर बिजली की रोशनी हो रही थी।

:o: :o: :o:

दिलबर और गुलजमाल अभी घर के आधे रास्ते तक नहीं पहुँची थीं, कि उन्होंने बड़े कूचे में खारकश को देखा, जो उनकी हवेली की ओर से आ रहा था। उनके पास पहुँच कर खारकश ने पूछा :

—काफी देर से तुम्हें ढूँढ़ रहा हूँ ?

—क्या मुझसे कोई काम था ?—मुस्कराते हुए दिलबर ने कहा।

—भाई कासिमजान ने मुझे भेजा है—खारकश ने कहा—रायन से चाचा इवान आये हैं, क्लब में सभा हो रही है। इवान चाचा कपास की खेती के बारे में बात करनेवाले हैं। तुम अभी चलो...!

—बहुत अच्छा—दिलबर ने कहा—लेकिन गुलजमाल क्या करेगी ? तू भी चलेगी क्या ?

—पाठ याद करना है—गुलजमाल ने कहा—अध्यापक ने हिसाब दे रक्खा है।

—अच्छा तो—दिलबर ने खारकश की तरफ मुँह करके कहा—तू क्लब जा, मैं तुरंत गुलजमाल को आचा को सौंप कर आ रही हूँ।

दिलबर कासिमज़ान से बहुत खुश हुई, जिसने कि इस व्याख्यान का प्रबन्ध किया था। श्वेतकेश इवान चाचा बहुत-सी काम की बातें जानता है, उससे कपास की अधिक उपज के बारे में दो-एक काम की बातें सीखना भी सम्भव था। खास करके दिलबर को कुछ सवाल पूछने थे, यदि उन सवालों का जवाब रायन का यह सबसे बड़ा अनुभव कृषि-पंडित बूढ़ा न देगा, तो वह कहाँ से उन का जवाब पा सकेगी ?

दिलबर गुलजमाल को उस की नानी के पास रख स्वयं कूचे में आई कि इसी समय उस की बाप से भेंट हो गई। श्वेतकेश सरज़मीन से कोई खबर ले कर आया था।

—इवान चाचा व्याख्यान दे रहा है!—दिलबर ने कहा—नहीं चलोगे क्या ?

—क्यों न चलूँगा बिटिया!—मुहम्मदजान ने साँस लेते हुए कहा—लेकिन पहले अपने को जरा सुखा तो लूँ, बहुत भीग गया हूँ।

दिलबर बाप से अलग हो बड़े कूचे में आई। वर्षा रुक गई थी, लेकिन आसमान साफ नहीं हुआ था। बड़ी-बुढ़ियों के कहने के अनुसार आसमान को राहू ने ग्रस लिया था। बड़े कूचे में बहुत-से लोग जा रहे थे, जिनमें से अधिकांश क्लब की ओर कृषि-पंडित का व्याख्यान सुनने चल रहे थे। दिलबर अकेली ही आगे बढ़ रही थी। एकाएक उसने देखा कि उससे कुछ कदम आगे कादिर श्वेतकेश और सदफमा भी जा रहे हैं। श्वेतकेश

सदफमा की बातों को बड़े गौर से सुन रहा था। दिलबर ने जल्दी-जल्दी जा कर सदफ को अपनी छाती से लगा लिया।

––हाँ, अब हाथ में आ पाई हो तुम...?––कह कर वह हँस पड़ी। सदफ एकाएक इस तरह के हमले से कुछ घबरा-सी गई थी। वह भी गले से लगी; पर उसने बात जारी रक्खी––तू अजब तरुणी है! बारिश में सैर-सपाटे कर रही है!!

बूढ़ा भी हँस पड़ा और अपनी सफेद दाढ़ी को हाथ में पकड़ते हुए बोला :

––सुन्दरी तरुणी!...वाह!! हाँ, मेरे जैसे सुन्दर जवान अगर ऐसी ही सुन्दरी तरुणी के साथ इस तरह के मौसिम में सैर नहीं करेंगे, तो कौन करेगा?

––क्या बात हुई है?––नाराजी दिखलाते हुए सदफमा ने कहा––तेरी जैसी आचा-माँ कुछ परवाह न कर हर वक्त घूमेगी, तुमको क्या हुआ है दिलबर?

दिलबर ने सदफ का संकेत समझ लिया और जल्दी ही अपनी बात का रुख दूसरी तरफ फेरते हुए कहा :

––तुम इस वक्त कहाँ से आ रही हो?

––सरज़मीन (खेतों) से––बूढ़े ने कहा––सुना कि सदफमाह आज की इस वर्षा के कारण रो रही है। कहा, तेरी आँखों का पानी बेकार न जाये, चल कर इससे अपने खेतों को ही सींच! नहीं, जैसे ही सरज़मीन पर पहुँचे कि इसकी आँखें सूख गईं और देख के बादलों ने भी इसका अनुसरण किया है।

––किसलिये रो रही थी?––दिलबर ने सदफमा से पूछा।

––बादलों का अनुसरण कर रही थी और क्या?––कह कर सदफमा ने हँस दिया।

बूढ़े ने बात को साफ करते हुए कहा :

—किसके लिये रोना होता है, यह सदफमा को मालूम है ! अगर कपास की खेती ठीक से हुई होती, तो हमेशा हँसती रहती । अभी उस का काम खत्म नहीं हुआ था कि बस वर्षा होने लगी ! इधर सदफ ने भी अपनी आँखों से बरसात शुरू कर दी । मेरे उपदेश और सीख का कोई फल नहीं हुआ, इसलिये अन्त में उसे सरज़मीन पर ले गया । यह वर्षा आ कर चली जायेगी और किसी को मालूम भी न होगा । कुछ खेत खड़े-खड़े जोते जा रहे हैं, अगर वर्षा कुछ कम हो, तो एक बार दनदाना-पंजा दे देना काफी है । बिना जोती हुई ज़मीन में भी इसी तरह अगर बीज पड़ जायें, तो तुरन्त उग आयेंगे ।

वे अब सदफ के पीछेवाले कूचे में पहुँचे थे । बूढ़ा रास्ते में मिलनेवाली औरतों से सलाम-दुआ करता चल रहा था ।' सदफमा और दिलबर धीरे-धीरे घर की ओर जा रही थीं ।

—क्यों तू वर्षा के लिये क्यों रो रही थी ?—दिलबर ने सदफ से पूछा । जब वह अपने कपड़ों को बदल रही थी—मुझे इस पर बिल्कुल विश्वास नहीं होता । मेरे ख्याल में तेरे रोने का कारण कुछ और ही है !

—आजकल कपास की चिन्ता से बढ़ कर और कोई चिन्ता मेरे लिये नहीं है !—सदफ ने बोली—आखिर मैंने खारकश के साथ, कलखोज लेनिन की सबसे अच्छी टुकड़ी के साथ तथा कलखोज 'अवानगार्द' के प्रगतिशील कर्मियों की टुकड़ी के साथ होड़ लगा रक्खी है, वादा कर रखा है कि यदि इन दिनों कपास की खेती के कार्य को ठीक तरह से नहीं कर सके, तो कब करेंगे ? उपज कैसे अधिक होगी ! इसीलिये मन छोटा हुआ और बरबस रो पड़ी ।

—अलबत्ता कुछ दूसरा कारण भी है !—

—कौन-सा कारण ?

—महमूदजान का गुस्सा होना !—दिलबर ने सदफ के चेहरे की ओर ध्यान से देखते हुए कहा। सदफ के चेहरे पर हल्का-सा परिवर्त्तन हुआ, लेकिन उसने उसी तरह शांति के लहजे में जवाब दिया :

—उसके लिये मैं नहीं रोती, उसके नाराज होने का ग़म भी नहीं है। गुस्सा करता है, तो करता फिरे।

—इस का कारण भी मैं हूँ—साधारण स्वर में दिलबर ने कहा—महमूदजान के गुस्सा करने और तेरे घर की सारी चिन्ताओं के लिये मैं ही जवाबदेह हूँ ही, सदफमा ! बहन, सारा अपराध मेरा है !

यह कहते हुए दिलबर ने अफसोस के साथ अपने सिर को नीचा करके कहा :

—मेरे गुनाह को क्षमा कर दे सखी !

सदफ दौड़ कर दिलबर के पास गई और उसे आगेश में ले कर उस का मुँह चूमती हुई, काँपती आवाज़ में बोली :

—आपा, प्यारी दिलबर ! तुम्हें क्या हो गया, क्यों ऐसी बात करती हो ? ऐसा न कहो !!

—मैं अब समझ पाई !—दिलबर ने सिर को सीधा करते हुए कहा—मेरा रवैया ही दुरुस्त नहीं था, लेकिन तू अफसोस मत कर। अपने बुरे कार्यों का सुधार मैं खुद करूँगी। महमूदजान तुझसे माफी माँगेगा, बहन !

सदफ आँसुओं को रोक नहीं सकी और दिलबर को ज़ोर से पकड़ कर उस की छाती पर अपने सिर को लगा दिया। दिलबर भी अपनी प्यारी बहन की तरह सदफमा के चमकीले-काले केशों पर हाथ फेरने लगी, और इसलिये बहुत खुश हुई कि उसने अपराध को स्वीकार करके अपने दिल का बोझ तो हल्का कर लिया।

: २६ :
दो व्याख्यान

इवान इवानोविच सोकोलोफ को रायन के कलखोजों में केवल इवान चाचा करके पुकारा जाता था। लगभग पन्द्रह सालों से वह यहीं रह रहा था। पहले वह स्थानीय कृषि-पंडित था, फिर रायन के बड़े कृषि-पंडित के दर्जे पर पहुँचा। पूरे पन्द्रह साल के कृषि-अनुभव और खेती-बारी के प्रति अत्यधिक दिलचस्पी होने के कारण, उसने यहाँ की कपास की खेती को बहुत फायदा पहुँचाया था। रायन में परीक्षा के प्रयोग और परीक्षा के लिये जो प्रतिष्ठान था, उसमें अपने तजुर्बे को करके कपास की उपज और उसके रेशों को बढ़ाने के लिये कई नये तरीकों को निकाला था, जिससे पैदावार ही नहीं बढ़ती थी, बल्कि उसकी खेती भी जल्द तैयार हो जाती थी। अच्छे किस्म की कपास के लिये इवान ने बहुत काम किया था। पन्द्रह सालों से उसके कामों को देखते-देखते रायन के कलखोजची उन्हें पसन्द करने लगे, और चाचा इवान की बड़ी कदर करते थे। वह एक पुराने किसान की तरह बड़ी शुद्ध ताजिक भाषा में किसानों को अपनी बातें समझाता था। अगर कोई पीछे से उसके व्याख्यान को सुनता, तो कभी सन्देह तक नहीं कर सकता था कि यह कोई गैर-ताजिक बोल रहा है। हाँ, वह इतनी अच्छी तरह ताजिक भाषा में भाषण करता था! चाचा इवान के घर में एक बीवी और दो लड़के थे। बड़ा लड़का सैनिक-सेवा करते हुए एक नामी अफसर हो गया था। छोटा लड़का रायन के केन्द्र में स्कूल का प्रिंसिपल डायरेक्टर था। बुढ़िया घर का काम करती थी और कभी-कभी पति के प्रयोगों में सक्रिय सहायता भी देती थी।...वह भी अपने कर्त्तव्य को पूरा करने के लिये, अपने दिल की बातों को कार्यरूप में परिणत करने के लिये, रात को रात और दिन को दिन न समझती तथा लगातार काम करती हुई एक गाँव से दूसरे गाँव पहुँच, कलखोजचियों को नई बातें सिखलाती, उनकी हर सम्भव सहायता करती थी!

बेमौके की बारिश सब के दिल को निराश किये हुए थी। वह इस वर्षाकाल से लाभ उठा कर 'नवजीवन' कलखोज में आया। दिन में कासिमजान और मुहम्मदजान अका से बात चात करते हुए ब्रिगादों के खेतों पर गया, वहाँ की हालत अपनी आँखों से देखी और कासिमजान की इच्छा के अनुसार शाम के वक्त कलखोजचियों के सामने व्याख्यान देने के लिए राजी हो गया।

अभी सब लोग जमा नहीं हो पाये थे। क्लब की संचालिका सारा के कमरे में इवान चाचा की चारों ओर सदफमा, दिलबर, खारकश और मुहम्मदजान बैठे हुए बात कर रहे थे। सदफ चाचा इवान की सबसे घनिष्ट मित्र और सबसे बढ़िया शागिर्द थी। वे एक-दूसरे के साथ बाप-बेटी जैसा सम्बन्ध रखते थे। जब कभी इवान इवानोविच सोकोलोफ गाँव आता, हो नहीं सकता था कि अपनी होनहार बेटी से न मिले और बात किये वगैर वापस जाय। अब भी सदफ अपने धर्मपिता और गुरु के सामने बैठी प्रश्न-पर-प्रश्न कर रही थी और उस की बातों को बड़े ध्यान से सुन अपने नोटबुक में उनके नोट ले रही थी। सदफ का एक प्रश्न इस प्रकार था :

––मैं जानती हूँ बापू ! कि हमारे देश में लम्बे रेशोंवाली कपास की बहुत ज़रूरत है, उस का बड़ा महत्व है। मैं जानती हूँ कि हमें उस की पैदावार साल-बसाल ज्यादा बढ़ानी चाहिए...किन्तु इसके लिये आखिर हमें क्या काम करना चाहिए ? हमारे देश के कपास की खेती के लिए मशहूर किसानों में से कोई-कोई एक एकड़ में चालीस सेंतनेर तक कपास पैदा करते हैं, वह कौन-सा रहस्य है, जिसे वे जानते हैं और हम नहीं जानते ? क्यों उन चालीस-पचास सेंतीनेर प्रति एकड़ पैदा करनेवालों और हम में इतना अन्तर है ?

श्वेतकेश इवान इवानोविच ने मुस्कराते हुए सदफ की ओर निगाह करके उसके प्रश्न को सुना और अपना सिर हिलाया; फिर मुस्कराकर बोला :

—हाँ, कारण, वजह...अजब कहा बिटिया ! हाँ, एक रहस्य है, एक कारण जरूर है...!

—शायद ! तुम जानते हो ?

—कुछ-कुछ...

—हमें सिखलाओ चाचा !

—क्या कारण है वह ? इवान इवानोविच के चेहरे से अभी भी मुस्कराहट दूर नहीं हुई थी। इन प्रश्नों को सुन कर उसने कहा :

—कपास की खेती के रहस्य, प्रति एकड़ चालीस सेंतीनेर उपज करने के गुर तुम सबको मालूम हैं, तुम सब जानते हो, मेरे दोस्तो !...यही है न, मुहम्मदजान अका !

मुहम्मदजान अपनी दाढ़ी पर हाथ फेरता हुआ मुस्कराता रहा। चाचा इवान फिर बोले :

—कपास की खेती की विद्या को जो कोई भी किसान जानता है, अगर उसे वक्त पर ठीक तरह से काम में लावे, तो वह एक एकड़ में चालीस सेंतीनेर अवश्य पैदा कर सकता है। उदाहरण के लिये बतलाऊँ, पतझड़ के समय जुताई बड़े लाभ की होती है। यह सभी जानते हैं, लेकिन हम में से अधिकांश लोग इसे ठीक समय पर अच्छी तरह नहीं करते। क्यों ? क्योंकि हम कपास को ठीक समय पर नहीं तोड़ते, उसकी ढोंड़ियों को वक्त पर इकट्ठा नहीं करते। फिर जाड़ा आ जाता है, बर्फ पड़ने लगती है और खेत उसी तरह पड़े रहते हैं। और यही सब मामूली बातें बड़े ही महत्व की होती हैं।

—यह सब ठीक है !—सदफ ने कहा—पर कपास जब तक न खिल हो, उसे चिना नहीं जा सकता है। कपास देर से खिलती है, जिसके कारण सभी काम पीछे पड़े रहते हैं।

——नहीं——कृषि-पंडित ने कहा——जल्दी या देर से कपास का खिलना हमारे वश में है, बिटिया! अगर वक्त पर काम करें, तो वक्त पर कपास में कलियाँ फूटेंगी।

——मौसिम न हो फिर ?——मुहम्मदजान अका ने प्रश्न किया।

——अप्रैल के आधे महीने तक मौसिम का ठीक न होना इस की दवा नहीं——इवान इवानोविच ने कहा——अगर कोई असाधारण अवस्था पैदा हुई, तो उस की बात दूसरी है।

दिलबर अभी तक चुपचाप बैठी थी, इसलिये अब उसके दिल में कोई बात आई, और उसने चाचा इवान की ओर नज़र करके कहा :

——मैं सोचती हूँ कि हमारे वैज्ञानिक इसके बारे में कोई तरीका और ढंग अवश्य ढूँढ़ निकाले होंगे। ऐसा भी बीज होगा, जो जल्दी उग आता हो, जल्दी पक कर फूल भी देता हो और अच्छे किस्म का हो।

इवान इवानोविच ने चश्मे के ऊपर से दिलबर के मुँह की ओर ध्यान से देखा फिर दूसरों की ओर निगाह करते हुए बोला :

——ओ...अरे, हाँ-हाँ दिलबरजान तेरा सोचना भी गलत नहीं है। मैं जानता हूँ कि ताजिक भाषा में एक कहावत है : 'लाल भी हाथ में आवे और आशिक भी नाराज़ न हो!' तुम चाहती हो कि कपास भी जल्दी उगे, जल्दी पके और वह अच्छी किस्म की भी हो।...यह अभिलाषा अच्छी है, लेकिन अभी तक हम इसमें सफल नहीं हुए। वैज्ञानिक इसके लिये काम कर रहे हैं, जल्दी पकनेवाले बीज को उन्होंने ढूँढ़ निकाला है, लेकिन उसकी किस्म अच्छी नहीं, उसमें कली भी कम आती है। यह इस बात का सबूत है कि आज नहीं तो कल इस तरह के बीज से ज्यादा पैदावार भी की जा सकेगी। लेकिन अभी वह नहीं हो सका है। तब तक हमें तुम्हें ऐसे तरीकों को काम मे लाना चाहिए, जो हमारे यहाँ मौजूद हैं, जो कि कपास को जल्दी और वक्त पर उगाते हैं, जल्दी पकाते हैं, जिन्हें हम जल्दी

से चिन भी लें। इसके लिये सभी उपाय मौजूद हैं और उन्हें खास करके दिलबरजान तुम जानती हो!

श्वेतकेश यह कहते हुए हँस पड़ा, दूसरे भी हँसी में शामिल हुए। इसी समय सारा ने कमरे के भीतर आकर खबर दी कि हाल में लोग जमा हो कर व्याख्यान की प्रतीक्षा कर रहे हैं।

:o: :o: :o:

कलखोज के ऑफिस की इमारत में एक कमरा पार्टी और कमसोमोलों के संगठन के लिये अलग कर के रक्खा गया था। वहाँ 'टी' अक्षर की शक्ल में दोनों ओर कुर्सियों के साथ एक मेज और एक दीवान, लोहे का सन्दूक और किताबों की अलमारी रक्खी हुई थीं। कमरे की दीवारों पर कितने ही सचित्र पत्र, प्लेकार्ड और नेताओं की तस्वीरें टँगी थीं। वहाँ मुख्य स्थान पर कासिमजान बैठा हुआ था। वह हमेशा अपनी बैसाखी को पासवाली खिड़की में रख दिया करता था; और वह अब भी वहीं रखी थी। इस समय उसके सामने मेज की एक ओर सदफमाह और दूसरी तरफ खारकश बैठा हुआ था।

—तुम्हारा यह सोचना बहुत अच्छा है!—जवानों की ओर ध्यान से देखते हुए कासिमजान ने कहा—हर काम में होड़, यहाँ तक कि पार्टी-मेम्बर होने की तैयारी में भी होड़! ...यह सब ठीक है!

सदफ ने कहा—यह दुरुस्त है कि मैं आजकल बहुत पढ़ नहीं सकती, हमारा सारा ध्यान कपास में लगा हुआ है, समय बहुत कम रह गया है। इसीलिये अगर इस तरह होड़ करके काम को जल्दी न करें, तो वह नहीं हो सकेगा।

—मेरी हालत तुम्हें खुद मालूम है!—खारकश ने कहा—समय नहीं मिलता कि हर हफ्ते कलखोज 'पख्तकार' के कमसोमोलियों की खबर

जा कर लूँ, लेकिन पढ़ कर तैयार होना सभी चीजों से जरूरी है—हमने होड़ बाँधी है. . .लेकिन सदफमा की बुद्धि अच्छी है, एक बार जो पढ़ती है, वह उसे याद हो जाता है। मुझे डर है कि यह काम उससे नहीं हो सकेगा।

—तेरी भी बुद्धि अच्छी है !—कासिमजान ने कहा—तुम्हें सलाह देने की जरूरत नहीं है ?

—जरूरत, अलबत्ता...!—खारकश ने कहा।

—अच्छा हुआ. . .—सदफमा ने कहा।

—न हो तो—कासिमजान ने कहा—फाजिलजान को तुम्हारे साथ कर दें। उसे बहुत तजुर्बा है, समझदार आदमी है. . .है न ?

—बहुत अच्छा !—सदफ ने कहा—मास्टर हम दोनों को विवरण के साथ लिख कर देनेवाले थे।

कासिमजान ने जवानों की ओर निगाह करते हुए कहा :

—सच ! दोस्तों तुम्हारे बारे में मेरे मन में आता है, पार्टी में प्रवेश करने के लिये तुम सब आवश्यक शर्तों की तैयारी कर चुके हो ! सबसे पहले यह कि कमसोमोल (तरुण कम्युनिस्ट संघ) ने तुम्हें शिक्षा दी, फिर लड़ाई के कठोर नियमों के भीतर से गुजरे, दुनिया और नये-नये लोगों को देखा, दोस्तों और दुश्मनों के सम्पर्क में आये, तुम्हारा ज्ञान और तजुर्बा दिन-पर-दिन बढ़ा, वास्तविक शिक्षित-पठित आदमी बने. . .खुद हमारे कलखोज को भी जैसा चाहा वैसा बढ़ाया। फिर किताब ले कर पढ़ने, सलाह करने के लिये पार्टी के सक्रिय और उच्चस्तरीय सदस्यों की हमेशा सहायता ली। उन का कहा माना। दूर की बात नहीं. . .हमारे जैसे कई पुराने रफीकों ने भी पार्टी के नियमों और कायदों को पूरा किया है। हम कम लिखे-पढ़े थे, कलखोज उस वक्त नहीं बना था, गाँव में सब धनी किसान ज़िन्दा और सही-सलामत अपने काम में लगे हुए थे, आये दिन बासमची हमारे काम में रोड़ा अटकाने के लिए हमला करते रहते थे। एक हाथ में

बन्दूक और एक हाथ में कुदाल ले कर हम काम करते थे। इस गाँव में सबसे पहले जो आदमी पार्टी का मेम्बर हुआ, वह शादी था। मैं भी उसके नज़दीक गया। वह मुझे रशीदोफ के पास ले गया। हमारी सरकार के सबसे अच्छे आफ़िस में मकरोफ नाम का एक आदमी काम करता था, जो स्वतन्त्रता-युद्ध में लेंनिनग्राद के लिये लड़ते-लड़ते कुर्बान हुआ, रहमत ! उसने एक-दो बातें मुझे विस्तार के साथ लिख कर दीं। उस समय पार्टी के कमरे की बात तो अलग, रायन का अपना पुस्तकालय भी नहीं था। बाद में मैं किताबें पढ़ने, लिखने और दूसरी बातों की जानकारी के लिये स्तालिनाबाद गया। मैं तीन साल उम्मीदवार रहा, फिर पार्टी-मेम्बर बना. . .लेकिन तुम जीवन के दूसरे नियमों और सिद्धान्तों को पूरा करो, रफीको, उन को जानो-समझो ! क्योंकि तुमसे और अधिक आशा की जाती है। पहले पार्टी के नियमों को पढ़ कर खूब समझो। पार्टी का इतिहास भी पथ-प्रदर्शन करेगा।

——हमने सभी नियमों को पढ़ लिया है ! ——सदफमा ने कहा——इसके बारे में हम तुम्हें शरमिन्दा नहीं करेंगे, कासिमजान अका ! लेकिन काम के बारे में, कपास की खेती के बारे में अधिक नहीं जानते !

——उस का भी महत्व यही है ? ——कासिमजान ने कहा——हमसे और तुमसे पहले काम के बारे में पूछेंगे। हमें उसके लिये आदर्श बनना चाहिये।

——आदर्श बनेंगे, कासिमजान अका——आत्मविश्वास के साथ खारकश ने जोर देकर कहा——यदि अपने वादा से भी ज्यादा कपास न देखें, तो हमारे प्रमाणपत्र को जला देना।

——तू क्या कह रही है. . .सदफमा ? ——कासिमजान ने पूछा——हमारी बातों से सहमत है न ?

——सहमत हूँ ! ——सदफ ने कहा——पूरी कोशिश करूँगी।

——खैर, अच्छा तो——कासिमजान ने कहा——अब जा कर सो जाओ। कल ठीक समय पर काम पर जाना जरूरी है।

पार्टी-संगठन के सेक्रेटरी से तरुण बड़ी गरमजोशी के साथ विदाई ले कमरे से बाहर आये। मेज़ पर बिखरे हुए कागजों को ज़मा करके उन्हें थैले में डाल कासिमजान ने खिड़की में रखी पार्टी के इतिहास की किताब को हाथ में उठा लिया। कमरेमें बिजली की बत्ती जल रही थी, बाहर उतरहिया बड़ी तेज़ी से चलती हुई घने बादलों को आसमान में फैला रही थी।

—:०:—

: ३० :
वसन्त ऋतु में

दादा नियामतोफ हैड-खजांची थ, और कलखोज का बहुत तजुर्बा रखता था; इसलिये उसे गाँव के आर्थिक संगठन का अच्छा परिचय था। अपनेर ईस (सरपंच) चुने जाने पर कलखोज के हिसाब-किताब, प्रबन्ध तथा पंचायती आर्थिक ढाँचे के बारे में रफीक स्तालिन के व्याख्यानों को हकीमोफ और शादी से भी जानकारी प्राप्त कर उसने अपने काम के लिये अच्छी तैयारी कर ली थी। युद्धक्षेत्र से लौटे हुए पाँच-छ: कम्युनिस्ट और मेहनती जवान उसके सहायक हुए। पहले उन्होंने ऑफिस और कलखोज की कार्यकारिणी को ठीक-ठाक किया। पिछले सरपंच ने अपने दो साल की पदावधि में एक अच्छा मेहमानखाना भर बनवाया था। दादाजान ने कलखोज की कार्यकारिणी और आम सभा के प्रस्ताव के अनुसार उस मेहमानखाना पर कब्जा कर, वहाँ पर ऑफिस खोल दिया। फिर जगह-जगह पड़े हुए मेजों और कुर्सियों, कलखोज के सन्दूकों और अलमारियों को ला कर उपज के संचालक बाबानज़र को, जिस की दाढ़ी चावल-उड़द हो गई थी, सौंप दिया। निर्देशानुसार बाबानजर ने आफिस को सजाया, और बोला:

—अब यह सचमुच ऑफिस की जगह मालूम हो रही है, लेकिन हमें कुछ खबर न थी।

दादाजान ने मुस्कराते हुए कहा—अभी जरा धीरज धरो, कोशिश करें, तो और बहुत-सी चीजें मिल जायेंगी।

इसी समय प्रथम ब्रिगाद का सरदार लुत्फी पहलवान कार्यालय में आया।

—मुबारक रईस!—उसने कहा—अब यह अच्छा-खासा आफिस हुआ!...हमारा कलखोज भी इस ऑफिस के जैसा होना चाहिए। इसी तरह पैदावार भी क्यों न मन-मुताबिक हो?

—सच,...सच!—श्वेतकेश ने कहा। दादाजान अपनी मेज पर बैठे हुए लुत्फी पहलवान को सम्बोधित करते हुए बोला:

—खुश, पहलवान्! तुम्हारा कारोबार कैसा है?

—कारोबार ठीक है, रईस! बस कल से खेती में हाथ लगायेंगे।

—ट्रैक्टर-चालकों के साथ एक जगह मिल कर सलाह करनी है?

—हाँ, पाँच व्यक्तियों को सहकारी बना कर अलग भी कर लिया, सभी काम अपनी-अपनी जगह ही जँचते हैं। यदि, मौसिम भी साथ दे, तो क्या बात...?

—खूब! लेकिन सब्जाजार टेकरी के उस तरफ की जमीनों को लेने के बारे में क्या हुआ?

—अभी तक तो कुछ नहीं हो सका!

लुत्फी पहलवान कम बालोंवाले अपने चेहरे को सीधा रखे हुए विना उत्तर दिये चुप रहा। यह पुरानी कार्यकारिणी के बचे हुए ब्रिगादीरों में से था। ब्रिगाद के चार सरदारों में से सिर्फ उसी को नहीं निकाला गया था, क्योंकि उसने कलखोज के पुराने नेताओं की अनुचित कार्यवाहियों में साथ नहीं दिया था और अपने हक़-हलाल से सन्तुष्ट हो, ईमानदारी से, अपना कर्त्तव्य निभाता आया था। उस का कसूर बस इतना था कि दूसरों के

बुरे कामों को देखते हुए भी उन का कड़ा विरोध नहीं किया, उन के साथ नरमी का बर्ताव किया था। अब भी, जबकि उन के सभी बुरे काम प्रकट हो चुके थे, तो भी वह पहले ही की तरह चला जा रहा था। उस का यह रवैया देख कर दादाजान को सन्देह था, उसने कहा :

—हाँ, बात नहीं करते या कि तुम्हारा दिल वैसा नहीं मानता ?

—ए, रईस !—लुत्फी बोल उठा—हमारे ब्रिगाद की ज़मीन खुद ही काफी है, एक टुकड़ा और ज़मीन लें या न लें... उससे क्या !

—ऐसा न कहो पहलवान !—बाबानज़र ने कहा—चाहे एक टुकड़ा ही हो, लेकिन ज़मीन से पैदावार तो होती है !

—पर उससे कोई खास फायदा नहीं !

—हम बिना समझे-बूझे ही काम पर लगे हैं—दादाजान ने कहा—कलखोज की सामूहिक ज़मीन को लोगों ने चुरा लिया था और जबरदस्ती अपने निजी फायदे के लिये उस पर कब्जा कर लिया था; और यह बात अब लोगों के सामने प्रकट है, फिर क्यों मुलाहिजा करते हो ?

—पुराने रईस—लुत्फी ने शंकापूर्ण स्वर में कहा—के पास बड़ा कुनवा था। उसके सामने मैं कुछ कर नहीं सकता था, इसीलिये मैंने यह सब कहा। एक टुकड़ा ज़मीन का ले कर अपना खुद का काम करने लगा, उसके बाल-बच्चे पलने लगे। अब बेकार ही उस पर मुकदमा चलाया जा रहा है...!

—तुम्हें भी रहम आ रहा है, क्योंकि हमने उस पर मुकदमा किया है—मज़ाक करते हुए दादाजान ने कहा—कार्यकारिणी का मेम्बर होते हुए रफीक, तुम रहम करते हो और अपने ब्रिगाद की ज़मीन को उससे वापस इसलिये नहीं लेते कि पुराने रईस का कुनबा बड़ा है !...खूब ! आखिर, उसे दो बीवियों के रखने की क्या जरूरत थी ? हमारे आज के कानून के अनुसार उस का यह कार्य क्या उचित है ?

—लेकिन हमने उसके इस काम के लिये मुकदमा नहीं चलाया है, न उसके लिये दण्ड देना ही चाहते हैं ?

—चाहे कुछ हो, दंड तो उसे मिल के रहेगा !—श्वेतकेश ने गर्म हो कर कहा ।

लुत्फी पहलवान कुछ नहीं बोला । अपनी अँगुलियों के चौड़े नाखूनों पर नज़र डाले चुपचाप बैठा रहा ।

--यही बात है, तो पहलवान !--कुछ देर तक चुप रहने के कारण दादाजान ने कहा--आज ही और अभी जा कर उस ज़मीन को कलखोज की ओर से अपने अधिकार में ले लो ! हम कलखोज की एक अच्छी ज़मीन पर किसी का कब्जा नहीं होने देंगे ।

लुत्फी पहलवान थोड़ी देर तक चुप रहा, फिर एक लम्बी साँस खींच कर अपनी जगह से उठ दरवाजे की ओर निगाह किये चला गया । अभी वह दरवाजे से बाहर नहीं गया था कि इसी समय सड़क पर किसी मोटर के रुकने की आवाज़ सुनाई दी और हकीमोफ घर के भीतर आया ।

—सलाम दादाजान !—हकीमोफ ने कहा और हमेशा की तरह प्रसन्नमुख हो उस की ओर निगाह डाली—कोई कष्ट तो नहीं यहाँ...? नया ऑफिस मुबारक ! यह ठीक है, लेकिन अभी एक दीवान, ऑफिस के लिये अच्छा मेज़...खुश, क्या है...हाँ एक रेडियो भी खरीदना ज़रूरी है ।

--रेडियो, अलबत्ता...पर पहले बिजली लगाना जरूरी है; बाकी सब चीजें बाद में...ठीक कहा न ?

दादाजान ने हकीमोफ से हाथ मिला कर उस का स्वागत करते हुए अपनी कुर्सी पर उस को बैठने के लिये कहा ।

--नहीं, रहमत !—हकीमोफ़ ने कहा—मैं यहीं बाबानजर की बगल में बैठता हूँ, तुम रईस हो, अपनी जगह पर बैठो ! खूब...काम कैसा चल रहा है ? जुताई, अलबत्ता अभी शुरू नहीं हुई है, मैं देखता आ रहा

हूं, फिर 'म-त-स' को देख कर के कार्यकर्त्ताओ से मिला, उनसे तुमने बात कर ही ली होगी ? या अभी उन तक हाथ नहीं पहुँचा ?

—हम आज ही जुताई शुरू करनेवाले थे, खास करके प्रथम ब्रिगाद की जमीन कमजोर है। नाम भी उस का बंजर है- –दादाजान ने कहा—

—लेकिन, 'अवानगार्द' टोली के ट्रैक्टर-चालक आ कर सब ठीक कर देंगे। आज ही रात को ट्रैक्टर-चालकों से बात करनी है—काम का नक्शा भी तैयार है।

—ज़मीनों पर नाजायज कब्जा हटाने के बारे में क्या हुआ ?

—कलखोज की प्रायः सभी ज़मीनों को लौटा लिया गया है। एकाध जो बाकी हैं; वहाँ भी कोशिश हो रही है—नियामतोफ़ ने कहा—कपास के खेत हमारे पास दो सौ एकड़ हैं और सौ एकड़ जमीन चारे के लिये है।

—शाबास !—हकीमोफ़ ने कहा—पढ़ाई-लिखाई की समस्या के बारे में कोई अड़चन हो तो बताइए ? मास्टरों से पूरा लाभ उठा पाते हैं कि नहीं ?

—यह काम उतना अच्छा नहीं हुआ, जितनी हमें आशा थी ! —दादाजान ने बताया—राजनीतिक ज्ञान तो लोगों का बराबर बढ़ रहा है, लेकिन लिखना-पढ़ना बाकायदा नहीं हो रहा है। जुताई का समय है, लोग खेती के काम में लगे हुए हैं।

हकीमोफ़ ने और कुछ सवाल पूछे और अपनी नोटबुक में कुछ बातें लिख कर अपनी जगह से उठते हुए कहा :

—खैर, अब मैं चला ! तुम सब तैयारी कर रक्खो। इन्हीं दिनों में या शायद कल सबेरे ही स्तालिनाबाद से मास्टर आवे। रायन में एक विशेष बैठक होगी। इस बैठक के बारे में रेडियो द्वारा सारे गणराज्य में सूचना दे दी गई है। अच्छा है कि आज के कामों और भविष्य के कार्य-

क्रम के बारे में तुम भी बात करो । पैदावार को और अधिक बढ़ाने के बारे में भी बातें करना जरूरी है । शायद तुम जानते ही हो कि शादी प्रति एकड़ कम-से-कम एक सौ सेंतनेर कपास देने की बात सोच रहा है और इसके लिये तुम सब को भी वह खींच रहा है ।

—हम भी हिम्मत रखते हैं, रफीक हकीमोफ़ ! —बाबानज़र ने कहा —होड़ होती है, तो होने दो ! कौन आगे बढ़ता है, देखें ।

हकीमोफ़ प्रसन्न हो दरवाजे से बाहर चला गया। रईस और उसके सहकारी उसे मोटर के पास तक पहुँचा आये ।

:o: :o: :o:

काम शुरू करने के पहले ही दिन से शादी ने नियम-सा बना लिया था कि हर शाम को, काम की समाप्ति और रात के भोजन के बाद ब्रिगादों के सरदार, फार्म-संचालक, पैदावार-संचालक और कलखोज के नेता सभी आफिस में जमा हों, और उस दिन के किये हुए काम के बारे में बहस करें, और अगले दिन के लिये काम की अग्रिम योजना भी निश्चित करें । दो-तीन महीने में लोगों को इसके बारे में ऐसी आदत हो गई कि बिना इस तरह जमा हुए उन्हें नींद नहीं आती थी । लेकिन आज की रात की बैठक, अन्य दिनों की बैठक से कुछ विशेष महत्व रखती थी । इस बैठक में कलखोज के सभी अच्छे और चुनिन्दा कार्यकर्ता जमा हुए थे । सभापति के आसन पर शादी आसीन था, उस की बगल में एक तरफ मुहम्मदजान अका और दूसरी तरफ कासिमजान थे । सदफ दिलबर के साथ मुस्कराते हुए बात कर रही थी, मानों बड़ी खुश हो ! कादिर श्वेतकेश गुलशन के साथ एक जगह बैठा हुआ था । इस बैठक में समन्दर भी था, सलीमा बानो भी थी,. . .खारकश, तुर्स्तासून वगैरह सभी आये थे । शादी का बड़ा कमरा लोगों से भरा हुआ था, उस में दो सौ कैंडल-पावर का बिजली का सफेद बल्ब जल रहा था, उस की चमक से बैठक के सभी आदमियों का चेहरा प्रकाशित

था। सभा में बड़ी गर्मजोशी थी। कमरे की दोनों खिड़कियाँ खुली हुई थीं, बाहर से वासन्ती हवा की भीनी-भीनी सुगन्ध भीतर आ रही थी। खिड़की से बाहर चारों ओर झींगुर बोल रहे थे। बिजली-बत्ती के चारों ओर बहुत से परवाने कुर्बान हो रहे थे, लेकिन सभा में बैठे हुए लोगों का ध्यान उधर नहीं था। सभी के कान शादी की बातों की ओर लगे हुए थे।

——मैं ओवकौम जिला कमेटी में गया, केन्द्रीय कमेटी में भी गया, अपने गणराज्य के नेताओं से बातें भी की, रफीको! —एक-एक करके, ब्यौरे के साथ शादी ने बताया——बहुत-से मुश्किल सवालों को हल किया और इस तरह का पक्का वादा दे आया हूँ कि इस साल यही नहीं कि सारे रायन में हम नमूना बनेंगे, बल्कि अपन रायन की पिछड़े हुए अन्य कलखोजों को भी अपनी बराबरी में लायेंगे। मैंने उन्हें बतया कि हम अपने कलखोजों में किस तरह इसके बारे में काम कर रहे हैं और ज्यादा पैदावार देनेवाली टुकड़ियों को अलग से अहमियत दे कर दूसरों से बेखबर नहीं रहते। इस उपत्यका की मिट्टी सभी जगह एक जैसी है——उसमें सोना बरसता है, फूल खिल जाते हैं——शर्त यही है कि हम मेहनत करें, कपास के नये कृषि-विज्ञान के कायदों के अनुसार कार्य करें, उन्हें वक्त पर अच्छी तरह काम में लावें...

रफीको हमारे कलखोजों में, विशेष कर कलखोज 'नवजीवन' में सभी काम करनेवाले साथी इसे जानते हैं, मैंने ऐसा उनसे कहा। यह भी कहा कि सभी साथी बड़ी हिम्मत और जोश के साथ काम कर रहे हैं। पर प्रार्थना यही है कि हमें नई मशीनें और सामान दे कर हमारी मदद करें। उन्होंने हमारी प्रार्थना स्वीकार भी कर ली है। अब रफीको! उचित यही होगा कि हम खुद भी इसके लिए तत्पर हो जायें और सोचें कि क्यों हमारे सभी ब्रिगाद अच्छी तरह आगे नहीं बढ़ते? क्यों हम सभी एक समान भारी उपज नहीं पैदा कर सकते? अलबत्ता, उपज में फर्क होना सम्भव है, लेकिन इतने परिमाण में नहीं! अब देखिए कि एक ब्रिगाद दो सौ सेंतनेर

कपास पैदा करता है और दूसरा पचहत्तर सेंतनेर तक ही मुश्किल से दे पाता है। नहीं, हम ऐसे फर्क से संतुष्ट नहीं हो सकते, रफीको !

...मुराद ने आज की रात की बैठक की दूसरी प्रश्नोत्तरी में इसी सवाल को रखा था। क्यों रफीको, तुम क्या कहते हो ? आखिर जब हम सभी जमीनों की मशीनें, असबाब, खाद और दूसरी चीजें करीब-करीब बराबर बाँट देते हैं, काम करनेवालों को भी उसी तरह योग्यतानुसार रखते हैं, तो फिर क्यों एक ब्रिगाद दूसरे से आगे बढ़ जाता है और दूसरा पीछे रह जाता है ? नहीं, ऐसा होना ठीक नहीं !

शादी व्याख्यान समाप्त करके चुप हो रहा।

——होना ठीक नहीं, क्यों ?——कहते हुए अब कासिमजान ने अपना व्याख्यान शुरू किया——तुम यहाँ नहीं थे, तो हम एक बार कलखोज 'पख्तकार' में गये थे। मैंने बतलाया था कि तब हमारा कलखोज कपास की खेती में कलखोज 'पख्तकार' से पीछे था। लेकिन इसमें कोई सन्देह नहीं, सदफ ! तुम भी इस पर विश्वास करो, बापू ! कलखोज 'पख्तकार' में एक तरफ से दूसरी तरफ सारे-के-सारे खेत कपास की खेती के ही खेत हैं। एक बार पानी देने पर किसी——किसी खेत में पानी बच रहता है। लेकिन हमारे कलखोज में क्या है ? अभी हम सब जमीन एक जैसी नहीं कर पाये हैं, सदफमा की मशहूर टुकड़ी भी अभी तक कपासों को हरा नहीं कर पाई।...उसके काम में भी देर हो गई। अगर काम इसी तरह चलता रहा, तो रईस ने जो अभी कहा, वैसा फर्क तो जरूर रहेगा।

इसी समय टेलीफोन ने आवाज़ दी। शादी ने उसे उठा कर जवाब दिया। मालूम हुआ कि हकीमोफ़ ने रायन से बात की है कि कल सबेरे ज़ेबी मौसी और लताफत आ गये हैं। यह खबर सुन कर सभा में बैठे सभी लोग बहुत खुश हुए और वहीं उसी समय निश्चय किया गया कि मौसी के स्वागत के लिये कासिमजान, दिलबर, सलीमा बानो, समन्दर, लाला

और निकोलाई भेजे जायें। इसके बाद फिर बैठक की कार्यवाही जारी हुई।

—मैं कासिमजान की बात के सम्बन्ध में एक बात कहना चाहता हूँ—कादिर श्वेतकेश ने कहा—बात यही कि सदफमा की कपास के बारे में चिन्ता न करो। कपास होगी और अच्छी किस्म की होगी। आखिर हमने उस की आधी ज़मीन देर से जोती थी! इसी कारण उगने में देरी हुई, लेकिन वह शीघ्र ही दूसरे कपासों के बराबर हो जायेगा।

इसके बाद मुहम्मदजान अका ने खड़े हो कर पैदावार बढ़ाने के बारे में बात की और उसके बारे में अपने तजुर्बों को बतलाया। इसी तरह सदफ़मा, गुलशन और दिलबर ने भी बारी-बारी से अपने व्याख्यान दिये। इस के बाद शादी ने अन्य मसलों के बारे में, निर्माण के विषय को ले कर अगले कार्य-क्रम के बारे में बात शुरू करते हुए कहा:

—डायनमो और टरबाइन अपने अन्य सभी आवश्यक सामानों के साथ स्तालिनाबाद में पड़े हैं, जब चाहें, तब हम उन्हें वहां से ला सकते हैं। लेकिन अभी मुख्य प्रश्न नहर खोदने का है। इसलिये मैं सोचता हूँ कि हर एक ब्रिगाद अपने में से पाँच-पाँच आदमियों को अलग करके कल या परसों से काम शुरू कर दे। कल सबेरे ही मुख्य इंजीनियर भी गाँव में आ रहा है।

—पानी गनीजान के चतुर्थ ब्रिगाद को मिलेगा—तुख्तासून ने कहा, उनकी ज़मीन की पैदावार बढ़ेगी, हमें नहर खोदने से क्या मतलब?

—और बिजली?—शादी ने पूछा।

—हमारे पास बिजली है!—तुख्तासून ने कहा।

—बिजली अकेले तुम्हें ही चाहिए या दूसरों को भी?—कासिमजान ने उससे कहा—बहुत खुदगर्ज मत बनो! सोच कर बात कर, बापू!

सभा ने इस प्रश्न का निर्णय कर दिया। इसके बाद दूसरे मसले को हाथ में लेने ही वाले थे कि जोर का उतरहिया अँधड़ उठा। तेज हवा के कारण खिड़कियाँ और दरवाजे जोर-जोर से खड़खड़ाने लगे, कमरे में धूल और कतवार फैल गया। लोगों का ध्यान बँट गया और सभी बाहर की ओर देखने लगे। खारकश खिड़की के पास बैठा था। वह ज़रा-सा पट खोल कर फौरन बाहर कूद गया। शादी, मुहम्मदजान! सदफ और दूसरे लोग भी खिड़की के पास जा कर खड़े हो गये। सभी परेशान-से हो उठे थे।

—चकमाकर!—खारकश ने बाहर से आवाज़ दी—मालूम पड़ता है कि तूफान आयेगा! ...साथ ही...

अभी उस की बात खत्म भी न हुई थी कि इसी समय जोर की आँधी ने मकान को हिला-सा दिया। चारों तरफ वातारण में प्रकम्प-सा उत्पन्न हो गया! हवा के तुन्द झोंकों और उनकी सायँ-सायँ से प्रलयकारी दृश्य दिखायी देने लगा, एकाएक बिजली भी भुकभुका कर गुल हो गई। उतरहिया तूफान, ऐसा जान पड़ता था कि दीवारों समेत ही घर को उड़ा ले जाना चाहता हो। कभी-कभी बादल गरज उठते थे और क्षण-क्षण बाद बिजली कौंध कर—घर और बाहर—सभी जगह रोशनी फैला देती थी। बीच-बीच मे बादलों की गरज और बिजली की कड़क से लोगों के दिल दहल उठते थे। इस अप्रत्याशित हलचल और घबराहट पैदा करनेवाली आवाज़ों के बीच में से शादी ने गम्भीर स्वर में चिल्ला कर कहा :

—रफीको! घबरायें नहीं। कोई ऐसी चिन्तावाली बात नहीं है। यहाँ की बिलली को बिजलीघर वालों ने ही बन्द कर दिया है; क्योंकि बिजली के खम्भों और तारों के उखड़ने का डर था। अच्छा, तो यहाँ आये हुए अन्य रफीकों को भी इस बात की सूचना दे कर, आप सब अपने-

अपने खेतों पर जायें। हमें कुदाल और बेलचों की भी ज़रूरत पड़ेगी। वहाँ जा कर नहरों के मुहाने बन्द कर दें और चारों ओर चौकसी के साथ खेतों की खबरदारी करें ताकि उन्हें कोई नुकसान न पहुँचे।

यह आज्ञा सुनते ही कुछ लोग शीघ्रतापूर्वक लम्बे-लम्बे डग भरते हुए, कुछ काँपते दिलों के साथ बड़े संशयपूर्वक सोचते हुए और कुछ बड़ा बेफिक्री से कदम रखते तथा प्रसन्नमुख गुनगुनाते हुए आफिस से बाहर चले गये। सभी लोग उतरहिया आँधी के बीच और आँखों पर हाथ या रूमाल रखे बढ़ने की चेष्टा कर रहे थे। बिजली की तेज चमक से सब की आँखें चकाचौंध हो जातीं और उस की कड़क तथा बादलों की गरज से कानों के परदे फटते-से मालूम पड़ते। गाँवों में औरतें और मर्द एक-दूसरे को आवाज़ देते हुए हो-हल्ला मचाये हुए थे। बच्चे कमरों में सहमे हुए दुबके बेठे थे। शादी मुहम्मदजान अका के साथ जा रहा था; कासिमजान ऑफिस में ही रहा ताकि टेलीफोन द्वारा आस-पास के केन्द्रों से सम्पर्क बनाये रखे।

--अगर उतरहिया तूफान हद से ज्यादा तेज हो जायेगा, तो नुकसान का भारी अन्देशा है—मुहम्मदजान अका ने सड़क में हवा के जोर को देखते हुए कहा--सारी-की-सारी बोआई को बहा ले जायेगा...! खेतों में हुई हमारी अब तक की मेहनत पर पानी फिर जायेगा...खाद-वाद का क्या बनेगा, खुदा जाने...! सब तरुण और तरुणियों की आशाओं पर पानी फिर जायेगा उफ!!

--क्या ओला-पत्थर गिरने की भी सम्भावना है?—शादी ने पूछा।

--गिर भी सकता है! ऐसे उतरहिया तूफान में सभी कुछ सम्भव है, अका शादी! और फिर ओले-पत्थर का खौफ भी तूफान से कुछ कम नहीं होता--कहते हुए श्वेतकेश ने टोपी उतार कर बगल में दबा

ली; ताकि वह उड़ न जाये, फिर बोला—ओला-पत्थर खेती को तो बरबाद करता ही है, पेड़ों को भी नुकसान पहुँचाये बिना नहीं रहता! समझ लो, पेड़ों की डालों पर एक भी शफ्तालू या ज़रदालू नजर नहीं आयेगा!!

--खैर!...जो कुदरत दिखाये--शादी ने इतना ही कहा, और खामोशी से मुहम्मदजान का हाथ थामे आगे बढ़ता रहा।

वे अब पुल के ऊपर पहुँच गये थे, इसी समय वर्षा की बड़ी-बड़ी बूँदें उनके सिर पर गिरने लगीं। वहाँ पर जमा हो रहे गाँववालों में से हर एक के हाथ में बेलचा और कुदाल थी। वे चाहते थे कि नहरों के मुहाने बन्द कर दें; लेकिन पानी एकाएक इतने ज़ोरों से बरसने लगा कि मालूम होता था जैसे घड़े से उड़ेला जा रहा हो; इसलिये वे जल्दी से नहरों के मुहानों के निकट नहीं पहुँच सके। नदी के किनारे-किनारे जानेवाली पगडंडी जगह-जगह से टूट गई थी, अगर बीच-बीच में चमकती हुई बिजली उसे न दिखलाती, तो एक कदम भी आगे बढ़ना मुश्किल था।

सदफ़ अपनी टुकड़ी के तीन आदमियों के साथ, जिनमें एक नौसिखिया था, तेज चाल से आगे बढ़ रही थी ताकि जल्द ही अपने खेत के पास पहुँचे। आँधी-पानी के कारण उसके शरीर का एक रोआँ भी भींगे बिना नहीं बचा था, किन्तु उसे इस की परवाह नहीं थी, उस का सारा ध्यान अपने खेतों पर था।

—पहले इधर के मुहानों को—उसने पौधोंवाले एक हरे-भरे खेत को दिखलाते हुए अपने सहकारियों से कहा—श्वेतकेश ने इसी के बारे में सलाह दी है।

अभी उन्होंने एक या दो मुहानों को ही बाँधा था कि एकाएक उतरहिया आँधी ने तूफानी वर्षा का रूप ले लिया और तड़ातड़ बड़े-बड़े ओले पड़ने शुरू हो गये।

—ओला...पत्थर !—कंपित स्वर में सदफमा ने कहा—अब क्या करें ? उसके सहकारी भी अपनी-अपनी कुदालों को सिर पर रख नहर के किनारे जमा हो गये ।

—चलो, लौट चलें, सदफ !—उनमें से एक ने कहा—यहाँ हमारे रहने से कोई लाभ नहीं ।

—कहाँ चलें, किस जगह चले ?—ज़ोर से चिल्लाते हुए सदफ ने कुदाल को ज़मीन पर ज़ोर से पटक दिया । उतरहिया आँधी और बड़े-बड़े ओलों ने दुनिया को कँपा रक्खा था । चारों तरफ से कलखोजचियों की 'हाय-ऊई-उफ !' की आवाज़ें आ रही थीं ! बादलों की गरज, तड़क और बिजली की चमक गांव के ऊपर से गुजरती हुई पूर्व की ओर दूर तक चली गई थी ।

शादी और मुहम्मदजान अका नहर के पहले मुहाने पर पहुँच कर देख रहे थे कि नदी में बड़े-बड़े पत्थर और ढोंके गिरे हैं और उन्होंने उसके प्रवाह को रोक कर, नहरों में पानी के आवेग तथा सतह की ऊँचाई को बढ़ा दिया है । यद्यपि बाढ़ अभी तक किनारों को लाँघ कर चारों ओर नहीं फैली थी; लेकिन नदी का पानी नहरों में खतरे के बिन्दु को पार करने ही वाला था और खूब हरहरा कर चल रहा था ।

—यह तो बड़े खतरे की बात है !—कहते हुए मुहम्मदजान ने चाहा कि नदी में घुस कर पत्थर का जमाव तोड़े; लेकिन शादी पहले ही पानी में कूद पड़ा और बड़ी तेजी से पत्थरों को हटा कर, नहरों के मुँह बन्द करने लगा । अभी वे आधे मुहाने भी नहीं बाँध पाया था कि बड़ी तेजी से बाढ़ आ गयी । कीचड़, पत्थर तथा कंकरों से भरा पानी दिल में दहशत पैदा करनेवाला वेग और आवाज़ पैदा करता हुआ दौड़ा आ रहा था । करीब था कि बाढ़ का पानी शादी को बहा ले जाये कि शादी पलक झपकते एक बड़े पत्थर से चिपक कर खड़ा हो गया । बड़ी मुश्किल से वह अपने को बचा पाया ।

बाढ़ का पहला दौर गुजर चुका था। लौट कर शादी ने देखा कि मुहम्दजान अका नहर के मुहाने पर तिरछा लेटे हुए अपने बदन पर पत्थर रोके पड़ा है। शायद बाढ़ के पानी के आवेग पत्थर लुढ़क गये थे और श्वेत-केश अपने को सम्भाल नहीं सका था।

—बापू, तुमसे गलती हुई!—शादी ने कहा—ऐसे वक्त पर सावधान रहने की जरूरत होती है।

—कोई हरज नहीं, पत्थरों को जल्दी हटा!—श्वेतकेश ने नहर के किनारे की ज़मीन पर बैठते हुए कहा। उसे काफी चोट आई थी!

शादी एक-दो पत्थरों को और डाल रहा था कि इसी समय उनके पास तुख्तासून तथा दो और कलखोजची आ गये। साथियों ने मिल कर जल्दी से नहर के मुहानों को बन्द कर दिया और मुहम्मदजान को सहारा दे कर ऊपर पहुँचाया।

—हमने ऊपर के मुहानों को बन्द कर दिया है—तुख्तासून ने कहा—उधर न जाने से भी कोई हरज नहीं।

शादी ने अभी जवाब नहीं दिया था कि इसी समय आसमान से फिर से ओले बरसने लगे।

—ए... यह तो अच्छा नहीं हुआ!—शादी ने कहा—बराबर ओला-पत्थर पड़ रहा है। रुकने का नाम नहीं लेता।

—आफत के बाद आफत!—श्वेतकेश बोला।

—अब फिर नये सिरे से काम करना पड़ेगा!—तुख्तासून ने कहा।

कड़क और बिजली दूर चली गई थी, उतरहिया भी काफी सुस्त पड़ चुकी थी, लेकिन ओला-पत्थर बराबर बरस रहा था।

—खैर! जो होना था, हो कर रहा!—शादी कुदाल को हाथ में पकड़े बोला—आइये चलें। इसकी क्या दवा? युद्ध में हम गोली और आग के शोलों व गोलों से नहीं डरते थे, तो यहाँ क्या हवा से डर जायेंगे?

शादी की इस बात का उसके साथियों पर बड़ा अच्छा असर हुआ, उनकी हिम्मत बढ़ी और एकाएक सबने अपने-अपने भावों को प्रकट करते हुए कहा कि आसमान से चाहे कुछ भी बरसे, लेकिन अपने दिये हुए वादों और बातों से हम पीछे हट नहीं सकते। चाहे जो कुछ हो, लेकिन हम कपास की पैदावार को बढ़ा कर ही छोड़ेंगे।

जब वे पुल पर पहुँचे, उस समय तक ओला-पत्थर गिरना भी बन्द हो चुका। आसमान में एक-दो तारे भी दिखलाई देने लगे थे।

—वसन्त है! —श्वेतकेश ने कहा—इसी तरह अंधड़-पानी एकाएक शुरू होता है और एकाएक ही बन्द हो जाता है। इलाही आखिर खैरियत हो।

:o: :o: :o:

बहार में प्रकृति जवान हो जाती है, हर एक चीज में गति और परिवर्तन दिखायी पड़ता है; जीवधारी और वनस्पति तो अलग, धातु भी अनुप्राणित होते दिखायी पड़ते हैं। नदियाँ भी दौड़ पड़ती हैं, पहाड़ और मैदान मखमली जामा पहन लेते हैं, पहाड़ों के ऊपर पड़ी बर्फ गल कर सिर्फ ऊँची-ऊँची चोटियों पर बूढ़ियों के सफेद सरबन्द की तरह रह जाती है। प्रकृति की यह शोखी और मजाक भी उसी प्रकार जवानी और प्राण धारण करने जैसा है, जिस प्रकार कि वसन्त ने सभी चीजों पर अपना प्रभाव डाला था। इस मौसिम में कभी-कभी उतरहिया जोर पकड़ती, और पेड़-पौधों को जड़-मूल से उखाड़ देती। ऐसे समय में भयंकर बाढ़ें आतीं, खास कर कोहिस्तान पर्वत-भूमि के भीतर ये बाढ़ें पत्थरों को एक-दूसरे से टकरा कर उन्हें धूल बनातीं, जोते हुए खेतों को बरबाद करतीं और किसानों के घर बहा ले जातीं या उन्हें गिरा देतीं। इस मौसिम में सदैव ओला-पत्थर पड़ कर मेवादार वृक्षों को नष्टप्राय कर देता और फल-फूलों को भी एक दम बरबाद कर देता। इन सभी को हम प्रकृति की शोखी या मजाक ही तो कहेंगे!

कभी-कभी यह शोखी बड़ी आफ़त और दुर्भाग्य का कारण सिद्ध होती। विशेष करके किसानों, कलखोजचियों को प्रकृति के ऐसे विपत्तिमूलक मजाकों से बड़ा कष्ट होता; क्योंकि अन्य किसानों से अधिक इन तकलीफों को कलखोजची ही अधिक महसूस करते थे। सबसे पहले वे ही इन को देखते थे। अभी तक हमारे कलखोजचियों को इतना आवश्यक ज्ञान या दीक्षा न मिली थी कि वह प्रकृति की इन शोखियों का वास्तविक कारण समझ पाते। सरकार के ऋतु-विशेषज्ञ और वैज्ञानिक हमेशा इसकी कोशिश करते थे कि किसान प्रकृति की शोखी और चमत्कार के मूल कारणों को समझ कर उन की चपेट से आजाद हो जायें... लेकिन अभी तक प्रकृति की इन दैवी कार्यवाहियों पर विजय प्राप्त करने का तरीका हाथ में नहीं आया था और किसान उन्हें नहीं समझ पा रहा था। हर वेवक्त वर्षा के बाद किसान फिर से खेतों को बाँधता, जमीन पर दनदाना-पंजा इत्यादि चलाता या कुदाल से ही खोदता तथा उसे जोतता। इसके बाद एकाएक कोई बाढ़ आ जाती और सारे जोते-बोये खेत को बरबाद करके रख देती। बेचारे किसान फिर से जमीन को अपने मेहनत द्वारा पहले जैसा करते। संक्षेप में यह कि अन्धी प्रकृति अपनी शोखी से खेतों को प्राय: वीरान और बरबाद करती रहती थी और कलखोजची कमर बाँध कर अपनी मेहनत द्वारा खेतों को फिर से कृषियोग्य बना कर हरा-भरा करते।

कलखोज 'नवजीवन' के कलखोजची करीब-करीब कयामत की उस सारी रात नहीं सो पाये थे। शादी, मुहम्मदजान अका और कुछ दूसरे ब्रिगादीर तूफान के बन्द हो जाने के बाद भी लालटेनें ले कर खेतों को देखने गये। उन्होंने नुकसान का अन्दाज लगा कर उस पर विचार-विमर्श करने के लिए बीच में ही टूटी बैठक को फिर से शुरू किया। बिजली-स्टेशन फिर से चालू हो गया तथा क्लब और ऑफिस के सामने की सड़कों और घरों के भीतर रोशनी फैल रही थी; धीरे-धीरे सभी लोग

अपने कपड़ों का बदल कर वहाँ आ कर जमा हो गये, और आफिस का चौकीदार एक भारी समावार को सुलगा कर, गर्मागरम चाय के प्याले लोगों को दे रहा था। आधी रात तक लोग वहाँ बैठे कल के काम की योजना बनाते रहे। यह जरूरी समझा गया कि द्वितीय ब्रिगाद के सभी खेतों की मिट्टी उलट कर उनमें फिर नये सिरे से काम हो। प्रथम ब्रिगाद की कुछ जमीन, खास करके कमसोमोलों की टुकड़ी का 'चक', जोकि खारकश के अधीन था—को विशेष नुक्सान पहुँचा था, जिसमें से कुछ को उलट कर फिर से जोतना था और कुछ में मिट्टी के नीचे दबे पौधों की खास तौर से देख-भाल करनी थी। दूसरे चकों, जिनमें अपेक्षाकृत कम नुक्सान हुआ था, उनमें भी थोड़ी-बहुत मेहनत करने की आवश्यकता थी। यह प्रकृति और मानव का युद्ध था। इस युद्ध में बूढ़े होने के बावजूद मुहम्मदजान अका ने जीवट और तप्परता का जो परिचय दिया था, उससे सबको पता चल गया कि वह खेती के तजुर्बे और काम दोनों में कितना मुस्तैद है! उसके कार्य की सबने सराहना भी की। इस आफत के बाद बूढ़े ने कृषि-पंडित के साथ मिल कर हर काम में प्रत्येक तरह की मदद दी और कपास को बरबाद न होने देने की हर सम्भव कोशिश भी की।

ट्रैक्टर खेतों को जोतने लगे, हर टुकड़ी के आदमी अपने-अपने चकों में जा कर आवश्यक बीजों को ले कर डालने लगे। गुलशन कृषि-पंडित की सलाह के अनुसार अपने चक में नये तैयार किये हुए बीजों को डालती रही। मुहम्मदजान अका भी टुकड़ियों के सरदारों की सहायता में लगा हुआ था। उसने कलखोजचियों को समझाते हुए कहा:

—इस नयी दवा से बीजों को फायदा होता है; इसलिये इनके ऊपर अच्छी तरह दन्दाना करके जमीन को ढांक दो, उसीके अनुरूप बीज ताजा और नीरोग फसल देंगे। अलबत्ता! एक जगह न जाने क्या हुआ कि नमी और उचित दन्दाना नहीं हुआ। टुकड़ी के सरदार ने चाहा कि उसे ढांक कर कार्य से फुर्सत पाये; लेकिन मुहम्मदजान अका

संजीदगी से उस की कोताही देख रहा था। उसने तुरन्त ही दन्दाना कराया और अपने जामा को शरीर से अलग कर खेत की पौध के ऊपर डाल दिया।

गुलशन जानती थी कि इससे पूर्व मुहम्मदजान अका कृषि-पंडित की बातों से कभी खुश नहीं हुआ। अब उसमें यह परिवर्तन देख कर गुलशन को बहुत अचरज हुआ। क्या हो गया! किस प्रकार मुहम्मदजान अका ने अपने अड़ियल स्वभाव को छोड़ दिया? गुलशन इसे नहीं समझ पाई, जिसे समझाते हुए शादी ने कहा:

—हमारा श्वेतकेश हठी नहीं है! काम में, कलखोज के बारे में उसके दिल में हमेशा फिकर रहती है और वह चाहता है कि हमारी पैदावार खूब बढ़े और हम दूसरों से कभी पीछे न रहें। लेकिन पुराने किसानों में कमी यह होती है कि वह कृषि के दकियानूसी तौर-तरीकों को छोड़ कर नवीन कृषि-विज्ञान को अपनाने में झिझकते हैं; कुछ सन्देह-सा करते हैं। यह कल जो आफत आयी थी, उसने इस तब्दीली को उसके दिल में पैदा किया। अब उसके दिल में एक ही धुन है कि जैसे भी हो, वह खेतों को इस आफत से छुट्टी दिलाये। इस काम में वह अपने तजुर्बे को लाभकारी नहीं देखता, इसीलिये वह अब कृषि-पंडित के साथ मिल कर काम कर रहा है कि शायद उस की विद्या और मेरे तजुर्बे मिल कर काम करें। लेकिन यह कहना अकारण नहीं है कि 'आदमी अपने दोस्त और दुश्मन को बुरे दिनों में ही पहचानता है!'—अपनी बात खत्म करते हुए—शादी बूढ़े के निकट गया और उस का हाल-चाल पूछा।

—सलामत बाशीद, रईस!—श्वेतकेश ने कहा—इस झंझट के बाद मैं तो अपनी बेटी गुलशन के साथ खेतों की सैर करूँगा। बरका ने अपने ब्रिगाद के साथ एक दिन में सारे चकों को जोत ही दिया है।

—खाद भी डाल दी?

—नहीं हो तो क्या!—श्वेतकेश की ओर से गुलशन बोली।

—तब यह ठीक ही हुआ !—शादी ने मुहम्मदजान अका से कहा—आइये, ज़रा ज़ेबी मौसी के घर चलें, कुछ सलाह करनी है।

—तुम ही जाओ, मैं थोड़ी देर बाद आऊँगा—मुहम्मदजान ने उत्तर दिया—ट्रैक्टर-ड्राइवरों और लड़कों के खाने-पीने के बारे में भी देखना है। मुझे मालूम नहीं कि बकाउल ने उनके लिये क्या पकाया है ?

—माश-पलाव !—गुलशन ने कहा—जाओ, चिन्ता न करो, यहाँ मैं जो मौजूद हूँ।

श्वेतकेश ने मुस्करा कर गुलशन की ओर देखा।

★

: ३१ :
त्योहार की शाम

उस रात निकोलाई अपनी नयी पोशाक को पहन कर आया था। उसके शरीर पर नया सूट था, गले में गुलाबी रंग की फूलदार नेकटाई बँधी थी, सफेद कमीज थी, पैर में पीले रंग का नया बूट था और सिर पर हुस्सार की बनी टोपी थी, जिसके नीचे से उसके भूरे बाल दिखायी दे रहे थे। मुहम्मद अमीनोफ इस का कारण अच्छी तरह जानता था, इसलिये उसने केवल मुबारकबादी दी और कोई मज़ाक नहीं किया।

—ज़ूरा जोड़ीदार !—निकोलाई ने उससे कहा—आज रात शाम को १ मई का त्योहार है...आज रात हमारे लिये जश्न की रात है !... क्लब में जोरदार सभा होगी, मौसिम कितना अच्छा है, लोग भी कितने खुश हैं ! हर तरफ फूल हैं, हर तरफ चमन जैसा दिखायी देता है !...

अहा ! ! क्या समां बँध रहा है। आओ, हम भी कुछ कार्य करें, ध्यान दें और जगह-जगह चिराग जलायें ! ऐसा न हो कि बीती दुर्घटना की याद लोगों के प्रसन्न भाव को कम कर दे।

—परवाह मत कर, कोल्या !—मुहम्मद अमीनोफ़ ने कहा—ऐसी कोई बात नहीं होगी।

नदी पानी से भरी हुई थी। टरईबान को चलानेवाली खास नहर को मिट्टी से गदला, कुछ पीले रंग का पानी लबालब भरे हुए था, इसलिये मशीन का पहिया बहुत ज़ोर से चलते हुए अधिक बिजली दे रहा था। बिजली औसत दर्जे से बहुत अधिक पैदा हो रही थी। वोल्टामीटर और एम्पीरोमीटर भी बिजली की इस ताकत की सूचना दे रहे थे। बिजली के तार गाँव की सड़कों, गलियों, मैदानों, क्लबों, आफिसों और घरों को रोशन किये हुए थे। शाम के नौ बजे कलखोज का क्लब मर्दों, औरतो और बच्चों-बूढ़ों से भर गया। और आज बच्चों को भी वहाँ आने की अनुमति दी गयी थी; लेकिन इस शर्त के साथ कि वे शरारत हल्ला-गुल्ला न करें। गुलजमाल अपनी माँ और नानी के साथ पहली पंक्ति में बैठी हुई थी। वह आज बड़ी ज़िद कर बुढ़िया को सभा में लाई थी और चाहती थी कि वह उस की माँ को कलाकार के तौर पर अभिनय करते हुए देखे। बुढ़िया ने नया फूलदार साटन का कुर्ता पहन रक्खा था, उसके सिर पर बरका का लाया हुआ रेशमी सरबन्द बँधा था, वह तरुणियों की तरह बन-सँवर कर आई थी। बुढ़िया और नतनी ने मजबूर किया कि मुहम्मदजान अका भी काम की पोशाक को छोड़, नया जामा पहने और सिर पर बादाम के फूलोंवाली टोपी लगा कर सभा में आये। सभा के सभी लोग सज-धज कर आये थे—खास कर तरुण-तरुणियाँ तो और भी ! उनमें से अधिकांश ने अपने बटन के छेदों में फूल लगाये हुए थे या वे हाथ में फूलों के गुलदस्ते लिये थे। गुलाब और अन्य फूलों की खुश्बू से क्लब का विशाल हाल सुगंधित हो रहा था।

सारा ने आज के जश्न की तैयारी के लिये बहुत काम किया था, उसे ज़रा भी आराम लेने की फ़ुर्सत नहीं थी। हाल को चित्रों, प्लेकार्डों आदि से खूब सजाया गया था, कुर्सियाँ और मेज़ें ठीक से रक्खी हुई थीं, मेजों पर रंग-बिरंगे फूलों भरे फूलदान सजे हुए थे। आज की सारी तैयारी की जिम्मेवार सारा थी। इसलिये कार्य की परेशानी का चिह्न उसके चेहरे पर दिखाई दे रहा था, जबकि वह इधर-उधर देखने-भालने में लगी हुई थी।

आज रात को कलखोज 'पख्तकार' एवं कलखोज 'अवानगार्द' से ही नहीं, बल्कि रायन के अन्य सदस्यों कलखोज़ों में से भी कितने ही मेहमान आये हुए थे। इन मेहमानों में रेजीसार रफीक खालबाबायेफ़ भी था, जो कि अपनी आँखों पर मोटा चश्मा लगाये, अगली पंक्ति में बैठा औरतों के बीच बातें कर रहा था। खालबाबायेफ को दो-तीन बूढ़ियाँ और कुछ शोख तरुणियाँ घेर कर उससे विचित्र लतीफ़े सुन रही थीं। उनमें लाला भी थी, जिसका शोख चेहरा शायद लज्जा या हैरानी के कारण गुले-लाला की तरह सुर्ख हो रहा था। न जाने क्यों, आज रात अपने स्वभाव के विरुद्ध सिर में रूमाल बाँधे और बदन में अतलस का कुर्ता पहने हुए थी। केवल उसका कमरबन्द नीले रंग का था, जिससे मालूम होता था कि उसकी पोशाक निकोलाई की पोशाक से मिलती है। यही फर्क दूसरी लड़कियों से उसे अलग करता था। इसके अलावा उसके पैरों में बुलगारी जूते थे।

—लड़कियों के गाल सुर्ख दो कारणों से होते हैं—खालबाबायेफ बोला—लज्जा एवं संकोच के कारण अथवा हृदय में उठ रही मीठी उमंगों के कारण! ...हाँ, मानिये...इन्हीं दो कारणों से...!! खुदा कस्म...!!

—अगर वे तुम्हारे जैसे चश्मावाले मर्दों से खफा और नाराज़ हो जायें तो!—एक बुढ़िया ने मज़ाक करते हुए पूछा।

—पहले तो, यह कि—आँखों पर अपने मोटे चश्मे को ठीक से जमाते हुए खालबाबा ने कहा—मेरे जैसा ऐनकवाला होने पर भी मर्द वस्तुतः लड़की को खफा और नाराज नहीं करता; दूसरे यदि लड़की खफा हो भी जाय, तो उसके चेहरे का रंग उड़ जायेगा, और वह रंग गुले-लाला के का नहीं होगा।

औरतें जोर से हँस पड़ीं, लाला ने अपने सरबन्द को मुँह पर खींच लिया। इसी समय शादी रंगमंच पर आ गया और सबसे पहले उसने सभी कलखोजचियों और अपने गाँववालों को १ मई के त्योहार की मुबारकबादी दी। इसके बाद सभा के लिये सभापतिमंडल का निर्वाचन हुआ। रंगमंच पर कासिमजान, गुलशन, मुहम्मदजान अका, कादिर श्वेतकेश, सलीमा बानो, जेबी मौसी और बरका पहुँचे। शादी ने सबसे पहले कासिमजान को बोलने के लिये कहा। उसने भाषण-स्थल पर जा कर १ मई के त्योहार के बारे में व्याख्यान दिया और देश में हो रहे नवीन कार्यों की प्रगति के बारे में ब्योरे से सब-कुछ बताया; फ़िर कलखोज 'नवजीवन' में हुए कार्यों की वार्षिक रिपोर्ट पढ़ी। साथ ही सांस्कृतिक कामों और कलखोज़ के नये गाँव, बाँध आदि के निर्माण के बारे में बयान देते हुए, कलखोजचियों के तत्सम्बन्धी ज़रूरी कर्त्तव्यों के ऊपर तफ़सील से रोशनी डाली। उसके कहने के अनुसार इसी साल गर्मियों में दो कमरों और स्नान-गृहवाली पन्द्रह हवेलियों, दो शिशुशालाओं, रेडियो-स्टेशन और टेलीफोन की इमारतें तैयार करना ज़रूरी था। कलखोज ने और जितने बड़े-बड़े काम अपने हाथ में ले रखे हैं, उनके अलावा ये काम भी जरूर करने हैं, यथा—नहर और नया बिजलीघर बनाना, पैदावार को दुगुना करना, बाग-बगीचों और पशुपालन को आगे बढ़ाना, इत्यादि।

कासिमजान के बोल चुकने के बाद जेबी मौसी तालियो के गूँज के बीच मंच पर पधारी। शादी ने उसके बारे में इन बातों को कहा :

—अब हम अपनी सबसे कर्मठ और कलखोज की सबसे प्रगतिशील महिला, अपनी देपुतात (पार्लमिण्ट) की सदस्या जेबी मौसी की बात सुनेंगे।

मौसी लगभग अढ़ाई महीने हमारे कलखोज से बाहर जा कर रही हैं; अब हम चाहते हैं कि वह अपनी यात्रा के सुखद अनुभवों बारे में भी हमें कुछ सुनाये।

——रफीको !——मौसी ने अपने रेशमी सरबन्द के किनारे को ठीक तरह सँभालते हुए कहा——रफीको, मेरी प्यारी बहनो और बेटियो, भाइयो और बेटो ! यह त्योहार की शुभ रात्रि तुम्हें मुबारक हो ! लोगों ने तालियों की गूँज से सारे हाल को कँपा दिया। मौसी की बातों को छोटे-से-बड़े तक, कादिर श्वेतकेश से कासिमजान के शोख बच्चे अहमदजान तक, सभी बहुत ध्यान देकर सुनने लगे, और अपनी प्रसन्नता को उन्होंने कई बार जोरदार करतल-ध्वनि के द्वारा प्रकट किया।

——हाँ, हमारे देशवासियों की दोस्त और मेहरबान रूसी जनता ने——अपनी बात के दौरान में मौसी ने कहा——जिसकी मिसाल दुनिया भर में नहीं मिलती, मेरी खातिर की तथा मैं और लताफत जैसे यहाँ अपने घर में रहती थीं; वैसे है वहाँ भी बड़ी बेफिक्री और इज्जत-सम्मान के साथ रहीं। जहाँ-कहीं भी हम जातीं, प्रत्येक जगह वहाँ के कलखोजची हमें हाथों पर उठाते, मेहमानवाज़ी करते। यूक्राइन के सभी कलखोजची भाइयों की मदद से मैंने अपने शहीद हुए पुत्र के कब्र को भी देखा और कलखोज के सर्दीवाले बगीचे से फूल ले कर, उसकी और उसके वीर साथियों की कब्रों पर उन्हें चढ़ाया——तुम सब की तरफ से भी और अपनी तरफ़ से भी ! साथ ही वतन के लिये शहीद हुए इन वीरों के प्रति सम्मान भी प्रकट किया। कब्र के पास केवल मैं और लताफत ही नहीं थे, बल्कि यूक्राइन की दर्जनों माताएँ और बहनें भी आई थीं। हम सबने एक साथ आँसू बहाये और मुझे उन्होंने बहन की तरह अपने अंक में ले कर कहा कि तुम्हारा बहादुर पुत्र हमारे यूक्राइन में, इस महान् देश रूस की आजादी के लिये कुर्बान हुआ, उसके साथ उसके रूसी एवं यूक्राइनी भाई भी दुश्मन से लड़े और उन्होंने अपनी वीरता का परिचय दिया।

मौसी का कंठ भर आया था, वह थोड़ी देर चुप हो गई और मंच पर रखे गिलास से एक घूँट पानी पिया ? इसी समय कासिमजान ने सुझाव

रक्खा कि देश की स्वतन्त्रता के महायुद्ध में शहीद हुए वीरों के लिये सभी उपस्थित जन खड़े हो जायें और श्रद्धांजलि भेंट करें। सभी ने खड़े हो शहीदों को मूक श्रद्धांजलि अर्पित की; फिर शादी के संकेत पर बैठ गये। सभा की गम्भीरता जब थोड़ी हल्की हुई, तो मौसी ने फिर कहना शुरू किया :

——रफीको! मैंने युद्ध की बरबादियों को अपनी आँखों से जा कर देखा है——उसने कहा——बेरहम शत्रु ने पोलताना जैसे यूक्राइन के पुराने और ऐतिहासिक नगर को ज़मीन से बराबर कर दिया। अब लोग लौट कर शहर को फिर से नये सिरे से बना रहे हैं, लेकिन इसके लिये कितनी मेहनत और काम की जरूरत है! यूक्राइन के अधिकतर कलखोजची अभी ज़मीन में खोदे गये स्थानों में रहते हैं और सभी जले और नष्ट हुए गाँवों एवं घरों का फिर से निर्माण कर रहे हैं रफीको! इसीलिये मैं कहती हूँ कि जंग खत्म हो गई, सभी जगह निश्चिंत हो कर काम हो रहा है, धीरे-धीरे सब ठीक हो जायेगा, काम पुरानी तरह होने लगेगा——ऐसा सोच कर चुपचाप बैठना अच्छा नहीं है! युद्ध के समय हमने जो पूरी हिम्मत के साथ, दिलोजान से जी-तोड़ काम किया, आज हमें उससे भी ज्यादा लगन और तेजी से काम करना है। हर एक पाउण्ड कपास जो हम ज्यादा पैदा करेंगे, उससे यूक्राइन की कलखोजची लड़कियों को हम एक नई पोशाक प्रदान करेंगे।

मौसी ने इसी तरह यात्रा का वर्णन कलखोज के कामों और देश-वासियों की मदद के साथ जोड़ दिया और वह व्याख्यान समाप्त करते हुए अन्त में बोली :

——मैं तुम्हारी ओर से यूक्राइन के कलखोजचियों और मास्को के कपड़े के कारखाने के बुनकरों को वादा दे आई हूँ कि हम इस साल पिछले साल से दुगुनी कपास पैदा कर के देंगे। उन्होंने भी वादा किया है कि हम भी गेहूँ, चीनी, पोशाक, मशीन, अन्य आवश्यक चीजों को युद्ध के पहले

जितना ही नहीं, बल्कि उससे और भी ज्यादा देगें। अब इलाही हमारी ज़िन्दगी सलामत रखे, हम अपने काम को और भी ज्यादा मुस्तैदी से करके दिखलायें।

इसके बाद कलखोज की कार्यकारिणी के सदस्यों और दूसरे सदस्यों ने १ मई के त्योहार के संबंध में मुबारकबादियाँ दीं। इन भाषणों और वार्ताओं में जिन विशिष्ट पच्चीस आदमियों ने भाग लिया, उन में सदक़मा, कादिर श्वेतकेश, सलीमा बानो और समन्दर भी थे।

:o: :o: :o:

लाला संगीत और नाटक देखने के लिये न रुक कर, रह धीरे से क्लब से निकली और बिजलीघर की तरफ़ रवाना हुई। चाँद ने पहाड़ों के पीछे से सिर निकाल कर सारी पर्वतश्रेणियों और उपत्यका को चाँदनी के रूपहले रंग से सराबोर कर दिया था। पहाड़ों की ओर से उतरहिया धीरे-धीरे चल रही थी, जिसके साथ चोटियों की वर्फ की सर्दी भी शामिल हो गई थी। गाँव के गली-कूचों में कोई आदमी नहीं था। क्लब में रोशनी की कमी न हो, इसके ख्याल से अधिकतर घरों और कूचों की बत्तियों को बुझा दिया गया था। लेकिन उससे किसी नुक्सान की आशंका नहीं थी, क्योंकि उज्ज्वल चाँदनी ने सभी रास्तों को रोशन कर रखा था। लाला इस सुन्दर दृश्य पर ध्यान न कर जल्दी-जल्दी कदम बढ़ाते हुए, बिजलीघर की ओर जा रही थी।

इस समय निकोलाई बिजली-उत्पादन के यन्त्र को ध्यान से देखते हुए बोला :

—काम बुरा नहीं, जूरा ! मशीन खूब काम कर रही है। अलबत्ता, हमारे क्लब में सभा भी खूब जोरों पर है। सभी जगह रोशनी, सभी जगह प्रसन्नता छाई है।...ए ! जानता है, जूरा...अब क्या होना चाहिए था ?

—सुर्ख़ शराब का एक प्याला !—मुहम्मद अमीनोफ ने सन्दूक में से कोई चीज ढूँढ़ते हुए कहा ।

—नहीं—निकोलाइ ने कहा—एक सुन्दर बाग होता, आर्केस्ट्रा अपनी मीठी धुन बजाता, सभी जगह दीपमाला होती, चारों ओर शोख तरुण-तरुणियों के जोड़ों के हँसने-बोलने की आवाज़ें आतीं...तेरे साथ...मेरे साथ...फुलवाड़ी के पास...!

अभी उसने अपनी बात खत्म भी नहीं कि थी कि लाला बिजलीघर के भीतर आ कर मुहम्मद अमीनोफ के साथ ज़ोर से हँसते हुए बोली :

—तू फुलवाड़ी में और तेरी बगल में लाला, फव्वारे को पानी से खेलते हुए देखती...कल के भोज के लिये कुछ सोचा भी है या नहीं ?

—मुहम्मद अमीनोफ की बगल में लाला...खूब !!—दोस्ताना लहजे में निकोलाई ने कहा—इस पर लाला और भी शरमाई तथा उसका चेहरा पहले से अधिक सुर्ख हो उठा ! वह बिजलीघर से निकल कर बाहर चली गई ।

—लड़की को शरम आ गई...ज़रा !—अपनी बात जारी रखते हुए निकोलाई ने कहा—यह अच्छा नहीं...अब मैं मजबूर हूँ कि तुझे अकेला ही यहाँ रहने दूँ !...कहीं लाला नाराज न हो जाये—तुझसे भी और मुझ से भी...।

—तुम निश्चिन्त रहो इस बारे में !—मुहम्मद अमीनोफ ने कहा—मैं सजग रहूँगा...ऐसा मौका ही न आयेगा !

निकोलाई मकान से बाहर निकल इधर-उधर ढूँढ़ने लगा, लेकिन लाला उसे शीघ्र नहीं मिली । फिर ऊँचे पुल की ओर जा कर देखा, तो वह वहाँ पुल की रेलिंग का सहारा लिये सिर झुकाये नीचे बहते फेनिल पानी की ओर देख रही थी । निकोलाई ने उसे इस पोशाक में कभी

नहीं देखा था। इस नई पोशाक और सिर के सरबन्द के कारण लाला अपने कद से कुछ अधिक लम्बी दीख रही थी।

——लाला जान!——उसके पास जा कर निकोलाई ने कहा——सभा को छोड़ कर कैसे चली आई ?

लाला ने जल्दी से पास आ कर, मीठी मुस्कराहट के साथ निकोलाई की ओर नज़र डालते हुए कहा :

——ऐसे ही, सभा को छोड़ने का मन हुआ और चली आई !

——मैं भी यही सोच रहा था...ख़ैर, अच्छा किया जो आ गई, अब साथ-ही-साथ संगीत-सभा में चलेंगे।

——तूने सोचा कि तेरी मुहब्बत का आकर्षण ही मुझे इधर खींच कर लाया, नहीं तो क्यों आती ? फिर भी सभा जितने सुन्दर ढँग और जोर-शोर के साथ उत्साहपूर्वक चल रही थी कि मैंने चाहा कि तू भी सभा की कार्यवाही देखने से वंचित न रहे ! भाषणों और तालियों के गड़गड़ाहट की खूब गर्मज़ोशी थी वहाँ ! खास कर अका शादी की आखिरी बातें तो खूब दिलचस्प थीं !

——बतला, लाला जान !——निकोलाई ने कहा——उस सभा में क्या-क्या हुआ ?

दोनों पुल की रेलिंग से पीठ सटाये, एक-दूसरे का हाथ अपने हाथ में लिये एक क्षण चुप रहे। नीचे नदी कलकल करती बह रही थी, धीमी उतरहिया नदी के आस-पास के बागों और फुलवाड़ियों में से गुजरती हुई, वहाँ के फूलों और कलियों की खुशबू हर जगह भेंट कर रही थी। ठीक सामने ही चाँद पहाड़ों के ऊपर उठता जा रहा था, गुलिस्तान की विस्तृत उपत्यका का वह रात का दृश्य. उन पर अजब प्रभाव डाल रहा था।

—कल है १ मई!—निकोलाई ने कहा—कामगरों का सब से बड़ा त्योहार और मेरा-तेरा विवाह-भोज भी! सच कह रहा हूँ, मैं कुछ-कुछ भयभीत भी हूँ, क्योंकि मैं ताजिक दामाद के रीति-रिवाजों को नहीं जानता, सोचता हूँ कि लोगों के सामने कहीं लज्जित न होना पड़े।

लाला प्रसन्न हो कर खिलखिला उठी, और बोली :

—बुजुर्ग लोग तेरे सिर पर पगड़ी बाँधेंगे और बदन में लम्बा जामा पहनाएंगे, तुझे दुआ पढ़नी होगी और अपने घर के सामने हाथ जोड़ कर खड़ा होना होगा!

—तू मेरा मजाक उड़ा रही है!—निकोलाई ने कहा—अलबत्ता ये बातें नहीं होंगी, मैं और तू नये तरीके से शादी का उत्सव मनायेंगे... यह जान रख!

—मैं नहीं जानती!—बेपरवाही के साथ लाला ने कहा—यह तेरा काम है। केवल इतना ही जानती हूँ कि हमारे घर में बड़ी तैयारी हो रही है। श्वेतकेश एक भेड़ और एक बछेरा काटनेवाला है। खीर-पुलाव भी बनेगा, शराब भी तैयार की गयी है। बुढ़िया ने बहुत-सी औरतों को सूचना दे रखी है। तू किसके साथ आयेगा?

—मैं नहीं जानता!—निकोलाई ने कहा—मुहम्मद अमीनोफ़ ने सभी बातें अपने हाथ में रख, अन्य साथियों को भी खबर दे दी है। अलबत्ता अका शादी ने मुझसे कहा है कि वह पहले मेरे पास आयेगा और मुझे साथ ले कर तुम्हारे घर चलेगा।

इसी समय खूब जोर से तालियाँ बजने की आवाज दूर से सुनाई दी, जिसने बतलाया कि क्लब में नृत्य-संगीत-मंडली ने अपना काम शुरू कर दिया है।

—ए...ऽ! कहीं हम संगीत से पिछड़ न जायें—क्लब की ओर निगाह करके लाला ने कहा—कुछ सुना, वे लोग ताली पीट रहे हैं, आओ चलें!

दोनों दौड़े-दौड़े क्लब की ओर चले। चाँद आसमान पर ज्यादा ऊपर हो कर पहले की अपेक्षा छोटा लेकिन अधिक चमकदार हो गया था। ऐसा मालूम पड़ता था कि गाँव के ऊपर निगाह डालते हुए वह दोनों का पीछा कर रहा हो!

--:०:--

: ३२ :

सब का लक्ष्य—अधिक कपास!

शादी को हकीमोफ ने रायन में बुलाया था। शोफर की बगल में बैठ कर जिस वक्त वह मोटर से रायन जाने के लिये तैयार था, उसी समय निकोलाई दौड़ता हुआ पास आया और प्रार्थना की कि रायन में जा कर मेकैनिकल इंजीनियर से अवश्य ही बात-चीत करे और टरबाइन आदि के लगाने के बारे में जरूरी सहायता भेजने के लिये भी कहे। शादी ने इस के लिए हामी भरी। सईदजान ने इंजन को खोल दिया और रायन के केन्द्र की ओर रवाना हुआ। शादी की आँखें सड़क पर थीं, लेकिन उस का ध्यान किसी दूसरी ओर लगा हुआ था। पहले सोचा कि हकीमोफ़ ने किस काम के लिये मुझे बुलाया? टेलीफोन पर खुद नहीं था, हकीमोफ ने कातिब द्वारा शादी को जल्द-से-जल्द आने के लिये कहलवाया था। क्या काम हो सकता है? कलखोज 'नवजीवन' में कोई खास बात तो नहीं हुई। कलखोज 'अवानगार्द' भी बुरा नहीं है; कल ही शादी वहाँ गया था और वहाँ राजनीतिक अध्ययन-कक्ष का उद्‌घाटन करके लौटा था। क्या दादाजान नियामतोफ़ की कोई बात है...या हो सकता है कोई और कोई विशेष बात हो। एक-दो घंटा पहले संगीनोफ़ यहीं पर था, क्यों उसे नहीं बुलाया! खैर, जो कुछ बात होगी, चल कर समझेंगे।

दूसरी चीज जिसके कारण उस का हृदय खिन्न था, वह थी ज़ेबी मौसी की बीमारी। करीब दस रोज से मौसी बीमार हो कर खाट पर पड़ी थी। रायन क डाक्टर कुछ नहीं कर सके। रशीदोफ ने केन्द्र से एक विशेषज्ञ डाक्टर भेजा था, उसने भी दवा-दारू किया; लेकिन कुछ अफाका नहीं हुआ। अब डाक्टर चाहता था कि वह मौसी को केन्द्रीय अस्पताल में ले जाय; इसलिये उसने एक विशेष हवाई जहाज भेजने के लिए केन्द्र को फोन द्वारा सूचना दी थी। विमान आज ही सबेरे आनेवाला था, क्या हकीमोफ ने इसी के बारे में तो नहीं बुलाया।...क्यों नहीं डाक्टर से पूछा? इलाज से खाला को शायद कुछ हो न जाय...!

शादी इसी तरह रास्ते भर सोचता रहा कि दोपहर के बाद कार रायन के शहर की मुख्य सड़क पर आ गई। सूर्य गर्म जुलाई महीनें का था, वह पश्चिम की ओर झुक चुका था और दरख़्तों की छाया लम्बी हो चली थी। सड़क के दोनों ओर छायादार दरख़्त लगे हुए थे, जिनके कारण चलनेवालों को धूप नहीं लगती थी।

हकीमोफ़ अपने कमरे में अकेला था। शादी ने भीतर जा कर उससे हाथ मिलाते हुए कुशल-मंगल पूछा, और मेकैनिकल इंजीन्यिर के बारे में भी बात की।

—खूब, खूब! बहुत अच्छा!!—हकीमोफ ने कहा—जरा ठहरो, मैं बिनोब्रादोफ को बुला रहा हूँ, तुम्हारे दर्द की दवा हो जायेगी।

औद्योगिक कारपोरेशन के प्रधान इञ्जीनियर बिनोब्रादोफ के आने तक शादी ने हकीमोफ से कलखोज के अन्य कामों के बारे में बात-चीत की। फिर बोला:

—होड़ का काम अच्छा हुआ। लेकिन हमारे दो ब्रिगादो में कपास संबंधी काम कुछ सुस्त ही चला। कलखोज 'पख़्तकार' से जाँच आई। जब पूछ-ताछ के लिए मुझे बुलाया गया, तब हमारी टुकड़ी के कार्यकर्त्ताओं

तथा सरदारों में से किस-किस ने बस रो भर नहीं दिया। शम्सिया सुस्त हो गई थी, गुलमाह ने अच्छी तरह कुदाल नहीं चलाई, चारों की चिनाई भी ठीक से नहीं की। तब कहीं नूमानजान जैसे कामचोर लोग मजबूर हुए कि अपने कसूर को स्वीकार करें। अब काम बुरा नहीं चल रहा है। कपासों में अच्छी तरह शाखें फूट रही हैं। यदि मौसिम ठीक रहा, तो अपने वादे को हम पूरा कर ही देंगे, रफीक हकीमोफ़ !

—कलखोज 'अवानगार्द' की क्या हालत है ?

—साधारण तौर से बुरा नहीं है। हमारे आदमियों ने जा कर वहाँ के कार्यकर्त्ताओं को बहुत शरमिन्दा किया। मैंने भी कल जा कर वहाँ देखा कि सभो आदमी अच्छी तरह काम कर रहे हैं। लेकिन रफीक, बोआई उन की रुकी हुई है !

—तुमने अपने तख्तों को मँगवा लिया क्या !—प्रश्नसूचक नजर डालते हुए हकीमोफ ने कहा।

—मैं भी यही विचार कर रहा था—शादी ने जवाब दिया और इसके बाद पूछा कि किस अहम काम के लिये उसे बुलाया गया है। हकीमोफ ने जवाब दिया :

—तेरे लिये केन्द्र से मेहमान आया है, बहुत सम्माननीय मेहमान !

—तो ?—ज़रा रुकते हुए शादी ने कहा—कौन है...?

—प्रसिद्ध लेखक...तेरा दोस्त आज़मजान ! वहाँ आया है कि तेरे कामों से परिचय प्राप्त करे और हमारे रायन को भी देखे। इस प्रकार वह अपनी नयी पुस्तक के लिये सामग्री जुटायेगा।

—बहुत अच्छा...—! शादी ने कहा—मेहमान कहाँ है ?

—अभी रफीक संगीनोफ उसे ले कर अपने कमरे में गया है, वहाँ कृषि-पंडितों से परिचय करायेगा, फिर सामग्री देनेवाला है। आज़मजान

का संगीनोफ से भी परिचय है; पर अफ़सोस कि में उतना परिचित नहीं हूँ। उस की एक-दो किताबें पढ़ी ज़रूर हैं, लेकिन उन्हें मैं अच्छी तरह हृदयंगम नहीं कर पाया। खैरियत यही कि उसके ग्रंथों के बारे में चर्चा नहीं हुई, नहीं तो मुझे शरमिन्दा होना पड़ता। तुझे मालूम है, कौन-कौन-सी किताबें उसने लिखी हैं ?

—मेरे पास उस की सभी किताबें हैं—शादी ने कहा—ला कर दूँगा, उन्हें पढ़ना।

—जरूरत नहीं है, वह यहाँ भी मिल सकती हैं। मैंने ऐसे ही पूछ लिया :

—तो यह बात है !—कह कर शादी हँस पड़ा—मेरा इम्तिहान ले रहे थे ? खूब, अच्छी बात है, लेलो इम्तिहान ! मैं उससे नहीं डरता। करीब सात-आठ महीने से ही मैं इस लेखक से परिचित हुआ हूँ, लेकिन सदरुद्दीनोफ़ की किताबों को पूरी तरह नहीं पढ़ पाया हूँ। बूढ़े ने बहुत कुछ लिखा है और बहुत ही बढ़िया लिखा है। मैं क़ायल हूँ उस का। मिर्जा तुरसुनज़ादा के काव्य-संग्रहों को भी पढ़ा है, जैसे : 'सरचश्मा-ए मर्दानगी' अर्थात् 'पौरुष का स्रोत', फिर 'पासबानिये गंजीना' अर्थात् 'खजानों की रक्षा' जैसी महान् एवं लोकप्रिय कविताओं को करीब-करीब याद कर चुका हूँ। आखिरी पंक्ति में वह यही शेर कहता है :

अपने खजाने को अब विजेताओं के पैरों के नीचे डाल,
ताकि वतन इस अचल खजाने से धनी बन जाये !
ताकि पर्वतों के लाला का हर एक पौधा प्रकाशवान हो जाये,
ताजिकों की फुलवाड़ी में एक रोशन चिराग जले !!

—हमारे शायर ने कितना अच्छा कहा है ! बखुदा रफीक हकीमोफ ! लेखक यदि वह इसी तरह के दिलचस्प शेरों और कहानियों को लिखे, तो हम जितनी भी इज्जत करें, थोड़ी है। ये गीत हमें शक्ति और प्रेरणा प्रदान करते हैं, हमारी ज़िन्दगी को शोभान्वित करते हैं। मैं जानता हूँ कि तुम

मेरा इम्तिहान लेना चाहते हो ! यह ठीक है; लेकिन मैं कहता हूँ कि मैं पढ़ता हूँ और पढ़ता ही रहूँगा। फिर रफ़ीक हकीमोफ ! मैंने रफ़ीक लाहूति की कविताओं को भी पढ़ा है, पर उनमें से कुछ याद नहीं।

––जैसे ?––मुस्कुराते हुए हकीमोफ ने पूछा।

––जैसे कि...!––शादी ने कहा––'वतने शादी' बड़ी ही अच्छी कविता है।

––ओ, हा-हा-हा...!––हकीमोफ ने हँसते हुए कहा––तेरा अपना ही नाम शादी जो है, इसलिये उसको याद करना आसान है ! कैसे, हा-हा, सुना तो : मुँह अच्छा, गन्ध अच्छी, केश अच्छे और आकर्षक, हँसता और ग़ज़ल पढ़ता...!

हकीमोफ ने शादी को मजबूर किया कि अपने जाने हुए शेरों में से कुछ पढ़ कर सुनाये :

यह कौन आया कि जिसके आने से बहार आई !
जिसके आने से मृत शरीर में जान आई––
केश अम्बर, ओंठ शक्कर, चेहरा अग्निसमूह जैसा,
ओ चमकते सूरज !!
यह कितना सुर्ख़ !
यह ऊँचा कद सर्व जैसा !
यह कौन आया ? है कहाँ का वासी...?

शादी के कविता-पाठ को हकीमोफ़ की ऊँची आवाज़ ने काट दिया :
––यह शादी की बात है ! हाँ, शादी सफरज़ादो गुलिस्तानी की।

और दोनों ज़ोर से हँसने लगे, फिर हकीमोफ ने कहा :

––दुरुस्त, शाबास ! पार्टी के इतिहास के बारे में क्या किया ?

––ऊँचे दर्जे म परीक्षा दे चुका हूँ––शादी बोला––आजकल 'सोवियत संघ के इतिहास' को पढ़ रहा हूँ। यह भी अद्‌भुत पुस्तक है...!

शादी अपनी बात समाप्त नहीं कर सका था कि दरवाजा खुला और

कमरे में एक मझोले कद का गोल-मटोल-सा आदमी आया, जिसके शरीर पर यूक्राइनी कशीदेवाला कुर्ता पड़ा था।

——सलाम, रफीक हकीमोफ !——उसने कहा और शादी से भी हाथ मिलाते हुए अपना परिचय दिया : बिनोब्रादोफ ! मैं सेवा के लिये तैयार...क्षमा करें, मुझे कुछ देर हो गई।

——कोई हरज नहीं !——हकीमोफ ने कहा——क्यों, मरहमत, बैठिये !! यह सज्जन, हमारे प्रगतिशील कलखोज 'नवजीवन' के सरपंच रफीक शादी हैं। आपको मालूम है कि इनके कलखोज में एक बड़ा पनबिजली स्टेशन तैयार किया जा रहा है। रफीक शादी उसी में तकनीकी सहायतार्थ एक इंजीनियर चाहते हैं।

——यह बात है ?——कुछ सोचते हुए बिनोब्रादोफ़ ने कहा——ठीक है, मैं तुम्हारे पास एक ताजिक इंजीनियर भेजूँगा। हाल ही में वह लेनिनग्राद से डिप्लोमा ले कर आया है और ऐसे ही निर्माण-कार्य में स्तालिनाबाद में काम कर रहा है। उस की बड़ी इच्छा है कि एक नये स्टेशन की नींव डालने में सहायता दे।

——यह...!——हकीमोफ ने शादी से कहा——तो यह हुई...पुण्य के साथ-साथ खजूर खानेवाली बात ! ...रफीक बिनोब्रादोफ एक तीर से दो शिकार करता है, इस का काम ऐसा ही होता है...!

शादी ने प्रसन्नता और कृतज्ञता प्रकट की। फिर विनोब्रादोफ के साथ बातचीत करके उससे पक्का वादा ले कर अपनी जगह से उठा।

——खैर, अगर और कोई सेवा न हो, तो मैं मेहमान के पास जाता हूँ, वह प्रतीक्षा कर रहे होंगे...।

——हाँ, सच !——हकीमोफ ने कहा——ऑफिस की कार ले लो, लेखक को अच्छी तरह यहाँ-वहाँ घुमाओ, आस-पास की सैर कराओ, अपने कलखोज तथा अन्य कलखोजों में भी सभी-कुछ देखें, सुनें और क्या ! ...

—अलबत्ता, अलबत्ता...!—कहते हुए शादी दरवाजे से बाहर चला गया।

:o: :o: :o:

कार कलखोज 'नवजीवन' के ऑफिस के पास जा कर खड़ी हुई। इस समय सूर्य पश्चिम में बहुत नीचे उतर चुका था। सबसे पहले कार के पास महमूदजान आया और मेहमान से हाथ मिला कर कुशल-मंगल आदि पूछा :

—मरहमत...मेहमान! खुश-आमदीद!!

शादी ने आजमजान से उस का परिचय कराते हुए कहा :

—यह है आजम...! जो हमारे कलखोज का बहुत मुस्तंद आदमी है। खुश, ऑफिस में मरहमत...! कृपया इधर...! और महमूदजान! थोड़ी देर बाद तुम भी आओ, कुछ तुम से भी काम है।

—बहुत अच्छा!—महमूदजान ने कहा और उनके पीछे-पीछे ऑफिस में गया।

लेखक ने इमारतों की बनावट और उन के क्रम को पसन्द किया। कमरे के भीतर जा कर आजमजान दीवान पर बैठा, और जेब से सिग्रेट का डिब्बा निकाल कर पहले शादी के सामने किया। फिर स्वागत करने लिये वहां जो लोग आये थे, उन की ओर बढ़ाते हुए, खुद भी एक सिग्रेट मुंह से लगा कर अभी माचिस जला कर उसे जलाया भी न था कि इसी समय मुहम्मदजान अका बड़े परेशान चेहरे और बल पड़ी पेशानी के साथ भीतर आया। उसने आजमजान से मामूली-सी साहब-सलामत कर के शादी को सम्बोधित करते हुए कहा :

—यह तो व्यर्थ का झगड़ा और संघर्ष मेरी जान पर आ पड़ा, रईस!—कुर्सी पर बैठते हुए वह बोला :

—किसलिए मैं इन आदमियां से झगड़ा मोल लूँ ?

—क्या दुर्घटना हुई, बापू ?—शादी ने नरमी के साथ पूछा ।

बूढ़े ने जो बतलाया, उससे मालूम हुआ कि कपास की पंक्तियों में काम करते समय किसी जगह एक टोली के सरदार ने अमाच को भी साथ ले लिया था। कृषि-पंडित ने इसे देख कर बूढ़े से कड़ी बात कही। बूढ़े की आदत ही थी कि कृषि-विज्ञान की युक्तियों के बारे में बहस करे। मशीन से जुताई न करने की इच्छा से उसने उसे दोषी बतलाया।

—ठीक !—बूढ़े ने कहा—पहले शायद बिना जाने-बूझे मैंने बात की और कृषि-पंडितों के कुछ लाभकारी तरीकों को उचित नहीं बतलाया, लेकिन वह समय अब चला गया ! इसी बात के लिये मुझे कितना दुःख हुआ ! आखिर इतनी तानाकशी और फटकार मैं तो नहीं सह सकता !

—ठीक कहते हो, बापू !—शादी ने कहा—इस बार तुम शत-प्रति-शत ठीक कह रहे हो। यह जवान कृषि-पंडित तुम्हें ठीक से नहीं समझ सका, मैं उससे कहूँगा कि तुम से क्षमा माँगे ।

—ठीक !—मुहम्मदजान ने थोड़ा दिल खोलते हुए कहा—मैंने भी कहा कि जा कर ईवान से पूछ, वह तुझसे ज्यादा तजुर्बेकार है। लेकिन बच्चा सरकश है, अपने सहकारियों के सामने मेरे दिल को उसने दुःखी किया।

—मैं बात करूँगा, बापू, खफा न हो !—शादी ने कहा और फिर लेखक का बूढ़े के साथ परिचय कराया। उस समय श्वेतकेश ने बिल्कुल दिल खोल करके आजमजान को सम्बोधित करते हुए कहा :

—क्षमा करें, मेहमान ! कलखोज में कभी-कभी ऐसे ही जंजाल पैदा हो जाता है। कृषि-पंडित कपास के किसानों के साथ और कपास के किसान कृषि-पंडित के साथ झगड़ पड़ते हैं। लेकिन यह सब कुछ साफ-दिली से, काम की उन्नति लिये, काम के फायदे के लिये ही होता है !

—ठीक है !—आजमजान ने कहा—मैं आपसे एक बात पूछना चाहता था। बतलाइये कि आपके कलखोज में ज्यादा पैदावार करनेवाली कितनी टुकड़ियाँ हैं ?

—आपके कहने जैसी टुकड़ी शायद हमारे यहाँ कोई भी नहीं...! —बूढ़े ने कहा और शादी की ओर मुस्कराते हुए निगाह डाली।

—हमारे कलखोज में सभी टुकड़ियाँ अधिक पैदावार करनेवाली हैं !—शादी ने गम्भीरतापूर्वक कहा—कुल सामान और कार्यकर्त्ताओं आदि को हमलोग करीब-करीब बराबर बाँट देते हैं और आशा रखते हैं कि सभी टुकड़ियाँ भारी उत्पादन करेंगी। अगर इस तरह दूसरों की अपेक्षा कोई टुकड़ी कम पैदावार करती है, तो मालूम हो जाता है कि अमुक टुकड़ी के कार्यकर्त्ताओं ने वस्तुतः दिलो-जान से काम नहीं किया, अपने पौरुष का परिचय नहीं दिया।

—रफीक शादी !—उस की बात को बीच में ही काटते हुए आजमजान ने कहा—दरहकीकत कोई-कोई टुकड़ियाँ सौ, एक सौ बीस, या एक सौ तीस सेंतनेर कपास प्रति हेक्टेयर पैदा करती हैं। क्या आपके कहने का मतलब है कि सभी टुकड़ियाँ बराबर काम करके इतनी कपास पैदा कर लेती हैं ?

—पैदा कर सकती हैं !—शादी ने कहा—सौ सेंतनेर अथवा एक सौ तीस सेंतनेर कपास पैदा करना काई अचरज की बात नहीं।

—अगर—श्वेतकेश नें शादी की बात का समर्थन करते हुए कहा—हर एक काम वक्त पर और अच्छी तरह किया जाय, तो पैदावार ज्यादा होती ही है।

—अफ़सोस कि बहुत-सी जगहों पर और खुद हमारे यहाँ भी कई-एक ब्रिगाद अपने जिम्मे का पूरा काम नहीं करते—शादी ने कहा—लेकिन कोशिश सब यही करते हैं कि अपने हिस्से का काम पूरा करें।

—जो भी हो...! —श्वेतकेश ने कहा—शादी ने आ कर हमारे काम को और आगे बढ़ाया है। हमारे कार्यकर्त्ता सभी काम में लीन हैं—इस साल हो सकता है कि सारे कलखोज़ की पैदावार और भी ऊपर जाये, और काम जैसा चल रहा है, उससे मैं कह सकता हूँ कि हम अपने लक्ष्य तक पहुँचेंगे ही।

—आप लोग लक्ष्य तक जरूर पहुँचेंगे! —प्रसन्नता प्रकट करते हुए अपनी नोटबुक में कुछ लिख कर लेखक ने कहा। इसी समय कलखोज के कातिबने आ कर शादी के कान में कुछ कहा और उसके चले जाने पर शादी ने लेखक तथा मुहम्मदजान अका को अपने घर तक चलने के लिये प्रार्थना की :

—एक प्याला चाय पियेंगे, फिर हमलोग खेतों में और तब नहरों के पास चलेंगे।

इतना सुन कर मेहमान और दूसरे लोग खड़े हो गये।

—:०:—

: ३३ :
उपसंहार

सर्दी का मौसिम था! आसमान पिछले कितने ही दिनों से बादलों से घिरा था। कई दिनों की वर्षा के बाद आज ही वह खुला और वसन्त का प्रकाश चारों तरफ फैलता हुआ-सा मालूम हुआ। सूर्य का दैदीप्य-मान मुख भी खुला था; लेकिन वह लोगों के चेहरों को संतप्त नहीं करना चाहता था। यह सर्दी का मौसिम भी विचित्र है! किसान सभी मौसिमों पर एक जैसी मौसिमी निगाह डालते हैं, क्योंकि खेती के काम के लिये चारों मौसिमों की ही जरूरत होती है, लेकिन सर्दी के मौसिम के साथ उन का विशेष लगाव होता है। इसी मौसिम में वह

अपने एक साल की जी-तोड़ मेहनत की पैदावार जमा करते हैं…हाँ, एक साल की कड़ी मेहनत की पैदावार! कपास के किसान कपास की ढोंढ़ियाँ तोड़ने से ले कर उस की ढुलाई तक खूब मेहनत करते हैं और काफी चिन्तित भी रहते हैं, इसे कौन नहीं जानता! यह सर्दी का मौसिम ही है, जबकि चुनी हुई कपास को तराज़ू पर रख कर वे अपने काम के फल का ईनाम पाते हैं, और उस की कमी-बेशी के अनुसार प्रसन्न होते हैं। इस मौसिम में प्रकृति शान्त और हिम्मत बढ़ाने-वाली होती है। शहर और गाँव में सभी जगह तरह-तरह के मेवे बहार लाते हैं। एक ओर मधु जैसी मिठास से भरपूर खरबूज़े, सरदे और तरबूज मिलते हैं, तो दूसरी तरफ रंग-बिरंगे हुसैनी, शिबिरगानी, ताईफ़ी, जौज़, मस्का वगैरह लज़ीज अंगूर—मानों चमकीले लाल और याकूत या मोतियों के गुच्छे हों! अनार, अंजीर, पिस्ता, बेदाना और चारमग्ज़ इसी मौसिम में तैयार होते हैं। और फिर आलूचा शफ्तालू, आड़ू, खूबानी, बिही, सेब और नाशपाती भी इसी फसल में पकते हैं। इसी मौसिम में अनाज तैयार हो कर जमा होता है। यह मौसिम खेतों की फसल के मूल्यांकन का है, इसी समय सफेद चाँदी यानि 'कपास' इकट्ठा होती है। कलखोज का गोदाम माल से भर जाता है, कलखोजचियों की हवेलियों में त्यौहार के बाद त्यौहार और भोज के बाद भोज होते हैं…किसान वर्ष भर दिलोजान से जो मेहनत करता रहा है, आज उस मेहनत के फल को साकार रूप में अपनी आँखों से देख-देख वह फूला नहीं समाता!

शादी की भी यही हालत थी। वह जब से पिछले साल दिसम्बर में सेना छोड़ कर आया, तब से वह बिना जरा भी आराम किये वह काम में जुट पड़ा था, और आज पहले साल की मेहनत का फल वह और उसके सहकारी भाव-विभोर हो कर देख रहे थे।

उसे किसी काम के लिये स्तालिनाबाद बुलाया गया था। वह वहाँ एक-दो दिन ठहरा। फिर कलखोजचियों की इच्छा के अनुसार रशीदोफ़ को भी उसने अपने साथ लिया। लोग चाहते थे कि पनबिजली-स्टेशन के उद्घाटन होने के समय कलखोज 'नवजीवन' में उत्सव मनाया जाय, जिसमें रशीदोफ़ भी रहे। शादी और रशीदोफ़ चलने से पहले जेबी मौसी को देखने के लिये अस्पताल में गये। दोनों अपने हाथों में सेब, अंगूर, मीठा नींबू, शोकोलाद, बादाम, चॉकलेट आदि के पैकेट लिये हुए अस्पताल पहुँचे। नर्स उन्हें बड़े अदब के साथ स्पेशल वार्ड में ले गई, जहाँ मौसी लेटी हुई थी।

—आओ, मरहमत!—मौसी ने उनके स्वागत के लिये किवाड़ के पास तक आ कर कहा—मेरी आँखें तुम्हारे आने की ही प्रतीक्षा कर रही थीं।

मौसी के शरीर पर नई-नई धुली बढ़िया पोशाक थी, उस का चेहरा और रंग तन्दुरुस्त आदमियों जैसा था, ओंठ मुस्करा रहे थे। मौसी को ठीक-ठाक देख कर शादी और रशीदोफ़ बहुत खुश हुए।

—आप मौसी!...तन्दुरुस्त हैं!!—रशीदोफ ने हाथ मिलाते हुए कहा—रंग और चेहरा ठीक है, हालत अच्छी है, पोशाक भी अस्पताल की नहीं, बल्कि अपनी...!!!

—हाँ!—मौसी ने कहा—नीरोग हो चुकी हूँ, अब गाँव चलूँगी।

—सचमुच!—खुश हो कर तुरन्त ही शादी बोल उठा—कितना अच्छा...तब! दो दिन पहले आते समय तुम्हें देखा था। तुम शक्तिसम्पन्न हो गई थीं, पर तुम्हारे घर चलने के बारे में मालूम नहीं था हमें!!

मौसी ने उन्हें बैठने के लिये कहा। फ़िर खुद भी कुर्सी पर बैठते हुए मुस्कुराती हुई बोली:

––शायद तुम चाहते हो कि मेरे बिना ही उत्सव मना डालो ? मैं इसके लिये कदापि राजी नहीं हूँ, हां...!

—तुम्हें कैसे मालूम हुआ ?––शादी ने अचरज प्रकट करते हुए पूछा।

––यहाँ लेटी रहने पर भी मेरा ध्यान सदा तुम्हारी ओर ही रहा। कैसे हो सकता था कि मुझे पता न चलता।

यह कहते हुए मेज पर तह कर रक्खे एक अख़बार को उठा कर उसके एक पृष्ठ को बड़े गौर से देखते हुए, उसमें छपी खबर को पढ़ना शुरू किया :

"..यह है रफ़ीक शादी, जो कि स्वतन्त्रता के महायुद्ध में वीरों की तरह लड़ कर विजयी हो मैदान से लौटा, आजकल वह श्रम व कृषि-उत्पादन की दौड़ में भी बहादुरों की तरह जूझा हुआ है। हमारे कलखोजों के सभी रईसों और सरकार के सभी सेवकों तथा सामाजिक कार्यकर्त्ताओं को चाहिए कि शादी से कुछ सीखें कि कैसे पक्का कार्यकर्त्ता हुआ जाता है, कैसे मजबूत कलखोजची बना जाता है, क्यों आज के काम को कल पर नहीं छोड़ना चाहिए तथा कैसे युवा पीढ़ी को नई प्रगति के लिये दृढ़ संकल्प करके आगे बढ़ना चाहिए। आज शादी और उसके साथियों ने अपने संकल्प को पूरा कर दिखाया है...अर्थात् गत २० जनवरी तक हर सम्भव चेष्टा और अनवरत् काम करके अपने नये पनबिजली स्टेशन को तैयार किया है, और इस प्रकार अपनी अन्य योजनाओं को भी पूरा किया––अब आगामी २० मार्च तक अपनी कपास की योजना और प्रतिज्ञा को भी पूरा करके आनन्द-महोत्सव मनानेवाले है। हमें इसमें रत्ती भर भी सन्देह नहीं है कि २० मार्च को कलखोज 'नवजीवन' के कलखोजची अपने विजय-महोत्सव को आनन्द के साथ मनायेंगे!"...और मेरे बेटे ! मुझे भी इसमें तनिक शको-शुब्हा नहीं है।

––ठीक, मैं भी तुम्हारी और आजमजान की फ़िक्र में था !–– रशीदोफ़ ने अख़बार को हाथ में लेते हुए कहा––तुमने आजमजान के लेखों को पढ़ा न ?

शादी न जाने क्यों लज्जा अनुभव करते हुए उत्सुकतापूर्वक कभी मौसी की ओर और कभी रशीदोफ़ की ओर निगाह डालता, और रशीदोफ़ के सवाल का थोड़ी देर तक जवाब नहीं दे सका।

––यह अख़बार अभी कुछ देर पहले ही मुझे ला कर दिया गया है––मौसी ने कहा––शायद तुमने न पढ़ा हो। यही बात है न ?

––यही बात है––अन्त में शादी बोला––लेकिन आजमजान ने बहुत अतिशयोक्ति से काम लिया, यह अच्छा नहीं है। इसके लिए भविष्यवाणी भी की जा सकती थी जैसे कि 'नतीजा बुरा नहीं होगा।'

––हाँ !––मौसी ने कहा––आजमजान ने तेरे स्वभाव को भी लिपि-बद्ध किया है, जैसे : वह विनम्र बोल्शेविक है ! लेकिन उस की भविष्य-वाणी भी अकारण नहीं है, अलबत्ता...आज वह वास्तविक सिद्ध हुई।

––इसे कलखोज चल कर देखेंगे, मौसी !––रशीदोफ ने कहा–– बहुत अच्छा हुआ, जो तुम्हें ताकत आ गई और आज ही हमारे साथ चल सकती हो।

––हाँ, बहुत अच्छा हुआ !––मौसी ने भी कहा––इस लेख तथा खुशखबरी ने तो मेरी ताकत और भी बढ़ा दी है। डाक्टर ने मुझे देख कर जाने की छुट्टी दे दी है। मैं जानती थी कि शादी मुझे मिलने जरूर आयेगा, इसलिये इसे टेलीफोन न करके प्रतीक्षा ही कर रही थी।

तीनों व्यक्ति अस्पताल से बाहर निकले। कार में मौसी को आगे शोफर के साथ बैठाया गया तथा शादी और रशीदोफ दोनों पीछे की ओर बैठे। कार तेजी से रवाना हुई। सुन्दर, मनमोहक और शान्त प्राकृतिक दृश्यावली को देखते हुए वे लोग शाम होते-होते गुलिस्तान जा पहुँचे। उस

जगह, जहाँ गाँववालों ने नई ज़मीन जोती थी, पहुँचने पर मौसी ने शोफर को कार रोकने के लिये कहा। मोटर तख्तों के एक नये पुल के ऊपर से चल रही थी। उसके खड़ा होते ही मौसी, रशीदोफ और शादी नीचे उतर पड़े और साफ हवा में साँस लेने लगे।

——शोफर से कहो कि गांव जाये!——मौसी ने कहा——चाहती हूँ कि हम तीनों पाँव-पैदल ही सैर करते-करते गाँव तक पहुँचें।

——यह बात ठीक है!——रशीदोफ ने कहा और उसने शोफर को कार ले कर जाने के लिये कहा। इसके बाद एक तरफ से रशीदोफ और दूसरी तरफ़ से शादी ने सम्मानपूर्वक मौसी के हाथ को थामा तथा तीनों धीरे-धीरे चलने लगे। नये बन हुए पुल पर पहुँच, मौसी ने उनसे अलग हो, पुल के दोनों छोरों और नई खोदी हुई नहर की ओर ध्यान से देखा।

——नयी नहर यही है क्या?——उसने शादी से पूछा——नये खेतों के लिये पानी जा रहा है या नहीं!

——हाँ, मौसी!——शादी ने कहा——एक हफ्ता हुआ, जब से नहर पानी देने लगी है।

——बिजली-स्टेशन का क्या हुआ?——मौसी ने कहा।

——अब तुम्हें ही तो चल कर उस का उद्घाटन करना है!——रशीदोफ बोला।

मौसी ने मुस्करा कर, कृतज्ञता भरे लहजे में सिर हिला दिया। वे पुल पर से पुल पार हो बड़ी सड़क से गाँव की ओर रवाना हुए। सड़क के किनारे नये खड़े किये गये तार के खम्भों को देख कर रशीदोफ ने पूछा;

——ये तार और खम्भे कहाँ जाते हैं? खम्भे भी नये मालूम होते!

——हाँ, इन्हें अभी दस-बारह ही दिन पहले खड़ा किया गया और तार लगाये गये——शादी ने कहा——ये तार कतारबेत गाँव से होते कलखोज 'अवानगार्द' तक गये हैं।